« AILLEURS ET DEMAIN »

Collection dirigée par Gérard Klein

DU MÊME AUTEUR

Chez le même éditeur

L'AUBE DE LA NUIT

Tome I : RUPTURE DANS LE RÉEL
1. *Émergence*, 1999
2. *Expansion*, 2000

Tome II : L'ALCHIMISTE DU NEUTRONIUM
1. *Consolidation*, 2000
2. *Conflit*, 2001

Tome III : LE DIEU NU
1. *Résistance* (à paraître)
2. *Révélation* (à paraître)

PETER F. HAMILTON

L'AUBE DE LA NUIT, TOME II

L'ALCHIMISTE DU NEUTRONIUM

2. Conflit

Traduit de l'anglais par Jean-Daniel Brèque

ROBERT LAFFONT

Titre original : THE NEUTRONIUM ALCHEMIST,
PART 2 : CONFLICT

ISBN : 2-221-09000-4
(édition originale :
ISBN : 0-446-60546-8, Warner Books, A Time Warner Company, New York)

Résumé des épisodes précédents

Début du XXVIIe siècle. L'espèce humaine est divisée entre les Édénistes, qui ont transformé leur hérédité en poussant très loin les applications de l'ingénierie génétique, et les Adamistes qui, refusant de s'engager dans cette voie, s'en tiennent aux vieilles technologies mécanique et nanonique. Grâce au biotek, les Édénistes ont produit des habitats et des astronefs vivants et conscients, les faucons, et ils communiquent entre eux au moyen du lien d'affinité.

La Confédération humaine, qui a essaimé dans la galaxie, occupant des habitats spatiaux, des astéroïdes ou des planètes reliés par un procédé de voyage hyperspatial, est soudain en proie à une crise majeure.

Sur Lalonde, une planète en voie de colonisation, s'est produit un phénomène étrange. À la suite d'un rituel initié par Quinn Dexter, un déporté membre de la secte du Porteur de lumière – et peut-être sous l'influence d'un xéno —, est survenue une « rupture dans le réel ». Les esprit des morts reviennent et s'emparent des corps des colons. Ces possédés, qui disposent de pouvoirs surhumains, se multiplient rapidement. Il apparaît en effet que tous les morts attendent dans l'au-delà, impatients de revenir à la vie.

La possession se développe très vite à l'échelle interstellaire, et plusieurs systèmes sont affectés.

Norfolk, planète agreste célèbre pour la liqueur tirée de ses roses, est l'une des premières touchées. Après le passage de Quinn Dexter, qui a repris le dessus sur l'âme l'ayant possédé, ce monde aux faibles ressources militaires succombe à l'instar de Lalonde et, à la stupéfaction générale, est emporté hors de l'univers par les possédés. Louise Kavanagh, jeune héritière d'un vaste domaine, réussit à s'enfuir avec sa sœur Genevieve, aidée par un possédé qui n'est autre que Fletcher Christian, le révolté du Bounty. *Elle n'a qu'un but : retrouver Joshua Calvert, le corsaire de l'espace qui l'a séduite et engrossée, et qui, elle en est certaine, pourra la sauver.*

Sur Ombey, une principauté dépendant du royaume de Kulu, les possédés ont réussi à prendre en otage toute une région, la péninsule de Mortonridge. La mort dans l'âme, les autorités sont obligées de battre en retraite et d'établir un blocus. Mais l'harmonie ne règne pas au sein des possédés ; deux d'entre eux, Moyo et Stephanie, décident de sauver quelques enfants en bas âge encore épargnés. Pendant ce temps, Ralph Hiltch, qui a involontairement ramené ce fléau de Lalonde et se sent responsable du drame, convainc la princesse d'Ombey de trouver des alliés pour résoudre la crise.

La Nouvelle-Californie, l'un des mondes les plus importants de la Confédération, est conquise avec une rapidité stupéfiante grâce au savoir-faire du chef des possédés, qui n'est autre qu'Al Capone. Utilisant les méthodes qui ont fait sa célébrité sur Terre, il s'empare de toute l'infrastructure de la planète et dispose bientôt d'une véritable armée, l'Organisation, qui n'hésite pas à recruter des non-possédés par la corruption ou le chantage. Il est conseillé dans la construction de son empire par la star Jezzibella, qui a succombé à son charme primitif.

Parmi les non-possédés qui choisissent de servir Capone figure André Duchamp, trafiquant et capitaine du Vengeance de Villeneuve. *Il ignore que l'un des membres de son équipage, Erick Thakrar, est en réalité un agent du Service de renseignement de la Confédération, infiltré à son bord pour mettre fin à ses activités. Convaincu de pouvoir obtenir des informations précieuses sur l'Organisation, Erick choisit de ronger son frein.*

L'habitat Valisk affronte lui aussi une invasion. Gouverné par Rubra, un Édéniste rebelle dont la personnalité est intégrée à sa strate neurale, il est infiltré par des possédés particulièrement décidés, commandés par Kiera Salter, qui décident de grossir leurs rangs en lançant un appel aux adolescents de la galaxie, leur faisant miroiter un paradis de paix et d'amour. La tâche de Rubra est d'autant plus difficile qu'il doit affronter Dariat, son descendant rebelle qui s'est allié aux possédés.

La résistance s'organise peu à peu, et Joshua Calvert apparaît bientôt comme l'un de ses héros. Lors de la bataille de Lalonde, il a réussi à sauver de la possession les occupants d'une station édéniste et un groupe d'enfants piégés sur la planète. Avant cela, il s'était rendu célèbre pour avoir découvert un artefact ancien porteur de données capitales. Il semble en effet que la possession ne soit pas un phénomène nouveau ; deux mille ans plus tôt, une espèce xéno, les Laymils, a commis un suicide collectif afin d'y échapper. Les scientifiques de l'habitat Tranquillité, qui ont pour mission d'étudier les Laymils, espèrent que l'artefact de Joshua contient l'une des clés du problème.

D'autres xénos détiennent peut-être d'autres clés. Les Kiints, créatures énigmatiques bien plus avancées que les humains, ont eux aussi affronté la possession, avec succès semble-t-il. Quant aux Tyrathcas, s'ils connaissent le phénomène, ils sont assurés qu'un « Dieu endormi » pourra les en protéger. Syrinx, une jeune Édéniste qui a échappé aux griffes des possédés, est chargée d'aller sonder les Kiints.

Pendant que la crise des possédés prend de l'ampleur, que les diverses nations cherchent frénétiquement une stratégie efficace, voilà qu'éclate une nouvelle crise. Alkad Mzu, scientifique assignée à résidence dans l'habitat Tranquillité, réussit à s'en évader. Trente ans plus tôt, Garissa, sa planète natale, a été anéantie par Omuta, qui lui disputait les droits d'exploitation des Dorados, alors même qu'Alkad mettait la dernière main à son arme suprême, l'Alchimiste. Ione Saldana, qui règne sur Tranquillité, charge Joshua de la retrouver, mais tous les services secrets sont aussi sur sa piste...

1.

Le *Lady Macbeth* se plaça en douceur au-dessus du berceau d'accostage, ses verniers équatoriaux lâchant quelques étincelles lorsque Joshua compensa la dérive. Les capteurs optiques ne donnaient qu'un faible retour dans ce secteur ; l'éclat rubis de Tunja, déjà insipide quand l'espace était dégagé, se réduisait à un halo rosé parmi les particules du disque où se nichait Ayacucho. Le radar laser guida l'astronef jusqu'à ce que les attaches du berceau l'agrippent fermement.

Les projecteurs périphériques de la baie passèrent à leur intensité maximale, découpant la coque et rebondissant en reflets irréguliers sur les échangeurs thermiques en train de se rétracter dans leurs niches. Puis le berceau entama sa descente.

Sur la passerelle, Sarha examina Joshua en quête d'un signe de... d'humanité, supposa-t-elle. Il les avait menés à bon port, en un temps record comme à son habitude. Et il n'avait pas prononcé plus de dix mots, excepté pour donner les instructions nécessaires à un vol correct. Il avait même pris ses repas tout seul dans sa cabine.

Beaulieu et Dahybi avaient informé le reste de l'équipage des événements de Norfolk, insistant sur l'inquiétude que le sort de Louise inspirait à Joshua. Sarha savait donc pourquoi il était déprimé, mais cela lui semblait pourtant difficile à croire. L'année précédente, elle avait été l'amante de Joshua durant six mois. Son attachement pour elle était si superficiel que, lorsqu'ils avaient cessé de coucher ensemble, elle avait pu rester au sein de l'équipage sans aucune gêne de part et d'autre.

Difficile d'admettre, donc, que Joshua puisse être aussi affecté par ce qui était arrivé à Louise, qui n'était rien de plus qu'une simple fille de la campagne. Jamais il ne s'était impliqué à ce point. L'engagement était un concept qui lui était étranger. C'était en partie cela qui le rendait si fascinant. Avec lui, on savait toujours à quoi s'en tenir, il ne cherchait jamais à vous tromper.

Peut-être que Louise n'était pas si simple, après tout. Et peut-être que je suis jalouse, tout simplement.

— Alors, capitaine, tu es prêt à nous le dire ? demanda-t-elle.

— Hein ? fit Joshua en se tournant dans sa direction.

— À nous dire ce que nous faisons ici ? On a cessé de courir après Meyer. Alors, qui est ce Dr Mzu ?

— Mieux vaut ne pas le savoir.

Elle jeta un regard circulaire sur la passerelle, constatant que ses camarades étaient eux aussi irrités par l'attitude de leur capitaine.

— Absolument, Joshua ; après tout, tu n'es pas encore sûr de pouvoir nous faire confiance, pas vrai ? lança-t-elle. Pas après tout ce temps.

Joshua la fixa sans rien dire. Heureusement, ce qu'il lui restait d'intuition réussit à lui faire oublier ses sombres pensées, et il prit conscience de l'exaspération de son équipage.

— Et merde, fit-il en grimaçant.

Sarha avait raison : après tout ce qu'ils avaient vécu ensemble, ils méritaient mieux de la part de leur capitaine. Seigneur, la paranoïa d'Ione devient contagieuse. Heureusement que je n'ai pas eu à prendre de véritable décision de commandement.

— Excusez-moi, j'ai été secoué par ce qui est arrivé à Norfolk. Je ne m'attendais pas à ça.

— Personne ne pouvait s'y attendre, Joshua, dit Sarha, compatissante.

— Ouais, d'accord. Bon. Le Dr Mzu est une physicienne qui a jadis travaillé pour les forces spatiales de Garissa...

Les astros ne dirent pas grand-chose pendant qu'il leur expliquait leur mission. Ce qui valait sans doute mieux, songea-t-il. Il avait signé sans les consulter un contrat des plus douteux. Comment réagirais-je s'ils m'entraînaient dans une galère de ce genre ?

Quand il conclut son discours, il vit les lèvres d'Ashly esquisser un sourire, mais le vieux pilote affirmait toujours être avide d'aventures. Les autres se montrèrent relativement stoïques ; Sarha, cependant, lui lançait des regards mi-étonnés, mi-furibonds.

Joshua se força à afficher un des sourires les plus narquois de son répertoire.

— Je vous l'avais dit : il valait mieux ne pas le savoir.

Sarha fit mine de feuler, puis se ravisa.

— Nom de Dieu, le Seigneur de Ruine ne pouvait pas trouver quelqu'un d'autre ?

— À qui te serais-tu fiée à sa place ?

Sarha tenta de trouver une réponse, y échoua lamentablement.

— Si l'un d'entre vous préfère se désister, qu'il ou elle me le dise, déclara Joshua. Ce genre de boulot ne rentre pas exactement dans le cadre de votre contrat.

— On pouvait en dire autant de Lalonde, commenta Melvyn.

— Beaulieu ? demanda Joshua.

— J'ai toujours fait de mon mieux pour servir mon capitaine, répondit la cosmonik. Je ne vois pas de raison pour changer d'attitude.

— Merci. Merci à tous. Bien, occupons-nous de désactiver le *Lady Mac*. Ensuite, on va se mettre à la recherche du bon docteur.

Le Service des douanes et de l'immigration des Dorados consacra soixante-quinze minutes à contrôler l'équipage du *Lady Mac*. Vu la quarantaine, Joshua s'était attendu à des tracasseries, mais ces officiers semblaient résolus à analyser la moindre molécule de l'astronef. Leurs documents furent soumis à quatre examens consécutifs. En fin de compte, Joshua dut verser à l'inspecteur en chef une taxe administrative de cinq mille fusiodollars avant qu'il les déclare vierges de toute possession, détenteurs d'une autorisation de vol en bonne et due forme délivrée par le gouvernement de Tranquillité et aptes à débarquer sur Ayacucho.

Les avocats les attendaient à l'extrémité du boyau-sas du quai. Deux hommes et une femme, vêtus de costumes bleus de coupe stricte clonés à partir d'un logiciel de confection des plus conservateurs.

— Capitaine Calvert ? demanda la femme.

Elle fixa Joshua en plissant les yeux, comme si elle doutait de son identité.

Il pivota légèrement sur lui-même pour lui montrer l'étoile d'argent sur son épaulette.

— C'est bien moi.

— Vous êtes le capitaine du *Lady Macbeth* ?

Toujours la même hésitation.

— Ouais.

— Mme Nateghi, du cabinet Tayari, Usoro & Wang, représentant la Compagnie de service et d'équipement Zaman établie dans ce spatioport.

— Navré, les gars, je n'ai pas besoin d'un contrat de maintenance. On vient juste d'être refaits à neuf.

Elle lui tendit un microcartel où était embossé le sceau de la justice.

— Marcus Calvert, voici un commandement à payer une somme due à notre client depuis août 2586. Vous êtes tenu de comparaître devant le Tribunal civil d'Ayacucho à une date restant à déterminer afin d'apurer cette dette.

Le cartel se retrouva dans la main de Joshua.

— Hein ? réussit-il à grogner.

Sarha se mit à glousser, ce qui lui valut un regard glacial de Mme Nateghi.

— Nous avons également déposé une demande de saisie conservatoire du *Lady Macbeth*, dit-elle d'une voix polaire. Veuillez ne pas tenter de filer en douce comme la dernière fois.

D'un geste plein d'emphase, Joshua déposa un baiser sur le cartel et gratifia la femme de son plus beau sourire.

— Je suis Joshua Calvert. Vous devriez vous adresser à mon père, je pense. Il s'appelle Marcus Calvert.

Si cette information la déstabilisa, elle n'en laissa rien paraître.

— Êtes-vous le propriétaire actuel du *Lady Macbeth* ?

— Oui.

— En ce cas, vous restez redevable de la dette. La convocation sera révisée pour tenir compte de ce fait. La demande de saisie n'en est nullement affectée.

Joshua conserva son sourire. Il télétransmit à l'ordinateur du vaisseau une demande d'accès au journal de bord pour l'année 2586. Résultat : néant.

— Merci, papa, merci mille fois, marmonna-t-il. (Pas question d'afficher son désarroi devant ces trois vautours.) Écoutez, il s'agit de toute évidence d'un malentendu, d'une erreur informatique ou de quelque chose comme ça. Je n'ai aucune intention de contester cette dette. Et je serai ravi de rembourser les sommes dues en rapport avec le *Lady Mac*. Je suis sûr que personne ne tient à ce que cette regrettable méprise soit tranchée par un tribunal.

Il donna un coup de pied à Sarha qui, des gloussements, était passée au fou rire.

Mme Nateghi hocha sèchement la tête.

— Il est dans mes compétences d'accepter le paiement de la somme due.

— Bien.

Joshua attrapa son crédisque de la Banque jovienne dans la poche de poitrine de sa combi.

— Le montant de la facture émise par la Compagnie Zaman en 2586 est de soixante-douze mille fusiodollars. J'en ai une copie sur moi.

— Je n'en doute pas.

Joshua lui tendit le crédisque, impatient d'en avoir fini avec cette histoire.

L'avocate consulta ostensiblement son bloc-processeur.

— L'intérêt accumulé par votre dette au cours des vingt-cinq dernières années se monte à deux cent quatre-vingt-neuf mille fusiodollars, somme approuvée par la cour.

Sarha faillit s'étouffer sur son rire. Joshua dut faire appel à un blocage naneuronique pour ne pas retrousser les lèvres et gronder comme un fauve. Il était sûr que l'autre utilisait la même tactique pour ne pas ricaner. Salope !

— Certes, fit-il d'une voix blanche.

— Et les émoluments de notre cabinet pour cette affaire se montent à vingt-trois mille fusiodollars.

— Oui, je me disais bien que vous n'étiez pas chers.

Cette fois-ci, elle tiqua.

Joshua procéda au transfert de fonds. Les avocats se retournèrent et s'éloignèrent dans le corridor.

— On peut se permettre une telle dépense ? s'enquit Sarha.

— Oui. J'ai droit à une note de frais illimitée pour cette mission. C'est Ione qui paie.

Quant à savoir comment elle allait réagir en voyant ladite note... mieux valait ne pas y penser.

Pourquoi papa était-il parti aussi précipitamment ?

Ashly tapa Joshua sur l'épaule.

— Ton père était un homme plein de surprises, hein ?

— J'espère qu'il va se dépêcher de posséder quelqu'un, dit Joshua en grinçant des dents. J'aimerais bien avoir une petite conversation avec lui.

Puis il prit conscience de ce qu'il venait de dire. C'était beaucoup moins drôle, beaucoup moins sarcastique qu'il ne l'avait cru. Car papa était bel et bien quelque part dans l'au-delà. En proie à d'atroces souffrances. À moins qu'il n'ait déjà...

— Venez, mettons-nous au boulot.

À en croire le personnel du spatioport, l'établissement idéal s'appelait le Bar KF-T ; c'était là que ça se passait. On y trouvait trafiquants, dealers, maquereaux et autres affranchis.

L'ennui, comme Joshua s'en rendit compte après avoir passé deux heures à parler avec les clients, c'était que personne n'avait eu vent de l'information qu'il recherchait. Le nom d'Alkad Mzu n'avait laissé aucun souvenir aux citoyens d'Ayacucho.

Au bout du compte, il renonça et alla rejoindre Ashly et Melvyn, qui avaient pris place autour d'une table surélevée. De là, il avait une vue imprenable sur la piste de danse, où de jolies filles se trémoussaient de fort agréable façon. Il fit tourner sa canette entre ses mains, indifférent à son contenu.

— Ce n'était qu'une première tentative, capitaine, lui dit Melvyn. On devrait fouiner autour des compagnies d'astro-ingénierie. En ce moment, elles ont tellement besoin de boulot que même les plus honnêtes seraient capables de lui vendre une frégate.

— Si elle veut disparaître, elle doit passer par les bas-fonds, répliqua Joshua. Je croyais que les trafiquants seraient au courant de quelque chose.

— Pas forcément, intervint Ashly. Il y a bel et bien un mouvement clandestin dans le coin. Et rien à voir avec les groupes autonomistes qu'on rencontre dans les astéroïdes ; les Dorados sont déjà un État souverain. Des types m'ont glissé quelques sous-entendus en croyant que je proposais les services du *Lady Mac*, des histoires de vengeance à l'encontre d'Omuta. Mzu aurait pu se tourner vers ce mouvement – c'est son peuple, après tout. Malheureusement, les gens comme vous et moi auraient du mal à se faire passer pour des tenants de cette cause.

Il leva une main pour l'examiner d'un air neutre.

Joshua considéra sa propre peau.

— Ouais, tu n'as pas tort. On n'a pas vraiment l'allure de cousins afro-ethniques, pas vrai ?

— Dahybi pourrait faire illusion.

— J'en doute. (Joshua plissa les yeux.) Seigneur, vous avez vu le nombre de gamins avec un mouchoir rouge autour de la cheville ?

À six ou sept reprises, pendant qu'il allait de table en table, des adolescents lui avaient demandé de les emmener sur Valisk.

— Il y a encore pire que les Nocturnes, dit Melvyn d'un air lugubre. Je n'ai vu aucun possédé dans les parages, c'est déjà ça.

— N'en sois pas si sûr. (Ashly se pencha au-dessus de la

table et baissa la voix.) Mes naneuroniques ont subi deux ou trois avaries ce soir. Rien de grave, mais aucune cause n'a pu être diagnostiquée.

— Hum, fit Joshua, qui se tourna vers Melvyn. Et toi ?

— Certaines de mes cellules mémorielles n'étaient plus en ligne tout à l'heure. J'aurais dû faire plus attention. Merde. Ça fait à peine trois heures qu'on est ici, et on s'est déjà suffisamment approchés de ces saletés pour être affectés. Vous imaginez le pourcentage de la population qui est déjà frappé ?

— La paranoïa est parfois plus grave que le véritable danger, énonça Melvyn.

— Oui. S'ils sont ici, ils ne sont pas encore assez puissants pour monter une campagne d'envergure. Pas encore. Ça nous laisse un peu de temps.

— Alors, que faisons-nous à présent ? demanda Melvyn.

— On change de registre, je suppose, répondit Joshua. On contacte un fonctionnaire susceptible de faire des recherches discrètes pour notre compte. On pourrait aussi faire savoir que le *Lady Mac* est à louer. Si Mzu est venue ici pour chercher de l'aide, elle n'en trouvera qu'au sein des partisans nationalistes. Peut-être qu'ils auront l'idée de nous affréter pour déployer leur engin de mort.

— C'est trop tard maintenant, dit Ashly. Officiellement, nous sommes ici pour acheter des composants destinés à la défense de Tranquillité. Et on a déjà posé trop de questions.

— Ouais. Bon Dieu, je n'ai pas l'habitude de ce genre de manœuvres. Je me demande si d'autres capitaines ont été contactés pour des missions de combat.

— Seulement si Mzu se trouve bien dans cet astéroïde, dit Ashly. Rien ne dit que le *Samaku* n'a pas accosté ailleurs lors de son arrivée dans le système. Et on n'a même pas la certitude qu'elle soit venue par ici. Il faudrait vérifier.

— Je ne suis pas stupide, gémit Joshua. Sarha s'en occupe.

Le sourire de Sarha se fit un peu forcé lorsque Mabaki se cogna à elle pour la troisième fois. La clientèle du Bar KF-T n'était pourtant pas du genre excitable. Elle parvenait à se frayer un chemin dans la salle sans bousculer quiconque.

Mabaki haussa les sourcils lorsqu'elle se retourna vers lui.

— Pardon, fit-il en souriant.

Ce qui la gênait surtout, c'était l'endroit où il se cognait à elle, et la façon dont il s'attardait. Enfin, songea-t-elle, un quinquagénaire vicelard ne serait sans doute que le moindre des obstacles qui allaient se dresser sur la route que Joshua leur avait tracée.

Alors qu'elle allait se résigner à télétransmettre un message audit Joshua, elle l'aperçut enfin, debout devant le comptoir (là où elle aurait dû regarder dès le début, évidemment).

— C'est lui, dit-elle à Mabaki.

Sarha tapa sur l'épaule de son capitaine alors qu'il acceptait la canette que lui tendait la serveuse.

— Joshua, j'ai trouvé quelqu'un qui peut sans doute...

Elle laissa sa phrase inachevée. Ce n'était pas Joshua. Qu'elle ait pu se tromper ainsi, voilà qui était stupéfiant. Mais cet homme lui ressemblait de façon frappante, en particulier sous les feux chatoyants du geyser holographique de la piste de danse. La même carrure, typique d'un métabolisme adapté à la chute libre, les mêmes mâchoires carrées et les mêmes joues plates. Mais la peau de cet homme était plus sombre, même si elle n'approchait pas l'ébène soutenu d'une population afro-ethnique comme celle des Dorados, et ses cheveux étaient d'un noir de jais là où ceux de Joshua étaient châtains.

— Désolée, bafouilla-t-elle.

— Pas moi.

Il avait aussi le sourire de Joshua. En plus ravageur, si possible.

— Je cherchais quelqu'un d'autre.

— Je le déteste déjà.

— Adieu.

— Oh, je vous en prie, je suis trop jeune pour mourir. Et je ne survivrai pas à votre départ. Buvez un verre avec moi, au moins. L'autre peut attendre.

— Non.

Elle commença à s'éloigner. Une impulsion irraisonnée la poussa à se retourner, perplexe. La ressemblance était vraiment stupéfiante.

Le sourire de l'homme s'élargit.

— C'est bien. Vous avez fait le bon choix.

— Non. Non, je m'en vais.

— Au moins laissez-moi vous donner mon e-adresse.

— Merci, mais nous ne restons pas ici très longtemps.

Sarha ordonna à ses jambes de s'animer. Elle savait que son visage était écarlate. C'était aussi stupide qu'embarrassant.

— Je m'appelle Liol, lança l'homme derrière elle. Si vous voulez me voir, demandez Liol. Tout le monde me connaît.

Je n'en doute pas, songea-t-elle, et surtout les filles. La foule se referma autour d'elle et Mabaki la suivit.

La seconde fois fut la bonne. Joshua était assis à une table dans un coin, en compagnie d'Ashly et de Melvyn, de sorte qu'il était impossible de se tromper.

— L'officier Mabaki travaille pour le Service d'immigration des Dorados, expliqua-t-elle en rapprochant une chaise.

— Excellent, fit Joshua. J'aimerais me procurer certains de vos fichiers.

Quinze mille fusiodollars lui permirent d'apprendre que le *Samaku* avait bel et bien accosté à Ayacucho. Un seul passager avait débarqué.

— C'est elle, confirma Mabaki après que Joshua lui eut transmis un fichier visuel. Daphine Kigano. On ne risque pas d'oublier une femme comme celle-là.

— Daphine Kigano, hein ? Le genre intraitable, pas vrai ?

— Je veux. (Mabaki savoura une nouvelle gorgée du Tennessee Malt que Joshua lui avait offert.) C'est une vieille amie d'Ikela. Le genre de relation avec qui on ne plaisante pas.

Joshua accéda au processeur-réseau du bar, section informations générales, et demanda un fichier sur Ikela. Celui-ci contenait surtout des communiqués émanant de T'Opingtu, mais cela lui suffit pour se faire une idée.

— Je vois, maugréa-t-il. Pouvez-vous nous dirc quels astronefs ont appareillé depuis l'arrivée de Daphine Kigano ?

— Rien de plus simple : aucun. Enfin, exception faite de ceux de la délégation édéniste, mais elle venait de la géante gazeuse de ce système, de toute façon. Quelques spationefs sont encore en vol, mais il n'y a pas un seul astronef adamiste dans les parages. Le *Lady Macbeth* est le premier à débarquer depuis le départ du *Samaku*.

Une fois que Mabaki eut pris congé, Joshua se fendit d'un large sourire. C'était la première fois depuis un bon moment qu'il n'avait pas besoin de ses naneuroniques pour ce faire.

— Elle est encore ici, dit-il aux autres. On la tient.

— On a une piste, corrigea Melvyn. Rien de plus.

— Toujours optimiste. Maintenant que nous avons un nom, nous pouvons orienter nos efforts. Je pense qu'il faudrait commencer par cet Ikela. On peut même lui demander un rendez-vous en bonne et due forme, bon sang. T'Opingtu fabrique le genre de produits dont les défenses de Tranquillité ont soi-disant besoin.

Il vida sa canette et la posa sur la table. Percevant un vif mouvement, il écrasa violemment l'araignée qui trottinait près du sous-bock imbibé de bière.

— Zut, fit Samuel. Enfin, nous savons au moins pourquoi il est ici. Ione Saldana a dû lui demander de retrouver Mzu, je suppose.

— Cette vache stupide, lâcha Monica. Elle n'a donc aucune idée de la gravité de la situation ? Envoyer un crétin de mercenaire sur sa piste !

— Lagrange Calvert, dit Samuel d'un air songeur. Elle aurait pu choisir pire. Il a assez de couilles pour une mission de ce genre.

— Mais il n'a aucun style. Bon Dieu, s'il se promène un peu partout en posant des questions stupides, tous les habitants des Dorados vont savoir que Mzu est en liberté. Et qu'elle est dans le secteur ! Je devrais l'éliminer séance tenante ; ça nous épargnerait de sérieuses migraines sur le long terme.

— Vous avez une fâcheuse tendance à affirmer que la vie serait bien plus facile si on tuait tout ceux qui nous posent le moindre problème. Calvert est un amateur, il ne risque pas de nous gêner. En outre, ce n'est pas lui qui va agiter la population.

Samuel désigna la rangée de colonnes AV disposées le long d'un des murs du bureau. Les agents édénistes s'affairaient à étudier les émissions de tous les médias d'Ayacucho.

On venait d'annoncer le décès d'Ikela, apparemment lié à un « incident » survenu dans les bureaux de Laxa & Ahmad. La police, considérant que ce décès était suspect, refusait de parler aux reporters massés devant les portes du cabinet d'avocats. Mais on savait déjà qu'elle souhaitait interroger Kaliua Lamu en tant que témoin.

Monica grimaça en entendant cela. Elle n'aurait pas dû exposer ainsi le financier, mais il détenait des informations trop précieuses. Il avait exigé que Monica le protège de ses prétendus camarades, ce qu'elle ne pouvait guère refuser. Sa famille et lui-même se trouvaient déjà à bord de l'un des faucons de la délégation édéniste, dans l'attente de fuir en lieu sûr.

— Comme si je ne le savais pas, grommela-t-elle. Cet enfoiré de Cabral va nous rendre la vie impossible. Je ne comprends toujours pas pourquoi vous les avez laissés partir, lui et les deux autres.

— Vous le savez parfaitement. Comment aurions-nous pu agir autrement ? Feira Ile est le chef de la Défense stratégique d'Ayacucho ; Malindi est le président de la Chambre de commerce ; et tous deux siègent au Conseil des Dorados. Je ne pouvais pas autoriser leur enlèvement.

— Sans doute que non, soupira-t-elle.

— Ils ne vont pas dire aux gens ce qu'ils étaient en train de faire, ni même qu'ils étaient sur les lieux.

— Je n'en suis pas si sûre. Vu leur situation, ils sont au-dessus des lois ; et si l'on découvre la présence de Mzu, ça va renforcer la cause nationaliste.

— C'est probablement ce qui va se produire. Cabral y veillera. Après tout, il a voté pour qu'on l'aide à récupérer l'Alchimiste.

— Oui. (Elle poussa un grognement exaspéré.) Bon Dieu, et dire qu'on est passés devant elle sans la voir !

— Nous étions trop occupés à courir.

Monica gratifia Samuel d'un regard noir.

— Est-ce qu'on l'a de nouveau aperçue ?

— Non. Toutefois, nous perdons un nombre inhabituel d'araignées.

— Ah ?

— Les enfants s'amusent à les tuer un peu partout. Une sorte de jeu organisé. Plusieurs crèches ont lancé des concours pour voir qui en massacrerait le plus. Des concours avec des lots. Astucieux, commenta-t-il.

— Quelqu'un est bien organisé.

— Oui et non. Le choix des enfants dénote une stratégie plutôt bizarre, le nombre d'araignées éliminées nous gênant sans nous bloquer. Si c'était une autre agence qui avait découvert notre présence, elle aurait lâché un virus conçu pour tuer nos petits espions. (Il lui jeta un regard interrogateur.) N'est-ce pas ?

Elle plissa les lèvres en un sourire ironique.

— Procédure standard pour certains, j'imagine.

— Donc, il ne s'agit pas d'une agence, mais de quelqu'un ayant des contacts lui permettant d'influencer les crèches. Et vite.

— Ce ne sont pas les partisans. Ils n'ont jamais été très bien organisés, et leurs membres ne sont plus tout jeunes. Le groupe qui protège Mzu ?

— Si l'on procède par élimination, c'est la seule solution.

— Oui, mais, jusqu'ici, nous n'en connaissons qu'un seul membre, cette Voi. S'il existe un noyau secret de partisans, j'ai peine à croire que l'ASE n'en ait jamais entendu parler.

— Ni nous non plus.

Il se tourna vers les agents qui étudiaient les médias, adoptant toute une série d'expressions à mesure qu'il dialoguait avec eux via le lien d'affinité.

— Intéressant, dit-il.

— Quoi donc ? s'enquit Monica d'une voix patiente.

— Si l'on considère le caractère mystérieux du décès d'Ikela et l'étendue de sa richesse, il est étrange que personne ne parle de sa fille. En général, c'est là-dessus que se concentre la presse : sur les héritiers.

— Cabral la protège.

— On dirait.

— Pensez-vous qu'il fasse partie de ce nouveau groupe ?

— C'est fort improbable. D'après ce que nous savons de lui, son implication dans le mouvement était minimale, elle ne servait qu'à asseoir son image de marque.

— Qui sont les alliés de Voi, alors ?

Beaucoup plus tard, quand il eut le temps de s'asseoir et de réfléchir, Liol décida que c'était à cause de Lalonde qu'il avait réagi aussi lentement. Dans des circonstances normales, il aurait été beaucoup plus vif. Mais, après avoir accédé au reportage de Kelly Tirrel, il avait fait la tournée des bars et des boîtes d'Ayacucho, se saoulant méthodiquement à l'alcool et aux stims. Bien des gens avaient choisi le même exutoire, mais pour une tout autre raison. Ils avaient peur des possédés, tout simplement, alors que Liol venait d'assister à l'effondrement du rêve de toute une vie.

Un rêve qui avait toujours été dangereux. Il est fortement déconseillé de bâtir une vie sur un unique espoir qui date de votre plus tendre enfance. Mais c'était ce qu'avait fait Liol. Sa mère lui avait toujours dit que son père reviendrait un beau jour ; cette certitude ne l'avait jamais quittée, survivant à trois autres maris et à une foule d'amants. Il reviendra pour nous emmener avec lui ; quelque part où le soleil est d'un blanc étincelant et la terre plate et infinie. À un univers de distance des Dorados, ces mondicules hantés par un passé horrible et tragique.

Quant à Liol, le rêve – la certitude – de sa destinée l'avait fait sortir du lot, lui avait donné une attitude. Il appartenait à la première génération de Garissans nés après le génocide. Là où ses pairs souffraient des cauchemars de leurs parents, le jeune Liol s'épanouissait dans les cavernes et les corridors en construction de Mapire. Il était le champion de sa crèche ; adolescent, il était l'idole de ses camarades, le premier d'entre eux à s'enivrer, à coucher avec une fille, à essayer les drogues douces, puis moins douces, le premier à tester un programme stim du marché noir dans ses naneuroniques nouvellement implantées. Un authentique rebelle, jeune et déjà blasé, du moins autant qu'on pouvait l'être dans les limites permises par le système de Tunja.

Son enthousiasme perdura même après qu'il eut fêté son vingtième anniversaire, bien que les années d'absence de son père aient commencé à s'accumuler de façon inquiétante. Il s'accrochait toujours à la promesse de sa mère.

Bon nombre de ses contemporains quittèrent les Dorados une fois atteinte leur majorité, une émigration inquiétante aux yeux du Conseil. Tout le monde supposait que Liol ferait de même, qu'il serait le premier à partir en quête de nouvelles opportunités. Mais il était resté, participant à l'effort collectif qui visait à faire des Dorados une puissance industrielle.

L'Assemblée générale de la Confédération avait accordé les Dorados aux réfugiés garissans en guise de compensation du génocide perpétré par Omuta. Toute compagnie multistellaire exploitant les minerais était tenue de payer au Conseil une taxe dont le produit était en partie utilisé pour investir dans l'infrastructure des astéroïdes, le reste étant directement reversé aux survivants et à leurs descendants, à présent dispersés dans toute la Confédération.

En 2606, ce dividende s'élevait à vingt-huit mille fusiodollars par an. Disposant comme garantie de ce revenu assuré, Liol n'eut aucune peine à obtenir des prêts et des subventions des banques et de la Société d'exploitation des Dorados, ce qui lui permit de créer sa propre entreprise, Quantum Serendipity. Fidèle à son obsession, désormais un tantinet malsaine, pour le vol interstellaire, il décida de se spécialiser dans les composants électroniques pour astronefs. Un choix des plus avisés ; la circulation spatiale au sein du système de Tunja augmentait d'année en année. Il travailla d'abord comme sous-traitant pour les compagnies de fourniture et d'entretien les plus importantes, jusqu'à ce que son entreprise soit considérée comme fiable. Au bout de deux ans de croissance, il loua une baie d'accostage dans le spatioport, ce qui lui permettait de maîtriser toutes les phases de l'entretien d'un vaisseau spatial. La troisième année, Quantum Serendipity devint actionnaire majoritaire d'une petite station électronique ; en produisant elle-même ses processeurs, l'entreprise était plus compétitive tout en continuant à faire des bénéfices.

Aujourd'hui, Liol détenait la majorité des parts de deux stations électroniques, possédait sept baies d'accostage et employait soixante-dix personnes. Et, six mois plus tôt, Quantum Serendipity avait décroché le contrat d'entretien du réseau de communication reliant les plates-formes DS d'Ayacucho ; ses revenus, à présent consolidés, étaient sur le point de lui faire franchir un nouvel échelon.

Puis l'Assemblée générale de la Confédération avait lancé son message d'alerte relatif à la possession, aussitôt suivi par la diffusion du reportage de Kelly Tirrel. Liol fut nettement moins affolé que ses concurrents par ce fameux message, son contrat avec la défense stratégique lui permettant de survivre pendant la durée de la crise. Quant au reportage, où l'on voyait Lagrange Calvert, superpilote et héros du jour, sauver des enfants grâce à son astronef... Liol faillit en être brisé. C'était la fin de son univers.

Aucun de ses amis ne put expliquer sa dépression aussi soudaine que féroce, ni les inquiétants excès auxquels il se livrait. Mais il ne leur avait jamais parlé de son rêve, de l'importance qu'il revêtait à ses yeux, le gardant pour lui seul. De sorte que, après avoir tenté une ou deux fois de lui remonter le moral, n'obtenant pour leur peine que des injures bien senties, ils avaient fini par le laisser tranquille.

C'est pourquoi il fut fort surpris lorsque la fille s'adressa à lui au Bar KF-T. Surpris et pas mal déconcerté. Il se lança dans son petit numéro de séducteur par pur réflexe, sans même avoir besoin de réfléchir. Ce fut seulement lorsqu'elle s'éloigna que son beau visage un peu épaté se renfrogna.

— Joshua, dit-il d'une voix avinée. Elle m'a appelé Joshua. Pourquoi ?

La serveuse, qui avait désormais renoncé à l'idée de le lever, haussa les épaules et s'éloigna.

Liol vida sa bière d'un trait, puis télétransmit une demande de recherche au registre informatique du spatioport. La réponse qu'il reçut sembla activer dans ses naneuroniques un programme de dégrisement particulièrement corsé.

Alkad avait connu des chambres plus minables lors de sa fuite, trente ans plus tôt. L'hôtel appliquait un tarif horaire, sa clientèle se composant d'astros faisant escale sur l'astéroïde et de citoyens en quête d'un endroit tranquille et discret où s'adonner aux vices procurés par la technologie moderne. Il n'y avait pas de fenêtre, l'établissement étant creusé dans le roc à quelque distance de la falaise donnant sur la biosphère.

Deux des murs de la pièce étaient occupés par des hologrammes qui affichaient une cité planétaire au crépuscule, une constellation de lumières s'étendant jusqu'à un horizon rose saumon. Le lit prenait la moitié de l'espace, laissant juste assez de place aux occupants pour le contourner. Les autres meubles brillaient par leur absence. La salle de bains se réduisait à une cabine équipée d'une douche et d'un cabinet de toilette. On se procurait savons et gels à un distributeur payant.

— Voici Lodi Shalasha, dit Voi quand ils entrèrent. Notre sorcier de l'électronique, il s'est assuré que la chambre n'était pas surveillée. Enfin, je l'espère. Il a intérêt.

Le jeune homme descendit du lit et gratifia Alkad d'un sourire nerveux. Il était vêtu d'une tenue d'un orange flamboyant mouchetée de spirales vertes qui donnaient le vertige. Un peu moins grand que Voi, avec pas mal de kilos en trop.

Alkad reconnut aussitôt en lui l'étudiant typique, empli d'une indignation engendrée par un monceau de connaissances nouvelles. Elle en avait vu un bon millier comme lui lorsqu'elle enseignait ; des gosses venant d'un milieu aisé, que la première bouchée de liberté intellectuelle conduisait à orienter leur esprit dans les mauvaises directions.

Son sourire devint forcé quand il se tourna vers Voi.

— Tu es au courant ?

— Au courant de quoi ? demanda la grande fille, aussitôt soupçonneuse.

— Je suis navré, Voi. Vraiment navré.

— *Que s'est-il passé ?*

— Ton père. Il y a eu un incident dans les bureaux de Laxa & Ahmad. Il est mort. Les médias ne parlent que de ça.

Le corps de la jeune fille se tétanisa, et elle fixa Lodi comme si elle ne le voyait pas.

— Comment est-ce arrivé ?

— Les flics disent qu'il a été abattu. Ils veulent interroger Kaliua Lamu.

— C'est ridicule, pourquoi Kaliua aurait-il tiré sur mon père ?

Lodi haussa les épaules en signe d'ignorance.

— C'est sûrement ces types qui couraient dans les couloirs, dit Voi. Ce sont des agents étrangers qui ont fait le coup. Mais cela ne doit pas nous distraire.

Elle marqua une pause, puis éclata en sanglots.

Alkad s'y était attendue, cette fille était bien trop rigide. Elle la fit asseoir sur le lit et lui passa un bras autour des épaules.

— Laissez-vous aller, lui dit-elle. Ne résistez pas.

— Non. (Voi oscillait d'avant en arrière.) Il ne faut pas. Rien ne doit interférer avec la cause. J'ai un programme inhibiteur. Je vais l'activer.

— Surtout pas, avertit Alkad. Ce serait la pire des choses à faire. J'ai suffisamment l'expérience du chagrin pour savoir ce qui marche, croyez-moi.

— Je n'aimais pas mon père, brailla Voi. Je lui ai dit que je le détestais. Je détestais ce qu'il faisait. C'était un faible.

— Non, Ikela n'a jamais été faible. N'allez pas penser ça de lui. C'était l'un des plus vaillants capitaines de nos forces spatiales.

Voi se passa une main sur le visage, ne faisant qu'étaler ses larmes sur ses joues.

— Un capitaine des forces spatiales ?

— En effet. Il commandait une frégate durant la guerre. C'est comme ça que j'ai fait sa connaissance.

— Papa s'est battu pendant la guerre ?

— Oui. Et après aussi.

— Je ne comprends pas. Il n'en parlait jamais.

— Il n'était pas censé le faire. Il avait reçu des ordres, et il leur a obéi jusqu'à l'heure de sa mort. C'était un officier valeureux. Je suis fière de lui. Tous les Garissans peuvent être fiers de lui.

Alkad espéra que sa voix était vierge de toute trace d'hypocrisie. Désormais, elle savait qu'elle avait besoin de Voi et de ses alliés, quels qu'ils soient. Et Ikela avait gardé la foi presque jusqu'au bout, elle ne faisait que proférer un pieux mensonge.

— Qu'est-ce qu'il a fait quand il était dans les forces spatiales ? s'enquit Voi, avide de détails.

— On en parlera plus tard, c'est promis, répondit Mzu. Pour le moment, je veux que vous activiez un programme de somnolence. C'est la meilleure solution, croyez-moi. La journée a déjà été assez dure, même avant cette mauvaise nouvelle.

— Je n'ai pas envie de dormir.

— Je sais. Mais vous en avez besoin. Et je ne compte aller nulle part. Je serai ici à votre réveil.

Voi jeta un regard hésitant à Lodi, qui hocha la tête en signe d'encouragement.

— D'accord, fit-elle.

Elle s'allongea sur le lit, chercha une position confortable et ferma les yeux. Le programme se mit en route.

Alkad se leva et désactiva sa tenue caméléon. La matière

ultramince lui collait à la peau, et elle grimaça en la détachant de son visage. Mais l'air frais de la chambre la tonifia ; elle avait pas mal transpiré là-dedans.

Elle ouvrit le sceau de son chemisier et entreprit de se défaire de la tenue.

Lodi se mit à toussoter bruyamment.

— C'est la première fois que vous voyez une femme nue ?

— Euh... non, mais je... c'est-à-dire...

— Est-ce que tout ceci est un jeu pour vous, Lodi ?

— Un jeu ?

— Oui, le jeu du courageux rebelle, du révolutionnaire en fuite ?

— Non !

— Très bien. Parce que, avant qu'on en ait fini, vous verrez des choses plus horribles qu'une vieille femme cul nu.

Il se calma aussitôt.

— Je comprends. Oui, je comprends. Euh...

Alkad s'attaqua au pantalon, nettement plus serré que la cagoule.

— Oui ? fit-elle.

— Qui êtes-vous au juste ?

— Voi ne vous l'a pas expliqué ?

— Non. Elle m'a seulement demandé d'alerter le groupe car il risquait d'y avoir de l'action. Elle m'a dit qu'on devait être prudents car l'astéroïde était probablement placé sous surveillance.

— Elle avait raison.

— Ouais, je sais, dit-il, fier de lui. C'est moi et quelques autres qui avons découvert que ces araignées étaient un coup des Édénistes.

— Astucieux.

— Merci. Les plus jeunes de nos cadres sont en train de nettoyer les zones critiques, les places et les croisements. Mais j'ai veillé à ce qu'ils évitent cet hôtel. Je ne voulais pas attirer l'attention sur lui.

— Sage précaution. Ces cadres, ils savent que nous sommes ici ?

— Non, jamais de la vie ; personne ne le sait. Je le jure. Voi voulait une chambre parfaitement sûre ; je l'ai même payée en liquide.

Peut-être que je peux encore sauver la situation, après tout, se dit Alkad.

— Voici ce qu'on va faire, Lodi : je vais commencer par

prendre une douche et, ensuite, vous allez tout me dire sur votre petit groupe.

À l'instar de la majorité des astros, Joshua aimait bien loger à l'hôtel lors d'une escale, même quand celle-ci ne durait qu'une nuit. Ce n'était pas nécessairement plus pratique que de rester à bord du *Lady Mac*, mais ça le changeait de ses habitudes. Cette fois-ci, cependant, l'équipage regagna l'astronef ; et Joshua dépressurisa le sas une fois que tout le monde eut embarqué. Cela n'arrêterait pas un intrus en combinaison IRIS, mais le *Lady Mac* était bien équipé question systèmes de défense. En outre, il croyait savoir qu'un possédé aurait du mal à porter et à faire fonctionner un vidoscaphe ; si Kelly avait raison, leur pouvoir énergétique difficilement contrôlable sèmerait la panique chez les processeurs. Lorsqu'il scella son cocon de sommeil, son taux de paranoïa était le moins élevé qu'il ait enregistré depuis plusieurs jours.

Cinq heures plus tard, les astros gagnèrent la cuisine l'un après l'autre pour y prendre un petit déjeuner particulièrement morose. Tous avaient accédé aux agences de presse locales. Le meurtre d'Ikela faisait les gros titres.

Ashly jeta un coup d'œil à la colonne AV de la cuisine tandis qu'il branchait sa ration de céréales sur le distributeur de lait.

— On cherche sûrement à étouffer l'affaire, grommela le pilote. Trop de fumée et pas assez de feu. La police aurait dû arrêter un suspect à présent. Où un type aussi connu que ce Lamu a-t-il pu se planquer dans l'astéroïde ?

Joshua leva les yeux de son jus d'ananas.

— Tu penses que c'est Mzu qui a fait le coup ?

— Non. (Ashly récupéra ses céréales et en avala une bouchée.) Je pense que c'est quelqu'un qui cherchait à capturer Mzu ; Ikela s'est retrouvé sur son chemin, tout simplement. Les flics doivent être au parfum. Mais ils ne peuvent pas le déclarer publiquement.

— Alors, est-ce que ce quelqu'un l'a capturée ? demanda Melvyn.

— Je ne suis pas voyant.

— De telles questions sont sans importance, intervint Beaulieu. Nous n'avons pas assez d'informations pour entretenir ce genre de spéculations.

— En attendant, nous pouvons spéculer sur l'identité des personnes cherchant à la capturer, dit Melvyn. Je parierais que c'est un de ces putains de services secrets. Si nous pouvons confirmer la présence de Mzu, eux aussi. Ce qui signifie qu'on est dans la merde, capitaine. S'ils peuvent descendre quelqu'un comme Ikela en toute impunité, ils n'auront aucun scrupule à éliminer des gens comme nous.

Joshua troqua sa brique de jus d'ananas vide contre une boîte de thé et un croissant. Il parcourut son équipage du regard tout en mâchonnant la pâtisserie insipide (une autre des raisons pour lesquelles il aimait l'hôtel : la bouffe conçue pour la chute libre était molle afin d'éviter les miettes). Les paroles de Melvyn le troublaient : aucun d'eux n'avait l'habitude d'affronter des situations de danger individuel ; l'aptitude au combat spatial, c'était autre chose. En outre, il subsistait toujours le risque d'une rencontre avec les possédés.

— Beaulieu a raison, nous n'avons pas encore assez de données, déclara-t-il. Nous allons consacrer la matinée à en rassembler. Melvyn et Ashly, vous allez faire équipe ; concentrez-vous sur les contrats de défense, voyez si vous pouvez trouver qui a vendu l'équipement nécessaire à Mzu pour déployer l'Alchimiste. En particulier, elle aura besoin d'un astronef, mais celui-ci devra être rénové de fond en comble ; si on a du pot, elle aura commandé du matériel sur mesure. Dahybi et Beaulieu, essayez de trouver ce qu'est devenue sa fausse identité, Daphine Kigano – où on l'a aperçue pour la dernière fois, le numéro de son crédisque, ce genre de truc. Quant à moi, je vais m'intéresser à Ikela et à ses associés.

— Et moi ? protesta Sarha.

— Toi, tu montes la garde à bord et tu ne laisses monter personne, excepté nous autres. À partir de maintenant, il y aura toujours quelqu'un de quart sur la passerelle. Je n'ai pas la certitude que les possédés soient présents à Ayacucho, mais je ne veux pas courir ce risque. Et n'oublions pas les services secrets, ainsi que les forces de sécurité locales et les alliés de Mzu, quels qu'ils soient. Je pense aussi que le moment est bien choisi pour faire sortir les sergents de tau-zéro, au cas où les choses tourneraient mal. Nous n'aurons aucune peine à les faire passer pour des cosmoniks.

Ione éprouvait une sensation d'indépendance vraiment bizarre, aussi bien quand elle se réduisait à un seul individu que lorsqu'elle était à l'unisson des esprits fragmentaires des autres sergents. Ses pensées papillonnaient sur la bande d'affinité comme des oiseaux fuyant un cyclone.

Nous devons nous séparer plus souvent, dit-elle.

À quoi ses propres pensées répondirent :

Absolument.

Elle avait envie de glousser ; comme si elle subissait les chatouillis d'un amant impitoyable, aussi troublants qu'indispensables.

Elle réduisit le contact avec les trois autres sergents, limitant à l'essentiel le flux d'informations : localisation, évaluation des risques, interprétation de l'environnement. Elle ne pouvait s'empêcher de frissonner mentalement à l'idée de cette nouvelle expérience ; c'était la première fois de sa vie qu'elle sortait de Tranquillité. Ayacucho n'était peut-être pas un endroit extraordinaire, mais elle était bien décidée à s'en imprégner au maximum.

Elle sortit à la suite de Joshua de la capsule de transit qui venait de les conduire dans le spatioport. La chambre axiale n'était qu'une bulle creusée dans le roc, où régnait une faible gravité, mais c'était une bulle creusée dans le roc qu'elle n'avait jamais vue. Son premier monde étranger.

Joshua monta dans une cabine d'ascenseur et s'assit sur un siège. Elle prit place en face de lui, sentit le matériau composite grincer comme il s'adaptait à son poids.

— Tout ceci est si étrange, dit-elle alors que la cabine démarrait. Une partie de moi-même a envie d'être près de toi.

Le visage de Joshua s'anima.

— Seigneur, Ione, pourquoi as-tu fourré ta personnalité dans ces sergents ? Celle de Tranquillité aurait tout aussi bien fait l'affaire.

— Eh bien, Joshua Calvert, on dirait que vous êtes gêné.

— Qui, moi ? Pas le moins du monde, j'ai l'habitude de me faire draguer par des monstruosités de deux mètres de haut.

— Ne sois pas si grincheux. Ça ne te va pas. Et puis, tu devrais me remercier. Tu éveilles mon instinct protecteur. Ça pourrait me donner un avantage.

La réplique de Joshua lui resta dans la gorge.

La cabine déboucha dans un corridor public, situé dans le quartier commerçant de l'astéroïde, où l'on voyait plusieurs employés en retard se précipiter vers leur lieu de travail et quelques mécanoïdes nettoyer le sol et les murs. Moins spartiate que la chambre axiale, ce corridor était pourvu d'un toit en voûte et décoré de plantes disposées à intervalles réguliers. Ce n'en était pas moins un banal tunnel creusé dans le roc. Malheureusement, le sergent n'était pas équipé de lèvres susceptibles de dessiner une moue, ce qui frustra quelque peu Ione. Elle était impatiente de découvrir la biosphère.

Joshua s'engagea dans le corridor.

— Qu'espères-tu accomplir ici ? demanda-t-elle.

— T'Opingtu est une grande compagnie ; quelqu'un a sûrement été désigné pour la diriger. Et Ikela a dû choisir comme successeur un homme ou une femme de confiance, quelqu'un qui lui était proche. Ce n'est pas grand-chose, mais c'est notre meilleure piste.

— Je ne pense pas que tu pourras obtenir un rendez-vous aujourd'hui.

— Ne sois donc pas si pessimiste, Ione. L'ennui, c'est que tu ne connais que Tranquillité, qui est aussi logique qu'incorruptible. Rien à voir avec les astéroïdes comme Ayacucho. Le contrat que je vais agiter devant mon interlocuteur va me conduire tout droit au bureau directorial. Ce genre de transaction suit un protocole bien précis.

— Bien, admettons que tu entres dans la place. Et ensuite ?

— J'aviserai une fois entré. Rappelle-toi que notre mission se limite à l'acquisition de données – tout peut nous être utile, même quelque chose de négatif. Alors garde tes sens bien ouverts et fais tourner ta mémoire à plein régime.

— À vos ordres, capitaine.

— Bon, ce qui nous intéresse au premier chef, c'est tout ce que nous pourrons apprendre sur la vie d'Ikela. Nous savons que c'était un réfugié garissan, mais qui fréquentait-il autrefois, était-il un nationaliste fervent ? Il nous faut des noms, des contacts, ce genre de trucs.

— Ma personnalité n'a souffert aucun dommage lors du processus de réplication. Je suis encore capable de réfléchir.

— Génial. Un garde du corps susceptible.

— Joshua, mon chéri, ce n'est pas de la susceptibilité.

Il s'arrêta et tendit l'index vers le sergent massif.

— Bon, écoute...

— C'est Pauline Webb, coupa Ione.

— Hein ? Qui ça ?

Trois personnes se dirigeaient vers Joshua. Deux hommes afro-ethniques flanquant une femme blanche. Ces deux types ne lui inspiraient pas confiance ; ils étaient vêtus en civil, mais on les imaginait mieux en armure de combat. Renforcés, sans aucun doute, et probablement équipés de toutes sortes d'implants extrêmement létaux.

Pauline Webb fit halte deux mètres devant Joshua et lança au sergent un regard curieux.

— Votre rendez-vous est annulé, Calvert. Rassemblez votre équipage, regagnez votre astronef et rentrez chez vous. Dès aujourd'hui.

Joshua afficha son sourire le plus nonchalant.

— Pauline Webb. Vous ici ?

L'intéressée jeta un nouveau regard soupçonneux au sergent.

— La présente situation n'est plus de votre ressort.

— Elle est du ressort de tout le monde, répliqua Ione. En particulier du mien.

— Je ne savais pas que ces trucs pouvaient opérer indépendamment.

— Eh bien, maintenant, vous le savez, dit poliment Joshua. Si vous voulez bien vous écarter...

L'homme qui se trouvait en face de lui croisa les bras et écarta légèrement les jambes, se transformant en obstacle infranchissable. Il adressa à Joshua un sourire franchement carnivore.

— Euh... peut-être pourrions-nous parvenir à un accord ?

— Notre accord est tout simple, dit Webb. Si vous partez, vous resterez en vie.

— Viens, Joshua, dit Ione.

La main bien trop humaine du sergent se referma sur son épaule, l'obligeant à faire demi-tour.

— Mais...

— Viens.

— C'est un conseil avisé, déclara Webb. Suivez-le.

Ione lâcha l'épaule de Joshua au bout de quelques pas. Fulminant, il se laissa escorter jusqu'à la cabine au bout du corridor. Jetant un coup d'œil par-dessus son épaule, il vit que Webb et ses deux acolytes n'avaient pas cessé de les observer.

— Ce n'est pas sa juridiction, siffla-t-il. On aurait pu faire une scène, lui attirer des ennuis. Les flics l'auraient embarquée en même temps que nous.

— Tout conflit entre les autorités et elle aurait été résolu en sa faveur. C'est un officier du SRC ayant pour mission de retrouver Mzu ; l'antenne des Forces spatiales de la Confédération l'aurait appuyée, et nous nous serions retrouvés dans la merde, voire carrément en prison.

— Comment diable s'y est-elle prise pour savoir où je me rendais ?

— J'imagine que l'équipage du *Lady Mac* est placé sous surveillance permanente.

— Nom de Dieu !

— Eh oui ! Nous allons devoir nous replier et élaborer une nouvelle stratégie.

Ils arrivèrent devant la cabine, et Joshua télétransmit une demande de transfert à la chambre axiale. Il se retourna une nouvelle fois vers Webb et esquissa un sourire.

— Tu sais ce que ça signifie, n'est-ce pas ?

— Quoi donc ?

— Les services secrets ne l'ont pas encore capturée. Nous sommes toujours dans la course.

— C'est logique.

— Bien sûr que c'est logique. Peut-être même qu'on va pouvoir retourner la situation à notre avantage.

— Comment cela ?

— Je te le dirai quand on sera à bord du *Lady Mac*. Mais pour commencer : décontamination pour tout le monde. Dieu sait avec quelle sorte de nanoniques ils nous ont infectés. Si on n'y prend pas garde, ils vont bientôt capter jusqu'à nos pensées.

Il pénétra dans la cabine. Quelqu'un avait placé sur ses cloisons une demi-douzaine d'autocollants holomorphes, d'une vingtaine de centimètres de diamètre ; il y en avait même deux ou trois au plafond. L'un d'eux, qui était à hauteur de visage, démarra son cycle, une éclosion de photons couleur lavande dessinant peu à peu la silhouette d'une pom-pom-girl court vêtue. Elle agita son bâton d'argent avec enthousiasme. « Fuis, Alkad, fuis ! glapit-elle. Tu es notre dernier espoir ; ne te laisse pas attraper. Fuis, Alkad, fuis ! »

Joshua ouvrit de grands yeux interloqués.

— Seigneur Dieu !

La pom-pom-girl lui lança une œillade, puis disparut sous la surface de l'autocollant, comme emportée par un tourbillon. Trois autres démarrèrent leur cycle.

2.

Arnstadt tomba aux mains de l'Organisation de Capone après une bataille spatiale de quatre-vingt-dix minutes. Le réseau DS fut anéanti par les guêpes de combat propulsées à l'antimatière. Les Édénistes avaient eu le temps de prévenir les forces spatiales locales, les mettant en mesure de redéployer leurs vaisseaux. Trois escadres de faucons étaient venues soutenir les astronefs adamistes depuis les habitats en orbite autour de l'une des géantes gazeuses du système.

Ces préparatifs ne purent altérer l'issue de la bataille. Quarante-sept vaisseaux des forces spatiales d'Arnstadt furent perdus corps et biens, ainsi que quinze faucons. Les autres astronefs édénistes battirent en retraite, regagnant les parages de la géante gazeuse.

La flotte de transport de l'Organisation se plaça en orbite basse sans rencontrer de résistance, et les spatiojets entreprirent de conduire sur la surface une petite armée de possédés. Comme toutes les planètes modernes de la Confédération, Arnstadt ne disposait que de troupes réduites. On y trouvait quelques brigades de marines, surtout rompues au combat spatial et aux techniques d'infiltration. À cette époque, la guerre se faisait dans l'espace. Jamais, depuis la fin du XXIe siècle, on n'avait vu des fantassins hostiles envahir un territoire à marche forcée.

Son réseau DS étant réduit à un essaim de météorites radioactives sillonnant un ciel meurtri, Arnstadt se révéla incapable de résister aux possédés descendant en masse de leurs spatiojets. Ceux-ci commencèrent par s'infiltrer dans les villages, augmentant leurs forces et passant ensuite aux villes. La surface de la zone occupée se mit à croître de façon exponentielle.

Luigi Balsamo établit son QG dans une colonie-astéroïde en orbite. On lui transmettait les informations relatives aux personnes capturées par les possédés, et les programmes de coordination structurelle rédigés par Emmet Morden décidaient alors de leur intégration aux rangs de ces derniers. Plusieurs membres de l'Organisation furent promus lieutenants, leur autorité étant assurée par la puissance de feu des astronefs en orbite basse.

Une fois que la conquête de la planète fut bien avancée, Luigi divisa la moitié de la flotte en escadres et déploya celles-ci pour attaquer les colonies-astéroïdes du système. Seuls les habitats édénistes furent laissés de côté ; Capone ne tenait pas à risquer une seconde défaite de l'ampleur de celle de Yosemite.

Des astronefs furent renvoyés en Nouvelle-Californie, et de nouveaux vaisseaux de transport ne tardèrent pas à arriver, porteurs des éléments constitutifs d'un nouveau réseau DS, ainsi que d'équipements destinés à consolider la position de l'Organisation. On autorisa des journalistes à filmer la vie sur la planète conquise, ou du moins certains aspects sélectionnés avec soin : des enfants épargnés par la possession et libres de leurs mouvements, des possédés et des non possédés travaillant ensemble à faire redémarrer l'économie, les actions entreprises par Luigi à l'encontre des possédés refusant de reconnaître l'autorité de l'Organisation.

La nouvelle de l'invasion se répandit dans la Confédération, confirmée par les sensovidéos enregistrés par les reporters. La surprise fut générale. La conquête d'un État stellaire par un autre – quelle que soit la nature de celui-ci – avait toujours été jugée impossible. Capone venait de prouver le contraire. Ce faisant, il déclencha une réaction en chaîne de panique à l'état pur. Les commentateurs évoquèrent une progression exponentielle de son offensive, la plus alarmante prévoyant que la Confédération tout entière succomberait à l'Organisation au bout de six mois, à mesure que l'empire de Capone absorberait une quantité croissante de ressources industrielles.

Les ambassadeurs auprès de l'Assemblée générale exigèrent en masse que les Forces spatiales de la Confédération interviennent et détruisent la flotte de l'Organisation. Le grand amiral Aleksandrovich dut prendre la parole à plusieurs reprises pour expliquer qu'une telle idée était inapplicable. Les Forces spatiales ne pouvaient intervenir que d'une seule manière : localiser la source d'antimatière de Capone afin de prévenir l'invasion d'un troisième système. Celui d'Arnstadt était déjà perdu. On ne pourrait le libérer qu'au prix d'énormes pertes en vies humaines. Ce qui, à ce stade du conflit, était totalement inacceptable. Le grand amiral fit également remarquer que, malheureusement, un grand nombre d'équipages non possédés collaboraient avec l'Organisation pour faire fonctionner ses astronefs. Sans eux, l'invasion d'Arnstadt aurait été impossible. Peut-être, suggéra-t-il, que l'Assemblée générale devrait prononcer un décret à l'encontre de ces traîtres. À l'avenir, cette législation serait susceptible de décourager les capitaines d'astronef de s'allier à Capone pour en retirer un bénéfice à court terme.

— Une mission d'escorte ? demanda André Duchamp d'une voix lasse. Je croyais que nous étions censés défendre la Nouvelle-Californie. Qu'est-ce que c'est exactement que cette mission d'escorte ?

— Monterey ne m'a pas donné de détails, répondit Iain Girardi. Vous protégerez des cargos des attaques des Forces spatiales de la Confédération, voilà tout. Ce qui correspond exactement aux termes de votre contrat.

— À peine, gronda Madeleine. Et le contrat en question ne stipule nullement que nous devons aider un dictateur fou qui a anéanti toute une planète. Laissons tomber, capitaine. Active les nœuds ergostructurants et foutons le camp d'ici tant qu'il en est encore temps.

— J'aurais cru que cette tâche vous apparaîtrait comme séduisante, dit Iain Girardi. (Le filet de protection de sa couche anti-g se rétracta et il se mit à flotter au-dessus d'elle.) Les équipages de ces cargos sont en majorité des non-possédés, et vous serez la plupart du temps hors de portée des plates-formes DS de l'Organisation. En fait, nous vous offrons un boulot plus facile et moins risqué, sans diminution de salaire.

— Où devrions-nous aller ? s'enquit André.

— À Arnstadt. L'Organisation y expédie des équipements industriels pour faire redémarrer l'économie planétaire.

— Si elle ne l'avait pas ravagée pour commencer, elle ne serait pas obligée de la faire *redémarrer*, lança Madeleine.

André la fit taire d'un geste agacé.

— Ça me paraît convenable, dit-il à Iain Girardi. Cependant, l'astronef aura besoin d'une réfection avant que nous puissions entreprendre une telle mission. Assurer une escorte, ce n'est pas la même chose que compléter un système de défense planétaire.

Iain Girardi sembla perdre son sens de l'humour.

— Bien. Il faut que je discute avec Monterey de la nature de cette réfection.

Il demanda à l'ordinateur de bord d'ouvrir un canal de communication.

André attendit la suite en affichant un sourire neutre.

— L'Organisation est disposée à équiper le *Vengeance de Villeneuve* pour en faire un vaisseau de combat, annonça Iain Girardi. Nous assurerons la réparation de votre coque et de vos capteurs, mais c'est vous qui paierez le coût de vos systèmes secondaires.

André haussa les épaules.

— Défalquez-le de nos émoluments.

— Entendu. Veuillez accoster au spatioport de Monterey, baie VB757. Je débarquerai là ; on vous affectera un officier de liaison pour votre mission.

— Non possédé, dit sèchement Desmond Lafoe.

— Naturellement. Je pense qu'on souhaitera que vous embarquiez également quelques journalistes. Ils devront avoir accès à vos capteurs durant le vol.

— *Merde*[1]. Ces enfoirés. Pour quoi faire ?

— M. Capone est soucieux de s'assurer une publicité conforme à la réalité. Il veut que la Confédération comprenne qu'il ne représente pas une véritable menace.

— Contrairement à Arnstadt, railla Madeleine.

André guida le vaisseau de sa zone d'émergence jusqu'au gros astéroïde. Le trafic spatial était important au-dessus de la Nouvelle-Californie : les astronefs faisaient la navette entre les zones d'émergence et les astéroïdes en orbite, les spatiojets et les aéros à propulsion ionique entre ceux-ci et la surface de la planète. Seuls soixante-cinq pour cent des capteurs du *Vengeance de Villeneuve* demeuraient opérationnels, mais André les maintint en activité afin de rassembler le maximum d'informations.

Lorsque l'ordinateur de vol apprit à Madeleine que Girardi était de nouveau en communication avec Monterey, elle ouvrit un canal crypté vers André.

— Je ne pense pas qu'on devrait accoster, télétransmit-elle.

Le capitaine élargit le canal pour inclure Erick et Desmond.

— Pourquoi donc ?

---

1. En français dans le texte, comme la plupart des dialogues en italiques *(N.d.T.)*.

— Regarde tous ces astronefs, la planète est encore plus active qu'avant sa possession. Je ne m'étais pas rendu compte à quel point cette putain d'Organisation était efficace. On ne se sortira jamais de cette merde, André, on est dedans trop profond. Dès qu'on aura accosté, ils envahiront l'astronef pour nous posséder.

— Et qui le fera fonctionner pour eux ? *Non*, ils ont besoin de nous.

— Peut-être, mais elle a raison de souligner la taille et la détermination de l'Organisation, transmit Erick. Les possédés ont bien besoin de nous pour piloter leurs vaisseaux de guerre, mais que se passera-t-il quand il ne restera plus aucun monde à envahir ? Capone a conquis Arnstadt en moins d'une journée, ce qui lui a permis de doubler sa puissance militaire ou presque. Il ne va pas s'arrêter en si bon chemin. Si lui et les autres possédés continuent de triompher à ce rythme, les non-possédés n'auront bientôt plus aucun refuge au sein de la Confédération. Et ce sera en partie de notre faute.

— Je le sais. (André jeta un regard coupable en direction de Girardi pour s'assurer qu'il n'écoutait pas leur conversation.) C'est pour ça que j'ai accepté cette mission d'escorte.

— Je ne pige pas, dit Madeleine.

— C'est tout simple, *ma chérie*. L'Organisation répare le *Vengeance de Villeneuve* à notre place, elle remplit nos réservoirs de carburant cryogénique, elle nous équipe de guêpes de combat et elle nous envoie en mission. Et pendant qu'on est en route, on file à l'anglaise. Qu'est-ce qui pourrait nous en empêcher ?

— Leur officier de liaison, pour commencer, remarqua Desmond.

— Un seul homme contre nous, tu parles. Nous n'aurons aucun mal à le maîtriser. En voulant déshonorer André Duchamp, Capone a commis sa plus grande erreur. Désormais, c'est moi qui vais me servir d'eux, pour le plus grand bénéfice de mes semblables, tout à fait *comme il faut*. Je ne suis pas un collabo. Et je pense que les journalistes devraient être informés de ce coup porté contre Capone.

— Tu as vraiment l'intention de t'éclipser ? demanda Madeleine.

— Évidemment.

Erick se permit de sourire en dépit de la fragilité de sa peau toute neuve. Pour une fois, la duplicité de Duchamp allait lui être utile. Il ouvrit un nouveau fichier dans la cellule mémorielle de ses naneuroniques et commença à enregistrer les images fournies par les capteurs. Le SRC ferait son miel de ces aperçus sur la structure de l'Organisation ; mais il soupçonnait le système de Nouvelle-Californie d'être déjà placé sous étroite surveillance.

— Et Shane Brandes ? demanda Desmond.

Le visage d'André s'assombrit.

— Que veux-tu dire ?

— Combien de temps avais-tu l'intention de le conserver en tau-zéro ?

— Je ne pouvais pas le relâcher à Chaumort, cet astéroïde est trop petit. Ce qu'il nous faut, c'est une planète arriérée où on pourra le larguer au milieu d'un désert ou d'une jungle.

— Lalonde ferait l'affaire, dit Madeleine à mi-voix.

— Comme endroit dont il ne risque pas de revenir, c'est parfait, commenta Desmond avec malice.

— Non, télétransmit Erick.

— Pourquoi ? s'enquit André. On pourrait aussi le livrer à l'Organisation quand on aura accosté. L'idée me paraît excellente. Cela leur prouverait notre loyauté.

— Qu'on le tue ou qu'on le largue, d'accord. Mais pas ça. Tu n'as pas vu ce qu'ils ont fait à Bev.

André tiqua.

— Très bien. Mais je ne vais pas conserver ce salopard indéfiniment, son maintien en tau-zéro me coûte de l'énergie.

Le *Vengeance de Villeneuve* accosta au quai qu'on lui avait désigné, son équipage prêt à réagir à un coup fourré de l'Organisation. Rien à signaler. Comme l'avait promis Iain Girardi, des équipes de maintenance se mirent aussitôt au travail sur la coque défoncée et les capteurs hors service. Il leur fallut onze heures pour extraire et remplacer les sections endommagées. Plus deux heures pour mener à bien les opérations de contrôle et de diagnostic.

Une fois qu'André jugea l'astronef prêt à effectuer sa mission d'escorte, l'Organisation commença à charger des guêpes de combat dans les tubes de lancement. Un boyau-sas se déploya depuis la cloison de la baie pour se connecter avec le *Vengeance de Villeneuve*.

Ce fut Desmond, armé d'un pistolet-mitrailleur acheté sur Chaumort, qui accompagna Girardi sur le pont inférieur. Il vérifia que le boyau-sas était complètement vide avant d'ouvrir l'écoutille et de laisser sortir l'homme de l'Organisation. Il attendit ensuite que Girardi soit arrivé à l'autre extrémité et ait refermé l'autre écoutille pour aviser André que tout se passait bien.

— Envoyez votre officier de liaison, télétransmit André au spatioport.

Comme convenu, l'homme qui entra dans le boyau-sas était nu, ses vêtements se trouvant dans un petit sac. Desmond le soumit à tous les tests possibles et imaginables, exigeant de lui qu'il effectue des télétransmissions complexes à partir de ses naneuroniques et l'exposant à plusieurs types de blocs-processeurs.

— Je pense qu'il est propre, transmit-il finalement.

Madeleine débloqua la commande manuelle de l'écoutille du pont inférieur.

L'officier de liaison déclara se nommer Kingsley Pryor. À en juger par son comportement un peu éteint et sa voix hésitante, se dit Erick, cet homme était encore en état de choc.

— Un convoi de douze cargos partira pour Arnstadt dans trois heures, leur dit Kingsley Pryor. Il sera escorté par cinq vaisseaux de guerre, dont le *Vengeance de Villeneuve*. Votre mission consiste à défendre ces cargos contre toute attaque surprise des Forces spatiales de la Confédération. Si une telle attaque se produit, elle sera probablement le fait de faucons. (Il considéra la passerelle d'un air pensif.) On m'a dit que vous n'étiez que quatre. Est-ce suffisant pour garantir une efficacité totale en cas de combat ?

— Bien sûr que oui, rétorqua André. Nous avons survécu à bien pire qu'une attaque de faucons.

— Très bien. Il y a autre chose que vous devez savoir. L'Organisation est cimentée par la crainte et le respect, et vous lui devez une obéissance absolue. Vous avez accepté notre contrat et vous êtes entrés dans notre flotte, de sorte que nous ne tolérerons aucune traîtrise de votre part.

— Vous osez monter à bord de mon astronef et me dire..., s'emporta André.

Kingsley Pryor leva une main. En dépit de sa faiblesse bien visible, ce geste imposa le silence à Duchamp. Quelque chose dans l'attitude de l'officier de liaison lui conférait une autorité incontestable.

— Vous avez signé un pacte avec le diable, capitaine. Maintenant, je vais vous expliquer les petits caractères. Vous vous méfiez de nous, c'est normal ; nous nous méfions de vous, nous aussi. À présent que vous avez vu à quoi ressemble la Nouvelle-Californie, je suis sûr que vous avez pris conscience de la puissance et de la détermination de l'Organisation et que vous hésitez désormais à nous servir. C'est parfaitement naturel. Après tout, il serait très facile à un astronef de disparaître et de rejoindre la Confédération. Permettez-moi de vous en dissuader. Pendant qu'on réparait votre vaisseau, on a installé dans l'un de ses nouveaux composants un explosif nucléaire. Il est équipé d'une minuterie réglée sur sept heures qui est réactivée au moyen d'un code. Je ne possède pas ce code, si bien que même des nanoniques de débriefing ne pourraient pas me l'arracher. Un officier de liaison se trouvant à bord de l'un des autres astronefs d'escorte nous transmettra ce code toutes les trois heures, ce qui nous permettra de remettre la minuterie à zéro. Quant à moi, je transmettrai le code qu'on m'a donné aux autres bâtiments, qui ont été altérés suivant la même méthode. Si nous restons tous ensemble, il n'y aura aucun problème. Si l'un des vaisseaux prend la fuite, il signera son arrêt de mort et celui d'un autre astronef.

— Enlevez cette bombe tout de suite ! s'écria André, fou de rage. Je refuse de subir un tel chantage.

— Ce n'est pas du chantage, capitaine, c'est une mesure de discipline conçue pour vous faire respecter les termes de votre contrat. Vous devez connaître l'argument qui s'applique dans un tel cas : si vous avez l'intention de tenir vos engagements, vous n'avez aucun souci à vous faire.

— Je refuse de voler avec une bombe à bord. C'est mon dernier mot !

— Alors ils vont venir vous posséder. Et on trouvera un autre équipage. C'est votre astronef et ses capacités qui les intéressent, capitaine, pas vous en tant qu'individu.

— C'est intolérable !

L'espace d'un instant, une colère non feinte se lut dans les yeux de Kingsley Pryor. Il gratifia André d'un rictus.

— Aussi intolérable que l'idée qu'un homme accepte d'aider Capone de son plein gré, capitaine. (Puis toute émotion le déserta, et il reprit son expression éteinte.) Je vous propose à présent d'embarquer les journalistes. Il ne nous reste plus beaucoup de temps pour rejoindre les coordonnées de saut.

Jed Hinton était encore à cent mètres du pub lorsqu'il s'accroupit pour ôter le mouchoir rouge passé autour de sa cheville. Les adultes de Koblat, de plus en plus irrités par les Nocturnes, harcelaient les enfants qui défendaient la cause. Rien de bien grave, moqueries en public et disputes familiales. Les conneries habituelles.

Digger, comme de bien entendu, n'avait que haine pour l'enregistrement, entrant dans une rage folle chaque fois qu'on en parlait. Pour une fois, Jed éprouvait un plaisir coupable en le voyant menacer Miri et Navar, leur interdire de s'y intéresser de quelque façon que ce soit. Sans s'en rendre compte, il avait altéré l'équilibre politique de la famille. À présent, c'étaient Jed et Gari qui avaient l'avantage, eux qui pouvaient accéder à Kiera Salter, parler de ses idées avec leurs copains et savourer le goût de la liberté.

Jed entra dans la Fontaine bleue, aussi détaché que s'il était un habitué des lieux. En temps normal, jamais il n'aurait mis les pieds dans ce pub, dont Digger était l'un des piliers. Mais son beau-père était fort occupé ces temps-ci, à entretenir les machines dans les baies du spatioport plutôt qu'à creuser des tunnels. Le trafic spatial était si élevé que le nombre d'équipes était passé à trois par jour. Cependant, bien que tout le monde sache parfaitement que les astronefs débarquaient ou appareillaient plusieurs fois par jour, on ne tenait aucun registre officiel. Il avait par trois fois accédé au réseau pour consulter la liste des vaisseaux à quai, et on lui avait répondu qu'il n'y en avait aucun.

Fascinés, les Nocturnes avaient posé des questions autour d'eux, et ils avaient fini par comprendre la méthode par laquelle la quarantaine était contournée. Ils avaient été fort excités ce jour-là : un trafic stellaire illégal, c'était *parfait* ! Beth lui avait dit en souriant : « Nom de Dieu, peut-être qu'on va pouvoir aller à Valisk, après tout. » Puis elle l'avait serré dans ses bras. Jamais elle ne l'avait fait, du moins pas de cette façon.

Il commanda une bière au comptoir et parcourut la salle du regard. Les paysages holographiques décorant les murs, vieux d'une dizaine d'années, se réduisaient à des images brouillées aux couleurs fanées. La roche nue qu'ils dissimulaient aurait été moins déprimante. La plupart des tables en aluminium et matériau composite étaient occupées. Penchés au-dessus de leurs verres, des groupes d'hommes et de femmes échangeaient des murmures. Environ un quart d'entre eux portaient des combis d'astros, dont la coupe exotique et les couleurs vives contrastaient avec la tenue terne des résidents de Koblat.

Jed repéra les membres de l'équipage du *Ramsès X*, dont le nom était brodé sur la poche de poitrine. Leur capitaine se trouvait dans le lot, une femme d'un certain âge avec une étoile d'argent sur son épaulette. Il se dirigea vers eux.

— Puis-je vous parler, madame ?

Elle se tourna vers lui, ses soupçons éveillés par le ton poli qu'il avait adopté.

— Qu'est-ce qu'il y a ?

— J'ai un ami qui aimerait aller à Valisk.

Le capitaine éclata de rire. Jed rougit en voyant les astros le toiser d'un air supérieur qu'il trouva des plus irritants.

— Eh bien, mon garçon, je comprends parfaitement que ton ami s'intéresse à la jeune Kiera.

Elle lui lança une œillade.

Jed se sentit de plus en plus gêné, ce qui était sûrement visible aux yeux de tous. Certes, il avait passé des heures avec le programme graphique de son bloc-processeur, altérant sans se lasser l'image de l'enregistrement. À présent, la petite colonne AV du bloc pouvait la projeter allongée sur le lit à ses côtés, ou penchée au-dessus de lui, souriante. D'abord, il s'était dit qu'il lui manquait de respect en agissant ainsi, mais elle comprendrait sûrement le besoin qu'elle éveillait en lui. Ou plutôt l'amour. Elle savait tout de l'amour, dans toutes ses manifestations. C'était là son message.

— C'est à cause de ce qu'elle propose, bafouilla-t-il sans pouvoir s'en empêcher. C'est ce qui nous intéresse.

Éclat de rire général autour de la table.

— S'il vous plaît, dit-il. Pouvez-vous nous emmener là-bas ?

Le capitaine redevint sérieuse.

— Écoute, mon garçon, suis les conseils d'une femme d'expérience. Cet enregistrement n'est qu'un piège à cons. S'ils veulent que vous alliez là-bas, c'est uniquement pour pouvoir vous posséder. Il n'y a pas de paradis au pied de l'arc-en-ciel.

— Vous êtes allée vérifier ? demanda-t-il, vexé.

— Non. Non, en effet. Tu as raison, je ne peux pas en être sûre. Disons que c'est mon cynisme qui parle, un cynisme salutaire ; tout le monde l'attrape en vieillissant.

Elle se retourna vers son verre.

— Vous m'emmènerez là-bas ?

— Non. Écoute, mon petit, même si j'étais assez cinglée pour aller à Valisk, as-tu une idée de ce que ça te coûterait d'affréter un astronef pour t'y conduire ?

Il fit non de la tête.

— Environ deux cent cinquante mille fusiodollars si on partait d'ici. Est-ce que tu disposes de cette somme ?

— Non.

— Et voilà. Maintenant, arrête de me faire perdre mon temps.

— Vous connaissez quelqu'un qui pourrait nous emmener, quelqu'un qui croit à Kiera ?

— Nom de Dieu ! (Elle pivota sur son siège pour lui faire face.) Vous êtes donc tous débiles pour ne pas capter un sous-entendu quand on vous l'envoie en pleine gueule ?

— Kiera a dit que vous nous détesteriez parce qu'on l'écoutait.

Le capitaine émit un reniflement stupéfait.

— C'est pas possible. Vous ne voyez pas à quel point vous êtes crédules ? C'est un service que je vous rends.

— Je ne vous l'ai pas demandé. Et pourquoi êtes-vous si aveugle à son message ?

— *Aveugle ?* Va te faire foutre, petit con.

— Vous êtes aveugle. Vous avez peur qu'elle dise vrai, qu'elle ait raison.

Elle le regarda sans rien dire durant un long moment, tandis que les autres astros le fixaient d'un air méchant. Sans doute allaient-ils le tabasser dans une minute. Jed s'en foutait désormais. Il la détestait autant qu'il détestait Digger, ainsi que tous les autres adultes de l'astéroïde, à l'esprit borné et au cœur asséché.

— D'accord, murmura le capitaine. Dans ton cas, je vais faire une exception.

— Non, fit l'un des astros en lui agrippant le bras. Tu ne peux pas faire ça, ce n'est qu'un gamin qui bande pour cette salope.

Elle se dégagea et attrapa son bloc-processeur.

— J'allais refiler ça aux Forces spatiales de la Confédération, même si j'aurais eu du mal à expliquer comment on l'a ramassé vu nos plans de vol actuels. Mais je pense que je vais plutôt te le confier. (Elle retira un microcartel de sa fente et le posa dans la main d'un Jed stupéfié.) Dis bonjour à Kiera de ma part. Si tu n'es pas trop occupé à hurler comme un damné pendant qu'ils te possèdent.

Les chaises raclèrent le sol. L'équipage du *Ramsès X* se dirigea vers la sortie, abandonnant sur la table des verres encore pleins.

Jed resta figé au centre de la salle, tous les regards braqués sur lui. Il ne s'en rendit même pas compte, absorbé qu'il était par le petit cartel noir au creux de sa main, comme s'il s'agissait de la clé de la Fontaine de Jouvence. Ce qui, d'une certaine façon, n'était pas faux, supposa-t-il.

Le *Lévêque* orbitait quinze mille kilomètres au-dessus de Norfolk, la totalité de ses capteurs déployée pour balayer la planète. Les Forces spatiales de la Confédération étaient avides d'informations mais n'en recevaient guère. De lents tourbillons cycloniques rouges poussaient sur les îles comme des champignons, les colorant avant de les occulter, scellant ce monde sous des nimbes crépusculaires d'une tonalité uniforme. Les plumets blancs des cirrocumulus voguèrent quelques heures au-dessus des zones polaires, dernier carré de résistance face à l'invasion écarlate ; puis ils furent à leur tour absorbés par le voile.

La consolidation datait de cinq heures lorsque le changement s'entama. Les officiers du *Lévêque* remarquèrent un accroissement de l'émission photonique du nuage. Le capitaine commandant la frégate, optant pour la sécurité, ordonna de passer à trente-cinq mille kilomètres d'altitude. Lorsque le fusiopropulseur principal fut activé, la canopée rouge était plus étincelante qu'un brasier. L'astronef prit son essor à cinq g d'accélération, ses occupants alarmés par l'éclat rougeoyant qui entrait en éclosion derrière eux. Les capteurs gravitoniques signalèrent des anomalies dans la masse planétaire en dessous. Si les données qu'ils affichaient étaient correctes, le globe n'allait pas tarder à exploser. Les capteurs optiques, équipés des filtres nécessaires, révélèrent que la géométrie de la planète n'était pas altérée.

Sept g, et la surface du nuage luisait avec l'intensité d'un chaudron nucléaire.

Luca Comar tourna vers le ciel des yeux songeurs. Le nuage rouge qui le protégeait du ciel au-dessus du manoir de Cricklade bouillonnait violemment, son ventre or et écarlate agité par de minuscules mais puissants tourbillons. De gigantesques lambeaux lui étaient arrachés, laissant échapper une lueur incandescente. Il écarta les bras, poussant un cri de joie et d'extase mêlées.

Un flot d'énergie le traversa à une cadence presque douloureuse, jaillissant d'un non-point situé en son cœur pour disparaître dans le ciel furieux. La femme qui se trouvait près de lui l'imitait, les traits distordus par l'effort et l'incrédulité. Il sentait mentalement tous les possédés de Norfolk s'unir dans cet ultime et suprême sacrement.

Des fragments de nuage ébouillantés plongèrent dans les airs à une vitesse stupéfiante, entrecoupés d'éclairs aux formes distordues. Leur éclat rouge s'estompait, pâlissant devant l'aube flamboyante qui irradiait l'univers par-delà l'atmosphère.

Luca fut inondé d'une lourde et épaisse lumière. Elle pénétra jusque dans son corps. Dans l'herbe moussue. Dans le sol lui-même. Le monde entier y succomba. Piégées par cette invasion, les pensées de Luca ne purent que faire durer le moment. Il resta suspendu en dehors de la réalité tandis que la dernière décharge d'énergie se déversait dans ses cellules.

Silence.

Luca reprit lentement son souffle. Ouvrit les yeux avec prudence. Les nuages s'étaient calmés, redevenant blancs et épars. Une douce lumière dorée éclairait les bosquets. Dépourvue de toute source, de tout soleil, elle provenait de la limite de l'univers clos. Tout était éclairé avec la même intensité.

Et elles avaient disparu. Il n'entendait plus les âmes de l'au-delà. Leurs suppliques et leurs promesses insistantes s'étaient évanouies. Il n'y avait plus de brèche, plus de déchirure traîtresse dans les plis de ce nouveau continuum. Il était libre à l'intérieur de son corps tout neuf.

Il se tourna vers la femme, qui regardait autour d'elle d'un air stupéfait.

— Nous avons réussi, murmura-t-il. Nous nous sommes échappés.

Elle eut un sourire hésitant.

Il tendit les bras et se concentra. Adieu au chevalier crachant la fumée ; cet instant exigeait quelque chose de plus digne. Un tissu soyeux et doré lui enveloppa la peau, une toge impériale qui s'accordait à son humeur.

— Oh oui ! Oui !

Sa capacité énergétique était toujours là, le triomphe de l'esprit sur la matière. Mais la texture de ce tissu était plus forte, plus ferme, que les artefacts qu'il avait créés auparavant.

Auparavant... Luca Comar éclata de rire. Dans un autre univers. Une autre vie.

Cette fois-ci, ce serait différent. Ils allaient créer ici leur nirvana. Un éternel nirvana.

Les cinq satellites d'observation du *Lévêque* explorèrent la section de l'espace où Norfolk aurait dû se trouver. Un gigantesque flot d'informations parcourut le canal de communication qui les reliait à la frégate. Chacun de leurs capteurs était réglé sur sa sensibilité maximale. Deux spectres stellaires se déversaient sur eux. Des vagues d'ions solaires tombaient sur leurs récepteurs. Le bombardement de radiations cosmiques atteignait sa valeur standard.

Il n'y avait rien d'autre. Pas de champ gravitationnel. Pas de magnétosphère. Pas de gaz atmosphérique. La signature quantique de l'espace-temps était parfaitement normale.

Il ne restait de Norfolk que son souvenir.

Lors de sa découverte en 2125, Nyvan accentua encore l'espoir qui s'était emparé de la Terre après l'annonce de l'existence de Felicity. C'était la deuxième planète terracompatible du cosmos, une splendide terre vierge et verdoyante qui prouvait que la première ne résultait pas d'un coup de chance. Tous les Terriens étaient impatients de partir pour cette terre promise. De partir tout de suite. Ce qui, sur le long terme, provoqua sa chute.

À cette époque, ils avaient fini par comprendre que les arches ne représentaient pas un refuge temporaire contre le dérèglement climatique, dans l'attente du jour où le Gouvcentral aurait refroidi l'atmosphère, éliminé la pollution et remis de l'ordre dans le climat. Les nuages souillés et les armadas de tempêtes étaient là pour toujours. Celui qui souhaitait vivre à ciel ouvert devait se trouver un autre ciel.

Afin de se montrer équitable, et de garder un semblant de contrôle sur les administrations des États individuels, le Gouvcentral convint que tout le monde avait le droit d'émigrer, sans aucun favoritisme. Ce fut cette clause pourtant noble, adoptée pour apaiser diverses minorités agissantes, qui entraîna la formation d'une population de colons multiculturelle et multiraciale, pleinement représentative de celle de la planète. On ne fixa aucune limite au nombre de candidats au voyage, pourvu qu'ils puissent payer leur billet, exigeant seulement que l'ensemble soit équilibré. Comme certains États étaient trop pauvres pour remplir leur quota, le Gouvcentral vint à leur assistance au moyen de subventions et de règlements à tempérament afin que les États plus riches ne puissent crier à l'injustice. Un compromis politique des plus typiques.

Il porta plus ou moins ses fruits pour Nyvan et pour les autres planètes terracompatibles que recherchaient les astronefs équipés de la propulsion TTZ. Les premières décennies de colonisation interstellaire furent fort affairées, une entreprise commune dont la réussite fit taire les vieilles querelles ethniques. Nyvan et ses premières sœurs abritaient une unité que l'on avait rarement vue au cours de l'Histoire.

Cette unité ne dura pas. Après que la frontière eut été domptée et que l'esprit pionnier eut commencé à s'étioler, les antiques rivalités revinrent au premier plan. Sur une douzaine de planètes, le gouvernement colonial de la Terre laissa la place à des administrations locales, et les politiciens se livrèrent à une démagogie qu'on n'avait pas connue depuis le réveil des nationalismes de la fin du XXe siècle, manipulant les masses avec une facilité confondante. Cette fois-ci, il n'y avait ni mers ni frontières géographiques pour servir de tampon entre les diverses populations. Religions, cultures, couleurs de peau, idéologies et langages étaient mêlés les uns aux autres dans les conglomérats urbains. Il en résulta inévitablement une grave agitation civile, des pertes en vies humaines et une crise économique.

Le problème fut résolu en 2156 par l'État de Californie, qui finança la création de la Nouvelle-Californie, la première colonie monoethnique, ouverte aux seuls natifs de l'État fondateur. Bien que controversée à l'origine, cette initiative recueillit bien vite la faveur des autres États. La deuxième vague de colonies n'eut pas à souffrir de l'agitation qui s'était emparée de la première, et la voie fut ouverte à cette immigration massive qu'on appela la Grande Dispersion.

Pendant que les planètes monoethniques absorbaient avec succès le trop-plein de population terrienne et prospéraient en conséquence, les premières colonies perdirent pied, tant sur le plan culturel que sur le plan économique : la fausse aurore évolua lentement vers un éternel crépuscule.

— Qu'est-il arrivé aux astéroïdes ? demanda Lawrence Dillon.

Quinn contemplait d'un œil pensif les images que les capteurs du *Tantu* transmettaient aux holoécrans disposés en hémisphère au pied de sa couchette anti-g. Au total, onze astéroïdes avaient été placés en orbite autour de Nyvan, sources de matériau brut pour les industries de la planète. Une fois exploités, ils auraient dû être transformés en comptoirs marchands entourés d'une flottille de stations industrielles.

Les capteurs de la frégate montraient que huit d'entre eux abritaient une activité électromagnétique plus ou moins normale, accompagnée d'une forte émission infrarouge. Les trois autres étaient froids et opaques. Les capteurs optiques à haute résolution du *Tantu* se focalisèrent sur le plus proche de ces rochers morts, révélant des machines en ruine accrochées à une surface grise et plissée. L'un d'eux était même équipé d'un spatioport contrarotatif, qui avait cependant cessé de tourner ; son axe était gauchi, sa sinistre structure criblée d'impacts.

— Il y a eu pas mal de conflits nationaux ici, commenta Quinn.

Lawrence le fixa en fronçant les sourcils, visiblement dépassé.

— Toutes sortes de gens demeurent sur cette planète, expliqua Quinn. Et comme ils ne s'entendent pas bien, ils se battent souvent.

— S'ils se détestent tant que ça, pourquoi ils ne fichent pas le camp ?

— Je ne sais pas. Demande-le-leur.

— À qui ?

— Ferme ton clapet, Lawrence, j'essaie de réfléchir. Dwyer, est-ce que quelqu'un nous a repérés ?

— Oui, les satellites détecteurs se sont tout de suite pointés sur nous. Jusqu'ici, nous avons reçu des demandes émanant de trois transpondeurs dépendant de trois PC de défense différents. Cette fois-ci, tout le monde a semblé satisfait par notre code d'identification.

— Bien. Graper, tu vas être notre officier de communication.

— À tes ordres, Quinn.

L'enthousiasme perçait dans la voix de Graper, qui était impatient de prouver sa valeur.

— On garde la couverture dont on a parlé. Contacte chacun de ces PC militaires et dis à ces salauds que les Forces spatiales de la Confédération nous ont envoyés en mission pour surveiller ce système. Nous resterons en orbite haute jusqu'à nouvel ordre, et si quelqu'un a besoin de notre puissance de feu pour lutter contre les possédés, nous serons ravis de l'assister.

— Entendu, Quinn.

Il commença à donner des instructions à l'ordinateur de bord.

— Dwyer, reprit Quinn. Ouvre-moi un canal sur le réseau de communication de Nyvan.

Il s'éloigna de sa couchette anti-g en velours et s'accrocha à une prise-crampon pour se placer devant sa console de commande.

— Euh... Quinn, il y a un truc bizarre, les capteurs me montrent une bonne cinquantaine de plates-formes de communication en orbite géosynchrone, dit Dwyer avec quelque nervosité.

Il s'agrippait à des prises-crampons pour rester en face de son poste, le visage à quelques centimètres d'un gigantesque holoécran comme si, en s'approchant des données qu'il recevait, il espérait pouvoir mieux les comprendre.

— D'après l'ordinateur, poursuivit-il, il y a dix-neuf réseaux distincts sur cette planète, dont certains ne sont même pas reliés ensemble.

— Tu as écouté ce que j'ai dit, tête de nœud ? Il y a tout un tas de nations différentes ici.

— Laquelle veux-tu ?

Quinn réfléchit quelques instants, visualisant l'homme, ses manières, sa voix, son accent.

— Est-ce qu'il y a une nation américano-ethnique ?

Dwyer consulta les informations affichées par l'holoécran.

— J'en ai cinq. Tonala, la Nouvelle-Dominique, la Nouvelle-Géorgie, le Québec et la République islamique du Texas.

— Branche-toi sur la Nouvelle-Géorgie.

Des informations apparurent sur l'holoécran de Quinn. Il les étudia une minute, puis demanda une fonction annuaire et chargea un programme de recherche.

— Qui est ce type, Quinn ? demanda Lawrence.

— Il s'appelle Douze-T. Un vrai salaud, un chef de gang, il a une grosse opération ici. Si tu cherches un truc vraiment méchant, c'est à lui que tu t'adresses.

Le programme de recherche avait fini de tourner. Quinn chargea l'adresse obtenue.

— Ouais ? demanda une voix.

— Je veux parler à Douze-T.

— Y a personne de ce nom ici, pauvre con.

— Écoute, cervelle de merde, c'est son e-adresse publique. Il habite ici.

— Ouais, alors si tu le connais, envoie-lui une télétransmission.

— Impossible.

— Ah bon ? Alors on te connaît pas. Tous les frères avec qui il a besoin de parler connaissent son code privé.

— D'accord, voilà le mot magique : Banneth. Et si tu ne crois pas à la magie de ce mot, regarde donc d'où vient mon appel. Et puis parles-en à ton chef, car sinon il va t'arriver des pépins si je débarque en personne.

Dwyer considéra son écran en clignant des yeux.

— Il remonte à la source. Il est déjà arrivé au satellite. Sacré programme qu'il a là.

— Je présume qu'ils l'utilisent souvent, marmonna Quinn.

— T'as un problème, enculé ? s'enquit une nouvelle voix.

Elle était conforme au souvenir qu'en avait Quinn : un ronronnement de chat enroué. Il avait vu de ses yeux la cicatrice à la gorge qui l'expliquait.

— Aucun problème. À la place, j'ai une proposition.

— C'est quoi ton trip, mec ? Qu'est-ce que c'est que ce capuchon de moine à la con ? Tu n'es pas Banneth.

— Non. (Quinn s'approcha lentement de la caméra placée au centre de la console et rabattit son capuchon vers l'arrière.) Fais tourner ton programme de recherche visuelle.

— Ah, ouais. T'étais le petit rat de Banneth. Son coursier et son gigolo. Je me souviens. Alors, qu'est-ce que tu veux, petit rat ?

— Te proposer un marché ?

— T'as quelque chose à échanger ?

— Tu sais dans quoi je me trouve ?

— Je veux. Vinnie-la-Veine a remonté ton appel, il pisse de l'azote liquide en ce moment.

— Ce truc pourrait être à toi.

— Sans déc' ?

— Sans déc'.

— Qu'est-ce qu'il faut que je fasse, te baiser ?

— Non, je veux l'échanger. C'est tout.

Le chat enroué perdit son calme.

— Tu veux échanger une putain de frégate des Forces spatiales de la Confédération ? Contre quoi, bordel ?

— Il faut qu'on en discute. Mais il y a pas mal de matos de qualité à bord. Tu feras un sacré bénéfice.

— En discuter, enculé ? Si ton matos est si nickel, pourquoi tu veux t'en débarrasser ?

— Le Frère de Dieu n'est pas toujours obligé de mener le combat. Il y a d'autres moyens d'apporter Sa parole aux infidèles.

— Arrête tes conneries mystiques, mec. Putain, j'ai horreur de cette mentalité de secte qui traîne dans les arches. Dieu n'existe pas, alors il n'a sûrement pas de frère.

— Va dire ça aux possédés.

— Nom de Dieu ! Espèce d'enculé ! T'es un possédé, voilà ce que tu es.

— Mon marché t'intéresse, oui ou non ?

Quinn savait que l'autre était ferré ; quel chef de gang résisterait à une frégate ?

— Je peux rien te promettre, pas pour l'instant.

— C'est cool. Maintenant, je dois savoir sur quel astéroïde je vais accoster. Il me faut un astéroïde où on ne pose pas trop de questions. Tu sais te faire respecter en orbite ?

— Tu le sais bien, mec, c'est pour ça que tu m'as contacté. Tu parles comme si t'étais le frère du roi de Kulu, mais ici c'est moi qui commande. Et n'oublie pas que je me méfie de toi, petit rat.

— Avec la puissance de feu dont je dispose, il y a de quoi te foutre la trouille. Commence à prendre tes dispositions.

— Va te faire foutre. Un coup comme celui-ci, il faut plusieurs jours pour le préparer, mec.

— Tu as quarante-huit heures ; une fois ce délai écoulé, je veux qu'un numéro de baie d'accostage apparaisse sur mon écran. Sinon, je te raye de la surface de la planète.

— Tu veux bien arrêter tes conn...

Quinn coupa la communication, rejeta la tête en arrière et éclata de rire.

Il n'avait fallu que quelques heures au voile rouge pour occulter le ciel au-dessus d'Exnall. Les quelques filets de l'aube avaient laissé la place à des masses de vapeur bouillonnante montant du sud. Le tonnerre les accompagnait, un grondement de basse qui semblait tourner au-dessus de la ville comme une volée d'oiseaux inquiets. Impossible désormais de dire où se trouvait le soleil, mais son éclat semblait encore s'insinuer à travers la couverture nuageuse pour éclairer les rues en couleurs naturelles.

Moyo descendait Maingreen, en quête d'un véhicule pour transporter les enfants de Stephanie. Plus il réfléchissait à leur projet, plus il se sentait heureux. Elle avait eu raison, comme d'habitude : cela lui donnait quelque chose de positif à faire. Et, non, il ne souhaitait pas passer l'éternité à Exnall.

Il passa devant le café où il avait savouré les beignets, puis devant le parc où se déroulait le match de base-ball, indifférent à l'un comme à l'autre. En projetant son esprit, il percevait les bâtiments qui l'entouraient sous la forme d'ombres vaporeuses ; l'espace était noir, la matière se réduisant à une gaze blanche et translucide. Les objets étaient malaisés à distinguer, les plus petits quasiment imperceptibles ; mais il pensait avoir de bonnes chances d'identifier un autobus ou l'équivalent.

Le balayeur des rues était de nouveau à l'œuvre, un homme en veste grise et casquette de toile qui le frôla de son balai alors qu'il avançait sur le pavé. On le voyait apparaître tous les jours. Il ne faisait rien excepté balayer, n'adressait la parole à personne et ne répondait jamais aux questions.

Comme Moyo commençait à s'en rendre compte, tous les possédés d'Exnall ne parvenaient pas à s'adapter à leur nouvelle situation. Certains, tels le cafetier et le fanatique de sport, consacraient le moindre de leurs instants à une activité quelconque, si absurde soit-elle, alors que d'autres erraient dans les rues en parodiant les gestes de leur précédente existence. À la lueur de cette constatation, ses propres agissements le rendaient proche de la seconde catégorie.

Un amas d'ombres au pied d'un grand magasin attira son attention. Lorsqu'il fit le tour du bâtiment, ce fut pour découvrir une fourgonnette garée dans la zone de chargement. Elle avait souffert de quelques dégâts lors de l'émeute ; frappés par le feu blanc, les deux pneus avant étaient réduits à des flaques de caoutchouc, la carrosserie bleu marine était noircie et fendillée par endroits, et le pare-brise était fracassé. Mais c'était un véhicule de la taille requise.

Il fixa le premier pneu, le visualisant intact et en état de marche. Il ne cherchait pas à créer une illusion, mais à reconstituer la structure de la matière solide. La flaque de caoutchouc se mit à ondoyer, et des vrilles s'élevèrent pour envelopper la jante.

— Hé, mec. On s'amuse ?

Moyo était si concentré sur sa tâche qu'il n'avait pas entendu l'autre s'approcher. À première vue, l'homme semblait s'être fait pousser une crinière marron foncé ; sa barbe lui descendait jusqu'à la taille, ainsi que les frisettes tire-bouchonnées de ses cheveux luxuriants. Il portait des lunettes aux minuscules verres hexagonaux couleur ambre qui, à moitié dissimulées par sa toison, semblaient bizarrement proéminentes. Les coutures de son pantalon de velours pourpre étaient décorées de clochettes d'argent qui tintaient à chaque pas, suivant un certain rythme, sinon une mélodie.

— Pas exactement. Cette fourgonnette est à vous ?

— Hé, la propriété c'est le vol, mec.

— La propriété c'est le quoi ?

— Le vol. Un proprio, c'est un mec qui vole ce qui appartient de droit à tout le monde. Cette fourgonnette est un objet inanimé. Sauf si tu vénères une version métallique de Gaia – ce qui n'est pas mon trip. Toutefois, ce n'est pas parce que cette fourgonnette est inerte que nous avons le droit d'abuser de sa valeur intrinsèque. Elle a été construite par des gens, donc les gens doivent en avoir l'usage, en toute égalité.

— Elle a été construite par des cyber-systèmes.

— Oh, non, ça c'est le discours des corporations. Dis donc, mec, elles t'ont bien bourré le crâne. Tiens, prends une taffe, monsieur Costume-Trois-Pièces, sors un peu de toi-même.

Il tendit un joint allumé d'où émanait un parfum doux et entêtant.

— Non, merci.

— Ça emportera ton esprit dans d'autres royaumes.

— Je reviens tout juste d'un autre royaume, merci beaucoup. Je n'ai aucune intention d'y retourner.

— Oui, t'as raison, je gnoque ce que tu dis. Tu parles d'un mauvais trip.

Moyo ne comprenait pas ce qu'il avait en face de lui. Cet homme ne semblait pas entrer dans la catégorie des apathiques. D'un autre côté, il n'avait visiblement pas très bien réussi à s'adapter. Peut-être venait-il d'une ère prétechnologique, où l'instruction était minimale et où l'existence était gouvernée par la superstition.

— De quelle époque venez-vous ?

— Oh ! De la plus fabuleuse de toutes. De l'âge de la paix, où on affrontait l'establishment pour conquérir la liberté que vous autres tenez pour acquise. Hé, j'étais à Woodstock, mec. Tu gnoques ?

— Euh... j'en suis ravi pour vous. Donc, ça ne vous dérange pas si je reconstruis cette fourgonnette ?

— La reconstruire ? Dis, tu serais pas antianarchiste, toi ?

— J'ai des enfants à protéger. Mais peut-être préféreriez-vous les voir torturés par les sbires d'Ekelund.

L'homme sursauta comme si on venait de le frapper ; ses bras décrivirent dans l'air d'étranges arabesques. Moyo ne pensait pas qu'il s'agissait d'une danse.

— Je n'aime pas tes ondes d'hostilité, mais je comprends tes motivations. C'est cool. Un bourge de ton espèce doit avoir des problèmes pour s'ajuster à cette situation.

Moyo en resta bouche bée.

— J'ai des problèmes pour m'ajuster ?

— Je m'en doutais. Alors, tu prépares un voyage plein de magie et de mystère ?

— On va conduire les enfants hors d'Exnall. Stephanie veut aller jusqu'à la frontière.

— Oh, mec ! (Un large sourire apparut derrière le voile de cheveux.) C'est formidable. Encore la frontière. Nous allons remettre ce minibus sur pattes et conduire les objecteurs de conscience au pays de la Police montée et du sirop d'érable. Quel trip ! Merci, mec, merci.

Il se dirigea vers la fourgonnette cabossée et en caressa l'aile avec amour. Un petit arc-en-ciel apparut sur la tôle là où sa main l'avait touchée.

— Que voulez-vous dire, « nous » ?

— Allez, mec, détends-toi. Tu ne crois quand même pas que tu vas t'en tirer tout seul, hein ? L'esprit des militaires est plein de ruse et de bassesse ; tu aurais à peine parcouru un mile que tu trouverais un barrage sur l'autoroute. Et peut-être que quelques-uns d'entre nous feraient une mauvaise chute au moment de notre arrestation. Ça arrive tout le temps, mec. Ces salauds de fédéraux se foutent de nos droits. Je suis passé par là, je sais comment les berner.

— Vous croyez qu'elle tenterait de nous arrêter ?

— Qui ça ?

— Ekelund.

— Qui sait ? Les nanas comme celle-là ont un sacré balai dans le cul. Entre nous, je me demande si elles sont nées sur cette planète. Elles sont peut-être venues de Vénus à bord d'un ovni. Mais je vois que tu es encore sceptique, alors je n'insiste pas. Combien de gamins tu as l'intention d'embarquer là-dedans ?

— Sept ou huit, pour le moment.

Sans bien comprendre ce qui lui arrivait, Moyo sentit un bras amical passé autour de ses épaules, qui le guidait vers la cabine de la fourgonnette.

— C'est une bonne action. Je gnoque. Maintenant, installe-toi sur le siège de contrôle, ou quel que soit le nom qu'on lui donne, et fais-nous apparaître un tableau de bord qu'on puisse utiliser. Quand ce sera fait, et quand j'aurai trouvé un camouflage bien cool, on pourra prendre la route.

Des étincelles voletaient tout autour de la fourgonnette, gravant sur le matériau composite endommagé d'étincelants traits de couleur. On aurait dit qu'une volée de fées sous acide se déchaînaient avec des pulvérisateurs. Moyo voulut protester contre ce détournement idéologique, mais il était incapable de trouver les mots appropriés. Optant pour la solution de facilité, il s'assit dans la cabine comme on le lui avait demandé.

Il y avait un espace séparant les conduits cryostatiques du réservoir de deutérium et les modules secondaires d'alimentation énergétique qui reroutaient les câbles supraconducteurs vers les nœuds ergostructurants tout proches, une étroite crevasse au sein des machines recouvertes de mousse thermo-isolante. Sur le diagramme fourni par l'ordinateur de bord, cet espace était qualifié de passage.

Pour un pygmée acrobate, peut-être, se dit Erick avec agacement. Il ne pouvait pas porter de tenue protectrice par-dessus sa combinaison IRIS. Les coins tranchants et les tubes enflés l'agressaient à chaque mouvement. Ça ne faisait sûrement aucun bien aux nanoniques médicales qui lui enveloppaient le bras et le torse. Heureusement, la silicone noire qui lui recouvrait la peau était un excellent isolant, ce qui lui avait épargné à plusieurs reprises d'être rôti, surgelé ou électrocuté.

Cela faisait à présent neuf heures que Madeleine et lui exploraient les entrailles du *Vengeance de Villeneuve*. Un travail dangereux et épuisant, tant pour le physique que pour le mental. Vu la condition actuelle de son organisme, il était obligé de surveiller en permanence son statut physiologique. Il faisait également tourner en mode primaire un programme de relaxation ; la claustrophobie rôdait à la lisière de sa conscience tel un loup assoiffé de sang.

Le « passage » s'achevait à un mètre de la coque, donnant sur une cellule hexagonale bordée de renforts, eux-mêmes entortillés de câbles. Erick émergea du boyau et poussa un soupir de soulagement, ce qui n'était guère pratique étant donné qu'il respirait dans un tube. Il activa les capteurs de son collier, qui scannèrent les lieux, découvrant la plaque de fuselage derrière lui. Celle-ci semblait parfaitement normale, surface en silicone lisse légèrement incurvée, gris foncé avec des lettres et des chiffres rouges sur les bords.

Les jambes toujours coincées dans le passage, Erick détacha le bloc-capteur des lanières qui le fixaient à son flanc. Il contenait six scanners adhésifs qu'il attrapa et fixa sur la plaque et sur les renforts.

— Plaque 3-25-D, rien à signaler, transmit-il à André huit minutes plus tard. Aucune activité électromagnétique ; solidité normale, aucune anomalie de densité.

— Très bien, Erick. Au tour de la 5-12-D.

— Comment se débrouille Madeleine ?

— Avec méthode. À vous deux, vous avez déjà éliminé dix-huit pour cent des emplacements possibles.

Erick jura. Les quatre astros avaient examiné avec soin les diagrammes du vaisseau, dressant la liste de toutes les sections de la coque où les équipes de maintenance de Monterey avaient pu planquer leur engin de mort. Comme Pryor passait son temps sur la passerelle, seuls deux membres d'équipage pouvaient effectuer des recherches en même temps, les deux qui étaient censés dormir. Ils allaient mettre fort longtemps à fouiller tous les emplacements possibles.

— Je persiste à dire que c'est sans doute une guêpe de combat. C'est la méthode la plus pratique.

— *Oui*, mais nous n'en aurons la certitude qu'une fois que vous aurez éliminé toutes les autres options. Avec ces salopards, on ne sait jamais.

— Génial. Quand arrivons-nous à Arnstadt ?

— Il nous reste cinq sauts à faire. Deux des autres vaisseaux d'escorte ont des difficultés à manœuvrer, ce qui nous donne un peu plus de temps. Probablement recherchent-ils une bombe comme nous. Vous disposez encore de quinze heures, vingt au maximum.

Ça ne suffirait pas, loin de là, et Erick le savait. Ils allaient être obligés de se rendre à Arnstadt. Il répugnait à se demander ce que l'Organisation allait leur demander par la suite. Ce ne serait pas une banale mission d'escorte, aucun doute là-dessus.

— Très bien, capitaine, je fonce vers la plaque 5-12-D.

Le Grand Conseil des Saldana se réunissait dans un lieu baptisé la Salle de la Fontaine, un octogone de marbre blanc au plafond décoré d'une mosaïque d'or et d'opale. D'imposantes statues de trois mètres de haut se dressaient le long de ses murs, sculptées dans une roche noire originaire de Nova Kong et représentant un orateur vêtu d'une toge, immortalisé dans diverses poses censées éveiller l'inspiration. La Salle de la Fontaine était moins grandiose que certains salons officiels ultérieurement ajoutés au palais Apollon, mais elle avait été bâtie par Gerald Saldana peu de temps après son couronnement afin de lui servir de cabinet. La continuité du pouvoir n'avait jamais été rompue depuis lors ; les Saldana se faisaient un devoir de respecter les traditions de leur propre histoire.

Le Grand Conseil comptait actuellement quarante-cinq membres, parmi lesquels les souverains de toutes les principautés dépendant du royaume ; en conséquence, les séances plénières ne se tenaient que tous les dix-huit mois. Normalement, le roi convoquait de vingt à vingt-cinq personnes pour le conseiller, dont la moitié appartenait à la famille. Aujourd'hui, il n'y en avait que six assises autour de la table en acajou triangulaire, marquetée du symbole du phénix couronné. Ce conseil était un conseil de guerre, dirigé par Alastair II en personne, avec à sa gauche le duc de Salion, puis lord Kelman Mountjoy, le chef du

Foreign Office ; à la droite du roi se tenaient lady Philippa Oshin, le Premier ministre, l'amiral Lavaquar, commandant en chef de l'état-major, et le prince Howard, président de la Kulu Corporation. Aucun assistant, aucun écuyer n'était présent.

Alastair II attrapa un petit maillet et tapa sur la clochette en argent cabossée qui était posée devant lui.

— Je déclare ouverte la cinquième séance de cette réunion de cabinet. Je présume que vous avez tous accédé aux derniers rapports concernant Arnstadt ?

Il y eut un murmure d'assentiment général.

— Très bien. Amiral, votre évaluation ?

— C'est fichtrement inquiétant, Votre Majesté. Comme vous le savez, la conquête interstellaire a toujours été considérée comme extrêmement peu pratique. La mission dévolue aux forces spatiales contemporaines est de protéger les vaisseaux civils contre les pirates et de dissuader les agresseurs potentiels de lancer des attaques surprises ou aléatoires. Si quelqu'un nous agresse pour des raisons politiques ou économiques, il sait fichtrement que nous riposterons en conséquence. Mais, jusqu'à aujourd'hui, aucun de nos groupes d'études stratégiques n'avait sérieusement envisagé qu'on puisse soumettre la totalité d'un système stellaire. Les populations des planètes monoethniques étant trop diverses, il est impossible d'imposer une autre culture à des indigènes vaincus, et le conquérant perdra le bénéfice de sa conquête en tentant de le faire. Conclusion : une conquête ne rapporte jamais. La possession a tout changé. Toutes les planètes de la Confédération y sont vulnérables, y compris Kulu. Cependant, si la flotte de l'Organisation de Capone était apparue dans notre système, elle aurait perdu la bataille.

— Même armée d'antimatière ? s'enquit le prince Howard.

— Oh, oui ! Nous aurions subi de lourdes pertes, sans aucun doute. Mais nous aurions gagné ; en termes de puissance de feu, seul le réseau DS de la Terre est supérieur au nôtre. Ce qui inquiète le plus nos stratèges, c'est le taux d'expansion théorique de l'Organisation. En s'emparant d'Arnstadt, elle a purement et simplement doublé la taille de sa flotte. Si cinq ou six autres systèmes devaient tomber entre les mains de Capone, nous aurions face à nous un adversaire qui serait au moins notre égal.

— L'éloignement est à notre avantage, déclara lady Philippa. Kulu se trouve à environ trois cents années-lumière de la Nouvelle-Californie. Il serait extraordinairement difficile de déployer une flotte sur cette distance. Et Capone a des problèmes pour approvisionner ses conquêtes en He_3, les Édénistes refusent de lui en fournir.

— Veuillez m'excuser, madame le Premier ministre, dit l'amiral, mais vous interprétez ces événements de façon trop littérale. Certes, Capone aurait des difficultés à soumettre Kulu, mais en ce qui concerne la *tendance* qu'il a initiée, c'est une autre histoire. Parmi les autres possédés qui reviennent de l'au-delà, il s'en trouve certains qui sont aussi capables que lui et qui, parfois, ont beaucoup plus d'expérience dans l'art et la manière de bâtir un empire. Si les gouvernements planétaires ne font pas preuve d'une extrême vigilance dans la recherche et l'élimination des possédés, ce qui s'est produit en Nouvelle-Californie risque de se reproduire ailleurs. Si Capone était notre seul et unique souci, j'en serais franchement soulagé. Quant à la pénurie d'He_3 dont souffre l'Organisation, le deutérium peut être utilisé comme carburant pour les astronefs, et il le sera. Il est moins efficace et émet des radiations qui ont un effet néfaste sur le tube de propulsion, mais n'allez pas croire que cela les empêchera de l'utiliser. La Flotte royale a élaboré un plan de secours lui permettant de poursuivre ses principales opérations au cas où Kulu viendrait à perdre toutes les dragues à nuages du royaume. Grâce au deutérium, nous pourrions encore voler pendant des années, voire des dizaines d'années en cas de besoin.

— Donc, le manque d'He_3 ne va pas l'arrêter ? demanda le roi.

— Non, Votre Majesté. Nos analystes estiment que, vu la nature intrinsèque de l'Organisation, Capone va être obligé de poursuivre son expansion à seule fin de survivre. L'Organisation n'a pas d'autre but, elle n'est conçue que pour croître et conquérir. Une excellente stratégie permettant à Capone de garder le contrôle sur les siens, mais qui va déboucher tôt ou tard sur des problèmes de fonctionnement. Même s'il en prend conscience et tente de mettre un frein à son développement, ses lieutenants vont fomenter un putsch. S'ils s'abstenaient d'agir ainsi, ils perdraient leur statut en même temps que lui.

— Il semble diriger la Nouvelle-Californie de façon plutôt efficace, intervint lord Mountjoy.

— Ce n'est qu'une illusion due à la propagande, répliqua le duc de Salion. Les agences de renseignement sont d'accord sur ce point avec l'analyse de la Flotte royale. Capone se vante d'avoir forgé un gouvernement qui marche, mais il s'agit essentiellement d'une dictature reposant sur l'usage de la force. Si elle survit, c'est parce que la planète est entrée dans une économie de guerre, ce qui altère toujours quelque temps la réalité financière. Cette idée d'une devise basée sur des jetons magiques est viciée. La capacité énergétique des possédés est par essence illimitée, de sorte qu'il est impossible de la quantifier et de la redistribuer à ceux qui n'en ont pas comme s'il s'agissait d'une monnaie tangible.

« Et, pour le moment, personne ne s'est opposé à Capone, il a agi beaucoup trop vite pour cela. Mais la situation politique interne de l'Organisation est instable. Dès que s'installera une certaine routine, les gens seront en mesure de considérer avec objectivité le mode de vie qu'on leur a imposé. Nous estimons que des mouvements de résistance vont se former en moins de quinze jours au sein des deux communautés. D'après ce que nous avons pu observer, et en faisant abstraction du filtre de la propagande, les possédés et les non-possédés vont avoir du mal à coexister de façon pacifique. La société édifiée par Capone est extrêmement artificielle. Ce qui la rend facile à détruire, en particulier de l'intérieur.

Lors Mountjoy eut un petit sourire.

— Vous sous-entendez qu'il nous suffit d'attendre sans rien faire ? Que les possédés finiront par s'éliminer eux-mêmes ?

— Non. Ce n'est pas ce que j'ai dit. D'après nos psychologues, ils sont incapables de construire une société aussi vaste et aussi complexe que les nôtres. Si nous avons des civilisations industrielles à l'échelle d'un système stellaire, c'est pour maintenir notre niveau socio-économique. Mais quand on peut vivre dans un palais aussi splendide que celui-ci rien qu'en le souhaitant, à quoi sert-il d'avoir des États d'une population de plusieurs centaines de millions de personnes ? C'est ce qui finira par paralyser Capone ; mais cela ne nous débarrassera pas du problème que représentent les possédés en général.

— De toute façon, je n'ai jamais pensé qu'une solution militaire serait la bonne, dit Alastair en adressant à l'amiral un hochement de tête penaud. Pas sur le long terme. Alors, quelle menace représentent les possédés qui s'infiltrent parmi nous ? Avons-nous vraiment capturé tous ceux qui étaient en activité dans le royaume ? Simon ?

— À quatre-vingt-dix-neuf virgule neuf pour cent, Votre Majesté, à tout le moins sur Kulu. Malheureusement, je ne puis vous l'affirmer avec certitude. Plusieurs d'entre eux ont dû nous échapper, simple question de probabilité. Mais les IA se montrent de plus en plus habiles à les traquer grâce au réseau. Et puis, naturellement, ils deviennent plus faciles à repérer et à éradiquer s'ils accroissent leurs rangs.

— Cependant, on ne peut pas dire que ce soit bon pour le moral de la population, dit lady Philippa. Le gouvernement ne peut pas vous protéger contre la possession, mais il est prêt à intervenir si vous en êtes victime.

— C'est regrettable à l'échelle de l'individu, je l'admets, reconnut le prince Howard. Mais cela n'affecte pas notre capacité de réaction à l'échelle globale. Et la Kulu Corporation a déjà construit un prototype de moniteur personnel conçu pour prévenir la possession.

— Vraiment ?

— Oui. Il s'agit d'un simple bracelet bourré de divers capteurs et relié en permanence au réseau de communication. Le dispositif occupe une bonne partie de notre bande passante, mais il suffirait de deux IA pour surveiller en temps réel tous les habitants de la planète. Si vous êtes possédé ou si vous ôtez votre bracelet, nous le saurons tout de suite, et nous saurons aussi où cela s'est produit.

— Les défenseurs des droits civiques vont adorer, commenta le Premier ministre.

— Peut-être, mais les possédés vont détester, contra le prince Howard. Et leur réaction nous importe davantage.

— Tout à fait, opina Alastair II. Je porterai ce bracelet en public dès que le premier modèle sera prêt. Cela devrait amadouer l'opinion. Nous agissons pour le bien de nos sujets, après tout.

— Oui, Votre Majesté, concéda lady Philippa avec grâce.

— Très bien. Nous pouvons donc garantir la sécurité de la population, mais, comme l'a dit mon frère, nous pouvons encore mener notre politique. Pour l'instant, je dois m'en contenter. Et puisqu'on aborde le chapitre des décisions politiques, nous devons en prendre une à propos de Mortonridge. Amiral ?

— Mon équipe tactique a fait tourner des simulations à partir des suggestions du jeune Hiltch. Son expérience nous a été d'une aide précieuse, mais, à mon sens, il y a beaucoup trop de variables et d'inconnues là-dedans.

— Ces simulations se concluent-elles par notre victoire ? demanda le duc de Salion.

— Oui. Presque toutes, à condition que nous consacrions suffisamment de ressources à l'opération. Apparemment, c'est à chaque fois le facteur décisif. (Il se tourna vers le roi d'un air inquiet.) Ça va être risqué, Votre Majesté. Et en outre extraordinairement coûteux. Nous devons maintenir notre puissance défensive dans tout le royaume en même temps que nous mènerons cette campagne. Cela nécessitera le déploiement de toutes nos réserves militaires et l'utilisation intensive de toute notre capacité industrielle.

— Voilà qui devrait ravir les baronnies, commenta lady Philippa.

Alastair II fit semblant de ne pas l'avoir entendue.

— Mais c'est faisable ? demanda-t-il à l'amiral.

— Nous le pensons, Votre Majesté. Mais nous aurons besoin du soutien sans failles des Édénistes. Dans l'idéal, il nous faudrait aussi la coopération matérielle des Forces spatiales de la Confédération et de nos alliés. Plus nous serons forts, plus nous aurons de chances de gagner.

— Très bien. Kelman, c'est là que vous intervenez. Comment s'est passé votre entretien avec l'ambassadeur édéniste ?

Le ministre des Affaires étrangères réprima le sourire qui lui venait à ce souvenir ; il ne savait toujours pas lequel des deux avait été le plus surpris.

— En fait, l'ambassadeur Astor s'est montré très réceptif à notre proposition. Comme vous le savez, la mission de ce pauvre homme n'est pas exactement une sinécure. Cependant, dès que je lui ai fait part de notre demande, il a mis tout son personnel au travail sur ses aspects pratiques. Ses attachés militaire et technologique sont d'accord pour dire que les habitats joviens disposent de la capacité nécessaire pour produire des sergents de Tranquillité en nombre suffisant.

— Et leur engagement ? demanda le prince Howard.

— Une telle décision est du seul ressort de leur Consensus, mais Astor était sûr que, étant donné les circonstances, Jupiter y répondrait favorablement. En fait, il m'a proposé de se joindre à notre délégation et de l'aider à présenter notre requête. Cela peut paraître accessoire, mais je considère sa réaction comme très significative.

— Pour quelle raison, exactement ? s'enquit le roi.

— À cause de la nature de leur culture. Il est rare que les Édénistes convoquent un Consensus, ce n'est pas nécessaire en temps normal. Ils sont si proches les uns des autres en termes d'éthique et de motivation que les décisions qu'ils sont amenés à prendre sont presque toujours unanimes. Un Consensus n'est nécessaire que lorsqu'ils ont à affronter un problème radicalement nouveau ou une menace exigeant d'eux une réaction appropriée. Le fait que l'ambassadeur lui-même approuve notre requête et soit prêt à défendre notre cause est une indication des plus positives. Plus que quiconque, il comprend ce qu'il nous en coûte de demander leur aide, ce qu'il en coûte à notre orgueil national. Il peut faire passer ce message.

— En d'autres termes, il s'en tirera à merveille, dit le prince Howard.

— Je pense que c'est hautement probable.

Le roi marqua une pause de quelques instants, parcourant du regard les visages inquiets qui l'entouraient.

— Bien, je pense que nous pouvons passer à la phase suivante. Amiral, commencez à préparer les forces qui seront nécessaires à la libération de Mortonridge.

— Oui, Votre Majesté.

— Dans l'immédiat, Kelman, c'est sur votre ministère que repose le plus lourd fardeau. L'amiral déclare avoir besoin du soutien des Forces spatiales de la Confédération et de nos alliés, et c'est au service diplomatique de l'obtenir. Quelles que soient nos ressources en la matière, je désire qu'elles soient exploitées à fond. Je vous suggère de consulter l'ASE pour déterminer les moyens de pression à appliquer sur quiconque hésiterait à manifester l'enthousiasme voulu.

— Quel type d'actifs souhaitez-vous voir réalisés ? s'enquit prudemment le duc de Salion.

— Tous les types, Simon. Si nous ne faisons pas les choses correctement, ce n'est pas la peine de les faire. Je ne suis pas disposé à engager la totalité de notre potentiel militaire contre un ennemi aussi puissant si notre supériorité n'est pas garantie. Ce serait inacceptable sur le plan moral et suicidaire sur le plan politique.

— Bien, monsieur, je comprends.

— Excellent, c'est donc réglé.

— Euh... et concernant Ione ? demanda lady Philippa.

Alastair faillit s'esclaffer de la timidité du Premier ministre. Voilà qui ne lui ressemblait guère. Quand on abordait le sujet de Tranquillité en sa présence, tout le monde semblait marcher sur des œufs.

— Bonne question. Le mieux, je pense, serait d'envoyer un membre de la famille pour appuyer l'équipe de Kelman. Nous dépêcherons le prince Noton.

— Oui, Votre Majesté, dit lord Mountjoy d'un air neutre.

— D'autres sujets à aborder ? demanda le roi.

— Je pense que nous les avons tous couverts, monsieur, dit lady Philippa. J'aimerais annoncer que la décision a été prise de libérer Mortonridge. La population a besoin de savoir que nous commençons à reprendre l'initiative.

— Mais ne parlons pas des Édénistes, s'empressa de dire lord Mountjoy. Pas encore, c'est un point qui doit être abordé avec précaution.

— Naturellement, dit-elle.

— Agissez de la façon qui vous semblera appropriée, leur dit Alastair. Je vous souhaite à tous bonne chance dans vos tâches respectives. Espérons que Notre-Seigneur nous enverra Sa lumière, car celle du soleil se fait rare ces derniers temps.

C'était seulement la troisième fois que Parker Higgens était invité dans les appartements d'Ione, et la première fois qu'il y était invité seul. Il fut troublé par la baie vitrée de l'immense salon, qui donnait sur les profondeurs de la mer circulaire ; les cabrioles des petits poissons en manteau d'Arlequin ne l'amusaient guère. Étrange, songea-t-il, que la pression menaçante de toute cette eau paraisse plus redoutable que le vide régnant derrière les fenêtres d'un gratte-ciel.

Ione l'accueillit d'un sourire et d'une délicate poignée de main. Elle portait un peignoir jaune par-dessus un bikini pourpre, et ses cheveux étaient encore mouillés. Tout comme il l'avait été la première fois qu'il l'avait vue, Parker Higgens fut à nouveau fasciné par ses yeux d'un bleu enchanteur. Son seul réconfort était de savoir que son cas n'était pas unique : plusieurs millions d'habitants de la Confédération connaissaient les mêmes souffrances que lui.

— Vous vous sentez bien, Parker ? s'enquit-elle d'un ton léger.

— Oui, merci, madame.

Ione braqua un œil soupçonneux sur la baie vitrée, qui devint aussitôt opaque.

— Asseyons-nous.

Elle sélectionna une petite table ronde d'un bois si noirci par l'âge qu'il en devenait impossible à identifier. Un couple de chimpanzés domestiques leur apporta du thé dans un service en porcelaine.

— Apparemment, vous vous êtes fait beaucoup d'amis à Trafalgar, Parker. Une escorte de quatre faucons, pas moins.

Parker grimaça. Savait-elle à quel point son ironie pouvait être pénétrante ?

— Oui, madame. Les analystes des Forces spatiales de la Confédération sont ici pour nous aider à interpréter les enregistrements laymils. C'est l'état-major du grand amiral qui a suggéré cette procédure, et j'ai dû m'incliner devant son raisonnement. La possession est un phénomène terrifiant et, si les Laymils lui avaient trouvé une solution, nous ne devons épargner aucun effort pour la localiser.

— Détendez-vous, Parker. Je ne cherchais pas à vous critiquer. Vous avez bien agi. Il est gratifiant de voir que le projet de recherche sur les Laymils a soudain acquis une telle importance. Grand-père Michael avait raison, après tout, ce qui doit le réjouir. Où qu'il se trouve.

— Vous n'avez donc aucune objection à ce que ces analystes examinent les enregistrements ?

— Aucune. Si la réponse venait de nous, ce serait un atout extraordinaire pour l'avenir. Bien que j'aie des doutes à ce sujet.

— Moi aussi, madame. Je ne pense pas qu'il existe une seule et unique solution à ce problème. Ce que nous affrontons, c'est la nature intrinsèque de l'univers, et seul le Créateur est en mesure de l'altérer.

— Hum ! (Elle sirota son thé d'un air contemplatif.) Et pourtant, les Kiints semblent avoir trouvé une réponse. La mort et la possession ne les inquiètent pas.

Pour la première fois, elle vit la colère déformer les traits du vieux directeur si affable.

— Ils travaillent encore ici, madame ?

— Oui, Parker. Pourquoi ?

— Je ne vois pas pour quelle raison. Ils savaient depuis le début ce qui était arrivé aux Laymils. Leur seule présence ici est une imposture. Ils n'ont jamais eu l'intention de nous aider.

— Les Kiints ne sont pas hostiles à l'espèce humaine, Parker. Quelles que soient leurs raisons, je suis sûre qu'elles sont bonnes. Peut-être souhaitaient-ils nous orienter en douceur dans la bonne direction. Qui sait ? Leur intellect est supérieur au nôtre, et leur organisme aussi, de bien des façons. Tenez, je viens de me rendre compte que nous n'avons aucune idée de leur longévité. Peut-être qu'ils sont immortels, peut-être que c'est ainsi qu'ils ont résolu le problème.

— Auquel cas ils ne peuvent guère nous aider.

Elle le fixa attentivement au-dessus de sa tasse.

— Est-ce que cela vous pose un problème, Parker ?

— Non. (Ses mâchoires se crispèrent comme il refoulait son indignation.) Non, madame, si vous attachez de l'importance à leur participation au projet, je serai heureux de mettre mes objections de côté.

— Ravie de l'entendre. Bon. Il reste dans la pile électronique laymil quatre mille heures d'enregistrement auxquelles nous n'avons pas encore accédé. Même avec le renfort de cette nouvelle équipe, il va nous falloir pas mal de temps pour les analyser. Nous devons accélérer le processus.

— Oski Katsura peut fabriquer des équipements de reformatage supplémentaires qui devraient nous permettre d'aller plus vite. Reste à régler la question des armes. Vous teniez à maintenir l'embargo sur ce type de technologie, madame.

— En effet.

Il a raison d'évoquer ce problème. Est-ce que je souhaite vraiment refiler des armes laymils à la Confédération, même pour défendre une noble cause ?

Cette question n'est plus d'actualité, répondit Tranquillité. **Nous savons pourquoi les îles de l'espace se sont suicidées. Les événements nous ont prouvé qu'aucune force extérieure n'était responsable, contrairement à ce que nous pensions au début. Par conséquent, tu n'as plus besoin de t'inquiéter de l'existence d'une quelconque superarme. Les Laymils n'en ont conçu ni construit aucune.**

Pas si sûr ! Et si les îles de l'espace en avaient développé une pour stopper les astronefs laymils possédés ?

Vu le niveau de leurs connaissances à l'époque de leur destruction, les armes de défense des îles de l'espace ne seraient guère différentes des nôtres. Et les Laymils ne pensaient pas en termes d'armements ; alors qu'on peut avancer l'hypothèse que l'histoire humaine est dictée par les avancées dans ce domaine. Il est fort probable qu'une éventuelle superarme laymil ait été inférieure aux nôtres.

Tu ne peux pas le garantir. Leur biotechnologie était considérablement plus avancée que le biotek des Édénistes.

Elle était impressionnante à cause de son échelle, c'est tout. Toutefois, leur développement n'était pas très différent de celui des Édénistes. Il y a peu de risques que la situation s'aggrave si tu accordes un accès illimité aux enregistrements.

Peu de risques, mais pas de risque zéro ?

Évidemment. Tu le sais très bien, Ione.

Oui.

— Je pense que nous pouvons lever cette restriction pour le moment, dit-elle à Parker Higgens.

— Entendu, madame.

— Pouvons-nous faire autre chose pour aider les Forces spatiales de la Confédération ? Notre position unique devrait compter pour quelque chose.

— Leur analyste en chef m'a fait deux suggestions. Apparemment, Joshua Calvert a découvert la pile électronique laymil dans une sorte de forteresse. S'il nous donnait les coordonnées spatiales de cette structure, nous pourrions l'explorer en quête d'autres appareils électroniques. Si une pile a pu survivre sans dommages, alors il y en a peut-être d'autres, entières ou non. Les données contenues dans ces cristaux sont inestimables.

Oh-oh, fit Tranquillité.

Attention avec les sarcasmes, n'oublie pas que Joshua a accepté de retrouver l'Alchimiste pour mon compte. Nous étions convenues toutes les deux qu'il avait mûri ces derniers temps.

Malheureusement, il reste des traces de sa folle jeunesse.

Elle réprima juste à temps le rictus qui lui venait aux lèvres.

— Le capitaine Calvert n'est pas ici en ce moment. Mais, Parker, ne soyez pas trop optimiste. Les prospecteurs sont de fieffés vantards, et je serais surprise que cette forteresse dont il a parlé ressemble à la description qu'il en a faite.

Neeves et Sipika possèdent peut-être ces coordonnées, intervint Tranquillité. **Peut-être seront-ils disposés à coopérer. Dans le cas contraire, nous sommes officiellement en état d'urgence et pouvons par conséquent utiliser des nanoniques de débriefing.**

Bonne idée. Envoie un sergent les interroger. Qu'il leur fasse comprendre que, s'ils refusent de nous donner gracieusement ces coordonnées, nous n'hésiterons pas à les extraire de leur cervelle.

— Je vais voir ce que je peux faire, dit-elle en constatant que Parker Higgens semblait fort déçu. Quelle était la seconde suggestion ?

— Un scan systématique de l'orbite d'Unimeron. Si les possédés laymils ont emporté la planète dans une autre dimension, peut-être en subsiste-t-il une sorte de trace.

— Pas une trace physique, quand même ? Je pensais que nous avions déjà eu cette discussion.

— Non, pas physique, madame. Nous pensons plutôt au résidu d'une décharge énergétique, similaire à celui par lequel les possédés trahissent leur présence. Peut-être existe-t-il une zone de distorsion détectable.

— Je vois. Très bien, je vais m'en occuper. J'autorise toute dépense raisonnable pour l'achat de sondes captrices. Les entreprises d'astro-ingénierie devraient être enchantées de cette commande à présent que je n'ai plus besoin d'armes pour le réseau DS. Peut-être même nous proposeront-elles des prix compétitifs.

Parker acheva son thé, hésitant à poser la question qui lui brûlait les lèvres. En tant que directeur du projet de recherche sur les Laymils, ses responsabilités étaient clairement limitées. Mais il était humain, après tout.

— Est-ce que nous sommes bien défendus, madame ? J'ai appris ce qui est arrivé à Arnstadt.

Ione sourit et se pencha pour ramasser Augustin, qui s'efforçait d'escalader le pied de la table.

— Oui, Parker, nos défenses sont plus qu'adéquates. (Elle feignit de ne pas remarquer la stupéfaction du directeur devant la petite créature xéno et caressa la tête de celle-ci.) Croyez-moi sur parole, l'Organisation de Capone ne mettra jamais les pieds dans Tranquillité.

3.

Plaque n° 8-92 K : gris terne, avec quelques éraflures laissées par les outils et les gants de travail, des codes rouges relatifs à sa série de fabrication et au contrôle du MAC, des indicateurs réactifs encore verts, signalant que l'exposition au vide spatial et aux radiations demeurait tolérable ; strictement identique à toutes les plaques hexagonales protégeant les délicats systèmes du *Vengeance de Villeneuve* des dangers du vol spatial. Sauf qu'il en émanait une minuscule quantité d'activité électromagnétique. C'est ce qu'indiquait le premier scanner adhésif. Erick s'empressa d'appliquer le deuxième au-dessus de la source de l'émission. Le bloc-capteur confirma la présence de radiations. L'analyse de densité lui donna la taille de l'unité enkystée, ainsi qu'un aperçu de ses principaux composants.

— J'ai trouvé la bombe, capitaine, télétransmit-il. Ils l'ont dissimulée dans une plaque. Elle est minuscule, un noyau de déteurium-tritium compressé à l'échelle de l'électron, je crois bien ; puissance d'environ deux cents tonnes.

— Tu es sûr ?

Erick était trop épuisé pour se mettre en colère. C'était sa neuvième fouille, et son organisme convalescent commençait à accuser le coup. Chaque fois qu'il avait fini de passer dix heures à ramper dans les entrailles de l'astronef, il devait prendre son quart sur la passerelle afin que Kingsley Pryor et les huit journalistes qu'ils avaient embarqués aient l'impression que tout était normal à bord. Et, par-dessus le marché, l'Organisation les avait truandés. Comme il s'en était douté.

— Oui, j'en suis sûr.

— Les saints en soient loués. Enfin ! Nous pouvons maintenant échapper à ces diables. Tu peux désactiver cette bombe, n'est-ce pas, *mon enfant* ?

— Je crois que la meilleure solution serait de détacher la plaque, de la larguer et de la vaporiser aux lasers à rayons X dès qu'elle sera assez loin.

— Bravo. Ça va prendre combien de temps ?

— Le temps qu'il faudra. Je n'ai pas envie de précipiter les choses.

— Naturellement.

— Est-ce qu'on peut trouver des coordonnées de saut correctes sur cette orbite ?

— Quelques-unes. Je vais les calculer.

Erick balaya le reste de la minuscule cavité en quête d'autres processeurs suspects. En face de la plaque se trouvait une spirale de câbles cannelés évoquant une queue de dragon prête à frapper, qui conduisait à une pompe de régulation thermique. Il avait émergé sur son pourtour, coincé entre le titane incurvé et un amas de réservoirs d'azote cryogénisé, dont le rôle était de pressuriser les fusées des verniers. Un espace étroit, minuscule, qui recelait néanmoins une centaine de coins et de recoins. Il lui fallut une demi-heure pour le fouiller correctement, en s'obligeant à être méthodique. Pas facile quand à quatre-vingts centimètres de là est planquée une minibombe nucléaire à la minuterie activée.

Lorsqu'il se fut assuré que la cavité ne dissimulait ni chausse-trape ni système d'alarme, il se retourna péniblement pour faire face à la plaque et s'extirpa un peu plus du passage comme de la pâte dentifrice sortant de son tube.

Normalement, c'est depuis l'extérieur de la coque qu'on détache une plaque, les rivets et les attaches de fixation étant bien plus accessibles. La tâche qui attendait Erick était des plus délicates. La procédure à employer pour un largage depuis l'intérieur défila dans ses naneuroniques, et il se dit qu'elle avait sûrement été imaginée par un comité d'avocats fonctionnaires passant leur temps en pauses-déjeuners et ignorant tout de l'astro-ingénierie. Il était tentant de plonger une thermolame dans la silicone et d'y découper un cercle autour de la minibombe. Au lieu de quoi, il demanda à l'ordinateur de bord de désactiver le générateur de valence moléculaire du secteur, puis appliqua son tournevis antirotatif au premier couplage. Peut-être était-ce un effet de son imagination, mais son bras en tissu artificiel lui sembla plus lent que l'autre. Ses réserves nutritives étaient presque vides. Mais son esprit était trop occupé pour vraiment s'en soucier.

Quatre-vingts minutes plus tard, la plaque était prête. La petite cavité grouillait de rivets, d'attaches, de bouts de silicone et de têtes de tournevis perdues. Les capteurs de sa combinaison IRIS peinaient à lui transmettre une image déchiffrable de son environnement. Il acheva de ranger les outils dans son harnais et émergea un peu plus du passage, cherchant des prises avec ses orteils. Lorsqu'il fut en position, il était presque plié en deux, le dos collé contre la plaque. Il se mit à pousser, tendant les muscles de ses jambes. Ses programmes de surveillance physiologique lui lancèrent presque aussitôt des mises en garde. Il les ignora, lançant un programme tranquillisant pour lutter contre l'inquiétude que lui inspiraient les nouveaux dégâts qu'il infligeait à son organisme.

La plaque bougea – ses naneuroniques lui signalèrent un léger changement dans sa position. Puis il s'éleva par incréments millimétriques. Il attendit que ses naneuroniques lui confirment que la plaque s'était déplacée de cinq centimètres, puis cessa de pousser. L'inertie ferait le reste. Son ventre était noué de crampes.

Une large écharde de lumière bleu argent éclaira la cavité alors qu'il battait en retraite dans le passage. L'un des bords de la plaque s'était délogé, et l'alignement était rompu. Les capteurs de la combinaison IRIS diminuèrent leur réceptivité dès que le rayon lumineux transforma la nuée de rivets en tempête de feux follets.

La plaque s'éleva doucement. Erick examina une dernière fois ses bords pour s'assurer qu'ils étaient tous dégagés, puis télétransmit :

— C'est bon, capitaine, elle est détachée. Lance les verniers et entame la séparation.

Il réussit à apercevoir l'éruption silencieuse des minuscules fusées à carburant chimique qui ceignaient le vaisseau au niveau de son équateur, évoquant de vives fontaines de lumière jaune. La plaque sembla accélérer, s'éloigner de la cavité.

Kursk était visible dans l'espace. Placé en orbite basse, le *Vengeance de Villeneuve* était arrosé par l'ondée de lumière dorée émanant des océans ennuagés de la planète.

C'était la seconde conquête de l'Organisation de Capone : une colonie en phase trois, située à six années-lumière d'Arnstadt. Ayant atteint une population de cinquante millions de personnes, elle sortait du stade purement planétaire de son économie pour développer un embryon d'industrie spatiale. C'était par conséquent une cible facile. Encore privée de réseau DS, elle était pourvue de stations d'astro-ingénierie d'une certaine valeur et d'une population raisonnable. L'escadre de vingt-cinq astronefs que Luigi Balsamo avait envoyée pour la soumettre n'avait presque pas rencontré de résistance. Les cinq cargos indépendants amarrés à l'unique colonie-astéroïde de Kursk étaient armés de guêpes de combat ; mais celles-ci étaient de troisième ordre, et les capitaines ne s'étaient guère montrés enthousiastes à l'idée d'affronter la puissance de feu de l'Organisation, ni à celle de mourir en héros.

Moins de huit heures après leur arrivée à Arnstadt, le *Vengeance de Villeneuve* et les autres vaisseaux d'escorte avaient reçu l'ordre de se joindre à l'escadre envoyée à Kursk. Furieux mais impuissant, André avait dû s'incliner. Ils avaient même livré combat, lançant une demi-douzaine de guêpes sur les deux astronefs qui avaient tenté de résister.

Tous les membres d'équipage avaient dû gagner la passerelle lors de la dernière phase de la mission, de sorte que les recherches avaient été suspendues. Toujours sous la menace de la bombe, les astros n'avaient pas pu se défiler.

Une fois remportée la bataille, une fois la planète ouverte aux forces terrestres de Capone, le commandant de l'escadre avait ordonné au *Vengeance de Villeneuve* de nettoyer l'orbite. L'espace entourant la planète était encombré de dizaines de milliers de débris provenant des guêpes de combat, dont chacun présentait un danger potentiel en cas de collision. Les nouvelles grappes de capteurs du *Vengeance de Villeneuve* étaient suffisamment puissantes pour repérer un flocon de neige à moins de cent kilomètres de son fuselage. Et André utilisait les lasers à rayons X pour vaporiser tous les débris qu'il localisait.

Erick regarda s'éloigner la plaque n° 8-92 K, un petit hexagone d'un noir d'encre sur fond d'océan bleu turquoise, qui vira brusquement à l'orange vif et explosa.

— Je crois qu'il est temps d'avoir une petite conversation avec *monsieur* Pryor, transmit André Duchamp à son équipage.

Lorsque André ouvrit la porte de la cabine en lui télétransmettant son code prioritaire, on aurait presque dit que l'officier de liaison de l'Organisation attendait leur venue. Quoique en période de sommeil, Kingsley Pryor était habillé et flottait au-dessus du sol dans la position du lotus. Ses yeux bien ouverts n'exprimèrent aucune surprise en voyant deux pistolasers braqués sur lui.

Aucune surprise et aucune crainte, se dit Erick.

— Nous avons éliminé la bombe, annonça triomphalement André. Ce qui signifie que vous êtes devenu un poids mort.

— Et vous allez aussi tuer les autres équipages, pas vrai ? répliqua Kingsley d'une voix égale.

— Pardon ?

— Je dois transmettre un code toutes les trois heures – toutes les sept heures au maximum, rappelez-vous. Faute de quoi, l'un des autres astronefs sautera. Par conséquent, l'officier de liaison qui se trouve à son bord ne sera plus en mesure de transmettre son code, et un autre vaisseau explosera. Vous allez lancer une réaction en chaîne.

André ne broncha pas.

— Nous les préviendrons avant de sauter hors du système, évidemment. Vous me prenez pour un barbare ? Ils auront le temps d'évacuer leurs bâtiments. Et Capone aura perdu cinq astronefs. (Il y eut une lueur dans ses yeux.) Je veillerai à ce que les journalistes le comprennent bien. Mon vaisseau et mon équipage auront frappé l'Organisation en plein cœur.

— Je suppose que Capone sera bouleversé en apprenant la nouvelle. Quelle pitié d'être privé d'un guerrier tel que vous.

André lança à l'autre un regard furibond ; il n'était pas doué pour les sarcasmes, d'où qu'ils viennent, et détestait en être la victime.

— Vous l'en informerez vous-même. Nous allons vous renvoyer à lui en passant par l'au-delà.

Il raffermit son étreinte sur son pistolaser.

Kingsley Pryor tourna ses yeux glacials vers Erick et télétransmit :

— Vous devez les empêcher de me tuer.

Son message était en code, un code des Forces spatiales de la Confédération.

— Connaissant la nature des possédés, je suppose que ce code a été compromis il y a longtemps, transmit Erick en réponse.

— C'est fort probable. Mais vos camarades savent-ils que vous êtes un officier du SRC ? S'ils l'apprennent, vous me rejoindrez dans l'au-delà. Et je n'hésiterai pas à le leur dire, je n'ai plus rien à perdre. Depuis un bon moment.

— Qui êtes-vous, bordel ?

— J'ai servi auprès de la section armements du SRC en tant

qu'officier d'évaluation technique. C'est pour ça que je sais qui vous êtes, capitaine Thakrar.

— À mes yeux, cela fait de vous un traître à deux titres, traître à l'humanité et aux Forces spatiales. En outre, Duchamp ne croira pas un mot de ce que vous pourrez lui dire.

— Vous devez me maintenir en vie, Thakrar, c'est essentiel. Je sais quel est le système stellaire que l'Organisation projette d'envahir après celui-ci. En ce moment, cette information est la plus importante de toute la galaxie. Si Aleksandrovich et Lalwani connaissent la cible de Capone, ils peuvent intercepter et détruire sa flotte. Votre premier devoir est à présent de leur transmettre cette information. Exact ?

— Les ordures dans votre genre racontent n'importe quoi.

— Vous ne pouvez pas courir le risque de conclure que je mens. De toute évidence, j'ai accès aux échelons les plus élevés de l'Organisation, je n'occuperais pas la position qui est la mienne dans le cas contraire. Par conséquent, il est fort possible que je sois informé de leur stratégie globale. À tout le moins, la procédure exige que je sois débriefé.

La décision que devait prendre Erick semblait plus irritante que tout le temps qu'il avait passé à éliminer la bombe dans la cavité. L'idée qu'une enflure comme Pryor pouvait le manipuler était carrément répugnante.

— Capitaine ? dit-il d'une voix lasse.

— *Oui ?*

— Si nous le livrions aux autorités de la Confédération, combien pensez-vous que ça nous rapporterait ?

André jeta un regard surpris à son astro.

— Tu as changé depuis que tu nous as rejoints, *mon enfant.* Après Tina... qui n'aurait pas changé ?

— À notre retour, la Confédération va nous avoir dans le collimateur. Nous avons signé un contrat avec Capone, ne l'oublie pas, et nous l'avons aidé à envahir ce système. Mais si nous arrivons avec un trophée comme celui-ci, en particulier devant les journalistes, nous serons accueillis en héros ; ça effacera notre ardoise.

Comme toujours chez Duchamp, ce fut l'appât du gain qui l'emporta. Son sourire, naturellement doux et affable, se fit admiratif.

— Bien raisonné, Erick. Madeleine, aide Erick à placer cet enfoiré en tau-zéro.

— À tes ordres, capitaine.

Elle ouvrit l'écoutille et agrippa Pryor par l'épaule. Avant de ressortir, elle ne put s'empêcher de jeter à Erick un regard troublé.

Il n'eut même pas la force de lui répondre par un sourire penaud. Je croyais que c'était fini, que j'aurais pu tourner la page après avoir éliminé cette bombe. On aurait débarqué dans un spatioport civilisé et j'aurais livré toute la bande à l'antenne des Forces spatiales. Mais tout ce que j'ai réussi à faire, c'est échanger un problème contre un autre. Dieu tout-puissant, quand est-ce que tout cela sera fini ?

L'au-delà s'était subtilement altéré, les brèches donnant sur l'univers réel se peuplant d'éclairs de sensation. Ceux-ci enrageaient et exaltaient les âmes perdues : un échantillon, un souvenir pathétique de leur vie d'antan. La preuve que la vie corporelle était de nouveau à leur portée.

L'apparition de ces brèches n'était nullement structurée. L'au-delà était exempt de toute topologie. Une brèche s'ouvrait. Se refermait. Et, à chaque fois, une âme s'y glissait pour posséder quelqu'un. Seule la chance, ou le hasard, y était pour quelque chose.

Les âmes hurlaient leur avidité, fondant sur les traces résiduelles de leurs camarades fortunés qui étaient passés de l'autre côté. Suppliant, priant, promettant, maudissant. Leurs tirades étaient vaines. Presque toujours.

Les possédés avaient le pouvoir de les regarder, de les écouter.

L'un d'entre eux dit : Nous voulons quelqu'un.

Les âmes impatientes lui répondirent par des mensonges. Je sais où ils sont. Je peux vous aider. Prenez-moi. Moi ! Je vais tout vous dire.

Difficile de ne pas entendre le chant d'un milliard d'entités tourmentées.

Une nouvelle brèche apparut, telle une déchirure dans un nuage noir par où passait le soleil. Elle donnait sur une barrière, qui empêchait les âmes de connaître la gloire. Son existence éveilla un désir insoutenable chez celles qui se massaient autour d'elle.

Vous voyez ? Un corps vous attend, une récompense pour l'information dont nous avons besoin.

Quoi ? Quelle information ?

Mzu. Le Dr Alkad Mzu. Où est-elle ?

La question se répandit dans l'au-delà, rumeur virale passant – sautant – d'une âme à l'autre. Jusqu'à ce que, finalement, la femme s'avance, émergeant de la dégradation d'un perpétuel viol mental pour étreindre et vénérer la souffrance saturant son nouveau corps. Les sensations se précipitèrent en masse dans sa conscience : chaleur, humidité, fraîcheur de l'air. Elle ouvrit les yeux, mi-riant, mi-pleurant de la torture qu'on infligeait à ses membres ébouillantés, écorchés.

— Ayacucho, graillonna Cherri Barnes aux gangsters penchés au-dessus d'elle. Mzu est allée à Ayacucho.

Le fichier top-secret contenait un rapport que le grand amiral trouva encore plus inquiétant que l'annonce d'une défaite militaire. Rédigé par un économiste attaché au président Haaker, il détaillait les effets de la possession sur l'économie de la Confédération. Le gros problème, c'était que les conflits modernes étaient en général résolus à l'issue d'un quart d'heure de combat entre deux escadres d'astronefs – un règlement aussi rapide que décisif. Il était exceptionnel qu'une guerre donne lieu à plus de trois batailles spatiales.

La possession, quant à elle, affectait l'économie interstellaire. Les recettes fiscales diminuaient, et avec elles les réserves que les gouvernements pouvaient consacrer à l'entretien de leurs forces armées lors de longues missions de déploiement. Et les Forces spatiales de la Confédération contribuaient encore à pressurer les finances des nations. Du point de vue stratégique, le maintien de la quarantaine était une excellente politique, mais ce n'était pas lui qui allait résoudre le problème. Il fallait trouver dans les six mois une nouvelle stratégie, décisive celle-ci. Passé ce délai, la Confédération serait menacée de désagrégation.

Samual Aleksandrovich referma le fichier alors que Maynard Khanna introduisait deux visiteurs dans son bureau. L'amiral Lalwani et le capitaine Mullein, commandant le faucon *Tsuga*, le saluèrent.

— Vous avez de bonnes nouvelles ? demanda le grand amiral à Lalwani.

Il lui posait la même question au début de chacune de leurs réunions quotidiennes, ce qui avait fini par tourner à la plaisanterie.

— Elles ne sont pas entièrement négatives, répondit-elle.

— Vous m'étonnez. Asseyez-vous.

— Mullein arrive tout juste d'Arnstadt ; le *Tsuga* était en mission de renseignement dans ce secteur.

— Ah ? fit Samual en se tournant vers le jeune Édéniste.

— Capone vient d'envahir un nouveau système stellaire, annonça Mullein.

Samual Aleksandrovich poussa un juron bien senti.

— Et vous trouvez que ce n'est pas négatif, ça ?

— Il s'agit du système de Kursk, précisa Lalwani. Ce qui est plutôt intéressant.

— Intéressant ! grommela-t-il.

Ses naneuroniques lui donnèrent accès au fichier du système. Il se sentit obscurément coupable à l'idée qu'il ne connaissait pas la planète qu'il était censé protéger. Son image apparut sur l'un des grands holoécrans du bureau, un monde terracompatible parfaitement ordinaire, dominé par de vastes océans.

— Un peu plus de cinquante millions d'habitants, lut Samual Aleksandrovich dans le fichier. Bon sang. L'Assemblée générale va exploser, Lalwani.

— Ce serait irraisonné, dit-elle. Votre stratégie de confinement fonctionne à la perfection.

— Sauf dans le cas de Kursk.

Elle baissa la tête en signe d'assentiment.

— Sauf dans le cas de Kursk, oui. Mais ce n'est pas un échec de la procédure de quarantaine. Celle-ci a été conçue pour prévenir les tentatives d'infiltration, pas les invasions armées.

Samual repensa au rapport top-secret.

— Espérons que les nobles ambassadeurs penseront comme vous. Pourquoi disiez-vous que le choix de Kursk était intéressant ?

— Parce qu'il s'agit d'une colonie en phase trois : ni forces spatiales ni réseau DS. Une proie des plus faciles pour l'Organisation. Mais elle ne lui a rapporté que quelques stations industrielles en orbite, et pas mal d'ennuis pour soumettre la population planétaire qui, vu son niveau en majorité agraire, vit dispersée dans la campagne. En d'autres termes, les possédés doivent affronter des petites communautés de fermiers solidaires et bien armés qui ont eu tout le temps de se préparer au combat.

— N'oubliez pas que les forces possédées sont soutenues par des astronefs, remarqua Samual.

— Oui, mais pourquoi prendre la peine de posséder cinquante millions de personnes qui ne peuvent rien apporter de positif à l'Organisation ?

— En règle générale, la possession n'a aucun sens.

— Non, mais l'Organisation de Capone, ou à tout le moins sa flotte, a besoin d'une base économique solide. Elle ne peut fonctionner sans l'appui d'une infrastructure industrielle opérationnelle.

— Très bien, vous m'avez convaincu. Alors, quelle est l'analyse de votre état-major ?

— Nous pensons qu'il s'agit essentiellement d'une manœuvre de propagande. D'un coup de poker, si vous préférez. Kursk ne présentait aucun défi à Capone, et elle ne lui apporte aucun capital. Le seul bénéfice de cette conquête est de nature psychologique. Capone a encore soumis une planète. C'est une force redoutable, le roi des possédés. Ce genre de discours. Les gens ne vont pas s'attarder sur la valeur stratégique de Kursk, qui est proche de zéro, ils ne verront que cette foutue courbe de progression qui tourne à l'exponentiel. Résultat : nous allons être soumis à une forte pression politique.

— Le bureau du président a convoqué une réunion dans deux heures pour examiner les nouvelles circonstances, amiral, intervint Maynard Khanna. Il est raisonnable de supposer que l'Assemblée générale exigera ensuite un déploiement militaire à grande échelle. Et une victoire. Les politiciens ont tout intérêt à montrer que la Confédération est en mesure de frapper l'ennemi, qu'ils ne sont pas occupés à se tourner les pouces.

— Voilà un résumé merveilleusement précis, grommela Samual Aleksandrovich. Les forces spatiales nationales ne nous ont transféré que soixante-dix pour cent des effectifs promis ; nous parvenons à peine à maintenir la quarantaine ; nous n'arrivons pas à savoir où Capone se procure son antimatière. Et maintenant, ils voudraient que je grappille dans les forces dont je dispose pour former une flottille d'intervention. Je me demande s'ils vont aussi me fournir une cible, car, en ce qui me concerne, je n'en vois aucune. Quand vont-ils comprendre que si nous tuons des corps possédés, nous ne faisons qu'augmenter le nombre d'âmes dans l'au-delà ? Sans parler de la reconnaissance des familles des victimes...

— Si je puis me permettre une suggestion, amiral, dit Mullein.

— Je vous en prie.

— Comme l'a dit l'amiral Lalwani, *Tsuga* était en mission de renseignement dans le système d'Arnstadt. Nous pouvons affirmer que Capone n'a pas la tâche facile, du moins sur la surface de la planète. Les plates-formes DS ouvrent le feu presque toutes les heures pour soutenir l'action des lieutenants de l'Organisation. Il y a pas mal de résistance en surface. Le Consensus de Yosemite est d'avis que, si nous commencions à harceler les astronefs et les stations industrielles en orbite, cela gênerait considérablement Capone. En étant obligé d'envoyer des renforts aussi loin, et de façon soutenue, il aurait à faire face à des difficultés au niveau de ses ressources.

— Maynard ? demanda le grand amiral.

— C'est possible, amiral. L'état-major a déjà préparé des plans en vue d'une telle éventualité.

— Comme d'habitude.

— Il faudrait d'abord que les faucons d'observation lâchent dans l'espace orbital d'Arnstadt des mines à fusion furtives ; un pourcentage correct d'entre elles échapperait aux capteurs DS. Si elles sont équipées d'amorces à réaction de masse, les astronefs circulant dans la zone auraient de sérieux problèmes. Personne ne pourrait être prévenu d'une attaque ; les équipages perdraient le moral en s'apercevant que nous les soumettons à un blitz. On pourrait également monter des opérations éclairs contre les colonies astéroïdes ; un vaisseau saute, lâche une salve de guêpes de combat et repart aussitôt. Quelque chose de similaire à l'attaque édéniste contre Valisk. L'avantage serait en outre que nous nous attaquerions à des machines plutôt qu'à des êtres humains.

— Je veux qu'on effectue dès aujourd'hui des études de faisabilité, dit le grand amiral. Sur Kursk et sur Arnstadt. Ça me permettra d'avoir quelque chose de concret quand l'Assemblée me convoquera pour que je lui explique ce nouveau fiasco. (Il adressa au jeune capitaine de faucon un regard spéculateur.) Que fait la flotte de Capone en ce moment ?

— La plupart de ses vaisseaux sont dispersés dans le système d'Arnstadt, pour tenir les colonies-astéroïdes en respect en attendant que leurs populations soient entièrement possédées. Un grand nombre d'astronefs capturés sont renvoyés en Nouvelle-Californie, sans doute afin d'être armés en vue de la prochaine invasion. Mais le travail n'avance pas vite ; il est probablement à court d'équipages.

— Pour une fois, dit Lalwani avec amertume. Je ne cesse pas de m'étonner du nombre d'astronefs indépendants qui se sont rangés à ses côtés.

— Le recrutement a ralenti de façon sensible à présent que la quarantaine est en place, dit Maynard Khanna. Et les cargos indépendants eux-mêmes hésitent à accepter l'argent de Capone maintenant qu'ils sont au courant pour Arnstadt, sans parler de la proclamation de l'Assemblée générale, qui a dû faire son petit effet.

— Ou alors, ils sont trop occupés à se remplir les poches en contournant la quarantaine. (Lalwani haussa les épaules.) Nous avons reçu des rapports ; certains des astéroïdes les moins importants n'ont pas fermé leur trafic interstellaire.

— Il y a des moments où je me demande pourquoi nous prenons toute cette peine, s'émerveilla Samual Aleksandrovich. Merci pour vos informations, Mullein, et ma gratitude à *Tsuga* pour sa célérité.

— Gilmore a-t-il progressé ? demanda Lalwani quand le jeune capitaine eut pris congé.

— Il refuse de l'admettre, mais ses scientifiques sont coincés, dit Samual Aleksandrovich. Tout ce qu'ils arrivent à formuler, ce sont des propositions négatives. Nous apprenons beaucoup de choses sur la capacité énergétique des possédés, mais rien sur la façon dont elle est produite. Et les gars de Gilmore n'ont pu recueillir aucune donnée sur l'au-delà. Je crois bien que c'est ce qui m'inquiète le plus. De toute évidence, l'au-delà existe, et par conséquent il doit être équipé d'une série de paramètres physiques, d'un ensemble de lois qui le gouverne ; mais ils ne peuvent ni les détecter ni les définir. Nous en savons beaucoup sur l'univers physique et sur les façons de manipuler sa structure, mais l'au-delà est impénétrable aux plus brillants de nos théoriciens.

— Ils ne vont pas se décourager. Les chercheurs de Jupiter n'ont pas fait mieux pour l'instant. Je sais que le Gouvcentral a monté un projet similaire ; et le royaume de Kulu s'est certainement lancé lui aussi dans l'entreprise.

— Je pense même que, dans ce cas précis, nous pourrions les convaincre de collaborer, dit Samual Aleksandrovich d'une voix songeuse. J'aborderai le sujet lors de la réunion avec le président, ça donnera peut-être des idées à Olton.

Lalwani s'agita sur son siège, puis se pencha en avant, comme mal à l'aise.

— La seule authentique bonne nouvelle que j'aie à vous annoncer, c'est qu'il est possible qu'Alkad Mzu ait été aperçue.

— Le Seigneur en soit loué. Où ça ?

— Dans les Dorados. Ce qui ne fait qu'accroître la crédibilité du rapport. C'est là qu'ont échoué soixante-dix pour cent des réfugiés garissans. On y trouve même un petit mouvement clandestin. Probablement essaiera-t-elle de le contacter. Comme nous les avons infiltrés il y a plusieurs dizaines d'années, ça ne devrait pas nous poser de problèmes.

Samual Aleksandrovich fixa d'un air pensif la directrice de son service de renseignement. Il avait toujours pu se fier à elle. Cependant, l'importance des enjeux actuels mettait à l'épreuve toutes les anciennes allégeances. Au diable l'arme suprême de Mzu, se dit-il, sa puissance semble même capable de triompher de la confiance.

— Qu'entendez-vous par « nous », Lalwani ? demanda-t-il d'une voix posée.

— À peu près tout le monde. La plupart des services secrets ont des agents dans le mouvement.

— Ce n'est pas exactement ce que je voulais dire.

— Je sais. Tout va dépendre des agents de terrain et de celui qui la trouvera le premier. En ce qui me concerne, je ne serai pas attristée outre mesure si ce sont les Édénistes qui y parviennent. Je sais que, pour notre part, nous n'abuserons pas de notre position. Si c'est le SRC qui gagne, alors, en tant que directrice, je me conformerai aux ordres que donnera la Commission de sécurité de l'Assemblée générale en ce qui concerne le sort de Mzu. Mais Kulu et les autres risquent de nous poser des problèmes.

— Oui. Que proposent les Édénistes si c'est vous qui la capturez ?

— Notre Consensus recommande un placement en tau-zéro. Comme ça, Mzu sera disponible si jamais la Confédération affronte une menace extérieure rendant nécessaire l'utilisation de l'Alchimiste.

— Voilà qui semble logique. Je me demande si l'Alchimiste pourrait nous aider contre les possédés.

— Il s'agit censément d'une arme au pouvoir de destruction considérable. Si tel est le cas, alors elle serait totalement inefficace, comme toutes les armes de notre arsenal actuel.

— Vous avez raison, bien entendu. Hélas. Donc, je suppose que nous dépendons du Dr Gilmore et de ses confrères pour trouver une solution.

Et j'aimerais qu'il m'inspire la confiance qu'il devrait m'inspirer. Le fardeau de sauveur potentiel est effroyablement lourd à porter.

Ce spectacle était le seul que lord Kelman Mountjoy ne s'était jamais attendu à voir. Son travail l'avait conduit dans d'innombrables systèmes stellaires ; il avait un jour contemplé une aurore binaire sur l'océan, admiré le stupéfiant Halo O'Neill de la Terre un million de kilomètres au-dessus du pôle Nord, joui d'une hospitalité somptueuse dans les lieux les plus exotiques. Mais, pour le ministre des Affaires étrangères de Kulu, Jupiter était éternellement destiné à rester *verboten*.

Et voilà qu'il pouvait accéder aux capteurs du croiseur durant toute la phase d'approche. L'astronef, qui progressait à une accélération d'un g et demi, les conduisait vers la bande orbitale, large de cinq cent cinquante mille kilomètres, occupée par les habitats joviens, escorté par deux faucons armés de la flotte défensive de Jupiter. Une simple précaution, leur avait assuré Astor. Kelman s'était incliné avec grâce, mais les autres officiers de la Flotte royale s'étaient montrés plus réticents.

L'habitat Azara les dominait de toute sa masse, le disque de son spatioport jaillissant de sa calotte nord. Quoique les Édénistes n'aient pas de capitale à proprement parler, Azara abritait toutes les missions diplomatiques. Le royaume lui-même avait une représentation à Jupiter.

— Je n'arrive toujours pas à me faire à l'échelle, confessa Kelman comme l'accélération se mettait à varier. (On était en phase finale d'approche, et le croiseur devait louvoyer entre les couloirs spatiaux affectés au transport interorbital.) Chaque fois que nous bâtissons quelque chose de grand, cela me semble laid. Certes, en théorie, le royaume possède un habitat biotek.

— Je croyais que Tranquillité était indépendant, dit Ralph Hiltch.

— Mon arrière-grand-père Lukas a accordé à Michael le titre de duc indépendant, expliqua le prince Collis d'un air affable. Si l'on applique strictement la loi de Kulu, mon père est toujours souverain de ce duché. Mais je n'aimerais pas défendre cette thèse devant un tribunal.

— Je l'ignorais, dit Ralph.

— Oh, je suis une sorte d'expert amateur en la matière, reprit le prince. La cousine Ione et son fief nous inspirent à tous un intérêt que je qualifierais de baroque. Durant leur éducation, tous mes frères ont accédé au fichier officiel de Tranquillité à un moment ou à un autre. C'est positivement fascinant. (Le fils cadet d'Alastair II eut un sourire nostalgique.) Je regrette presque de ne pas avoir été mis à la tête de la délégation du prince Noton. Cela dit sans vouloir vous offenser, précisa-t-il à l'intention d'Astor.

— Votre Altesse, murmura l'ambassadeur édéniste. Il semble que l'heure soit au renversement des tabous.

— En effet. Et je ferai de mon mieux pour surmonter les préjugés de mon enfance. Mais ce sera difficile. L'idée que le royaume puisse dépendre d'un tiers ne m'est pas familière.

Ralph parcourut du regard le petit salon. Toutes les couchettes anti-g s'étaient redressées, se transformant en fauteuils immenses. L'ambassadeur Astor avait pris une posture décontractée, le visage figé dans une expression de courtoisie, comme à son habitude. Ralph se demandait comment il pouvait la maintenir sans l'apport de naneuroniques.

— Il n'y a aucun déshonneur à tenter de redresser une situation dont on n'est pas responsable, Votre Altesse.

— Oh, Ralph, arrêtez de vous blâmer pour ce qui s'est passé sur Ombey, protesta Kelman Mountjoy. Tout le monde juge que vous avez accompli un travail splendide. Même le roi, ce qui rend la chose officielle. N'est-ce pas, Collis ?

— Père vous tient en très haute estime, monsieur Hiltch, confirma le prince. J'ose croire que l'on vous attribuera un titre quelconque quand cette histoire aura pris fin.

— Quoi qu'il en soit, je ne pense pas que l'alliance que vous proposez entraînera une dépendance du royaume vis-à-vis de nous, dit Astor. La libération des possédés de Mortonridge est à la fois nécessaire et profitable pour tout le monde. Et si, par la suite, nous nous comprenons un peu mieux, alors ce sera également positif.

Kelman échangea un regard amusé avec Astor pendant que Ralph Hiltch s'agitait sur son siège, mal à l'aise. Bien qu'ils proviennent de deux cultures radicalement différentes, l'Édéniste et lui raisonnaient de façon remarquablement similaire. Entre eux, la communication et la compréhension mutuelle étaient quasi instantanées. Kelman était de plus en plus navré de constater que les libertés dont il avait joui toute sa vie durant, et qui lui avaient permis de développer son intellect, étaient maintenues par des gens comme Ralph et ses collègues de la Flotte royale, incapables de partager ses opinions libérales. Pas étonnant, songea-t-il, que les empires pourrissent toujours de l'intérieur, ainsi que nous le montre l'Histoire.

Le contrôle débuta dès l'accostage. Une formalité des plus brèves ; les inévitables tests conçus pour dépister les possédés, effectués grâce à des processeurs témoins, que tout le monde dut subir bon gré mal gré. Y compris le prince. L'ambassadeur Astor s'y plia ostensiblement. Et Collis se montra charmant avec les deux Édénistes qui le sondaient avec des capteurs.

L'administrateur d'Azara les attendait dans la station de métro du spatioport, accompagné par un petit comité d'accueil. Dans la plupart des habitats édénistes, le poste qu'il occupait était surtout cérémoniel ; mais, dans le cas d'Azara, il équivalait plus ou moins à celui de ministre des Affaires étrangères.

Une foule plutôt considérable s'était massée pour voir la délégation, composée en majorité de jeunes Édénistes curieux et d'employés des ambassades.

Collis écouta en souriant le petit speech de l'administrateur, y répondit de la façon appropriée et déclara qu'il était impatient de découvrir l'intérieur d'un habitat. Ignorant la rame qui l'attendait, le petit groupe sortit de la station à pied.

Ralph n'avait jamais mis les pieds dans un habitat, lui non plus. Planté sur la pelouse qui entourait la station, il contempla le paysage cylindrique, stupéfait par la beauté de la vue. Luxuriante et dynamique, la nature était majestueuse.

— On se demanderait presque pourquoi nous avons rejeté le biotek, n'est-ce pas ? murmura Kelman.

— Oui, monsieur.

Le prince se mêlait aux passants, souriant et serrant des mains. Le bain de foule n'était pas une nouveauté pour lui, mais celui-ci était improvisé et il n'était pas entouré de son contingent de gardes du corps de l'ASI, auquel s'étaient substitués quelques marines de la Flotte royale que tout le monde ignorait. De toute évidence, il était ravi.

Kelman sourit en voyant deux filles l'embrasser.

— Hé, c'est un authentique prince, après tout. Ça m'étonnerait qu'on en voie beaucoup dans les parages.

Il leva les yeux vers l'étincelant phototube axial et vers la voûte de terre verdoyante. Il y avait quelque chose d'inquiétant à savoir que cette gigantesque structure était vivante, qu'elle lui rendait son regard et dirigeait vers lui ses vastes pensées.

— Je crois bien que je suis content d'être ici, Ralph. Et je pense que vous avez eu une excellente idée en suggérant cette alliance. Cette société a un potentiel terrifiant, je ne m'en étais jamais rendu compte avant ce jour. J'ai toujours cru que notre politique étrangère finirait par faire d'eux des perdants. Je me trompais : quelles que soient les barrières que nous érigerons pour nous éloigner d'eux, cela ne fera strictement aucune différence à leurs yeux.

— Il est trop tard pour revenir en arrière, monsieur. Et nous ne sommes plus à la merci de leur monopole énergétique. Ce que je ne regrette absolument pas.

— Cela ne me surprend pas, Ralph. Mais la vie ne se limite pas à ses aspects purement matérialistes. Je pense que nos deux cultures bénéficieraient de liens plus étroits.

— On pourrait en dire autant de tous les systèmes stellaires de la Confédération, monsieur.

— En effet, Ralph, en effet.

Le deuxième Consensus général en un mois, et ce ne sera sûrement pas le dernier de l'année, songea-t-il ironiquement en se formant.

Ce qu'il y a de plus regrettable dans la requête de lord Kelman Mountjoy, décida le Consensus, *c'est sa logique irréfutable. L'examen des simulations présentées par Ralph Hiltch montre de réelles chances de succès pour la libération de Mortonridge. Nous reconnaissons ceux d'entre nous qui font remarquer que ce succès dépend de l'absence de tout nouveau facteur favorable aux possédés. En conséquence, nous percevons déjà le risque à venir.*

Notre principal problème vient de ce que cette probable victoire est presque totalement illusoire. Nous avons déjà conclu que la possession ne pouvait pas être éliminée par un simple affrontement physique. Mortonridge ne fait que confirmer ce point. Si l'alliance de deux des plus puissantes cultures de la Confédération est nécessaire pour libérer une simple péninsule peuplée par deux millions de personnes, alors il est quasiment impossible de libérer une planète entière avec une telle méthode.

Le succès de la libération de Mortonridge soulèverait dans toute la Confédération un espoir irraisonné. Un tel espoir serait dangereux, car il entraînerait des exigences que les politiciens locaux ne seraient en mesure ni de refuser ni de satisfaire. Toutefois, si nous devions repousser la requête du royaume, cela serait nuisible à notre image. Lord Kelman a fait preuve d'ingéniosité en nous plaçant dans cette position.

— Permettez-moi d'exprimer mon désaccord, dit Astor au Consensus. Les Saldana savent aussi bien que nous qu'une intervention militaire ne résoudra rien en fin de compte. Mortonridge les place eux aussi devant un dilemme délicat. Et comme ils sont plus susceptibles que nous aux pressions politiques, ils réagissent de la seule façon qui leur est possible.

« Je tiens à ajouter ceci : en plaçant le fils du roi à la tête de leur délégation, ils soulignent l'importance qu'ils attachent à notre décision et reconnaissent l'évolution future de nos relations en cas de réponse favorable de notre part. Si nous nous engageons tous les deux dans cette opération, il sera impossible de revenir à la politique antérieure. Nous aurons établi de solides liens de confiance mutuelle avec l'une des plus puissantes cultures de la Confédération qui nous soient actuellement hostiles. C'est un facteur que nous ne pouvons pas nous permettre d'ignorer.

Merci, Astor, répondit le Consensus, *tu as bien parlé, comme toujours. Pour te répondre, nous reconnaissons que l'avenir doit toujours être préservé en même temps que le présent. Nous avons ici une occasion de bâtir un univers plus pacifique et plus tolérant après la résolution de la crise actuelle.*

Cela dit, cette occasion ne suffit pas en elle-même à nous convaincre d'entrer dans une logique de guerre. Sans oublier que l'opération envisagée ne pourra qu'éveiller de faux espoirs.

Toutefois, il est des moments où l'être humain a besoin d'espoir, vrai ou faux.

Errare humanum est. *Nous nous réjouissons de notre humanité, et même de tous ses défauts. Nous allons donc dire au prince Saldana que, en attendant de trouver une solution permanente au problème de la possession, notre soutien lui est acquis dans sa téméraire entreprise.*

Après un voyage de cinq jours, *Œnone* émergea de son terminus de trou-de-ver soixante-dix mille kilomètres au-dessus de Jobis, la planète des Kiints. Dès qu'ils se furent identifiés auprès du contrôle spatial (un organisme confié à des humains) et eurent reçu l'autorisation de se mettre en orbite, Syrinx et le faucon examinèrent la triade lunaire.

Les trois lunes tournaient autour du premier point de Lagrange de la planète, situé à quatre millions de kilomètres en direction de l'étoile de classe F2. D'un diamètre un peu inférieur à mille huit cents kilomètres, elles formaient un triangle équilatéral de sept mille kilomètres de côté et tournaient autour de leur centre de symétrie en cent cinquante heures.

C'était cette anomalie cosmique qui avait attiré le premier vaisseau explorateur en 2356. Cette triade était une impossibilité, une configuration trop régulière pour être l'œuvre de la seule nature. Pis encore, les trois lunes avaient une masse identique (à quelques milliards de tonnes près – sans doute la conséquence des impacts d'astéroïdes). En d'autres termes, quelqu'un les avait construites.

Le capitaine du vaisseau d'exploration eut le mérite de ne pas prendre la fuite. D'un autre côté, toute fuite était sans doute vaine quand on avait affaire à une espèce assez puissante pour construire des artefacts à une telle échelle. Au lieu de quoi, elle lança un signal vers la planète, demandant l'autorisation d'approcher. Les Kiints lui répondirent oui.

Ce fut probablement la réponse la plus directe qu'ils donnèrent jamais. Les Kiints avaient élevé la réticence au niveau de l'art. Ils n'évoquaient jamais leur histoire, leur langage et leur culture.

Quant à la triade lunaire, il s'agissait d'une « vieille expérience », dont la nature demeura imprécise. Aucun astronef humain ne reçut l'autorisation de s'y poser, ni celle d'y envoyer des sondes.

Les faucons, cependant, avaient pu recueillir quelques données au fil des siècles grâce à leurs organes de perception de masse. Syrinx percevait l'uniformité des lunes via les sens d'*Œnone* ; c'étaient des globes faits d'un mélange de silicone et d'aluminium, vierges de toute imperfection. Leurs champs gravifiques gauchissaient l'espace-temps, imposant une déformation tridimensionnelle unique au tissu local de la réalité. Ces trois champs étaient eux aussi identiques, et leur équilibre parfait garantissait à l'alignement orbital de la triade une durée de vie de plusieurs milliards d'années.

D'une couleur gris argent, les trois lunes étaient piquetées de cratères. C'était là leur seul signe distinctif, ce qui trahissait sans doute plus que tout leur origine artificielle. En dépit de quelques siècles d'examen discret, les faucons n'avaient trouvé à proximité aucune structure mécanique, aucun instrument abandonné. La triade était totalement inerte. Quelle qu'ait été cette fameuse « expérience », elle avait visiblement pris fin depuis longtemps.

Syrinx ne put s'empêcher de se demander si la triade avait un rapport avec l'au-delà et la compréhension qu'avaient les Kiints de leur propre nature. Aucun astrophysicien humain n'avait pu fournir une explication à moitié convaincante de la nature de l'« expérience ».

Peut-être que les Kiints voulaient seulement voir à quoi ressembleraient les ombres à la surface de Jobis, proposa Ruben. **Le cône d'ombre est relativement grand.**

Ça me semble un peu extravagant pour une œuvre d'art, rétorqua-t-elle.

Pas vraiment. Si une société est suffisamment avancée pour construire quelque chose comme la triade, alors la logique veut qu'un tel projet ne mobilise qu'une fraction de ses capacités. Auquel cas il ne s'agit peut-être que d'une œuvre artistique.

Tu parles d'une œuvre.

Elle sentit la main de Ruben étreindre la sienne, lui apportant son réconfort après qu'il eut perçu le sentiment d'intimidation qu'elle avait émis sur la bande d'affinité.

Nous ne savons que très peu de chose sur les Kiints, ne

l'oublie pas, dit-il. **En fait, nous ne savons que ce qu'ils veulent bien nous dire.**

Oui. Eh bien, j'espère qu'ils accepteront de nous en dire un peu plus aujourd'hui.

Le mystère des vrais pouvoirs des Kiints ne cessa de la tarauder pendant qu'*Œnone* se plaçait sur une orbite de garage à une altitude de six cents kilomètres. Vue de l'espace, Jobis ressemblait à une planète terracompatible des plus ordinaires, même si son diamètre de quinze mille kilomètres et sa gravité d'un virgule deux g étaient un peu élevés. Elle était pourvue de sept continents et de quatre grands océans ; son inclinaison axiale, inférieure à un pour cent, et son orbite presque circulaire, ce qui tendait à éveiller les soupçons, faisaient qu'on n'y trouvait ni grandes variations climatiques ni saisons dignes de ce nom.

Ce monde abritait l'espèce qui avait bâti la triade lunaire, et pourtant on n'y apercevait presque aucune des traces caractéristiques d'une civilisation technologique. À en croire le sens commun, la technologie kiint était si avancée qu'elle transcendait la machinerie humaine et les stations industrielles, si bien que tous ignoraient à quoi elle pouvait ressembler ; ou alors, autre hypothèse, elle était dissimulée dans l'hyperespace. Quoi qu'il en soit, les Kiints avaient dû connaître une phase d'ingénierie conventionnelle, une ère industrielle avec combustion des hydrocarbures et développement d'usines, pollution et exploitation des ressources naturelles de leur planète. Dans ce cas, il n'y avait aucun signe de son existence. Pas d'antiques autoroutes se désagrégeant sous les prés, pas de cités de bétons englouties par les jungles voraces. Soit les Kiint avaient accompli un merveilleux travail de restauration, soit ils étaient parvenus à la maturité technologique depuis une éternité.

Aujourd'hui, Jobis abritait une société composée de villages et de petites villes, des municipalités nichées au centre de territoires à peine moins sauvages que le reste du paysage. La population kiint était impossible à évaluer, mais les estimations les plus fondées s'accordaient sur un chiffre légèrement inférieur à un milliard. Les dômes, le seul type de construction de la planète, étaient d'une taille trop variable pour que l'on puisse avancer un chiffre précis.

Syrinx et Ruben prirent l'aéro pour gagner l'unique spatioport de Jobis. Celui-ci était proche d'une ville côtière dont les immeubles étaient tous de fabrication humaine. Avec ses villas de pierre blanche et son réseau d'étroites ruelles partant de la marina centrale, elle ressemblait davantage à un lieu de villégiature qu'au seul avant-poste de la Confédération sur ce monde, le plus étrange de tous les mondes étrangers.

Les résidents étaient tous employés par une ambassade ou une entreprise privée. Les Kiints n'encourageaient pas le tourisme. Leur adhésion à la Confédération n'était qu'un mystère parmi tant d'autres, et pas le plus important. L'échange d'informations était à la fois leur seul intérêt et leur seule activité économique. Ils achetaient des données sur tous les sujets concevables, prisant particulièrement les articles de xénobiologie et les journaux de bord des vaisseaux d'exploration. En échange, ils vendaient des données technologiques. Jamais inédites ni révolutionnaires, inutile de leur demander une machine antigravité ou une radio supraluminique ; mais si une entreprise souhaitait améliorer son produit, les Kiints lui indiquaient un matériau de construction supérieur ou une reconfiguration des composants permettant des économies d'énergie. Encore un indice de leur haute supériorité technologique. Quelque part sur Jobis devait se trouver une banque de mémoire colossale, bourrée des schémas directeurs de toutes les antiques machines qu'ils avaient créées, puis jetées à la poubelle il y avait une éternité de cela.

Syrinx n'eut pas l'occasion d'explorer la ville. Pendant qu'*Œnone* se plaçait en orbite de garage, elle avait contacté l'ambassade édéniste (la plus importante des représentations diplomatiques sur Jobis) pour lui exposer la nature de sa mission. On lui avait aussitôt arrangé un rendez-vous avec une Kiint dénommée Malva.

C'est notre contact le plus coopératif, expliqua l'ambassadeur Pyrus alors qu'ils descendaient de l'aéro. **Ce qui ne veut pas dire grand-chose, je le concède, mais si l'un d'eux doit répondre à vos questions, c'est elle. Avez-vous beaucoup d'expérience avec les Kiints ?**

C'est la première fois que j'en rencontre un, admit Syrinx.

Le terrain d'atterrissage lui rappela Norfolk, un carré d'herbe conçu pour l'usage de visiteurs un peu gênants. Quoique plus chaud, tropical même, il paraissait tout aussi provisoire. Formalités et aménagements étaient réduits au strict minimum. Autour de l'unique hangar, on comptait à peine une vingtaine d'aéros et de spatiojets. La différence avec Norfolk, c'étaient les autres appareils partageant les lieux avec les machines humaines. De fabrication kiint, ils évoquaient des aéros à propulsion ionique de petite taille, ovoïdes mais moins aérodynamiques.

Pourquoi vous a-t-on envoyée ici, alors ? s'enquit Pyrus, émettant avec sa pensée un étonnement poli.

Wing-Tsit Chong a estimé que c'était une bonne idée.

Vraiment ? Eh bien, je ne peux guère le contredire, n'est-ce pas ?

Y a-t-il quelque chose que je devrais savoir avant de rencontrer Malva ?

Pas vraiment. Soit elle décidera de vous parler, soit elle n'en fera rien.

Lui avez-vous expliqué la nature de mes questions ?

Pyrus agita la main comme pour embrasser ce qui les entourait.

Vous l'avez fait vous-même en contactant l'ambassade. Nous ne savons pas s'ils sont capables d'intercepter les communications en mode individuel, mais je suppose que oui, s'ils en ont envie. La question est bien sûr de savoir pourquoi ils s'en soucieraient. Peut-être pourriez-vous demander à Malva quelle importance nous avons à leurs yeux. Ça non plus, nous n'avons jamais pu le déterminer.

Merci.

Syrinx tapota la poche de poitrine de sa tunique, palpant le crédisque glissé à l'intérieur. Éden y avait chargé cinq milliards de fusiodollars avant son départ, au cas où.

Pensez-vous que j'aurai à payer pour obtenir des informations ? demanda-t-elle.

Pyrus désigna un aéro kiint, et son écoutille s'ouvrit, le fuselage semblant se dissoudre. Elle était si près du sol que tout escalier était inutile. En fait, Syrinx n'aurait su dire si l'appareil était posé sur l'herbe ou flottait dans l'air.

Malva vous le dira, répondit-il. **Je vous conseille de garder l'esprit ouvert.**

Syrinx entra dans l'aéro. À l'intérieur se trouvait un salon, meublé en tout et pour tout de quatre fauteuils rebondis. Ruben et elle s'y assirent avec prudence, et l'écoutille se referma.

Est-ce que tout va bien ? demanda aussitôt *Œnone*, qui semblait inquiète.

Bien sûr. Pourquoi donc ?

Tu as accéléré à environ soixante-dix g, et tu te déplaces actuellement à Mach 35.

Tu plaisantes !

Alors même qu'elle envoyait ce message, elle partageait l'esprit d'*Œnone*, se percevant en train de filer au-dessus d'une chaîne de montagnes, située à huit cents kilomètres de la ville, à une vitesse fabuleuse pour un transport atmosphérique.

Ils doivent bien tolérer les bangs supersoniques sur leur planète, commenta-t-elle.

Je pense que ton véhicule n'en produit pas. Ma position orbitale actuelle ne favorise pas l'observation poussée, mais je ne détecte aucune turbulence dans votre sillage.

Selon *Œnone*, l'appareil décéléra ensuite à sept g pour se poser à six mille kilomètres du spatioport. Lorsque Syrinx en sortit, suivie de Ruben, une chaude brise vint caresser sa tunique soyeuse. L'aéro avait atterri dans une large vallée, près d'un lac au rivage couvert de galets. Un air plus frais, descendu des sommets enneigés qui barraient l'horizon, venait agiter la surface des eaux. Une pseudo-herbe couleur d'avocat, aux longs brins entortillés, lui caressait les genoux. Des arbres à l'écorce d'un bleu étonnant poussaient telles des sucettes fondues, envahissant la vallée jusqu'au pied des montagnes. Des oiseaux volaient dans le lointain ; ils semblaient bien trop gros pour en être capables, vu la forte pesanteur.

Un dôme kiint était bâti au bord du lac, dominant la plage. En dépit de la fraîcheur de l'air, Syrinx transpirait dans sa tunique lorsqu'ils arrivèrent devant lui.

Ce dôme devait être fort ancien ; il était bâti en blocs de pierre jaune pâle qui semblaient fondus les uns aux autres. Les intempéries en avaient piqueté la surface, lui conférant une texture que faisait ressortir le pseudo-lierre local. Des grappes de petites fleurs jaillissaient entre les feuilles foncées, dressant vers le soleil leurs pétales rose et violet.

L'entrée était une arche plutôt large, bordée par des blocs gravés de symboles évoquant des armoiries. Deux arbres à écorce bleue se dressaient devant elle, déformés par la vieillesse, et projetaient sur les lieux une ombre des plus soutenues bien que la moitié de leurs branches soient mortes. Malva se tenait devant le dôme, tendant vers les nouveaux venus un bras tractamorphique dont l'extrémité formait une main humaine. Ses évents émirent un souffle légèrement épicé lorsque Syrinx caressa de la paume ses doigts d'un blanc impossible.

Je vous souhaite la bienvenue, ainsi qu'à votre frère en esprit, Syrinx, émit la Kiint avec chaleur. **Veuillez entrer dans ma demeure.**

Merci.

Syrinx et Ruben suivirent la Kiint dans un couloir donnant sur ce qui était sans doute la salle centrale. Le sol était une plaque de bois dont le grain évoquait un marbre rouge et blanc, qui s'inclinait vers un bassin bouillonnant doucement. Elle était sûre que ce sol était vivant, que tout le décor de la salle était organique. Les bancs, suffisamment grands pour accueillir un Kiint adulte, ressemblaient à des buissons sans feuilles taillés selon les principes de l'art topiaire. Quelques-uns, plus petits, avaient visiblement été cultivés pour accommoder les proportions humaines. Les murs incurvés étaient tavelés de plaques de mousse ambre et jade aux tiges cristallines, parcourues de veines vif-argent. Syrinx aurait juré qu'elles palpitaient, que le fluide pâteux montait vers les hauteurs. Une aura de douce lumière iridescente dansait sur leur surface luisante, à la fois vive et apaisante.

Le plafond était composé des mêmes blocs que les murs à l'extérieur. Sauf qu'ici ils étaient transparents ; elle distingua nettement leur réseau géométrique.

Tout bien considéré, la demeure de Malva était intéressante plutôt que révélatrice. On n'y trouvait rien que la technologie humaine et biotek ne puisse reproduire avec un peu d'effort et beaucoup d'argent. Sans doute avait-elle été sélectionnée pour mettre à l'aise les visiteurs de la Confédération, ou pour calmer leur appétit de gadgets et de haute technologie.

Malva s'installa sur un banc.

Veuillez vous asseoir. Je suppose que le confort physique vous sera nécessaire pour cette séance.

Syrinx choisit un siège face à son hôte. Sa position lui permit d'apercevoir quelques taches grises sur le flanc couleur de neige de Malva, si pâles qu'il ne s'agissait peut-être que d'un effet d'optique. Le gris indiquait-il l'âge chez toutes les créatures ?

Vous êtes fort aimable. L'ambassadeur Pyrus vous a-t-il parlé de l'information que je cherche ?

Non. Mais, vu le problème qui afflige votre espèce en ce moment, je suppose qu'elle a une certaine importance.

Oui. Je suis envoyée par Wing-Tsit Chong, le fondateur de notre culture. Nous comprenons tous deux que vous ne pouvez pas nous dire comment nous débarrasser des possédés. Cependant, plusieurs aspects de ce phénomène éveillent notre curiosité.

Votre ancêtre est une entité douée de vision. Je regrette de ne l'avoir jamais rencontré.

Vous seriez la bienvenue à Jupiter si vous souhaitez vous entretenir avec lui.

Cela ne servirait pas à grand-chose ; pour nous, un

construct mémoriel n'est pas une entité, si sophistiqué soit le simulacre.

Ah ! C'était ma première question : les âmes des Édénistes se sont-elles transférées dans la strate neurale de nos habitats en même temps que leur mémoire ?

N'est-ce pas déjà évident à vos yeux ? Il y a une différence entre la vie et la mémoire. La mémoire n'est qu'une composante parmi d'autres de la vie corporelle. La vie engendre l'âme, telle est la structure que la conscience et la conscience de soi imposent à l'énergie au sein de l'organisme biologique. Littéralement : vous pensez, donc vous êtes.

La vie et la mémoire, donc, sont distinctes mais ne font qu'un ?

Oui, tant que l'entité demeure corporelle.

Donc, les habitats ont une âme ?

Bien sûr.

Et les faucons aussi.

Ils sont plus proches de vous que vos habitats.

C'est merveilleux, intervint *Œnone*. La mort ne nous séparera pas, Syrinx. Elle n'a jamais séparé un astronef de son capitaine.

Un sourire naquit sur le visage de Syrinx, encouragé par l'euphorie du faucon.

Je l'ai toujours su, mon amour. Tu as toujours fait partie de moi.

Et toi de moi, répondit *Œnone*.

Merci, dit Syrinx à Malva. Demandez-vous un paiement pour cette information ?

L'information est son propre paiement. Vos questions sont des informations.

Vous nous étudiez, n'est-ce pas ?

Toute vie est occasion d'étudier.

Je m'en doutais. Mais pourquoi ? Vous avez renoncé au voyage stellaire. C'est pourtant la façon idéale d'avoir des expériences, de satisfaire sa curiosité. Pourquoi vous intéresser aujourd'hui à une espèce étrangère ?

Parce que vous êtes là, Syrinx.

Je ne comprends pas.

Expliquez la passion du jeu, la tendance qu'ont les humains à miser leurs richesses sur un coup de dés. Expliquez la tendance qu'ils ont à absorber un produit chimique qui dégrade leurs processus mentaux.

Je vous prie de m'excuser, dit-elle, se sentant rabrouée en douceur.

Nous partageons beaucoup. Mais pas tout.

C'est ce qui nous intrigue, Wing-Tsit Chong et moi. Vous n'êtes pas si différents de nous ; l'acquisition des connaissances n'altère pas le fonctionnement de l'univers. Pourquoi cela vous empêche-t-il de nous dire comment combattre les possédés ?

Les mêmes faits ne produisent pas la même compréhension. Cela est vrai même chez les humains. Qui peut mesurer le gouffre séparant deux espèces ?

Vous avez affronté cette connaissance, et vous avez survécu.

La logique vous sied.

Est-ce pour cela que vous avez renoncé au voyage stellaire ? Vous contentez-vous d'attendre la mort sachant que celle-ci n'est pas une fin ?

Laton a parlé vrai quand il vous a dit que la mort demeurait pénible. Aucune entité consciente ne l'accueille avec joie. L'instinct vous en empêche, et pour une bonne raison.

Laquelle ?

Êtes-vous impatiente d'aller dans l'au-delà pour y attendre la fin de l'univers ?

Non. C'est aussi ce qui arrive aux âmes des Kiints ?

L'au-delà nous attend tous.

Et vous l'avez toujours su. Comment pouvez-vous supporter un tel savoir ? Il pousse les humains au désespoir.

La peur est souvent la compagne de la vérité. Cela aussi, vous devez l'affronter à votre manière.

Laton a dit que la mort était le commencement du grand voyage. Parlait-il vrai, là aussi ?

C'est une description tout à fait applicable.

Syrinx chercha du regard l'aide de Ruben, hésitant à communiquer avec lui en mode personnel. Elle était sûre qu'elle avait progressé, même si elle ne savait pas exactement dans quelle direction – bien qu'une partie d'elle-même se sente fâchée d'apprendre que Laton n'avait pas menti.

Connaissez-vous d'autres espèces ayant découvert l'au-delà ? demanda Ruben.

C'est le cas de la plupart d'entre elles.

Les pensées de Malva étaient imprégnées de tristesse.

Comment ? Pourquoi cette percée conceptuelle se produit-elle ?

Il peut y avoir plusieurs raisons.

Connaissez-vous la raison de celle-ci ?

Non. Mais nous ne croyons pas que le phénomène soit entièrement spontané. Peut-être s'agit-il d'un accident. En ce cas, ce ne serait pas le premier.

Vous voulez dire que ce n'était pas censé se produire ?

L'ordre de l'univers n'est pas parfait. Ce qui arrive, arrive.

Les autres espèces qui ont découvert l'au-delà ont-elles triomphé comme les Kiints ?

Le triomphe n'est pas le but d'une telle rencontre.

Quel est-il, alors ?

N'avez-vous rien appris ? Je ne peux pas parler pour vous, Ruben.

Vous avez affaire à nombre d'humains, Malva, dit Syrinx. Vous nous connaissez bien. Croyez-vous que nous puissions résoudre cette crise ?

Avez-vous foi en vous-même, Syrinx ?

Je n'en suis plus si sûre.

Alors, je ne suis pas sûre de la résolution.

Mais il est possible que nous réussissions.

Bien sûr. Toutes les espèces résolvent ce moment de leur histoire.

Avec succès ?

S'il vous plaît, Syrinx. Il existe différents degrés de résolution, c'est tout. Vous avez sûrement compris que ce sujet ne peut être une question d'absolu.

Pourquoi refusez-vous de nous dire comment commencer à résoudre cette crise ? Je sais que nous ne sommes guère différents de vous. Ne pourrions-nous pas adapter votre solution ? Votre philosophie vous donne sûrement quelque latitude, à moins que votre aide n'ait pour conséquence d'annuler la solution.

Nous pourrions vous dire comment nous avons traité ce savoir, Syrinx. Si cela pouvait vous aider, nous le ferions sûrement ; agir autrement serait un acte de cruauté. Aucun être conscient et rationnel ne le tolérerait. Si nous ne pouvons pas vous conseiller, c'est parce que la réponse à la nature de l'univers est différente pour chaque espèce consciente. Cette réponse se trouve en vous-mêmes, et, par conséquent, vous seuls pouvez la rechercher.

Un indice, même minime...

Vous persistez à considérer la réponse comme une solution. Cela est incorrect. Vos pensées sont confinées au

domaine de votre développement psychosocial. Vous êtes aveuglés par votre jeunesse et par votre dépendance vis-à-vis de la technologie. En conséquence, vous cherchez un règlement rapide et universel, même à cela.

Très bien. Que devrions-nous rechercher ?

Votre destinée.

Les amarres verrouillèrent le *Tantu* au berceau d'accostage avec un grincement métallique. Quinn n'aimait pas ce bruit, il était trop définitif, comme si des doigts de métal venaient d'agripper l'astronef, l'empêchant de repartir sans la permission des employés du spatioport.

Mais ils finiraient par la lui donner. Au bout du compte.

Il avait fallu presque une semaine pour que Douze-T organise cette phase de l'opération. Après une série de retards, de menaces et de chapelets d'injures, l'équipage du *Tantu* avait enfin reçu les instructions nécessaires et pris la destination de Jesup, un astéroïde appartenant au gouvernement de la Nouvelle-Géorgie. À en croire le plan de vol transmis au contrôle spatial, il transportait une cargaison de carburant cryogénique pour le compte de la compagnie d'ingénierie et de maintenance Iowell, qui avait confirmé leur affrètement. Comme le transfert de la marchandise n'obligeait pas les astros à débarquer, les forces de sécurité locales n'étaient pas tenues de les examiner en quête de signes de possession. C'était une livraison de routine, que le personnel d'Iowell pouvait entièrement prendre en charge.

Dès que le berceau se fut abaissé, amenant la frégate dans la baie, un boyau-sas jaillit d'un mur de métal terne pour venir se coller à l'écoutille de l'astronef. Quinn et Graper attendirent sur le pont inférieur que le circuit environnemental soit activé.

Les cinq prochaines minutes allaient être cruciales. Quinn devait profiter de cette rencontre pour prendre le contrôle de Douze-T, sachant que le chef de gang allait certainement tenter d'asseoir sa supériorité. Et, même s'il n'en savait rien, Douze-T bénéficiait d'un net avantage numérique. Quinn était sûr qu'une troupe de nervis serait massée de l'autre côté de l'écoutille, armés jusqu'aux dents et sûrs de leur invulnérabilité. À la place de l'autre, il aurait fait la même chose.

Ce qu'il me faudrait, songea-t-il, c'est la rapidité d'action d'un mercenaire renforcé. Il sentit l'énergie se mouvoir en lui, investir ses muscles conformément à ses vœux. Dans le sas, des panneaux lumineux se mirent à clignoter autour de lui comme sa robe se résorbait, éliminant tout tissu susceptible de le gêner dans ses mouvements.

Une froide anticipation infusa son esprit lorsqu'il se prépara à déchaîner son serpent sur l'ennemi qui l'attendait. Cela faisait si longtemps qu'il était obligé de se retenir. Comme il serait bon d'œuvrer à nouveau pour la gloire du Frère de Dieu, de noyer la fierté d'un impie sous des flots de cruauté.

Dans la salle de réception de la baie, Douze-T attendait nerveusement que le boyau-sas soit pressurisé. Ses soldats s'étaient mis en place dans la pièce désaffectée, planqués derrière les renforts rouillés ou les caisses d'équipement fracassées. Toutes leurs armes étaient braquées sur l'écoutille circulaire en carbotanium gris cendre, capteurs activés et programmes de feu réglés à la milliseconde.

Cet enfoiré de Quinn avait gueulé à cause du retard, mais Douze-T savait qu'il avait monté une opération nickel. Pour mener à bien ce plan, il fallait être un maître. Une putain de frégate, bordel de Dieu ! Il s'était cassé les couilles pour que l'astronef puisse accoster sans que les flics se doutent de quelque chose. Mais son gang avait des intérêts dans toute la Nouvelle-Géorgie, et la moitié de ses bénéfices ne devait rien à l'argent sale. Il était facile de s'emparer d'une boîte comme Iowell, une petite entreprise en activité depuis plusieurs dizaines d'années. Les ouvriers du spatioport obéissaient aux consignes de leur syndicat, les cadres empochaient leur bakchich en passant.

Le plus dur, ç'avait été d'amener ses soldats sur Jesup. Tout comme lui, ils arboraient le crâne en argent qui était le signe distinctif du gang ; des sourcils jusqu'à la nuque, leur peau avait été remplacée par une calotte d'alliage flexible à base de chrome. Ils arboraient leurs prothèses en métal et matériau composite comme autant de médailles, témoignage des blessures qu'ils avaient reçues au nom du gang.

Pas facile d'en introduire une vingtaine dans Jesup sans que les flics de l'administration s'en rendent compte.

Mais il y avait réussi. Et maintenant, il allait enfin savoir ce qui se tramait. Parce que Quinn Dexter cherchait à le truander, ça ne faisait pas un pli.

La console placée à côté de l'écoutille émit un petit bip.

— Tout est prêt, télétransmit Vin-la-Veine. Merde, Douze-T, je ne reçois rien des capteurs du boyau-sas. Ils sont nazes.

— C'est Quinn qui a fait ça, mec ?

— J'en sais rien. Ce trou... c'est pas la baie la mieux entretenue de la galaxie, tu sais.

— Okay. Ouvre l'écoutille. (Il élargit la bande passante pour entrer en liaison avec toute sa troupe.) Réveillez-vous, les filles, ça va bouger.

Le sceau de l'écoutille se débloqua, permettant aux charnières de fonctionner. Le boyau-sas était plongé dans des ténèbres absolues.

Douze-T tendit le cou, sentant ces cicatrices s'étirer. Ses implants rétiniens étaient réglés sur infrarouge, et pourtant il ne distinguait strictement rien dans le sas.

— Et puis mer...

Les ténèbres se déployèrent, se transformant en un cône de noirceur qui dévora les photons dans la salle. Cinq carabines maser et un pistolet ITP ouvrirent le feu, fracassant de part en part la chimère de non-lumière. Elle explosa en pétales de nuit qui jaillirent de son cœur pour s'écraser contre les murs.

Les naneuroniques de Douze-T se crashèrent. Les blocs fixés à sa ceinture les suivirent dans le néant électronique. La dernière transmission qu'il reçut émanait de sa carabine maser, qui l'informait que ses cellules énergétiques se vidaient. Il tenta de saisir le pistolet-mitrailleur 10 mm fixé à sa hanche, mais son bras se mit à vibrer ; les actuateurs à piston qu'il avait substitués aux muscles de son avant-bras étaient tétanisés.

Un missile composé d'ombres tourbillonnantes surgit du centre des ténèbres en éclosion. Trop rapide pour être suivi en temps réel – du moins en ce qui concernait les implants rétiniens de Douze-T –, il jaillit dans la salle et rebondit.

Le premier hurlement fit trembler l'air. L'un des soldats s'effondrait sur lui-même, son corps implosant en une série de frappes rapides. Il semblait s'effacer, comme pris dans une nébuleuse de brume. Puis son visage se froissa, et ce furent des flots de sang plutôt que de cris qui aspergèrent la salle.

Une femme entra en convulsions, comme si elle tentait de s'enfoncer la tête dans le cul. Elle réussit à émettre un grognement étonné avant que sa colonne vertébrale ne se brise.

La troisième victime se calcina, et ses vêtements se mirent à fumer. Ses mains de titane virèrent au rouge cerise, puis à l'incandescent. Lorsqu'elle ouvrit la bouche pour crier, une colonne de vapeur rosâtre en émergea.

Douze-T avait fini par comprendre. Un nuage translucide entourait les soldats qui se faisaient massacrer, une ombre grise qui clignotait à une vitesse subliminale. Son bras meurtri réussit à attraper le pistolet-mitrailleur, qu'il pointa désespérément vers la source des derniers cris. Ses soldats perdaient la bataille, se jetaient sur l'écoutille de sortie, se piétinaient dans leur désir effréné de fuir.

Les panneaux lumineux viraient à l'orange foncé et se mettaient à clignoter ; des barreaux en fer noir, de plus en plus épais, s'étaient matérialisés devant eux. Une fumée huileuse apparut soudain. Le bourdonnement de la ventilation s'estompait. Des globules de sang flottaient dans l'air, des lambeaux de chair pareils à d'obscènes méduses. Douze-T comprit qu'on l'avait baisé. Ce n'était pas Quinn Dexter, le rat des arches. C'était le plus féroce des démons de l'enfer.

Il n'avait jamais aimé Nyvan. Mais, merde, c'était sa planète natale. Et les possédés allaient la violer, la soumettre jusqu'au dernier de ses habitants. Et tout ça par la faute du connard qu'il était.

L'un de ses soldats était débité en pièces au sein d'un halo de poussière frémissante. La rage qui habitait Douze-T obligea son corps dysfonctionnel à lui obéir. Il braqua le pistolet-mitrailleur sur le soldat réduit en charpie et pressa la détente. La rafale fut trop brève. Une flamme bleue jaillit du canon, accompagnée d'un rugissement de tonnerre. Comme il ne disposait plus du programme opérationnel de ses naneuroniques, le recul fut plus puissant qu'il ne l'aurait cru. Ses chaussures s'arrachèrent à la pelote-crampon et il s'envola dans les airs, poussant un hurlement de surprise.

L'univers marqua une pause.

— Explose ! beugla une voix furibonde.

Le pistolet-mitrailleur obéit, son armature en silicolithium éclatant comme une grenade à fragmentation. Plusieurs dizaines de fléchettes se plantèrent dans les chairs de Douze-T, d'autres ricochèrent sur ses prothèses métalliques. Il fut pris de tressautements, et de sa main démolie jaillirent des geysers de sang.

— Maîtrisez-le, ordonna sèchement quelqu'un.

Quinn quitta lentement l'état de supervitesse, sentant ses niveaux d'énergie revenir à la normale. Le reste du monde sembla accélérer. Cela avait été une expérience stupéfiante que de se déplacer dans cette salle de réception peuplée de statues, dans une durée réduite à l'espace d'un battement de cœur. Leur durée, pas la sienne. Le Frère de Dieu lui avait accordé l'impunité face aux non-possédés. Quelle meilleure preuve demander de son statut d'élu ?

— Merci, Seigneur, murmura-t-il humblement.

Des planètes allaient se mettre à genoux devant lui ; tout comme Lawrence l'avait prophétisé.

Le sang qu'il avait fait couler maculait toutes les surfaces, formant de grandes flaques poisseuses. Les cadavres atrocement mutilés flottaient paisiblement dans les courants aériens. Les soldats survivants étaient dans un triste état. En présence de quatre possédés palpitant d'une énergie maléfique, leurs prothèses s'étaient figées ou avaient échappé à leur contrôle. Et c'étaient tous des vétérans, dépendant en grande partie de leurs pièces de rechange, presque autant que des cosmoniks. Leurs mains, leurs griffes et leurs prises ne résistaient pas à Lawrence et Graper quand ils s'emparaient de leurs armes.

D'un coup de pied, Quinn se propulsa vers Douze-T. Sa robe retrouva sa coupe extravagante comme il dérivait dans le compartiment.

Douze-T transpirait à grosses gouttes. L'un de ses soldats, dont les bras étaient demeurés en majorité organiques, bandait les mains mutilées du chef de gang avec des lambeaux de sa chemise.

— J'admire ta force, déclara Quinn. Elle pourra être utile au service du Frère de Dieu.

— Dieu n'existe pas, il ne peut pas avoir de...

Douze-T sentit une violente douleur à son bras gauche et poussa un cri. Un sifflement monta de sa peau, où apparaissaient de grosses cloques.

— Tu cherchais à m'irriter, dit Quinn d'une voix posée.

Douze-T ragea en silence. Pas plus que ses hommes, il n'était habitué à de telles souffrances. Les naneuroniques les en protégeaient toujours. La suite allait être grave, comprit-il, très grave. À moins que...

— Et je ne te laisserai pas te suicider, dit Quinn. Je sais que c'est à ça que tu penses. Comme tout un chacun quand il pige ce qui l'attend.

Les lambeaux de tissu qui bandaient les mains de Douze-T se métamorphosèrent en un nylon étincelant. Leurs extrémités se dressèrent tels des serpents aveugles, puis se nouèrent lentement.

— Tu es si proche de moi, Douze-T, dit Quinn avec enthousiasme. Ton serpent est presque libre. Jamais tu ne serais devenu ce que tu es sans comprendre ce qu'est ta vraie nature. Ne te retiens pas, embrasse le Frère de Dieu. Viens vivre avec nous au sein de la Nuit.

— Tôt ou tard, tu feras une erreur, connard. Et moi, j'attendrai mon heure.

— Je ne fais jamais d'erreur. Je suis l'élu.

— Conneries.

— Rejoins-moi, Douze-T. Soumets-toi à ce que tu es et connais la gloire de Sa parole. Trahis ton peuple au nom du profit. Ainsi, tu ne connaîtras plus jamais la défaite. Mes disciples baisent qui ils veulent, quand ils le veulent. Ils voient leurs ennemis brûler dans les tourments de l'enfer. Jouis des récompenses que tu n'as jamais osé prendre jusqu'ici. Aide-moi, Douze-T. Dis-moi où sont les flics de cet astéroïde. Transfère le fric de ton gang sur mon crédisque. Montre-moi où sont les spatiojets qui peuvent conduire mes disciples à la surface de la planète. Fais-le, Douze-T.

— Tu ne descendras jamais sur la planète, grogna Douze-T. Les gens ont trop peur des possédés. Ils soumettent les arrivants à toutes sortes de contrôles bizarres. D'accord, tu as peut-être battu mes troupes ; mais il n'est pas question que des morts transforment ma planète en parc d'attractions infernal.

— Tu n'as rien compris, répliqua Quinn. Je me fous complètement des âmes de l'au-delà. Je ne suis ici pour sauver personne, et surtout pas elles. Le Frère de Dieu m'a choisi pour L'aider à faire tomber la Nuit.

— Oh, bordel de merde, gémit Douze-T.

Quinn était un dingue. Un dingue de la plus belle eau.

— Je veux deux choses de cette planète, poursuivit Quinn. Un astronef pour me ramener sur Terre ; car c'est là que je pourrai frapper la Confédération en plein cœur. Il faut que ce soit un cargo, un vaisseau inoffensif aux yeux des défenses du Gouvcentral. Je suis sûr qu'il y en a plein comme ça ici, pas vrai ?

Un muscle tressaillit sur la joue de Douze-T.

— Bien, fit Quinn.

Le chef de gang avait été trahi par ses pensées, où l'amertume de la défaite se mêlait au ressentiment et à la colère.

— Tu veux savoir ce que je veux d'autre ? C'est tout simple : je veux que Nyvan soit la première planète que le Frère de lumière emporte dans Son royaume. Je vais faire descendre la Nuit sur cette planète, Douze-T. La Nuit éternelle. La Nuit du désespoir. Jusqu'à ce qu'Il vienne de l'autre côté de l'au-delà pour t'apporter le salut.

Détachant soigneusement les mots, Douze-T déclara :

— Va te faire foutre.

Puis il se prépara aux représailles.

Quinn eut un petit rire.

— Ce n'est pas aussi facile, tête de nœud. J'ai besoin de ton aide, je te l'ai dit. Il me faut un assistant indigène pour me trouver un astronef et pour faire descendre mes disciples sur la planète sans alerter les flics. Quelqu'un qui connaisse tous les codes d'accès du coin. Et ce quelqu'un, c'est toi, Douze-T. Je t'ai choisi comme Il m'a choisi. (Il considéra les soldats survivants.) Nous allons offrir toutes ces ordures à la possession ; puis nous convertirons l'ensemble de Jesup. Ensuite, plus personne ne pourra nous résister.

— Ô Seigneur Jésus, aidez-nous, supplia Douze-T. Je Vous en prie.

— Dieu n'existe pas, railla Quinn. Donc, il n'a pas de fils, pas vrai ?

Éclatant de rire, il poussa Douze-T vers le sol. Le chef de gang plia les genoux, et son pantalon se colla à la pelote-crampon. Quinn se dressa devant le suppliant et fit signe à Lawrence de s'approcher.

— Je sais que tu es un dur, Douze-T. Si tu es possédé, tu chercheras à truander ton possesseur, à me mener en bateau. Toi et ta putain de fierté. Je ne peux plus me permettre ce genre de conneries. Ça veut dire que je vais devoir moi-même t'extraire tout ce que tu sais, pour être sûr de ta sincérité.

À genoux devant le monstre, la tête basse, Douze-T dit :

— Je ne t'aiderai jamais.

— Mais si. J'ai maintes façons de m'attacher mes disciples. Pour la plupart, c'est par l'amour ou par la crainte. Pour toi, je choisis la dépendance.

Il posa les mains sur les tempes d'argent de Douze-T. La cérémonie qui se déroula alors fut tout le contraire d'un couronnement. Quinn ôta la calotte métallique du crâne du chef de gang avec une révérence presque empreinte de douceur. Elle se détacha avec un bruit de succion. Le crâne en dessous était couvert de muqueuses rouges et poisseuses. Sur le visage de Douze-T, l'ichor se mêla aux larmes qui coulaient.

Lawrence prit la calotte des mains de Quinn, agissant à la façon d'un bouffon assistant son souverain. Un petit rire dément s'échappa de ses lèvres tandis qu'il la brandissait devant le chef de gang, lui permettant de contempler sur la surface réfléchissante sa réduction à l'état de vassal.

Les mains de Quinn s'abaissèrent à nouveau. Cette fois-ci, le bruit fut plus violent quand les os se brisèrent. Il leva le sommet du crâne vers le plafond, souriant à la vue de ce sanglant trophée. Sous ses yeux luisait la cervelle à nu de Douze-T, enveloppée de délicates membranes, des gouttes de fluide perlant çà et là parmi les circonvolutions serrées les unes contre les autres.

— À présent, je peux garder l'œil sur tes pensées, dit Quinn.

4.

— Donc, votre groupe n'a pas de structure organisée à proprement parler ? demanda Alkad.

— Nous sommes organisés, insista Lodi Shalasha. Mais il n'y a rien de formel. Nous avons les mêmes idées, nous restons en contact et nous nous entraidons.

Alkad enfila le pantalon de sa tenue caméléon. Le tissu était légèrement imprégné de sueur froide, qui n'avait pas séché depuis la nuit précédente. Elle plissa le nez en signe de dégoût, mais leva le pantalon le long de ses mollets.

— Vous avez parlé des jeunes cadres, ceux qui ont participé à l'élimination des araignées. Pour moi, ça ressemble à la hiérarchie d'un authentique mouvement clandestin.

— Pas vraiment. Certains d'entre nous travaillent dans des crèches, comme ça on peut transmettre aux enfants le souvenir du génocide. Personne ne devrait avoir le droit d'oublier ce qu'on nous a fait.

— Je suis d'accord.

— Ah bon ? fit le jeune homme d'un air surpris.

— Oui. Les réfugiés originels semblent avoir la mémoire courte. C'est pour ça que je suis dans ce pétrin.

— Ne vous inquiétez pas, docteur ; Voi vous fera sortir d'Ayacucho.

— Peut-être.

Alkad se félicita intérieurement de l'efficacité du programme de somnolence. Lorsqu'elle s'était réveillée ce matin, l'adolescente semblait apaisée mais toujours fonctionnelle. Elle éprouvait toujours de la peine pour son père, ce qui était normal, mais elle était à nouveau lucide.

Pendant le petit déjeuner, Alkad lui avait exposé ses priorités : fuir les Dorados le plus vite possible à présent que les agences de renseignement l'avaient repérée et, surtout, se procurer un vaisseau équipé pour le combat (elle n'osait toujours pas évoquer l'Alchimiste). Ce serait trop demander que son équipage soit composé de patriotes ; désormais, des mercenaires feraient l'affaire. Tous trois avaient passé leurs options en revue, et Voi et Lodi avaient cité plusieurs noms, se disputant pour décider qui contacter et dans quel but.

Voi était sortie seule pour s'occuper de l'astronef. Alkad ne pouvait être vue en sa compagnie sans tenter le diable. Elles formaient un couple trop facilement repérable, même si les tenues caméléons dissimulaient leurs traits les plus caractéristiques.

— Hé, vous faites la une ! (Lodi agita avec enthousiasme son bloc de communication ; un programme de recherche surveillait les diffusions des agences de presse.) Accédez au studio Cabral NewsGalactic.

Alkad enfila le haut de la tenue, puis télétransmit au processeur réseau de la chambre une demande d'accès au canal du studio.

Cabral NewsGalactic avait filmé un autocollant holomorphe montrant une jeune pom-pom girl qui criait : « Fuis, Alkad, fuis ! »

— Sainte Marie, marmonna Alkad. C'est le boulot de votre groupe ?

— Non, je le jure. C'est la première fois que je vois ce truc. Et puis, il n'y a que Voi et moi qui connaissons votre nom. Les autres ne savent même pas que vous existez.

Alkad revint à la diffusion. Un journaliste arpentait l'un des principaux corridors publics d'Ayacucho. Les autocollants étaient partout. Un mécanoïde de nettoiement tentait d'en décoller un du mur, mais son solvant n'était pas assez puissant. Des coulures de plastique noir à moitié fondu dégoulinaient sur le panneau mural métallique.

« Une véritable peste semble avoir frappé Ayacucho, dit le reporter d'un ton jovial. Le premier de ces autocollants est apparu il y a environ six heures. Et si je n'étais pas plus avisé, je dirais qu'ils se reproduisent comme des bactéries. D'après la police, quelqu'un les distribue aux enfants ; et les enquêteurs sont en train d'étudier les enregistrements des moniteurs de sécurité pour tenter d'identifier les principaux responsables. Cependant, selon certaines sources proches du ministère public, aucun chef d'accusation n'a pour l'instant été trouvé.

« Mais la question que tout le monde se pose est la suivante : qui est cette Alkad et que fuit-elle ? »

Retour sur le présentateur du journal.

« Nos envoyés spéciaux chargés de l'enquête ont peut-être trouvé la solution de ce mystère, annonça-t-il d'une voix de stentor. À l'époque du génocide, les forces spatiales de Garissa avaient enrôlé le Dr Alkad Mzu pour travailler sur des projets de défense avancés. On raconte que Mzu a survécu au génocide et qu'elle a passé les trente dernières années sous une fausse identité, travaillant comme maître de conférences à l'université des Dorados. Mais voici que des agents à la solde de puissances étrangères, manipulés par la propagande omutane, se sont lancés à sa recherche, prétextant une prétendue violation de l'embargo technologique. Un membre du Conseil de gouvernement des Dorados, qui a demandé à rester anonyme, a déclaré aujourd'hui : "L'action de ces agents étrangers est une violation inacceptable de notre souveraineté. Il est à mes yeux obscène que les Omutans puissent lancer des accusations sans fondement à l'encontre de l'une de nos citoyennes, qui a consacré sa vie à l'éducation de nos jeunes gens les plus brillants. Si tel est leur comportement à l'issue de trente ans de sanctions, alors nous devons demander à la Confédération pourquoi elle a levé lesdites sanctions. Elles ne semblent pas en tout cas avoir eu l'effet désiré, à savoir remédier à la nature agressive du gouvernement omutan. Le cabinet actuel n'est que la copie conforme de son sinistre prédécesseur."

« Le membre du conseil cité a ajouté que, si Alkad Mzu se présentait à son domicile, il lui offrirait un sanctuaire, et que tous les authentiques citoyens des Dorados devraient en faire autant. Il a affirmé qu'il n'aurait de cesse que tous les agents étrangers soient expulsés des astéroïdes. »

— Sainte Mère de Dieu, gémit Alkad.

Elle coupa la diffusion et s'effondra sur le lit, la cagoule de la tenue retombant sur son épaule.

— Je n'arrive pas à y croire. Sainte Marie, ils vont me transformer en célébrité médiatique.

— Ça, c'est mon oncle, dit Lodi. Vous n'avez pas remarqué la teneur positive de ces reportages ? Par Marie, si jamais on avait le droit de voter par ici, vous seriez élue présidente dès demain.

— Votre *oncle* ?

Il tiqua.

— Ben oui. Cabral est mon oncle. Il fait son beurre en exploitant la modestie et l'héroïsme des Garissans. Hé, vous avez vu comment sont les gens ici ? Ils avalent son baratin sans problème.

— Il est complètement cinglé. Que cherche-t-il à faire en me mettant au premier plan de l'actualité ?

— À rallier le public à votre cause. Avec ce genre de propagande, les services secrets vont avoir dix fois plus de mal à vous rechercher. Si quelqu'un tente de vous faire quitter Ayacucho contre votre volonté, il est sûr de se faire lyncher.

Elle le regarda fixement. Ce visage enthousiaste, éclairé par une colère vibrante qui n'entamait en rien son innocence naturelle. Un enfant des révolutionnaires déchus.

— Vous avez probablement raison. Mais les choses ne se passent pas comme je l'avais prévu.

— Désolé, docteur. (Il attrapa un sac à dos fatigué dans le placard.) Vous voulez essayer ces fringues, maintenant ?

Il lui tendait un short de sport et un sweat-shirt aux armes de l'équipe de curveball d'Ayacucho. Une fois qu'elle aurait coiffé une perruque et reprogrammé sa tenue caméléon, elle sortirait de cette chambre sous l'aspect d'un ado fan de sport tout à fait ordinaire. Et de sexe masculin.

— Pourquoi pas ? dit-elle.

— Voi ne va pas tarder à appeler. On devrait se préparer.

— Vous pensez vraiment qu'elle trouvera un astronef pour nous faire sortir de cet astéroïde ?

— Oui.

— Lodi, vous avez une idée de la difficulté de ce genre d'entreprise, surtout en ce moment ? Un mouvement clandestin a besoin de contacts infiltrés dans la structure administrative locale ; des gens décidés, dévoués à la cause, prêts à se sacrifier pour elle. Vous avez ça en magasin ? Vous n'êtes que des gosses de riches qui ont trouvé une nouvelle façon de se rebeller contre leurs parents.

— Justement, on peut vous aider avec notre fric, à condition que vous nous laissiez faire. C'est Voi qui nous l'a appris. Si on a besoin de quelque chose, on l'achète. Comme ça, on n'a pas de réseau, et, par conséquent, les services secrets ne peuvent ni le découvrir ni l'infiltrer. On n'a jamais été compromis. C'est pour ça que vous avez pu passer la nuit dans cette chambre sans qu'un mécanoïde d'assaut débarque en enfonçant la porte.

— Vous n'avez pas entièrement tort. Et puis, les vieux partisans ne se sont pas si bien débrouillés, je dois l'admettre.

Elle contempla en grimaçant la cagoule de sa tenue caméléon, puis entreprit de lisser ses cheveux pour la passer.

Joshua leva la boîte de Petri pour l'examiner devant le panneau lumineux de la cabine. Elle semblait complètement vide ; ses rétines renforcées n'y trouvaient même pas un grain de poussière. Mais cette boîte apparemment transparente contenait treize moniteurs nanoniques que les packages médicaux avaient extraits des astros et des sergents. Des implants sous-cutanés que des agents avaient injectés à leurs victimes en les frôlant dans la foule.

— Comment se fait-il que j'aie eu droit à trois de ces saletés ? se plaignit Ashly.

— De toute évidence, tu as l'allure d'un homme subversif, répliqua Sarha. Un type qui ne mijote rien de bon.

— Merci.

— Vous êtes tous nettoyés, ajouta-t-elle. Le programme d'analyse médicale n'a détecté ni virus ni infection sortant de l'ordinaire. On dirait qu'ils ne l'ont pas jouée méchante.

— Pour cette fois, commenta Joshua.

Dès que les scanners de l'infirmerie du vaisseau avaient détecté le premier moniteur, il avait ordonné à Sarha de soumettre tout le monde à une analyse biochimique poussée. Il est plus facile d'implanter un virus ou un microbe que des nanoniques.

Heureusement, les agences de renseignement étaient curieuses plutôt qu'hostiles. Mais l'incident avait servi à lui rappeler l'importance de l'enjeu. Jusqu'ici, ils avaient eu de la chance. Ça ne durerait pas, songea-t-il. Et il n'était pas le seul à s'en rendre compte. Dans la cabine régnait une atmosphère d'après-match, celle d'une équipe soulagée d'avoir réussi à arracher un nul.

— Commençons par le commencement, dit-il. Sarha, sommes-nous en sécurité à présent ?

— Oui. Ces saletés ne peuvent pas télétransmettre depuis l'intérieur du *Lady Mac*. Il n'y a que dehors qu'elles posent problème.

— Mais tu ignores comment on les a attrapées ?

— Je n'ai aucun moyen de le savoir, désolée.

— Ton amie Mme Nateghi, suggéra Melvyn. Cet incident était plutôt bizarre.

— Tu as probablement raison, reconnut Joshua à contrecœur. Bien, supposons que tout ce que nous avons accompli jusqu'ici est compromis. Primo, est-il utile de poursuivre ? On sait déjà qu'elle est ici, après tout. Ces putains d'agences de presse ne parlent que d'elle. Notre problème, c'est que ça va être coton de la contacter sans se faire repérer par les autres. Ils vont sûrement tenter de nous refiler d'autres nano-espions. Sarha, nos blocs de contre-mesures électroniques sont-ils efficaces contre ces saletés ?

— Ils devraient pouvoir les brouiller ; on a récupéré des systèmes ultraperfectionnés avant de quitter Tranquillité.

— Bien. Désormais, personne ne va dans Ayacucho sans en prendre un. Ni sans être escorté par un sergent. Ione, je veux que tu portes l'une de ces armes à projectiles chimiques qu'on a en magasin.

— Certainement, Joshua, dit l'un des quatre sergents présents dans la cabine.

Joshua n'aurait su dire si c'était celui qui l'avait accompagné plus tôt.

— Bon. Quelles données avons-nous recueillies jusqu'ici ? Melvyn ?

— Ashly et moi avons visité les cinq principales entreprises spécialisées dans la défense, capitaine. Les seules commandes qu'elles ont reçues concernent la mise à jour des plates-formes DS de l'astéroïde, et elles ne sont pas nombreuses. On nous a proposé des remises fabuleuses quand nous avons parlé d'acheter des nouveaux systèmes pour le *Lady Mac*. On a désespérément besoin de boulot ici. Mzu n'a rien commandé à personne. Et personne n'est en train de travailler sur un astronef.

— Bien. Beaulieu ?

— Rien à signaler, capitaine. Daphine Kigano a disparu un quart d'heure après son arrivée. Pas d'e-adresse, pas de traces de paiement, pas de réservation d'hôtel, pas de demande de citoyenneté, pas de fichier public.

— Très bien. Il nous reste donc la piste Ikela.

— Il est mort, Joshua, fit remarquer Dahybi. Comme piste, on peut trouver mieux.

— Pauline Webb était bien décidée à m'empêcher de contacter la direction de T'Opingtu. Par conséquent, c'est cette piste qu'il faut suivre. J'ai examiné tous les octets que j'ai pu trouver sur Ikela et sa boîte. Quand il a débarqué dans les Dorados, il avait plein de fric pour créer son entreprise. Rien n'est indiqué quant à sa provenance ; à en croire sa biographie, il était cadre moyen dans une compagnie d'ingénierie garissane. Ce qui ne colle pas.

« Si vous étiez Alkad Mzu, une fugitive en quête d'un astronef capable de déployer l'Alchimiste, qui contacteriez-vous une fois arrivée ici ? Ikela correspond parfaitement au profil : le propriétaire d'une boîte spécialisée dans la manufacture des composants d'astro-ingénierie. N'oubliez pas qu'elle a berné les services secrets pendant près de trente ans. Quel que soit le plan qu'elle a formaté avec ses collègues après le génocide, il était sacrément solide.

— Mais pas parfait, contra Ashly. Sinon, l'étoile d'Omuta aurait déjà été transformée en nova.

— Les possédés leur ont mis des bâtons dans les roues, dit Sarha. Qui aurait pu anticiper cette quarantaine ?

— Peu importe, dit Joshua. L'essentiel, c'est que T'Opingtu a sans doute été créée dans le but de fournir à Mzu les moyens de déployer l'Alchimiste. Ikela avait dû prendre les dispositions nécessaires pour que cette politique soit poursuivie au cas où il n'aurait pas vécu assez longtemps pour la revoir.

— Ç'a été tout juste, commenta Ashly. C'est sans doute les services secrets qui l'ont descendu.

— Mais ils n'ont pas eu Mzu, enchaîna Melvyn. Cette campagne médiatique a été lancée juste après le meurtre. Quelqu'un sait qu'elle est dans les parages. Quelqu'un de foutrement influent, mais qui n'est pas en contact avec elle. Vu la façon dont l'opinion publique est remontée en sa faveur, ça va être quasiment impossible de la kidnapper, capitaine.

— Ce qui est exactement le but recherché, dit Dahybi. Mais je dirais que ce sont les services secrets qui sont visés plutôt que nous.

— On résoudra ce problème le moment venu, si nécessaire, dit Joshua. Pour l'instant, notre priorité est de retrouver la trace de Mzu.

— Comment ? s'enquit Sarha.

— Ikela a une fille ; selon son dossier, c'est sa seule famille.

— L'héritière, lâcha Beaulieu.

— Précisément. Elle s'appelle Voi et elle a vingt et un ans. C'est grâce à elle qu'on va s'introduire dans l'organisation que son papa a créée pour préparer l'arrivée de Mzu.

— Enfin, Joshua ! protesta Ashly. Son père vient tout juste d'être assassiné, elle ne va pas accorder un rendez-vous à un parfait inconnu, encore moins nous parler du mouvement clandestin garissan, même si elle possède des données sur lui. Ce qui reste douteux. Je n'impliquerais pas ma fille dans une telle entreprise. Et les agences de renseignement vont vouloir l'interroger, elles aussi.

Joshua n'était pas d'humeur à discutailler. Dès qu'il avait examiné le dossier d'Ikela, il avait su que Voi était la solution. Ione aurait évoqué son intuition. Peut-être même aurait-elle eu raison. Il était habité par une conviction familière.

— Si nous parvenons à l'approcher, nous avons une chance, dit-il fermement. Désormais, Mzu ne peut pas se permettre de s'attarder ici. Elle va devoir tenter de filer, et le plus tôt sera le mieux. D'une façon ou d'une autre, Voi va intervenir. C'est notre meilleure piste.

— Je n'en disconviens pas, dit Dahybi. C'est une chance qui en vaut une autre. Mais comment diable vas-tu t'y prendre pour l'approcher ?

— Vous n'avez pas écouté ? lança l'un des sergents. Voi est une jeune femme de vingt et un ans.

Joshua gratifia Dahybi d'un sourire salace.

— Tu plaisantes, dit l'ergospécialiste, stupéfait.

— Je fermerai les yeux et je penserai à la Confédération.

— Joshua...

L'intéressé éclata de rire.

— Si vous voyiez vos têtes ! Ne t'inquiète pas, Dahybi, je ne suis pas prétentieux à ce point. Mais elle a sûrement des amis. Il y a pas mal d'entrepreneurs friqués dans les Dorados, et leurs enfants doivent former un cercle social du genre fermé. Et je suis propriétaire d'astronef, après tout. Il me suffira de trouver une membre de ce groupe pour y entrer.

Il adressa un large sourire à son équipage, dont l'expression était partagée entre la contrariété et la résignation.

— C'est l'heure de faire la fête.

Prince Lambert scella les lanières autour des poignets maigrelets de la fille, puis activa le programme de senso-environnement. Sa chambre laissa la place à une salle circulaire située au sommet d'une tour, aux murs et aux sols de pierre, avec un lit en son centre. Ses esclaves mâles franchirent un à un la porte de fer. Ils étaient dix à se dresser autour du lit, considérant d'un air neutre la silhouette allongée bras et jambes écartés.

Il attrapa sous un oreiller le collier de téléréaction et le lui passa autour du cou.

— Qu'est-ce que c'est ? demanda la fille d'une voix inquiète.

Elle était très jeune ; probablement n'avait-elle jamais entendu parler de cet appareil.

Il la fit taire d'un baiser, puis activa la séquence du collier par télétransmission. L'appareil, un produit dérivé et pervers de la technologie des packages médicaux, envoya des filaments se greffer à sa moelle épinière. Il pouvait désormais manipuler son corps pour lui faire faire tout ce qu'il désirait, pour lui faire assouvir tous ses fantasmes.

— J'espère que je ne dérange pas, dit l'un des esclaves d'une voix féminine.

Prince Lambert sursauta, quitta le lit d'un bond. La fille poussa un gémissement comme le collier se fondait dans sa peau.

Il annula le programme de senso-environnement, retrouvant la réalité de sa chambre envahie par l'obscurité, et fixa la haute silhouette maigre qui venait de remplacer son esclave musclé.

— Pour l'amour de Marie, Voi ! Je vais changer le code d'accès de cette putain de porte, je n'aurais jamais dû te le donner. (Il plissa les yeux.) Voi ?

Elle était en train d'ôter la cagoule de sa tenue caméléon, dégageant sa petite couronne de dreadlocks. Dans sa main pendait une perruque de cheveux roux mal coiffés. Elle était vêtue de la salopette classique d'un agronome de la biosphère.

— Il faut que je te parle, dit-elle.

Il en resta bouche bée. D'un geste sans conviction, il désigna la fille sur le lit, qui tirait sur ses sangles.

— Voi !

— Tout de suite.

Elle retourna dans le salon.

Il jura, puis télétransmit un ordre de désactivation au collier et entreprit de défaire les sangles.

— Quel âge a-t-elle ? demanda Voi quand il entra dans le salon.

— Ça a de l'importance ?

— Ça pourrait en avoir pour Shea. Elle a découvert tes petites manies ?

— Pourquoi ce soudain intérêt pour ma vie sexuelle ? Je te manque ?

— Autant qu'une fiente d'oiseau pendant un bain de soleil.

— C'est pas ce que tu disais dans le temps.

— Qu'est-ce qu'on en a à foutre ?

— Tu me manques. On était bien ensemble, Voi.

— C'est de l'histoire ancienne.

— Alors pourquoi tu reviens en courant ?

— J'ai besoin de quelque chose et tu peux me le procurer.

— Sainte Marie, tu as fait une belle connerie en suivant cette désintox. Je te préférais avant.

— Cause toujours, tu m'intéresses.

— Qu'est-ce que tu fous ici ?

— Je veux que tu prépares le *Tekas* au décollage et que tu me conduises hors du système, ainsi que quelques amis.

— Bien sûr, pas de problème. (Il s'affala sur un fauteuil en cuir et lança à Voi un regard apitoyé.) Tu as une destination en particulier ? La Nouvelle-Californie ? Norfolk ? Hé, pourquoi on ne tenterait pas le tout pour le tout en essayant de pénétrer le réseau DS de la Terre ?

— C'est important. C'est pour Garissa.

— Sainte Marie. Encore ta révolution à la con.

— Ce n'est pas pour la révolution, c'est pour l'honneur. Accède donc à ton fichier dictionnaire.

— Je n'en ai pas. Et sache qu'on a décrété une quarantaine pour le trafic civil. Je ne pourrais pas faire décoller le *Tekas*, même si je le voulais.

— Vraiment ?

— Oui. Enfin, j'aurais peut-être pu. Si j'avais été prévenu à temps, je me serais cassé avant cette putain de quarantaine. Je suis peut-être né dans les Dorados, mais je ne pense pas que ce soit le refuge idéal contre les possédés. Tu as eu une excellente idée, Voi, mais tu l'as eue trop tard.

Elle brandit un microcartel.

— Autorisation de vol délivrée par le Conseil des Dorados : ce sera un voyage officiel.

— Comment diable...

— Papa était membre du Conseil. J'ai tous ses codes d'accès.

Prince Lambert sentit la tentation le tenailler.

— Ta proposition tient toujours ?

— Oui. Il y aura quatre passagers, dont moi-même. Marché conclu ?

— J'aimerais emmener quelques personnes.

— Non. Tu peux piloter ce yacht tout seul, c'est pour ça que je l'ai choisi. Ce ne sera pas une partie de plaisir, PL. J'aurai besoin que tu effectues quelques manœuvres complexes.

— Le *Tekas* n'est pas équipé pour le combat, tu sais. Qui sont les autres passagers ?

— Tu n'as pas besoin de le savoir. Marché conclu ?

— Est-ce qu'on pourra essayer le sexe en chute libre ?

— Si tu exiges de me baiser pour piloter, alors va te faire foutre.

— Sainte Marie, tu es vraiment une salope intégrale !

— Marché conclu ?

— D'accord. Donne-moi une journée pour les préparatifs.

— Nous partons dans trois heures.

— Pas question, Voi. Je n'aurai même pas le temps de remplir les réservoirs de carburant cryogénique.

— Essaye quand même. (Elle agita le cartel.) Si tu n'y arrives pas, il n'y aura pas d'autorisation.

— Salope.

La jeune fille était fabuleusement séduisante ; âgée d'un peu plus de vingt ans, elle avait une peau d'ébène lustré et des cheveux châtain foncé qui lui descendaient juste en dessous des fesses. L'ourlet de sa robe, une petite chose chatoyante d'un gris-bleu métallique, frôlait les pointes desdits cheveux.

Melvyn la jugea typique de la classe des gosses de riches sans assurance. Joshua, quant à lui, ne semblait pas s'en soucier, et tous deux s'embrassaient à pleine bouche sur la piste de danse du Bar KF-T.

— C'est un véritable démon, dit-il d'un air dépité. (Il se sentit obligé de donner des précisions à Beaulieu, qui était assise en sa compagnie.) Avec moi, ça ne marche jamais. Spécialiste ès fusion, c'est pourtant un boulot dangereux, non ? Sans parler du prestige de l'astro. Mais elles se précipitent toutes sur lui dès qu'on débarque quelque part. Je parie que ses phéromones ont été génétiquement modifiées, elles aussi.

Il parcourut du regard les canettes posées sur la table, en cherchant une qui ne soit pas encore vide. Il y en avait tout un bataillon.

— Tu ne penses pas que c'est dû au fait qu'il ait trente ans de moins que toi ? demanda la cosmonik.

— Vingt-cinq ! corrigea Melvyn, indigné.

— Pardon, vingt-cinq.

— Certainement pas.

Beaulieu scanna la salle une nouvelle fois. De toute évidence, la tactique de Joshua déconcertait les agents secrets chargés de l'observer. Melvyn et elle en avaient jusque-là repéré cinq, se distrayant à ce petit jeu pendant qu'ils éclusaient de la bière et attendaient que Joshua ait fait une touche. Les agents réussissaient assez bien à se fondre dans la foule ; ils buvaient, dansaient, discutaient comme des fêtards ordinaires, mais se trahissaient en maintenant une distance prudente avec l'équipage du *Lady Mac*.

Joshua salua la jeune fille d'un sourire rayonnant, puis vint s'asseoir près de Melvyn en poussant un soupir de satisfaction.

— Elle s'appelle Kole, et elle m'a invité à une fête ce soir.

— Je suis surpris qu'elle puisse patienter aussi longtemps, marmonna Melvyn.

— Je dois la retrouver, ainsi que ses amis, pour une soirée de charité, puis on ira poursuivre les festivités chez quelqu'un.

— Une soirée de charité ? questionna Beaulieu.

— Des groupes de FA du coin se sont réunis afin de rassembler des fonds pour le bénéfice d'Alkad Mzu, au cas où elle contesterait devant les tribunaux un éventuel mandat d'extradition émis par la Confédération.

— Sa cause est en train de devenir une véritable religion, dit Melvyn.

— Oui, on dirait. (Joshua compta les bouteilles accumulées sur la table.) Allez, il faut retourner à bord du *Lady Mac*.

Il passa un bras sous l'épaule de Melvyn et fit signe à Beaulieu de lui donner un coup de main. À eux deux, ils réussirent à mettre debout le spécialiste ès fusion éméché. Ashly et Sarha s'écartèrent du comptoir pour les rejoindre. Les quatre sergents présents se levèrent.

Aucun des agents secrets ne bougea. Cela aurait été trop voyant.

Un couple de possédés entra dans le Bar KF-T. Un homme et une femme, dont la tenue collait presque avec la mode du moment.

Le bloc de contre-mesures électroniques de Joshua lui transmit un signal d'alarme.

— À terre ! crièrent les quatre sergents à l'unisson.

Le programme de réaction de Joshua, qui était passé en mode primaire dès le déclenchement de l'alarme, l'envoya s'abriter parmi les tables et les chaises. Il atterrit sur le sol, puis roula souplement sur lui-même pour absorber le choc. Deux chaises vides s'envolèrent, heurtées par ses jambes. Ses astros l'imitaient ; y compris Melvyn, dont les réflexes étaient cependant émoussés par l'ivresse.

Des cris retentirent dans la salle comme les sergents attrapaient leurs pistolets-mitrailleurs. Les agents secrets s'activaient à leur tour, leurs muscles renforcés les faisant passer en supervitesse.

Les deux possédés restèrent bouche bée devant les réactions

instantanées suscitées par leur apparition. Des armes en quantité inquiétante se pointaient sur eux tandis que la panique montait parmi la foule terrorisée.

— Plus un geste, leur ordonna une voix en quadriphonie.

Ils ne disposaient pas de naneuroniques pour faire tourner des programmes de combat, mais leur instinct se montra presque aussi rapide. Tous deux levèrent les bras, et le feu blanc étincela au bout de leurs doigts.

Six pistolets-mitrailleurs, trois pistolets automatiques et une carabine ouvrirent le feu.

C'était la première fois que Joshua entendait le bruit d'une arme à projectiles chimiques. Dix d'entre elles fonctionnant en même temps, c'était pire qu'une fusée. Il se plaqua les mains sur les oreilles. La fusillade ne dura pas plus de deux ou trois secondes. Il courut le risque de lever la tête.

Seuls les agents secrets (en fait, il y en avait six – l'un d'entre eux avait échappé à Melvyn) et les sergents étaient debout. Tout le monde s'était planqué, jeté à terre ou roulé en boule. Quelques tables et quelques chaises roulaient encore. La musique et les hologrammes fonctionnaient toujours.

Il entendit d'étranges bruits mécaniques, ceux des chargeurs neufs qu'on insérait dans les armes.

Les balles avaient démoli le mur derrière les possédés, réduisant en miettes les lambris de matériau composite. Ces miettes étaient maculées de sang. Quant aux deux corps...

Joshua grimaça à leur vue. Il n'en restait pas grand-chose d'identifiable comme humain. Un programme anti-nausée passa automatiquement en mode primaire, mais il ne supprima que les symptômes physiques de ce qui l'affectait.

Des cris et des gémissements couvrirent la musique. Certaines balles, en ricochant, avaient fait d'autres victimes.

— Joshua !

C'était Sarha. Sa main était plaquée sur la cuisse gauche d'Ashly. Le sang teintait ses doigts d'écarlate.

— Il a été touché !

Le pilote considérait sa blessure avec un calme morbide.

— Saloperie, fit-il en battant des cils.

— Ione ! s'écria Joshua. Les nanos médicales.

L'un des sergents attrapa un paquet passé à sa ceinture d'équipement. Beaulieu s'employait à découper le tissu du pantalon d'Ashly avec une petite lame métallique qui venait de jaillir de son poignet gauche. Un filet de fluide gris-vert coulait d'un impact de balle dans sa plaque thoracique.

— Sois prudente, s'il te plaît, murmura Ashly.

Une fois la plaie exposée, Sarha y appliqua le package médical.

— Allons-nous-en, dit Joshua. Beaulieu, occupe-toi de Melvyn. Sarha et moi prendrons soin d'Ashly. Ione, couvre-nous.

— Hé, minute, lança l'un des agents secrets. (Joshua reconnut l'un des deux colosses qu'il avait vus avec Pauline Webb.) Vous ne bougerez pas d'ici avant l'arrivée de la police.

Ce fut un barman, qui s'était suffisamment remis de ses émotions pour penser aux retombées financières de l'incident, qui enregistra la scène sur une cellule mémorielle. Plus tard dans la journée, et durant toute la soirée, les agences de presse la diffusèrent presque en boucle. Six hommes armés se disputant violemment avec un jeune capitaine d'astronef (on comprit plus tard qu'il s'agissait de Lagrange Calvert en personne) et son équipage. Le capitaine déclarant que personne ne l'empêcherait de donner à son astro le traitement dont il avait besoin. « Et vous n'avez aucune autorité ici, après tout. » Quatre cosmoniks identiques, et d'allure fort inquiétante, s'interposaient entre Calvert et les hommes armés. Il y eut une courte pause, puis toutes les armes semblèrent disparaître. Les astros quittèrent le bar en emportant leur blessé.

Les présentateurs de journaux spéculèrent longuement sur l'identité de ces six hommes armés, s'accordant pour déclarer qu'il s'agissait probablement d'agents étrangers. Les journalistes se lancèrent à leur chasse, mais en vain.

La police confirma officiellement que les deux personnes abattues par les agents secrets étaient des possédés (cependant, aucun détail supplémentaire ne vint étayer cette certitude). Le Conseil d'Ayacucho publia un communiqué priant la population de garder son calme. On lança des opérations de recherche et d'identification prioritaires pour localiser tout autre possédé présent sur l'astéroïde. Citoyens et résidents étaient tenus de coopérer avec les autorités.

Il n'y eut aucune démonstration de panique, aucun rassemblement dans la biosphère, aucune manifestation devant le siège du Conseil. Les gens étaient trop terrifiés par ce qui les guettait peut-être à la porte de leur domicile. Les entreprises et les bureaux qui étaient restés ouverts commencèrent à fermer leurs portes ou à traiter leurs affaires via le réseau de communication ; toute solution était bonne pour réduire les risques de contact personnel. Les parents sortirent leurs enfants des crèches. Les services d'urgence furent mis en état d'alerte maximum. Les vigiles privés assistèrent les policiers dans leurs recherches.

En fin d'après-midi, le Conseil avait délivré une autorisation de départ à plusieurs vaisseaux spatiaux. La plupart de ceux-ci emportaient les conseillers, leur famille et leurs plus proches collaborateurs pour des conférences ou des négociations de défense avec des alliés.

— Et on ne peut rien faire pour les arrêter, se plaignit Monica avec amertume.

Elle avait pris place au fond du bureau utilisé par les Édénistes et sirotait une tasse de thé instantané. Elle ne pouvait pas faire grand-chose d'autre, ce qui n'allait pas sans l'énerver. L'ASE avait joué tous ses atouts. Personne ne savait où se planquait Mzu ; personne ou presque n'avait entendu parler de Voi, ni d'ailleurs du groupe clandestin auquel elle appartenait.

Seuls les Édénistes avaient encore une chance de localiser l'adolescente, et cette chance paraissait de plus en plus mince.

— Elle n'a embarqué sur aucun astronef, dit Samuel. Nous en avons la certitude. Les deux chambres axiales sont constamment sous surveillance, et pas seulement de notre fait. Toutes les personnes dont la taille et la masse correspondent à celles de Mzu, avec une marge d'erreur de vingt-cinq pour cent, ont franchi les contrôles sans qu'on parvienne à la repérer.

— Jc sais, je sais, fit Monica, irritée.

— Si nous ne l'avons pas retrouvée dans quatre heures, nous allons devoir quitter Ayacucho.

Elle savait que c'était inévitable, mais ce n'était pas facile à accepter pour autant.

— La situation est si grave que ça ?

— Oui. J'en ai peur.

Il venait juste d'assister à une énième possession grâce à une araignée espionnant l'une des sections résidentielles. L'appartement d'une famille de cinq personnes tout à fait ordinaire qui, obéissant aux instructions, s'était terrée chez elle et ne laissait entrer personne. Jusqu'à l'arrivée de la police. Les trois flics étaient possédés et, sept minutes plus tard, toute la famille l'était aussi.

— D'après nos estimations, huit pour cent de la population sont désormais possédés. Comme tous les gens sont isolés chez eux et n'en bougent pas, les possédés ont la tâche facile. Ils se sont emparés de la totalité des forces de police.

— Les salauds. Ils utilisent tous la même tactique depuis que

Capone a conquis la Nouvelle-Californie en commençant par les flics et les fonctionnaires.

— Un homme remarquablement astucieux, ce M. Capone.

— Je suppose qu'il serait maintenant inutile de diffuser une alerte générale ?

— C'est ce que nous pensons. La grande majorité des citoyens n'a pas accès aux armes ; et la plupart de celles-ci sont énergétiques, c'est-à-dire pires qu'inutiles. Nous ne ferions qu'accroître leurs souffrances.

— Et depuis cette putain de campagne médiatique, plus personne n'a confiance en nous.

— Exactement.

— Que ferons-nous si Mzu n'arrive pas à s'enfuir ?

— Ça dépend de l'évolution de la situation. Si les possédés emportent Ayacucho hors de cet univers, le problème sera réglé, quoique de façon peu satisfaisante. S'ils restent ici, alors les faucons maintiendront un blocus permanent.

Elle serra les dents, enragée par la frustration qui montait en elle.

— On pourrait essayer de lui lancer un message, de lui proposer de l'emmener.

— J'y ai pensé ; et nous tenterons peut-être le coup en dernier recours, juste avant d'évacuer les lieux.

— Génial. Donc, en attendant, on se contente d'espérer qu'elle va passer devant une araignée ?

— Vous avez une autre idée ?

— Non. Pas plus que quiconque, je suppose.

— Sans doute, mais je suis quand même intrigué par les actions de Joshua Calvert et de son équipage. Que cherchaient-ils dans ce night-club ?

— À draguer, selon toute apparence.

— Non. Calvert est rusé. Si vous voulez mon avis, il tente de contacter Voi par l'intermédiaire de ses amis.

— Il ne peut pas savoir qui sont ses amis, il n'a pas les ressources nécessaires. Nous n'en avons trouvé que trois, et ça nous a pris cinq heures de boulot.

— Possible. Mais il s'est déjà introduit dans son milieu social en se faisant inviter à cette fête. Et l'astéroïde n'est pas grand.

— Si c'est Voi qui cache Mzu, elle ne va pas se montrer.

— En effet.

Le sourire de l'Édéniste était aussi malicieux que celui d'un enfant.

— Qu'y a-t-il ? demanda Monica, de plus en plus agacée.

— Quelle ironie ! Calvert était un amateur qui nous gênait, et c'est maintenant notre meilleure piste.

Ashly n'avait pas dit grand-chose pendant qu'ils regagnaient le spatioport. Joshua songea qu'il avait dû activer le programme inhibiteur de ses naneuroniques pour lutter contre le choc. Mais Sarha ne semblait pas trop inquiète, et c'était elle qui surveillait le package médical appliqué à la cuisse du pilote.

Melvyn faisait des efforts pour se dégriser rapidement. L'un des sergents lui avait donné un package médical, qu'il s'était enveloppé autour du cou. Les nanoniques débarrassaient de toute trace d'alcool le sang qui affluait à son cerveau.

Ce qui inquiétait Joshua, c'était le fluide qui gouttait toujours de la plaque thoracique de Beaulieu. Les nanos médicales n'étaient d'aucune utilité aux cosmoniks. Aucun d'eux n'avait de système interne standardisé ; ils étaient tous uniques et fiers de l'être. Il ignorait même si la carapace de Beaulieu dissimulait un être mécanique ou organique.

— Comment ça va ? lui demanda-t-il.

— Le projectile a endommagé certaines de mes glandes de synthèse nutritives. Cela n'a rien de critique.

— Est-ce que tu as... euh... des pièces de rechange ?

— Non. Cette fonction est conçue suivant le principe de la redondance multiple. C'est plus impressionnant que ça n'en a l'air.

— Laisse-moi deviner, ce n'est qu'une égratignure, grogna Ashly.

— Exact.

Les portes de la cabine s'ouvrirent. Deux sergents sortirent dans le corridor, vérifiant qu'aucun possédé ne leur barrait la route du boyau-sas.

— Joshua, lança l'un d'eux.

Son bloc de contre-mesures électroniques ne fonctionnait pas.

— Qu'y a-t-il ?

— Quelqu'un souhaite te voir.

Incapable de déchiffrer le ton du sergent, il se propulsa dans le corridor d'un coup de pied.

— Seigneur Jésus...

Mme Nateghi et ses deux acolytes de Tayari, Usoro & Wang attendaient devant l'écoutille du boyau-sas. Un homme flottait derrière eux.

Les astros sortirent à leur tour de la cabine.

— Capitaine Calvert, dit Mme Nateghi d'une voix à la jovialité indécente.

— Vous ne pouvez plus vous passer de moi, hein ? Qu'est-ce que c'est, cette fois-ci ? Une amende d'un million de fusiodollars pour avoir déposé des ordures sur la voie publique ? Dix ans de travaux forcés pour avoir négligé de rapporter mes bouteilles vides au bar ? La colonie pénale pour avoir pété en public ?

— L'humour est un excellent mécanisme de défense, capitaine Calvert. Mais je vous conseillerais de prévoir quelque chose de plus solide pour le tribunal.

— Je viens juste de sauver votre astéroïde d'une invasion de possédés. Ça ira ?

— J'ai accédé à l'enregistrement de NewsGalactic. Durant l'incident, vous étiez couché par terre les mains sur la tête. Capitaine Calvert, je suis porteuse d'une convocation vous enjoignant de vous présenter à l'audience préliminaire destinée à déterminer la procédure qui décidera du droit de propriété sur le vaisseau spatial *Lady Macbeth*, suite à la plainte déposée par mon client et relative au vaisseau en question.

Joshua en resta muet d'incrédulité.

— Droit de propriété ? répéta Sarha. Mais l'astronef appartient à Joshua ; il lui appartient depuis toujours.

— Cela est inexact, dit Mme Nateghi. Il appartenait à Marcus Calvert. Je détiens un senso-enregistrement où le capitaine Calvert l'admet lui-même.

— Il n'a jamais cherché à le nier. Son père est mort. Le certificat de propriété du *Lady Mac* est enregistré auprès du MAC. Vous ne pouvez pas y faire opposition.

— Moi, si.

L'homme qui s'était tenu en retrait derrière les deux autres avocats s'avança à présent.

— Vous ! s'exclama Sarha.

— Moi.

Joshua le regarda fixement, et un frisson désagréable s'insinua dans son esprit. Ce visage anguleux couleur d'ébène... Seigneur, je connais ce type. Mais où l'ai-je déjà vu ?

— Qui diable êtes-vous ? lança-t-il.

— Je m'appelle Liol. Liol Calvert, pour être précis. Je suis ton grand demi-frère, Joshua.

En temps normal, Joshua n'aurait jamais fait entrer ce... cet *imposteur* dans la cabine du capitaine. C'était la cabine de son père, nom de Dieu, même si la plupart de ses souvenirs et de ses machines en avaient été enlevés lors de la dernière réfection. Ce lieu était le seul que Joshua pouvait qualifier de foyer.

Mais Ashly avait besoin de l'équipement médical de l'infirmerie du *Lady Mac* pour faire extraire la balle de sa cuisse. Mme Nateghi, la reine des salopes, n'était pas d'humeur à se laisser faire et sa convocation n'était pas bidon. Et puis, il avait une mission à accomplir. Il fallait parer au plus pressé.

Dès que l'écoutille de la cabine se fut refermée derrière eux, Joshua demanda :

— D'accord, tête de nœud, combien ?

Fasciné par les lieux, Liol ne lui répondit pas tout de suite. Son visage exprimait un sentiment proche de l'extase.

— Je suis enfin arrivé, dit-il d'une voix tremblante. Sais-tu combien d'heures j'ai passées en senso-simulation pour apprendre à piloter un astronef ? J'avais à peine dix-neuf ans quand le MAC m'a délivré ma licence. (Il adressa un regard intimidé à Joshua.) Tout cela doit être très étrange pour toi, Joshua. Ça l'est pour moi.

— Arrête tes conneries. Combien ?

Liol sembla se ressaisir.

— Combien pour quoi faire ?

— Pour renoncer à tes prétentions et te casser, évidemment. C'est un plan nickel, je te l'accorde. Normalement, je laisserais au tribunal le soin de te démolir, mais je suis un peu à la bourre en ce moment. Je n'ai pas besoin de complications. Alors donne-moi ton prix, mais il n'a pas intérêt à dépasser les cinquante mille.

— Bien essayé, Joshua.

Liol sourit et tendit son crédisque de la Banque jovienne, face argentée vers le haut. Des chiffres verts étincelaient à la surface.

Joshua tiqua en déchiffrant l'état du compte : huit cent mille fusiodollars.

— Je ne comprends pas.

— C'est tout simple, je suis ton frère. À tout le moins, je suis propriétaire indivis de l'astronef.

— Pas question. Tu n'es qu'un escroc qui sait se servir d'un package d'adaptation cosmétique. En ce moment, ma trombine est aussi célèbre que celle de Jezzibella. Tu as saisi une occasion d'être nuisible et tu t'es fait refaire la gueule.

— Cette gueule, c'est la mienne. Je l'ai depuis ma naissance, c'est-à-dire avant la tienne. Accède à mon dossier public si tu veux une preuve.

— Je suis sûr qu'un petit malin comme toi n'a pas manqué de glisser toutes les données voulues dans les banques de mémoire d'Ayacucho. Tu as dû bien bosser et, vu ta fortune, tu as les moyens d'acheter les codes d'accès requis.

— Ah bon ? Et toi ?

— Hein ?

— Oui. Comment se fait-il que tu aies acquis cet astronef après la mort de mon père ? Et comment est-il mort, d'ailleurs ? Est-il même mort ? Prouve-moi que tu es un Calvert. Prouve-moi que tu es le fils de Marcus.

— Je n'ai pas acquis cet astronef, j'en ai hérité. Papa a toujours voulu me le léguer. Son testament est enregistré à Tranquillité. N'importe qui peut y accéder.

— Ça, c'est sympa. Donc, les archives de Tranquillité sont irréprochables, tandis que tout ce qui est enregistré dans les Dorados l'a été par des criminels. Comme c'est pratique. À ta place, je n'utiliserais pas cet argument devant un tribunal.

— C'était *mon* père ! s'énerva Joshua.

— C'était aussi le mien. Et tu le sais.

— Tout ce que je sais, c'est que tu es un imposteur.

— Tu ne dirais pas ça si tu étais un vrai Calvert.

— Qu'est-ce que tu racontes, bordel ?

— L'intuition. Qu'est-ce que ton intuition te souffle sur moi, Josh ?

Pour la première fois de sa vie, Joshua sut ce que signifiait le mot vertige. Se retrouver au bord d'un gouffre monstrueusement profond.

— Ah ! (Sourire triomphant de Liol.) Notre petit talent familial est parfois déprimant. Après tout, j'ai su que tu étais réel dès que j'ai accédé au reportage de Kelly Tirrel. Et je sais aussi ce que tu endures en ce moment, Joshua. Tu m'as inspiré les mêmes sentiments. Cette terrible colère, ce refus de croire en dépit de l'évidence. Nous sommes plus que des frères, nous sommes pratiquement des jumeaux.

— Erreur. Nous ne venons même pas du même univers.

— Qu'est-ce qui t'inquiète le plus exactement, Joshua ? La possibilité que je sois ton frère ou celle que je ne le sois pas ?

— Je saborderais le *Lady Mac* avant de le céder à quiconque. Si tu as un brin d'intuition, tu sais que je dis vrai.

— J'ai commis une erreur. (Liol caressa la couchette anti-g près de l'écoutille, les yeux habités par une envie bien visible.) Je vois que tu attaches autant d'importance que moi à cet astronef. Pas étonnant, nous avons tous les deux la bougeotte des Calvert. Je ne pouvais que susciter ton hostilité en choisissant de t'attaquer sur le plan légal. Mais j'ai attendu toute ma vie que ce vaisseau accoste ici. Papa a quitté Ayacucho avant même ma naissance. Dans mon esprit, le *Lady Macbeth* a toujours été à moi. C'est aussi mon héritage, Josh. Ma place est ici, tout autant que toi.

— Un astronef ne peut avoir qu'un seul capitaine. Et tu n'es qu'un rat d'astéroïde, tu ignores tout du pilotage et du commandement. Ce qui n'a aucune importance, car tu ne seras jamais dans une position te permettant de piloter le *Lady Mac*.

— Ne t'obstine pas, Josh. Tu es mon frère, je ne veux pas t'aliéner. Le simple fait d'apprendre ton existence m'a foutu un choc. Les conflits familiaux sont les pires de tous. N'allons pas en déclencher un dès le jour de notre rencontre. Imagine ce que penserait papa en voyant ses fils se battre ainsi.

— Tu ne fais *pas* partie de ma famille.

— Où est allé le *Lady Macbeth* en 2586, Josh ? Dans quels spatioports a-t-il accosté ?

Joshua serra les poings et étudia plusieurs trajectoires possibles à l'aide d'un programme de combat en chute libre. La suffisance de cet enfoiré commençait à lui porter sur les nerfs. Comme il serait agréable d'effacer ce sourire de son visage !

— L'inconvénient quand on a une peau blanche comme toi, Josh, c'est que je te vois rougir sans problème. Ça te trahit à tous les coups. Moi, je gagne toujours au poker.

Joshua bouillit sans rien dire.

— Alors, tu veux discuter de tout ça raisonnablement ? demanda Liol. En ce qui me concerne, je n'aimerais pas affronter Mme Nateghi devant un tribunal.

— Je suppose que cette soudaine envie d'astronef n'a aucun rapport avec le fait que ton astéroïde soit envahi par les possédés ?

— Charmant. (Liol applaudit avec enthousiasme.) Tu es un vrai Calvert. Dès que tu vois une ceinture, tu as envie de frapper en dessous.

— Exact. Donc, on se retrouve au tribunal dans huit jours. Ça te va ?

— Tu abandonnerais vraiment ton frère aux possédés ?

— Si j'en avais un, probablement pas.

— J'ai l'impression que tu vas me plaire, après tout. Je croyais que tu serais du genre mou ; après tout, tu as eu la vie facile. Mais tu es un dur.

— La vie *facile* ?

— Comparé à moi. Tu as connu papa. Tu savais que tu allais hériter. La vie facile, je te dis.

— Conneries.

— Si tu ne te fies pas à ta propre intuition, un simple profil ADN te prouvera que nous sommes parents. Je suis sûr que ton infirmerie dispose de l'équipement nécessaire.

Et Joshua se retrouva soudain dans l'impasse. Il y avait chez cet inconnu quelque chose de profondément troublant et, en même temps, d'étonnamment réconfortant. Bon Dieu, il me ressemble, il est au parfum pour cette histoire d'intuition et papa a effacé le journal de bord pour l'année 2586. Ce n'est pas totalement impossible. Mais le *Lady Mac* m'appartient. Jamais je ne pourrai le partager.

Il fixa Liol un long moment, puis prit une décision de commandement.

Tous les membres d'équipage se trouvaient sur la passerelle, ainsi que Mme Nateghi. Personne ne voulut croiser son regard. Après avoir jailli de la cabine, Joshua effectua un quart de tour et se posa sur une pelote-crampon.

— Sarha. Conduis notre invité à l'infirmerie. Prélève-lui un échantillon de sang, avec un poignard s'il le faut, et établis un profil ADN. (Il pointa le doigt sur Mme Nateghi.) Pas vous. Vous foutez le camp. Tout de suite.

Elle feignit de l'ignorer tout en projetant vers lui un mépris palpable.

— Quelles sont vos instructions, monsieur Calvert ?

— Je viens de vous le... Oh.

— Je vous remercie de votre aide, dit Liol le plus courtoisement du monde. Je contacterai votre cabinet si je décide d'entamer une action en justice à l'encontre de mon frère.

— Très bien. Tayari, Usoro & Wang seront ravis de vous assister. Il est toujours gratifiant d'obliger un récidiviste à reconnaître ses responsabilités.

Luttant contre l'hilarité, Sarha agita l'index en direction de Joshua, dont le visage virait à l'écarlate.

— Dahybi, montre la sortie à madame, dit-il.

— À tes ordres, capitaine.

L'ingénieur en ergonavigation désigna l'écoutille de sol d'un geste large et s'y glissa derrière Mme Nateghi.

Liol gratifia Sarha d'un sourire engageant.

— Vous n'oseriez pas vous servir d'un poignard contre moi, n'est-ce pas ?

Elle lui fit un clin d'œil.

— Cela dépend des circonstances.

— Que dis-tu de ça, Joshua ? lança l'un des sergents alors qu'ils se dirigeaient vers l'infirmerie. Maintenant, vous êtes deux.

Joshua adressa un regard noir à la créature biotek, puis exécuta une rotation parfaite et fila dans sa cabine.

Le programme tranquillisant d'Alkad n'était pas assez puissant pour lutter contre sa claustrophobie. En fin de compte, elle dut rendre les armes et faire passer en mode primaire un programme de somnolence. Comme elle sombrait dans le néant, sa dernière pensée fut celle-ci : je me demande qui sera là à mon réveil ?

La manœuvre de rendez-vous était des plus complexes, ce qui réduisait ses chances de succès. Mais ce n'était pas cela qui l'inquiétait le plus. Le gros problème, c'était de fuir Ayacucho sans se faire détecter.

L'astéroïde disposait de deux spatioports contrarotatifs, un sur chaque calotte. Le plus important desservait les astronefs et les spationefs les plus gros ; le second, quant à lui, était plus ou moins réservé aux cargos et aux tankers transportant de l'eau et de l'oxygène liquide pour alimenter la biosphère. C'était aussi la base d'opérations des navettes, des VSM et des remorqueurs qui reliaient l'astéroïde à sa ceinture de stations industrielles.

Les services de renseignement avaient placé les deux spatioports sous étroite surveillance. Comme il était impossible de passer par les chambres axiales et de gagner les quais via un ascenseur public, Voi s'était arrangée pour qu'Alkad et elle soient placées dans des nacelles de transport.

Lodi et un jeune homme du nom d'Eriba, qui prétendait être étudiant en structure moléculaire, aménagèrent deux nacelles dans l'un des entrepôts de T'Opingtu. Chacune d'elles fut transformée en une espèce de cercueil capitonné susceptible d'accueillir un passager vêtu d'une combinaison IRIS. À en croire les deux adolescents, cette isolation empêcherait toute fuite thermique ou électromagnétique. Les nacelles apparaîtraient comme inertes à n'importe quel capteur.

Évidemment, cette isolation empêcherait Alkad de télétransmettre un appel à l'aide si quelque chose clochait et si personne ne la faisait sortir. Elle jugea qu'elle affichait une impassibilité de bon aloi lorsqu'on la scella à l'intérieur de la nacelle. Ensuite, elle dut s'en remettre au programme tranquillisant, puis, au bout du compte, se réfugier dans le sommeil.

Un remorqueur était censé conduire les nacelles vers l'une des fonderies de T'Opingtu. De là, elles seraient transférées à bord d'un spationef à destination de Mapire.

Alkad se réveilla en apesanteur. *Au moins, on est sorties de l'astéroïde.*

Ses naneuroniques lui signalèrent qu'elle recevait une transmission.

— Ne bougez pas, docteur, on ouvre la nacelle.

Elle sentit des vibrations dans sa combinaison, puis ses capteurs pectoraux lui montrèrent des faisceaux de lumière rouge s'agitant autour d'elle. Le couvercle de la nacelle se souleva, et une silhouette vêtue d'une combinaison IRIS et équipée d'un propulseur dorsal apparut devant elle.

— Salut, docteur, c'est moi, Lodi. Vous avez réussi, vous êtes sortie.

— Où est Voi ? télétransmit-elle.

— Ici, docteur. Sainte Marie, c'était horrible. Ça va ?

— Oui. Merci.

En plus d'être soulagée, elle était étrangement heureuse de savoir que la jeune fille était indemne.

Après s'être assurée qu'elle tenait bien son sac à dos, elle laissa Lodi l'extraire de la nacelle. En le voyant devant elle, avec son propulseur émettant de petites bouffées de gaz, elle revit en esprit Cherri Barnes la tirant à bord de l'*Udat*. Ce jour-là, l'espace était horriblement vide, avec une lumière si ténue que ses capteurs peinaient à lui montrer quoi que ce soit. À présent, elle se trouvait au sein du disque de Tunja, dans un blizzard de particules. Celui-ci était si dense qu'il occultait les étoiles. La taille des particules était presque impossible à estimer, un grain de poussière flottant devant son nez et un rocher distant d'un kilomètre ayant exactement le même aspect.

Devant elle, elle vit l'astronef qui les attendait, son fuselage couleur bordeaux, bien plus foncé que les particules qui défilaient devant lui comme des tourbillons d'interférence dans une projection AV. Deux de ses échangeurs thermiques étaient déployés, et la poussière tournoyante les faisait ressembler à des hélices fonctionnant au ralenti. L'écoutille du sas était ouverte et émettait un rayon de lumière blanche des plus accueillants.

Elle se coula dedans, appréciant le retour de couleurs normales. Ils pénétrèrent dans une chambre cylindrique avec pelotes-crampons, prises, tubes lumineux, grilles d'aération et consoles placés au petit bonheur la chance. La sensation de voir la réalité se solidifier autour d'elle était toute-puissante.

L'écoutille se referma, et Alkad s'agrippa à une prise-crampon pendant que l'air affluait dans le sas. Sa combinaison IRIS se désactiva, redevenant un globe pendu à son cou, et elle fut bombardée de sons.

— On a réussi ! jubilait Voi. Je vous avais bien dit que je pouvais vous faire sortir.

— Oui, en effet.

Elle les considéra tour à tour, Voi, Lodi et Eriba, tous si horriblement jeunes pour être emportés dans ce tourbillon de subterfuges, de haine et de mort. Leurs visages rayonnants quêtaient son approbation.

— Et je tiens à vous remercier ; vous avez tous fait de l'excellent travail.

En entendant leurs rires et leurs témoignages de gratitude, elle secoua la tête en signe d'émerveillement. Quelle étrange époque.

Cinq minutes plus tard, Alkad avait revêtu sa vieille combi et passé son sac à dos, et suivait Voi dans le salon du pont supérieur du *Tekas*. Le yacht était juste assez grand pour contenir un module de vie à trois ponts. L'espace y était rationné, mais les aménagements compacts et élégants, merveilleusement conçus pour donner l'impression d'être à l'aise.

Affalé dans un profond fauteuil circulaire, Prince Lambert télétransmettait un flot constant d'instructions à l'ordinateur de bord. Le *Tekas* s'était mis en route, accélérant à un vingtième de g, mais le plan de gravité était instable.

— Je vous remercie de m'offrir l'usage de votre vaisseau, dit Alkad une fois qu'on les eut présentés.

Il lança à Voi un regard entendu.

— Je vous en prie, docteur, c'était le moins que je puisse faire pour une héroïne nationale.

Alkad feignit de ne pas avoir perçu son ton sarcastique et se demanda ce qui s'était passé entre Voi et lui.

— Quel est notre statut actuel ? Est-ce qu'on vous a suivi ?

— Non. J'en suis quasiment sûr. J'ai parcouru un million de kilomètres en dehors du disque avant de replonger dedans. Votre spationef a fait la même chose, mais de l'autre côté. En théorie, personne ne se rendra compte que nous avons effectué un rendez-vous. Même les faucons ne peuvent pas percevoir ce qui se passe à l'intérieur du disque, du moins à un million de kilomètres de distance, la matière y est trop dense.

Sauf s'ils veulent me suivre jusqu'à l'Alchimiste, songea Alkad.

— Et un faucon en mode furtif à l'extérieur du disque, ou même à l'intérieur avec nous ? demanda-t-elle.

— Alors ils nous tiennent, répliqua-t-il. Nos capteurs sont excellents, mais ils ne sont pas de qualité militaire.

— Si nous avions été suivis, nous le saurions depuis un moment, intervint Voi. Ils auraient tenté de nous arraisonner en voyant que nous effectuions un rendez-vous.

— C'est aussi ce que je pense, dit Alkad. Quand serons-nous assez loin du disque pour sauter hors du système ?

— Dans quarante minutes. Je ne tiens pas à précipiter les choses, il y a trop de cailloux pointus dans les parages. Je vais déjà être obligé de remplacer la mousse de la coque ; l'abrasion des particules a mis la silicone à nu par endroits. (Il adressa à Alkad un sourire hésitant.) Va-t-on me dire quelle est notre mission ?

— Il me faut un vaisseau équipé pour le combat, c'est tout.

— Je vois. Et je suppose que ça a un rapport avec le travail que vous faisiez pour les forces spatiales garissanes avant le génocide ?

— Oui.

— Eh bien, vous m'excuserez si je ne reste pas pour la fêtc.

Alkad pensa au contenu de son sac à dos, à l'étroitesse de sa marge de sécurité présente.

— Personne ne vous forcera à faire quoi que ce soit.

— Ravi de l'entendre. (Il jeta à Voi un regard appuyé.) Pour une fois.

— Vers quelles coordonnées de saut nous mène cette trajectoire ?

— Vers Nyvan, dit-il. C'est à cent trente années-lumière d'ici, mais je peux m'aligner dessus sans dépenser trop de carburant. Voi m'a dit que vous aviez besoin d'une planète disposant de facilités militaro-industrielles et où les gens ne poseraient pas trop de questions.

Une heure et demie s'était écoulée depuis le départ du dernier des astronefs bénéficiant d'une autorisation officielle lorsque Joshua quitta le spatioport. Les employés du service et de l'entretien avaient regagné leur domicile pour y retrouver leur famille. Les câbles ombilicaux affectés aux vaisseaux restants devenaient de moins en moins fiables.

Trois agents secrets traînaient dans la chambre axiale, conversant à mi-voix. Il n'y avait personne d'autre. Joshua les salua d'un air blasé alors qu'il sortait de la cabine de transfert accompagné de son escorte de trois sergents.

L'une des agents plissa le front.

— Vous retournez là-bas ? demanda-t-elle, incrédule.

— Essayez donc de m'empêcher de faire la fête.

Il les entendit discuter avec animation tandis que les portes de l'ascenseur se refermaient. Les pom-pom girls collées sur les murs entamèrent leur petit numéro.

— Si elle est suffisamment inquiète pour t'interroger ouvertement, cela veut dire que les possédés gagnent du terrain, remarqua l'un des sergents.

— Écoute, on en a déjà discuté. Je veux juste jeter un coup d'œil à la soirée et voir si Kole y est présente. Si elle n'est pas là, on retourne à l'astronef.

— J'aurais dû y aller seule, ça aurait été moins risqué.

— Je ne le pense pas.

Joshua aurait voulu préciser sa pensée, mais la cabine était probablement truffée d'espions nanoniques. Il demanda au réseau de lui ouvrir un canal vers le *Lady Mac*.

— Oui, Joshua ? demanda Dahybi.

— Certaines personnes commencent à s'agiter à propos des possédés. Je veux que tu surveilles les systèmes internes de l'astéroïde : transport, énergie, environnement, réseau, tout le bazar. Au premier signe d'avarie, préviens-moi tout de suite.

— Entendu.

Joshua jeta un regard au visage rigide, inexpressif du sergent le plus proche. Il aurait vraiment voulu se confier à Ione, lui demander son opinion, discuter de la situation avec elle. Si quelqu'un savait résoudre les problèmes familiaux, c'était bien elle. Mais un préjugé enfoui en lui l'empêchait d'aborder ce problème avec les sergents.

— Autre chose, Dahybi. Appelle Liol et dis-lui de gagner le *Lady Mac* au plus vite. Donne-lui une cabine passager dans le module C. Ne le laisse pas venir sur la passerelle. Ne lui donne pas les codes d'accès à l'ordinateur de bord. Et vérifie bien qu'il n'est pas possédé quand il arrivera.

— Bien, capitaine. Fais attention à toi.

Les nuances émotionnelles ne passaient pas lors d'une télétransmission, mais il connaissait suffisamment Dahybi pour percevoir son amusement.

— Donc, tu reconnais ses prétentions ? s'enquit Ione.

— Son profil ADN semble proche du mien, répondit Joshua à contrecœur.

— Oui, « proche » est le mot quand la compatibilité est de quatre-vingt-dix-sept pour cent. Il est courant qu'un astro ait plusieurs rejetons répartis sur plusieurs systèmes stellaires.

— Je te remercie de me le rappeler.

— Si ton père te ressemblait à cet égard, alors il est possible que Liol ne soit pas ton seul demi-frère.

— Seigneur.

— Je ne fais que te préparer à cette éventualité. Grâce à Kelly Tirrel, ton coefficient de visibilité a grimpé en flèche. D'autres personnes risquent de se manifester pour les mêmes raisons.

Il se fendit d'une grimace ironique.

— Ça serait quelque chose, hein ? Réunion de famille chez les Calvert. Je me demande si on est plus nombreux que les Saldana.

— J'en doute, si on compte les enfants illégitimes.

— Sans parler des brebis galeuses.

— En effet. Que comptes-tu faire à propos de Liol ?

— Je n'en ai aucune idée. Mais il ne touchera pas au *Lady Mac*. Tu nous vois faire une réunion de direction chaque fois qu'on doit choisir une destination ? C'est contraire à ma nature, sans parler de celle du vaisseau.

— Il finira sans doute par s'en rendre compte. Je suis sûr que vous parviendrez à un accord. Il me semble fort intelligent.

— Disons plutôt malin.

— Il n'y a guère de différences entre vous.

La cabine les déposa dans un corridor public, à quelques centaines de mètres du club Terminus-Terminal où se déroulait la fête de charité. Tout le monde n'obéissait pas aux consignes du Conseil. Le corridor était empli de jeunes gens déjà gais. Tous portaient un mouchoir rouge à la cheville.

L'espace d'un instant, Joshua se sentit déconnecté de sa propre génération. Il avait d'écrasantes responsabilités (sans parler de son lot de problèmes) ; ceux qui l'entouraient n'étaient que des oisifs pris dans un mouvement perpétuel qui les conduisait d'une fête à l'autre. Ils ne comprenaient rien à l'univers.

Puis deux ou trois d'entre eux reconnurent Lagrange Calvert et lui demandèrent quel effet ça faisait de secourir les enfants de Lalonde, et les morts du Bar KF-T étaient-ils vraiment des possédés ? Ils étaient tout excités, et les filles lui faisaient de l'œil. Il commença à se détendre ; les barrières n'étaient pas si solides, après tout.

Le Terminus-Terminal ressemblait à une jonction entre deux tunnels. De gros engins démodés étaient parqués dans des niches, leurs appendices extracteurs rouillés débordant sur la salle principale. D'antiques mécanoïdes accrochés au plafond laissaient pendre leurs pattes arachnéennes et inertes. Le comptoir était aménagé au-dessus de larges traces de chenilles.

Le centre de la salle était occupé par un trou-de-ver de fantaisie, une colonne d'un noir absolu, large de cinq mètres, qui reliait le sol au plafond. À l'intérieur étaient piégées des créatures floues, dont les griffes attaquaient désespérément l'effet de distorsion ; la surface noire se gauchissait, s'enflait sans jamais se rompre.

— Vu les circonstances, c'est d'un goût très sûr, murmura Joshua à l'un des sergents.

Une scène avait été montée entre deux engins. De chaque côté d'elle se dressaient des projecteurs AV assez puissants pour équiper un stadium.

L'un des sergents alla se poster près d'une sortie de secours. Les deux autres restèrent près de Joshua.

Il trouva Kole en compagnie d'un groupe d'amis, à proximité d'un engin minier. Elle avait tissé sa chevelure de fils argent et écarlate, qui la déployaient périodiquement à la façon d'une queue de paon.

Il marqua une pause. Décidément, cette fille était bien superficielle ; aussi riche que Dominique, mais sans sa verve et sa sophistication, aussi jeune que Louise, mais sans sa franchise et sa simplicité.

Louise.

Kole aperçut Joshua et poussa un cri de joie, l'embrassa, se frotta contre lui.

— Est-ce que ça va ? J'ai accédé à l'incident après mon départ.

Il se fendit d'un sourire flamboyant, en bonne légende vivante qu'il était.

— Ça va. Mes... euh... mes cosmoniks sont des durs à cuire. On a connu pire.

— Vraiment ? (Elle adressa un regard plein de respect aux deux sergents.) Vous êtes mâles ?

— Non.

Joshua n'aurait su dire si Ione était agacée, amusée ou tout simplement indifférente. Cette dernière hypothèse lui paraissait peu plausible.

Kole lui donna un nouveau baiser.

— Viens faire la connaissance de mes copains. Ils ne m'ont

pas crue quand je leur ai dit que je t'avais levé. Sainte Marie, moi-même, je n'arrive pas à y croire.

Il se prépara au pire.

Depuis son poste d'observation, près d'un conduit de fluide réfrigérant fixé au flanc d'un engin minier, Monica Foulkes regardait Joshua saluer les amis de Kole. Il connaissait sur le bout des doigts l'attitude à adopter pour se faire accepter en quelques secondes. Elle but une gorgée d'eau minérale pendant que ses rétines renforcées scannaient les visages juvéniles. Sa tenue caméléon était étouffante mais lui permettait de se fondre dans la population afro-ethnique d'Ayacucho ; en ce moment, les « agents étrangers » étaient à peu près aussi populaires que les possédés. Sauf cet enfoiré de Calvert, évidemment, pensa-t-elle avec amertume, qui était accueilli en héros. Son programme de reconnaissance visuelle analysa les personnes qu'elle scannait et lui signala une probabilité d'identification de quatre-vingt-quinze pour cent.

— Merde !

Samuel (qui avait l'aspect d'un Noir de vingt-cinq ans vêtu d'une tenue sport d'un beau pourpre) leva la tête vers elle depuis la base de l'engin minier.

— Qu'y a-t-il ?

— Vous aviez raison. Kole vient de lui présenter Adok Dala.

— Ah ! Je le savais. C'était le petit copain de Voi jusqu'à ce qu'elle le largue il y a dix-huit mois.

— Oui, oui, je peux accéder toute seule au fichier, merci.

— Vous entendez ce qu'ils se disent ?

Elle lui jeta un regard méprisant.

— Aucune chance. L'endroit est plein à craquer. Mon programme de filtrage audio est inopérant à une telle distance.

— Veuillez descendre, Monica.

Quelque chose dans le ton de sa voix décourageait la contradiction. Elle se coula le long de la carrosserie en titane jaune passé de l'engin minier.

— Nous devons prendre une décision. Sans tarder.

Elle tiqua.

— Ô mon Dieu !

— Pensez-vous qu'Adok Dala sait où se trouve Voi ?

— Je ne le crois pas, mais c'est sans garantie. Et si nous kidnappons Dala, ça ne fera guère de différence question répercussions officielles. Il ne risque pas de protester parce qu'on l'aura fait sortir d'Ayacucho, pas vrai ?

— Vous avez raison. Et ça empêchera Calvert d'apprendre quoi que ce soit.

Les naneuroniques de Joshua lui signalèrent un appel de Dahybi.

— Deux faucons de la délégation édéniste viennent de quitter leur corniche, capitaine. Nos capteurs ne reçoivent pas grand-chose depuis la baie, mais nous pensons qu'ils se sont postés à cinq kilomètres du spatioport.

— Entendu, continuez d'avoir l'œil sur eux.

— Pas de problème. Mais il faut aussi que tu saches qu'Ayacucho souffre de pannes énergétiques localisées. Elles sont complètement aléatoires et les programmes de supervision ne décèlent aucun problème physique dans le système d'alimentation. En outre, l'une des agences de presse n'est plus en ligne.

— Seigneur. Préparez-vous à appareiller ; je finis ce que j'ai à faire ici et je vous rejoins dans une demi-heure.

— Entendu, capitaine. Oh, Liol vient d'arriver. Il n'est pas possédé.

— Formidable.

Kole était toujours collée à son flanc. Pour l'instant, aucun de ses copains n'avait prononcé le nom de Voi. À l'origine, Joshua avait prévu de leur parler du meurtre d'Ikela et de guetter leurs réactions. Mais le temps pressait. Il chercha les sergents du regard, espérant qu'Ione n'allait pas lui conseiller de battre en retraite. Enfin, on aura fait notre possible.

Une animatrice entrait en scène, levant les bras pour demander le silence et saluée par des vivats et des applaudissements. Elle commença à présenter un groupe baptisé les Fuckmasters.

— Voici Shea, dit Kole.

Joshua eut du mal à sourire ; la nouvelle venue, maigre à faire peur, aurait pu être la sœur jumelle de Voi. Il demanda à son bloc de contre-mesures électroniques de la scanner, mais elle était inoffensive. Ce qu'il voyait était la réalité et non une tenue caméléon. Il ne s'agissait pas de Voi.

— Voici Joshua Calvert, annonça fièrement Kole, levant la voix pour couvrir le sifflement qui montait des projecteurs AV. Mon capitaine d'astronef.

De mélancolique, Shea devint carrément triste. Elle fondit en larmes.

Kole la fixa d'un air stupéfié.

— Qu'est-ce qui t'arrive ?

Shea secoua la tête sans desserrer les lèvres.

— Je suis navré, dit Joshua, sincèrement compatissant. Qu'ai-je fait ?

Shea eut un sourire plein de bravoure.

— Vous n'y êtes pour rien. C'est à cause de... mon ami est parti cet après-midi. Il est capitaine d'astronef, lui aussi, et j'ai pensé à lui en vous voyant. J'ignore quand je pourrai le revoir. Il n'a rien voulu me dire.

L'intuition de Joshua fit retentir un signal d'alarme dans son crâne. Le premier groupe de FA entrait en scène. Ignorant le regard furibond de Kole, il enveloppa d'un bras protecteur les épaules de Shea.

— Viens, je t'offre un verre. Tu vas tout me raconter. Peut-être que je pourrai t'aider, on ne sait jamais. Il arrive parfois d'étranges choses dans l'espace.

Il adressa un signe frénétique aux deux sergents, puis s'écarta de la scène alors que les deux projecteurs AV commençaient à s'activer. Une épaisse brume de lumière cohérente emplit le Terminus-Terminal. Bien qu'il ait détourné les yeux, il sentit des émotions lui parcourir les nerfs ; des signaux fragmentaires, saturés de séquences activantes du genre cru. Il se sentait bien. Chaud. Excité. Nauséeux.

Un regard jeté par-dessus son épaule, et il se retrouva en selle sur un gigantesque pénis qu'il poussait à galoper.

Ah ! les gosses d'aujourd'hui. Quand il était jeune, la FA exploitait les thèmes du désir, de l'amour partagé, de la déception sentimentale. Des ruptures et des retrouvailles. Bref, la FA s'intéressait à l'amour et non au cul.

Autour de lui, les jeunes fêtards riaient et gloussaient, emplis de joie incrédule par les impulsions visuelles du bombardement AV. Ils se mirent à onduler à l'unisson.

— Joshua, quatre Édénistes se rapprochent de vous, avertit un sergent.

Il les aperçut au sein de l'essaim de lumières étincelantes qui engloutissait l'assistance. Plus grands que la moyenne, les yeux protégés par une sorte de viseur, fendant la foule avec assurance. Il agrippa la main de Shea.

— Par ici, siffla-t-il avec insistance.

Il obliqua en direction du faux trou-de-ver au centre de la salle. L'un des sergents lui ouvrit la voie, écartant les gens de son passage et laissant derrière lui un sillage de protestations.

— Dahybi, télétransmit Joshua. Sors les autres sergents de tau-zéro, et vite. Dégage-moi un itinéraire dans le spatioport, de la chambre axiale au *Lady Mac*. Je risque d'en avoir besoin.

— On s'en occupe, capitaine. Le réseau de l'astéroïde commence à avoir des défaillances.

— Bon Dieu. Les sergents sont équipés du lien d'affinité, on pourra encore communiquer si le réseau nous lâche. Tu ferais mieux d'en garder un avec toi sur la passerelle.

Arrivé près de la colonne noire et bouillonnante, il se retourna. Shea, essoufflée et déconcertée, se laissait faire. Ce n'était pas lui que cherchaient les Édénistes.

— Que... ?

Apparemment, une bagarre venait d'éclater là où il avait laissé les copains de Kole. Deux des agents soutenaient un corps flasque. C'était Adok Dala, inconscient et agité de tremblements, de toute évidence frappé par un brouilleur neural. Les deux autres agents et une troisième personne tenaient en respect les adolescents furibonds. Le brouilleur neural entra de nouveau en action.

Joshua tourna la tête un cran trop loin et se retrouva en train de sucer un mamelon, glissant sur une peau noire comme monté sur un snowboard et laissant derrière lui une traînée de salive. Les muscles de sa nuque tournèrent d'un cran en sens inverse, et les Édénistes battaient en retraite, sans être remarqués par la foule en transe à travers laquelle ils se frayaient un chemin. Derrière eux, les amis de Kole s'accrochaient les uns aux autres ; ceux qui étaient encore debout pleuraient sans comprendre au-dessus de ceux qui étaient à terre, victimes d'une violence qui les avait frappés en pleine extase érotique.

Shea hoqueta en découvrant la scène et fit mine de se précipiter vers le groupe.

— Non ! s'écria Joshua. (Il la retint et elle se recroquevilla sur elle-même, aussi terrifiée par son comportement que par celui des agents secrets.) Écoute-moi, il faut filer d'ici. Ça va encore dégénérer d'ici peu.

— Ce sont les possédés ?

— Ouais. Suis-moi.

Sans la lâcher, il fit le tour du faux trou-de-ver. On aurait dit qu'il frôlait une masse de gélatine sèche et frémissante.

— La sortie la plus proche, dit-il au sergent qui le précédait. Go.

Le sergent plongea à une vitesse inquiétante dans une masse de corps pressés les uns contre les autres. Les adolescents qu'il bousculait tombaient sans se rendre compte de ce qui leur arrivait. Joshua le suivit d'un air décidé. Les Édénistes avaient sûrement capturé Adok Dala pour les mêmes raisons qui l'avaient poussé à capturer Shea. S'était-il trompé de personne ? Et merde.

La paroi de la caverne n'était plus qu'à dix mètres, et un cercle rouge indiquait une sortie. Son bloc de contre-mesures électroniques lui transmit un signal d'alarme.

Bon Dieu !

— *Ione.*

— Je sais, dit le sergent qui ouvrait la marche.

Il saisit son pistolet-mitrailleur.

— Non ! s'écria Joshua. Tu ne peux pas, pas ici.

— Je ne suis pas inhumaine, Joshua, répliqua le colosse.

Ils atteignirent le mur et se précipitèrent vers la sortie. Ce fut à ce moment-là qu'il s'aperçut que Kole les avait rattrapés.

— Reste ici, lui dit-il. Tu seras en sécurité dans la foule.

— Tu ne peux pas m'abandonner, implora-t-elle. Joshua ! Je sais ce qui est en train de se passer. Tu ne peux pas faire ça. Je ne veux pas finir comme ça. Ne les laisse pas faire. Emmène-moi avec toi, au nom de Marie !

Ce n'était qu'une fillette terrorisée, aux cheveux défaits.

Le premier sergent ouvrit violemment la porte et sortit.

— Je reste ici, dit le deuxième. (Il brandissait son pistolet-mitrailleur d'une main ; l'autre se referma sur un automatique.) Pratique, ces robots biotek ambidextres. Ne t'inquiète pas, Joshua. S'ils essaient de passer, ils vont souffrir.

— Merci, Ione.

Puis il se retrouva dans le corridor, ordonna aux deux filles de se mettre à courir.

— Dahybi, transmit-il. (Ses naneuroniques lui apprirent qu'aucun processeur réseau ne répondait.) Merde.

— Les autres sergents quadrillent le spatioport, l'informa un sergent. Et le *Lady Mac* est prêt à appareiller. Tout est paré.

— Bien.

Son bloc de contre-mesures électroniques donnait toujours l'alarme. Il dégaina son pistolet 9 mm. La procédure d'utilisation de l'arme passa en mode primaire.

Ils arrivèrent à un croisement. Et Joshua gaspilla une seconde à demander la direction à suivre au processeur réseau. Pestant, il appela le plan d'Ayacucho qu'il avait stocké dans une cellule mémorielle. Il serait trop risqué d'utiliser une cabine, l'alimentation en énergie n'était plus fiable, sans parler des processeurs de gestion des transports. Ses naneuroniques tracèrent le chemin le plus court vers la chambre axiale, laquelle semblait se trouver infiniment loin.

— Par ici, dit-il en désignant la gauche.

— Excusez-moi, fit une voix.

Le bloc de contre-mesures électroniques de Joshua lui lança un dernier signal, puis se crasha. Il pivota sur ses talons. À quelques mètres de lui, dans l'autre corridor, se tenaient un homme et une femme vêtus d'un blouson et d'un pantalon de cuir noir arborant une quantité improbable de boucles et de fermetures à glissière.

— Fuyez ! ordonna le sergent.

Il se planta au milieu du corridor et leva son pistolet-mitrailleur.

Joshua n'hésita pas une seconde. Poussant les filles devant lui, il se mit à courir. Il entendit retentir quelques injures bien senties. Puis le staccato du pistolet-mitrailleur.

Il prit le premier tournant qui se présentait à lui pour se mettre à l'abri. Ses naneuroniques révisèrent aussitôt son itinéraire. Tous ces corridors étaient identiques – trois mètres de haut, trois mètres de large, apparemment infinis. Joshua détestait se trouver ainsi piégé dans un labyrinthe et dépendre d'un programme de guidage vulnérable aux possédés. Il aurait voulu savoir où il se trouvait exactement et être capable de le confirmer. Être totalement égaré, c'était pour lui une nouvelle expérience. Le doute en lui commençait à l'emporter sur les prouesses technologiques.

Alors qu'il négociait le tournant suivant, il jeta un coup d'œil derrière lui pour s'assurer que les filles couraient toujours et que personne ne les poursuivait. Son programme de surveillance périphérique repéra la silhouette qui se dirigeait vers lui quelques millisecondes avant que ses naneuroniques se crashent à leur tour.

C'était un homme en djellaba blanche. Il eut un sourire de gratitude lorsque Joshua et les deux filles pilèrent devant lui.

Joshua leva son arme, mais, privé de programme opérationnel, en méjugea le poids. Elle se pointa sur le vide. Avant qu'il ait eu le temps de la braquer sur sa cible, une boule de feu blanc lui frappa la main.

Il hurla sous l'effet de la douleur et le pistolet échappa à ses doigts. Il avait beau agiter vigoureusement le bras, la sinistre flamme blanche refusait de le lâcher. De sa peau monta un plumet de fumée huileuse et puante.

— C'est l'heure de dire adieu à la vie, annonça le possédé souriant.

— Va te faire foutre.

Il entendait les filles pousser des cris d'horreur et de révulsion. La douleur s'atténuait sous l'effet du choc. Il sentit la bile monter dans sa gorge à mesure que ses chairs se calcinaient. Son bras droit tout entier se raidissait. Quelque part derrière son agresseur, une foule d'êtres invisibles murmurait à l'unisson.

— Non.

Plutôt qu'une parole cohérente, ce fut un grognement de défi qui échappa à sa gorge nouée par l'angoisse. Jamais je ne me soumettrai à ça. Jamais.

Une cascade d'eau jaillit du plafond du corridor, accompagnée par le hurlement suraigu d'une sirène. Les panneaux lumineux virèrent au rouge sur leur pourtour et se mirent à clignoter.

Shea éclata d'un rire hystérique comme elle retirait son poing du panneau d'alerte incendie. Des gouttes de sang perlaient sur ses phalanges éraflées. Joshua leva sa main droite, juste en dessous d'un arroseur. Rugissement de triomphe. La flamme blanche s'évanouit dans un nuage de vapeur, et il s'effondra à genoux, le corps tout entier agité de tremblements.

L'Arabe considéra les trois personnes qui lui faisaient face avec un agacement des plus aristocratiques, comme si cette démonstration de résistance était sans précédent. L'eau rebondit sur sa coiffe sombre, pénétra le tissu de sa djellaba, la rendant presque transparente.

Joshua redressa la tête sous le torrent d'eau froide et lança à son ennemi un grondement de défi. Sa main droite était complètement engourdie, son poignet dévoré par une étreinte glaciale. Quelques gouttes de bile franchirent ses lèvres avant qu'il ne lance :

— Très bien, connard, à ton tour de déguster.

L'Arabe plissa le front tandis que Joshua plongeait sa main gauche dans une poche et en sortait le petit crucifix de Horst Elwes. Il le brandit devant lui.

— Notre père, Vous qui régnez sur les cieux et sur le monde des mortels, votre humble et obéissant serviteur Vous supplie de l'aider à accomplir cet acte de sanctification, au nom de Jésus-Christ qui est venu parmi les vivants pour connaître nos péchés, accordez-moi Votre bénédiction et aidez-moi à mener ma tâche à bien.

— Mais je suis sunnite, dit l'Arabe, déconcerté.

— Hein ?

— Je suis musulman. Je ne crois pas en ton faux prophète juif.

Il leva les bras, les paumes tournées vers le haut. La pluie qui tombait du plafond se transforma en neige. Tous les flocons se collèrent à la combi de Joshua, l'emprisonnant dans une gangue de boue blanchâtre. L'engourdissement gagnait son corps.

— Mais je crois, gronda-t-il en claquant des dents.

Et c'était la vérité. Cette révélation le secoua autant que le froid et la douleur. Il avait atteint de moment de pure clarté par la raison et par l'épreuve. Tout ce qu'il savait, tout ce qu'il avait vu, tout ce qu'il avait fait ; tout lui soufflait qu'il y avait un ordre dans l'univers. La réalité était trop complexe pour être le fruit du seul hasard.

Les prophètes médiévaux n'étaient peut-être qu'un pieux mensonge, mais quelque chose avait donné un sens au chaos qui avait précédé le commencement des temps. Quelque chose avait fait couler le flot du temps.

— Seigneur, posez Vos yeux sur Votre serviteur devant moi, qui a succombé à un esprit impur et égaré.

— Égaré ? (L'Arabe sembla se vexer, et des étincelles d'électricité statique dansèrent sur sa djellaba.) Espèce d'infidèle au cerveau débile ! Allah est le seul... oh, *merde*.

Le sergent tira en visant la tête.

Joshua se laissa choir sur le sol.

— C'est toujours ainsi que se concluent les querelles religieuses, pas vrai ?

À peine s'il avait conscience du sergent l'éloignant de la chute d'eau. Ses naneuroniques revinrent en ligne et érigèrent aussitôt des blocs axoniques. L'engourdissement qui l'habitait à présent était moins sévère que celui causé par la neige. Le sergent enveloppa sa main d'un package médical. Un programme stimulant lui remit le cerveau en route. Il battit des paupières en découvrant les trois visages penchés sur lui. Kole et Shea s'accrochaient l'une à l'autre, complètement trempées et hébétées. Le sergent était salement amoché, sa carapace était sillonnée de brûlures, du sang d'un rouge trop humain bouillonnait de ses plaies encroûtées.

Joshua se redressa lentement. Il aurait voulu rassurer les filles d'un sourire, mais il n'en avait pas la force.

— Est-ce que ça va ? demanda-t-il au sergent.

— Je suis encore mobile.

— Bien. Et vous deux, vous êtes blessées ?

Shea secoua timidement la tête, Kole continua de sangloter.

— Merci pour le coup de main, dit-il à Shea. Tu as très bien réagi. Je ne sais pas si je m'en serais tiré sans cette douche. On était à deux doigts d'y passer. Mais, à présent, le pire est derrière nous.

— Joshua, dit le sergent. Dahybi me signale que trois vaisseaux de l'Organisation de Capone viennent d'arriver.

Sept Édénistes en armure de combat gardaient le salon attenant à la corniche. Monica fut enchantée de les voir. Samuel et elle avaient couvert leur retraite depuis le Terminus-Terminal, et ça n'avait pas été une mince affaire. En chemin, ils avaient rencontré des possédés à trois reprises, et ces magiciens métamorphes la terrifiaient. Elle avait les nerfs et les naneuroniques à vif. Pas une fois elle ne leur avait laissé une chance de se rendre ou de filer. Localiser l'ennemi et l'éliminer, c'était la seule méthode. Et elle avait remarqué que, en dépit de toutes ses protestations d'humanisme, Samuel avait agi exactement comme elle.

Les panneaux lumineux clignotaient et s'étiolaient lorsque le groupe se précipita vers la porte du sas et vers le bus qui l'attendait au-dehors. Monica attendit que l'écoutille se soit refermée pour désactiver ses programmes de combat. Elle bloqua le cran de sûreté de son pistolet-mitrailleur et ôta lentement la cagoule de sa tenue caméléon. L'air frais du bus la revigora en caressant ses cheveux trempés de sueur.

— Eh bien, ce fut relativement facile, déclara-t-elle.

Le bus roulait vers le *Hoya*, le dernier faucon présent sur la corniche. Rien d'autre ne bougeait sur la plaque lisse de roche noire.

— Trop facile, hélas, dit Samuel. (Penché sur la forme inconsciente d'Adok Dala, il surveillait son état avec un bloc médical.) Les astronefs de Capone sont arrivés.

— *Quoi ?*

— Ne vous inquiétez pas. Le Consensus de Duida a envoyé un escadron de faucons pour nous soutenir. Nous ne courons qu'un danger modéré.

Obéissant à une impulsion stupide, Monica se tourna vers la fenêtre du bus pour chercher les vaisseaux de l'Organisation. Elle distinguait à peine le spatioport non rotatif, un croissant éclipsé pris dans le brouillard d'un rouge funèbre du disque tourbillonnant.

— Nous sommes sacrément loin de la Nouvelle-Californie. C'est encore une invasion ?

— Non, il n'y a que trois bâtiments.

— Alors pourquoi... Ô mon Dieu, vous croyez qu'il est à la recherche de Mzu, lui aussi ?

— C'est l'hypothèse la plus vraisemblable.

Ils arrivèrent près du faucon, et le bus déploya son boyau-sas au-dessus de la coque. En dépit de leur situation, Monica examina les lieux avec curiosité une fois à bord. Sur le plan technologique, le tore d'équipage n'était guère différent du module de vie d'un vaisseau adamiste ; mais il était nettement plus spacieux. Samuel la conduisit sur la passerelle en contournant le corridor central et la présenta au capitaine Niveu.

— Mes remerciements à *Hoya*, dit-elle, se rappelant de respecter l'étiquette.

— Je vous en prie, vous avez accompli une tâche difficile dans des circonstances éprouvantes.

— Ne m'en parlez pas. Que se passe-t-il du côté des vaisseaux de Capone ?

— Ils ont entamé leur descente vers le disque, mais ils n'ont engagé pour l'instant aucune action menaçante. L'escadron venu des habitats de Duida est arrivé, nous allons le rejoindre dans un instant. La suite va dépendre des astronefs de Capone.

— Nous sommes en route ? demanda Monica.

Le champ gravifique n'avait pas bougé.

— Oui.

— Pourrais-je accéder à des capteurs électroniques ?

— Certainement.

Les processeurs biotek de la passerelle entrèrent en contact avec les naneuroniques de Monica. *Hoya* atteignait déjà les franges du disque, pareil à un oiseau émergeant d'un nuage. Des symboles verts et pourpres désignaient les trois vaisseaux de l'Organisation de Capone qui, à cinq cent mille kilomètres de là, se dirigeaient vers Ayacucho à une accélération d'un tiers de g. L'escadron de faucons s'était massé au-dessus du disque.

— Ils ne sont pas pressés, remarqua Monica.

— Sans doute ne souhaitent-ils pas apparaître comme hostiles, dit Niveu. S'ils décidaient de nous affronter, ils perdraient la bataille à coup sûr.

— Vous allez les laisser accoster ?

Niveu se tourna vers Samuel.

— Le Consensus est encore indécis, dit celui-ci. Nous n'avons pas encore assez d'informations. Nous devons être sûrs de notre fait avant de les attaquer sans provocation de leur part.

— Ils ne sont sûrement pas en mission d'assaut, dit Niveu. Ayacucho est quasiment tombé, il serait inutile de l'attaquer.

Les nouveaux maîtres de l'astéroïde seraient sûrement ravis de s'allier à Capone.

— Les détruire tout de suite serait peut-être la meilleure solution à long terme pour nous tous, fit remarquer Monica. S'ils débarquent sur l'astéroïde, ils arracheront aux amis de Voi toutes les données en leur possession. Et si Voi et Mzu ne se sont pas échappées, alors on est vraiment dans la merde.

— Bien raisonné, dit Samuel. Nous devons en apprendre davantage. Le moment est venu d'interroger notre invité.

Seuls Sarha, Beaulieu et Dahybi se trouvaient sur la passerelle quand Joshua franchit l'écoutille. Il avait dit aux sergents de conduire les deux filles dans le module C, où Melvyn, Liol et Ashly les attendaient à l'infirmerie.

Sarha était partagée entre la colère et l'inquiétude lorsqu'il passa près de sa couchette anti-g.

— Mon Dieu, Joshua !

— Ça va, ça va. (Il lui montra le package médical qui enveloppait sa main droite.) Je contrôle la situation.

Elle eut un rictus tandis qu'il s'éloignait, semant des gouttelettes d'eau froide. Une torsion rapide, et il se retrouva allongé sur sa couchette anti-g, emmailloté dans son filet de protection.

— Le réseau a complètement lâché, dit Dahybi. Impossible de surveiller les systèmes de l'astéroïde.

— Aucune importance, répliqua Joshua. Je sais exactement ce qui se passe là-bas. C'est pour ça qu'on se tire.

— Est-ce que la fille a pu t'aider ? demanda Beaulieu.

— Pas encore. Pour l'instant, l'important c'est de se mettre à l'abri. Dahybi, est-ce que les faucons s'amusent encore avec nos nœuds ergostructurants ?

— Non, capitaine, on peut sauter.

— Bien.

Se sentant optimiste, Joshua ordonna à l'ordinateur de bord de débloquer les attaches du berceau. Il fut ravi de les voir se désengager : quelques processeurs fonctionnaient encore dans le spatioport.

Les verniers chimiques s'activèrent, les propulsant hors de la baie. Sarha grimaça lorsque les parois métalliques frôlèrent l'extrémité des grappes de capteurs, avec à peine cinq mètres de marge. Mais le *Lady Mac* filait droit. Dès qu'ils émergèrent de la baie, Joshua coupa les fusées, passant le relais à la force d'inertie. Les grappes de capteurs regagnèrent leurs niches. Un horizon des événements enveloppa la coque. Ils sautèrent d'une demi-année-lumière. Une seconde après l'émergence, les nœuds ergostructurants étaient à nouveau énergisés. Cette fois-ci, le saut les emporta à trois années-lumière.

Joshua poussa un soupir tremblant.

Sarha, Beaulieu et Dahybi le regardèrent. Les yeux rivés au plafond, il était totalement immobile.

— Pourquoi ne rejoindrais-tu pas les autres à l'infirmerie ? demanda Sarha, compatissante. Il faut soigner ta main correctement.

— Je les ai entendues, tu sais.

Sarha jeta un regard inquiet à Dahybi. L'ingénieur en ergonavigation agita la main en signe d'impuissance.

— Qui ça ? s'enquit-elle.

Son filet de protection se rétracta, lui permettant de rejoindre Joshua. Elle posa un pied sur une prise-crampon près de sa couchette.

Il ne sembla pas s'apercevoir de sa présence.

— Les âmes de l'au-delà. Seigneur, elles sont bel et bien réelles, et elles attendent. Le moindre signe de faiblesse, et ça suffit, elles te tiennent.

Elle passa les doigts sur son front mouillé.

— Elles ne t'ont pas eu.

— Non. Mais elles prétendent pouvoir t'aider. J'étais suffisamment furieux et suffisamment stupide pour croire que le crucifix de Horst allait m'être utile. (Il brandit le crucifix en question et eut un reniflement de dérision.) C'était un musulman, bon Dieu.

— Je ne comprends pas grand-chose à ce que tu racontes.

Il tourna vers elle des yeux injectés de sang.

— Pardon. Les possédés peuvent te faire très mal, tu sais. Il avait commencé par ma main, juste pour s'échauffer. Je ne sais pas si j'aurais tenu le coup. Je me croyais capable de résister, ou du moins de ne pas céder. Mais je pense que la mort est le seul moyen de s'en sortir.

— Tu n'as pas cédé, tu es toujours en vie et il n'y a que toi à l'intérieur de ton crâne. Tu as gagné, Joshua.

— C'était un coup de chance, et mes réserves sont presque épuisées.

— Si tu avais trois sergents avec toi, ce n'était pas un coup de chance. Tu t'es montré prudent et tu as bien préparé ton coup. Tu savais que les possédés étaient extrêmement dangereux, et tu en as tenu compte. Et on fera pareil la prochaine fois.

Il eut un rire nerveux.

— Si je suis en forme pour la prochaine fois. Ça secoue salement de regarder au fond de l'abîme et d'y voir ce qui t'attend, que tu deviennes possédé ou possesseur.

— On a déjà traversé cette épreuve sur Lalonde, et on est encore là.

— Ce n'était pas pareil. J'étais encore ignorant. Maintenant, je sais. Nous allons mourir et être condamnés à vivre dans l'au-delà. Tous autant que nous sommes. Tous les êtres conscients de l'univers. (Ses traits se déformèrent sous l'effet de la douleur et de la colère.) Je n'arrive pas à croire que ça s'arrête là, bon Dieu : la vie et le purgatoire. Au bout de plusieurs dizaines de millions d'années, l'univers nous révèle que nous avons une âme, et la gloire nous est arrachée des mains pour être remplacée par la terreur. Il y a forcément autre chose. Il ne nous aurait pas fait un coup pareil.

— Qui ça ?

— Dieu, il ou elle, ou ça, peu importe. Ces tourments, c'est trop... Je ne sais pas. Personnel. Pourquoi créer un univers qui réserve un tel sort à ses habitants ? Quand on est tout-puissant, pourquoi ne pas faire de la mort une fin, ou pourquoi ne pas accorder l'immortalité à tous ? Pourquoi *ça* ? Nous devons le savoir, nous devons comprendre pourquoi ça marche comme ça. De cette façon, on trouvera la réponse à toute cette merde. Il nous faut quelque chose de permanent, quelque chose qui durera jusqu'à la fin des temps.

— Comment te proposes-tu d'y parvenir ? demanda-t-elle doucement.

— Je n'en sais rien, répliqua-t-il sèchement, redevenant aussitôt pensif. Peut-être les Kiints. Ils affirment avoir résolu le problème. Ils refusent de nous dire comment, mais peut-être accepteront-ils de me montrer la direction à suivre.

Stupéfiée, Sarha contempla son visage concentré. Il était étrange de voir Joshua prendre la vie au sérieux, franchement étonnant de le voir monter une croisade. L'espace d'une seconde, elle se demanda s'il n'avait pas été possédé.

— C'est bien toi ? bafouilla-t-elle.

La souffrance et l'angoisse s'effacèrent des traits de Joshua. Il redevint ce qu'il avait toujours été et se mit à glousser.

— Ouais, c'est bien moi. Je suis peut-être un peu grand pour devenir pieux, mais les convertis de fraîche date sont toujours les plus insupportables des dévots.

— Quand tu iras à l'infirmerie, ne te contente pas de faire soigner ta main.

— Merci, ô mon loyal équipage. (Son filet de protection se rétracta, lui permettant de se redresser.) Mais nous allons quand même faire un tour chez les Kiints pour leur poser des questions.

Il ordonna à l'ordinateur de bord de déterminer leur position exacte, puis lança une recherche dans l'almanach, en quête du fichier de Jobis.

— Tout de suite ? demanda Dahybi avec quelque impertinence. Tu es prêt à laisser de côté tout ce que tu as accompli à Ayacucho ?

— Bien sûr que non, répondit Joshua d'une voix mielleuse.

— Bien. Parce que si on ne retrouve pas Mzu et l'Alchimiste avant les possédés, la Confédération ne sera peut-être plus là pour que tu la sauves.

Adok Dala reprit conscience en poussant un cri. Il jeta des regards terrorisés sur l'infirmerie du *Hoya*. De toute évidence, ce lieu ne le rassurait guère.

Samuel ôta le package médical qu'il lui avait appliqué à la nuque.

— Calmez-vous. Vous êtes en sécurité, Adok. Personne ne va vous faire du mal. Et je dois m'excuser pour la façon dont nous vous avons traité au night-club, mais vous êtes très important pour nous.

— Vous n'êtes pas des possédés ?

— Non. Nous sommes des Édénistes. Enfin, excepté Monica ; elle est citoyenne du royaume de Kulu.

Monica gratifia le jeune homme de son plus beau sourire.

— Vous êtes des agents étrangers, alors ?

— Oui.

— Je ne vous dirai rien. Je ne vous aiderai pas à capturer Mzu.

— C'est fort patriotique de votre part. Mais ce n'est pas Mzu qui nous intéresse. Pour parler franchement, nous espérons qu'elle a pu s'enfuir. Les possédés se sont emparés d'Ayacucho, voyez-vous.

Adok poussa un gémissement, puis se plaqua une main sur la bouche.

— Celle qui nous intéresse, c'est Voi, reprit Samuel.

— Voi ?

— Oui. Savez-vous où elle se trouve ?

— Ça fait plusieurs jours que je ne l'ai pas vue. Elle nous a dit à tous de nous tenir prêts. C'était ridicule, on a dû recruter les gosses des crèches pour tuer des araignées. D'après elle, Lodi était persuadé que vous les utilisiez pour nous espionner.

— Un garçon astucieux, ce Lodi. Savez-vous où est Voi ?

— Non. Elle a disparu depuis deux jours.

— Intéressant. Combien votre groupe compte-t-il de membres ?

— Une vingtaine. Il n'y a pas de véritable liste. Nous sommes des amis, c'est tout.

— Qui a fondé ce groupe ?

— Voi. Elle avait bien changé après sa désintox. Le génocide était devenu pour elle une cause sacrée. On s'est laissé entraîner. Quand Voi est décidée, elle entraîne tout le monde.

Monica télétransmit une demande à son bloc-processeur et récupéra une image qu'elle avait enregistrée au Terminus-Terminal. Un détail la tracassait depuis leur départ. La dernière fois qu'elle avait aperçu Joshua Calvert, il traînait une fille derrière lui. Elle montra l'image agrandie à Adok.

— Et elle, vous la connaissez ?

Il fixa l'écran en battant des cils. La drogue que Samuel lui avait administrée pour lui délier la langue lui engourdissait la cervelle.

— C'est Shea. Je l'aime bien, mais...

— Elle fait partie de votre groupe ?

— Pas vraiment, mais c'est la copine de Prince Lambert. Lui, il est dans le groupe ; et elle nous rend des petits services de temps en temps.

Monica se tourna vers Samuel.

— Qu'est-ce qu'on a sur ce Prince Lambert ?

— Un instant. (Il consulta son processeur biotek.) Il figure sur les registres comme pilote du *Tekas*, un yacht appartenant à l'entreprise familiale. Monica, c'est l'un des astronefs qui ont quitté Ayacucho cet après-midi.

— Et merde ! (Elle tapa du poing sur la table de chevet.) Est-ce que Voi connaît Prince Lambert ?

Adok eut un sourire béat.

— Oui. Ils étaient amants. C'est à cause de lui qu'elle s'est retrouvée en désintox.

As-tu les coordonnées de saut du *Tekas* ? demanda Samuel à Niveu.

Non. Il était hors de notre portée quand il a quitté le système. Aucun des faucons n'a enregistré son saut. Mais nous avons son vecteur de vol. Sa trajectoire était assez étrange, il redescendait vers le disque quand nous avons cessé de per-

cevoir sa masse. S'il n'a pas accompli de manœuvre d'alignement radicale, il n'a pu sauter que vers l'un de ces trois systèmes : Shikoku, Nyvan et Torrox.

Merci. Nous allons les contacter.

Naturellement. Je vais en informer le PC de défense de Duida. Nous partons tout de suite.

Shea était vêtue d'une combi d'astro grise quand Joshua entra dans l'infirmerie. Elle parlait à voix basse avec Liol, mais interrompit leur conversation pour le saluer d'un sourire timide. Ashly et Melvyn s'affairaient à ranger l'équipement. L'un des sergents se tenait à une prise-crampon près de l'écoutille.

— Comment te sens-tu ? demanda Joshua à la jeune fille.

— Bien. Ashly m'a donné un tranquillisant. Je crois que ça me fait du bien.

— Si seulement je pouvais en prendre un.

Le sourire de Shea s'élargit.

— Votre main est gravement blessée ?

Il leva la main en question.

— La plupart des os sont intacts, mais je vais avoir besoin de tissu cloné pour reconstituer mes doigts. Le package médical ne peut pas en régénérer en quantité suffisante.

— Oh ! Je suis navrée.

— C'est Tranquillité qui paiera, dit-il sans broncher. Où est Kole ?

— En tau-zéro, répondit Melvyn.

— Bonne idée.

— Vous voulez que je fasse comme elle ? s'enquit Shea.

— C'est à toi d'en décider. Mais avant cela, j'ai besoin que tu m'aides.

— Moi ?

— Oui. Je vais t'expliquer. Contrairement à ce qu'ont prétendu les médias, je ne suis pas un agent étranger.

— Je sais, vous êtes Lagrange Calvert.

Joshua se fendit d'un sourire.

— Je savais bien que ça me servirait un jour. Nous sommes bien à la recherche d'Alkad Mzu, mais ça n'a rien à voir avec la propagande omutane.

— Qu'est-ce que vous lui voulez, alors ?

Il prit les mains de la jeune fille et les serra entre les siennes.

— Nous avons de bonnes raison de la rechercher, Shea, d'excellentes raisons, mais elles ne sont pas agréables à entendre. Je vais te les donner si tu tiens vraiment à les connaître ; car si tu es le genre de personne que je crois, tu voudras sûrement nous aider à la retrouver une fois que tu sauras ce qui se passe. Mais je préférerais que tu me fasses confiance, car il vaudrait mieux pour toi que tu en saches le moins possible. À toi de décider.

— Est-ce que vous allez la tuer ? demanda-t-elle d'un air gêné.

— Non.

— C'est promis ?

— C'est promis. Nous voulons seulement la ramener à Tranquillité, où elle a vécu depuis le génocide. Comme prison, il y a pire. Et si nous pouvons la retrouver à temps, cela sauvera pas mal de gens. Peut-être toute une planète.

— Elle va lâcher une superbombe sur Omuta, n'est-ce pas ?

— Quelque chose comme ça.

— Je m'en doutais, dit-elle d'une petite voix. Mais je ne sais pas où elle est.

— Je crois que si. Tu vois, nous pensons qu'elle est avec Voi.

— Oh, *elle*, lâcha Shea, méprisante.

— Oui, elle. On dirait que c'est pénible pour toi. Excuse-moi, je ne savais pas.

— Prince Lambert et elle étaient ensemble autrefois. Il est encore... il est prêt à retourner avec elle si elle veut de lui.

— Ce Prince Lambert, c'est ton ami le capitaine d'astronef ?

— Oui.

— Comment s'appelle son astronef ?

— Le *Tekas*.

— Et il a quitté Ayacucho aujourd'hui ?

— Oui. Vous pensez vraiment qu'Alkad Mzu était à bord ?

— J'en ai peur.

— Est-ce qu'il va avoir des ennuis avec les autorités ?

— Je ne lui en chercherai pas. Je veux seulement localiser Mzu. Une fois que j'y serai parvenu, une fois qu'elle saura que je suis sur sa piste et que je ne la perds pas de vue, la menace qu'elle représente sera neutralisée. Elle sera obligée de me suivre. Alors, vas-tu me dire où est allé le *Tekas* ?

— Je suis désolée, j'aimerais vraiment vous aider, mais il n'a pas voulu me dire où ils allaient.

— Merde !

— Le *Tekas* est parti pour Nyvan, dit Liol. (Il fixa d'un air interrogateur les visages stupéfiés qui se tournaient vers lui.) J'ai dit une bêtise ?

— Comment diable sais-tu où il est parti ? demanda Joshua.

— PL est un vieux pote à moi ; on a grandi ensemble. C'est Quantum Serendipity qui assure l'entretien du *Tekas*. Il n'est pas très expérimenté comme pilote, et Voi lui avait demandé d'accomplir une manœuvre plutôt bizarre. Alors je l'ai aidé à programmer son vecteur de vol.

5.

André Duchamp s'attendait à être descendu par les plates-formes DS d'Ethenthia lorsque le *Vengeance de Villeneuve* apparut dans la zone d'émergence, située à trois mille kilomètres de l'astéroïde. En tout état de cause, il dut fournir pas mal d'explications au PC de défense local et faire confirmer son récit par les journalistes présents à son bord. Lorsqu'il reçut enfin l'autorisation d'accoster, il supposa que c'était grâce à son intégrité et à son esprit de décision qu'il s'était à nouveau tiré d'affaire.

Ce qu'il ignorait, c'est que pendant qu'il s'escrimait à affirmer qu'il venait de lâcher l'Organisation de Capone, Erick ouvrait un canal de communication vers l'antenne locale des Forces spatiales de la Confédération pour lui demander d'obtenir à tout prix une clairance des autorités de l'astéroïde. Les autorités en question se montrèrent néanmoins extrêmement prudentes. Lorsque le *Vengeance de Villeneuve* s'approcha du spatioport, trois plates-formes DS étaient verrouillées sur lui.

L'équipe de sécurité qui saccagea les modules de vie en quête de signes de traîtrise se révéla exceptionnellement efficace. André s'efforça de faire bonne figure pendant qu'on démolissait les panneaux de matériau composite et qu'on démantibulait son équipement pour le soumettre à un examen à haute définition. Les cabines n'étaient déjà pas en très bon état. Il leur faudrait des semaines pour les remettre en ordre afin qu'elles soient conformes aux critères du MAC.

Mais Kingsley Pryor fut évacué sans ménagements par des officiers au visage sévère, qui dépendaient d'une division non précisée des forces de défense. Un point de plus pour l'intrépide équipage qui avait réussi à berner Capone.

Il y avait quand même un détail gênant dans l'histoire, à savoir Shane Brandes. On fit sortir l'ingénieur fusion du *Dechal* de sa nacelle tau-zéro alors que le vaisseau était encore en phase d'approche, et on lui présenta un ultimatum des plus simples : si tu refuses de coopérer, tu deviendras un membre d'équipage mort au combat dont nous portons le deuil. Il opta pour la coopération ; comme il le reconnut lui-même, expliquer la véritable raison de sa présence aux autorités d'Ethenthia n'aurait fait que compliquer la situation.

Treize heures après l'accostage, les derniers officiers de l'astéroïde quittèrent le bord. André parcourut sa passerelle d'un œil navré. Les consoles n'étaient plus que des trous béants d'où se déversaient des flots de processeurs ; les conduits environnementaux poussaient de sinistres gémissements et la moindre surface était embuée de condensation.

— On a réussi. (Son visage de clown afficha un sourire sincère tandis que ses yeux se posaient sur Erick, sur Madeleine et, finalement, sur Desmond.) On est tirés d'affaire.

Madeleine et Desmond se mirent à glousser, prenant conscience de leur chance insolente. Ils s'en étaient bel et bien sortis.

— J'ai quelques bouteilles dans ma cabine, reprit André. Si ces truands de flics *anglos* ne les ont pas chapardées. Il faut fêter ça. Ethenthia est un endroit qui en vaut un autre pour attendre la fin des hostilités. On s'occupera en remettant le vaisseau en état. Je suis sûr que l'assurance acceptera de payer une partie des dégâts ; désormais, nous sommes des héros, après tout. Qui nous disputerait ce statut ?

— Peut-être bien Tina, dit Erick.

Le ton de sa voix effaça le sourire d'André.

— Tina qui ?

— La fille qu'on a tuée en attaquant le *Krystal Moon*. La fille qu'on a assassinée.

— Oh, Erick. Mon cher *enfant*. Tu es épuisé. Tu as trop travaillé.

— Plus que toi, en tout cas. Mais ça n'a rien de nouveau.

— Erick, intervint Desmond. Écoute, ça a été une rude épreuve pour nous tous. Peut-être qu'on devrait prendre un peu de repos avant de décider de ce qu'on doit faire.

— Excellente suggestion. Je ne sais pas encore ce que je vais faire de vous, je l'admets.

— Ce que *tu* vas faire de nous ? demanda André, indigné. J'ai l'impression que tes modules médicaux sont en train de déconner ; ils t'envoient des substances bizarres dans le cerveau. Allez, on va se coucher et, demain, on ne parlera plus de ça.

— Ferme-la, espèce de crétin pompeux, répliqua Erick.

Ce fut l'indifférence méprisante de sa voix qui fit taire André.

— Mon problème, c'est que je dois la vie à Madeleine et à Desmond, reprit Erick. D'un autre côté, si tu ne t'étais pas conduit comme un idiot, Duchamp, aucun de nous ne se serait retrouvé dans cette situation délirante. C'est le genre de risque que je dois accepter quand j'effectue une mission comme celle-ci.

— Une mission ?

André s'alarmait de la froide intensité qui venait de s'emparer de son membre d'équipage.

— Oui, je suis un officier du SRC en mission secrète.

— Oh, merde, gémit Madeleine. Erick... Putain, tu m'étais pourtant sympathique.

— Ouais. C'est aussi mon problème. Ma tentative d'infiltration a mieux réussi que je ne l'aurais cru. On faisait une bonne équipe quand on affrontait les possédés.

— Qu'est-ce qui est prévu pour nous ? demanda-t-elle d'une voix morne. La colonie pénale ?

— Après les épreuves que nous avons traversées, je suis prêt à vous faire une proposition. Je pense que je vous dois bien ça.

— Quel genre de proposition ? s'enquit André.

— Un échange. C'est moi l'officier responsable de votre dossier, voyez-vous, c'est moi qui décide si le Service entamera des poursuites, c'est moi qui peux prouver que nous avons attaqué le *Krystal Moon* et tué une fille de quinze ans, tout ça parce que tu es un capitaine incompétent qui n'arrive même pas à renflouer un astronef valant à peine dix fusiodollars.

— Ah ! Mais ce n'est pas un problème d'argent, mon cher *enfant*. Je peux hypothéquer l'astronef, ce sera fait dès demain, rien que pour toi. Quelle devise souhaites-tu...

— *Ta gueule !* hurla Madeleine. Ferme donc ta gueule, Duchamp. Que veux-tu, Erick ? Qu'est-ce qu'il doit faire ? Quoi que ce soit, il va le faire avec un grand sourire sur son visage stupide, je te le garantis.

— Je veux une information, Duchamp, répondit Erick. Et je pense que tu peux me la fournir. En fait, j'en suis sûr. Car c'est une information comme on n'en confie qu'aux plus immondes salopards de la galaxie.

Il dériva jusqu'au capitaine, se retrouvant à quelques centimètres de lui. Duchamp s'était mis à trembler.

— Quelles sont les coordonnées de la station de production d'antimatière, André ? demanda-t-il à voix basse. Je sais que tu les connais.

André blêmit.

— Je... je ne peux pas. Non, pas ça.

— Ah bon ? Madeleine, sais-tu pourquoi la Confédération a tant de peine à dénicher les stations de production d'antimatière ? demanda Erick. C'est parce que les nanoniques de débriefing sont inefficaces sur les personnes que nous soupçonnons de connaître leur position. Aussi inefficaces que les drogues ou la torture. C'est à cause de leurs naneuroniques, tu vois. Toute personne informée des coordonnées d'une station doit se faire installer des naneuroniques d'un type spécial. Ça ne lui coûte rien, les trafiquants les fournissent gracieusement. Peu importe leur marque, elles sont du dernier cri et présentent une légère altération par rapport au modèle standard. Si elles constatent que leur propriétaire est soumis à un interrogatoire – à des nanoniques de débriefing, par exemple —, elles se détruisent aussitôt. La seule façon d'obtenir ces coordonnées, c'est de la bouche d'un volontaire. Alors, Duchamp ?

— Ils me tueront, geignit André. (Il fit mine de poser une main sur l'épaule d'Erick, mais il serra le poing et la retira.) Tu entends ? Ils me tueront !

— Dis-le-lui, bordel ! s'écria Madeleine.

— *Non.*

— Après le procès, on ne t'enverra pas en colonie pénale, reprit Erick. On t'emmènera dans un petit laboratoire bien tranquille, au cœur de Trafalgar, pour voir si, cette fois-ci, on ne peut pas avoir raison du mécanisme kamikaze.

— Ils le sauront. Ils finissent toujours par l'apprendre. Toujours !

— L'une des stations approvisionne Capone en antimatière. Ça veut dire que les possédés l'ont déjà prise aux trafiquants, donc ceux-ci n'y attachent plus d'importance. Et toi ? Est-ce que c'est important pour toi ? Est-ce que tu veux que Capone continue à gagner ? Et s'il y arrive, que fera-t-il de toi une fois qu'il t'aura retrouvé, à ton avis ?

— Mais suppose que sa station ne soit pas celle que je connaisse ?

— Il n'existe qu'une seule catégorie acceptable de stations de production d'antimatière : celles qui ont été détruites. Alors, qu'est-ce que tu choisis ? Le labo du SRC ? Les trafiquants ? Capone ? Ou un dossier définitivement classé à ton nom ? Décide-toi.

— Je te méprise, *anglo*. Je souhaite que ta chère Confédération périsse sous tes yeux. Je souhaite que tous les membres de ta famille soient possédés et obligés de copuler avec des animaux. Je souhaite que ton âme soit éternellement prisonnière de l'au-delà. Alors justice me sera rendue pour tout ce que toi et les tiens m'avez infligé.

— Les coordonnées, Duchamp, dit Erick, impassible.

André lui télétransmit le fichier de l'étoile.

Assis derrière son bureau, le capitaine de corvette Emonn Verona, directeur de l'antenne du SRC sur Ethenthia, considérait Erick avec ce qui ressemblait à de la révérence.

— Vous connaissez le prochain système stellaire que Capone compte envahir *et* les coordonnées d'une station de production d'antimatière ?

— Oui, commandant. À en croire Pryor, Capone va envoyer sa flotte dans le système de Toi-Hoi.

— Bon Dieu ! Si on arrive à lui tendre une embuscade, on tiendra ce fumier. Il sera fini.

— Oui, commandant.

— Bien. Le seul objectif de cette antenne est désormais de transmettre ces informations à Trafalgar. Aucun vaisseau des Forces spatiales n'est stationné ici ; je vais devoir contacter les habitats édénistes en orbite autour de Golmo et leur demander des faucons. Ils se trouvent à quinze heures-lumière d'ici.

Il examina le capitaine épuisé, dont la peau semblait à moitié composée de nanos médicales ; les modules auxiliaires fixés à sa ceinture affichaient plusieurs voyants orange clignotants.

— Un faucon devrait arriver ici d'ici seize heures, reprit-il. Ça vous laisse le temps de prendre un repos bien mérité.

— Merci. On s'est tous crevés à chercher la bombe planquée dans l'astronef.

— Ça ne m'étonne pas. Vous êtes sûr de vouloir laisser tomber les charges contre Duchamp ?

— Pas vraiment, mais je lui ai donné ma parole, même si cela ne signifie rien pour un homme comme lui. En outre, il sait que les Forces spatiales ont un dossier sur lui, il sait que nous l'aurons désormais à l'œil. Plus jamais il ne fera confiance à ses membres d'équipage. Plus jamais il ne pourra effectuer un vol illégal. Et vu l'état de son vaisseau, sans parler de son niveau de compétence, il ne réussira jamais à gagner sa vie en transportant des cargaisons licites. Les banques vont lui confisquer le *Vengeance de Villeneuve*. Pour quelqu'un comme lui, un tel châtiment est pire que la colonie pénale ou la condamnation à mort.

— J'espère que vous n'aurez jamais à me juger en cour martiale, commenta Emonn Verona.

— Il mérite amplement le sort qui est le sien.

— Je sais. Que comptez-vous faire de Pryor ?

— Où est-il en ce moment ?

— En garde à vue. Les chefs d'accusation ne manquent pas à son encontre. Je n'arrive pas à croire qu'un officier des Forces spatiales de la Confédération ait pu trahir l'espèce humaine.

— Il sera intéressant de savoir ce qui l'y a poussé. J'ai l'impression que le cas Kingsley Pryor est plus complexe que nous le pensons. La meilleure solution serait que je le conduise à Trafalgar. Là-bas, on pourra le débriefer correctement.

— Entendu. Je vais renforcer la sécurité autour de l'antenne, et je ne veux pas que vous en sortiez avant l'arrivée du faucon. Nous disposons d'un bureau inoccupé où vous pourrez faire un somme, mon aide de camp va vous le montrer. Et je vais rassembler une équipe médicale pour vous examiner avant votre départ.

— Merci, commandant.

Erick se leva, salua et sortit.

En dépit de ses quinze ans de service, Emonn Verona était toujours mal à l'aise en présence d'un agent secret comme Erick Thakrar.

Le panneau lumineux du bureau s'assombrit quelques secondes, puis retrouva son éclat après avoir clignoté un instant. Emonn Verona lui lança un regard résigné ; ça faisait deux ou trois jours que cette saleté faisait des siennes. Il ouvrit le fichier général de ses naneuroniques et y nota qu'il devait faire venir un technicien une fois que Thakrar aurait quitté l'astéroïde.

Gerald Skibbow détesta tout de suite les colonies-astéroïdes. Elles étaient pires que les arches de la Terre ; leurs corridors aiguisaient sa claustrophobie, leurs cavernes exprimaient une grandeur forcée qui, paradoxalement, ne faisait que les diminuer à ses yeux. Ces premières impressions lui étaient venues à Pinjarra, où le *Quadin* l'avait débarqué.

Si naïf fût-il, il n'avait pas mis longtemps à se rendre compte que la quarantaine n'empêchait pas Pinjarra d'accueillir du fret en provenance d'autres systèmes stellaires. Ce n'était pas des astronefs qui le transportaient, cependant, le *Quadin* étant le seul bâtiment de cette catégorie présent dans le spatioport, mais des spationefs Au bout de plusieurs heures passées dans un bar à astros, il se fit une idée de l'opération et apprit un nom des plus importants : Koblat. Cet astéroïde, ouvert aux astronefs violant la quarantaine, servait de plaque tournante pour la totalité de l'amas troyen. Il déboursa cinq mille fusiodollars pour embarquer à bord d'un spationef qui y retournait à vide.

Ce que recherchait Gerald, c'était un astronef dont le capitaine soit susceptible de le conduire à Valisk. Il disposait d'un crédisque de la Banque jovienne bien rempli ; c'était donc peut-être son allure qui poussait ses interlocuteurs à secouer la tête et à lui tourner le dos. Il avait conscience d'être trop impatient, trop insistant, trop désespéré. Pourtant, il avait fait quelques progrès dans le contrôle de ses comportements les plus extrêmes ; il était rare qu'il pique une crise lorsqu'il essuyait un refus, et il se rappelait le plus souvent de se raser, de se laver et de se changer. Mais les capitaines continuaient de le rejeter. Peut-être percevaient-ils les démons et les fantômes qui dansaient dans son crâne. Ils ne comprenaient rien. C'était Marie qu'ils condamnaient, pas lui.

Cette fois-ci, il avait bien failli hurler au visage du capitaine qui s'était moqué de lui. Failli lever la main sur elle, lui faire entrer la vérité dans le crâne à coups de poing.

Puis elle l'avait regardé dans les yeux et avait perçu le danger, et son sourire s'était effacé. Gerald savait que le barman le surveillait de près, une main glissée sous le comptoir afin de pouvoir saisir une arme quelconque. Il se leva et, durant un long moment, fixa le capitaine tandis que le silence se répandait lentement dans la Fontaine bleue. Il se rappela les conseils du Dr Dobbs : se concentrer sur ses objectifs et sur la meilleure façon de les réaliser, s'obliger au calme quand son esprit était agité par la rage.

Toute possibilité de violence s'estompa. Gerald se retourna et se dirigea vers la porte. Une fois dehors, il sentit la pression de la roche nue, eut envie de suffoquer. Les panneaux lumineux étaient bien trop rares dans ce corridor. Hologrammes et projections AV de faible puissance tentèrent de l'attirer dans d'autres bars. Il s'éloigna d'un pas traînant, débouchant dans une série de terriers qu'on appelait section résidentielle. Il se croyait tout proche de la chambre qu'il avait louée, mais les signaux aux croisements étaient illisibles, les lettres et les chiffres s'y mélangeaient ; il n'y était pas encore habitué. Des voix montèrent d'un corridor, rires d'homme et lazzi, au son carrément déplaisant. Cela venait du croisement devant lui. Des ombres confuses sur les murs. Il faillit stopper et faire demi-tour. Puis il entendit le cri de la jeune fille, tout de peur et de colère mêlées. Il aurait voulu s'enfuir. À présent, la violence le terrifiait. Les possédés semblaient être au cœur de tous les conflits, de tout ce qui était maléfique. Mieux valait s'éloigner, aller chercher de l'aide. La fille poussa un nouveau cri, puis jura. Et Gerald pensa à Marie, comme elle avait dû se sentir seule, terrorisée, quand les possédés s'étaient emparés d'elle. Il s'avança, jeta un coup d'œil dans le corridor.

Tout d'abord, Beth s'en était prise à elle-même. Elle se considérait comme au fait des mœurs urbaines. Koblat était peut-être minuscule, mais ça ne voulait pas dire qu'il abritait une communauté soudée. L'ordre y était maintenu par les seuls vigiles ; et il fallait leur graisser la patte pour les faire bouger. Les corridors pouvaient être dangereux. Les hommes âgés d'une vingtaine d'années, les rebelles déchus qui n'avaient plus pour unique perspective que quatre-vingts ans de turbin, se rassemblaient en clans. Ils avaient leur propre territoire, et Beth savait quels corridors en faisaient partie, quels corridors il fallait éviter.

Elle ne s'était pas attendue à avoir des ennuis quand les trois jeunes hommes s'étaient dirigés vers elle. Son appartement ne se trouvait qu'à vingt mètres, et ils étaient vêtus de la salopette de la compagnie, sans doute un service de maintenance. Ce n'étaient ni les membres d'un clan, ni des compagnons de beuverie. Des citoyens ordinaires.

Le premier lui décocha un sifflet admiratif lorsqu'il la vit d'un peu plus près. Elle se fendit du sourire neutre qui était de rigueur dans une telle situation et changea de côté. Puis l'un des types désigna sa cheville en poussant un grognement.

— Bon Dieu, elle en porte un, c'est une Nocturne.

— T'es une gouine, ma poulette ? T'aimerais bien câliner la Kiera, hein ? Moi aussi, tu sais.

Ils partirent d'un rire gras. Beth pressa le pas. Une main s'empara de son bras.

— Où tu vas comme ça, fillette ?

Elle tenta de se dégager, mais l'homme était trop fort.

— À Valisk ? Pour baiser la Kiera ? On n'est pas assez bien pour toi ici ? T'as quelque chose contre tes semblables ?

— Lâchez-moi !

Beth commença à se débattre. De nouvelles mains la saisirent.

Elle tenta de frapper de sa main libre, mais ça ne servit à rien. Ils étaient plus grands, plus vieux, plus forts.

— Petite salope.

— Hé, mais c'est qu'elle se laisse pas faire.

— Tiens-la bien. Attrape-la par l'autre bras.

Elle se retrouva immobilisée, les mains au creux des reins. L'homme qui lui faisait face eut un large sourire en la voyant se tordre. Soudain, il l'agrippa par les cheveux et lui poussa la tête en arrière. Beth grimaça, près de s'évanouir. Le visage de l'homme n'était qu'à quelques centimètres du sien, ses yeux étaient triomphants.

— On va t'emmener chez nous, souffla-t-il. Et on va te donner une bonne leçon, fillette ; tu n'auras plus envie de baiser une fille, pas après ce qu'on t'aura fait.

— Va te faire foutre ! hurla Beth.

Elle voulut lui donner un coup de pied. Mais il lui saisit le mollet et l'obligea à lever la jambe.

— Connasse. (Il tira sur le nœud du mouchoir rouge passé autour de sa cheville.) Ce truc va peut-être nous être utile, les mecs. Je trouve qu'elle ouvre trop sa gueule.

— Vous... laissez-la tranquille, bon sang.

Tous les regards se tournèrent vers celui qui venait de prononcer ces mots.

Gerald était planté en plein croisement, sa combi grise sale et froissée, ses cheveux en bataille, ses joues noircies par une barbe de trois jours. Il tenait des deux mains un brouilleur neural braqué sur eux, ce qui était déjà inquiétant, mais les tremblements qui agitaient ses bras étaient plus inquiétants encore. Il ne cessait de cligner des yeux, comme s'il avait des difficultés à focaliser son regard.

— Holà, mec, dit l'homme qui tenait le mollet de Beth. Ne nous affolons pas.

— *Écartez-vous d'elle !*

Le brouilleur se mit à frémir de plus belle.

On s'empressa de lâcher la jambe de Beth. Ainsi que ses bras. Ses trois agresseurs battirent lentement en retraite.

— On s'en va, d'accord ? Tu te trompes sur notre compte, mon pote.

— Allez-vous-en ! Je sais ce que vous êtes. Vous en faites partie. Vous êtes des leurs. Vous les aidez.

Les trois hommes se mirent à courir. Beth considéra le brouilleur neural, le visage ravagé de celui qui le tenait, et faillit prendre ses jambes à son cou. Elle tenta de contrôler son souffle.

— Merci, l'ami, dit-elle.

Gerald se mordilla la lèvre inférieure, puis se laissa glisser le long du mur jusqu'à se retrouver accroupi. Le brouilleur neural tomba sur le sol.

— Hé, ça va ? dit Beth en se précipitant vers lui.

Gerald la fixa d'un regard horriblement placide et se mit à geindre.

— Nom de...

Elle regarda derrière elle pour s'assurer que ses agresseurs avaient disparu, puis s'accroupit à côté de l'inconnu. Elle voulut ramasser le brouilleur, puis se ravisa. Impossible de dire comment l'autre allait réagir.

— Écoutez, ils vont probablement revenir dans une minute. Où habitez-vous ?

Des larmes coulaient sur les joues de l'homme.

— J'ai cru que vous étiez Marie.

— Pas de pot, l'ami, je ne suis que Beth. Vous habitez dans ce corridor ?

— Je ne sais pas.

— Vous habitez dans le coin, alors ?

— Aidez-moi, je vous en supplie, je dois la retrouver et Loren m'a abandonné. Je ne sais plus quoi faire. Je ne sais plus.

— Vous n'êtes pas le seul, grogna Beth.

— Qui c'est, ce type ? demanda Jed.

Gerald était assis dans la salle à manger de Beth, les yeux fixés sur un bol de thé. Il n'avait pas bougé depuis dix minutes.

— Il affirme s'appeler Gerald Skibbow, répondit Beth. Je crois bien qu'il dit la vérité.

— D'accord. Et toi ? Ça va mieux maintenant ?

— Ouais. Ces enfoirés m'ont foutu une trouille bleue. Mais je pense qu'on ne les reverra plus.

— Bien. Tu sais, il vaudrait peut-être mieux qu'on enlève nos mouchoirs rouges. Les gens commencent à s'exciter grave.

— Quoi ? Pas question ! Pas maintenant. Je suis Nocturne et fière de l'être. S'ils ne peuvent pas l'encaisser, c'est pas mon problème.

— Ça a failli le devenir.

— Ça ne se reproduira pas.

Elle brandit le brouilleur neural et se fendit d'un rictus féroce.

— Bon Dieu ! C'est à lui ?

— Ouais. Il me l'a prêté.

Jed jeta un regard consterné sur Gerald.

— Putain. Ce type a l'air complètement parti.

— Hé ! (Elle lui tapa sur le ventre avec le brouilleur.) Fais gaffe à ce que tu dis. Il est peut-être un peu grincheux, mais c'est mon pote.

— *Un peu* grincheux ? Regarde-le, Beth, c'est un légume sur pattes. (Il la vit se tendre.) Bon, d'accord. C'est ton pote. Qu'est-ce que tu vas faire de lui ?

— Il a sûrement une chambre quelque part.

— Ouais, le genre tranquille, avec murs capitonnés.

— Arrête tes conneries, tu veux ? Tu crois que tu as changé, hein ? On est censés désirer une vie où les gens ne se sautent pas à la gorge au moindre prétexte. Enfin, c'est ce que je croyais. Je me suis trompée, peut-être ?

— Non, grommela-t-il.

Ces derniers temps, Jed avait du mal à comprendre Beth. Il avait cessé de la draguer, et il avait cru qu'elle apprécierait. En fait, ça l'avait rendue encore plus intraitable.

— T'inquiète pas, va. Ça me sera rentré dans la tête quand on arrivera à Valisk.

Gerald se retourna sur son siège.

— Qu'est-ce que vous avez dit ?

— Hé, l'ami, j'ai bien cru que vous étiez débranché pour de bon, dit Beth. Comment ça va ?

— Qu'avez-vous dit à propos de Valisk ?

— On veut aller là-bas, déclara Jed. Nous sommes des Nocturnes, vous voyez ? Nous croyons en Kiera. Nous voulons faire partie du nouvel univers.

Gerald le fixa, puis eut un petit gloussement.

— Vous croyez en elle ? Elle n'est même pas Kiera.

— Vous êtes comme tous les autres. Vous avez gâché votre chance et vous ne voulez pas qu'on ait la nôtre. C'est nul, mec !

— Un instant, un instant. (Gerald leva les bras en signe d'apaisement.) Je vous demande pardon. Je ne savais pas que vous étiez un Nocturne. En fait, j'ignore ce que sont les Nocturnes.

— C'est ce qu'a dit Kiera : *Ceux d'entre nous qui ont émergé des ténèbres peuvent supprimer les restrictions de cette société corrompue.*

— Ah, oui, ce passage...

— Elle va nous emmener loin de tout ça, dit Beth. Là où les connards comme ceux de tout à l'heure ne pourront pas faire ce qu'ils voulaient faire. Ne le pourront plus. Il n'y a pas de place pour eux dans Valisk.

— Je sais, dit Gerald avec solennité.

— Hein ? Vous seriez pas en train de vous foutre de nous, par hasard ?

— Non. Je suis sincère. Je cherche un moyen d'aller à Valisk depuis que j'ai vu cet enregistrement. Je suis venu jusqu'ici depuis Ombey dans l'espoir de trouver ce moyen. Je croyais que l'un des astronefs pourrait m'emmener.

— Les astronefs, y a rien à en tirer, l'ami, dit Jed. On a essayé. Vous ne trouverez pas un seul capitaine à l'esprit ouvert. Ils nous détestent tous, je vous dis.

— Oui.

Jed se tourna vers Beth, se demandant ce qu'elle pensait, si ça valait la peine qu'il coure le risque.

— Vous devez avoir pas mal de fric si vous êtes venu d'Ombey.

— Plus qu'assez pour affréter un astronef, dit Gerald avec amertume. Mais les astros refusent de m'écouter.

— Vous n'avez pas besoin d'eux.

— Que voulez-vous dire ?

— Je vais vous dire comment aller à Valisk, à condition que vous nous emmeniez. Ça revient dix fois moins cher que votre plan, mais c'est encore trop cher pour nous. Et puis, comme de toute façon vous serez obligé d'affréter un vaisseau, ça ne vous coûtera rien si on monte aussi à bord.

— D'accord.

— Vous nous emmènerez ?

— Oui.

— C'est promis ? demanda Beth, sa voix trahissant toutes sortes de vulnérabilités.

— C'est promis, Beth. Je sais ce que c'est que de se retrouver seul et abandonné. Jamais je ne ferais une telle chose à personne, et surtout pas à vous.

Elle dansa d'un pied sur l'autre d'un air emprunté, un peu émue par ce discours quasiment paternel. Personne ne lui avait jamais parlé comme ça à Koblat, personne.

— Okay, dit Jed. Voilà comment ça se passe : j'ai les points et les heures de rendez-vous pour ce système. (Il sortit un cartel de sa poche et le glissa dans un bloc portable ; l'holoécran afficha un graphique assez complexe.) Avec ça, on sait où et quand un astronef venu de Valisk viendra chercher ceux qui veulent aller là-bas. Tout ce que vous avez à faire, c'est affréter un spationef pour nous y conduire.

Comme toujours, Syrinx se sentait apaisée dans la maison d'Athéna. Wing-Tsit Chong et les psychologues parleraient sans doute de retour à la matrice. Et si elle trouvait cela amusant, se dit-elle, c'est qu'elle devait être pratiquement guérie.

Elle était revenue de Jobis deux jours plus tôt. Après qu'elle eut raconté à Wing-Tsit Chong tout ce qu'elle avait appris de Malva, *Œnone* s'était envolée pour Romulus, où l'attendait une cale dans une station industrielle.

Je suppose que je devrais me féliciter que nos services secrets t'aient engagée comme messagère, dit Athéna. **Les médecins doivent te juger guérie.**

Pas toi ?

Syrinx se promenait avec sa mère dans le jardin, qui semblait devenir plus sauvage chaque année.

Si tu n'en es pas sûre toi-même, ma chérie, comment pourrais-je l'être ?

Syrinx se fendit d'un large sourire, revigorée par l'acuité perceptive de sa mère.

Oh, ne t'en fais donc pas. Le travail est le meilleur des remèdes, en particulier quand on l'adore. Les capitaines de faucons ne connaissent que ça.

Je veux que nous repartions en mission ensemble, insista *Œnone.* **Ça nous fait du bien à toutes les deux.**

L'espace d'un instant, la mère et la fille prirent conscience de l'armature qui ceignait *Œnone*. Les techniciens s'affairaient sur sa coque inférieure, y installant des rampes de lancement de guêpes de combat, des canons maser et des capteurs de qualité militaire.

Très bien, dit Athéna. **On dirait que mon vote est minoritaire.**

Tout ira bien, mère, vraiment. Rejoindre les forces défensives, ça aurait sans doute été un peu trop. Mais les messagers ont un rôle important. Nous devons présenter un front uni face aux possédés ; c'est vital. Sur ce plan, le rôle des faucons est crucial.

Ce n'est pas moi que tu dois convaincre.

Seigneur, mère. Toutes mes connaissances se découvrent soudain une vocation de psychiatre. Je suis une grande fille, et mon cerveau est suffisamment rétabli pour prendre des décisions.

Seigneur ?

Oh ! (Syrinx sentit le rouge lui monter aux joues – seule sa mère était capable d'une telle prouesse !) **Quelqu'un que j'ai**

rencontré utilisait souvent cette expression. Je me suis dit qu'elle était appropriée ces temps-ci.

Ah, oui, Joshua Calvert. Ou plutôt Lagrange Calvert, comme on l'a surnommé. Tu avais le béguin pour lui autrefois, non ?

Pas le moins du monde ! Et pourquoi le surnomme-t-on Lagrange Calvert ?

Syrinx écouta avec une incrédulité croissante le récit que lui fit Athéna des événements survenus autour de Murora.

Et dire que l'édénisme doit lui être reconnaissant ! Quelle idée stupide de sauter dans un point de Lagrange à une telle vitesse. Il aurait pu tuer toutes les personnes à son bord. C'était irraisonné.

Mais c'est de l'amour, ma parole.

Mère !

Athéna éclata de rire, ravie de pouvoir ainsi taquiner sa fille. Elles étaient arrivées devant le premier des étangs à nymphéas qui bordaient le jardin. Il était à présent bien ombragé ; les ifs dorés qui poussaient sur sa berge avaient pris de l'ampleur lors des trente dernières années, et leurs rameaux se tendaient au-dessus des eaux noires. Elle contempla celles-ci. Des poissons couleur de bronze filèrent s'abriter sous les larges feuilles.

Tu devrais faire tailler ces ifs par les chimpanzés domestiques, remarqua Syrinx. **Ils occultent la lumière. Il y a beaucoup moins de fleurs que dans le temps.**

Pourquoi ne pas laisser faire la nature ?

Ce n'est pas soigné. Et un habitat n'a rien de naturel.

Tu n'as jamais aimé avoir tort, n'est-ce pas ?

Ne dis pas ça. Je suis toujours disposée à écouter les arguments d'autrui.

Une bouffée de scepticisme bon enfant envahit la bande d'affinité.

C'est pour ça que tu t'intéresses soudain à la religion ? J'ai toujours su que tu y serais sensible.

Que veux-tu dire ?

Tu te rappelles quand Wing-Tsit Chong t'a qualifiée de touriste ?

Oui.

C'était une façon polie de te dire que tu manquais de l'assurance nécessaire pour trouver tes propres réponses à l'existence. Tu es toujours en train de chercher, Syrinx, mais tu ne sais pas ce que tu cherches. Il était inévitable que la

religion en vienne à te fasciner. Le concept même du salut par la foi donne de la force à ceux qui doutent d'eux-mêmes.

Il y a une sacrée différence entre religion et spiritualité. C'est quelque chose que la culture édéniste va devoir apprendre à accepter ; nous, les habitats et les faucons.

Oui, tu as malheureusement raison. J'ai été plutôt ravie d'apprendre qu'*Iasius* et moi allions être réunis, je dois l'admettre, si horribles que soient les circonstances. Cela rend la vie plus tolérable.

Ce n'est qu'un aspect des choses. Je pensais plutôt au transfert de notre mémoire dans l'habitat à l'heure de notre mort. C'est le fondement même de notre société. Nous n'avons jamais redouté la mort, contrairement aux Adamistes, et cela a toujours renforcé notre rationalisme. À présent que nous nous savons destinés à l'au-delà, ce processus apparaît comme bien dérisoire. Sauf que...

Continue.

Laton, bon sang. Qu'a-t-il voulu dire ? Lui et son grand voyage – ne craignez pas de vous retrouver piégés dans l'au-delà. Et Malva a pratiquement confirmé qu'il disait la vérité.

Tu penses que c'est une mauvaise chose ?

Non. Si notre interprétation est correcte, l'au-delà ne se limite pas à un éternel purgatoire. Ce serait merveilleux.

En effet.

Alors pourquoi ne nous a-t-il pas dit exactement ce qui nous attendait ? Et pourquoi serions-nous les seuls à échapper à ce piège, pourquoi les Adamistes y seraient-ils condamnés ?

Malva t'a peut-être beaucoup plus aidée que tu ne le crois quand elle t'a dit que la réponse était en nous. Si on te l'avait donnée, tu n'aurais pas eu à la trouver par toi-même. Tu n'aurais rien su, tu aurais seulement appris.

Il a fallu que ce soit Laton, hein ? La seule personne en qui nous ne pouvons jamais avoir confiance.

Même toi, tu te méfies de lui ?

Même moi ; en dépit du fait que je lui dois la vie. C'est Laton, mère.

C'est peut-être pour ça qu'il nous en a si peu dit. Il savait que nous nous méfierions de lui. Il nous a encouragés à nous lancer dans des recherches exhaustives.

Qui ont jusqu'ici lamentablement échoué.

Nous avons à peine commencé, Syrinx. Et il nous a donné un indice, la nature des âmes qui sont revenues. Tu les a

rencontrées, ma chérie, ton expérience est la plus étendue. De quel type sont-elles ?

Ce sont des ordures. Toutes.

Calme-toi, et dis-moi à quoi elles ressemblaient.

Syrinx accepta cette réprimande d'un bref sourire, puis s'abîma dans la contemplation des nymphéas roses, s'obligeant à se souvenir de Pernik. Une tâche qui lui répugnait encore.

J'ai dit vrai. C'étaient bel et bien des ordures. Je n'en ai pas vu beaucoup. Mais aucun des possédés n'a eu pitié de moi, aucun ne se souciait des blessures qu'il m'infligeait. Ça ne leur faisait ni chaud ni froid, comme s'ils étaient émotionnellement morts. Je suppose que ça s'explique par un long séjour dans l'au-delà.

Pas tout à fait. Kelly Tirrel a enregistré une série d'entretiens avec un possédé du nom de Shaun Wallace. Il n'était ni cruel ni indifférent aux autres. En fait, il semblait plutôt triste.

Donc, ce sont des ordures tristes.

Modère ton ironie. Et réfléchis à ceci : trouve-t-on beaucoup d'ordures tristes parmi les Édénistes ?

Non, mère, je ne peux pas accepter ça. Ce que tu sous-entends, c'est qu'il y a là-dessous une sorte de sélection. Que quelque chose emprisonne les pécheurs dans l'au-delà et envoie les vertueux dans un voyage vers la lumière. Ce n'est pas possible. Ce que tu dis, c'est qu'il y a un Dieu. Un Dieu qui se soucie du moindre des êtres humains, qui se soucie de la façon dont il se conduit.

C'est peut-être le cas. Cela expliquerait tout ce qui se passe.

Non, absolument pas. Pourquoi Laton a-t-il été autorisé à faire le grand voyage ?

Tu fais une erreur. L'âme et la mémoire se séparent à l'instant de la mort, tu te rappelles ? C'est la personnalité de Laton, opérant à l'intérieur de la strate neurale de Pernik, qui t'a libérée et nous a prévenus, pas son âme.

Tu le crois vraiment ?

Je n'en suis pas sûre. Comme tu le dis, un Dieu qui se soucierait du moindre des individus serait vraiment stupéfiant. (Athéna s'éloigna de l'étang en prenant sa fille par le bras.) **Je crois que je vais continuer d'espérer une autre explication.**

Bien !

Espérons que tu la trouveras.

Moi ?

C'est toi qui cours dans toute la galaxie. Tu as plus de chances d'y parvenir que moi.

Tout ce que nous allons faire, c'est acheminer des rapports rédigés par les ambassades et les agents secrets sur les tentatives d'infiltration des possédés et la gestion du problème par les gouvernements locaux. On va donner dans la tactique et dans la politique, pas dans la philosophie.

Tout cela m'a l'air bien barbant. (Elle attira sa fille contre elle, laissant son inquiétude s'exprimer via le lien d'affinité.) **Tu es sûre que tout ira bien ?**

Oui, mère. *Œnone* et l'équipage prendront soin de moi. Je ne veux plus que tu t'inquiètes.

Lorsque Syrinx l'eut quittée pour aller superviser les dernières phases de la réfection d'*Œnone*, Athéna gagna le patio, s'assit dans son fauteuil préféré et tenta de se plonger dans la routine domestique. Il y avait plein d'enfants à surveiller en ce moment, les adultes étant tous occupés par leur travail, en majorité pour le compte des forces de défense. Jupiter et Saturne se mobilisaient en vue de la libération de Mortonridge.

Tu devrais lui laisser la bride sur le cou, dit Sinon. **Si elle voit que tu as si peu confiance en elle, jamais elle n'aura confiance en elle-même.**

J'ai parfaitement confiance en elle, répliqua Athéna.

Alors montre-le. Lâche-la un peu.

J'ai trop peur.

Comme nous tous. Mais chacun de nous devrait affronter sa peur par lui-même.

À propos, quel effet ça te fait de savoir que ton âme a poursuivi sa route ?

Ça éveille ma curiosité.

C'est tout ?

Oui. J'existe déjà à côté de tous ceux qui font partie de la multiplicité. L'au-delà n'est guère différent.

Espérons-le !

Nous le saurons un jour.

Prions pour que ce soit le plus tard possible.

Telle fille, telle mère.

Je ne pense pas avoir besoin d'un prêtre en ce moment. Plutôt d'un bon verre.

Pécheresse, rétorqua-t-il en riant.

Elle contempla les ombres qui s'épaississaient sous les arbres à mesure que le phototube virait au crépuscule doré.

— Il ne peut pas y avoir de Dieu, n'est-ce pas ? Pas vraiment.

Il n'a pas l'air franchement ravi, commenta Tranquillité lorsque le prince Noton entra dans l'une des dix stations de métro desservant le hall du spatioport.

Ione fit décrire une révolution complète à son point de vue, comme si elle faisait le tour du prince pour mieux l'examiner. Elle fut intriguée par son air de dignité butée, par son visage et sa démarche indiquant que, même s'il se savait vieux et dépassé, il insistait pour interpréter l'univers à sa manière. Il portait l'uniforme d'apparat d'un amiral de la Flotte royale de Kulu, avec cinq petites médailles épinglées à sa poitrine. Lorsqu'il ôta sa casquette pour entrer dans la rame, elle vit que ses cheveux étaient rares et gris ; ce qui en disait long chez un Saldana.

Je me demande quel est son âge ?

Cent soixante-dix ans. C'est le plus jeune exofrère du roi David. Il a dirigé la Kulu Corporation pendant cent trois ans, jusqu'à ce que le prince Howard lui succède en 2608.

Bizarre...

Elle reporta son attention sur le croiseur de la Flotte royale de Kulu qui venait d'accoster au spatioport (le premier astronef du royaume que l'on voyait débarquer depuis cent soixante-dix-neuf ans). Mission diplomatique de la plus haute importance, avait déclaré son capitaine en demandant une autorisation d'approche. Et le prince Noton était entouré de cinq hauts fonctionnaires des Affaires étrangères.

Il est de l'ancienne école. Nous n'avons sûrement pas grand-chose en commun. Si Alastair veut me demander quelque chose, il aurait été mieux inspiré de m'envoyer quelqu'un de plus jeune, tu ne crois pas ? Voire carrément une princesse.

Peut-être. Mais le prince Noton force le respect. Son ancienneté est un élément du message que t'envoie le roi.

L'espace d'un instant, elle ressentit une légère inquiétude.

Je me pose quand même des questions. Si quelqu'un est bien placé pour connaître tes capacités, c'est l'un de mes cousins royaux.

Cela m'étonnerait que sa requête ne soit pas honorable.

Ione dut parcourir en courant les vingt derniers mètres du couloir, s'escrimant sur le sceau de sa jupe. Elle avait choisi un tailleur plutôt strict en coton vert tropical et un chemisier tout simple ; une tenue élégante sans être impériale. Ce serait une perte de temps que d'essayer d'impressionner le prince Noton par sa vêture, soupçonnait-elle.

La rame était déjà arrivée à la station du palais De Beauvoir, sa résidence officielle. Deux sergents escortaient le prince et son entourage le long de la nef. Ione traversa précipitamment la chambre des audiences, les pieds encore nus, prit place derrière son bureau et enfila ses souliers.

Comment est-ce que tu me trouves ?

Splendide.

Elle accueillit par un grondement ce manque d'objectivité patent et se peigna à la va-vite.

Je savais que j'aurais dû passer chez le coiffeur.

D'un regard vif, elle examina la pièce. Six chaises à haut dossier étaient disposées devant le bureau. Dans l'une des salles de réception, des traiteurs humains s'affairaient à préparer un buffet (vu la position du royaume vis-à-vis du biotek, des chimpanzés domestiques auraient constitué un *faux pas* [1]).

Change-moi cet éclairage.

La moitié des panneaux lumineux s'assombrirent ; les autres altérèrent leur angle de diffraction. Dix larges plans de lumière convergèrent sur le bureau, nimbant Ione d'une chaude aura.

Non, c'est trop... oh, zut.

Les portes s'ouvrirent. Ione se leva lorsque le prince Noton fit son entrée.

Fais le tour du bureau pour l'accueillir. Rappelle-toi que tu es de la famille et que, théoriquement, les relations n'ont jamais été rompues entre le royaume et nous.

Ione s'exécuta en affichant un sourire neutre, capable de virer au chaleureux ou au glacial. C'était à l'autre d'en décider.

Lorsqu'elle tendit la main, le prince Noton n'eut que la plus infime des hésitations. Sa poignée de main fut aussi polie que formelle. Mais son regard s'attarda sur le sceau qu'elle portait à son annulaire.

— Bienvenue à Tranquillité, prince Noton. Je suis flattée qu'Alastair ait choisi de m'honorer avec un émissaire de votre rang. Je regrette que nous n'ayons pu nous rencontrer dans des circonstances moins graves.

Les représentants des Affaires étrangères regardaient droit

1. En français dans le texte *(N.d.T.)*.

devant eux. Si elle n'avait pas été si avisée, elle aurait pu croire qu'ils priaient.

Le prince Noton marqua une pause légèrement appuyée avant de répondre :

— C'est pour moi un privilège de servir mon roi en venant ici.

Ah !

— *Touché*[1], cousin, répliqua-t-elle d'une voix traînante.

Ils se défièrent du regard, à la grande consternation des hauts fonctionnaires.

— Il a fallu que vous soyez une femme, hein ?

— Naturellement, mais c'est uniquement le fruit du hasard. Papa n'a jamais eu d'exo-enfants. Notre tradition familiale du droit d'aînesse ne s'applique pas ici.

— Vous haïssez tant que ça la tradition ?

— Non, j'admire bien des traditions. Je *maintiens* beaucoup de traditions. Ce que je ne tolère pas, c'est la tradition pour la tradition.

— Alors, vous devez être dans votre élément. L'ordre s'effondre dans toute la Confédération.

— Là, vous avez frappé au-dessous de la ceinture, Noton.

Il acquiesça d'un air bougon.

— Pardon. J'ignore pourquoi le roi m'a choisi. Je n'ai jamais rien eu d'un diplomate.

— Je ne sais pas, je pense en fait qu'il a fait un excellent choix. Veuillez vous asseoir.

Elle regagna son propre siège. Tranquillité lui montra les hauts fonctionnaires échangeant des regards soulagés.

— Alors, que désire exactement Alastair ?

— Ces types, répondit le prince Noton en désignant un sergent. Je suis censé vous demander si nous pouvons avoir leur séquence ADN.

— Pour quoi faire ?

— Pour Ombey.

Le prince Noton et les représentants des Affaires étrangères lui expliquèrent le projet de libération de Mortonridge, et elle les écouta avec un malaise croissant.

Tu penses que ça marchera ?

Je ne dispose pas du type d'information que détient la Flotte royale, de sorte que je ne saurais répondre avec cer-

1. En français dans le texte *(N.d.T.)*.

titude. Mais la Flotte royale n'entamerait jamais une telle action si elle n'était pas sûre de son résultat.

Je n'arrive pas à croire que ce soit la bonne méthode pour sauver les victimes de la possession. Ils vont détruire Mortonridge et tuer quantité de personnes.

Personne n'a jamais prétendu que la guerre était propre.

Mais pourquoi se lancer dans une telle aventure ?

Pour atteindre un objectif global, le plus souvent de nature politique. Ce qui est certainement le cas ici.

Puis-je les empêcher d'agir ? En refusant de donner la séquence ADN à Alastair ?

Tu peux certainement être la voix de la raison. Qui t'en remercierait ?

Ceux qui ne se feraient pas tuer, pour commencer.

C'est-à-dire des victimes de la possession, qui seraient prêtes à n'importe quel sacrifice pour en être libérées. Contrairement à toi, elles n'ont pas les moyens de s'abîmer dans des dilemmes philosophiques.

Ce que tu dis est injuste. Tu ne peux pas me condamner pour vouloir prévenir un bain de sang.

Je te recommande de leur donner cette séquence, sauf si tu as une solution de rechange. Même si tu t'y refusais, tu ne pourrais empêcher cette campagne de libération. Tu ne ferais que la retarder de quelques semaines, le temps que les Édénistes produisent un serviteur guerrier qui ferait l'affaire.

Tu sais très bien que je n'ai pas d'autre solution.

C'est une question de politique, Ione : tu ne peux pas empêcher cette libération de se faire. En y participant, tu forgeras de précieuses alliances. Ne néglige pas ce point. Tu as fait le serment de défendre tous ceux qui vivent en moi. Peut-être aurons-nous besoin d'aide pour y parvenir.

Non. Entre tous les habitats, toi seule es l'ultime sanctuaire contre les possédés.

Même ceci n'est pas assuré. Le prince Noton a raison : l'ordre ancien, les anciennes certitudes sont en train de tomber partout.

Que dois-je faire, alors ?

Tu es le seigneur de Ruine. La décision t'appartient.

Lorsqu'elle se tourna vers le vieux prince, dont le visage figé abritait des pensées passionnées, elle sut qu'elle n'avait pas le choix, qu'elle ne l'avait jamais eu. Les Saldana avaient fait le serment de défendre leurs sujets. Et ceux-ci, en retour, croyaient en leur statut de défenseurs. Durant toute l'histoire du royaume, des centaines de milliers de personnes avaient sacrifié leur vie pour maintenir cette confiance mutuelle.

— Naturellement, je vais vous fournir cette séquence ADN, déclara Ione. Je regrette de ne pas pouvoir faire davantage pour vous.

Ironie du sort, deux jours après que le prince Noton fut reparti pour Kulu avec la séquence ADN, Parker Higgens et Oski Katsura apprirent à Ione qu'ils avaient trouvé une mémoire laymil relative au suicide de l'île de l'espace.

Presque toutes les équipes travaillant sur le campus avaient interrompu leurs recherches pour passer en revue les sensoriums décryptés. Toutefois, la division Électronique, centre de cette activité, ne semblait guère plus affairée que lors de la dernière visite d'Ione. Les opérations de décryptage étaient achevées, et toutes les informations contenues dans la pile électronique laymil avaient pu être reformatées au standard humain.

— C'est uniquement la procédure d'analyse qui entraîne un goulet d'étranglement, expliqua Oski Katsura en faisant entrer Ione dans le hall. Nous avons réussi à copier toutes les mémoires contenues dans la pile, de sorte que nous y avons maintenant accès en permanence. En fin de compte, seuls douze pour cent des fichiers étaient brouillés, ce qui nous laisse huit mille deux cent vingt heures d'enregistrement accessibles. Bien entendu, nous avons quand même une équipe qui travaille sur les séquences perdues.

La pile électronique laymil n'était plus alimentée en énergie. Des techniciens étaient massés autour de sa sphère environnementale transparente, affairés à la déconnecter des unités de conditionnement.

— Que comptez-vous en faire ? s'enquit Ione.

— La mettre en tau-zéro, répondit Oski Katsura. Elle est malheureusement trop vénérable pour être exposée. À moins que vous ne souhaitiez la montrer quelque temps au public ?

— Non. Cela est votre domaine de compétence, c'est pour cette raison que je vous ai nommée chef de service.

Ione vit que les scientifiques des Forces spatiales de la Confédération se mêlaient aux autres membres du projet autour des stations de recherche. Signe des temps, sa présence n'attira que quelques vagues regards curieux.

Parker Higgens, Kempster Getchell et Lieria regardaient les techniciens qui préparaient la pile pour la mise en tau-zéro.

— La fin d'une époque, dit Kempster comme Ione les rejoignait. (Il ne semblait pas conscient de ce que sous-entendait ce commentaire.) Nous ne pouvons plus compter sur le savoir volé. À la grande contrariété de nos amis des Forces spatiales, on n'a trouvé aucun rayon de la mort. Apparemment, nous allons devoir désormais penser par nous-mêmes. C'est une bonne nouvelle, pas vrai ?

— Sauf si un possédé vient à frapper à votre porte, dit Parker Higgens d'une voix glaciale.

— Mon cher Parker, il m'arrive de temps à autre d'accéder aux médias.

— Où en est-on de la recherche d'Unimeron ? demanda Ione.

— Sur le plan purement technique, ça avance très bien, répondit un Kempster enthousiaste. Nous avons achevé les révisions sur notre modèle de satellite capteur. Le jeune Renato a emprunté un gerfaut pour se rendre dans la bande orbitale qui nous intéresse et y tester un prototype. Si tout se passe bien, la station industrielle entamera la production en masse la semaine prochaine. La bande orbitale sera saturée à la fin du mois. S'il y subsiste des résonances énergétiques sortant de l'ordinaire, nous les trouverons sûrement.

Ione avait espéré quelque chose de plus rapide.

— Excellent travail, dit-elle au vieil astronome. Oski me dit que vous avez trouvé une mémoire du suicide de l'île de l'espace.

— Oui, madame, dit Parker Higgens.

— Avaient-ils une arme pour résister aux possédés ?

— Aucune arme physique, j'en ai peur. Ils semblaient relativement résignés à leur suicide.

— Qu'en pensent les scientifiques des Forces spatiales ?

— Ils ont été fort déçus, mais ils ont conclu eux aussi que la culture de l'île de l'espace n'a fait aucune tentative pour affronter les Laymils possédés venant d'Unimeron.

Ione prit place à une station de recherche inoccupée.

— Très bien.

Montre-moi.

Jamais elle ne pourrait s'habituer à l'oppression illusoire qu'elle ressentait en émergeant dans un organisme laymil. Cette fois-ci, son corps appartenait à l'une des deux variétés de mâles, à savoir le producteur d'œufs. Il se trouvait au sein d'un groupe de Laymils, sa famille et ses cohabitants du moment, à la lisière de leur troisième communauté maritale. Ses têtes claironnaient doucement au sein d'un chœur poignant formé de centaines de gorges. La lente mélodie montait et descendait au-dessus d'une douce pente herbue. Son écho résonnait dans l'esprit du mâle, assemblé par l'entité mère à partir de toutes les communautés de l'île de l'espace. Ensemble, ils chantaient leur lamentation, entonnant à l'unisson un plain-chant avec l'esprit vital des forêts et des champs, l'esprit rudimentaire des animaux, l'entité mère. Un chant que reprenaient toutes les îles tandis que les morts perfides approchaient de leur constellation.

L'éther résonnait d'une tristesse dont le poids imprégnait toutes les cellules organiques de l'île de l'espace. Les vrilles-soleils tendaient vers leur ultime crépuscule, effaçant les couleurs joyeuses qu'il avait connues toute sa vie. Les fleurs se refermaient doucement, leurs pétales flétris pleurant la fin de la lumière, leur esprit pleurant l'immense perte qu'annonçait cette fin.

Il joignit les bras avec ses enfants et ses partenaires, prêt à partager la mort avec eux comme ils avaient partagé la vie : ensemble. Les familles joignirent les bras. Burent des forces à cette nouvelle concorde. Elles ne formaient plus qu'un triangle en bas de la vallée. Trois côtés, trois adultes. À l'intérieur, les enfants, protégés, chéris. Le tout formant un symbole de force et de défi. En corps comme en esprit ; en actes comme en pensée.

Réunion dans extase, dit-il à ses enfants.

Leurs cous pivotèrent, ils dodelinèrent des têtes avec une innocence enchanteresse.

Chagrin. Peur de l'échec. Triomphe de l'essence de mort.

Rappelez-vous l'enseignement du maître de l'essence, ordonna-t-il. *Espèce laymil arrive à sa fin. Connaissance apporte réalisation du potentiel. Éternelle exaltation attend les forts. Rappelez-vous connaissance. Croyez en connaissance.*

Accord.

Par-delà la bordure de la constellation des îles de l'espace, les vaisseaux d'Unimeron sortirent des ténèbres. Étoiles rougies par le terrible pouvoir de l'essence de mort, chevauchant d'étincelantes comètes de fusion.

Connaissez la vérité, leur chanta le chœur des îles de l'espace. *Acceptez le don de la connaissance. Embrassez la liberté.*

Ils refusèrent. La lumière pernicieuse crût à mesure qu'avançaient les vaisseaux, sinistres et meurtriers.

Les Laymils des îles de l'espace levèrent leurs têtes à la verticale et hurlèrent une dernière note triomphante. L'air vibra à ce son. Les vrilles-soleils s'éteignirent, plongeant l'intérieur dans des ténèbres absolues.

Rappelez-vous la force, supplia-t-il ses enfants. *Force réussite unité finale.*

Confirmation de la victoire du maître de l'essence.

L'entité mère de l'île de l'espace hurla dans le néant. Une pulsation d'amour qui pénétra chaque esprit. Au fond de sa coque, des cellules se brisèrent et se convulsèrent, propageant des fêlures dans tout le polype.

Toute sensation prit fin, mais la ténèbre demeura un long moment. Puis Ione ouvrit les yeux.

— Ô mon Dieu. C'était leur seule issue. Et ils étaient comblés. Tous les Laymils se sont *précipités* dans la mort. Jamais ils n'ont cherché à fuir ; jamais ils n'ont cherché à se battre. Ils se sont volontairement condamnés à l'au-delà pour éviter la possession.

— Pas tout à fait, madame, dit Parker Higgens. Ces derniers instants ont des implications extrêmement intéressantes. Les Laymils n'estimaient pas avoir perdu. Loin de là. Ils ont fait preuve d'une résolution considérable. Nous savons maintenant à quel point ils vénéraient la vie ; jamais ils ne se seraient sacrifiés, jamais ils n'auraient sacrifié leurs enfants dans le seul but de contrarier les Laymils possédés, car le suicide se réduit à cela. Ils auraient pu explorer tout un tas d'options avant de se résigner à cette mesure extrême. Le mâle qui a laissé ce sensorium faisait constamment référence à une connaissance et à une vérité issues des maîtres de l'essence. Cette connaissance était la clé de leur « éternelle exaltation ». Je pense que les maîtres de l'essence avaient déterminé la nature de l'au-delà. Ai-je raison, Lieria ?

— Astucieuse déduction, directeur Higgens, répondit la Kiint via son bloc-processeur. Une déduction qui confirme la déclaration de l'ambassadeur Roulor à votre Assemblée générale. La solution est unique pour chaque espèce. Vous ne supposez quand même pas que le suicide est la réponse aux problèmes qu'affronte l'humanité ?

Parker Higgens fit face à l'immense xéno, visiblement furieux.

— C'était plus qu'un suicide. C'était une victoire. Ils ont gagné. Quelle que soit la connaissance qu'ils ont emportée avec eux, elle les avait libérés de la crainte de l'au-delà.

— Oui.

— Et vous savez de quoi il s'agissait.

— Vous avez notre compassion, et toute l'aide que nous pourrons vous apporter.

— Bon sang ! Comment osez-vous nous étudier ainsi ? Nous

ne sommes pas des rats de laboratoire. Nous sommes des entités conscientes, nous connaissons les émotions, la peur. N'avez-vous donc aucune éthique ?

Ione s'approcha du directeur tremblant et lui posa une main sur l'épaule.

— Je suis parfaitement consciente de ce que vous êtes, directeur Higgens, déclara Lieria. Et votre détresse m'inspire de l'empathie. Mais, je dois le répéter, la réponse à votre problème se trouve en vous et non en nous.

— Merci, Parker, dit Ione. Je pense que nous savons désormais à quoi nous en tenir.

Le directeur eut un geste agacé et s'en fut.

Je vous prie d'excuser sa réaction, dit Ione à la Kiint. Mais, comme vous le savez sûrement, nous sommes tous terrifiés par ce phénomène. Il est frustrant pour nous de savoir que vous en connaissez une solution, même si elle ne peut s'appliquer à nous.

Exactement, Ione Saldana. Et je comprends. L'Histoire nous apprend que notre espèce a été plongée dans l'agitation quand nous avons découvert l'au-delà.

Vous me donnez espoir, Lieria. Votre existence prouve qu'une espèce consciente peut trouver une solution satisfaisante, autre chose qu'un autogénocide. Cela m'encourage à continuer de rechercher notre propre réponse.

Si cela peut vous réconforter, les Kiints prient pour le succès des humains.

Merci infiniment.

Erick fut réveillé par ses naneuroniques. Comme à son habitude, il avait réglé ses programmes pour surveiller son environnement immédiat, tant physique qu'électronique, et pour lui signaler tout ce qui s'écartait des paramètres ordinaires.

Comme il se redressait dans le bureau obscur, ses naneuroniques lui apprirent que les systèmes d'alimentation en énergie d'Ethenthia subissaient des fluctuations anormales. Il télétransmit une requête aux programmes de gestion et constata que les services d'ingénierie civile de l'astéroïde ne cherchaient même pas à examiner le problème. Une recherche plus poussée lui montra que quinze pour cent des ascenseurs de la section résidentielle semblaient inopérants. Le nombre de télétransmissions enregistrées par le réseau allait lui aussi en décroissant.

— Ô mon Dieu. Non, pas ici !

Il quitta le sofa d'un bond. Une vague de nausée déferla sur son échine. Ses programmes médicaux lui envoyèrent plusieurs avertissements ; l'équipe promise par Emonn Verona ne l'avait pas encore examiné.

Lorsqu'il transmit l'e-adresse du capitaine de corvette au processeur réseau du bureau, il n'obtint aucune réponse.

— Bordel de merde.

Erick enfila sa combi par-dessus ses packages médicaux. Deux soldats montaient la garde devant la porte du bureau ; ils étaient armés de carabines ITP. Tous deux se mirent au garde-à-vous dès qu'il sortit.

— Où est le capitaine de corvette ? s'enquit Erick.

— Il a dit qu'il se rendait à l'hôpital, capitaine.

— Merde. Bon, suivez-moi, tous les deux. On file de cet astéroïde, et sans tarder.

— Capitaine ?

— C'était un ordre, soldat. Mais si vous avez besoin d'un encouragement, sachez que les possédés sont ici.

Les deux hommes échangèrent un regard inquiet.

— À vos ordres, capitaine.

Erick accéda au plan de l'astéroïde dès qu'ils furent sortis de l'antenne des Forces spatiales pour se retrouver dans le hall public. Puis il demanda la liste des astronefs à quai au spatioport. Il n'y en avait que cinq, dont le *Vengeance de Villeneuve*, ce qui ne lui en laissait que quatre.

Ses naneuroniques lui tracèrent une route le menant à la chambre axiale sans qu'il ait à utiliser des moyens de transport. Sept cents mètres, dont deux cents mètres de marches. Mais au moins la gravité irait-elle en décroissant.

Ils avancèrent en file indienne, Erick se plaçant au centre. Il ordonna aux deux soldats de faire passer leurs programmes de combat en mode primaire. Les passants les dévisagèrent lorsqu'ils traversèrent le hall public.

Plus que six cents mètres. Et le premier escalier était droit devant. L'éclairage du hall diminua d'intensité.

— Courez ! ordonna Erick.

La cellule de Kingsley Pryor mesurait cinq mètres sur cinq. Elle était meublée d'un bat-flanc, d'un cabinet de toilette et d'un lavabo ; sur le mur opposé au bat-flanc était fixée une petite lentille AV permettant d'accéder à l'agence de presse locale. Toutes les surfaces – plancher, murs, accessoires – étaient en composite basse-friction bleu-gris. Impossible de télétransmettre vers l'extérieur.

Cela faisait une heure que le plafonnier s'était mis à clignoter. Kingsley avait d'abord cru que ses geôliers cherchaient à le faire craquer. Les flics qui l'avaient conduit ici depuis le *Vengeance de Villeneuve*, encadrés par un officier des Forces spatiales de la Confédération, semblaient presque craintifs. Un membre de *l'Organisation de Capone*. Il fallait s'attendre à ce qu'ils tentent de reprendre le dessus sur lui, à lui montrer qui contrôlait la situation, par des moyens rudimentaires de ce genre. Mais les fluctuations d'intensité étaient trop désordonnées pour résulter d'un effort délibéré. Les images AV étaient affectées, elles aussi, mais pas en même temps que l'éclairage. Puis il constata que le bouton d'appel avait perdu toute efficacité.

Comprenant ce qui se passait, Kingsley attendit patiemment sur son bat-flanc. Un quart d'heure plus tard, la grille de ventilation cessa peu à peu de bourdonner. Il ne pouvait rien y faire. Le ventilateur redémarra deux fois lors de la demi-heure qui suivit, lui envoyant par intermittence un air qui puait les égouts. Puis le plafonnier s'éteignit pour de bon. Kingsley continua d'attendre.

Lorsque la porte s'ouvrit enfin, il s'en déversa un rayon lumineux qui éclairait de front son attitude presque décontractée. Un loup-garou était tapi sur le seuil, les crocs dégoulinants de sang.

— Très original, commenta Kingsley.

La créature émit un jappement déconcerté.

— Je dois insister pour que vous ne vous approchiez pas davantage. Si vous le faites, nous nous retrouverons tous les deux dans l'au-delà. Et vous venez à peine d'arriver, n'est-ce pas ?

Les contours du loup-garou se brouillèrent, et il laissa la place à un policier en uniforme. Kingsley reconnut l'un de ceux qui l'avaient escorté. Son front arborait une vilaine cicatrice rose qui ne s'y trouvait auparavant.

— Qu'est-ce que vous racontez ? demanda le possédé.

— Je vais vous expliquer notre situation, et je veux que vous observiez mes pensées pour vous assurer que je dis la vérité. Ensuite, vous et vos nouveaux amis me laisserez partir. En fait, vous m'apporterez toute l'assistance que j'estimerai nécessaire.

Plus que cent cinquante mètres jusqu'à la chambre axiale. Ils étaient presque en haut du dernier escalier lorsque les lumières s'éteignirent. Les rétines renforcées d'Erick passèrent automatiquement en mode infrarouge.

— Ils sont tout près ! avertit-il.

Un étroit faisceau de feu blanc jaillit au centre de la cage d'escalier, infléchissant sa trajectoire pour retomber sur le soldat qui le suivait. Poussant un grognement de douleur, il pivota sur lui-même et tira sur la source du faisceau. Des étincelles pourpres crépitèrent au point d'impact.

— Au secours ! s'écria-t-il.

Une flaque de feu blanc se répandait sur son épaule. La terreur et la panique annulaient tous les programmes inhibiteurs dont ses naneuroniques lui avaient inondé le cerveau. Il cessa de tirer et tenta d'éteindre le feu avec sa main libre.

Le second soldat revint près d'Erick pour ouvrir le feu à son tour. Un disque de lumière vert émeraude apparut sur le palier en contrebas, puis monta comme un ménisque dans une éprouvette. L'éclat de feu blanc se retira au-dessous de sa surface. On distinguait vaguement des ombres qui se déplaçaient en sinuant.

Le soldat blessé s'était effondré sur les marches. Son camarade arrosait toujours la cascade de lumière verte. Les impulsions ITP se transformaient en lames d'argent quand elles en perçaient la surface, traînant derrière elles des bulles de ténèbres.

La porte suivante se trouvait huit mètres au-dessus d'Erick. Les deux soldats ne tiendraient jamais le coup face aux possédés, il le savait, dans quelques secondes ce serait fini. Il devait profiter de ce répit pour s'échapper. Il détenait des informations *vitales*, il devait les transmettre à Trafalgar. Des millions de vies innocentes en dépendaient. Des millions. Il pouvait bien en sacrifier deux.

Erick se retourna et gravit les dernières marches quatre à quatre. Il entendait une voix résonner dans son crâne : « ... deux de mes membres d'équipage sont morts. Grillés par vos rayons ! Tina n'avait que quinze ans ! »

Il franchit vivement le seuil, bondit dans le corridor, aidé par la gravité d'un dixième de g, et faillit se cogner la tête au plafond. En se refermant derrière lui, la porte fit disparaître la brume de lumière verte et les cris qui le persécutaient. Il atterrit, se propulsa par un nouveau bond. La route que lui dessinaient ses naneuroniques ressemblait au vecteur de vol d'un astronef : un prisme formé de triangles de néon orange qui se déroulait devant lui. Tourne à droite. Encore à droite. À gauche.

La gravité était devenue négligeable lorsqu'il entendit un hurlement devant lui. Plus que quinze mètres jusqu'à la chambre axiale. Quinze mètres à peine, nom de Dieu ! Et les possédés l'attendaient. Erick agrippa une prise-crampon pour arrêter sa course. Il n'avait pas d'arme. Il n'avait pas de renforts. Il ne pouvait même plus appeler Madeleine et Desmond à la rescousse.

Le corridor s'emplit à nouveau de cris et de gémissements : les possédés traquaient leurs proies dans la chambre axiale. L'un d'eux allait se pointer par ici, ce n'était qu'une question de temps.

Je dois passer !

Il consulta à nouveau le plan, étudiant la zone qui entourait la chambre axiale. Vingt secondes plus tard, il était devant l'écoutille d'un sas.

C'était celui qui desservait l'axe du spatioport, et il était plutôt vaste. La salle qui donnait sur lui contenait plusieurs douzaines d'armoires, tout l'équipement nécessaire à la maintenance des astronefs et de leurs systèmes, plus cinq mécanoïdes d'entretien désactivés.

Erick mit en mode primaire son programme de décryptage et s'attaqua au code de la première armoire. Il ôta sa combi pendant que les verrous se débloquaient l'un après l'autre. Ses programmes de surveillance physiologique lui confirmèrent ce qu'il pouvait constater de visu. Un fluide pâle mêlé de sang coulait de ses packages nanoniques là où ils commençaient à se détacher de sa peau ; sur ses modules auxiliaires, plusieurs écrans avaient viré au rouge, signe de dysfonctionnements dans le système. Il ne parvenait à bouger son bras neuf que grâce aux impulsions renforcées qui contrôlaient ses muscles.

Mais il était toujours fonctionnel. Cela seul importait.

La cinquième armoire contenait dix combinaisons IRIS. Dès que son corps fut protégé du vide, il se précipita dans le sas, équipé d'un module de manœuvre. Sans se soucier de respecter le cycle du sas, il actionna l'ouverture d'urgence. L'air se précipita au-dehors. L'écoutille externe s'ouvrit en iris tandis qu'il fixait sur lui le module de manœuvre. Puis les jets s'activèrent, le propulsant dans l'espace.

André n'appréciait pas la présence de Shane Brandes à bord du *Vengeance de Villeneuve*. Quant à demander son aide pour réparer et remonter les systèmes du vaisseau... *merde*. Mais, comme pour bien des choses dans sa vie ces derniers temps, il n'avait pas vraiment le choix. Depuis la grande scène avec Erick, Madeleine s'était enfermée dans sa cabine et refusait de lui parler. Desmond, quant à lui, s'il effectuait les tâches qu'on lui demandait, le faisait sans grand enthousiasme. Et, comble de l'insulte, il refusait de travailler en équipe.

Il ne restait que Shane Brandes pour aider André quand il ne pouvait pas se débrouiller tout seul. L'ex-ingénieur fusion du *Dechal* n'était que trop heureux de se rendre utile. Il jurait n'avoir aucune allégeance envers son ancien capitaine et n'entretenir aucune rancune envers l'équipage du *Vengeance de Villeneuve*. En outre, il était prêt à travailler pour des picaillons, et c'était un technicien du deuxième échelon. À cheval donné, on ne regarde pas les dents.

André s'affairait à réinstaller le conduit d'alimentation principal dans la cloison du salon du pont inférieur, et Shane tirait le câble quand il en recevait l'ordre. Quelqu'un se glissa en silence dans l'écoutille du plafond, occultant la lumière émise par l'éclairage de secours qu'André avait bricolé. Impossible de voir ce qu'il faisait.

— Desmond ! Pourquoi faut-il que... (Il eut un hoquet.) Vous !

— Ravi de vous revoir, capitaine, dit Kingsley Pryor.

— Que faites-vous ici ? Comment êtes-vous sorti de prison ?

— Ils m'ont libéré.

— Qui ça ?

— Les possédés.

— *Non*, murmura André.

— Malheureusement si. Ethenthia est tombé.

Le tournevis antirotatif que brandissait André faisait une arme bien pitoyable.

— Vous êtes des leurs à présent ? Vous n'aurez jamais mon vaisseau. Je vais saturer les générateurs de fusion.

— Je préférerais que vous vous en absteniez, télétransmit Pryor. Comme vous le voyez, je n'ai pas été possédé.

— Comment ça se fait ? Ils prennent tout le monde, même les femmes et les enfants.

— Je suis l'un des officiers de liaison de Capone. Même ici, c'est une fonction qui a un certain poids.

— Et ils vous ont laissé partir ?

— Oui.

André sentit l'angoisse l'envahir.

— Où sont-ils ? Est-ce qu'ils viennent par ici ?

Il demanda à l'ordinateur de bord d'examiner les capteurs internes (ceux qui fonctionnaient encore, bon sang). Pour l'instant, aucun système n'était affecté.

— Non, dit Pryor. Ils ne monteront pas à bord du *Vengeance de Villeneuve*. Sauf si je le leur demande.

— Pourquoi faites-vous ça ?

Comme si je ne le savais pas.
— Parce que je souhaite que vous me conduisiez loin d'ici.
— Et ils nous laisseront filer, comme ça ?
— Ainsi que je vous l'ai dit, Capone a beaucoup d'influence.
— Qu'est-ce qui vous fait croire que je vais vous emmener quelque part ? Vous m'avez déjà fait ce petit chantage. On n'aura qu'à vous larguer dans l'espace une fois qu'Ethenthia sera loin.
Pryor se fendit d'un sourire cadavérique.
— Vous avez toujours fait exactement ce que je voulais, Duchamp. Dès le début, vous étiez censé vous enfuir de Kursk.
— Menteur.
— On m'a confié une mission plus importante que celle consistant à garantir la loyauté envers l'Organisation d'un astronef de troisième ordre et de son équipage de cinquième ordre. Jamais vous n'avez disposé de votre libre arbitre depuis votre arrivée dans le système de Nouvelle-Californie. Après tout, vous ne croyez quand même pas que nous n'avons placé qu'une seule bombe à bord, non ?

Erick vit le *Vengeance de Villeneuve* quitter son berceau. Les échangeurs thermiques de l'astronef se déployèrent, ses propulseurs ioniques prirent le relais de ses verniers. Sans se presser, il s'éleva au-dessus du spatioport. Lorsque Erick fit passer ses capteurs pectoraux en haute résolution, il distingua sur le fuselage le vide en forme d'hexagone laissé par la plaque n° 8-92-K.
Il ne comprenait pas, Duchamp ne semblait pas s'enfuir. On aurait presque cru qu'il suivait les instructions du contrôle spatial, s'éloignant calmement le long du vecteur qu'on lui avait assigné. L'équipage avait-il été possédé ? Ce ne serait pas une grosse perte pour la Confédération.
Il braqua ses capteurs sur sa destination, une niche circulaire obscure dans la carapace du spatioport. C'était une baie de maintenance, deux fois plus large qu'une baie ordinaire. Le *Tigara*, un astronef de la classe clipper qui s'y trouvait en cale sèche, semblait étonnamment petit dans un tel environnement.
Erick activa les jets de son module de manœuvre pour se poser près du *Tigara*. La baie n'était pas éclairée ; les grues et les bras articulés étaient repliés contre les parois. Les câbles ombilicaux étaient branchés et un boyau-sas était accouplé au fuselage du vaisseau ; aucun autre signe d'activité.
La coque en silicone affichait les traces d'une longue exposition au vide – inscriptions effacées, impacts de micrométéorites, taches d'usure sur la couche superficielle —, signe qu'il

était grand temps de remplacer ses plaques. Il survola les hexagones flous jusqu'à se retrouver au-dessus du sas SEV et ordonna au processeur de l'écoutille de faire le vide dans la chambre et de s'ouvrir. S'il y avait quelqu'un à bord, il était repéré. Mais personne ne lui transmit une requête, personne ne le balaya aux capteurs.

L'écoutille s'ouvrit et Erick se glissa dans le sas.

Les clippers étaient conçus pour relier les systèmes stellaires à grande vitesse et pour transporter des cargaisons de valeur. En conséquence, la majeure partie de leur intérieur était aménagée en soutes. Celui-ci ne contenait qu'un seul module de vie, capable d'héberger un maximum de trois personnes. C'était surtout pour cette raison qu'Erick avait sélectionné le *Tigara.* En théorie, il était capable de le piloter tout seul.

La plupart des systèmes du vaisseau étaient désactivés. Sans se défaire de sa combinaison IRIS, il traversa les deux ponts inférieurs plongés dans les ténèbres pour se diriger vers la passerelle. Dès qu'il se fut installé dans la couchette anti-g du capitaine, il accéda à l'ordinateur de vol et lui demanda un état des lieux.

Il aurait pu mieux tomber. Le *Tigara* était programmé pour une réfection totale. L'un de ses générateurs de fusion était inopérant, deux de ses nœuds ergostructurants étaient HS, ses échangeurs thermiques étaient à la limite du dangereux, et nombre de ses composants s'étaient dégradés jusqu'à présenter des risques de sécurité.

Le travail n'avait même pas été commencé. Les propriétaires du vaisseau répugnaient à investir les fonds nécessaires tant que durerait la quarantaine.

Grand Dieu, se dit Erick, le *Vengeance de Villeneuve* était en meilleur état que cette patache.

Il ordonna à l'ordinateur de bord de désengager le boyau-sas de la baie, puis entama une procédure de décollage. Le *Tigara* mit un long moment avant d'être en ligne. À chaque phase de l'opération, il devait activer les séquences de secours, passer outre les programmes de sécurité ou rerouter le circuit énergétique. Il ne prit même pas la peine de vérifier les circuits environnementaux : tout ce qu'il voulait, c'était énergiser les nœuds ergostructurants et les tubes de propulsion secondaires.

Une fois activé l'un des générateurs de fusion, il ordonna à quelques grappes de capteurs de se déployer. Une image de la baie apparut dans son esprit, à laquelle se superposaient des graphiques alarmants. Il scanna le spectre électromagnétique en quête de trafic, ne trouvant que le bruit de fond des radiations cosmiques. Personne ne communiquait avec personne. Ce qu'il voulait, c'était quelqu'un interrogeant Ethenthia sur la situation, s'inquiétant du silence radio. Un astronef tout proche qui pourrait lui venir en aide.

Rien.

Erick activa les goupilles d'urgence des attaches qui retenaient le vaisseau au berceau. Les verniers projetèrent un déluge de gaz brûlants qui arrosa les parois de la baie, faisant choir des grues des couvertures thermo-isolantes. Le *Tigara* s'éleva d'un mètre, tirant sur les câbles ombilicaux branchés à son fuselage. Leurs couplages cédèrent, les envoyant fouetter l'espace.

Les réserves de carburant cryogénique étaient basses ; pas question de gaspiller du delta-V en s'alignant sur un vecteur idéal. Le programme d'astrogation lui fournit une série de choix.

Aucun d'eux ne correspondait à ce qu'il avait espéré. Et à part ça, quoi de neuf ?

Le dernier câble se brisa, et le *Tigara* sortit pesamment de la baie. Erick ordonna à l'ordinateur de bord d'élargir son canal de communication et de s'aligner sur Golmo et sur les habitats édénistes qui l'orbitaient. Les grappes de capteurs se rétractèrent comme l'énergie affluait aux nœuds ergostructurants.

L'ordinateur de bord lui signala qu'une plate-forme DS balayait l'astronef au radar. Puis il relaya à ses naneuroniques un signal en provenance du contrôle spatial.

— C'est vous, Erick ? On s'en doutait. Qui d'autre pourrait être aussi con et aussi courageux ? Ici Emonn Verona, Erick, et j'ai quelque chose à vous demander : ne faites pas ça. Cet astronef est une véritable épave ; j'ai le registre du MAC sous les yeux. Il est incapable de voler. Vous n'allez réussir qu'à vous faire mal, ou pis encore.

Erick transmit un message à Golmo, puis rétracta l'antenne parabolique en prévision du saut. La plate-forme DS s'était verrouillée sur lui. D'après le diagnostic d'avant-saut, certains des nœuds ergostructurants se comportaient de façon bizarre. Les programmes de surveillance du MAC lui lancèrent plusieurs avertissements. Il les désactiva.

— La partie est finie, Erick. Si vous ne regagnez pas la baie, vous allez rejoindre vos camarades dans l'au-delà. Et ce n'est pas ce que vous voulez. Tant qu'il y a de la vie, il y a de l'espoir. Pas vrai ? Vous êtes bien placé pour le savoir.

Erick ordonna à l'ordinateur de bord de lancer la séquence de saut.

6.

La harpie *Socrate* était un astronef mécanique plat en forme de V, au fuselage gris-blanc formé de plusieurs centaines de composants hétéroclites, un véritable puzzle de matériaux n'ayant parfois rien à voir avec l'astronautique. Deux longues nacelles étaient fixées à sa proue, des tubes transparents emplis d'un lourd gaz opaque et fluorescent qui passait par toutes les couleurs de l'arc-en-ciel au cours d'un cycle de trois minutes.

C'était un spectacle impressionnant que de voir le vaisseau glisser devant le firmament pour s'approcher de la corniche de Valisk. S'il avait été réel, ses armes exotiques auraient eu raison de tout un escadron des Forces spatiales de la Confédération.

L'illusion se dissipa comme un bus se dirigeait vers lui sur la corniche. Le *Socrate* redevint un ovoïde brunâtre avec un tore d'équipage autour de sa section centrale. Rubra distingua à l'arrière deux petites excroissances qu'il n'avait jamais vues sur un bâtiment de ce type. Elles correspondaient aux nacelles de fantaisie de l'astronef. Il se demanda si ces tumeurs étaient bénignes. La capacité énergétique des possédés empêchait-elle les métastases d'envahir l'organisme à mesure que les altérations de celui-ci devenaient moins illusoires et que les cellules se multipliaient pour obéir à la volonté de l'âme dominante ? Modifier la structure moléculaire de l'ADN et dompter la mitose, voilà qui semblait effroyablement complexe pour un pouvoir aussi grossier. Grâce à leur capacité énergétique, les possédés étaient capables de démolir les murs et de façonner la matière à leur guise ; jamais il ne les avait vus faire preuve de subtilité.

Peut-être que le problème de la possession se résoudrait par une orgie de cancers irrésistibles. Rares étaient les âmes revenantes qui se satisfaisaient de l'aspect physique des corps dont elles s'étaient emparées.

Il serait superbement ironique, songea-t-il, que la vanité soit la perte de ces entités aux pouvoirs quasi divins. Et cela pourrait devenir dangereux une fois qu'elles s'en seraient rendu compte. Les non-possédés deviendraient encore plus précieux, feraient l'objet de tentatives encore plus désespérées. Et l'Édénisme serait la dernière forteresse à investir.

Il décida de ne pas communiquer ses réflexions au Consensus de Kohistan. Ce serait pour lui un nouvel atout dans sa manche ; dans toute la Confédération, personne d'autre que lui ne jouissait d'un tel poste d'observation sur les possédés et leur comportement. Il n'était pas encore sûr de pouvoir exploiter ses connaissances, mais, en attendant, il n'avait aucune envie de les dévoiler.

Il confia à une sous-routine de sa personnalité principale le soin d'observer les mélanomes et carcinomes aberrants qui se développaient sur les possédés de l'habitat. Si ces tumeurs se révélaient malignes, la situation serait radicalement modifiée dans toute la Confédération.

Le bus s'éloignait à présent du *Socrate* et remontait la corniche. Kiera et une quarantaine de ses sbires se massaient dans un salon de réception. À son arrivée, le bus débarqua environ trente-cinq Nocturnes. Des gamins stupides et excités, chacun avec son mouchoir rouge autour de la cheville, émerveillés à l'idée d'avoir atteint la terre promise à l'issue de tant d'épreuves.

Il faut que vous mettiez un terme à ces vols, bon sang, lança Rubra au Consensus de Kohistan. **Ça fait près de deux mille victimes cette semaine. Il y a sûrement quelque chose à faire.**

Nous ne pouvons pas imposer un blocus aux harpies. Leur objectif n'altère pas l'équilibre stratégique du conflit, et il est relativement inoffensif.

Pas pour ces gosses !

Certes. Mais nous ne pouvons être les gardiens de tous. Les efforts et les risques nécessaires à l'organisation de ces rendez-vous clandestins avec les Nocturnes sont disproportionnés par rapport au bénéfice retiré.

En d'autres termes, tant que les harpies sont occupées à les ramasser, elles ne font pas de mal ailleurs.

Exact. Malheureusement.

Et dire que vous me traitiez de salaud sans cœur.

Tout le monde souffre des effets de la possession. Tant

que nous n'aurons pas découvert une solution au problème global, nous ne pouvons qu'espérer le contenir chaque fois que c'est possible.

Oui. Permettez-moi de vous faire remarquer que lorsque le cheptel de Kiera aura atteint le chiffre voulu, c'est moi qui souffrirai de ces fameux effets.

Ce n'est pas pour tout de suite. Les colonies-astéroïdes ont été informées de ces rendez-vous clandestins. Ils devraient être moins fréquents à l'avenir.

Je savais que j'aurais dû me méfier de vous.

Nous ne sommes pas responsables de ce qui vous arrive, Rubra. Et, s'il apparaît que Kiera se prépare à emporter Valisk hors de cet univers, vous avez toujours la ressource de vous transférer dans la strate neurale de l'un de nos habitats.

Je tâcherai de m'en souvenir. Mais je ne pense pas que vous aurez besoin de reprendre l'enfant prodigue que je suis. Dariat est presque prêt. Une fois qu'il sera mon allié, c'est Kiera qui s'inquiétera de l'endroit où je risque d'emporter Valisk.

Votre tentative de subversion est une stratégie risquée.

C'est comme ça que j'ai bâti Magellanic Itg, avec mes couilles. C'est aussi à cause d'elles que je vous ai rejetés. Vous n'en avez pas.

Tout cela ne nous mène nulle part.

Si ça marche, je serai en mesure de rendre les coups à un niveau qui vous est inconcevable. La vie, c'est le risque, vous ne l'avez jamais compris. Voilà ce qui nous distingue. Et n'allez pas me servir votre supériorité larmoyante. C'est moi qui ai eu une idée, moi qui ai une chance. Avez-vous d'autres solutions à me suggérer ?

Non.

Exactement. Alors arrêtez vos sermons.

Permettez-nous cependant de vous recommander la prudence. S'il vous plaît.

Recommandez toujours.

Rubra coupa le lien d'affinité avec son dédain habituel. Les circonstances l'avaient peut-être obligé à s'allier avec son ancienne culture, mais ce contact renouvelé n'avait fait que le convaincre qu'il avait eu raison de la rejeter plusieurs siècles auparavant.

Il orienta vers l'intérieur l'attention de sa routine principale. Le groupe de Nocturnes fraîchement débarqué avait été divisé pour le préparer à la possession. Un village temporaire avait poussé à la base de la calotte nord, un agrégat de tentes extravagantes et de petits cottages douillets pour abriter les possédés. Une version plus petite des camps qui entouraient les halls des gratte-ciel à mi-chemin de l'intérieur. Les équipes que Kiera avait chargées de sécuriser les gratte-ciel rencontraient de sérieuses difficultés. Et puis, de toute façon, les possédés se méfiaient encore des zones prétendument sans danger. Rubra n'avait jamais interrompu son harcèlement. Près de dix pour cent des serviteurs de l'habitat avaient péri lors d'opérations commando, mais il réussissait néanmoins à éliminer deux ou trois possédés par jour.

Séparés de leurs compagnons, les Nocturnes étaient des proies faciles. On aurait dit qu'une brume de suppliques et de hurlements montait au-dessus du village.

L'une des nouvelles routines de surveillance de Rubra lui signala une minuscule anomalie électrique dans le gratte-ciel où se cachait Tolton. Il avait découvert que l'électricité lui permettait de localiser Bonney Lewin quand elle utilisait sa capacité énergétique pour circonvenir sa surveillance visuelle. Une série de routines extrêmement sensibles, qui veillait également sur sa propre configuration bioélectrique, lui permettait parfois de détecter un possédé grâce au résidu de son pouvoir énergétique. En fait, l'ensemble de la structure de polype était devenu un détecteur de brouillage électronique. Le dispositif n'était guère fiable, mais Rubra en affinait constamment les éléments.

Il localisa la présence spectrale dans le vestibule du vingt-septième étage et constata qu'elle se déplaçait vers la membrane musculaire de la cage d'escalier. Sur le plan visuel, le vestibule était vide. Du moins selon ses sous-routines automatiques locales. Dans l'un des câbles de conduction organiques enfouis derrière le mur, le courant était parcouru d'infimes fluctuations.

Rubra diminua l'alimentation énergétique des cellules électrophorescentes du plafond. L'image visuelle resta la même durant deux ou trois secondes, puis le plafond s'assombrit. Le changement aurait dû être instantané. La présence responsable de l'anomalie électrique stoppa sa progression.

Il ouvrit un canal sur le bloc-processeur de Tolton.

— Fiche le camp, mon garçon. Ils arrivent.

Tolton quitta d'un bond le lit où il somnolait. Cela faisait cinq jours qu'il vivait dans cet appartement. La garde-robe de son occupant d'origine lui avait permis de changer de vêtements. Il avait également profité de sa collection d'albums FA et de pornosensos. Sans parler des mets délicats stockés dans la cuisine, qu'il avait arrosés de vins fins et de Larmes de Norfolk. Pour un poète maudit à la conscience sociale exacerbée, il s'était merveilleusement adapté à la condition d'hédoniste. Pas étonnant, donc, qu'il affiche un rictus en enfilant son pantalon de cuir.

— Où sont-ils ?

— Dix étages au-dessus de toi, lui assura Rubra. Ne t'inquiète pas, tu as tout ton temps. Je t'ai préparé un itinéraire de fuite.

— J'ai réfléchi, vous devriez peut-être me diriger vers une cache d'armes. Je pourrais commencer à équilibrer le score.

— Concentrons-nous sur l'essentiel, veux-tu ? Et puis, si tu t'approches suffisamment d'un possédé pour utiliser une arme, ça veut dire qu'il est suffisamment près pour la retourner contre toi.

Tolton s'adressa au plafond.

— Vous pensez que je ne peux pas me défendre ?

— Je te remercie de ta proposition, fiston, mais ils sont trop nombreux. Ta liberté est pour moi une grande victoire, ne va pas la gâcher.

Tolton fixa le bloc-processeur à sa ceinture et rassembla sa tignasse noire en queue de cheval.

— Merci, Rubra. Nous nous sommes tous trompés sur votre compte. Je sais que je suis probablement insignifiant à vos yeux, mais, quand toute cette histoire sera finie, je parlerai de ce que vous avez fait à toute la Confédération.

— Voilà un album FA que je m'empresserai d'acheter. Ce sera le premier depuis une éternité.

Tolton se planta devant la porte de l'appartement, inspira à fond tel un maître du yoga, s'assouplit les épaules tel un sportif en train de s'échauffer, hocha sèchement la tête et déclara :

— Je suis prêt, allons-y.

Rubra sentit une étrange bouffée de sympathie et même de fierté lorsque le poète sortit dans le vestibule. Quand Kiera avait entamé sa conquête, il était persuadé que Tolton ne tiendrait qu'un ou deux jours. Et voilà qu'il faisait partie de l'élite formée par les quatre-vingts non-possédés. S'il avait survécu, c'était entre autres parce qu'il suivait les instructions à la lettre ; en d'autres termes, parce qu'il avait en Rubra une confiance absolue. Et Rubra était prêt à tout pour lui épargner les griffes de Bonney.

La présence invisible avait repris sa progression et descendait l'escalier. Rubra entreprit d'altérer l'intensité des cellules électrophorescentes du plafond.

SALUT, BONNEY, écrivit-il. J'AI UNE PROPOSITION À TE FAIRE.

La présence fit halte.

ALLEZ, RÉPONDS, QU'EST-CE QUE TU AS À PERDRE ?

Il attendit. Une colonne chatoyante apparut dans l'air, comme si un gigantesque cocon d'argent venait de surgir du polype. Rubra perçut cette apparition comme un relâchement de la pression dans les sous-routines locales ; jusque-là, il n'avait même pas été conscient de cette pression. Puis la colonne perdit de son lustre et vira au kaki. Bonney Lewin se tenait sur les marches, pointant son Enfield dans toutes les directions.

— Quelle proposition ?

RENONCE À TA VICTIME PRÉSENTE, J'EN AI UNE PLUS INTÉRESSANTE À T'OFFRIR.

— Ça m'étonnerait.

KIERA A CESSÉ DE TRAQUER DARIAT ?

Bonney considéra d'un air pensif les lettres lumineuses.

— Tu cherches à me truander.

NON. JE SUIS SINCÈRE.

— Tu mens. Dariat te déteste ; il brûle d'envie de te détruire. Si nous l'aidons, il y réussira.

ALORS POURQUOI N'A-T-IL PAS DEMANDÉ VOTRE AIDE ?

— Parce qu'il est... bizarre.

NON. C'EST PARCE QUE S'IL AVAIT BESOIN DE VOUS POUR ME DÉTRUIRE, IL SERAIT OBLIGÉ DE PARTAGER AVEC VOUS LA PUISSANCE QUE LUI APPORTERAIT LA DOMINATION DE LA STRATE NEURALE. IL LA VEUT TOUT ENTIÈRE. IL A PASSÉ TRENTE ANS À ATTENDRE UNE OCCASION COMME CELLE-CI. CROIS-TU QU'IL VA RENONCER SI FACILEMENT ? QUAND IL EN AURA FINI AVEC MOI, CE SERA AU TOUR DE KIERA. PUIS SANS DOUTE AU TIEN.

— Donc, tu es prêt à nous le livrer. Ça ne tient toujours pas debout ; dans tout les cas, on finira par t'avoir.

DARIAT ET MOI JOUONS À NOTRE PROPRE JEU. JE NE M'ATTENDS PAS À CE QUE TU LE COMPRENNES. MAIS JE N'AI PAS L'INTENTION DE PERDRE FACE À LUI.

Elle se rongea un ongle.

— Je ne sais pas.

MÊME SI JE T'APPORTE MON AIDE, IL NE SERA PAS FACILE À ATTRAPER. EST-CE QUE TU CRAINDRAIS L'ÉCHEC ?

— Pas la peine d'essayer ce genre de truc avec moi, c'est pathétique.

TRÈS BIEN. ALORS, ACCEPTES-TU MA PROPOSITION ?

— C'est difficile à dire. Je n'ai aucune confiance en toi. Mais ce serait une traque superbe, et je suis intéressée. Je ne suis pas parvenue à renifler la piste de ce gibier-là, et pourtant ça fait longtemps que je le cherche. (Elle épaula son fusil.) D'accord, marché conclu. Mais rappelle-toi que, si tu as l'intention de me tendre un piège genre câble de dix mille volts, je peux toujours revenir. L'enregistrement de Kiera attire les débiles par milliers. Je reviendrai posséder l'un d'eux, et alors tu regretteras de ne pas avoir à affronter le seul Dariat.

COMPRIS. TROUVE UN BLOC-PROCESSEUR ET RÈGLE-LE SUR SES ROUTINES DE BASE, ÇA DEVRAIT LUI PERMETTRE DE FONCTIONNER. JE VAIS TE DIRE OÙ SE TROUVE DARIAT.

Dariat marchait le long du rivage de la mer circulaire sous le spectaculaire éclat orange et doré du phototube. La crique était bordée par un talus de terre en voie de décomposition d'où se déversait une avalanche d'herbe rose originaire de Tallok. Les excroissances du végétal xéno évoquaient une ligne de haute mer aux contours sinueux, et il avait l'impression d'avancer entre deux étendues d'eau de couleur différente. On n'entendait que le murmure des vaguelettes sur le sable et le pépiement des oiseaux qui regagnaient la terre ferme pour la nuit.

Il s'était souvent promené ici durant son enfance, une époque où la solitude était pour lui la seule forme de bonheur connue. À présent, il appréciait à nouveau d'être seul ; cela lui permettait de réfléchir, de concevoir de nouvelles routines subversives à insérer dans la strate neurale ; et il était affranchi de Kiera, de son avidité et de ses risibles ambitions. Ce dernier point devenait de plus en plus important à ses yeux. Les possédés le recherchaient depuis que les Édénistes avaient détruit les stations industrielles. Grâce à sa connaissance de l'habitat et à son affinité renforcée par la capacité énergétique, il lui était ridiculement facile de leur échapper. Rares étaient ceux qui s'aventuraient près de la vaste mer circulaire, préférant ne pas trop s'éloigner des camps édifiés autour des gratte-ciel. Comme ils ne pouvaient utiliser le métro, ils auraient été contraints de traverser les prairies, où des serviteurs hostiles guettaient les imprudents.

Danger, annonça Rubra.

Dariat fit mine de n'avoir pas entendu. Il arrivait sans peine à se dissimuler aux sens des possédés. Personne parmi eux n'en savait suffisamment sur l'affinité pour accéder correctement à la strate neurale. En conséquence, il ne cherchait même plus à se cacher de Rubra, pas plus qu'il ne se souciait d'afficher son corps illusoire. C'était trop stressant. Il payait cette mascarade en supportant les railleries et les petits jeux auxquels Rubra se livrait avec une régularité de métronome.

Elle t'a repéré, Dariat, elle arrive. Et elle est sacrément furieuse.

Sachant par avance qu'il allait le regretter, Dariat demanda : **Qui ça ?**

Bonney. Ils sont neuf à foncer vers toi dans leurs pick-up. Je crois que Kiera leur a demandé de lui rapporter ta tête. Pas nécessairement attachée à ton corps, semble-t-il.

Dariat ouvrit son lien d'affinité avec la strate neurale afin d'accéder aux sous-routines de surveillance. Et c'était vrai : deux pick-up fonçaient à travers la prairie rose.

— Merde.

Ils se dirigeaient droit sur la crique, n'en étaient plus qu'à cinq kilomètres.

Comment diable m'a-t-elle retrouvé ?

Aucune idée.

Dariat regarda droit devant lui, suivant la ligne de la côte qui s'incurvait derrière le phototube.

Est-ce que quelqu'un m'a repéré avec un capteur haute-résolution ?

Si oui, je ne le perçois pas. Quoi qu'il en soit, ça m'étonnerait qu'un capteur marche avec les possédés.

Des jumelles ? Et puis zut, peu importe.

Les hautes herbes dissimulaient encore les pick-up à ses yeux. Et ils étaient trop éloignés pour que son esprit perçoive les pensées de ses occupants. Alors comment l'avaient-ils trouvé ?

Il y a une station de métro à l'autre bout de la crique, dit Rubra. **Ils ne pourront jamais te retrouver dans le réseau. Je peux te conduire en n'importe quel point de l'habitat.**

Merci. Et m'envoyer une décharge de mille volts dès que j'aurai posé le pied dans une voiture. Tu l'avais oublié ?

Je ne veux pas t'expédier dans l'au-delà. Tu le sais. Je t'ai fait une proposition, et elle tient toujours. Viens dans la strate neurale. Joins ton esprit au mien. Ensemble, nous les annihilerons. Valisk peut être purgé. Nous les emporterons dans des dimensions où l'existence même sera pour eux une souffrance indicible. Nous nous vengerons tous les deux.

Tu es fou.

Décide-toi. Je peux te cacher en attendant. Que préfères-tu ? Kiera ou moi ?

Dariat recevait toujours l'image des pick-up transmise par les cellules visuelles. Ils fonçaient à pleine vitesse, secoués par le terrain inégal.

Je crois que je vais prendre le temps de la réflexion.

Il se mit à courir vers la station de métro. Une minute plus tard, les pick-up tentèrent de l'intercepter.

— Nom de Dieu !

Le corps de Horgan était raisonnablement musclé, mais il n'était âgé que de quinze ans. L'imagination de Dariat lui conféra des jambes d'athlète, dont la peau luisante d'huile recouvrait des muscles puissants. Il gagna en vitesse.

Je me demande quelle est la conséquence d'un tel acte sur ta glycémie ? Je veux dire, l'énergie vient forcément de quelque part. Ne me dis pas que tu convertis directement en protéines la déperdition énergétique de l'au-delà.

Le cours de science attendra un peu.

Il vit la station devant lui, une structure de polype trapue au bord de la falaise, pareille à un silo à moitié enfoui dans le sable. Les pick-up n'étaient plus qu'à un kilomètre. Bonney, dressée sur le siège passager du véhicule de tête, pointait son Enfield sur lui par-dessus le pare-brise. Des éclats de feu blanc criblèrent le sable autour de lui. Il courba l'échine pour parcourir les cinquante derniers mètres, s'abritant derrière un talus pour foncer vers l'entrée de la station.

À l'intérieur, deux escalators en double hélice, montant et avançant à un rythme lent. Le long de leur axe de symétrie, un hologramme tubulaire aux couleurs violentes, sur lequel glissaient des pubs. Dariat bondit sur l'escalator de descente et le dévala, sans prendre la peine de prendre appui sur la rambarde.

Il arriva au niveau souterrain alors que les pick-up freinaient au-dehors ; Bonney fonça vers l'entrée de la station. Sur le quai attendait une rame pareille à une balle d'aluminium étincelant. Dariat fit halte, pantelant, et fixa la porte ouverte.

Monte !

Une vive inquiétude se lisait dans cet ordre mental, ce que Dariat eut peine à croire.

Si tu m'as tendu un piège, je reviendrai. Je suis prêt à me livrer à Anstid pour exaucer ce vœu.

Imagine ma terreur. Je te l'ai déjà dit, j'ai besoin que tu sois indemne et coopératif. Allez, monte.

Dariat ferma les yeux et posa le pied dans la voiture. La porte se referma derrière lui et il sentit une légère vibration, produite par l'accélération de la rame. Il rouvrit les yeux.

Tu vois ? taquina Rubra. **Je n'ai rien d'un croque-mitaine, après tout.**

Dariat s'assit et inspira à fond pour ralentir les battements de son cœur. Grâce aux cellules sensorielles, il vit une Bonney Lewin apoplectique descendre d'un bond du quai désert et vider son Enfield dans le tunnel enténébré. Elle beuglait des obscénités. Les chasseurs qui l'accompagnaient observaient une distance respectueuse. L'une de ses bottes était posée sur le rail de guidage magnétique.

Grille-la, dit Dariat. **Vite !**

Oh, non ! Ceci est beaucoup plus amusant. Je vais peut-être découvrir que les morts ont parfois des crises cardiaques.

Tu es vraiment un salaud fini.

En effet. Et pour te le prouver, je vais à présent te révéler le secret d'Anastasia. La seule chose qu'elle ne t'a jamais montrée.

Dariat retrouva aussitôt sa méfiance.

Encore des mensonges.

Pas cette fois-ci. Ne me dis pas que tu n'as pas envie de connaître ce secret, Dariat. De le connaître à fond. Je l'ai toujours su. Je sais ce qu'elle représente pour toi. Tout ce qu'elle représente pour toi. Son souvenir a été assez puissant pour te motiver pendant trente ans. C'est presque inhumain, Dariat. Je te respecte énormément. Mais cela te rend vulnérable à mes attaques. Parce que tu veux savoir, n'est-ce pas ? Je possède, j'ai vu ou j'ai entendu quelque chose que tu ignores. Un petit fragment d'Anastasia que tu ne possèdes pas. Sans cette connaissance, tu seras incapable de vivre.

Je serai bientôt en mesure de lui poser la question. Son âme m'attend dans l'au-delà. Quand j'en aurai fini avec toi, j'irai la rejoindre, et nous serons de nouveau ensemble.

Bientôt, ce sera trop tard.

Tu es incroyable, tu sais ?

Bien. Je t'emmène là-bas.

Comme tu voudras.

Dariat refoula son épuisement pour mieux afficher son indifférence. Mais au fond de lui, sous ce masque d'assurance et de défi, son moi adolescent était mort d'inquiétude. Ce même moi qui idolâtrait Anastasia. Et voilà qu'il y avait une chance, une chance infime, pour que cette idole soit viciée, malhonnête. Ce doute le rongeait, affaiblissait la résolution qui lui avait si longtemps permis de tenir.

Anastasia ne lui aurait jamais rien caché. N'est-ce pas ? Elle l'aimait, elle le lui avait dit. C'était la dernière chose qu'elle ait dite, qu'elle ait écrite.

Rubra conduisit la rame dans une station desservant un gratte-ciel et ouvrit la porte.

Direction le trente-deuxième étage.

Dariat fouilla du regard la petite station et le large corridor menant au hall du gratte-ciel. Il percevait les pensées des possédés qui campaient au-dehors. Personne ne s'intéressait à lui. Il courut vers la rangée d'ascenseurs au centre du hall, l'atteignant sans être remarqué.

La cabine le déposa dans le vestibule du trente-deuxième étage. Une section résidentielle tout ce qu'il y avait d'ordinaire : vingt-quatre portes mécaniques donnant sur des appartements, trois membranes musculaires menant à des cages d'escaliers. L'une des portes mécaniques s'ouvrit doucement sur un living plongé dans l'obscurité.

Dariat sentit à l'intérieur un esprit endormi, aux courants mentaux des plus placides. Lorsqu'il tenta d'utiliser les sous-routines d'observation de la chambre, il s'aperçut que c'était impossible. Rubra les avait effacées.

Oh non, mon garçon, entre et affronte ta destinée comme un homme.

Dariat tiqua. Cependant... un non-possédé inconscient et tout seul. Il ne pouvait pas être très dangereux. En pénétrant dans l'appartement, il ordonna aux cellules électrophorescentes de passer à l'intensité maximale. Elles lui obéirent.

Sur le lit, une femme était allongée dans un sac de couchage, les épaules dénudées. Sa peau très noire présentait de fines rides, trahissant le début du vieillissement et l'apparition d'une surcharge pondérale contre laquelle elle n'était pas génétiquement armée pour lutter. Ses cheveux d'un noir de jais, finement tressés, étaient étalés sur l'oreiller, chaque tresse s'achevant par une perle couleur de lune.

Elle poussa un petit gémissement comme la lumière s'allumait, puis se retourna. Son petit nez retroussé semblait incongru au milieu de son visage déjà gagné par la cellulite.

NON ! L'espace d'un instant, tous les sens de Dariat se saturèrent d'horreur. Cette femme était identique à Anastasia. Ses traits, la couleur de sa peau, même son âge... tout collait. Si des médecins étaient entrés dans le tipi, ils avaient pu réussir à réanimer son corps, et un hôpital avait pu régénérer ses cellules cérébrales mortes grâce à la thérapie génique. C'était possible, on aurait tenté le coup pour le président du Gouvcentral ou l'héritier du trône de Kulu. Mais pas pour une fille de Starbridge considérée comme une vermine par le personnel de son habitat. Le choc s'estompa.

Qui qu'elle fût, elle hurla dès qu'elle le vit.

— Tout va bien, dit Dariat.

Les cris stridents de la femme l'empêchaient d'entendre sa propre voix.

— Rubra ! L'un d'eux m'a retrouvée. Rubra, au secours.

— Non, fit Dariat. Je ne suis pas... enfin...

— Rubra ! RUBRA.

— S'il vous plaît, implora Dariat.

Cela la fit taire.

— Je ne vous ferai aucun mal, lui dit-il. Ils me traquent, moi aussi.

— Hein ?

Elle braqua son regard sur la porte.

— C'est vrai. C'est Rubra qui m'a conduit ici.

Elle rajusta son sac de couchage, faisant tinter ses fins bracelets de bronze et d'argent.

Dariat fut pris d'un nouveau frisson. C'étaient les mêmes que ceux portés par Anastasia.

— Vous êtes de Starbridge ?

Elle acquiesça, les yeux écarquillés.

Ce n'est pas la bonne question, intervint Rubra. **Demande-lui quel est son nom.**

Il s'en voulait à mort. De céder, de jouer le jeu de Rubra.

— Qui êtes-vous ?

— Tatiana, bredouilla-t-elle. Tatiana Rigel.

L'écho du rire moqueur, triomphant, de Rubra lui fit vibrer le crâne.

Tu as pigé, mon garçon ? Je te présente la petite sœur d'Anastasia Rigel.

Encore une conférence de presse ! Heureusement que les nouvelles technologies avaient progressé au-delà du stade du flash. Al avait toujours détesté ces saletés du temps de Chicago. On l'avait souvent pris en photo alors qu'il levait la main pour se protéger de leur éclair ; des photos que les feuilles de chou s'empressaient de publier, car il avait l'air de vouloir se cacher, ce qui confirmait sa culpabilité.

Il avait décidé de convoquer la presse dans la grande salle de bal du Hilton de Monterey, assis à une longue table et le dos tourné à la baie vitrée. Ainsi, les reporters auraient une vue imprenable sur la flotte victorieuse de retour d'Arnstadt, qui s'était mise en position à cinq kilomètres de l'astéroïde. Selon Leroy Octavius, elle fournirait une toile de fond idéale aux spectaculaires nouvelles qu'il devait annoncer.

Sauf que les astronefs ne s'étaient pas tout à fait placés aux bonnes coordonnées, de sorte qu'ils n'apparaissaient que périodiquement ; les journaleux devaient tourner la tête pour les voir. Et tout le monde savait que l'Organisation avait conquis Arnstadt et Kursk, ce n'était pas un scoop, même si cette conférence officialisait la nouvelle.

Dramaturgie, sens du spectacle : tels étaient les mots clés. Al s'assit donc à la longue table, ornée de vases de fleurs plutôt incongrus, entouré de Luigi Balsamo et de deux autres capitaines. Il déclara aux journalistes que le réseau DS d'Arnstadt avait succombé presque tout de suite et que la population s'était empressée d'accepter l'investiture de l'Organisation après qu'un « nombre limité » de gouvernants eurent été possédés. Et l'économie du système stellaire tournait comme une horloge.

— Avez-vous fait usage de l'antimatière, Al ? demanda Gus Remar.

Rompu à ce genre d'exercice, le journaliste pensait savoir jusqu'où il pouvait aller trop loin. Capone fonctionnait suivant les codes d'un étrange sens de l'honneur ; personne ne se faisait griller pour cause de curiosité, sa réprobation étant réservée à ses seuls opposants.

— C'est ce qu'on appelle une question stupide, mon pote, répliqua Al en refoulant un rictus. Pourquoi tenez-vous à la poser ? On a plein d'infos intéressantes sur les problèmes médicaux dont nos lieutenants soulagent les non-possédés. Vous ne vous intéressez qu'au côté négatif des choses. C'est presque une obsession chez vous.

— L'antimatière est ce que l'on connaît de plus horrible dans la Confédération, Al. Les gens s'intéressent forcément aux bruits qui courent. Certains astros racontent qu'ils ont lancé des guêpes de combat propulsées à l'antimatière. Et les stations industrielles du système produisent des systèmes de confinement de l'antimatière. Est-ce que vous avez une station de production, Al ?

Leroy Octavius, qui se tenait derrière Al, se pencha pour lui murmurer quelques mots à l'oreille. Le visage fermé d'Al reprit un peu de sa bonne humeur.

— Je ne peux ni confirmer ni nier que l'Organisation ait accès à des armes invincibles.

Ça n'empêcha pas les journaleux de reposer la question. Al

perdit alors le contrôle de la conférence de presse. Il n'eut même pas la possibilité de lire le boniment préparé par Leroy sur les nouveaux bonus médicaux, ni d'expliquer les dispositions prises pour que la pénurie de nourriture constatée sur Arnstadt n'affecte pas les autres mondes possédés.

En conclusion, comme on lui demandait s'il préparait une nouvelle invasion, Al se contenta de gronder :

— Vous verrez bien.

Puis il s'en fut.

— Ne t'inquiète pas, on censurera les reportages, dit Leroy alors qu'ils descendaient dans l'ascenseur.

— Ils pourraient montrer un peu de respect, grommela Al. Si je n'étais pas là, ils auraient déjà été possédés et hurleraient d'agonie à l'intérieur de leur crâne. Décidément, ces salopards ne changeront jamais.

— Tu veux qu'on leur fasse la leçon ? demanda Bernhard Allsop.

— Non. Ce serait stupide. Si les agences de presse de la Confédération diffusent nos reportages, c'est uniquement parce qu'ils émanent de non-possédés.

Al détestait voir Bernhard jouer au dur pour lui prouver sa loyauté. Je devrais me débarrasser de lui, il commence à me courir sur le râble.

Mais il n'était pas facile de se débarrasser des gens, ces temps-ci. Ils risquaient de revenir dans un autre corps, avec une rancune grosse comme le mont Washington.

Bordel de merde, toujours des problèmes.

Les portes de la cabine s'ouvrirent au sous-sol, un niveau dépourvu de fenêtres et dévolu aux machines environnementales, aux pompes et aux réservoirs embués de condensation. On avait installé un ring en son centre, entouré de l'équipement habituel – vélos d'exercice, poids et haltères et punching-balls : le gymnase de Malone.

Chaque fois qu'il avait envie de se détendre, Al descendait ici. Il avait toujours apprécié le sport à Chicago ; à cette époque, chaque match était un événement. Cela lui manquait. Mais s'il avait pu faire revenir de son passé l'Organisation, la danse et la musique, alors pourquoi pas aussi le sport ?

Avram Harwood avait fouillé les fichiers de l'Organisation et trouvé un dénommé Malone, qui prétendait avoir été entraîneur de boxe à New York durant les années 1970.

Al s'avança dans le gymnase, suivi par cinq de ses principaux lieutenants, Avram Harwood et quelques sous-fifres comme Bernhard. Le sous-sol était des plus bruyants, et il fallait crier pour se faire entendre par-dessus le vacarme des pompes, de la musique et des coups assénés aux punching-balls. L'ambiance idéale : l'odeur du cuir et de la sueur, le choc sourd des directs, les cris que Malone lançait à ses poulains.

— Comment ça se passe ? demanda Al à l'entraîneur.

Malone haussa les épaules, et son visage de brute afficha un air misérable.

— Les mecs d'aujourd'hui, ce sont des mauviettes, Al. Ils ne veulent pas se taper dessus, ils pensent que c'est immoral ou quelque chose comme ça. On ne trouvera pas d'Ali ou de Cooper sur cette planète. Mais j'ai quelques gars prometteurs, des jeunes qui ont vécu à la dure. Ils se démerdent plutôt bien. (Il pointa un doigt boudiné sur le ring.) Joey et Gulo, peut-être qu'ils ont ce qu'il faut.

Al examina les deux boxeurs qui dansaient sur le ring. Des types costauds, bien bâtis, vêtus de shorts bariolés. Il en savait assez sur le noble art pour voir qu'ils se tenaient bien mais qu'ils négligeaient l'attaque en faveur de la défense.

— Je vais les regarder un peu, dit-il à Malone.

— Bien sûr, Al. Je t'en prie. Hé ! Gulo, protège ta gauche, ta gauche, bourrin !

Joey vit une ouverture et décocha à Gulo un direct du droit. L'autre opta pour un corps à corps, et les deux hommes rebondirent sur les cordes.

— Séparez-vous ! beugla l'arbitre.

Al s'assit sur un tabouret et observa le combat d'un air ravi.

— Bien, quel est l'ordre du jour pour aujourd'hui ? Je t'écoute, Avvy.

Al remarqua que les tics de l'ex-maire s'aggravaient de plus en plus. Et certaines de ses plaies n'avaient pas guéri, en dépit des tentatives des lieutenants d'Al. Il était risqué de garder auprès de soi un auxiliaire aussi rongé par le ressentiment. Mais ce type était un administrateur hors pair ; il aurait toutes les peines du monde à le remplacer.

— Le nombre de délégations étrangères se monte à présent à quinze, déclara Avram Harwood. Elles souhaitent toutes vous rencontrer.

— Des délégations étrangères, hein ? (Al sentit son intérêt s'éveiller.) Qu'est-ce qu'elles veulent ?

— En bref, votre assistance, dit Avram sans tenter de cacher son irritation.

Al fit mine de n'avoir rien vu.

— Pour quoi faire ?

— Elles sont toutes envoyées par des colonies-astéroïdes, intervint Patricia Mangano. La première à être arrivée ici est celle de Toma, dans le système de Kolomna. Leur problème, c'est que cet astéroïde n'a que quatre-vingt-dix mille habitants. Ça leur donne une capacité énergétique amplement suffisante pour lui faire quitter cet univers. Mais ils se sont rendu compte que ça n'allait pas être spécialement marrant de passer le reste de l'éternité dans des biosphères de taille moyenne et complètement dépendantes de la technologie. En particulier quand un tiers des possédés viennent d'époques préindustrielles.

— C'est ce que je me tue à dire depuis le début, nom de Dieu ! s'exclama Al. Ça ne sert à rien de faire disparaître des planètes entières tant qu'on n'a pas mis la Confédération au tapis.

Plusieurs boxeurs s'étaient approchés du ring. Percevant sans doute leur intérêt, Joey et Gulo redoublaient d'efforts pour se cogner dessus. Les encouragements lancés par Malone se firent plus frénétiques.

— Alors, pourquoi ont-ils besoin de moi ? demanda Al.

— Les gars de Toma veulent migrer en masse sur Kolomna.

— Jé-sus !

— Ils veulent un coup de main de notre flotte. Si nous choisissons Kolomna comme prochaine cible, ils nous apporteront leur coopération pleine et entière tant que nous en aurons besoin. Toutes les stations industrielles du système se mettront au service de la flotte, tous les astronefs capturés seront convertis en vaisseaux de guerre ou en transports de troupes, et ils soumettront la population de la planète en suivant le modèle de l'Organisation. Ils disent qu'ils veulent devenir tes lieutenants.

Al était flatté, ça illuminait sa journée.

Sur le ring, les deux boxeurs transpiraient abondamment. Les lèvres de Gulo étaient en sang. L'œil gauche de Joey était tuméfié. Les spectateurs leur lançaient des cris et des sifflets.

— C'est risqué, commenta Luigi. Kolomna est la planète natale du grand amiral Samual Aleksandrovich. Il ne va sûrement pas apprécier. J'aurais la même réaction à sa place. Et puis, on n'a pas fini de préparer l'invasion de Toi-Hoi.

Al oscilla sur son tabouret et fit apparaître un havane déjà allumé.

— Que l'amiral se fâche, ça ne m'inquiète pas spécialement

vu ce que je lui prépare. Est-ce qu'il serait possible d'envoyer une partie de la flotte à Kolomna ?

— Désolé, boss, mais ça recoupe l'une des mauvaises nouvelles que je dois t'annoncer, dit Luigi. La Confédération nous mène la vie dure à Arnstadt. Elle envoie des faucons au-dessus des deux pôles, et ils lâchent des bombes invisibles sur les plates-formes DS. Des bombes furtives, comme ils disent. On perd un tas de matériel tous les jours. Et la population non-possédée fait un peu de résistance – beaucoup de résistance, en fait. Nos nouveaux lieutenants sont obligés de faire usage de la force pour établir notre autorité. Comme ça leur donne des velléités d'indépendance, on est obligés de faire donner les plates-formes DS pour les tenir en respect. Sauf que la Confédération élimine nos plates-formes l'une après l'autre, de sorte qu'on doit faire appel à nos astronefs, qui sont tout aussi vulnérables.

— Nom de Dieu de merde, Luigi ! rugit Al. Est-ce que tu es en train de me dire qu'on va perdre la bataille ?

— Sûrement pas ! protesta Luigi, indigné. On envoie des patrouilles au-dessus des pôles. On leur rend coup pour coup, Al. Mais il nous faut cinq ou six vaisseaux pour bloquer chacun de leurs putains de faucons.

— Ils cherchent à nous embourber, dit Silvano Richmann. Délibérément. On perd aussi des astronefs dans les colonies-astéroïdes d'Arnstadt. Les faucons effectuent des raids éclairs, lancent une douzaine de guêpes de combat et disparaissent avant qu'on ait eu le temps de réagir. C'est une sale guerre, Al, une guerre sournoise.

— Les forces spatiales modernes découlent du concept de frappe tactique, expliqua Leroy. Leur rôle est de faire des dégâts sur un front étendu afin que l'ennemi disperse ses défenses. Si l'ennemi a opté pour la guérilla, c'est dans le but de détruire ta flotte à petit feu.

— C'est pas des guerriers, c'est des couards, grommela Silvano.

— Et ça ne va pas s'arranger, avertit Leroy. Maintenant qu'ils ont vu que cette tactique était efficace à Arnstadt, ils vont l'appliquer ici. Le réseau DS de la Nouvelle-Californie est vulnérable aux mines furtives, lui aussi. Notre avantage, c'est que l'Organisation a assuré sa domination sur la planète. On n'a pas besoin de la maintenir en permanence comme on le fait sur Arnstadt. La semaine dernière, je crois qu'on n'a eu à effectuer que dix frappes au sol.

— Douze, corrigea Emmet. Mais une bonne partie de notre

capacité industrielle est orbitale. Je n'aimerais pas la voir amoindrie par une campagne de frappes furtives. Et comme nos colonies-astéroïdes du système extérieur ne nous fournissent pas le matériel demandé, la production commence à tourner au ralenti.

— C'est parce que notre problème est essentiellement le même que celui des délégations étrangères, dit Leroy.

— Continue, dit Al d'un air morose.

Il roulait distraitement le cigare entre ses doigts, son extrémité à présent éteinte pointée vers le bas. Mais il ne quittait pas le ring des yeux. Joey commençait à flancher, à vaciller sur ses jambes, tandis que le sang coulait du visage de Gulo, maculant son torse et aspergeant le tapis. Le gong ne sonnerait pas ; le combat prendrait fin quand l'un des deux hommes s'effondrerait.

— Tous les possédés veulent vivre sur une planète, reprit Leroy. La population d'un astéroïde est insuffisante pour maintenir une civilisation pendant l'éternité. On commence à voir pas mal de spationefs quitter les colonies-astéroïdes pour gagner la Nouvelle-Californie. Et pour chaque possédé qui débarque, il y en a dix qui attendent le prochain départ.

— Nom de Dieu ! s'écria Al. Dès que ces traîne-misère seront ici, vous me les renvoyez à leur point de départ. Les usines des astéroïdes doivent tourner à plein régime. Pigé ?

— Je vais aviser le commandement DS, dit Leroy.

— Et veille à ce qu'ils comprennent que je ne rigole pas.

— Entendu.

Al ralluma son cigare d'un regard.

— Okay. Alors, Luigi, quand est-ce qu'on peut commencer la conquête du système de Toi-Hoi ?

L'intéressé haussa les épaules.

— Je vais être franc avec toi, Al : notre planning d'origine ne pourra sans doute pas être tenu.

— Pourquoi ?

— On pensait pouvoir doubler la taille de notre flotte avec les astronefs d'Arnstadt. Et c'est ce qu'on a fait. Mais on a besoin de pas mal de vaisseaux pour faire respecter l'ordre dans ce système, et les équipages fiables commencent à se faire rares. Et puis il y a Kursk. On a fait une erreur sur ce coup-là, Al, ce système vaut que dalle. C'est à cause de ces enfoirés de bouseux. Ils ne se rendront jamais.

— Mickey est là-bas en ce moment, dit Silvano. Il tente de mener une offensive pour les éliminer. C'est pas facile. Ces salauds ont pris le maquis. Ils se planquent dans les arbres et dans les grottes, dans tout un tas de cachettes que les satellites-capteurs ne parviennent pas à localiser. Et la Confédération nous tombe sur le râble avec ses armes furtives, comme si Arnstadt n'était qu'un tour d'échauffement. On perd trois ou quatre astronefs par jour.

— Je pense que Luigi a raison en disant que c'était une erreur d'envahir Kursk, dit Emmet. Ça nous coûte du blé et on n'a aucun retour. Je suis pour qu'on se retire ; que les possédés de la planète se débrouillent tout seuls pour la conquérir.

— Ça veut dire que l'Organisation n'aura plus aucun pouvoir là-bas, fit remarquer Patricia. Une fois que tous les habitants seront possédés, ils emporteront la planète hors de l'univers.

— Tout ce que cette victoire nous a apporté, c'est une bonne propagande, dit Leroy. Et cette propagande a fait son temps. Emmet a raison. Je pense qu'on ne devrait s'intéresser qu'aux planètes ayant dépassé la phase quatre, elles nous permettent de remplacer nos pertes à moindres frais.

— Ça se tient, acquiesça Al. Ça m'embête de perdre Kursk, mais, vu sous cet angle, je ne pense pas que nous ayons le choix. Luigi, dis à Mickey de revenir ici, avec tous ses astronefs et toutes ses troupes dans la mesure du possible. Je veux qu'on fonce sur Toi-Hoi dès qu'on aura fait le plein de matériel. Sinon, les gens vont se dire qu'on est coincés ; et on ne doit pas faire du surplace, c'est important.

— Entendu, boss. J'aimerais qu'on envoie Cameron Leung comme messager, si tu n'as pas besoin de lui. Ça ira plus vite et ça limitera nos pertes.

— Oui, pas de problème. Envoie-le pronto. (Al souffla un rond de fumée vers le plafond.) Il y a autre chose ?

Leroy et Emmet échangèrent un regard résigné.

— Il y a pas mal de problèmes avec l'argent en ce moment, dit Emmet. Je suppose qu'on pourrait appeler ça du trafic de fausse monnaie.

— Jé-sus, je croyais que les savants que vous êtes aviez tout prévu.

— Ce truc était soi-disant infaillible, dit Silvano avec un sourire démoniaque.

— Ça aurait dû marcher, insista Emmet. Le problème n'est pas dans le principe mais dans son application. Nos soldats font preuve de malhonnêteté en déterminant la durée que les possédés sont censés consacrer à l'apurement de leur dette énergétique. Les gens commencent à se plaindre. La colère monte sérieusement, Al. Tu vas devoir expliquer aux lieutenants qu'il est crucial de respecter les règles. L'économie qu'on a bricolée est déjà assez fragile comme ça, elle n'a pas besoin de cette crise de confiance. Si elle s'effondre, on va perdre le contrôle de la planète, et ça sera pareil que sur Kursk. On ne peut pas utiliser les plates-formes DS pour éliminer tous ceux qui ne sont pas d'accord avec nous ; nous devons tenir la majorité, mais de façon plus subtile que ça.

— D'accord, d'accord.

Al agita la main, agacé par le ton d'instituteur adopté par Emmet.

— Vu ce que nous avons pu observer jusqu'ici, reprit celui-ci, je ne suis même pas sûr qu'une population de possédés incontrôlés serait capable de se nourrir. Elle abandonnerait sûrement les villes dès que les approvisionnements se tariraient. Un vaste domaine cultivé est nécessaire pour alimenter une ville comme San Angeles.

— Tu vas arrêter tes salades ? J'ai pigé, d'accord ? Ce que je veux savoir, c'est ce que tu comptes faire pour empêcher ça.

— Il est temps que tu rencontres à nouveau les lieutenants en poste sur la planète, Al, dit Leroy. On peut exploiter le retour de la flotte, leur montrer que les choses avancent dans l'espace, leur rappeler qu'ils ne seraient rien sans nous. Les faire rentrer dans le rang.

— Ô Seigneur Jé-sus, non, pas une tournée. Je viens juste de rentrer !

— Tu règnes sur deux systèmes stellaires, Al, dit Leroy d'un ton neutre. Ça entraîne certaines obligations.

Al grimaça. Le manager obèse avait raison, comme toujours, bordel. Ce n'était pas un petit jeu qu'il pouvait reprendre quand il en avait envie, ce n'était pas comme dans le temps. À Chicago, il s'était appuyé sur une structure existante pour progresser ; aujourd'hui, la structure, c'était lui. Ce fut à ce moment-là qu'il prit conscience de sa responsabilité, de l'énormité de ce qu'il avait créé.

Si l'Organisation s'effondrait, des millions tomberaient à ses côtés – vivants comme ressuscités –, leurs espoirs brisés sur les récifs de son intransigeance égoïste. Alcatraz avait été la conséquence de son dernier flirt avec l'hubris. Alcatraz serait une plaisanterie comparé aux souffrances qu'il endurerait en cas d'échec.

Le combat de boxe, qui approchait péniblement de son terme, avait cessé d'attirer les regards ; la plupart des possédés présents dans le gymnase fixaient Al d'un air inquiet. Ils sentaient l'horreur et la confusion qui lui agitaient l'esprit. Leroy et Avram attendaient, intrigués par ce soudain silence gêné.

— C'est entendu, Leroy, dit Al d'une petite voix. Je sais ce que j'ai à faire. Et je n'ai jamais eu peur de le faire. Ne l'oublie pas. Alors organise cette tournée. Pigé ?

— Oui.

— Ça me fera du changement. Très bien, les gars, vous savez tous ce que vous avez à faire. Faites-le.

Gulo décocha à Joey un ultime coup à l'estomac qui l'envoya s'effondrer dans un coin. Malone monta sur le ring pour examiner le vaincu. Gulo resta planté là, se demandant ce qu'il devait faire. Le sang dégoulinait de son menton.

— Okay, mon garçon, dit Malone. Ça ira pour aujourd'hui.

Al jeta son cigare et s'approcha des cordes. Il fit signe à Gulo de se baisser.

— Tu t'es sacrément bien débrouillé, mon gars. Ça fait combien de temps que tu t'entraînes ?

Gulo ôta de sa bouche un protège-dents ensanglanté.

— Neuf jours, monsieur Capone, marmonna-t-il.

Des gouttelettes de sang, propulsées par son souffle, atterrirent sur le costume d'Al.

Il prit la tête du gamin d'une main et la fit tourner de droite à gauche, examinant les plaies et les bosses sous le casque de protection. Il se concentra, sentant un frisson glacé lui parcourir le bras et se propager jusqu'au visage du jeune homme. Celui-ci cessa de saigner, et ses bosses diminuèrent de volume.

— Tu feras l'affaire, décida Al.

Jezzibella était allongée sur le lit circulaire. Un holoécran monté sur le mur affichait une image du gymnase relayée par un capteur logé dans le plafond de celui-ci. Emmet, Luigi et Leroy s'étaient rapprochés pour discuter sérieusement, et leurs murmures amplifiés emplissaient la chambre.

— Dure journée, mon amour ? demanda Jezzibella.

Elle avait l'allure d'une dure au cœur tendre. Son visage était grave, ses traits fins légèrement rougis. Ses joues s'encadraient dans une coiffure à la garçonne.

— Tu l'as vu toi-même, dit Al.

— Ouais.

Elle déplia ses jambes et se leva, luttant avec le tissu de sa longue robe soyeuse. Dépourvue de ceinture, celle-ci était ouverte jusqu'à la taille, laissant voir un nombril bien dessiné.

— Viens, mon chou. Allonge-toi.

— C'est la meilleure proposition que j'aie eue de la journée, dit Al, s'inquiétant toutefois de son propre manque d'enthousiasme.

— Non, pas ça ; tu as besoin de te détendre.

Il poussa un grognement, mais s'exécuta. Une fois étendu sur le dos, il se passa les mains derrière la tête et fixa le plafond en fronçant les sourcils.

— C'est dingue. J'aurais pu prévoir cette histoire de fric ; surtout moi. Tout le monde triche, tout le monde truande. Qu'est-ce qui a pu me faire croire que mes soldats seraient honnêtes ?

Jezzibella planta un pied de chaque côté de sa taille, puis s'assit. Le tissu de sa robe devait être sacrément électrisé, se dit-il, rien d'autre ne pouvait expliquer la façon qu'il avait de lui coller à la peau à toutes les zones stratégiques. Elle lui posa les doigts à la base du cou, ses pouces s'enfonçant profondément.

— Hé ! Qu'est-ce que tu fabriques ?

— J'essaie de te détendre, tu te rappelles ? Qu'est-ce que tu es crispé.

Ses doigts décrivaient des cercles, faisaient presque vibrer les muscles d'Al.

— Ça fait du bien, admit-il.

— Pour bien faire, il me faudrait des huiles parfumées.

— Tu veux que j'en conjure quelques-unes ?

En fait, il n'était pas sûr de se débrouiller aussi bien avec les odeurs qu'avec les formes.

— Non. C'est marrant d'improviser, on ne sait jamais ce qu'on va découvrir. Retourne-toi et enlève ta chemise.

Al roula sur lui-même en bâillant. Il cala son menton sur ses mains croisées tandis que Jezzibella faisait courir ses doigts sur sa colonne vertébrale.

— Je ne sais pas ce que je déteste le plus, dit-il. Me retirer de Kursk ou devoir admettre que cet empaffé de Leroy avait raison.

— Kursk, c'est une retraite stratégique.

— Une fuite est une fuite, ma poupée. Quel que soit le nom qu'on lui donne.

— Je pense avoir trouvé quelque chose qui pourrait t'aider avec Arnstadt.

— Quoi donc ?

Elle se pencha vers la table de chevet, attrapa un petit bloc-processeur et tapa sur son clavier.

— Je n'ai vu cet enregistrement qu'aujourd'hui. Leroy aurait dû me l'apporter plus tôt. Apparemment, il circule dans toute la Confédération. Il nous vient de l'une des délégations étrangères qui t'ont demandé audience.

Sur l'holoécran, le gymnase disparut pour laisser la place à Kiera Salter étendue sur son rocher.

— Ouais, voilà qui me remonte le moral, dit Al d'une voix enjouée.

Jezzibella lui donna une claque sur les fesses.

— Sois sage, Al Capone. Oublie ses roberts et écoute ce qu'elle dit.

Il obtempéra.

— En fait, elle est plutôt bonne, commenta Jezzibella. Surtout si l'on considère que ce n'est que de l'AV, qu'il n'y a aucun activant sensoriel coquin pour souligner son message. J'aurais pu faire mieux, évidemment, mais je suis une pro. D'un autre côté, cet enregistrement fait des ravages chez tous les jeunes mécontents des colonies-astéroïdes qui en ont reçu une copie. On les appelle les Nocturnes.

— Et alors ? Valisk n'est qu'un de ces sinistres habitats à la con. Elle ne représente aucune menace pour nous, même si les gosses la rejoignent en masse.

— C'est la façon dont ils la rejoignent qui est intéressante. Kiera a réussi à s'emparer des gerfauts de l'habitat, on les appelle des harpies.

— Ah ouais ?

— Oui. Et ces harpies ramassent des gosses débiles pour les conduire à l'habitat. Elle affronte le même problème que toutes les colonies-astéroïdes possédées. Ce n'est pas le genre d'endroit où on a envie de passer l'éternité. À mon avis, elle essaie d'augmenter la population de Valisk afin que les possédés n'exigent pas de se rendre sur une planète. Ça se tient. S'ils fichaient le camp, Kiera cesserait d'être leur chef.

— Et alors ? J'ai jamais dit que c'était une conne.

— Exactement. Elle est organisée. Pas à la même échelle que toi, mais elle est maligne et elle comprend la politique. Elle ferait une excellente alliée. On peut lui fournir des gens plus vite qu'elle n'y arriverait avec son ramassage clandestin. Et, en échange, elle nous prêterait deux ou trois escadres de harpies, dont la flotte a désespérément besoin. Elles ne tarderaient pas à mettre un terme aux attaques furtives de la Confédération.

— Bon sang ! (Il se débattit dans la cage de ses jambes, la découvrant dressée au-dessus de lui, les mains sur les hanches, un sourire satisfait aux lèvres.) C'est une excellente idée, Jez. Non, bordel, c'est une idée géniale. Nom de Dieu, tu n'as même pas besoin de moi, tu serais capable de diriger toute seule cette putain d'Organisation.

— Ne sois pas ridicule. Je ne peux pas faire tout ce que tu me fais, pas en solitaire.

Poussant un grondement affamé, il agrippa sa robe. Le visage doré de Marie Skibbow leur sourit tandis que leurs vêtements disparaissaient les uns après les autres, s'évanouissant dans l'air quand ils ne se transformaient pas en lambeaux.

Le grand amiral attendit que le capitaine de vaisseau Khanna et l'amiral Lalwani se soient assis devant son bureau, puis télétransmit à son bloc-processeur une demande de sensoconférence de niveau un. Six personnes attendaient autour de la table ovale de la salle blanche qui se forma autour de lui. Face à Samual Aleksandrovich se trouvait Olton Haaker, le président de l'Assemblée générale de la Confédération, flanqué de Jeeta Anwar, son chef de cabinet ; à gauche de celle-ci se tenait sir Maurice Hall, ambassadeur du royaume de Kulu, qui était accompagné de lord Elliot, un émissaire du ministère des Affaires étrangères de Kulu ; les deux autres sièges étaient occupés par Cayeaux, l'ambassadeur édéniste, et par le Dr Gilmore.

— La réunion d'aujourd'hui sort un peu de l'ordinaire, amiral, déclara le président Haaker. Le royaume de Kulu vient de requérir formellement notre assistance militaire.

Si le visage de Samual Aleksandrovich afficha une grimace de surprise, sa senso-image, fort heureusement, conserva un maintien plus digne.

— J'ignorais que l'une des planètes du royaume était menacée, dit-il.

— Rien de nouveau sur ce front, amiral, déclara sir Maurice. La Flotte royale se révèle fort efficace pour protéger nos planètes des astronefs possédés. Même les harpies de Valisk ont cessé de sauter dans nos systèmes pour y répandre leur satanée subversion nocturne. Et nos forces planétaires ont contenu toutes les incursions avec succès. À l'exception de celle de Mortonridge, hélas. Et c'est à ce propos, justement, que nous demandons votre assistance et votre coopération. Nous avons l'intention de monter une campagne destinée à libérer les citoyens qui ont été possédés.

— Impossible, décréta Samual. Nous ne connaissons aucune

méthode susceptible de purger un corps de son possesseur. Dr Gilmore ?

— Malheureusement, le grand amiral a raison, dit le scientifique. Comme nous l'avons découvert, il est extrêmement difficile de contraindre une âme revenante à renoncer au corps qu'elle a capturé.

— Pas si celui-ci est placé en tau-zéro, dit lord Elliot.

— Mais il y a plus de deux millions de personnes à Mortonridge, dit Samual. Vous ne pouvez pas toutes les mettre en tau-zéro.

— Pourquoi pas ? Ce n'est qu'une question de moyens.

— Vous auriez besoin...

Samual se tut tandis que divers programmes tactiques passaient en mode primaire dans ses naneuroniques.

— De l'aide des Forces spatiales de la Confédération, conclut lord Elliot. Précisément. Nous devons transporter sur Ombey des fantassins et du matériel en grandes quantités. Vous disposez de vaisseaux de guerre et de transport qui ne sont pas nécessaires pour maintenir la quarantaine sur les vols civils. Nous souhaiterions qu'ils soient affectés à notre campagne. Les ressources combinées de nos propres forces militaires, de celles de nos alliées et des Forces spatiales de la Confédération devraient suffire à libérer Mortonridge.

— Des fantassins ?

— Nous comptons fournir au royaume cinq cent mille organismes bioteks, dit l'ambassadeur Cayeaux. Ils devraient parvenir à maîtriser les possédés et à les placer de force en tau-zéro. Leur déploiement permettra de limiter au maximum les pertes en vies humaines.

— *Vous* allez venir en aide au royaume ?

Samual ne prit pas la peine de dissimuler sa surprise. Une alliance entre les Édénistes et le royaume de Kulu ! Dans un certain sens, il s'en réjouissait : dans certaines conditions, on peut renoncer à ses préjugés. Dommage qu'il ait fallu des conditions comme celles-ci.

— Oui, dit Cayeaux.

— Je vois.

— Les organismes bioteks devront être soutenus par un contingent massif de soldats afin de conserver le terrain conquis, dit sir Maurice. Nous souhaiterions également que vous affectiez deux brigades de marines à notre campagne.

— Je ne doute pas que vos évaluations tactiques vous aient convaincus de la faisabilité de cette opération, dit Samual. Mais je m'oppose à cette initiative, je tiens à ce qu'il en soit fait état, et je ne tiens certainement pas à consacrer mes forces à une aventure qui se révélera sûrement futile. Si nous devons monter une opération commune comme celle-ci, autant la diriger contre une cible valable.

— Sa Majesté s'est déclarée prête à tout pour libérer ses sujets des souffrances qui leur sont infligées, déclara lord Elliot.

— Cette obligation s'étend-elle seulement à ceux qui sont vivants ?

— Amiral ! avertit Haaker.

— Veuillez m'excuser. Cependant, vous devez avoir conscience que ma responsabilité est envers la Confédération dans son ensemble.

— Ce dont vous avez fait jusqu'ici la parfaite démonstration.

— Jusqu'ici ?

— Amiral, vous savez que le statu quo qui prévaut dans la Confédération ne peut être maintenu indéfiniment, intervint Jeeta Anwar. Nous ne pouvons pas nous le permettre.

— Nous devons prendre en considération la dimension politique de ce conflit, dit Haaker. Je suis navré, Samual, mais la logique et la tactique ne sont pas les seuls facteurs en jeu. La Confédération doit montrer qu'elle fait quelque chose. Je suis sûr que vous pouvez le comprendre.

— Et vous avez choisi Mortonridge pour ce faire ?

— C'est un objectif que le royaume et les Édénistes pensent pouvoir atteindre.

— Oui, mais que se passerait-il ensuite ? Vous proposez-vous de reprendre toutes les planètes et tous les astéroïdes possédés suivant la même méthode ? Combien de temps cela prendrait-il ? Combien d'argent cela coûterait-il ?

— J'espère sincèrement qu'il sera inutile de répéter un tel processus, dit Cayeaux. Nous devons profiter du temps que prendra la libération de Mortonridge pour chercher une nouvelle approche du problème. Cependant, si nous n'en trouvons aucune, alors il faudra sans doute monter des campagnes similaires.

— Et c'est pour cela que la première doit réussir, dit Haaker.

— Êtes-vous en train de m'ordonner de redéployer mes forces ? s'enquit Samual.

— Je vous informe de la demande formulée par le royaume de Kulu et par les Édénistes. C'est une requête légitime émanant de deux de nos meilleurs soutiens. Si vous avez une autre solution à proposer, je serais ravi de l'entendre.

— Je n'en ai aucune, évidemment.

— Alors je ne pense pas que vous ayez des raisons de refuser celle-ci.

— Je vois. Si je puis me permettre, ambassadeur Cayeaux, pourquoi votre Consensus a-t-il accepté ce projet ?

— Nous l'avons accepté parce qu'il apportera l'espoir à tous les êtres vivants de la Confédération. Cela ne signifie pas que nous l'approuvons.

— Samual, vous avez accompli jusqu'ici un travail fantastique, dit Lalwani. Nous savons que cette libération n'est qu'une manœuvre de diversion, mais elle nous apportera un soutien politique important. Et nous allons avoir besoin de tous les soutiens possibles et imaginables au cours des semaines à venir.

— Très bien.

Samual Aleksandrovich marqua une pause, tout à son dégoût. Ce qui le troublait le plus, c'est qu'il comprenait parfaitement les arguments qu'on lui présentait, qu'ils suscitaient presque sa sympathie. L'image de marque était devenue la principale motivation, et c'était en son nom et en celui des politiques qu'on faisait désormais la guerre. Mais je ne diffère guère des commandants en chef des siècles passés, nous sommes tous obligés d'entrer dans l'arène politique pour livrer les vraies batailles. Je me demande si mes illustres prédécesseurs se sentaient aussi souillés que moi ?

— Capitaine Khanna, veuillez demander à l'état-major de planifier un redéploiement de la flotte en fonction de la requête de l'ambassadeur du royaume de Kulu.

— À vos ordres, amiral.

— Monsieur l'ambassadeur, je souhaite le succès à votre souverain.

— Merci, amiral. Nous ne voulons pas semer le trouble dans vos opérations spatiales en cours. Alastair comprend l'importance du rôle que vous jouez.

— J'en suis ravi. Des décisions difficiles nous attendent tous ; son soutien sera essentiel. Comme je le dis depuis le début, ce problème nécessite une solution qui ne peut pas être purement militaire.

— Avez-vous réfléchi à la proposition de Capone ? demanda sir Maurice. Si l'un des possédés peut être considéré comme un ennemi conventionnel, c'est bien lui. Mais son projet d'organismes bioteks serait-il susceptible de marcher ?

— Nous l'avons examiné, dit Maynard Khanna. Sur le plan pratique, il est totalement irréalisable. Simple question d'arithmétique. La population actuelle de la Confédération est estimée au bas mot à neuf cents milliards de personnes, soit une moyenne d'un peu plus d'un milliard par système stellaire. Même si l'on suppose qu'il y a dix morts pour un vivant, l'au-delà contient environ dix mille milliards d'âmes. Si chacune d'elles recevait un corps biotek, où iraient-elles vivre ? Nous devrions découvrir entre trois et cinq mille planètes terracompatibles pour les abriter. C'est de toute évidence impossible.

— Je serais porté à contester ces chiffres, dit Cayeaux. Laton a clairement affirmé que toutes les âmes ne restaient pas emprisonnées dans l'au-delà.

— Même s'il n'y en avait que mille milliards, cela nous obligerait à découvrir plusieurs centaines de planètes.

— La déclaration de Laton est intéressante, intervint le Dr Gilmore. Nous avons supposé depuis le début qu'il nous appartenait de trouver une solution définitive. Pourtant, si les âmes sont susceptibles de transcender l'au-delà pour passer sur un autre plan d'existence, alors c'est à elles de le faire.

— Comment les y obligerions-nous ? demanda Haaker.

— Je n'en suis pas sûr. Si nous pouvions en trouver une qui soit susceptible de coopérer avec nous, nous ferions bien plus de progrès ; quelqu'un comme ce Shaun Wallace qui a été interviewé par Kelly Tirrel. Celles que nous détenons à Trafalgar sont hostiles à toutes nos investigations.

Samual envisagea de commenter la façon dont on traitait lesdites âmes, qui expliquait sans peine leurs réactions, mais Gilmore ne méritait pas d'être réprimandé en public.

— Je suppose qu'une initiative diplomatique est toujours possible, dit-il. Plusieurs colonies-astéroïdes ont été possédées et n'ont pas encore quitté notre univers. Nous pourrions commencer par elles ; leur envoyer un message pour savoir si elles acceptent le dialogue.

— Excellente proposition, dit Haaker. Cela serait peu coûteux et, en cas de réponse favorable, je suis prêt à apporter mon soutien résolu à un projet de recherche commun.

La sensoconférence s'acheva, et le Dr Gilmore se retrouva seul dans son bureau. Il resta quelques minutes sans rien faire, se repassant la dernière partie de la réunion. Comme c'était un homme qui se flattait d'avoir une nature méthodique, voire d'être l'incarnation de la méthode scientifique, il n'était pas en colère contre lui-même mais se sentait irrité de ne pas avoir pensé à ça plus tôt. Si Laton avait raison en affirmant que les âmes poursuivaient leur route après l'au-delà, alors celui-ci n'avait rien de l'environnement statique qu'il avait postulé jusqu'ici. Voilà qui ouvrait tout un éventail de possibilités.

Lorsque le Dr Gilmore entra dans la salle d'examen de Jacqueline Couteur, ce fut pour constater que l'équipe était en pleine pause prolongée. Les deux batteries de capteurs quantiques n'étaient plus fixées aux waldos du plafond. Le labo électronique les reconfigurait une nouvelle fois, cherchant à les affiner pour repérer l'interface transdimensionnelle qui leur échappait jusqu'ici.

C'était l'heure du repas pour Jacqueline Couteur. On avait placé près de sa table d'examen un chariot d'où jaillissait un épais tuyau suspendu au-dessus de sa bouche. Ses attaches crâniennes avaient été desserrées d'un cran, ce qui lui permettait d'avoir accès aux deux tétines ; la première lui dispensait de l'eau, la seconde une pâte nutritive.

Le Dr Gilmore s'approcha de la table d'examen. La possédée le suivit des yeux.

— Bonjour, Jacqueline ; comment nous portons-nous aujourd'hui ?

Elle plissa les yeux en signe de mépris. De fins plumets de fumée montèrent des électrodes fixées à sa peau. Elle ouvrit la bouche et passa la langue autour de la tétine en caoutchouc.

— Très bien, merci, docteur Mengele. J'aimerais parler à mon avocat, s'il vous plaît.

— Intéressant. Pourquoi donc ?

— Parce que je vais vous intenter un procès qui vous ruinera jusqu'à votre dernier fusiodollar et vous vaudra un aller simple vers une colonie pénale. La torture est illégale dans la Confédération. Lisez la Déclaration des droits de la personne.

— Si vous éprouvez quelque inconfort, vous pouvez toujours partir. Nous savons que cela vous est possible.

— Il n'est pas question de mes choix pour le moment. Il est question de vos actes. Puis-je passer le coup de fil auquel j'ai droit ?

— J'ignorais qu'une âme immortelle eût des droits civiques. Vous ne laissez guère d'autonomie à vos victimes.

— C'est à la cour de décider de mes droits. En me refusant l'accès à un représentant légal dans un tel cas de figure, vous ne faites qu'aggraver votre crime. Cependant, si c'est ce qui vous préoccupe, je peux vous assurer que Kate Morley aimerait parler à un avocat.

— Kate Morley ?

— L'autre occupante de ce corps.

Le Dr Gilmore eut un sourire hésitant. Les choses ne se passaient pas comme il l'avait prévu.

— Je ne vous crois pas.

— Une nouvelle fois, vous endossez le rôle d'un tribunal. Pensez-vous vraiment que Kate apprécie d'être ligotée et électrocutée ? C'est une violation de ses droits les plus fondamentaux.

— J'aimerais l'entendre demander un avocat.

— C'est ce qu'elle vient de faire. Si vous ne me croyez pas, procédez donc à une analyse vocale. C'est elle qui parlait.

— C'est absurde.

— Je veux mon avocat ! s'écria-t-elle soudain. Vous, le marine, vous avez fait le serment de défendre les droits des citoyens de la Confédération. Je veux un avocat. Allez en chercher un.

Le capitaine commandant le peloton de marines se tourna vers le Dr Gilmore pour lui demander conseil du regard. De l'autre côté de la cloison de verre, tout le monde observait la scène.

Le Dr Gilmore se détendit et sourit.

— Très bien, Jacqueline. Si vous coopérez avec nous, nous coopérerons avec vous. Je transmettrai votre requête au cabinet du grand amiral, qui déterminera si vous avez droit à être représentée par un avocat. Mais je voudrais tout d'abord que vous répondiez à une question.

— L'accusé a le droit de garder le silence.

— Je ne vous accuse de rien du tout.

— Astucieux, docteur. Eh bien, posez votre question. Mais ne me demandez pas de m'incriminer moi-même, ce serait insultant.

— Quand est mort votre corps ?

— En 2036. Alors, j'ai droit à mon avocat maintenant ?

— Et vous êtes restée consciente durant tout le temps que vous avez passé dans l'au-delà ?

— Oui, imbécile.

— Merci.

Jacqueline Couteur lui décocha un regard soupçonneux.

— C'est tout ?

— Oui. Pour le moment.

— En quoi est-ce que ça vous aide ?

— Le temps s'écoule dans l'au-delà. Donc, celui-ci est sujet à l'entropie.

— Et alors ?

— Si votre continuum se dégrade, alors les entités qui l'habitent sont mortelles. Plus précisément, elles peuvent être tuées.

— Elle veut un *quoi* ? demanda Maynard Khanna.

Le Dr Gilmore tiqua.

— Un avocat.

— C'est une blague, pas vrai ?

— J'ai bien peur que non. (Soupir.) Le problème, c'est que je considérerais une telle demande comme grotesque en temps ordinaire, mais elle a déclenché un vif débat au sein de l'équipe de recherche. Je sais que le Service de renseignement dispose de vastes pouvoirs qui transcendent la Déclaration des droits de la personne ; mais, en temps ordinaire, c'est une autre division qui procède aux débriefings de personnalité. Je ne dis pas que ce que nous faisons à Couteur et aux autres est inutile. J'aimerais seulement m'assurer que nos ordres ont été rédigés correctement d'un point de vue légal. Naturellement, je ne tiens pas à déranger le grand amiral pour de telles broutilles, pas en ce moment. Donc, si vous pouviez évoquer la question avec le bureau du prévôt général, je vous en serais reconnaissant. Simple question de clarification, vous comprenez.

En apparence, Golomo ne différait guère des autres géantes gazeuses que l'on trouvait dans les systèmes stellaires de la Confédération. D'un diamètre de cent trente-deux mille kilomètres, elle était entourée d'un anneau légèrement plus dense que la normale, et ses bandes de tempêtes formaient un mélange chaotique de vermillon et d'azur pâle, où tournoyaient des spirales blanches évoquant de la crème dans le café. L'anomalie qui faisait sa réputation était enfouie plusieurs centaines de kilomètres sous la surface plissée de sa couche nuageuse supérieure, là où densité et température s'élevaient de façon considérable. C'était là que les Édénistes ayant colonisé son orbite avaient trouvé de la vie ; une zone étroite où la pression réduisait les turbulences, où d'étranges hydrocarbures à l'état gazeux créaient une certaine viscosité. Des organismes unicellulaires, pareils à des amibes aériennes mais de la taille d'un poing humain, survivaient dans ce milieu. Ils étaient toujours assemblés en gigantesques colonies, qui ressemblaient à des tapis de caviar. Personne ne pouvait expliquer leur comportement, car aucun de ces organismes n'était spécialisé, ils étaient tous indépendants. Cependant, il était rare d'observer des individus isolés, à tout le moins dans les zones explorées par les sondes, qui ne représentaient certes qu'un minuscule pourcentage de la planète.

En d'autres circonstances, Syrinx aurait été impatiente de visiter les centres de recherche. Sa curiosité la taraudait toujours lorsque *Œnone* émergea de son trou-de-ver au-dessus de la géante gazeuse.

À chaque jour sa priorité, la taquina le faucon.

Syrinx sentit une main tapoter la sienne ; la bande d'affinité s'emplit de tolérance, sinon de compassion. Elle jeta un regard amusé à Ruben et haussa les épaules.

Entendu, ce sera pour une autre fois.

Elle emprunta le puissant organe d'affinité du faucon pour s'identifier au Consensus de Gomolo ; les capteurs DS se verrouillaient déjà sur eux.

La procédure était la même dans chaque système qu'ils visitaient : ils transmettaient un résumé des dispositions stratégiques prises par la Confédération, puis exposaient la situation des systèmes voisins, dressant la liste des astéroïdes et des planètes susceptibles d'être conquis par l'ennemi. En échange, le Consensus leur donnait un état des lieux du système local. *Œnone* était capable de couvrir chaque jour deux, voire trois systèmes. Jusqu'ici, la situation globale qui se dessinait était plutôt déprimante. Les habitats édénistes réussissaient à contrôler la situation, respectant fidèlement la politique d'isolation et de confinement. Les populations adamistes se montraient moins rigoureuses. Partout où elle se rendait, on se plaignait des contraintes créées par la quarantaine, les Édénistes s'inquiétaient des carences des forces spatiales locales, on signalait des astronefs effectuant des vols illégaux, des astéroïdes tombant aux mains des possédés, des politiciens et des entrepreneurs profitant sans scrupules de la crise.

En règle générale, nous sommes plus respectueux des lois que les Adamistes, commenta Oxley. **Et ils sont plus nombreux que nous. Pas étonnant que le tableau soit noirci de leur côté.**

Ne leur cherche pas d'excuses, répliqua Caucus.

La peur et le manque d'éducation, dit Syrinx. **Voilà l'explication. Sans doute faut-il en tenir compte. Toutefois, leur attitude va causer de sérieux problèmes sur le long terme. En fait, peut-être n'y aura-t-il même pas de long terme pour eux à cause de ça.**

Exception faite du royaume de Kulu et d'une ou deux

sociétés parmi les plus disciplinées, suggéra Ruben non sans ironie.

Alors qu'elle réfléchissait à sa réponse, elle perçut soudain un début de malaise chez le Consensus de Golomo. Les faucons des forces défensives ne cessaient de sauter et d'émerger, emplissant la bande d'affinité d'un brouhaha excité.

Quel est le problème ? s'enquit-elle.

Nous vous confirmons que la colonie-astéroïde Ethenthia vient d'être possédée, répondit le Consensus. **Nous venons de recevoir un message de son antenne des Forces spatiales de la Confédération à propos d'un capitaine du SRC, Erick Thakrar, récemment arrivé de Kursk. Selon le responsable de l'antenne, Thakrar s'est procuré des informations de la plus haute importance. Un faucon était requis pour conduire le capitaine et son prisonnier à Trafalgar. Malheureusement, ce message a mis quinze heures pour nous parvenir depuis Ethenthia. Durant ce laps de temps, les possédés semblent avoir...**

Syrinx et son équipage, ainsi que tous ceux qui étaient en liaison avec le Consensus, captèrent soudain un nouveau message. Les sens de l'habitat le perçurent sous la forme d'un rayon de micro-ondes violettes en provenance d'Ethenthia.

« Ici Erick Thakrar, capitaine du SRC ; je suis l'agent dont Emonn Verona vous a parlé. Enfin, j'espère qu'il l'a fait. Bon Dieu. Bref, les possédés se sont emparés d'Ethenthia. Sans doute êtes-vous déjà au courant. J'ai réussi à gagner un astronef, le *Tigara*, mais ils m'ont repéré. Écoutez-moi, je détiens des informations *vitales*. Mais je n'ose pas les transmettre sur un canal ouvert ; s'ils découvrent ce que je sais, ça ne servira plus à rien. D'un autre côté, cet astronef est une véritable épave et je ne vaux guère mieux. J'ai pu m'aligner partiellement sur le système de Ngeuni, mais il n'y a presque rien sur lui dans mon almanach. Je crois que c'est une colonie en phase un. Si, une fois là-bas, je n'arrive pas à me procurer un vaisseau en meilleur état, j'essaierai de revenir à bord de celui-ci. Bon Dieu, la plate-forme DS se verrouille sur moi. Ça y est, je saute... »

Ngeuni est bien une colonie en phase un, déclara aussitôt *Œnone*.

Syrinx fut automatiquement informée de ses coordonnées, à onze années-lumière de distance. Vu la position actuelle d'Ethenthia, l'alignement était au mieux hasardeux. Si l'astronef de Thakrar était aussi pourri qu'il le sous-entendait...

La colonie est encore en phase de démarrage, poursuivit *Œnone*. **Cependant, il s'y trouve peut-être quelques astronefs.**

Je crois que mon intervention est nécessaire, dit Syrinx au Consensus.

Nous sommes d'accord. Il s'écoulera une journée avant le retour de Thakrar, à condition que son astronef soit en état de voler.

Nous allons à Ngeuni pour voir s'il est arrivé.

Alors même qu'elle parlait, l'énergie gagnait les cellules ergostructurantes du faucon.

Stephanie entendit un fort grincement mécanique, suivi par un coup de klaxon tonitruant. Elle sourit aux enfants assis autour de la table de la cuisine.

— On dirait que votre oncle Moyo nous a trouvé un moyen de transport.

Son sourire s'effaça lorsqu'elle sortit du bungalow. Le minibus garé sur la chaussée émettait toutes les couleurs de l'arc-en-ciel ; sa carrosserie n'était qu'une masse grouillante de fleurs de dessin animé poussant sur un champ de pâquerettes. Sur ses flancs, les mots LOVE, PEACE et KARMA étaient gravés au néon. Ses éléments les plus foncés étaient ses enjoliveurs en chrome rutilant.

Moyo descendit de la cabine, irradiant la gêne. Les portes arrière du minibus s'ouvrirent en sifflant, et un autre homme sortit du véhicule. Jamais elle n'avait vu quelqu'un d'aussi chevelu.

Les enfants se pressaient autour d'elle, éblouis par ce char de carnaval.

— On va vraiment aller à la frontière là-dedans ?

— Comment on le fait briller comme ça ?

— Stephanie, je peux monter dedans, s'il te plaît ?

Incapable de leur dire non, elle leur fit signe d'avancer d'un geste de la main. Ils se précipitèrent sur la petite pelouse pour voir de près cette merveille.

— Je constate que ce véhicule est idéal pour passer inaperçu, dit-elle à Moyo. Est-ce que tu as perdu l'esprit ?

Il désigna son compagnon d'un doigt honteux.

— Voici Cochrane, il m'a aidé avec le bus.

— Donc, c'est votre idée ?

— Pour sûr, fit Cochrane en s'inclinant. J'ai *toujours* voulu un carrosse comme celui-ci.

— Bien. Maintenant que vous l'avez, vous pouvez lui dire

adieu. Je dois faire sortir ces enfants d'ici, et il n'est pas question qu'ils partent à bord de cette *chose*. Nous allons la changer en quelque chose de plus approprié.

— Ça vous servira à rien.

— Ah bon ?

— Il a raison, intervint Moyo. On ne peut pas filer en douce, pas ici. Tu le sais bien. À Mortonridge, tout le monde a désormais le pouvoir de tout percevoir.

— Ce n'est pas une raison pour utiliser ce... cette...

Elle désigna le minibus d'un air exaspéré.

— En fait, ce sera comme un instant zen ambulant pour tous les êtres aux pensées impures, déclara Cochrane.

— Oh ! Épargnez-moi vos salades.

— Si, si. Le mec qui aperçoit ce minibus, il va devoir affronter son être intérieur, vous voyez. Une âme qui scrute sa propre âme, c'est impeccable. Avec ça, vous émettez des ondes de bonté sur Radio-Divinité, vingt-quatre heures sur vingt-quatre ; c'est une mission humanitaire, et les mères pleureront en pensant à leurs enfants perdus. Ils auront tellement honte en voyant mon Croisé karmique qu'ils vous laisseront passer. Mais si vous préférez la mentalité militaire, le genre raid de commando en territoire ennemi, ça gaspillera toutes ces bonnes vibrations accumulées par votre karma. Et tous les bouseux pas cool sur le plan cosmique qui traînent dans le coin nous rendront la vie difficile.

— Hum, fit-elle.

Et pourtant, ses arguments étaient sensés, à leur façon un peu tordue, admit-elle à contrecœur. Moyo lui adressa un haussement d'épaules plein d'espoir, et elle se sentit émue par cette démonstration de loyauté.

— Très bien, on peut au moins tenter le coup pendant quelques miles. (Puis elle lança à Cochrane un regard soupçonneux.) Qu'entendez-vous par « nous » ?

Il sourit et écarta les bras. Un arc-en-ciel miniature jaillit de ses paumes, se refermant au-dessus de sa tête. Les enfants l'applaudirent en riant.

— Hé, j'étais à Woodstock, ma belle. Moi et les autres, on a régné sur le monde pendant trois jours. Tu as besoin de l'influence pacifique que j'exerce sur la terre. Je suis un ami de tout ce qui vit, et aussi de tout ce qui a vécu, maintenant.

— Seigneur...

Erick n'avait toujours pas activé les systèmes environnementaux du module de vie. Il craignait les effets de la déperdition d'énergie sur le seul générateur de fusion de l'astronef encore en état de marche. Déjà que la quantité d'énergie stockée dans les cellules électromatrices ne suffisait pas à alimenter les nœuds ergostructurants...

L'étoile de Ngeuni était un point d'un blanc-bleu intense distant d'un quart d'année-lumière. Pas assez lumineux pour projeter une ombre sur la coque, mais dominant le firmament d'un éclat supérieur à celui d'une étoile de première magnitude. À l'image affichée par le capteur se superposait un graphique d'astrogation, un tunnel de cercles orangés qui semblait guider le *Tigara* vers un point situé à plusieurs degrés au sud de l'étoile. Cinq sauts, et il cherchait toujours à accorder les delta-V.

Heureusement, la fusiopropulsion du clipper était capable d'atteindre une accélération de sept g, et il ne transportait pas de cargaison. Par conséquent, il avait assez de carburant pour effectuer un alignement correct. Mais il allait avoir des problèmes pour retourner à Golomo.

L'ordinateur de bord lui signala que la manœuvre d'alignement était presque achevée. Le *Tigara* fonçait vers les coordonnées de saut à dix-neuf kilomètres par seconde. Il commença à réduire la poussée et ordonna à l'ordinateur de bord d'énergiser les nœuds ergostructurants. Dès que le flot de plasma se mit à croître, il reçut des télétransmissions plutôt inquiétantes. Le champ de confinement qui séparait le courant ionique porté à dix millions de degrés de la coque protectrice était sujet à des fluctuations dangereuses.

Erick s'empressa de charger un ordre de largage d'urgence dans l'ordinateur de bord, qu'il mit en liaison avec un moniteur. Si le champ de confinement tombait en dessous des cinq pour cent, le générateur stopperait et se mettrait à ventiler.

Pour une raison qui lui échappait, il ne ressentait aucune tension. Puis il se rendit compte que son programme médical requérait son attention. Lorsqu'il y accéda, il vit que les packages évacuaient de son système sanguin un déluge de toxines et de neurotransmetteurs tout en y injectant des inhibiteurs chimiques.

Il esquissa un sourire féroce autour du tube à oxygène de sa combinaison IRIS. Ses réflexes étaient neutralisés au moment où il en avait le plus besoin. Trop de facteurs s'additionnaient en sa défaveur. Mais il était si douillettement installé dans son hibernation semi-narcotique que cela ne le dérangea pas vraiment.

L'ordinateur de bord lui signala qu'ils approchaient des coordonnées de saut. Capteurs et échangeurs thermiques commencèrent à se rétracter dans leurs niches. Le moteur principal réduisit la poussée à zéro. Erick activa les propulseurs ioniques pour maintenir le cap.

Puis les nœuds ergostructurants furent chargés au maximum. Il éprouva enfin un vague soulagement et réduisit le régime du générateur de fusion. Le champ de confinement augmenta violemment comme le courant de plasma chutait de quatre-vingt-dix pour cent en une demi-seconde. Les composants de sécurité, déjà bien éprouvés, ne réagirent pas à temps. Une oscillation parcourut la chambre du tokamak, déchirant le courant de plasma.

Le *Tigara* sauta.

Il émergea au cœur du système de Ngeuni ; à cet instant, c'était une sphère parfaitement inerte. L'instant d'après, elle se fracassa lorsque le plasma en furie déchira la coque de protection du tokamak et fit exploser le fuselage, projetant dans toutes les directions des lances d'ions incandescents. Une réaction en chaîne d'explosions secondaires s'entama dès que les réservoirs cryogéniques et les cellules électromatrices explosèrent.

L'astronef se désintégra dans un nuage étincelant de gaz radioactifs et de débris en fusion. Son module de vie jaillit en tournoyant du centre du brasier, sphère argentée dont la surface était sillonnée de veines de carbone noir là où jets d'énergie et fragments de matière avaient criblé la mousse thermoprotectrice.

Dès que le module se fut éloigné des gaz bouillonnants, ses fusées de secours s'activèrent pour stabiliser brutalement sa course erratique. La balise de détresse commença à émettre son appel strident.

7.

Comme la plupart des entreprises créées sur Nyvan, dans le secteur public comme dans le secteur privé, l'astéroïde Jesup souffrait d'un manque chronique de financement, d'équipement et de personnel qualifié. Cela faisait belle lurette que les minerais de ce rocher spatial avaient été épuisés. Normalement, le revenu de leur exploitation aurait dû être investi dans le développement d'une industrie d'astro-ingénierie. Mais le gouvernement de Nouvelle-Géorgie avait préféré l'affecter à des projets planétaires, plus rapidement bénéficiaires et plus populaires auprès des électeurs.

Après l'épuisement de ses ressources, Jesup avait connu plusieurs décennies de développement incertain, tant sur le plan industriel que sur le plan économique. Les compagnies de production avaient laissé la place aux services et à un minuscule complexe militaro-industriel. L'infrastructure vieillissante de l'astéroïde était maintenue en survie artificielle. On n'avait achevé qu'une seule des trois biosphères initialement prévues, laissant dans la roche quantité de cavités désertes qui auraient pu devenir autant de centres pour l'activité minière.

Quinn se trouvait dans l'un des interminables tunnels aux parois de roche nue reliant lesdites cavités lorsqu'il sentit l'intrusion d'une présence. Il stoppa si brutalement que Lawrence faillit lui rentrer dedans.

— Qu'est-ce que c'est que ça ?

— Quoi donc ? s'enquit Lawrence.

Quinn pivota lentement sur lui-même, examinant la roche poussiéreuse du large tunnel. Le plafond et les parois incurvées ruisselaient de condensation, la poussière couleur d'ébène était sillonnée de filets d'eau créant des stalactites miniatures. On aurait dit que des épines de cactus recouvraient toutes les surfaces disponibles. Mais aucune cachette n'était visible, excepté les zones d'ombre séparant les panneaux lumineux disposés à intervalles assez longs.

Ses disciples attendirent la suite avec une patience teintée d'inquiétude. Au bout de deux jours de cérémonies initiatiques brutales, l'astéroïde était désormais à lui. Toutefois, Quinn était déçu par le petit nombre d'authentiques convertis parmi ses proies. Il avait supposé que les possédés mépriseraient Jésus, Allah, Bouddha et les autres faux dieux, qui les avaient après tout condamnés à des limbes infernales. Il aurait dû être facile de leur montrer la voie menant au Porteur de lumière. Mais ils persistaient à se montrer rétifs à son enseignement. Certains interprétaient même leur retour comme une forme de rédemption.

Quinn ne distinguait rien dans le tunnel. Il était pourtant sûr d'avoir perçu une bribe de pensée qui ne provenait pas de son entourage ; cette bouffée mentale avait été accompagnée d'un vif mouvement, gris sur noir. Sa première idée fut de se dire que quelqu'un les filait.

Agacé par cette distraction, il se remit en marche, sa robe s'élevant au-dessus de la roche crasseuse. Il faisait froid dans le tunnel, et son haleine se transformait en vapeur sous ses yeux. Ses pieds foulèrent des cristaux de givre.

Un courant d'air glacial fondit sur lui, faisant frémir et gonfler sa robe.

Il stoppa de nouveau, furieux cette fois.

— Qu'est-ce qui se passe ici, bordel ? Il n'y a pas de conduits environnementaux dans ce tunnel.

Il leva une main pour tester l'air, qui était à présent d'une immobilité parfaite.

Quelqu'un se mit à rire.

Il se retourna vivement. Mais ses disciples échangeaient des regards interloqués. Aucun d'eux n'avait osé se moquer de sa confusion. L'espace d'un instant, il repensa à la silhouette inconnue du spatioport de Norfolk, au déluge de flammes qu'elle avait déchaîné sur lui. Mais Norfolk se trouvait à plusieurs années-lumière de là, et personne n'avait pu la fuir, excepté la fille Kavanagh.

— Il se passe toujours des trucs bizarres dans ces tunnels, Quinn, déclara Bonham.

C'était l'un des convertis, qui possédait le corps de Vinla-Veine, dont l'aspect était maintenant celui d'une goule à la peau blafarde, aux crocs acérés et aux yeux globuleux. Une épaisse fourrure recouvrait son crâne d'argent. Bonham prétendait être issu d'une famille d'aristocrates vénitiens de la fin du XIXe siècle et être mort à vingt-six ans lors de la Première Guerre mondiale, non sans avoir eu le temps de savourer la décadence et la cruauté aveugle de son époque. Ses appétits avaient eu tout le temps de s'aiguiser, et Quinn n'avait pas eu besoin d'insister pour qu'il adhère à ses doctrines.

— J'en ai parlé à un homme de la maintenance, et il m'a dit que c'était parce qu'il n'y avait pas de conduits pour réguler la circulation de l'air dans les tunnels. Il y a tout le temps des courants d'air imprévisibles.

Quinn n'était pas convaincu. Il était sûr d'avoir senti quelqu'un dans les parages. Poussant un grognement, il reprit à nouveau sa marche.

Il ne s'était plus rien produit d'anormal lorsqu'il atteignit la cavité où s'activait l'une de ses équipes. C'était une chambre quasiment sphérique, avec un petit plancher horizontal, qui servait de jonction à sept des tunnels les plus importants. Un gros tube métallique était suspendu à son apex, déversant dans la chambre un courant d'air chaud qui le faisait vibrer. Quinn lui lança un rictus, puis se dirigea vers les cinq hommes qui arrimaient la bombe à fusion.

Celle-ci était logée dans un cône haut de soixante-dix centimètres. On y avait branché plusieurs blocs-processeurs au moyen de câbles à fibre optique. Voyant approcher Quinn, les hommes interrompirent leur tâche pour l'accueillir avec le respect qui lui était dû.

— Est-ce que quelqu'un est passé par ici ?

Les hommes lui répondirent par la négative. Parmi eux se trouvait un non-possédé, un technicien des forces de défense de la Nouvelle-Géorgie. Il transpirait abondamment et ses pensées se partageaient entre la terreur et l'indignation.

Quinn s'adressa directement à lui.

— Est-ce que tout va bien ?

— Oui, murmura humblement l'autre.

Il ne cessait de jeter des regards en direction de Douze-T.

Le chef de gang était dans un triste état. Des plumets de vapeur jaillissaient de ses prothèses mécaniques. Des croûtes se formaient sur la couronne osseuse qui entourait son cerveau, comme s'il en coulait de la cire qui se solidifiait. La membrane qui protégeait le cerveau en question s'était épaissie (conformément au vœu de Quinn), mais elle avait acquis une nuance verte plutôt maladive. La douleur le faisait cligner des yeux en permanence.

Quinn suivit le regard du technicien avec une lenteur appuyée.

— Ah, oui ! Le gangster le plus redouté de la planète. Une tête de mule qui refuse de croire au Frère de Dieu en dépit de tous mes efforts. Il est plutôt stupide, en fait. Mais il m'est utile. Donc, je le laisse vivre. Tant qu'il ne s'éloignera pas trop de moi, il restera vivant. C'est un peu une métaphore, tu vois ? Et toi, est-ce que tu es une tête de mule ?

— Non, monsieur Quinn.

— Voilà qui est foutrement malin de ta part.

Le visage de Quinn émergea d'un rien de son capuchon afin que la chiche lumière éclaire sa peau couleur de cendres. Le technicien ferma les yeux pour ne pas le voir et marmonna une prière.

— Alors, est-ce que cette bombe va fonctionner ?

— Oui, monsieur. Elle contient une charge de cent mégatonnes, comme toutes les autres. Une fois qu'elles seront reliées au réseau de l'astéroïde, nous pourrons les faire détoner en séquence. Tant qu'il n'y aura pas de possédé à proximité, elles fonctionneront toutes correctement.

— Ne t'inquiète pas de ça. Mes disciples seront loin quand l'aube de la Nuit poindra dans le ciel.

Il se retourna vers le tunnel et lui jeta un regard soupçonneux. Il crut à nouveau percevoir un mouvement, aussi fugace qu'un battement d'aile et deux fois plus vif. Il était sûr qu'on l'observait. L'air sembla trépider comme sous l'effet du parfum d'une fleur d'été.

Lorsqu'il se planta sur le seuil, il ne vit rien excepté l'enfilade de panneaux lumineux qui disparaissait derrière un coude. On n'entendait que le bruit de l'eau qui gouttait. Il s'attendait à moitié à découvrir la silhouette humaine qui lui était apparue dans le hangar de Norfolk.

— Si tu te caches, ça veut dire que tu es plus faible que moi, dit-il au boyau apparemment vide. Donc que l'on te trouvera et que l'on te conduira devant moi pour être jugé. Mieux vaut en finir tout de suite.

Aucune réponse.

— Comme tu voudras, tête de nœud. Tu as vu ce qui arrive aux gens qui me déplaisent.

Quinn passa le reste de la journée à donner les instructions nécessaires afin que la Nuit tombe sur l'innocente planète.

Désormais, il contrôlait le réseau DS de la Nouvelle-Géorgie. Les plates-formes n'auraient aucune difficulté à interférer avec le fonctionnement des deux autres réseaux de Nyvan et de ses divers satellites-capteurs. Profitant de ce barrage de brouillage électronique, les spatiojets gagneraient la surface sans être détectés. Toutes les nations seraient contaminées par des possédés venus de Jesup. Et les querelles intestines qui étaient la plaie de Nyvan empêcheraient toute réaction unifiée au niveau planétaire, la seule qui ait une chance d'être efficace.

Les possédés allaient conquérir ce monde, avec sans doute plus de facilité que leurs semblables qui œuvraient dans le reste de la Confédération. Ils formaient une force unie, qui ne se souciait ni des limites ni des frontières.

Quinn sélectionna avec soin ceux et celles qui seraient ses émissaires. Il y aurait deux dévots dans chaque spatiojet, pour s'assurer que ceux-ci suivent leur vecteur de vol et atterrissent dans leur zone désignée, mais le reste de l'équipage serait composé d'incroyants, qu'il ne tenait que par la terreur. Ce choix était délibéré. Libérés de son emprise, ils agiraient comme à leur habitude et chercheraient à posséder le plus de gens possible.

Il ne descendrait pas parmi eux pour leur apporter la parole du Frère de Dieu, mais cela lui était égal. Norfolk lui avait montré que c'était une erreur. La conversion au coup par coup n'a rien de pratique quand on travaille à l'échelle d'une planète.

Le devoir de Quinn et de ses disciples était celui de tous les prêtres ; ils devaient préparer le terrain pour le Frère de Dieu, Lui bâtir des temples et organiser Son sacrement. Ce serait Lui qui apporterait l'ultime message, Lui qui montrerait à tous la lumière.

Les spatiojets ne représentaient que la moitié de son plan. Quinn allait envoyer vers les trois astéroïdes désaffectés des spationefs placés sous le commandement de ses disciples les plus fervents. Ces cailloux sans valeur étaient un élément essentiel à l'avènement de la Nuit.

Il était minuit passé lorsque Quinn revint dans le tunnel. Cette fois-ci, il était seul. Il resta une bonne minute immobile sur le seuil, bien visible aux yeux de celui qui l'observait. Puis il leva une main et envoya un éclair de feu blanc sur les câbles électriques courant le long du plafond. Tous les panneaux lumineux s'éteignirent.

— Maintenant, nous allons voir qui est le maître des ténèbres, hurla-t-il dans l'obscurité.

Il fouilla les lieux mentalement, la roche lui apparaissant comme un tube gris pâle qui l'entourait de toutes parts. Rien d'autre n'existait dans cet univers terne.

Des zéphyrs d'air froid caressèrent sa robe. Un bourdonnement ténu se manifesta aux lisières de sa perception ; similaire au vacarme qui régnait dans l'au-delà, mais nettement plus faible.

Ce phénomène totalement étranger ne lui inspira nulle terreur, nulle curiosité. Impénétrables sont les voies des Seigneurs qui se disputent le cœur de l'univers et ses habitants. Mais il était armé de sa force, et de la connaissance qu'il avait de lui-même. Rien ne pouvait le faire trembler.

— Je vous tiens, enfoirés, murmura-t-il à l'intention de ces murmures.

Comme pour lui répondre, l'air devint encore plus glacial, son tumulte plus accentué. Il se concentra de toutes ses forces, tenta de se focaliser sur les courants qui l'agitaient. C'étaient des mouvements imperceptibles, complexes ; son esprit avait peine à les appréhender. Mais il ne se découragea pas et chercha les points où les molécules de gaz se vidaient de leur chaleur.

Comme il s'enfonçait de plus en plus profondément dans ce ressac d'énergie, une marée de lumière se mit à épaissir l'air autour de lui, engendrant dans le tunnel des éclairs de couleur. On aurait dit que les atomes de l'atmosphère avaient enflé pour devenir des bulles de vide agitées de violents tourbillons. Lorsqu'il frappa l'un de ces globes luminescents, sa main était une forme d'un noir d'encre qui passa au travers de l'apparition floue. Ses doigts se refermèrent sur le vide.

La bulle lumineuse changea de direction, rejoignant la masse de ses semblables et s'éloignant de Quinn.

— Reviens ! hurla-t-il, furieux.

Il lança un éclair de feu blanc dans la direction où elle était partie. La bulle de couleur se rétracta devant la décharge d'énergie.

Ce fut alors que Quinn les aperçut, plusieurs personnes blotties dans la pénombre du tunnel. La décharge énergétique éclairait leurs visages amers et terrifiés. Tous le fixaient du regard.

L'éclair de feu blanc s'évanouit, et la vision avec lui. Quinn contempla bouche bée la soupe nébuleuse qui bouillonnait devant lui. Les bulles s'éloignaient, de plus en plus rapides.

Il crut alors comprendre ce qu'il affrontait. C'étaient des possédés qui avaient trouvé le moyen de se rendre invisibles. Son pouvoir énergétique se mit à monter en lui, reproduisant les courants qui agitaient l'air effervescent. C'était une tâche incroyablement difficile, qui requérait toutes ses forces. Alors que l'énergie grésillait autour de lui dans cette nouvelle configuration, il prit conscience de ce qui se passait. Cet effet était similaire à celui que recherchaient les possédés quand ils voulaient échapper à cet univers, ouvrir l'une des innombrables brèches de la réalité quantique.

Quinn redoubla d'efforts, mobilisa toutes ses ressources, en quête de cette ouverture si difficile à saisir. Après tout, s'ils avaient pu y parvenir, lui, l'élu, pouvait en faire autant. Il se précipita vers les spectres en fuite, dévalant le tunnel en direction de la cavité où était placée la bombe. Pas question que tout un groupe d'âmes échappe à son contrôle ou à sa vue.

Il émergea dans ce nouveau royaume de façon graduelle. Les vagues formes de matière que percevait son esprit devinrent plus substantielles, moins translucides. Sa peau le picota, comme s'il franchissait une barrière d'électricité statique. Puis il se retrouva de l'autre côté. Son poids s'était altéré, il avait l'impression d'être plus léger qu'une goutte d'eau. Il s'aperçut qu'il avait cessé de respirer. Que son cœur avait cessé de battre. Et pourtant, son corps fonctionnait encore. Question de volonté, supposa-t-il.

Il s'avança dans la cavité et les vit devant lui, environ deux cents personnes ; des hommes, des femmes et des enfants. Plusieurs d'entre eux s'étaient massés autour de la bombe à fusion ; n'eût été la consternation qu'ils affichaient, on aurait pu croire qu'ils lui adressaient des prières. Ils se tournèrent vers lui ; un hoquet de terreur monta de leur masse. Les enfants s'accrochèrent à leurs parents. Plusieurs mains se levèrent comme pour le chasser.

— Coucou, fit Quinn. Je vous tiens, mes salauds.

Il y avait entre eux et lui une subtile différence. Son corps rayonnait de toute sa puissance énergétique, l'image même de la vigueur. Par contraste, ils étaient d'une pâleur uniforme, presque monochrome. Anémiés.

— Bien essayé, leur dit-il. Mais on ne peut échapper au regard du Frère de Dieu. Je veux que vous regagniez tous la réalité avec moi. Ça ne sera pas trop difficile ; j'ai appris ce soir quelque chose de fort utile.

Il fixa un adolescent aux cheveux bouclés et lui sourit.

Le jeune homme secoua la tête.

— On ne peut pas revenir, bafouilla-t-il.

Quinn franchit les cinq pas qui les séparaient et voulut lui saisir le bras. Sans toutefois le toucher, ses doigts ralentirent comme ils traversaient la manche de sa chemise. Le bras de l'adolescent fut soudain parcouru de couleurs vives, et il poussa un cri, recula en trébuchant.

— Ne faites pas ça, supplia-t-il. S'il vous plaît, Quinn. Ça fait mal.

Quinn examina son visage déformé par la douleur, jouissant du spectacle.

— Donc, vous connaissez mon nom.

— Oui. Nous vous avons vu arriver. Laissez-nous tranquilles, je vous en supplie. Nous ne pouvons vous faire aucun mal.

Quinn passa en revue le premier rang de la foule, étudiant chacun des visages apeurés qui se présentaient à lui. Tous semblaient également abattus, presque tous baissaient les yeux.

— Vous voulez dire que vous étiez déjà comme ça avant mon arrivée ?

— Oui, répondit l'adolescent.

— Comment est-ce possible ? J'ai été le premier à introduire des possédés ici. Qu'est-ce que vous êtes, bon sang ?

— Nous sommes... (Il consulta ses pairs du regard, quêtant leur permission.) Nous sommes des fantômes.

La suite se trouvait deux étages au-dessus du sol, ce qui lui conférait une pesanteur égale à un cinquième de celle de Norfolk. Pour Louise, c'était encore plus désagréable que la chute libre. Chaque mouvement devait être soigneusement planifié à l'avance. Genevieve et Fletcher se montraient aussi maladroits qu'elle.

Et il y avait l'air, ou plutôt le manque d'air. Les deux biosphères de Phobos étaient maintenues à une pression fort basse, à savoir le double de celle qui régnait sur Mars, afin d'aider les émigrants à s'acclimater à celle-ci. Louise se félicitait de ne pas avoir à descendre sur la planète ; elle devait faire des efforts démesurés pour oxygéner ses poumons.

Mais l'astéroïde lui offrait un spectacle fascinant – une fois qu'elle se fut habituée au sol qui s'incurvait au-dessus de sa tête. Leur balcon avait une vue imprenable sur les parcs et les champs. Elle aurait bien aimé se promener dans les forêts ; nombre des arbres étaient vieux de plusieurs siècles. Leur dignité la rassurait, rendait le mondicule moins artificiel à ses yeux. De l'endroit où elle se trouvait, elle distinguait plusieurs cèdres, dont les frondaisons gris-vert, à la forme caractéristique, se détachaient sur le reste du feuillage, plus verdoyant. Mais ils n'avaient pas eu le temps de s'amuser. Dès qu'ils avaient quitté le *Royaume lointain*, Endron leur avait loué cette suite (mais c'était elle qui l'avait payée). Puis ils étaient allés faire des achats. Elle avait cru que cela lui plairait, mais, malheureusement, Phobos ne ressemblait en rien à Norwich. On n'y trouvait ni grands magasins ni boutiques de mode. Leurs vêtements provenaient tous du dépôt de l'IRIS, mi-magasin, mi-entrepôt, et ils leur seyaient fort peu. Ni Genevieve ni elle n'étaient bâties comme les résidents martiens et lunaires de l'astéroïde. Le moindre de leurs effets avait dû être retouché. Ensuite, elles s'étaient acheté des blocs-processeurs (tout le monde en utilisait dans la Confédération, leur avait expliqué Endron, et en particulier les voyageurs). Genevieve avait choisi un modèle équipé d'un puissant projecteur AV et l'avait chargé de tous les jeux disponibles dans la banque de mémoire du dépôt. Louise avait sélectionné un bloc capable de contrôler le package médical de son poignet, ce qui lui permettrait de suivre l'évolution de son état physiologique.

Ainsi équipées, et semblables à des visiteurs de la Confédération tout à fait ordinaires, elles avaient accompagné Endron dans des établissements fréquentés par des astros. Louise était bien décidée à se trouver un astronef, comme elle l'avait fait sur Norfolk, mais, cette fois-ci, elle avait un peu plus d'expérience en la matière, et Endron savait se débrouiller sur Phobos. Il leur fallut à peine deux heures pour trouver le *Jamrana*, un spationef en partance pour la Terre, et pour négocier le prix de leur embarquement.

Restait à leur trouver des passeports.

Louise enfila une jupe écossaise (dont le tissu se raidissait pour ne pas flotter dans la faible gravité), un caleçon noir et un polo vert. Les vêtements, c'est comme les ordinateurs, songea-t-elle. Après avoir utilisé l'ordinateur de bord du *Royaume lointain*, elle ne pourrait plus jamais revenir aux stupides terminaux à claviers de Norfolk, et elle disposait à présent d'un million de styles d'habillement, dont pas un n'était dicté par l'absurde souci de ce qui était *convenable*...

Elle regagna le salon. Genevieve était dans sa chambre et testait un énième jeu sur son bloc-processeur, à en juger par la musique et les dialogues qu'on entendait derrière sa porte. Louise n'était pas sûre d'approuver cette lubie, mais elle ne voulait pas passer pour une rabat-joie, et puis ça empêchait sa petite sœur de faire des bêtises.

Fletcher était assis sur l'un des trois fauteuils en cuir bleu pâle disposés au centre du salon, le dos tourné à la fenêtre. Louise le regarda, ainsi que la vue qu'il ignorait délibérément.

— Je sais, milady, dit-il à voix basse. Vous me jugez ridicule. Après tout, j'ai entrepris un voyage à travers les étoiles, à bord d'un navire où j'ai nagé dans l'air avec toute la grâce d'un poisson dans l'océan.

— L'univers contient des choses bien plus étranges qu'une colonie-astéroïde, dit-elle, compatissante.

— Vous avez raison, comme toujours. J'aimerais comprendre pourquoi le sol qui est au-dessus de nous ne menace pas de nous ensevelir. C'est un phénomène impie, contraire à l'ordre de la Nature.

— Non, ce n'est que la force centrifuge. Voulez-vous accéder aux textes éducatifs ?

Il la gratifia d'un sourire ironique.

— Ceux que les professeurs de cette ère ont conçus à l'usage des enfants de dix ans ? Je crois que je vais m'épargner cette nouvelle humiliation, lady Louise.

Elle consulta sa montre en or, le dernier souvenir ou presque qu'elle conservait de Norfolk.

— Endron ne devrait plus tarder. Nous pourrons quitter Phobos dans quelques heures.

— Je suis attristé à l'idée d'être séparé de vous, milady.

C'était le seul sujet qu'elle n'avait pas mentionné depuis qu'ils s'étaient embarqués à bord du *Royaume lointain*.

— Vous avez donc toujours l'intention de vous rendre sur Terre ?

— Oui. Bien que je redoute ce qui m'y attend, je ne reculerai pas devant la tâche qui a été confiée à mon nouveau corps. Quinn doit être arrêté.

— Il est sans doute déjà ici. Mon Dieu, la Terre entière sera peut-être possédée quand nous arriverons dans le Halo O'Neill.

— Même si j'en avais la certitude absolue, je refuserais quand même de battre en retraite. Je suis sincèrement navré, lady Louise, mais ma décision est prise. Ne vous tourmentez pas, je resterai auprès de vous jusqu'à ce que vous ayez trouvé un navire en partance pour Tranquillité. Et je veillerai à ce qu'aucun possédé ne se trouve à son bord.

— Je ne cherchais pas à vous arrêter, Fletcher. Je crois bien que votre intégrité me fait un peu peur. À notre époque, les gens pensent surtout à eux-mêmes. Tel est mon cas.

— Vous pensez avant tout à votre bébé, très chère Louise. Et j'admire la résolution dont vous faites preuve. Mon seul regret, sachant que je vais m'embarquer dans cette aventure qui m'attend, c'est que je ne rencontrerai sans doute jamais votre soupirant, ce Joshua dont vous m'avez parlé. J'aimerais bien connaître l'homme digne de votre amour, ce doit être un prince parmi les hommes.

— Joshua n'est pas un prince. Je sais maintenant qu'il est loin d'être parfait. Mais... il a certaines qualités. (Elle posa ses mains sur son ventre.) Il fera un bon père.

Leurs regards se croisèrent. Louise songea que jamais elle n'avait vu solitude aussi poignante. Chaque fois qu'ils avaient accédé ensemble à des textes d'Histoire, il avait soigneusement évité de regarder ce qu'il était advenu de la famille qu'il avait abandonnée sur l'île de Pitcairn.

Il aurait été si facile de s'asseoir près de lui et de le prendre dans ses bras. Un être si esseulé méritait bien un peu de réconfort, n'est-ce pas ? Son cœur se serra un peu plus lorsqu'elle se rendit compte qu'il percevait son hésitation.

Le processeur de la porte leur annonça l'arrivée d'Endron. Louise désamorça la tension d'un sourire enjoué et alla chercher Genevieve dans sa chambre.

— On est vraiment obligés d'y aller ? demanda à Endron la fillette visiblement réticente. Je viens d'atteindre le troisième niveau des Châteaux dans le ciel. Les chevaux ailés vont secourir la princesse.

— Elle n'aura pas bougé à notre retour, dit Louise. Tu continueras ta partie à bord de l'astronef.

— Il a besoin de vous pour un scan intégral, précisa Endron. Pas moyen de faire autrement, j'en ai peur.

Genevieve était l'image même de la contrariété.

— Bon, d'accord.

Endron les guida dans un corridor public. Louise maîtrisait peu à peu l'art de se déplacer en faible gravité. Impossible de ne pas quitter le sol à chaque pas ; il fallait donc se propulser du bout des orteils afin de décrire une trajectoire en ligne droite. Mais elle savait qu'elle n'aurait jamais la souplesse d'une vraie Martienne, même avec beaucoup de pratique.

— Je voulais vous poser une question, dit-elle comme ils se glissaient dans un ascenseur. Si vous êtes tous communistes, comment se fait-il que l'équipage du *Royaume lointain* puisse revendre des Larmes de Norfolk ?

— Et pourquoi ne le ferait-il pas ? C'est l'un des avantages du statut d'astro. La seule chose qui nous gêne, c'est de payer une taxe d'importation. Et jusqu'ici, on s'est débrouillés pour l'éviter.

— Mais toute propriété est par essence collective, non ?

Pourquoi les gens ont-ils besoin de payer pour se procurer des Larmes ?

— Ce que vous dites est uniquement exact dans le cas d'un communisme super-orthodoxe. Ici, les gens conservent leur argent et leur propriété. Aucune société ne pourrait survivre sans ce concept ; les fruits du labeur quotidien doivent avoir une existence concrète. C'est l'essence même de la nature humaine.

— Donc, il y a des propriétaires fonciers sur Mars ?

Endron gloussa.

— Je ne parlais pas de ce type de propriété. Nous ne conservons que nos biens personnels. Les appartements, par exemple, sont la propriété de l'État ; c'est lui qui les a payés, après tout. Les collectivités agraires reçoivent leurs parcelles en location.

— Et vous acceptez cela ?

— Oui. Parce que ça marche. L'État dispose d'une puissance et d'une richesse considérables, mais leur utilisation est déterminée par notre vote. Nous dépendons de l'État, mais c'est nous qui le contrôlons. Et nous sommes fiers de lui. Aucune autre culture, aucune autre idéologie n'aurait pu terraformer une planète. Durant les cinq derniers siècles, Mars a absorbé la totalité des ressources de notre nation. Un étranger comme vous n'a aucune idée du niveau d'engagement que cela implique.

— C'est parce que je ne comprends pas pourquoi vous avez agi ainsi.

— Nous avons été piégés par l'Histoire. Nos ancêtres ont altéré leur organisme pour vivre en gravité lunaire avant l'invention de la propulsion TTZ. Ils auraient pu envoyer leurs enfants coloniser quantité de mondes terracompatibles, mais ces enfants auraient dû subir des interventions génétiques pour s'adapter de nouveau à la « norme » humaine. Parents et enfants auraient été séparés de façon définitive ; les liens familiaux auraient été tranchés pour l'éternité. Donc, nous avons décidé de nous fabriquer notre propre monde.

— Si j'ai correctement suivi votre discours, intervint Fletcher, vous avez passé cinq siècles à transformer le désert martien en jardin ?

— En effet.

— Êtes-vous donc puissants au point de rivaliser avec l'œuvre de Notre-Seigneur ?

— Je pense qu'il ne Lui a fallu que sept jours. Ce n'est pas de sitôt que nous égalerons ce record. Et je ne crois pas que nous tenterons le coup.

— Est-ce que la Nation lunaire tout entière compte émigrer

ici ? demanda Louise, empêchant Fletcher de poser d'autres questions.

Durant le voyage, elle avait souvent surpris Endron en train de lui jeter des regards intrigués. La vigilance s'imposait ; elle avait fini par s'habituer à la naïveté de son compagnon et n'y prenait plus garde. D'autres risquaient de se montrer plus curieux.

— Tel était le projet à l'origine. Mais à présent qu'il est dans sa phase finale, la majorité des habitants des cités lunaires répugnent à quitter celles-ci. C'est surtout la plus jeune génération qui vient s'installer ici. La transition est donc fort progressive.

— Vous comptez vivre sur Mars une fois que vous ne pourrez plus voyager dans l'espace ?

— Je suis né sur Phobos ; le ciel vu d'une planète est contre nature à mes yeux. Deux de mes enfants vivent à Thoth. Je leur rends visite quand je le peux, mais je ne pense pas que ma place soit auprès d'eux. Après toutes ces années, notre nation est enfin en train de changer. Ça ne se passe pas très vite, mais ça se passe bel et bien.

— De quelle façon ? Comment le communisme peut-il changer ?

— À cause de l'argent, naturellement. Maintenant que le projet de terraformation a cessé d'absorber tous les fusiodollars que rapportent nos industries d'État, on injecte de plus en plus de liquide dans l'économie. Les membres des jeunes générations apprécient fort les blocs AV, les albums FA et les vêtements d'importation, et confèrent une plus-value à ces symboles de statut, ignorant notre production nationale par simple souci de paraître différents, c'est-à-dire originaux. Et ils ont toute une planète à leur disposition ; certains redoutent de les voir faire scission et nous abandonner purement et simplement. Qui sait ? Quoique, s'ils devaient renoncer à nos valeurs, cela ne me dérangerait pas outre mesure. Ce monde est à eux, après tout. Nous l'avons bâti afin qu'ils puissent faire l'expérience de la liberté. Il serait absurde de tenter de leur imposer les restrictions du passé. L'évolution sociale est nécessaire à la survie de toute communauté ethnique ou idéologique ; cinq siècles de statisme, c'est long.

— Donc, si certains revendiquaient leur propre terre, vous n'essaieriez pas de la leur confisquer ?

— La confisquer ? Je perçois une certaine malice dans votre voix. C'est ainsi que raisonnent les communistes de votre planète ?

— Oui, ils veulent redistribuer équitablement les richesses de Norfolk.

— Eh bien, ça ne peut pas marcher, dites-le-leur de ma part. S'ils tentent de changer les choses, ils ne feront que causer de nouveaux problèmes. Il est impossible d'imposer une idéologie à un peuple qui ne la désire pas. Si la Nation lunaire fonctionne, c'est parce qu'elle a été conçue ainsi dès l'instant où les cités sont devenues indépendantes des compagnies. Exactement comme sur Norfolk, sauf que vos ancêtres ont opté pour une constitution pastorale. Le communisme marche parce que le peuple est pour le communisme, et le réseau nous a permis d'éliminer la plupart des formes de corruption qui grevaient l'administration et les gouvernements locaux lors des précédentes tentatives. Si quelqu'un n'aime pas notre culture, il la quitte plutôt que de la détruire et d'en priver ceux qui l'apprécient. Ce n'est pas la même chose sur Norfolk ?

Louise repensa à ce que lui avait dit Carmitha.

— Ce n'est pas facile pour les travailleurs agricoles. Le voyage spatial est coûteux.

— Sans doute. Ici, nous avons de la chance, le Halo O'Neill accueille tous nos mécontents, et certains astéroïdes disposent de zones à faible gravité uniquement peuplées d'émigrés lunaires. Notre gouvernement va même jusqu'à payer le voyage à certains candidats. Peut-être devriez-vous adopter le même dispositif sur Norfolk. La Confédération est si diverse qu'on y trouve tous les modèles de culture imaginables. Les conflits internes n'ont aucune raison d'être.

— C'est une idée fort intéressante. Je devrais en parler à papa quand nous serons de retour. Je suis sûre qu'un aller simple pour les étoiles serait moins onéreux que l'entretien des camps de travail arctiques.

— Pourquoi en parler à votre père ? Pourquoi ne pas faire campagne vous-même ?

— Personne ne m'écouterait.

— Vous ne serez pas toujours mineure.

— Mais je serai toujours de sexe féminin.

Endron la fixa d'un air surpris.

— Je vois. Peut-être qu'il faudrait commencer par monter une campagne sur ce thème. Vous auriez la moitié de la population dans votre camp.

Louise se força à afficher un sourire gêné. Elle n'appréciait guère de devoir défendre sa planète natale contre les sarcasmes, les gens devraient se montrer un peu plus courtois. L'ennui, c'est qu'elle avait de plus en plus de mal à défendre certaines des coutumes norfolkoises.

Endron les conduisit dans l'un des niveaux d'habitation les plus bas, les faisant sortir de la biosphère en empruntant un large corridor d'entretien qui s'enfonçait dans les profondeurs de l'astéroïde. Les parois étaient en roche nue, l'une d'elles étant recouverte de plusieurs couches de câbles et de conduits. Le sol était légèrement concave et très lisse. Louise se demanda quel âge avait ce boyau pour être ainsi usé par le passage.

Ils débouchèrent devant une large porte en métal vert olive, et Endron télétransmit un code à son bloc-processeur. Il ne se passa rien. Le verrou électronique ne réagit qu'à sa troisième tentative. Louise n'osa pas se tourner vers Fletcher.

La porte dissimulait une salle aussi grande que l'intérieur d'une cathédrale, où trônaient trois rangées de transformateurs électriques de haute tension. Ces gros cylindres gris à la surface cannelée étaient reliés par un réseau complexe d'épais câbles noirs émergeant de trous creusés dans les murs. L'air était imprégné d'une forte odeur d'ozone.

Un escalier métallique fixé au mur du fond conduisait à un petit local de maintenance découpé à même le roc. Derrière l'une des deux étroites fenêtres donnant sur l'allée centrale était visible la silhouette d'un homme. Fletcher s'inquiétait de l'énergie qui bourdonnait tout autour d'eux, comme on le voyait à la sueur qui perlait à son front et sur ses mains, ainsi qu'à la prudence de sa démarche.

Dans le local se trouvait un bureau sur lequel était posé un terminal d'ordinateur presque aussi antique que les modèles en usage sur Norfolk. La quasi-totalité du mur du fond était occupée par un écran affichant en symboles colorés le réseau énergétique de l'astéroïde.

L'homme qui les attendait était un Martien aux longs cheveux de neige soigneusement peignés, vêtu d'un complet de soie orange et d'une chemise noire comme la nuit. Il tenait dans sa main gauche un attaché-case gris sans signe distinctif.

Faurax ne savait pas quoi penser de ses trois nouveaux clients ; s'ils n'avaient pas été accompagnés d'Endron, jamais il ne les aurait laissés entrer dans son bureau. Le moment était mal choisi pour exercer le genre d'activité qui était le sien. Depuis qu'avait éclaté cette crise à l'échelle de la Confédération, les flics de Phobos étaient intraitables en matière de procédures de sécurité.

— Si vous me permettez une question, dit-il après qu'Endron

eut fait les présentations. Pourquoi n'avez-vous pas vos passeports sur vous ?

— Nous avons dû quitter précipitamment Norfolk, dit Louise. Les possédés commençaient à envahir la capitale. Nous n'avons pas eu le temps de déposer une demande en bonne et due forme. Mais on nous aurait certainement accordé des passeports, puisque nous n'avons pas de casier judiciaire.

Ce discours semblait raisonnable. Et Faurax n'avait aucune peine à imaginer le prix d'un passage à bord du *Royaume lointain*. Au stade où on en était arrivé, plus personne n'avait envie de répondre à des questions.

— Comprenez une chose, reprit-il. J'ai dû effectuer des recherches considérables pour obtenir les codes d'authentification du gouvernement de Norfolk.

— Combien ? s'enquit Louise.

— Cinq mille fusiodollars. Chacun.

— Entendu.

Elle ne paraissait même pas surprise, encore moins choquée. Ce qui titilla la curiosité de Faurax ; il aurait bien aimé demander à Endron qui elle était. Lorsqu'elle l'avait appelé pour arranger le rendez-vous, Tilia s'était montrée des plus succinctes.

— Bien, fit-il.

Il posa son attaché-case sur le bureau et lui télétransmit un code. Sa surface se mit à ondoyer, révélant deux blocs-processeurs et plusieurs microcartels. Il attrapa l'un de ceux-ci, qui était orné d'un lion d'or : l'emblème de Norfolk.

— Voici l'objet. J'y ai chargé toutes les informations que m'a données Tilia : nom, âge, domicile, ce genre de données. Il n'y manque qu'une image et un scan corporel complet.

— Que devons-nous faire ? demanda Louise.

— En premier lieu, verser la somme convenue, j'en ai peur.

Elle eut un rire creux et attrapa un crédisque de la Banque jovienne dans son sac. Une fois que la somme convenue eut été transférée au compte de Faurax, celui-ci conseilla :

— Rappelez-vous de ne pas porter ces vêtements quand vous passerez les contrôles d'immigration du Halo. Ces images sont censées avoir été prises sur Norfolk, et vos vêtements sont neufs. En fait, je vous recommande même de les jeter.

— Entendu, dit Louise.

— Bien. (Il glissa le premier cartel dans son bloc-processeur et lut sur l'écran :) Genevieve Kavanagh.

La petite fille lui adressa son plus beau sourire.

— Mettez-vous par ici, ma petite, pas trop près de la porte.

Elle s'exécuta, fixant le capteur optique d'un air solennel. Après avoir enregistré l'image visuelle, Faurax effectua un balayage avec le second bloc-processeur pour enregistrer sa structure bioélectrique. Les deux fichiers furent ensuite chargés dans le passeport de Genevieve et cryptés par le code d'authentification du gouvernement de Norfolk.

Puis ce fut au tour de Louise. Faurax regretta qu'elle ne soit pas martienne. Son corps lui répugnait, mais elle avait un si joli visage.

L'image de Fletcher fut enregistrée dans son passeport. Puis Faurax le soumit au capteur bioélectrique. Fronça les sourcils en découvrant les résultats. Effectua un second scan. Un long moment s'écoula avant que son inquiétude tourne à la franche consternation. Il hoqueta, sursauta et considéra Fletcher avec des yeux éberlués.

— Vous êtes un...

Ses naneuroniques crashèrent, ce qui l'empêcha de transmettre un signal d'alarme. L'air se solidifia devant ses yeux ; il le vit ondoyer comme sous l'effet de la chaleur pour former une sphère de dix centimètres de diamètre. Cette sphère le frappa en plein visage. Avant de perdre conscience, il eut le temps d'entendre son nez se briser.

Genevieve poussa un petit cri lorsque Faurax s'effondra, le nez pissant le sang.

Endron fixa Fletcher à son tour, trop choqué pour bouger. Ses naneuroniques ne fonctionnaient plus, et le panneau lumineux du local clignotait à un rythme épileptique.

— Ô mon Dieu ! Non ! Pas vous !

Il jeta un coup d'œil vers la porte, jaugeant ses chances.

— Ne tentez pas de fuir, sir, dit Fletcher d'un air sévère. Je suis prêt à tout pour protéger ces deux ladies.

— Oh, Fletcher, gémit Louise. On y était presque.

— Son appareil a révélé ma nature, milady. Je ne pouvais pas agir autrement.

Genevieve se précipita vers Fletcher et lui passa les bras autour de la taille. Il lui tapota doucement les cheveux.

— Et maintenant, qu'allons-nous faire ? demanda Louise.

— Vous aussi ? Oh, non ! beugla Endron.

— Je ne suis pas possédée, répliqua-t-elle, indignée.

— Mais alors... ?

— Fletcher nous a *protégées* des possédés. Vous ne pensez quand même pas que j'aurais pu leur résister toute seule, non ?

— Mais... mais il est des leurs !

— Qu'entendez-vous par cela, sir ? Nombre d'êtres humains sont des assassins et des brigands, cela fait-il de nous tous des coupables ?

— Cet argument ne s'applique pas. Vous êtes un possédé. Vous êtes l'ennemi.

— Et cependant, sir, je ne me considère pas comme votre ennemi. Mon seul crime, semble-t-il, est d'être mort.

— Et d'être revenu ! Vous avez volé le corps de cet homme. Vos semblables veulent voler les corps de tout le monde.

— Que voudriez-vous que nous fassions ? L'au-delà est un lieu de tourments sans fin, j'ai eu l'occasion de lui échapper, et mon abnégation n'a pu me retenir. Peut-être est-ce cette faiblesse qui, à vos yeux, est un crime, sir. En ce cas, je plaide coupable de cette ignominie. Mais sachez une chose : je serais prêt à m'évader une nouvelle fois à la moindre occasion, tout en sachant que je commets le plus immoral des vols.

— Il nous a sauvées, protesta Genevieve. Quinn Dexter allait nous faire des choses ignobles, à Louise et à moi, et Fletcher l'en a empêché. Personne d'autre n'aurait pu nous aider. Ce n'est pas un méchant homme ; vous ne devez pas le traiter ainsi. Et je ne vous laisserai pas lui faire du mal. Je ne veux pas qu'il retourne dans l'au-delà.

Elle accentua son étreinte.

— D'accord, dit Endron. Peut-être que vous êtes moins dangereux que l'Organisation de Capone ou les possédés de Lalonde. Mais je ne peux pas vous laisser courir en liberté. Nous sommes dans mon pays, bon sang. Peut-être que c'est injuste, peut-être que vous ne méritiez pas les souffrances de l'au-delà. Mais vous êtes un possesseur, on ne peut rien y changer. Nous sommes des adversaires, c'est notre nature qui veut ça.

— Dans ce cas, sir, vous avez un grave problème à régler. Car je me suis juré de veiller à ce que les ladies atteignent leur destination.

— Un instant. (Louise se tourna vers Endron.) Rien n'a changé. Nous souhaitons toujours quitter Phobos et vous savez que Fletcher ne présente aucun danger pour votre peuple. Vous venez de le dire.

Endron désigna le corps flasque de Faurax.

— Je ne peux pas, se lamenta-t-il.

— Si Fletcher offre vos corps aux âmes de l'au-delà, qui sait à quoi ressembleront leurs nouveaux occupants, dit Louise. Je ne pense pas qu'ils seront aussi raisonnables que lui, pas si les possédés que j'ai croisés sur ma route sont représentatifs de l'ensemble. Phobos tomberait aux mains des possédés, et cela serait de votre faute. C'est ce que vous voulez ?

— Qu'est-ce que vous croyez ? Vous m'avez bel et bien coincé.

— Non, il y a une solution toute simple pour que nous nous en sortions tous.

— *Laquelle ?*

— Aidez-nous, évidemment. Vous pouvez finir de préparer le passeport de Fletcher, trouver une nacelle tau-zéro pour Faurax et le garder au frais jusqu'à ce que cette crise soit passée. Et vous saurez avec certitude que nous sommes partis et que votre astéroïde ne craint rien.

— C'est grotesque. Je n'ai aucune confiance en vous, et vous seriez stupides de me faire confiance.

— Pas vraiment, contra Louise. Si vous déclarez être prêt à nous aider, Fletcher saura si vous dites la vérité. Et une fois que nous serons partis, vous ne changerez pas d'avis, car il vous serait impossible de justifier vos actes devant la police.

— Vous êtes capable de lire dans les pensées ? demanda Endron, de plus en plus consterné.

— Je serais conscient de toute envie de traîtrise qui vous noircirait le cœur.

— Qu'avez-vous l'intention de faire une fois arrivés à Tranquillité ?

— Retrouver mon fiancé. Nous n'avons aucun autre projet.

Endron considéra Faurax une nouvelle fois.

— Je pense que je n'ai guère le choix, n'est-ce pas ? Si vous arrêtez de produire cet effet de brouillage électronique, je me procurerai un mécanoïde pour transporter Faurax à bord du *Royaume lointain.* J'ai tout loisir d'utiliser quelques-unes des nacelles tau-zéro du bord sans qu'on me pose de questions. Dieu sait ce que je pourrai raconter à mes camarades quand cette histoire sera finie. Probablement se contenteront-ils de me jeter dans le vide.

— Vous êtes en train de sauver votre monde, dit Louise. Vous allez devenir un héros.

— J'en doute fortement.

La grotte s'enfonçait profondément dans la falaise de polype, ce qui permettait à Dariat de faire du feu sans courir le risque d'être repéré. Aujourd'hui, il avait choisi comme refuge la plage située au pied de la calotte. Tatiana et lui y seraient sûrement en sécurité. Aucun pont n'enjambait la mer circulaire. Si Bonney voulait les rejoindre, elle devrait emprunter un bateau ou une rame de métro (ce qui était fort improbable). Par conséquent, ils seraient prévenus à l'avance de son arrivée.

La chasseresse faisait montre d'un talent qui ne laissait pas d'être troublant. Rubra lui-même commençait à s'en inquiéter. Dariat n'arrivait pas à comprendre comment elle parvenait à les localiser sans se faire repérer par Rubra. Mais elle y parvenait bel et bien. Depuis qu'il avait rencontré Tatiana, pas un jour ne s'était écoulé sans que Bonney manque de justesse de les retrouver.

Sa capacité de perception devait être surdéveloppée, lui permettant de lire les pensées de tous les occupants de l'habitat. C'était franchement extraordinaire ; Dariat ne captait rien audelà d'un kilomètre et il suffisait de dix mètres de polype pour le bloquer complètement.

Tatiana finit de vider les deux truites qu'elle avait pêchées et les enveloppa dans du papier aluminium. Puis elle les glissa dans un trou au-dessous du feu.

— Ça devrait être prêt dans une demi-heure, dit-elle.

Il lui répondit par un sourire neutre, se rappelant les feux qu'Anastasia et lui avaient allumés, les repas qu'elle lui avait préparés. À l'époque, la cuisine de feu de camp lui était un concept totalement étranger. Habitué à se réchauffer des sachets de nourriture lyophilisée, il ne manquait pas d'être impressionné par les festins qu'elle mitonnait à la mode primitive.

— Est-ce qu'elle t'a parlé de moi ? demanda-t-il.

— Pas souvent. Je ne l'ai plus beaucoup vue quand elle est devenue prêtresse de Thoale. Et puis, à cette époque, je commençais à découvrir les garçons, moi aussi, acheva-t-elle dans un rire rauque.

N'eût été leur ressemblance physique, jamais on n'aurait imaginé que Tatiana et Anastasia puissent être apparentées. Dariat ne parvenait pas à concevoir que son bel amour ait pu devenir semblable à cette femme joviale, décontractée et un peu trop bruyante. Anastasia aurait sûrement conservé sa tranquille dignité, son humour malicieux, son esprit généreux.

Il lui était difficile d'éprouver une quelconque sympathie pour Tatiana, encore plus de tolérer son comportement, en particulier dans les circonstances présentes. Il s'y obligeait néanmoins, sachant que l'abandonner maintenant le rendrait indigne de son amour perdu.

Rubra s'en était douté, damné soit-il.

— Quoi qu'elle t'ait dit de moi, j'aimerais bien le savoir.

— D'accord. Je te dois bien ça, je suppose. (Tatiana s'installa plus confortablement sur le sable, faisant tinter ses bracelets.) Elle disait que son nouveau mec – c'était toi – était différent des autres. D'après elle, tu avais été blessé par Anstid dès le jour de ta naissance, mais elle distinguait le vrai toi par-delà ta souffrance et ta solitude. Elle pensait pouvoir te libérer de cette emprise. Elle le croyait vraiment, ce qui est plutôt bizarre ; comme si tu avais été un oiseau meurtri qu'elle aurait recueilli. Je ne pense pas qu'elle se soit rendu compte de l'étendue de son erreur. Sauf à la fin. C'est pour ça qu'elle a fait ce qu'elle a fait.

— Je lui suis fidèle. Je lui suis toujours resté fidèle.

— C'est ce que je vois. Trente ans de préparatifs.

Elle se fendit d'un long sifflement.

— Je vais tuer Anstid. À présent, j'en ai le pouvoir.

Tatiana se mit à rire, d'un rire franc qui fit frémir le coton de sa robe.

— Oh oui, je comprends qu'elle soit tombée sous le charme. Toute cette sincérité, et toute cette rétention. Le jour où vous vous êtes rencontrés, Cupidon avait trempé ses flèches dans un philtre puissant.

— Ne te moque pas.

Elle cessa aussitôt de rire. Il perçut alors sa ressemblance avec Anastasia, la passion dans ses yeux.

— Jamais je ne me moquerais de ma sœur, Dariat. Tarrug lui a joué un sale tour, et j'ai pitié d'elle. Elle était trop jeune pour te rencontrer, foutrement trop jeune. Si elle avait eu quelques années de plus pour acquérir de la sagesse, elle aurait vu que tu étais au-delà de tout salut. Mais elle était jeune, et stupide comme tout le monde à cet âge. Elle n'a pas pu résister au défi qui lui était lancé : faire un peu de bien, apporter un peu de lumière dans ta prison. Quand on arrive à mon âge, on fait un grand détour pour éviter les causes perdues.

— Je ne suis pas perdu, pas aux yeux de Chi-ri ni à ceux de Thoale. Je vais tuer Anstid. Et c'est grâce à Anastasia, elle a levé l'emprise de ce Seigneur sur moi.

— Mais écoutez-le donc ! Arrête de répéter bêtement ces mots, Dariat, et apprends avec ton cœur. Elle t'a enseigné les noms de nos Seigneurs et de nos Dames, mais ça ne veut pas dire que tu les connais. Tu ne tueras pas Anstid. Rubra n'est pas un Seigneur du Royaume, ce n'est qu'une vieille structure mémorielle déjantée. D'accord, sa folie le rend amer et vindicatif, ce qui est un aspect d'Anstid, mais ce n'est pas Lui. La haine ne va pas disparaître de l'univers parce que tu auras anéanti un habitat. Tu en es conscient, n'est-ce pas ?

Vas-y, mon garçon, réponds à cette question. Ça m'intéresse.

Va te faire foutre !

Dommage que tu ne sois jamais allé à la fac ; l'école de la rue ne suffit pas quand on pénètre dans l'arène du débat intellectuel.

Dariat s'efforça de se calmer, conscient des petits vers de lumière qui ondoyaient sur ses vêtements. Il se fendit d'un sourire penaud.

— Oui, je le vois bien. Et puis, sans la haine, on ne connaîtrait jamais la douceur de l'amour. Nous avons besoin de la haine.

— C'est mieux. (Elle se mit à applaudir.) On va faire de toi un vrai Starbridge.

— Il est trop tard. Et je vais quand même annihiler Rubra.

— Tu attendras que je sois partie d'ici, j'espère.

— Je te ferai sortir.

C'est ça, et avec l'aide de qui ?

— Comment ? demanda Tatiana.

— Je vais être franc avec toi : je n'en sais encore rien. Mais je trouverai un moyen. Je vous dois bien ça, à Anastasia et à toi.

Bravo, sire Galaad. En attendant, trois astronefs viennent d'arriver.

Et alors ?

Et alors, ils viennent de la Nouvelle-Californie : une frégate et deux vaisseaux équipés pour le combat. Je pense que notre statu quo actuel va bientôt évoluer.

Les faucons en mission d'observation perçurent l'émergence de trois vaisseaux adamistes à douze mille kilomètres de Valisk. Lorsque leurs échangeurs thermiques, leurs grappes de capteurs et leurs antennes de communication se déployèrent, les astronefs bioteks commencèrent à intercepter des transmissions par micro-ondes à haute bande passante. Les arrivants diffusaient des bulletins d'information dans tout le système de Srinagar, apprenant à qui voulait les entendre que l'Organisation se portait à merveille et que la Nouvelle-Californie connaissait la prospérité. Plusieurs flashes détaillaient la façon dont les possédés guérissaient les blessures et les fractures des non-possédés.

Malheureusement, les faucons ne purent intercepter les

signaux échangés entre les vaisseaux et Valisk. Ces conversations, quelle qu'en ait été la teneur, eurent pour conséquence l'envoi d'une escorte de huit harpies qui accompagna les nouveaux venus jusqu'au spatioport de l'habitat.

Inquiet des conséquences de l'intrusion des forces de Capone dans le système de Srinagar, le Consensus demanda à Rubra de suivre les événements de près. Pour une fois, il n'était pas d'humeur à rechigner.

Kiera attendait Patricia Mangano à l'extrémité du corridor menant à la chambre axiale, située trois kilomètres plus haut. Les rames de métro étant peu sûres, le trajet devait être effectué à pied. On commençait à descendre de la chambre en empruntant une échelle pendant un kilomètre, puis, la courbure s'accentuant, on parcourait un escalier pour couvrir les deux kilomètres restants. Cet escalier s'achevait deux kilomètres au-dessus de la calotte, émergeant de la coque en polype sur un plateau que l'on atteignait au moyen d'une route en lacet.

Heureusement, l'accès aux corniches des harpies, qui se faisait depuis des plateaux similaires, était plus direct, de sorte que le spatioport contrarotatif était désormais inutilisé ou presque.

Si Patricia était irritée par le temps et les efforts gaspillés lors de cette descente, elle le dissimulait suffisamment bien pour que les perceptions de Kiera ne puissent rien capter. Lorsque l'émissaire de Capone apparut à la lumière, elle contempla ce qui l'entourait avec un sourire radieux. Le petit plateau fournissait un excellent point de vue, Kiera devait bien l'admettre. Les bandes de couleur qui découpaient l'intérieur de Valisk brillaient de tout leur éclat à la lueur du phototube.

Patricia mit une main en visière comme elle contemplait le mondicule.

— Rien ne peut vous préparer à ce spectacle, dit-elle.

— Il n'y avait pas d'habitats à votre époque ? s'enquit Kiera.

— Absolument pas. Je suis une fille du XXe siècle. Al préfère des lieutenants de son temps, on a moins de mal à se comprendre. Quand je discute avec certains types modernes, je ne comprends parfois qu'un mot sur dix.

— Moi, je viens du XXIVe siècle. Et je n'ai jamais posé un pied sur Terre.

— Vous ne connaissez pas votre bonheur.

Kiera désigna un pick-up garé au bord de la route. Bonney était assise sur la banquette arrière, toujours aussi vigilante.

Kiera démarra et entama la descente.

— Autant vous avertir tout de suite, tout ce que vous direz à l'air libre sera entendu par Rubra. Nous pensons qu'il informe les Édénistes de tout ce qui se passe dans l'habitat.

— Ce que je dois vous dire est confidentiel, rétorqua Patricia.

— Je m'en doutais. Ne vous inquiétez pas, nous avons des endroits protégés.

Rubra n'eut guère de difficulté à infiltrer la tour circulaire érigée à la base de la calotte nord. Mais il dut se montrer prudent. Les possédés étaient capables de détecter les petits animaux, tels que rats et chauves-souris, qu'ils éliminaient avec une décharge de feu blanc. Il eut donc recours à des serviteurs moins ordinaires.

Dans les profondeurs des cavernes matricielles de la calotte sud, des incubateurs produisaient des insectes dont l'ADN n'avait pas été utilisé depuis la germination de Valisk. Des mille-pattes et des abeilles en émergèrent, contrôlés via le lien d'affinité par une routine secondaire.

Les abeilles filèrent droit dans la caverne principale, se dispersant dans tous les camps temporaires montés autour des halls des gratte-ciel. Leur couverture n'était pas parfaite, mais elles fournissaient à Rubra quantité d'informations sur ce qui se passait à l'intérieur des tentes et des cottages, où ses perceptions ordinaires étaient bloquées.

Quant aux mille-pattes, des oiseaux les emportèrent pour les déposer en haut de la tour et autres bâtiments d'importance. À l'instar des araignées utilisées comme espions par les agents édénistes, ils envahirent les conduits d'aération et d'entretien, se planquant derrière les grilles et les prises pour scruter les pièces qu'ils avaient devant eux.

Leur déploiement permit à Rubra et au Consensus de Kohistan de voir Kiera faire entrer Patricia Mangano dans la salle du conseil d'administration de Magellanic Itg. Patricia était accompagnée d'un assistant, Kiera de Bonney et de Stanyon. Aucun des autres membres du nouveau Conseil de Valisk n'avait été invité à cette réunion.

— Que s'est-il passé ? demanda Patricia après avoir pris place devant la table.

— De quel point de vue ? répliqua Kiera avec prudence.

— Allons ! Vos harpies parcourent la Confédération en toute impunité afin de vous rapporter des corps tout neufs. Et quand ils débarquent ici, c'est pour découvrir un habitat qui ressemble à un camp de réfugiés de mon siècle d'origine. Vous en êtes encore à l'âge de fer. Ça n'a aucun sens. Le biotek est la seule technologie qui fonctionne encore en notre présence. Vous devriez être installés comme des rois dans les appartements des gratte-ciel.

— Ce qui s'est passé, c'est Rubra, dit Kiera avec amertume. Il est toujours dans la strate neurale. Notre seul expert en affinité qui aurait pu l'éliminer a... échoué. Ça veut dire que nous devons sécuriser les gratte-ciel centimètre par centimètre. On y arrivera. Ça nous prendra du temps, mais nous avons l'éternité devant nous, après tout.

— Vous pourriez partir.

— Je ne le pense pas.

Patricia s'étira sur son siège en souriant.

— Ah oui ! Ça voudrait dire descendre sur une planète. Et, une fois là-bas, comment feriez-vous pour conserver votre autorité et votre pouvoir ?

— De la même façon que Capone. Les gens ont besoin d'un gouvernement, d'une organisation. Nous sommes des animaux sociaux.

— Alors, pourquoi ne le faites-vous pas ?

— Nous nous débrouillons très bien ici. Vous avez fait tout ce chemin uniquement pour nous critiquer ?

— Pas du tout. Je suis venue vous faire une proposition.

— Oui ?

— De l'antimatière contre des harpies.

Kiera se tourna vers Bonney et Stanyon ; le visage de ce dernier commençait à s'animer.

— À votre avis, quel usage pouvons-nous faire de cette antimatière ?

— Le même que nous, répliqua Patricia. Démolir le réseau DS de Srinagar. *Ensuite*, vous pourrez quitter ce taudis. La planète vous sera tout ouverte. Et pendant que vous dirigerez l'invasion, vous serez en mesure de façonner la société que les possédés adopteront une fois en bas. C'est comme ça que ça marche avec l'Organisation. On envahit, puis on règne. Que ça marche ou non ici ne dépend que de votre habileté. Celle de Capone est exceptionnelle.

— Mais loin d'être parfaite.

— À chacun ses problèmes. Les faucons édénistes entravent le bon fonctionnement de notre flotte. Nous avons besoin de harpies pour les contrer. Leur champ de distorsion leur permettra de localiser les bombes furtives qui sont utilisées contre nous.

— C'est une proposition intéressante.

— N'essayez pas de marchander, je vous en prie. Ce serait insultant. Nous devons affronter un contretemps ; vous avez sur les bras un désastre potentiel.

— Au risque de vous offenser, j'aimerais savoir quelle quantité d'antimatière vous seriez susceptibles de nous livrer.

— Autant qu'il en faudra, avec les astronefs pour la déployer, à condition que vous respectiez notre accord. Combien de harpies pouvez-vous nous proposer ?

— Plusieurs d'entre elles sont occupées à ramasser des Nocturnes. Mais nous pouvons sans doute vous en prêter soixante-dix.

— Et vous êtes capables de les contrôler, de les contraindre à suivre les ordres ?

— Oh, oui !

— Comment ?

Kiera se rengorgea.

— C'est quelque chose que vous ne pourrez jamais faire. Nous pouvons faire retourner dans des corps humains les âmes possédant les harpies. C'est tout ce qu'elles souhaitent en fin de compte, et c'est ce que nous leur accorderons si elles nous obéissent.

— Astucieux. Alors, est-ce que nous pouvons signer notre accord ?

— Je ne le signerai pas avec vous. Je vais me rendre moi-même en Nouvelle-Californie pour en discuter avec Capone. Comme ça, chacun de nous saura dans quelle mesure il peut se fier à l'autre.

Kiera s'affala sur son siège quand Patricia eut quitté la salle.

— Ça change tout, dit-elle à Bonney. Même si nous n'avons pas assez d'antimatière pour démolir Srinagar, nous aurons assez de puissance pour repousser une nouvelle attaque des faucons.

— On le dirait bien. Tu penses que Capone est sincère ?

— Je n'en suis pas sûre. Il doit avoir sacrément besoin de nos harpies, car sinon il ne nous aurait pas proposé son antimatière. Même s'il dispose d'une station de production, ses ressources ne doivent pas être fabuleuses.

— Tu veux que je t'accompagne ?

— Non. (Kiera se passa la langue sur les lèvres, en exhibant fugitivement l'extrémité fourchue.) Soit nous serons en mesure d'envahir Srinagar, soit je me débrouillerai pour que Capone nous fournisse assez de corps pour peupler l'habitat. Dans les deux cas, on n'aura plus besoin de ce connard de Dariat. Occupe-toi de lui.

— Je veux !

Pouvez-vous empêcher ces harpies de partir ? demanda Rubra.

Non, répondit le Consensus de Kohistan. **Pas toutes s'il y en a bien soixante-dix. Elles sont encore armées de guêpes de combat conventionnelles en quantité considérable.**

Merde.

Si Kiera reçoit de Capone des guêpes de combat à l'antimatière, nous ne pensons pas être en mesure d'apporter le soutien nécessaire au réseau de Défense stratégique de Srinagar. La planète risque de tomber entre ses mains.

Alors appelez les Forces spatiales de la Confédération. Srinagar est à jour de ses impôts, n'est-ce pas ?

Oui. Mais il n'est pas garanti que les Forces spatiales acceptent de venir. Leurs ressources sont déployées sur une vaste zone.

Alors appelez Jupiter. Ils pourront sûrement vous envoyer quelques escadrons.

Nous allons voir ce que nous pouvons faire.

Bien. En attendant, nous devons prendre des décisions importantes. Dariat autant que moi. Et je ne pense pas que Bonney Lewin va nous laisser beaucoup de temps.

Erick était sûr que certains de ses packages médicaux avaient souffert de l'explosion et de la manœuvre de stabilisation de la capsule. Il sentait d'étranges zones de pression se développer sous la combinaison IRIS, et il était convaincu de perdre des fluides. Soit du sang, soit du liquide nutritif destiné aux tissus artificiels, impossible de le dire. La moitié des packages et de leurs auxiliaires ne répondait plus à ses télétransmissions.

Au moins n'étaient-ils plus en mesure de contribuer aux sinistres avertissements que les programmes médicaux émettaient sur son état physiologique actuel. Son bras droit ne réagissait à aucune impulsion nerveuse, pas plus qu'il n'émettait de sensation quelconque. Seul point positif, le sang circulait encore dans les muscles et les tissus artificiels qu'on lui avait implantés.

Il ne pouvait pas faire grand-chose pour améliorer sa situation. Les électromatrices de secours de la capsule n'étaient pas assez puissantes pour activer les systèmes environnementaux. La température intérieure atteignait dix degrés au-dessous de zéro et continuait à décroître. Par conséquent, il ne pouvait pas ôter sa combinaison pour remplacer ses packages médicaux. Et comme pour le narguer, un compartiment de survie contenant des packages neufs venait de s'ouvrir au-dessus de sa tête.

L'éclairage de secours s'était enclenché, baignant la passerelle d'une lueur bleu pâle. Le givre se formait un peu partout, occultant peu à peu les quelques holoécrans qui fonctionnaient encore. Divers détritus avaient été arrachés à leurs cachettes et voletaient un peu partout, projetant des ombres d'oiseaux sur les couchettes anti-g.

Le problème le plus préoccupant, c'étaient les hoquets intermittents qui affectaient les télétransmissions de l'ordinateur de bord. Erick n'était pas sûr de pouvoir se fier à ce qu'il affichait. Mais il répondait encore à des ordres simples.

Comme sa situation personnelle semblait temporairement stabilisée, il ordonna aux capteurs de la capsule de se déployer. Sur les cinq, seulement trois lui obéirent, émergeant sur leurs pistons de la couche de mousse thermoprotectrice. Ils entreprirent de fouiller l'espace autour d'eux.

Les programmes d'astrogation déchiffrèrent lentement le firmament. Sauf erreur, le *Tigara* avait émergé à environ cinquante millions de kilomètres des coordonnées visées. Ngeuni n'était qu'un astre bleu-vert des plus quelconques à côté de l'étoile primaire éblouissante de type A2.

Il n'était pas sûr que la planète puisse capter la balise de détresse de la capsule. Les colonies en phase un ne disposent pas de satellites de communication sophistiqués. Quand il ordonna à l'antenne parabolique de la capsule de se pointer sur Ngeuni, ce fut sans résultat. Nouvelle tentative, nouvel échec.

L'ordinateur de bord émit un diagnostic se traduisant par une formule toute simple : système non viable. Impossible de localiser le problème, sauf à effectuer une SEV pour aller y voir de plus près.

Seul.

Coupé du monde.

À cinquante millions de kilomètres des secours les plus proches.

À des années-lumière de l'endroit qu'il *devait* gagner.

Il ne lui restait plus qu'à attendre. Il entreprit de désactiver tous les équipements à l'exception des fusées de stabilisation, de leur système de guidage et de l'ordinateur. À en juger par la fréquence des micro-poussées, il y avait une fuite dans la capsule. Le dernier diagnostic qu'il effectua avant de désactiver les capteurs internes ne lui apprit rien de plus.

Une fois qu'il eut réduit au minimum la consommation d'énergie, il désactiva sa toile de protection. Celle-ci sembla avoir du mal à réagir, et il lui fallut un long moment pour retomber près de la couchette. Alors qu'il se redressait sur celle-ci, du fluide coula sur son abdomen. Il découvrit que, s'il se déplaçait lentement, il pouvait atténuer cet effet – ainsi que ses conséquences éventuellement néfastes.

Son entraînement reprit le dessus, et il se mit à recenser le contenu du compartiment qui s'était ouvert dans le plafond. Ce fut à ce moment-là qu'il succomba au choc émotionnel. Il se mit à trembler de tous ses membres alors qu'il s'accrochait à un dinghy de silicone programmable pouvant accueillir quatre personnes.

Il recensait son équipement ! Comme un bon petit cadet en première année de formation.

Son rire envoya un jet de bulles autour du respirateur de la combinaison IRIS. La silicone noire qui lui recouvrait les yeux devint perméable pour évacuer le fluide salé qui lui brûlait les paupières.

Jamais il ne s'était senti aussi totalement impuissant. Même quand les possédés avaient envahi le *Vengeance de Villeneuve*, il avait été capable d'agir. De résister, de triompher. Lorsque l'astronef s'était retrouvé en orbite autour de la Nouvelle-Californie, sous la menace d'une Organisation prête à l'anéantir au moindre mouvement suspect, il avait été en mesure d'enregistrer la plupart des images fournies par les capteurs. Il avait toujours trouvé le moyen de faire quelque chose, de rester positif.

À présent, il avait conscience de la dégradation de son esprit, qui suivait une courbe parallèle à celle de son corps. La peur montait en lui, menaçant de le consumer, surgissant de tous les coins sombres de la passerelle. La souffrance qu'elle engendrait dans son crâne était pire que n'importe quelle douleur physique.

Ceux de ses muscles qui fonctionnaient encore refusaient d'obéir à ses souhaits, le laissant désespérément accroché au dinghy. Il avait épuisé ses ultimes réserves de volonté. Même ses programmes étaient incapables de le secouer.

Trop affaibli pour vivre, trop terrifié pour mourir : Erick Thakrar était arrivé au bout de la route.

Huit kilomètres à l'ouest de Stonygate, Cochrane appuya sur la corne du Croisé karmique et se rangea au bord de la route.

Les trois autres véhicules du convoi gagnèrent le bas-côté herbu pour s'arrêter derrière lui.

— Hé, les mômes, lança Cochrane à ses passagers aussi juvéniles qu'agités. On fait halte pour la nuit.

Il pressa un bouton rouge sur le tableau de bord, et les portes du minibus s'ouvrirent en sifflant. Les enfants déferlèrent au-dehors.

Cochrane remit ses lunettes à verres pourpres et descendit de la cabine. Stephanie et Moyo se dirigèrent vers lui, bras dessus bras dessous.

— L'endroit est bien choisi, approuva-t-elle.

Le convoi avait fait halte à l'entrée d'une douce vallée surmontée de la couverture nuageuse rouge dont les bouillonnements occultaient les montagnes.

— Ce voyage, cette quête, est aussi utile qu'agréable.

— Oui.

Cochrane matérialisa un joint ventru.

— Une taffe ?

— Non merci. Je ferais mieux de préparer le souper.

— Cool. Je vais guetter les vibrations hostiles dans le coin. Monter la garde pour vérifier que les nazguls ne planent pas au-dessus de nous.

— Entendu.

Stephanie le gratifia d'un sourire aimable et se dirigea vers l'arrière du bus, où se trouvait la soute à bagages. Moyo commença à décharger le matériel de camping.

— On devrait arriver à Chainbridge demain soir, dit-il.

— Oui. Les choses n'ont pas tout à fait tourné comme je l'imaginais, tu sais.

— Avec l'imprévu, on ne s'ennuie jamais. (Il disposa un réchaud électrique sur le sol, ajustant ses pieds en aluminium pour le mettre de niveau.) Et puis, je pense que ça s'est passé à merveille jusqu'ici.

Stephanie parcourut du regard le campement improvisé et hocha la tête en signe d'approbation ; une soixantaine d'enfants couraient dans tous les sens autour des véhicules. Leur mission de sauvetage avait fait boule de neige.

À quatre reprises lors du premier jour, ils avaient été arrêtés par des résidents qui leur avaient indiqué où se cachaient de nouveaux enfants non possédés. Le deuxième jour, plus de vingt gamins étaient entassés à bord du minibus ; Tina Sudol s'était alors portée volontaire pour les accompagner. Rana et McPhee les avaient rejoints le troisième jour, ajoutant un nouveau bus au convoi.

Celui-ci comptait à présent quatre véhicules et huit adultes possédés. Il avait cessé de suivre la route la plus directe menant à la frontière de Mortonridge, optant pour un itinéraire en zigzags de façon à visiter le plus de villes possible pour y récupérer des enfants. L'équipe d'Ekelund, qui avait fini par devenir l'équivalent d'un gouvernement provisoire, maintenait le réseau de communication reliant les villes les plus importantes, dont la capacité était cependant sensiblement réduite. L'initiative de Stephanie était de moins en moins secrète. Il était fréquent que des enfants attendent le convoi à l'entrée de certaines villes, parfois porteurs de vêtements neufs et de provisions fournis par les possédés qui s'étaient occupés d'eux. Ils avaient assisté à des adieux déchirants.

Une fois les enfants nourris, lavés et installés dans leurs tentes, Cochrane et Franklin Quigley prélevèrent des branches sur un arbre et firent un feu de camp digne de ce nom. Les adultes vinrent s'asseoir autour de lui, appréciant les flammes jaunes qui luttaient avec succès contre l'omniprésente lueur rouge du nuage.

— Je ne pense pas qu'on devrait aller dans une ville quand on aura libéré les enfants, dit McPhee. Nous nous entendons tous bien et nous devrions nous installer dans une ferme. La nourriture commence à se faire rare dans les villes. On pourrait en faire pousser et la vendre à leurs habitants. Ça nous donnerait quelque chose à faire.

— Il est revenu depuis huit jours à peine, et il s'ennuie déjà, grommela Franklin Quigley.

— Et il ennuie les autres, renchérit Cochrane.

Il fit jaillir de ses narines deux plumets de fumée. Ils montèrent en spirale, puis frappèrent le nez de McPhee ainsi que des cobras.

Le géant écossais fit un geste de la main, et la fumée ondoya, se transformant en un petit tas de goudron sur le sol.

— Je ne m'ennuie pas, mais il faut bien qu'on fasse quelque chose. Autant penser à l'avenir.

— Tu as peut-être raison, dit Stephanie. Personnellement, je n'aimerais pas vivre dans l'une des villes que nous avons visitées jusqu'ici.

— À mon avis, dit Moyo, la population des possédés est en train de se diviser en deux groupes.

— N'utilise pas ce terme, *s'il te plaît*, dit Rana.

Assise en tailleur à côté de Tina Sudol, dont la féminité confinait au flamboyant, Rana avait l'air d'un androgyne avec ses cheveux courts et son sweater bleu informe.

— Quel terme ? demanda Moyo.

— La possession. Il est injuste et insultant.

— C'est vrai, ma poule, gloussa Cochrane. Nous ne sommes pas des possesseurs, nous sommes des personnes dimensionnellement défavorisées.

— Appelle comme tu le souhaites notre localisation transcontinuum, répliqua-t-elle sèchement. On ne peut nier que ce terme est totalement péjoratif. Le complexe militaro-industriel de la Confédération l'emploie pour nous diaboliser afin de justifier les dépenses croissantes engagées par ses programmes d'armements.

Stephanie enfouit son visage dans le bras de Moyo pour étouffer son rire.

— Allons, nous ne sommes pas exactement dans le camp des bons, fit remarquer Franklin.

— La perception de la morale communément admise est entièrement dépendante de l'idéologie véhiculée par cette société machiste. Les circonstances inédites et uniques qui sont les nôtres nous obligent à réévaluer cette morale. Comme, de toute évidence, il n'existe pas suffisamment de corps pour abriter la totalité de l'espèce humaine, la propriété sensorielle devrait être distribuée selon des critères équitables. Il ne sert à rien que les vivants protestent contre notre existence. Nous avons autant de droits qu'eux à la réception des données sensorielles.

Cochrane ôta son joint de sa bouche et le considéra avec tristesse.

— Si seulement je pouvais faire des trips comme les tiens.

— Ignore-le, ma chérie, dit Tina Sudol à Rana. C'est un parfait représentant de la brutalité masculine.

— Ça veut dire qu'on ne baisera pas cette nuit, je suppose ?

Tina s'aspira les joues en une mimique théâtrale tandis qu'elle jetait un regard noir au vieux hippie.

— Seuls les hommes m'intéressent.

— Et ce depuis le jour de ta naissance, dit McPhee dans un murmure parfaitement audible.

Tina tapota d'une main manucurée ses cheveux soigneusement laqués.

— Tous les hommes sont des animaux, des chaudrons à *hormones*. Pas étonnant que j'aie voulu échapper à cette *prison* de chair qui me brimait.

— *Les deux groupes dont je parle*, reprit Moyo, sont composés de ceux qui restent où ils se trouvent, comme le propriétaire du café, et de ceux qui ont la bougeotte – comme nous, je suppose, même si nous sommes un peu une exception. Ils se complètent à la perfection. Les nomades jouent les touristes, goûtent les spectacles et les expériences qui s'offrent à eux. Et, où qu'ils aillent, ils rencontrent des sédentaires et leur racontent leurs voyages. De cette façon, chaque groupe reçoit ce qu'il désire. Tous deux existent pour goûter l'expérience ; les premiers directement, les seconds par procuration.

— Tu penses que ça restera comme ça désormais ? demanda McPhee.

— Oui. Ce sera la structure de notre société.

— Mais pour combien de temps ? Cette soif d'expériences n'est qu'une réaction au séjour dans l'au-delà. Une fois que nous serons rassasiés, la nature humaine reprendra le dessus. Les gens voudront s'installer quelque part, fonder une famille. La procréation est notre impératif biologique. Et elle nous est interdite. Nous serons éternellement frustrés.

— J'aimerais bien essayer, pourtant, dit Cochrane. J'accueillerais avec joie Tina dans mon tipi pour y faire des bébés.

Tina lui lança un regard écœuré et frissonna.

— Mais ce ne seraient pas les tiens, dit McPhee. Ce corps n'est pas le tien, et son ADN non plus. Tu n'auras plus jamais d'enfant qui soit vraiment le tien. Cette phase de notre vie appartient au passé, elle nous demeure inaccessible, quelle que soit la puissance de notre capacité énergétique.

— Et tu as oublié une troisième catégorie, Moyo, intervint Franklin. Celle d'Ekelund. Et je la connais bien. Je me suis engagé dans ses troupes les deux premiers jours. Elle semblait savoir ce qu'elle faisait. On avait des « objectifs », des « cibles désignées », des « structures de commandement »... et Dieu ait pitié de celui qui osait désobéir à ces fascistes. C'est une maniaque du pouvoir qui se prend pour Napoléon. Elle dispose d'une petite armée de pseudo-durs à cuire en tenue kaki qui se prennent pour la nouvelle élite des forces spéciales. Et ces connards vont harceler les marines royaux le long de la frontière jusqu'à ce que la princesse soit tellement à bout qu'elle décide de lâcher ses bombes sur Mortonridge.

— Ça ne durera pas, dit McPhee. Dans un mois, dans un an, la Confédération tombera. Tu n'écoutes pas les rumeurs qui circulent dans l'au-delà ? Capone maîtrise de mieux en mieux la situation. Dans pas longtemps, la flotte de l'Organisation va débarquer sur Ombey. Ekelund n'aura plus personne à combattre et sa structure de commandement disparaîtra d'elle-même. Personne ne sera disposé à lui obéir pendant le reste de l'éternité.

— En ce qui me concerne, l'éternité ne m'intéresse pas, déclara Stephanie. Et je suis sincère. C'est presque aussi terrifiant que d'être piégé dans l'au-delà. Nous ne sommes pas faits pour vivre éternellement, nous ne le supporterions pas.

— Relax, ma poulette, dit Cochrane. Moi, ça ne me dérange pas de tenter le coup ; c'est l'alternative qui me déprime.

— Nous sommes revenus depuis huit jours à peine, et Mortonridge tombe déjà en pièces. Il ne reste presque plus rien à manger, plus rien ne marche correctement.

— Donne-nous une chance, dit Moyo. Nous sommes tous sous le choc, nous ne savons pas contrôler nos nouveaux pouvoirs, et les non-possédés veulent nous traquer et nous renvoyer dans l'au-delà. Dans de telles circonstances, on ne peut pas s'attendre à une civilisation instantanée. Nous trouverons un moyen de nous adapter. Dès que le reste d'Ombey sera possédé, nous emporterons la planète hors de cet univers. Ensuite, tout sera différent. Tu verras ; la phase actuelle n'est qu'une phase intermédiaire.

Il lui passa un bras autour des épaules et elle se blottit contre lui. Puis elle l'embrassa doucement, l'esprit rayonnant d'appréciation.

— Hé, les love machines, lança Cochrane. Pendant que vous passez la nuit à baiser comme des lapins, qui est volontaire pour aller chercher à bouffer en ville ?

Je capte une balise, annonça triomphalement Edwin.

Sur la passerelle d'*Œnone*, la tension commune décrut dans un soupir mental. Cela faisait vingt minutes qu'ils étaient arrivés près de Ngeuni. Tous capteurs déployés. État d'alerte maximum. Mission : récupérer Thakrar, affronter les astronefs possédés qui l'avaient capturé.

Chou blanc. Pas un seul vaisseau en orbite. Aucune réponse de la petite société d'exploitation de la planète.

Œnone accéléra pour se placer en orbite polaire et Edwin activa l'ensemble de ses capteurs.

Le signal est très faible, sans doute émis par une capsule de secours. Mais c'est bien le code d'identification du *Tigara*. L'astronef a dû être détruit.

Verrouillage, s'il te plaît, ordonna Syrinx.

Elle percevait les données d'astrogation que les capteurs

transmettaient à la batterie de processeurs bioteks. Grâce à elles, *Œnone* et elle pouvaient se positionner avec précision par rapport au signal.

Go.

Le faucon sauta dans un trou-de-ver dont la longueur interne était quasiment nulle. Les étoiles virèrent au bleu comme il décrivait une étroite rosace pour étreindre la coque, puis entrait en expansion. Une capsule de sauvetage dérivait en tournoyant sur elle-même à dix kilomètres du terminus dont émergea *Œnone*. L'espace local était envahi de débris provenant du *Tigara*. Syrinx sentit mentalement la masse de la capsule suspendue dans le champ de distorsion d'*Œnone*. Capteurs et antennes de la coque inférieure pivotèrent pour se pointer sur la minuscule sphère.

Aucune réponse de la capsule, dit Edwin. **Je capte des circuits énergétiques activés, mais ils sont très faibles. Et il y a des fuites d'air.**

Oxley, Serina, prenez le VSM et arraisonnez-la, ordonna Syrinx. **Ramenez-le à bord.**

Grâce aux capteurs du vidoscaphe de Serina, l'équipage d'*Œnone* observa l'intérieur de la capsule qu'elle fouillait à la recherche du capitaine Thakrar. Il y régnait un désordre innommable : appareils démolis, écoutilles coincées, compartiments ouverts ayant dégorgé vieux vêtements et débris divers qui flottaient un peu partout. Comme l'atmosphère avait complètement disparu, plusieurs conduits avaient éclaté, lâchant des globules de fluide qui avaient fini par geler. Elle dut sortir son thermocutter pour ouvrir l'écoutille accédant à la passerelle. Quelques secondes s'écoulèrent avant qu'elle identifie la silhouette en combinaison IRIS qui s'accrochait à l'un des compartiments du plafond. Des granulés de givre s'étaient formés sur l'agent du SRC, comme sur toutes les surfaces alentour, luisant d'un gris poussiéreux à la lueur du projecteur de son casque. Immobilisé en position fœtale, le naufragé évoquait une gigantesque larve momifiée.

Au moins a-t-il pu enfiler un scaphe, commenta Oxley. **Est-ce qu'il émet des infrarouges ?**

Vérifie d'abord le bloc de brouillage électronique, ordonna Syrinx.

Négatif en ce qui concerne le brouillage électronique. Ce n'est pas un possédé. Mais il est vivant. La température de sa combinaison est supérieure de deux degrés à la température ambiante.

Tu es sûre que ce n'est pas un résidu naturel de sa chaleur corporelle ? Ces combinaisons sont d'excellents isolants thermiques. S'il est vivant, alors il n'a pas bougé depuis que le givre s'est formé sur lui. C'est-à-dire depuis plusieurs heures.

Le bloc-processeur biotek de Serina transforma sa voix d'affinité en télétransmission :

— Capitaine Thakrar ? Me recevez-vous, capitaine ? Nous sommes des Édénistes de Golomo ; nous avons capté votre message.

La silhouette enveloppée de givre ne bougea pas. Elle attendit quelques instants, puis se dirigea vers lui.

Je viens de télétransmettre une demande de statut au processeur de sa combinaison. Il respire encore. Oh, zut.

Tous virent simultanément la même chose : des modules médicaux auxiliaires, reliés à Thakrar par des petits tubes en plastique enfouis dans le matériau de la combinaison IRIS. Deux de ces modules étaient au rouge sous leur pellicule de givre, les autres avaient cessé de fonctionner. Tous les tubes étaient gelés.

Ramène-le ici, ordonna Syrinx. **Et fais vite, Serina.**

Caucus attendait avec une civière devant le sas du VSM. *Œnone* avait cessé de produire un champ gravitationnel dans le tore d'équipage afin que Serina et Oxley puissent déplacer plus facilement le corps inerte dans l'étroit boyau. Il semait sur son passage du givre liquéfié qui flottait dans l'air chaud. Ils l'allongèrent sur la civière, et *Œnone* rétablit aussitôt la gravité dans le tore, rendant leur poids aux astros. Oxley s'accrocha aux modules médicaux en panne tandis qu'ils se précipitaient vers l'infirmerie, contournant le corridor central.

Désactive la combinaison, s'il te plaît, dit Caucus à Serina comme la civière était placée sous le scanner.

Elle transmit la requête au processeur de la combinaison, qui lui obéit après avoir analysé son environnement. La silicone noire dénuda la peau de Thakrar, se rétractant le long de son corps pour former une boule au niveau de sa gorge. La civière fut aussitôt maculée de fluides sombres. Syrinx plissa les narines en captant leur odeur, puis se boucha carrément le nez.

Est-ce qu'il va bien ? s'enquit *Œnone*.

Je n'en sais encore rien.

S'il te plaît, Syrinx, c'est lui qui est blessé, pas toi. Ne te laisse pas emporter par tes mauvais souvenirs.

Désolée. Je ne savais pas que c'était aussi évident.

Peut-être pas pour les autres.

Ça éveille mes souvenirs, je ne vais pas le nier. Mais ses blessures n'ont rien à voir avec les miennes.

La souffrance est la même pour tous.

Ma souffrance n'est qu'un souvenir, récita-t-elle ; dans son esprit, c'était la voix de Wing-Tsit Chong qui prononçait ce mantra. **Les souvenirs ne font pas mal, ils ne peuvent qu'influencer.**

Caucus grimaça en découvrant le spectacle qui s'offrait à lui. L'avant-bras droit de Thakrar était tout neuf, cela ne faisait aucun doute. Les packages médicaux qui l'enveloppaient avaient glissé, ouvrant des plaies béantes dans la peau immature et translucide. Les muscles en TA étaient visibles à l'œil nu, et leurs membranes asséchées avaient pris une sale teinte maladive. Sur les jambes et le torse, cicatrices et greffons dermiques étaient d'un rouge vif qui jurait avec la peau livide. Le reste des bandages nanoniques semblaient s'être flétris, devenant pareils à des plaques de caoutchouc craquelé, et exposaient la peau qu'ils étaient censés protéger. Un fluide nutritif à l'odeur âcre gouttait des tuyaux cassés.

L'espace d'un instant, Caucus considéra son patient avec des yeux consternés. Il ne savait pas par quel bout commencer.

Les paupières tuméfiées d'Erick Thakrar s'ouvrirent lentement. Syrinx fut parcourue d'un frisson en découvrant son regard lucide.

— Erick, pouvez-vous m'entendre ? dit Caucus en élevant involontairement la voix. Vous êtes en sécurité maintenant. Nous sommes des Édénistes, nous venons de vous secourir. N'essayez pas de bouger, je vous prie.

Erick écarta ses lèvres tremblantes.

— Nous allons vous soigner dans quelques instants. Vos blocs axoniques sont-ils opérationnels ?

— Non !

La voix du blessé était claire, déterminée.

Caucus attrapa un pulvérisateur anesthésiant dans le plateau à instruments.

— Le programme est-il défectueux, ou bien vos nanoniques ont-elles été endommagées ?

Erick souleva son bras valide et pressa le poing contre le dos de Caucus.

— Que personne ne me touche, télétransmit-il. On m'a implanté un explosif à neurotransmission. Je suis prêt à le tuer.

Le pulvérisateur échappa à la main de Caucus et chut sur le sol.

Syrinx n'en croyait ni ses yeux ni ses oreilles. Son esprit s'ouvrit aussitôt à celui de Caucus, tentant d'apaiser ses pensées paniquées. Tous les membres de son équipage l'imitèrent.

— Capitaine Thakrar, je suis le capitaine Syrinx, et vous êtes à bord d'*Œnone*, mon faucon. Veuillez désactiver votre implant. Caucus n'avait aucune intention de vous nuire.

Erick eut un rire saccadé qui lui secoua tout le corps.

— Je le sais parfaitement. Je ne veux pas être soigné. Je ne retournerai plus là-bas. Plus jamais.

— Personne n'a l'intention de vous envoyer où que ce soit.

— Oh, que si ! C'est toujours la même chose. Ces chères Forces spatiales. Il y a toujours une dernière mission, une information vitale à collecter, et ensuite ce sera fini. Sauf que ce n'est jamais fini. Jamais.

— Je comprends.

— Menteuse.

Elle indiqua ses propres packages médicaux, visibles sous le tissu de sa combi.

— Je pense avoir une bonne idée de ce que vous avez enduré. Les possédés m'ont retenue captive pendant quelque temps.

Erick lui jeta un regard apeuré.

— Ils vont gagner. Si vous avez vu ce dont ils sont capables, vous le savez déjà. Nous ne pouvons rien y faire.

— Détrompez-vous. Je pense que nous trouverons une solution.

— Nous allons tous mourir. Et rejoindre leurs rangs. Ils sont nous-mêmes, ils sont nous tous.

Capitaine ? Je l'ai dans ma ligne de mire.

Syrinx prit conscience d'Edwin, planqué dans le corridor central, armé d'une carabine maser. La gueule de son canon était pointée sur le dos d'Erick Thakrar. Son processeur de visée montrait que l'arme était verrouillée sur la colonne vertébrale de l'agent du SRC. Les micro-ondes cohérentes lui cisailleraient les nerfs avant qu'il ait le temps de déclencher son implant.

Non, dit-elle. **Pas tout de suite. Nous devons tenter de le raisonner, il l'a mérité.**

Pour la première fois depuis bien longtemps, elle était furieuse contre un Adamiste précisément parce qu'il s'agissait d'un Adamiste. L'esprit de Thakrar était enfermé dans les parois de son crâne. Il n'avait aucun moyen de savoir ce que pensait son prochain, jamais il ne connaîtrait l'amour, la tendresse, la compassion. Jamais elle ne pourrait le convaincre de la vérité. Du moins, ce ne serait pas facile.

— Qu'attendez-vous de nous ? demanda-t-elle.

— J'ai des informations, télétransmit Erick. Des informations stratégiques.

— Nous le savons. Des informations importantes, d'après le message que vous avez envoyé à Golomo.

— Je suis prêt à vous les vendre.

L'équipage tout entier émit une bouffée de surprise.

— D'accord, dit Syrinx. Si j'ai ce que vous voulez à bord, c'est à vous.

— Tau-zéro, supplia Erick. Dites-moi que vous avez une nacelle à bord. Pour l'amour de Dieu.

— Nous en avons plusieurs.

— Bien. Je veux que vous me mettiez dans l'une d'elles. Ils ne peuvent pas vous attraper là-dedans.

— C'est entendu, Erick. Nous vous mettrons en tau-zéro.

— Pour toujours.

— Hein ?

— Pour toujours. Je veux rester en tau-zéro pour l'éternité.

— Erick...

— J'y ai réfléchi ; j'y ai bien réfléchi, et ça peut marcher. Ça peut marcher. Vos habitats sont capables de résister aux possédés. Ils ne peuvent pas faire fonctionner correctement les astronefs adamistes. Capone est le seul parmi eux à disposer de vaisseaux militaires, et il ne les gardera pas très longtemps. Ils ont besoin d'entretien, de pièces de rechange. Ils finiront par en être à court. Alors, il n'y aura plus d'invasions, rien que des tentatives d'infiltration. Et vous ne baisserez pas votre garde. Nous autres, Adamistes, nous finirons par succomber, mais pas vous. Dans cent ans d'ici, vous serez les seuls survivants de l'espèce humaine. Votre culture vivra éternellement. Et vous pourrez me garder en tau-zéro pour l'éternité.

— Tout cela est inutile, Erick. Nous pouvons les battre.

— Non ! brailla-t-il. On ne peut pas !

Son corps fut agité d'une toux douloureuse. Son souffle était rauque.

— Je ne mourrai jamais, télétransmit-il. Jamais je ne deviendrai l'un d'eux ; pas comme la petite Tina. Pauvre petite Tina. Mon Dieu, elle n'avait que quinze ans. Et maintenant, elle est morte. Mais on ne meurt pas en tau-zéro. On est en sécurité. C'est la seule échappatoire. Ni la vie, ni l'au-delà. C'est la seule solution. (Lentement, il retira sa main de Caucus.) Excusez-moi. Je ne vous aurais fait aucun mal. Mais, je vous en prie, faites ça pour moi. Je peux vous dire quel système Capone compte envahir ensuite. Je peux vous livrer les coordonnées d'une station de production d'antimatière. Mais donnez-moi votre parole, votre parole d'Édéniste et de capitaine de faucon ; jurez-moi que vous emporterez ma nacelle dans un habitat et que votre culture me gardera en tau-zéro pour l'éternité. Votre parole, je vous en prie, c'est si peu demander.

Que dois-je faire ? demanda-t-elle à son équipage.

Leurs esprits fusionnèrent, emplis de compassion et de détresse. La réponse, se dit-elle, était inéluctable.

Syrinx s'approcha d'Erick et étreignit sa main trempée d'une sueur glacée.

— Très bien, Erick, dit-elle doucement, regrettant une nouvelle fois de ne pas pouvoir communiquer mentalement avec lui. Nous allons vous mettre en tau-zéro. Mais je veux que vous me promettiez une chose.

Erick avait fermé les yeux. Le souffle de plus en plus court, il télétransmettait des données au réseau du tore d'équipage. Caucus considérait le diagnostic du scanner d'un air franchement inquiet.

Dépêche-toi, lança-t-il.

— Quoi donc ? demanda Erick.

— Donnez-moi la permission de vous sortir de tau-zéro si nous trouvons une solution à cette crise.

— Vous n'y arriverez pas.

— Si nous y arrivons !

— C'est stupide.

— Non. L'Édénisme a été fondé sur l'espoir, l'espoir en l'avenir, la foi en une vie meilleure. Si vous estimez que notre culture peut vous préserver pour l'éternité, vous devez croire en elle. Bon Dieu, Erick, vous devez bien croire en quelque chose.

— Vous êtes une Édéniste plutôt étrange.

— Je suis une Édéniste des plus typiques. Les autres ne le savent pas encore.

— Entendu, marché conclu.

— Je vous reparlerai bientôt, Erick. C'est moi qui vous réveillerai pour vous annoncer la bonne nouvelle.

— À la fin des temps, peut-être. Au revoir...

8.

Alkad Mzu n'avait plus vu de neige depuis son départ de Garissa. À l'époque, elle n'avait jamais pris la peine d'enregistrer un souvenir de l'hiver dans ses naneuroniques. Pourquoi gaspiller ainsi de la place ? Cette saison revenait tous les ans, ce qui suscitait de la joie chez Peter et de la contrariété chez elle.

La plus vieille de toutes les histoires humaines : il suffit de perdre quelque chose pour en apprécier la valeur.

À présent, elle regardait la neige tomber sur Harrisburg depuis le penthouse de l'hôtel Mercedes, cascade silencieuse aussi douce qu'inexorable. Ce spectacle lui donnait envie de sortir pour rejoindre les enfants qu'elle voyait jouer dans le parc.

Les flocons étaient apparus durant la nuit, juste après leur arrivée au spatioport, et cela faisait maintenant sept heures qu'il neigeait. Dans les rues, les esprits s'échauffaient à mesure que la circulation ralentissait et que les trottoirs se faisaient plus glissants. D'antiques mécanoïdes municipaux, épaulés par des hommes armés de pelles, s'efforçaient d'éliminer les congères qui bloquaient les axes principaux.

Tout cela n'annonçait rien de bon. Si la nation de Tonala était fauchée au point d'employer des êtres humains pour dégager les rues de sa capitale...

Jusqu'ici, Alkad avait réussi à ne pas perdre de vue son objectif. Elle en était fière ; en dépit de tous les obstacles qu'on avait dressés sur sa route, elle avait eu suffisamment de ressources pour continuer à entretenir l'espoir. Même à bord du *Tekas*, elle s'était crue sur le point de récupérer l'Alchimiste.

Nyvan avait sérieusement ébranlé son optimisme et son assurance. Il y avait des astronefs amarrés aux astéroïdes en orbite, et les compagnies d'astro-ingénierie locales pourraient sans doute lui fournir l'équipement qui lui était nécessaire ; toutefois, le soupçon qui régnait sur cette planète dégénérée commençait à éveiller ses doutes. Sa mission lui filait à nouveau entre les doigts. Les difficultés s'ajoutaient les unes aux autres, et elle ne disposait plus de solution de rechange. Elle ne pouvait plus compter que sur elle-même, sur Voi, Lodi et Eriba, et sur leur argent. Fidèle à sa parole, Prince Lambert était reparti aux commandes du *Tekas* dès qu'il les avait débarqués. Il comptait se réfugier sur Mondul, où il avait des amis et où les forces spatiales locales étaient réputées pour leur bravoure.

Alkad s'abstint à grand-peine d'accéder à sa fonction horloge. À cette heure, Prince Lambert avait dû effectuer trois sauts TTZ, et elle s'était à nouveau débarrassée d'un risque potentiel.

— Voilà du nouveau, annonça Eriba.

Il était allongé sur le sofa, ses pieds nus reposant sur un accoudoir, les yeux fixés sur l'holoécran du mur du fond. On y diffusait le journal local.

— Qu'y a-t-il ? lui demanda Alkad.

Depuis leur arrivée, il était branché sur les infos en permanence, passant des holoécrans aux banques de données du réseau de communication.

— Tonala vient de décréter la fermeture de ses frontières. Le cabinet de la présidence affirme que les actions de la Nouvelle-Géorgie sont ouvertement hostiles et qu'il convient aussi de se méfier des autres nations. Apparemment, les réseaux DS continuent à se bombarder de pulsations électroniques.

Alkad grimaça. Ce conflit était déjà entamé lors de l'arrivée du *Tekas*.

— Je me demande en quoi cela peut nous affecter. Parlent-ils des seules frontières terrestres, ou bien comptent-ils interdire aussi le vol spatial ?

— Ils ne l'ont pas précisé.

La porte carillonna et s'ouvrit sur Voi. Elle entra dans le living d'un pas décidé, se débarrassant de son épais manteau bleu marine et aspergeant le tapis blanc de neige fondue.

— Nous avons rendez-vous cet après-midi à deux heures. J'ai dit au ministère de l'Industrie que nous étions ici pour acheter des équipements défensifs pour le compte des Dorados, et on m'a recommandé la société Opia. Lodi a jeté un coup d'œil dans les banques de données, elle possède deux stations industrielles en orbite et une filiale spécialisée dans la maintenance des astronefs.

— Ça a l'air prometteur, commenta Alkad sans enthousiasme excessif.

Elle avait laissé à Voi le soin de tout organiser. Les services secrets étaient toujours à sa recherche, et il aurait été dangereux pour elle de se promener en ville. Le fait qu'elle ait utilisé le passeport de Daphine Kigano lui faisait courir des risques supplémentaires, mais elle n'en avait pas d'autre.

— Prometteur ? Sainte Marie, dites plutôt parfait. Qu'est-ce qu'il vous faut, la Kulu Corporation ?

— Je ne voulais pas vous critiquer...

— On s'y serait trompé.

Durant le voyage, Voi avait peu à peu retrouvé son mauvais caractère. Alkad se demandait si la jeune fille se remettait de la mort de son père ou si elle était encore sous le choc.

— Est-ce que Lodi a localisé des astronefs qui pourraient nous intéresser ?

— Il continue de chercher, répondit Voi. Jusqu'ici, il a recensé plus de cinquante cargos coincés dans le système à cause de la quarantaine. La plupart d'entre eux sont amarrés dans des stations en orbite basse ou dans des astéroïdes. Il sélectionne leurs caractéristiques en fonction des critères que vous nous avez fournis. J'espère qu'il en trouvera un dans une installation dépendant de Tonala. Vous êtes au courant pour la fermeture des frontières ? Ils ont même désactivé les points d'interface de leur réseau avec ceux des autres nations.

— C'est un problème mineur comparé à celui du recrutement de notre équipage.

— Que voulez-vous dire ?

— Notre mission n'est pas du genre de celles que l'on confie à des mercenaires. Je ne pense pas que la solde suffirait à garantir leur loyauté.

— Pourquoi ne l'avez-vous pas dit plus tôt ? Sainte Marie, Alkad, comment voulez-vous que je vous aide si vous persistez à pratiquer la rétention d'informations ? Essayez d'être plus coopérative.

— Je n'y manquerai pas, dit Alkad d'un ton amène.

— Y a-t-il autre chose que nous devrions savoir ?

— Je ne vois rien, mais, si je pense à quelque chose, vous en serez la première informée.

— D'accord. Bon, j'ai loué une voiture pour nous conduire au siège social d'Opia. L'agence qui la fournit nous envoie aussi des gardes du corps. Ils seront ici dans une heure.

— Bien raisonné, dit Eriba.

— C'est élémentaire, rétorqua Voi. Nous sommes des étrangers et nous avons débarqué ici en plein milieu d'une quarantaine imposée par l'Assemblée générale de la Confédération. Difficile pour nous de conserver une visibilité réduite. Je tiens à réduire les risques au maximum.

— Ces gardes du corps devraient nous y aider, commenta prosaïquement Alkad. Je vous conseille de prendre un peu de repos avant notre départ. Vous n'avez pas fermé l'œil depuis que nous avons débarqué ici. J'ai besoin que vous soyez en pleine forme pour les négociations.

Voi acquiesça à contrecœur et alla dans sa chambre.

Alkad et Eriba échangèrent un regard et sourirent en même temps.

— Elle a vraiment dit *visibilité réduite* ? demanda le jeune homme.

— C'est ce que j'ai cru entendre.

— Sainte Marie, cette désintox était vraiment une mauvaise idée.

— Comment était-elle avant ?

— À peu près pareille, admit-il.

Alkad se retourna vers la fenêtre et vers le paysage urbain adouci par la neige.

La porte carillonna une nouvelle fois.

— Vous avez commandé quelque chose au service d'étage ? demanda-t-elle à Eriba.

— Non. (Regard inquiet vers la porte.) Vous croyez que ce sont nos gardes du corps ?

— Dans ce cas, ils sont en avance ; et si c'étaient des professionnels, ils auraient dû nous prévenir par télétransmission.

Elle attrapa son sac à dos pour y pêcher l'un des appareils qu'il contenait. Lorsqu'elle demanda au processeur réseau du penthouse un accès à la caméra de surveillance du couloir, elle n'obtint aucune réponse. Les appliques en cristal du living se mirent à clignoter.

— Stop ! lança-t-elle à Eriba, qui avait dégainé son pistolaser. Ça ne servira à rien contre des possédés.

— Vous croyez que...

Il n'eut pas le temps d'achever sa phrase : Voi venait de faire irruption dans la pièce, une carabine maser à la main.

La porte du penthouse s'ouvrit. Trois personnes se dressaient sur le seuil, le visage plongé dans l'ombre.

— Plus un pas, ordonna Alkad. Mes armes sont dangereuses, même pour vous.

— En êtes-vous si sûre, docteur ?

Les naneuroniques d'Alkad commençaient à dysfonctionner.

Elle s'empressa de télétransmettre un code d'armement à la petite sphère qu'elle tenait dans sa main.

— Quasiment. Souhaitez-vous être le premier sujet de ce type d'expérience ?

— Vous n'avez pas changé ; vous étiez toujours sûre de vous et de vos capacités.

Alkad plissa le front. Impossible de reconnaître cette voix féminine. Elle n'avait plus assez de puissance dans ses naneuroniques pour faire tourner un programme de reconnaissance audio.

— Je vous connais ?

— Vous me connaissiez. Pouvons-nous entrer, s'il vous plaît ? Nous ne sommes pas ici pour vous nuire.

Depuis quand les possédés demandaient-ils la permission d'entrer ? Alkad évalua la situation et répondit :

— Un seul de vous trois suffira pour un entretien. Et si vous ne nous voulez aucun mal, cessez de perturber notre équipement électronique.

— Cette requête est difficile à satisfaire, mais nous allons essayer.

Les naneuroniques d'Alkad revinrent peu à peu en ligne. Elle s'empressa de reprendre le contrôle de la petite sphère.

— Je vais appeler la police, télétransmit Voi. Elle va nous envoyer une équipe d'intervention. Quand les possédés le comprendront, il sera trop tard.

— Non. S'ils avaient voulu nous attaquer, ils l'auraient déjà fait. Écoutons ce qu'elle a à nous dire.

— Vous ne devriez pas vous exposer à un contexte de sécurité négative. Vous êtes notre seul lien avec l'Alchimiste.

— Oh, fermez-la, lança Alkad à voix haute. D'accord, entrez.

La jeune femme qui s'avança dans le penthouse était âgée d'une vingtaine d'années. Elle avait la peau nettement plus claire qu'Alkad, des cheveux d'un noir de jais et un visage un peu trop gras pour être vraiment joli ; son expression se partageait en permanence entre la timidité et le ressentiment. Elle portait une tenue de style écossais, avec un type de kilt qui avait été à la mode sur Garissa lors de l'année du génocide.

Alkad lança un programme de comparaison visuelle dans ses cellules mémorielles.

— Gelai ? Gelai, c'est bien vous ?

— Oui, c'est mon âme, répondit l'autre. Mais pas mon corps. Celui-ci n'est qu'une illusion.

L'espace d'un instant, le mirage se dissipa, révélant une adolescente de type asiatique aux jambes striées de cicatrices récentes.

— Sainte Marie ! hoqueta Alkad.

Elle avait espéré que ces histoires de tortures et d'atrocités ne relevaient que de la propagande de la Confédération.

Le visage de Gelai refit son apparition. Cet aperçu de la réalité avait été si bref qu'Alkad avait désespérément envie de croire que c'était Gelai en personne qui se trouvait devant elle ; l'adolescente meurtrie n'était qu'un horrible souvenir à refouler.

— Que vous est-il arrivé ? demanda Alkad.

— Vous la connaissez ? s'enquit Voi, indignée.

— Oh, oui ! Gelai était l'une de mes étudiantes.

— Pas la plus brillante, j'en ai peur.

— Si je me souviens bien, vous étiez plus que correcte.

— Voilà qui contribue à notre soulagement, railla Voi. Mais vous ne nous avez pas dit ce que vous faites ici.

— J'ai été tuée pendant l'attaque aux superbombes, poursuivit Gelai. Le campus ne se trouvait qu'à cinq cents kilomètres de l'un des objectifs. Il a été rasé par le tremblement de terre. J'étais au foyer quand c'est arrivé. La vague de chaleur a incendié le bâtiment. Puis il y a eu la secousse ; Marie seule connaît sa puissance. Je suppose que j'ai eu de la chance. Je suis morte lors de la première heure. Ce fut raisonnablement rapide. Comparé au sort de bien d'autres.

— Je suis tellement navrée, dit Alkad. (Jamais elle ne s'était sentie aussi indigne ; ce qu'elle avait devant elle, c'était la pitoyable conséquence du plus grave de ses échecs.) Je vous ai trahie. J'ai trahi tout le monde.

— Au moins avez-vous tenté de faire quelque chose, dit Gelai. À l'époque, j'étais contre. Je participais à toutes les manifestations pacifistes. On organisait des veillées devant le Parlement, on chantait des hymnes. Mais les médias nous traitaient de lâches et de traîtres. Les gens nous crachaient dessus dans la rue. Pourtant, j'ai continué à manifester. Je croyais que si nous pouvions convaincre notre gouvernement de dialoguer avec les Omutans, alors les militaires cesseraient de s'affronter. Sainte Marie, comme j'étais naïve !

— Non, Gelai, vous étiez courageuse. Si nous avions été assez nombreux à défendre de tels principes, peut-être que le gouvernement aurait fait davantage d'efforts pour parvenir à une solution pacifique.

— Mais il ne l'a pas fait, n'est-ce pas ?

Alkad caressa les joues de Gelai du bout des doigts, touchant un passé qu'elle avait cru perdu à jamais, touchant l'origine du présent. Le contact de cet ersatz de peau suffit à lui confirmer qu'elle avait eu raison d'agir comme elle l'avait fait trente ans plus tôt.

— Je voulais vous protéger. Je croyais avoir vendu mon âme pour assurer votre sécurité. Et ça m'était égal. À mes yeux, ce sacrifice en valait la peine ; tous ces jeunes esprits brillants, animés par les espoirs les plus stupides et les idéaux les plus nobles. Pour vous, je serais passée à l'acte. J'aurais détruit l'étoile d'Omuta, commettant le plus grand crime de la galaxie. Et à présent, tout ce qu'il reste de notre jeunesse, ce sont des gens comme eux. (Elle désigna Voi et Eriba d'un geste las.) Quelques milliers de gosses vivant dans des cailloux qui leur tordent l'esprit. J'ignore lesquels d'entre vous ont souffert le plus. Au moins avez-vous eu un aperçu de ce que notre peuple aurait pu accomplir si nous avions vécu. Cette nouvelle génération n'est qu'un misérable résidu de son potentiel.

Gelai fit la moue et fixa le sol d'un air buté.

— J'ignorais ce que j'allais faire une fois ici. Vous avertir ou vous tuer.

— Et maintenant ?

— Je n'avais pas compris vos motivations, votre alliance avec les militaires. Pour nous, vous étiez un professeur de génie, une femme que nous admirions mais qui nous restait étrangère. Nous vous respections tellement que je vous considérais comme un peu inhumaine, un organisme biotek au cœur de glace. Je vois à présent que je me trompais, mais je pense toujours que vous avez eu tort de créer une monstruosité comme l'Alchimiste.

Alkad se raidit.

— Comment connaissez-vous l'existence de l'Alchimiste ?

— Nous observons cet univers depuis l'au-delà, vous savez. C'est difficile, mais on y arrive. J'ai vu les Forces spatiales de la Confédération tenter d'évacuer nos compatriotes avant que les radiations n'aient raison d'eux. J'ai également vu les Dorados. Je vous ai même vue deux ou trois fois à Tranquillité. Et puis, il y a les souvenirs que nous nous arrachons les uns aux autres. J'ai rencontré une âme qui vous avait connue. Peut-être même plusieurs, je ne sais plus. Je n'en ai pas tenu le compte ; à quoi bon, quand on commet un tel acte plusieurs centaines de fois par jour ? C'est pour ça que je sais que vous avez créé cet engin, dont personne cependant ne connaît le fonctionnement. Et je ne suis pas la seule dans ce cas, docteur ; Capone est au courant, lui aussi, ainsi que pas mal d'autres possédés.

— Ô sainte Marie, gémit Alkad.

— Ils l'ont proclamé dans l'au-delà, voyez-vous. Ils ont promis des corps à toute âme qui les aiderait à vous retrouver.

— Vous voulez dire que des âmes nous observent en ce moment ? demanda Voi.

Gelai eut un sourire rêveur.

— Oui.

— Merde !

Mzu se tourna vers la porte du penthouse, qui s'était refermée devant les compagnons de Gelai.

— Combien de possédés y a-t-il sur Nyvan ?

— Plusieurs milliers. La planète sera à nous dans une semaine.

— Ça ne nous laisse pas beaucoup de temps, conclut Alkad.

Voi et Eriba étaient visiblement gagnés par la panique.

— Laissons tomber l'Alchimiste, dit l'adolescente. Nous devons quitter ce système.

— Oui. Mais nous disposons de quelques jours de répit. Ça nous laisse le temps d'organiser notre fuite, nous ne pouvons pas nous permettre de la bâcler. Nous allons affréter un astronef, comme prévu ; Opia peut nous arranger ça. Mais je ne pense pas que nous aurons le temps de faire construire notre porteur. Enfin, en dernier recours, nous pourrons toujours charger l'Alchimiste dans une guêpe de combat.

— Ça peut se faire ? demanda Voi, subitement intriguée. Quelle est la taille de l'Alchimiste ?

— Vous n'avez pas besoin de le savoir.

L'adolescente grimaça.

— Gelai, vous nous avertirez si des possédés s'approchent de nous ?

— Oui, docteur, nous vous devons au moins ça. Du moins pendant deux ou trois jours, le temps que vous trouviez un astronef. Vous allez vraiment utiliser l'Alchimiste après tout ce temps ?

— Oui. J'y suis plus résolue que jamais.

— Je ne sais pas quoi penser de cette décision. Jamais je n'accepterais la justesse d'une vengeance à cette échelle. À quoi servirait-elle, hormis à remonter le moral de quelques réfugiés ? Mais si vous ne l'utilisez pas contre Omuta, quelqu'un vous le volera pour faire exploser une autre étoile. Donc, tant qu'à l'utiliser, autant l'utiliser contre Omuta, je suppose. (La détresse se lisait sur son visage.) Nous finissons tous par renoncer à nos principes, pas vrai ?

— Vous n'avez pas renoncé aux vôtres, rétorqua Alkad. Les Omutans vous ont tuée, ils vous ont condamnée à passer trente ans dans l'au-delà, et vous êtes encore prête à les épargner. La société qui a pu vous produire est un miracle. Sa destruction fut le plus grand péché jamais commis par notre espèce.

— Excepté peut-être la possession.

Alkad prit dans ses bras la jeune fille désemparée.

— Tout ira bien. Je ne sais pas comment, mais cet horrible conflit s'achèvera sans que nous nous soyons tous détruits. Marie ne vous a pas éternellement condamnée à l'au-delà, vous verrez.

Gelai s'écarta de Mzu pour déchiffrer son visage.

— Vous le pensez vraiment ?

— Oui, aussi étrange que cela paraisse venant d'une semi-athée. Mais je connais mieux que vous la structure de l'univers, et j'y ai entraperçu un ordre, Gelai. Il y a toujours eu une solution aux problèmes qui nous ont été posés. Toujours. Celui-ci ne fera pas exception à la règle.

— Je vous aiderai, dit Gelai. Nous veillerons à ce que vous quittiez la planète indemnes, tous les trois.

Mzu l'embrassa sur le front.

— Merci. Bon, et les deux personnes qui vous accompagnaient, s'agit-il aussi de Garissans ?

— Ngong et Omain ? Oui. Mais ils ne sont pas de la même époque que moi.

— J'aimerais faire leur connaissance. Dites-leur d'entrer, et ensuite nous allons décider de la suite des opérations.

— Quelle vie de pacha ? lança Joshua. Écoute, j'ai risqué tout ce que j'avais – y compris mes couilles – pour gagner le fric nécessaire à la réfection du *Lady Mac*. Jamais je n'aurais rampé devant les banquiers et les financiers comme tu l'as fait. Un vrai Calvert est un homme indépendant. Et je suis indépendant.

— Seules les circonstances nous ont dicté notre tactique, rétorqua Liol. Ma seule chance, c'étaient les subventions de la Société d'exploitation des Dorados. Et je l'ai saisie, bon Dieu. Je suis parti de rien pour créer Quantum Serendipity. Je me suis fait tout seul et j'en suis fier, je ne suis pas né avec les privilèges qui étaient les tiens.

— Des privilèges ? Tout ce que m'a légué papa, c'était un astronef en piteux état et dix-huit ans d'arriérés de taxes portuaires. Comme atouts dans la vie, on fait mieux.

— Foutaises. Le simple fait de vivre à Tranquillité est un privilège auquel aspire la moitié de la Confédération. Un paradis pour ploutocrates en plein milieu d'une mine d'or. Tu ne pouvais pas manquer d'en grappiller ta part. Il te suffisait de tendre la main pour cueillir une ou deux pépites.

— On a essayé de me tuer dans ce putain d'Anneau Ruine.

— C'est peut-être parce que tu aurais dû faire gaffe, non ? Faire fortune n'est que la moitié du chemin. Le plus dur, c'est de ne pas la perdre. Tu aurais dû prendre des précautions.

— Absolument, ronronna Joshua. Et j'ai bien appris ma leçon. Désormais, je m'accroche à ce que j'ai.

— Je ne t'empêcherai pas d'être le capitaine du *Lady Mac*. Mais...

— *Au cas où ça vous intéresserait*, annonça Sarha en élevant la voix, je vous signale que nous avons émergé dans un environnement électronique hostile. Deux des réseaux DS de Nyvan exigent de voir notre autorisation de vol tout en saturant nos capteurs d'impulsions diverses.

Joshua grommela et consacra toute son attention aux données affichées par l'ordinateur de bord. Il se morigéna de sa négligence, ça ne lui ressemblait pas d'ignorer ainsi la séquence d'émergence. Mais quand on est tarabusté par un prétendu frère à la conscience élastique...

Sarha avait raison. L'espace séparant Nyvan de ses astéroïdes en orbite était soumis à une grande variété de perturbations électroniques relativement puissantes. Les capteurs et les programmes de filtrage du *Lady Mac* étaient suffisamment sophistiqués pour faire le tri ; les réseaux DS de Nyvan étaient du genre archaïque, mais leur puissance était carrément préoccupante.

Avec l'aide de Sarha, Joshua réussit à localiser les PC des réseaux et à leur transmettre le code d'identification du *Lady Mac*, ainsi que l'autorisation délivrée par Tranquillité. Seules les nations de Tonala et de Nangkok accusèrent réception et lui donnèrent la permission d'approcher la planète. Le réseau DS de la Nouvelle-Géorgie, basé sur Jesup, demeura silencieux.

— Continue de chercher à les joindre, dit-il à Sarha. Mais on avance quand même. Beaulieu, tu as repéré le *Tekas* ?

— Accorde-moi encore une minute, capitaine. L'architecture réseau de cette planète est sacrément bizarre, et les interfaces ne semblent pas fonctionner aujourd'hui. Sans doute une conséquence du brouillage électronique. Je suis obligée d'accéder à plusieurs réseaux nationaux pour confirmer l'arrivée de l'astronef.

À l'autre bout de la passerelle, Ashly eut un reniflement de mépris.

— Quelle bande de crétins, rien ne change jamais sur cette planète. Ils se vantent tous d'être différents les uns des autres ; en ce qui me concerne, je n'ai jamais rien remarqué.

— Quand es-tu venu ici pour la dernière fois ? demanda Dahybi.

— Vers 2400, je crois bien.

Joshua vit Liol se tourner lentement vers le pilote ; son sourcil était arqué en signe de scepticisme.

— Quand ça ? demanda Liol.

— 2400. Je me le rappelle encore. Le roi Aaron était sur le trône de Kulu. Le royaume avait vendu d'antiques vaisseaux de guerre à l'une des nations de cette planète, ce qui avait relancé leurs querelles.

— C'est ça, fit Liol.

Visiblement, il attendait la chute.

Tous les membres d'équipage du *Lady Mac* affichèrent une expression indifférente.

— J'ai trouvé une référence, annonça Beaulieu. Le *Tekas* est arrivé hier. Selon les archives publiques de Tonala, il était porteur d'une autorisation officielle délivrée par le Conseil des Dorados. Il a accosté au *Spirit of Freedom*, une station en orbite basse, pour en appareiller une heure plus tard avec un plan de vol à destination de Mondul. Quatre passagers ont débarqué : Lodi, Voi, Eriba et Daphine Kigano.

— Jackpot, dit Joshua.

Il demanda au contrôle spatial de lui envoyer un vecteur d'approche du *Spirit of Freedom*. À la huitième tentative, le contrôle spatial accusa réception et s'exécuta.

Le *Spirit of Freedom*, le principal spatioport en orbite basse de Tonala, tournait autour de l'équateur à une altitude de sept cent cinquante kilomètres. C'était une structure hexagonale de deux kilomètres de diamètre et de cent mètres d'épaisseur. Réservoirs, salons, tubes de communication, échangeurs thermiques et baies d'accostage étaient nichés dans un réseau d'entretoises en alliage gris-blanc, formant des bouquets de flèches jaillissant à chaque angle et surmontés de tubes à fusion assurant la stabilité de l'ensemble.

En plus d'accueillir les astronefs et les spatiojets commerciaux, le spatioport servait de point de ralliement aux remorqueurs qui acheminaient le métal provenant de l'astéroïde Floreso. Quelques-uns de ces gros bâtiments flottaient à proximité du *Spirit of Freedom* lorsque le *Lady Mac* en approcha ; de forme pyramidale, ils étaient équipés de dix tubes à fusion en leur sommet et d'un taquet d'amarrage à chaque coin de leur base.

Ils étaient conçus pour remorquer quatre ironbergs. On appelait ainsi un bloc pesant soixante-quinze mille tonnes, composé de métal incroyablement pur auquel on avait mélangé de la mousse d'azote alors qu'il était en état de fusion. Les techniciens de Floreso solidifiaient le tout pour obtenir une masse en forme de poire, dont la base comptait vingt-cinq cannelures incurvées. Les ironbergs étaient ensuite amarrés à un remorqueur pour un trajet de trois semaines, le long d'une orbite légèrement elliptique à deux cents kilomètres d'altitude. Pendant les deux derniers jours de trajet, les moteurs électriques des taquets les faisaient tourner sur eux-mêmes au rythme d'une rotation par minute. On obtenait ainsi le plus grand gyroscope de la galaxie, dont la précession garantissait un alignement parfait lors de l'ultime phase de la trajectoire.

L'injection des ironbergs dans l'atmosphère était une tâche incroyablement délicate, nécessitant une précision extrême. Chacun d'eux devait se trouver en position correcte et suivre strictement sa trajectoire afin que sa base frappe la haute atmosphère suivant un angle permettant d'obtenir un freinage maximal. Une fois que sa vélocité diminuait, la gravité entraînait la masse de métal le long d'une parabole, l'effet de résistance allant alors dans le sens du processus. Le flux hypersonique autour des cannelures de sa base maintenait sa rotation, et par là même sa stabilité et sa trajectoire.

Si tout se passait bien – si les techniciens de l'astéroïde avaient bien calculé la distribution massique, si le point d'injection était le bon –, l'ironberg décélérait jusqu'à atteindre une vitesse subsonique environ cinq mille mètres au-dessus de l'océan. Ensuite, aucune force connue ne pouvait plus affecter une telle masse excepté la gravitation. L'ironberg s'abîmait dans les eaux en produisant un nuage de vapeur ressemblant à un champignon atomique. Puis il flottait sur les vagues, la mousse d'azote le rendant plus léger que l'eau.

Dès qu'un remorqueur avait lâché ses quatre ironbergs, la flottille de récupération levait l'ancre. Les ironbergs étaient ensuite conduits dans une fonderie, où leur métal était récupéré pour alimenter les usines de Tonala. L'économie de la nation était enrichie par cette manne de métal bon marché, obtenue sans dommage aucun pour l'écologie.

Même le farouche conflit électronique opposant les réseaux DS n'était pas de nature à interrompre leur transport. Les remorqueurs entourant le *Spirit of Freedom* continuaient de recevoir les cargaisons prévues. Des techniciens en combinaison IRIS rampaient sur les poutrelles, tandis que VSM et réservoirs flottaient à proximité. Exception faite du *Lady Mac*, ces appareils étaient les seuls à voler autour du spatioport. Joshua avait la voie libre et effectua son approche en un temps record. Comme ils survolaient la station, les capteurs lui montrèrent onze autres astronefs nichés dans les baies d'accostage.

L'inspection à laquelle ils eurent droit n'avait rien d'inattendu ; après avoir vérifié qu'aucun des occupants de l'astronef n'était possédé, les fonctionnaires fouillèrent les modules de vie, le spatiojet et le VSM, les passant au crible de leurs blocs de brouillage électronique. Une fois ces formalités accomplies, Joshua reçut un message du ministère de l'Industrie de Tonala, qui l'invitait à discuter de ses besoins et lui proposait de le mettre en contact avec des entreprises locales. Le spatiojet du *Lady Mac* reçut par ailleurs l'autorisation de se poser à Harrisburg.

— J'emmène deux sergents, ainsi que Dahybi et Melvyn, annonça Joshua. Quant à toi, Ashly, tu nous accompagnes mais tu resteras à bord du spatiojet au cas où il serait nécessaire d'évacuer en vitesse. Sarha, Beaulieu, je veux que le *Lady Mac* soit prêt à repartir en permanence. Même procédure que la dernière fois, on risque de filer d'ici en vitesse, alors surveillez ce qui se passe à la surface – je veux être informé dès que ça commence à sentir mauvais.

— Je peux vous accompagner, dit Liol. Je sais me débrouiller en cas de pépin.

— Fais-tu confiance à mes capacités de commandement ?

— Bien sûr que oui, Josh.

— Parfait. Alors tu restes ici. Car mes capacités de commandement me disent que tu ne suivras pas mes ordres.

L'obscurité régnait désormais dans la biosphère de Jesup, un éternel crépuscule sinistre et glacial. Telle était la volonté de Quinn. Les tubes solaires disposés le long de la poutre axiale ne produisaient qu'un faible éclat opalescent, dont le seul but était de permettre aux gens de voir où ils allaient.

Un impossible automne frappait donc la végétation tropicale. Les feuilles jaunissaient après avoir cherché en vain une quelconque lueur. Nombre d'entre elles étaient déjà tombées, noircies par l'air vicié. Les jolis ruisseaux dessinaient un labyrinthe boueux, les canaux d'évacuation se bouchaient, des mares se formaient autour d'eux.

Quinn savourait cette expérience de décomposition accélérée. Elle témoignait du pouvoir dont il jouissait sur son environnement. Rien à voir avec la rupture dans le réel, qui nécessitait une concentration de tous les instants. Ce changement-ci était concret, irréversible. Puissant.

Dressé devant l'autel qu'on avait bâti dans le parc, il considérait la silhouette attachée à la croix inversée qui le surmontait. Il s'agissait d'un vieillard, ce qui, d'une certaine façon, était un bon point. Grâce à lui, Quinn allait confirmer son absence totale de compassion ; seuls les enfants étaient aussi sacrés.

Sept de ses loyaux disciples l'entouraient, vêtus de robes rouge sang. Leurs visages étaient aussi étincelants que leurs esprits, habités par l'avidité et un lugubre désir.

Douze-T assistait également à la cérémonie, ployant sous le formidable fardeau de la survie. Sa tête meurtrie était baissée en permanence. Aucun possédé ne le tenait sous son emprise, mais sa posture rappelait de plus en plus celle d'un Néandertalien.

Les acolytes formaient un vaste demi-cercle autour de l'élite. Tous étaient vêtus d'une robe grise dont le capuchon était rabaissé. Leurs visages, illuminés par les feux anormalement chauds qui flanquaient l'autel, arboraient des expressions trompeuses sous l'effet de la lueur topaze qui leur caressait la peau.

Quinn sentit plusieurs fantômes parmi eux. Ils étaient aussi terrifiés que démoralisés, comme à leur habitude, et, ainsi qu'il l'avait découvert, complètement inoffensifs. Ils ne pouvaient exercer aucune influence sur le monde physique. Des créatures insignifiantes, encore plus dénuées de substance que l'ombre qu'elles recherchaient.

Dans un certain sens, il était ravi de les savoir là. À l'espionner. Cette cérémonie allait leur montrer de quoi il était capable. Ils pouvaient être soumis, aucun doute là-dessus, sur ce point ils ne différaient en rien d'un être humain ordinaire. Ils devaient comprendre qu'il n'hésiterait pas un instant à les faire souffrir s'ils refusaient de lui obéir.

Satisfait, Quinn entonna :

— Nous sommes les princes de la Nuit.

— Nous sommes les princes de la Nuit, reprirent les acolytes.

Leur murmure évoquait le tonnerre grondant derrière l'horizon.

— Quand le faux Dieu conduira ses légions vers l'oubli, nous serons là.

— Nous serons là.

Le vieil homme priait en silence, tremblant de tous ses membres. C'était un prêtre chrétien, raison pour laquelle Quinn l'avait sélectionné. Une double victoire. Une victoire contre le faux Dieu. Et une victoire pour le serpent. Il allait prendre une vie uniquement parce qu'il le désirait et parce que cela en ferait souffrir d'autres.

Un tel sacrifice avait toujours pour but de renforcer l'autorité. C'était un spectacle conçu pour faire trembler les faibles. À l'époque préindustrielle, ce rite était également associé à la sorcellerie ; mais à l'ère de la technologie nanonique, l'homme avait surpassé la magie, blanche ou noire. Les sectes des arches connaissaient et encourageaient la valeur de l'image, la psychologie de la brutalité. Et ça marchait.

Qui, au sein de cette assemblée, oserait maintenant le défier ? Cette cérémonie était en fait une ordination, une confirmation de sa puissance.

Il tendit la main et Lawrence y plaça la dague. Elle avait une poignée d'ébène délicatement ouvragé, mais une lame de carbotanium aussi simple qu'affûtée.

Le prêtre poussa un cri lorsque Quinn la plongea dans son ventre proéminent. Ce cri se transforma en gémissement comme Quinn récitait :

— Accepte cette vie en témoignage de notre amour et de notre dévotion.

— Nous T'aimons et nous Te sommes dévoués, Seigneur, grondèrent les acolytes.

— Que Dieu vous délivre, mon fils, hoqueta le prêtre.

Le sang coulait le long du bras de Quinn, maculait l'autel.

— Va te faire foutre, lança-t-il.

Lawrence éclata de rire en voyant le visage défait du prêtre. Quinn était immensément fier du garçon ; jamais il n'avait vu un être s'offrir ainsi sans réserves au Frère de Dieu.

Le prêtre agonisait sous les acclamations des acolytes. Quinn sentit l'âme du vieil homme s'élever au-dessus de son corps, pareille à un plumet de fumée dans un ciel agité, puis disparaître dans une fissure de la réalité. Extatique, il se tendit pour lécher de son étroite langue noire ce courant éphémère.

Et voici qu'une autre âme remontait ce filet d'énergie pour s'emparer du corps.

— Enfoiré ! cracha Quinn. Ce corps n'est pas pour toi. C'est notre sacrement. Fous le camp !

Sur le visage inversé du prêtre, la peau se mit à couler comme de la cire. Ses traits pivotèrent de cent quatre-vingts degrés, la bouche se déplaçant vers le front. Puis la peau se solidifia et les yeux s'ouvrirent.

Surpris, Quinn recula d'un pas. C'était son propre visage qui le fixait.

— Bienvenue dans l'au-delà, petit con, lui dit l'apparition. (Sourire cruel.) Tu te rappelles comment ça se passe ?

Un jet de feu blanc jaillit de la dague plongée dans la poitrine du prêtre. Il frappa le bras droit de Douze-T, pulvérisant son poignet de chrome et d'acier. Sa main mécanique tomba par terre, encore fumante, ses doigts agités comme ceux d'un pianiste. Son poignet était réduit à un bracelet de métal coupant d'où coulait un fluide hydraulique vert et où pendait un câble électrique déchiqueté.

— Vas-y, fonce ! hurla le visage contrefait.

Douze-T se précipita sur Quinn, brandissant son bras mutilé. Un sourire dément se peignit sur son visage.

— *Non !* s'écria Lawrence en s'interposant.

Le moignon se planta dans sa gorge. Une étincelle surgit à l'extrémité du câble lorsqu'elle effleura la peau du garçon.

Lawrence poussa un hurlement comme son corps explosait en silence, devenant aussi brillant qu'une étoile. Il se figea, les bras toujours tendus, le visage déformé par une grimace frénétique. La lumière était si puissante qu'il devint translucide – ange nu baignant au cœur d'une étoile. Puis ses membres se flétrirent et virèrent au noir. Il eut le temps de hurler une nouvelle fois avant d'être dévoré par ce feu intérieur.

L'horrible lumière s'étiola, révélant une tache de terre calcinée parsemée de fines cendres blanches. Douze-T gisait là où il était tombé, le crâne évidé par le choc, son cerveau roulant dans l'herbe.

— Ah, tant pis, dit le visage contrefait. Apparemment, nous avons perdu tous les deux ce coup-ci. Au revoir, Quinn.

Le prêtre réapparut, figé dans un rictus macabre. L'âme intruse regagna l'au-delà.

— REVIENS ! rugit Quinn.

Un dernier rire moqueur, et l'adversaire avait disparu.

En dépit de sa force, en dépit de sa puissance, Quinn ne pouvait rien faire. Strictement rien. Ce fut pour lui une horrible humiliation. Il se mit à hurler, et l'autel se brisa, faisant choir le corps meurtri du prêtre. Les acolytes s'égaillèrent. Quinn frappa du pied le cerveau de Douze-T, et celui-ci explosa, projetant des bouts de matière grise sur les disciples terrifiés. Il se retourna et lança une boule de feu blanc sur le cadavre du prêtre. Celui-ci prit feu, mais ces flammes n'étaient qu'une pâle copie de celles qui avaient consumé Lawrence.

Les disciples s'éloignèrent à reculons lorsque Quinn déchaîna le feu blanc contre l'autel, réduisant la chair et la pierre à un magma incandescent. Quand ils sortirent du disque de lumière dessiné par les feux de joie, ils s'enfuirent à l'instar des acolytes.

Seuls restaient les fantômes, à l'abri de la vindicte de la silhouette en robe noire dans leur royaume sans vie. Au bout d'un temps, ils virent Quinn tomber à genoux et faire le signe de la croix invertie.

— Je ne Te faillirai pas, Seigneur, murmura-t-il. Je ferai venir la Nuit comme je l'ai promis. Et, comme prix de mon âme, je Te demande quand elle sera tombée de me livrer le salaud qui a fait ça.

Il se leva et se dirigea vers la sortie du parc. Cette fois-ci, il était bel et bien seul. Même les fantômes tremblaient devant les terribles pensées qui lui agitaient l'esprit.

Hoya fut le premier des quatre faucons à émerger au-dessus de Nyvan. Niveu et son équipage se mirent aussitôt à scanner l'espace local en quête de danger.

— Aucun astronef dans un rayon de vingt mille kilomètres, dit-il, mais les réseaux DS se bombardent d'impulsions électroniques. Apparemment, les nations sont en état d'affrontement, comme d'habitude.

Monica accéda aux capteurs de la coque inférieure du vaisseau, recevant l'image d'un firmament criblé d'icônes vivement colorées. Deux autres faucons venaient d'apparaître à deux cents kilomètres de là. Sous ses yeux, un terminus de trou-de-ver s'ouvrit sur le quatrième.

— Les plates-formes nous ont-elles pris pour cible ? demanda-t-elle.

Elle appréciait l'obligeance des Édénistes, qui s'exprimaient toujours à voix haute en sa présence afin de la tenir informée. Mais leur symbolique d'affichage était fort différente de celle de la Flotte royale, et elle n'arrivait pas encore à la maîtriser.

— Elles n'ont que peu de cibles précises, répondit Samuel. Les réseaux semblent décidés à brouiller et à perturber tous les processeurs de l'orbite géosynchrone.

— Pouvons-nous approcher sans risques ?

Niveu haussa les épaules.

— Oui. Pour le moment. Nous allons nous brancher sur les médias locaux pour savoir ce qui se passe. S'il s'avère qu'une escalade des hostilités est prévue, je procéderai à une nouvelle évaluation de la situation.

— Votre service a-t-il des antennes ici ? demanda-t-elle à Samuel.

— Nous avons quelques correspondants, mais aucun agent en service actif. Il n'y a même pas d'ambassade édéniste sur Nyvan. Ce système est dépourvu de géante gazeuse, il a été colonisé longtemps avant que leur présence soit jugée nécessaire au développement d'une économie industrialisée. En fait, c'est le coût de l'importation d'He_3 qui est en partie responsable de la triste situation de Nyvan.

— Donc, nous ne disposons d'aucun appui, fit remarquer Niveu.

— Très bien, dit Monica, ouvrez-moi un canal de communication. Nous avons deux ambassades et plusieurs consulats. En principe, ils devraient garder l'œil sur le trafic spatial.

Il fallut un long moment pour établir le contact. Après avoir subi plusieurs heures le brouillage des plates-formes DS, les satellites de communication civils étaient presque complètement inopérants. Elle finit par résoudre le problème en alignant l'une des antennes de *Hoya* sur les villes qui l'intéressaient, ce qui limitait son champ d'investigation à la moitié de la planète qui se trouvait à la portée du faucon.

— Mzu est ici, dit-elle enfin. J'ai réussi à joindre Adrian Redway, notre directeur d'antenne à l'ambassade de Harrisburg. Le *Tekas* est arrivé hier. Il a accosté à la principale station en orbite basse de Tonala et ses quatre passagers ont emprunté un spatiojet pour descendre à Harrisburg. Voi était parmi eux, ainsi que Daphine Kigano.

— Excellent, dit Samuel. Est-ce que le *Tekas* est toujours là ?

— Non. Il est reparti une heure plus tard. Et aucun autre astronef n'est arrivé pour le moment. Elle est toujours ici. Nous la tenons.

— Nous devons descendre, dit Samuel à Niveu.

— Je comprends. Mais il faut que vous sachiez une chose : plusieurs gouvernements affirment que la Nouvelle-Géorgie est tombée aux mains des possédés. Cette nation dément, bien entendu, mais il semble bien qu'elle ait perdu l'astéroïde Jesup. Apparemment, celui-ci a dépêché des spationefs sur les trois astéroïdes abandonnés. Cet acte est considéré comme une atteinte à la souveraineté, ce que l'on prend très au sérieux sur cette planète.

— Et si ces vaisseaux transportaient des réfugiés ? s'enquit Monica.

— C'est possible, je suppose. Mais je ne vois pas pourquoi quiconque considérerait ces astéroïdes comme un refuge ; ils ont été gravement endommagés durant le conflit de 2532. Personne n'a pris la peine d'essayer de les récupérer. Mais nous ne devrions pas tarder à savoir ce que mijotent les spationefs de Jesup ; les gouvernements auxquels appartiennent ces astéroïdes viennent d'y envoyer des vaisseaux à fin d'enquête.

— S'il se révèle que ces spationefs sont occupés par des possédés, alors la situation ne va pas tarder à se détériorer, commenta Samuel. Il est peu probable que les autres gouvernements viennent en aide à la Nouvelle-Géorgie.

— En effet, dit Monica d'un air pensif. Ils seraient plutôt disposés à bombarder la totalité de son territoire.

— Je ne pense pas que nous resterons ici très longtemps, reprit Samuel. Et avec nos aéros, nous pourrons évacuer la planète en quelques minutes.

— Ouais, bien sûr. Il y a autre chose.

— Ah bon ?

— Redway m'informe qu'un autre astronef est arrivé après le départ du *Tekas*. Le *Lady Macbeth* est amarré à la station en orbite basse de Tonala.

— Tiens, tiens ! De toute évidence, le seigneur de Ruine savait ce qu'elle faisait en sélectionnant ce Lagrange Calvert.

Monica détecta une note d'admiration dans la voix de l'Édéniste.

Les quatre faucons foncèrent vers Nyvan. Après avoir reçu une autorisation du contrôle spatial, ils adoptèrent une formation en losange et se rangèrent sur une orbite à six cents kilomètres d'altitude. Quatre aéros à propulsion ionique jaillirent de leurs hangars et descendirent vers la planète, fondant vers la masse de nuages tourbillonnants qui recouvrait la quasi-totalité du territoire de Tonala.

Le centre de contrôle de la Défense stratégique de Jesup avait été creusé dans le roc sous la section résidentielle. C'était l'ultime citadelle de la Nouvelle-Géorgie : un lieu protégé de toute agression excepté l'explosion de l'astéroïde, équipé de systèmes de sécurité en nombre suffisant pour résister à une mutinerie de la population et d'un circuit environnemental totalement autonome. Quoi qu'il arrive à Jesup et au gouvernement néo-géorgien, les officiers DS seraient en état de se battre pendant plusieurs semaines.

Quinn attendit l'ouverture de la dernière porte monolithique, affichant une sérénité d'une inquiétante profondeur. Il était accompagné du seul Bonham, tous les autres disciples ayant succombé à la peur.

Le centre de contrôle avait subi quelques modifications. La technologie de ses consoles avait reculé sur l'échelle de l'évolution ; dans la plupart des cas, processeurs et projecteurs AV avaient été remplacés par de simples téléphones. Toute une enfilade de combinés noir et argent étaient fixés à un mur et sonnaient en permanence. Un groupe d'officiers en uniforme gris empesé les décrochaient à un rythme soutenu. Devant eux se trouvait une grande table carrée frappée de l'image de Nyvan et de ses satellites. Cinq jeunes femmes équipées de longs bâtons y déplaçaient des jetons en bois.

Le vacarme ambiant s'atténua à l'entrée de Quinn. Son visage était invisible sous son capuchon, comme si l'espace ovale que dessinait celui-ci absorbait toute lumière. Seules les mains livides émergeant de ses manches trahissaient une présence humaine dans sa robe.

— Continuez, dit-il.

Le bruit reprit, bien plus fort qu'auparavant, comme si tous étaient désireux de prouver leur loyauté et leur résolution.

Quinn se dirigea vers le poste de commandement, placé sur une petite estrade dominant la table.

— Quel est le problème ?

Shemilt, qui dirigeait le centre de contrôle, lui adressa un salut martial. Dans son uniforme de la Luftwaffe, datant de la Seconde Guerre mondiale et bardé de décorations, il avait l'allure d'un aristocrate teuton, d'un véritable foudre de guerre.

— J'ai le regret de vous informer, *mein Herr*, que des vaisseaux ont été envoyés pour intercepter nos spationefs travaillant dans les autres astéroïdes. Premier contact dans quarante minutes.

Quinn examina la table ; elle commençait à être encombrée. Quatre vautours s'étaient rassemblés au-dessus de la planète. Les plates-formes DS de la Nouvelle-Géorgie étaient des pyramides incrustées de diamants. Celles de l'ennemi des pentagones couleur rubis. Trois jetons marqués d'un drapeau rouge se déplaçaient sur le firmament.

— S'agit-il de vaisseaux de guerre ?

— Nos stations d'observation rencontrent des difficultés dues au mauvais temps, mais nous ne le pensons pas. En tout cas, ce ne sont pas des frégates. Mais je pense qu'il s'agit de transports de troupes ; leur taille permet de le supposer.

— N'en fais pas trop, Shemilt.

L'intéressé se raidit.

— Oui, *mein Herr*.

Quinn désigna l'un des jetons rouges.

— Nos plates-formes DS peuvent-elles les atteindre ?

— Oui, *mein Herr*. (Shemilt attrapa un porte-bloc et feuilleta les dépêches qui y étaient attachées.) Deux de ces vaisseaux sont à portée de nos lasers à rayons X et le troisième peut être détruit par des guêpes de combat.

— Bien. Descends-moi ces enfoirés.

— Oui, *mein Herr*. (Shemilt hésita.) Si nous passons à l'attaque, les autres réseaux vont sûrement riposter.

— Alors déclenche les hostilités, frappe toutes les cibles à ta portée. C'est la guerre totale que je veux.

Autour de la table, les opérateurs interrompirent leurs diverses tâches pour se tourner vers Quinn. Il sentait le ressentiment monter en eux, ainsi bien entendu que la terreur.

— Comment on se sort de là, Quinn ? demanda Shemilt.

— On attend. Le combat spatial est aussi rapide que destructeur. À la fin de la journée, il ne restera plus un seul canon laser, plus une seule guêpe de combat en orbite autour de Nyvan. On va se faire tirer dessus, mais les murs qui nous entourent font deux kilomètres d'épaisseur. Nous sommes dans la mère de tous les abris antiatomiques. (Il fit un geste en direction de la table, et tous les jetons s'enflammèrent, devenant autant de chandelles émettant une fumée noire.) Quand ce sera fini, nous partirons d'ici en toute sécurité.

Shemilt s'empressa d'acquiescer, impatient de démontrer qu'il n'avait jamais douté de son chef.

— C'est vrai, c'était évident, Quinn, excusez-moi.

— Merci. Maintenant, anéantis ces astronefs.

— *Jawohl, mein Herr.*

Quinn sortit du centre de contrôle, Bonham le suivant à quelques pas de distance. La gigantesque porte se referma derrière eux, emplissant de ses échos sourds le large corridor.

— Il y a vraiment assez d'astronefs ici pour emporter tout le monde ? s'enquit Bonham.

— J'en doute. Et même s'il y en avait, le spatioport sera la cible prioritaire de l'ennemi.

— Donc... certains d'entre nous devraient partir en avant-garde, n'est-ce pas ?

— Tu es vif, Bonham, très vif. C'est sans doute pour ça que tu es arrivé où tu es.

— Merci, Quinn.

Il pressa le pas ; la voix de Quinn commençait à s'estomper.

— Évidemment, s'ils me voient partir, ils sauront que je les ai abandonnés. La discipline risque de se relâcher.

— Quinn ?

Bonham n'entendait presque plus la sombre silhouette.

— On ne peut pas les attacher à leurs postes, après tout...

Bonham accéléra encore, plissant les yeux pour mieux voir Quinn. Celui-ci semblait flotter au-dessus du sol sans bouger les jambes. Sa robe noire avait viré au gris. En fait, elle était presque translucide.

— Quinn ?

Ce nouveau numéro était le plus terrifiant de tous. Comparé à ça, la rage qui rayonnait de Quinn était banale, presque rassurante. Bonham ne savait pas si Quinn subissait une attaque quelconque ou s'il était lui-même responsable de son état.

— Qu'est-ce qui se passe, Quinn ?

Quinn était devenu complètement transparent, seul un moirage de la roche trahissait sa position ; jusqu'à ses pensées que Bonham avait du mal à percevoir. Il fit halte, pris de panique. Quinn ne se trouvait plus dans le corridor.

— Seigneur Jésus, qu'est-ce que ça veut dire ?

Il sentit un courant d'air froid lui caresser le visage. Plissa le front.

Une boule de feu blanc lui percuta la nuque. Deux âmes furent expulsées du corps qui s'effondra sur le sol, hurlant toutes deux d'angoisse à l'idée du sort qui les attendait.

— Tu t'es trompé de Seigneur.

Un gloussement résonna dans le corridor désert.

Lorsque Joshua atterrit, vers midi heure locale, Harrisburg était recouvert d'un manteau de neige et de rumeur. Apparemment, cette dernière était l'arme universelle des possédés dans toute la Confédération. Plus les gens l'écoutaient, moins ils étaient informés et plus ils étaient terrorisés. Il suffisait d'une éruption soudaine de légendes urbaines pour que la population soit paralysée ou cède à de vieux réflexes survivalistes.

Sur la plupart des planètes, les communiqués du gouvernement et les reportages des journalistes réussissaient plus ou moins à rétablir la normalité. Les gens se remettaient au travail, un peu honteux, et attendaient le prochain bobard. (« Il paraît qu'on a vu Gengis Khan investir la banlieue à bord d'un Panzer ! »)

Pas sur Nyvan. Ici, c'étaient les gouvernements qui lançaient des accusations infondées contre leurs vieux rivaux. Pas un instant on n'envisagea une réponse globale à l'invasion des possédés – la *realpolitik* de cette planète l'interdisait.

Dès leur atterrissage, Joshua lança une recherche dans les banques de données commerciales de la ville. Son intuition se rebella lorsqu'il découvrit la quantité de milices en alerte et l'inactivité du spatioport. Il savait qu'ils n'avaient pas beaucoup de temps ; pas question ici de tenter une approche en douceur du genre recherche de contacts et achat d'informations.

Ils louèrent une voiture et descendirent la rue des hôtels, une artère à six voies criblée de nids-de-poule qui reliait le spatioport à la ville, distante de dix kilomètres. La neige n'avait été dégagée que sur deux voies et le trafic était inexistant.

Dahybi scanna la cabine à l'aide de son bloc-détecteur de brouillage électronique.

— Rien à signaler, dit-il aux autres.

— Bien, fit Joshua. Notre technologie est probablement plus avancée que celle des indigènes, mais ne comptez pas sur elle pour nous donner un avantage permanent. Je dois retrouver Mzu le plus vite possible, ce qui signifie que, cette fois-ci, la subtilité passe à la trappe.

Alors qu'ils approchaient de l'hôtel où ils avaient réservé des chambres, Joshua téléchargea une correction dans le processeur de contrôle du véhicule. Celui-ci passa devant l'hôtel sans s'arrêter.

— On peut dire adieu à nos arrhes, gémit Melvyn.

— Ça me fend le cœur, répliqua Joshua. Ione, est-ce que nous sommes suivis ?

L'un des sergents, assis à l'arrière, pointait un petit capteur circulaire par la lunette.

— Un véhicule, peut-être deux. Je pense qu'il y a trois passagers dans le premier.

— Sans doute la police locale, décida Joshua. Ça ne m'étonnerait pas que les flics surveillent les étrangers de près en ce moment.

— Qu'est-ce qu'on fait ? demanda Dahybi.

— Rien du tout. Je ne veux pas leur donner une excuse pour se mêler de nos affaires. (Il accéda au processeur réseau de la voiture et établit une liaison cryptée avec le spatiojet.) Quelle est ta situation, Ashly ?

— Correcte pour le moment. Les électromatrices seront complètement rechargées dans trois minutes. Ça élargira tes options.

— Bien. À partir de maintenant, on garde un canal ouvert

sur toi en permanence. Si le réseau de la ville se crashe, viens nous récupérer. Ce sera pour nous le signal de la retraite.

— À tes ordres, capitaine. Le *Lady Macbeth* vient de passer derrière l'horizon, et je n'ai plus de contact avec lui. Tous les satellites de communication civils sont HS.

— Si la situation l'exige, le *Lady Mac* changera d'orbite et rétablira la liaison. Sarha sait ce qu'elle a à faire.

— Je l'espère bien. Avant que je perde le contact, Beaulieu m'a dit que quatre faucons venaient d'arriver. Ils se dirigeaient vers une orbite basse.

— Ils viennent sûrement des Dorados, commenta Joshua. Ashly, dès que le *Lady Mac* sera en ligne, dis à Sarha de surveiller ces oiseaux-là. Et si un de leurs spatiojets atterrit, fais-le-moi savoir.

La couche de neige s'était considérablement épaissie lorsque la voiture atteignit l'adresse que Joshua avait dénichée grâce à son programme de recherche. Harrisburg s'était réduite à un réseau de rues gris terne difficiles à identifier, uniquement peuplées de rares passants engoncés dans leurs manteaux isolés et pataugeant sur les trottoirs. Seuls les panneaux holographiques et les enseignes au néon n'étaient pas affectés par le temps et exécutaient leur sempiternelle danse.

— J'aurais dû emmener Liol avec nous, marmonna Joshua, à moitié pour lui-même. Lui qui rêvait de planètes exotiques.

— Tu seras tôt ou tard obligé d'accepter son existence, Joshua, dit Melvyn.

— Peut-être. Seigneur, s'il était seulement un peu moins envahissant. Tu ne pourrais pas lui dire de se calmer un peu, Ione ? Tu as passé pas mal de temps à discuter avec lui.

— Ça n'a pas marché la première fois, répondit l'un des sergents.

— Tu veux dire que tu as déjà essayé ?

— Disons que c'est une procédure qui m'est familière. Il n'est pas le seul qui ait besoin de se détendre, Joshua. Ni lui ni toi ne risquez de faire des progrès en conservant ce genre d'attitude.

Il aurait voulu lui expliquer ses sentiments. Le trouble qui l'envahissait à l'idée d'être un peu moins seul. La joie qu'il avait eue de se découvrir un frère, la méfiance que lui inspirait cet homme qui lui ressemblait tellement. Ce serait faire preuve de faiblesse que de s'ouvrir à lui. Après tout, l'intrus, c'était Liol. Qu'il fasse donc le premier pas. Je l'ai fait sortir des Dorados, j'ai agi de façon honorable, et c'est comme ça qu'il me remercie ?

Lorsqu'il se retourna, il sut que dire la vérité, ou quelque chose s'en approchant, le ferait passer pour un grincheux. Il y a un an, je n'aurais eu aucune peine à leur dire d'aller se faire voir. Seigneur, la vie était plus simple à l'époque, quand il n'y avait que moi dans ma vie.

— Je ferai mon possible, concéda-t-il.

La voiture s'engagea dans un parking souterrain. Le bâtiment qu'il desservait, haut d'une dizaine d'étages, abritait au rez-de-chaussée des boutiques dont la moitié étaient vides et des bureaux aux étages.

— Tu vas enfin nous dire ce qu'on fiche ici ? demanda Dahybi alors qu'ils descendaient de voiture.

— C'est tout simple, répondit Joshua. Quand on a besoin d'un boulot rapide et efficace, on fait appel à un professionnel.

Le bureau de Kilmartin & Elgant, spécialistes en sécurité informatique, se trouvait au septième étage. Il n'y avait personne à la réception. Joshua marqua une pause, s'attendant à être accueilli par un programme secrétaire, mais le processeur n'était pas branché. La porte d'accès s'ouvrit lorsqu'il s'en approcha.

Emportés par l'optimisme lors de la création de leur entreprise, Kilmartin & Elgant avaient loué pour une durée de cinquante ans un espace susceptible d'abriter quinze opérateurs. Les postes de travail étaient toujours là ; sur sept d'entre eux se trouvaient des blocs-processeurs sous housse, dépassés même selon les critères en vigueur sur Nyvan ; quatre autres étaient vierges de tout équipement ; un autre avait disparu, ne laissant que les traces de ses pieds sur la moquette.

Restait un bureau couvert de blocs relativement modernes, qui partageaient l'espace disponible avec une plante en pot hélas défunte. Les deux hommes qui y étaient assis étaient absorbés par l'aura floue d'une colonne AV. Le premier était jeune, grand, large d'épaules, avec une crinière de cheveux blonds et un catogan de cuir multicolore. Il portait un costume noir d'aspect coûteux, taillé pour lui donner le maximum de liberté de mouvement. Quoique d'allure affable, il avait une présence des plus impressionnantes qui devait décourager les agresseurs potentiels. Le second était un quinquagénaire vêtu d'une veste d'un gris-brun terne, aux cheveux châtains en bataille. Il aurait été à sa place au guichet « Réclamations » d'un Centre des impôts.

Ils considérèrent Joshua et ses étranges compagnons avec une légère surprise.

Joshua détailla ces deux hommes, confusément alerté par son intuition. Puis il claqua des doigts et désigna le plus jeune.

— Je parie que c'est vous l'expert en informatique et que votre collègue est responsable des programmes de combat. Un bon déguisement, pas vrai ?

L'aura de la colonne AV s'estompa comme le jeune homme blond renversait sa chaise en arrière et se croisait les doigts sur la nuque.

— Astucieux. Est-ce que vous êtes attendu, monsieur... ?

Joshua eut un petit sourire.

— À vous de me le dire.

— Très bien, capitaine Calvert, que voulez-vous ?

— J'ai besoin d'accéder à des informations, et vite. Pouvez-vous arranger ça ?

— Bien sûr. Accès garanti au réseau sur tout le pays, quelle que soit la nature du fichier désiré. Hé, écoutez, je sais que la déco laisse à désirer. N'y pensez plus. Le talent est invisible. Et je domine tellement mon sujet que j'en ai parfois le mal des altitudes. Si un programme de recherche localise mon dossier public, je le sais avant la personne qui l'a lancé. Vous êtes arrivé il y a une heure à bord du *Lady Macbeth*. L'un de vos membres d'équipage est resté à bord de votre spatiojet. Vous voulez savoir de combien on vous truande pour recharger vos électromatrices ? Vous êtes venu là où il fallait.

— Ça m'est égal. L'argent n'est pas un problème pour moi.

— Bien, je crois que nous avons une interface.

Il se tourna vers son collègue et lui murmura quelques mots. L'autre lui lança un regard contrarié, puis haussa les épaules. Il sortit du bureau, jetant en passant un regard curieux aux deux sergents.

— Richard Keaton. (Le jeune homme athlétique tendit une main au-dessus de son bureau, un large sourire aux lèvres.) Appelez-moi Dick.

— Certainement.

Les deux hommes se serrèrent la main.

— Désolé pour Matty. Il a assez d'implants sur lui pour démolir un peloton de marines. Mais il en fait parfois un peu trop, et je n'ai pas besoin de lui pour le moment. Ainsi, vous nous avez percés à jour. Je crois bien que personne n'y était arrivé avant vous.

— Je saurai garder le secret.

— Alors, que puis-je faire pour vous, capitaine Calvert ?

— J'ai besoin de retrouver quelqu'un.

Keaton leva un index.

— Si je puis me permettre. Discutons d'abord de mes émoluments.

— Je n'ai pas l'intention de marchander. Peut-être même aurez-vous droit à un bonus.

L'un des sergents tapa du pied sur la moquette élimée.

— Voilà qui est agréable à entendre, capitaine. Très bien ; en guise de paiement, je demande une place à bord du *Lady Macbeth* quand vous quitterez cette planète. La destination importe peu.

— C'est une demande... inhabituelle. Qu'est-ce qui la motive ?

— Comme je vous l'ai dit, capitaine, vous êtes venu là où il fallait. Ma boîte n'est peut-être pas la plus grosse, mais je nage comme un poisson dans les courants de données. Il y a des possédés sur Nyvan. Ils se sont déjà emparés de Jesup, comme l'affirme notre gouvernement qui, pour une fois, ne fait pas dans la propagande. Le brouillage électronique en orbite ? Une couverture pour leur permettre de descendre ici. Ils ne sont pas encore très nombreux dans Tonala – du moins à en croire le Service des enquêtes spéciales. Mais ils se répandent dans les autres pays.

— Donc, vous voulez partir d'ici ?

— En effet. Et je me doute que vous aurez quitté Harrisburg quand ils y débarqueront. Écoutez, je ne vous poserai aucun problème une fois à bord. Vous pourrez même me mettre en tau-zéro, ça m'est égal.

Joshua n'avait pas le temps de discuter. En outre, ils courraient moins de risque d'être repérés en emmenant Keaton avec eux. Une couchette à bord du *Lady Mac*, ce n'était pas cher payé.

— N'apportez que ce que vous avez sur vous ; je n'ai pas le temps d'attendre que vous ayez fait vos bagages. Notre mission ne supporte aucun retard.

— Marché conclu, capitaine.

— Entendu, bienvenue à bord, Dick. La personne que je recherche est le Dr Alkad Mzu, alias Daphine Kigano. Elle est arrivée hier soir, à bord de l'astronef *Tekas*, en compagnie de trois personnes. Je ne sais ni où elle se trouve ni qui elle pourrait contacter ; ce que je sais, c'est qu'elle va chercher à se planquer. (Il télétransmit à Keaton un fichier visuel.) Retrouvez-la.

Vingt mille kilomètres au-dessus de Nyvan, l'*Urschel* émergea de son saut TTZ, suivi par le *Raimo* et le *Pinzola*, deux autres frégates de l'Organisation. Les trois astronefs étaient bien loin de la zone désignée, mais seuls les quatre faucons repérèrent leur arrivée. Plus aucun des satellites de détection gravitonique de Nyvan n'était opérationnel ; les vagues de brouillage électronique les avaient complètement annihilés.

Cinq minutes consacrées à évaluer la situation, et les fusiopropulseurs entrèrent en action, poussant les vaisseaux vers un point d'injection en orbite basse. Une fois qu'ils furent en route, Oscar Kearn, le commandant de la petite flottille, se concentra sur les voix qui hurlaient en permanence dans son crâne.

Où est Alkad Mzu ? leur demanda-t-il.

Les possédés de l'équipage, Cherri Barnes incluse, se joignirent à lui, ajoutant leurs promesses et leurs cajoleries à celles qu'il émettait. Leur chœur résonnait dans l'au-delà, passant d'une âme en peine à l'autre. Sa seule existence suffisait à les agiter, à les narguer ; de telles intrigues étaient pour ces âmes une exquise torture, elles leur rappelaient ce qui les attendait de l'autre côté de leur horrible continuum, ce qu'elles pourraient savourer une fois qu'elles auraient donné un petit coup de main.

Où est Mzu ?

Que fait-elle ?

Qui est avec elle ?

Il y a des corps qui attendent des hôtes méritants. Des millions de corps qui goûtent l'air, la lumière et *l'expérience* ; à la disposition des amis de Capone. L'un d'eux est peut-être pour vous. À condition que...

Où est Mzu ? Où exactement ?

Ah !

Une fois en orbite à une altitude de cinq cents kilomètres, les frégates envoyèrent chacune un spatiojet sur la planète. Les trois appareils en forme de delta s'engouffrèrent dans l'atmosphère de Nyvan, pointés sur la nation de Tonala, qui se dissimulait derrière la courbure de la planète, à sept mille kilomètres de là.

Oscar Kearn demanda aux frégates d'entreprendre une nouvelle manœuvre et de prendre de l'altitude.

— Ça s'annonce vraiment mal, dit Sarha. Il y en a trois d'après les capteurs. Je pense que leurs transpondeurs ne répondent pas aux stations.

— Tu penses ? s'enquit Beaulieu.

— Qui sait ? Ces putains de plates-formes DS continuent leur tir de barrage. Ça m'étonnerait qu'on arrive à recevoir une impulsion EM avec tout ce brouillage.

— À quoi ressemble leur sillage ? demanda Liol.

Sarha se détacha des télétransmissions qui lui parvenaient le temps de lui décocher un regard écœuré. Ils étaient seuls tous les trois sur la passerelle du *Lady Mac*. Tous les sergents étaient descendus dans le module B pour garder l'accès au sas.

— Pardon ? fit-elle.

Il y avait des moments où ce type ressemblait un peu trop à Joshua : il était aussi agaçant que lui.

— Quand des possédés sont à bord d'un vaisseau, ils affectent ses systèmes, récita Liol. La propulsion subit des fluctuations. C'est ce que nous ont appris les enregistrements de Lalonde. Tu te rappelles ?

Sarha n'osa pas lui répondre franchement. Oui, il ressemblait beaucoup à Joshua, cette foutue manie d'avoir tout le temps raison.

— Je ne pense pas que nos programmes d'analyse soient très utiles à cette distance. Impossible d'effectuer un verrouillage radar pour déterminer leur vélocité.

— Tu veux que j'essaie ?

— Non merci.

— Quand Josh t'a dit de ne pas me laisser accéder à l'ordinateur de bord, je ne crois pas qu'il souhaitait m'empêcher de vous aider à résister aux possédés, dit Liol d'un air malicieux.

— Tu pourras bientôt lui poser la question, intervint Beaulieu. Nous serons au-dessus de l'horizon d'Ashly dans quatre-vingt-dix secondes.

— Ces astronefs se dirigent bel et bien vers le *Spirit of Freedom*, reprit Sarha. L'image optique est assez correcte pour permettre une analyse vectorielle.

— Permets-moi de remarquer que les trois vaisseaux fort semblables à ceux-ci qui ont débarqué dans les Dorados avant notre départ venaient de la Nouvelle-Californie, dit Liol.

— J'en suis parfaitement consciente, répliqua sèchement Sarha.

— Formidable. Je ne tiens pas à être possédé par un inconnu.

— Que font les faucons ? demanda Beaulieu.

— Aucune idée. Ils sont de l'autre côté de la planète.

Sarha commençait à être gênée par la transpiration qui imbibait sa combi. Elle télétransmit à la grille de climatisation une demande d'air frais et sec – plus frais et plus sec. Et dire que j'ai toujours été un peu envieuse de Joshua parce que c'était lui qui commandait l'astronef !

— Je désengage le boyau-sas, dit-elle aux deux autres. Le

personnel de la station risque de vouloir monter à bord une fois qu'il aura compris que ces vaisseaux se dirigent vers nous.

C'était une décision logique. Et elle se sentait fichtrement mieux maintenant qu'elle était passée à l'action.

— Je reçois le signal du spatiojet, annonça Beaulieu.

— Alors, vous êtes toujours intacts ? télétransmit Ashly.

— Ouais, toujours en un seul morceau, rétorqua Sarha. Quelle est ta situation ?

— Stable. Ça ne bouge pas beaucoup dans le spatioport. Les quatre aéros édénistes ont atterri il y a une demi-heure. Ils se sont parqués à deux cents mètres de moi. J'ai essayé de les contacter, mais ils ne m'ont pas répondu. Plusieurs personnes en sont aussitôt descendues pour partir en ville. Des voitures les attendaient.

L'ordinateur de bord signala un appel de Joshua.

— Des signes de possession sur la planète ? demanda-t-il.

— Malheureusement oui, capitaine, lui dit Beaulieu. Les réseaux nationaux souffrent de considérables avaries. Mais il n'y a aucun indice de progression structurée. Certains pays ne sont pas affectés du tout.

— Ça viendra, répliqua Joshua.

— Joshua, trois astronefs adamistes ont fait leur apparition il y a une heure, télétransmit Sarha. Nous pensons qu'ils ont envoyé des spatiojets ou des aéros sur la planète ; ils se trouvaient sur l'orbite qu'il faut pour cela. Liol pense qu'il s'agit des vaisseaux de l'Organisation qui se trouvaient dans les Dorados...

— Oh ! si c'est notre expert en vol interstellaire qui le dit...

— Josh, ces trois frégates se dirigent vers cette station, transmit Liol.

— Bon Dieu ! D'accord, videz les lieux, et vite. Et, Sarha, essaie de confirmer leur identité.

— À tes ordres. Comment ça se passe de ton côté ?

— Ça a l'air prometteur. Attends-toi... aujourd'hui... conclusion.

— Je perds la liaison, avertit Beaulieu. Il y a des interférences et elles se concentrent sur nous.

— Josh, laisse-moi accéder à l'ordinateur de bord. Sarha et Beaulieu ne savent plus où donner de la tête, bon sang. Je peux les aider.

— ... pensez... gamin... mon astronef... bordel... préférerais... faire confiance à...

— Je l'ai perdu, annonça Beaulieu.

— Les frégates ont braqué leurs CME sur nous, dit Sarha. Ils savent que nous sommes ici.

— Ils s'acharnent sur la station avant de lui donner l'assaut, dit Liol. Donne-moi les codes d'accès, je suis capables de piloter le *Lady Mac*.

— Non, tu as entendu Joshua.

— Il a dit qu'il me faisait confiance.

— Je ne le pense pas.

— Écoutez, vous devez toutes les deux vous occuper des systèmes, contrer le brouillage électronique et en plus garder l'œil sur les frégates. Si on décolle maintenant, les possédés risquent de croire qu'on cherche à défendre la station. Êtes-vous capables de piloter le *Lady Mac* tout en les affrontant et en veillant sur les systèmes ?

— Beaulieu ? demanda Sarha.

— Ce n'est pas à moi de prendre cette décision, mais il n'a pas tort. Nous devons filer tout de suite.

— Sarha, Josh se laisse aveugler par ses émotions quand il est question de moi. Rien d'étonnant, je m'y suis mal pris avec lui. Mais tu ne peux pas mettre sa vie, notre vie en danger à cause d'une mauvaise décision dictée par l'ignorance. Je ferai de mon mieux. Fais-moi confiance. S'il te plaît.

— Bon, d'accord ! Mais tu ne touches qu'à la fusiopropulsion. Pas question d'effectuer un saut.

— Entendu.

Et le rêve se réalisa, comme il l'avait toujours su. L'ordinateur du *Lady Mac* s'ouvrit à lui et tous ses systèmes se mirent en ligne, emplissant son esprit de glorieuses vagues de couleur. Elles y étaient à leur place.

Il désigna les menus qui lui étaient nécessaires, déclenchant l'activation des tuyères et des tubes de propulsion. Beaulieu et Sarha travaillaient de concert pour activer les autres systèmes. Les câbles ombilicaux se rétractèrent du fuselage et le berceau où se trouvait l'astronef éleva celui-ci au-dessus de la baie d'accostage peu profonde. Le champ visuel que lui télétransmettait l'ordinateur de bord s'élargit à mesure que les grappes de capteurs du *Lady Mac* émergeaient au-dessus de la bordure. Trois étoiles brillantes, dont la magnitude allait croissant, se retrouvèrent entourées d'un anneau rouge comme elles s'élevaient au-dessus de la courbe de l'horizon d'un bleu vif.

Liol actionna les verniers pour se dégager du berceau, peu soucieux de savoir si les deux autres voyaient son sourire de gamin. L'espace d'un instant, l'envie et l'amertume reprirent le dessus, ainsi que la colère irrationnelle qui l'avait envahi quand il avait appris l'existence de Joshua, ce frère usurpateur qui commandait l'astronef lui revenant de droit. C'était à lui qu'appartenait cette exaltation. Ce pouvoir de traverser la galaxie.

Un jour, Joshua et lui allaient devoir régler ça.

Mais pas aujourd'hui. Aujourd'hui, il allait prouver sa valeur à son frère et à l'équipage. Aujourd'hui, il allait commencer à vivre la vie qui était vraiment sienne.

Lorsqu'ils furent cent mètres au-dessus de la baie, Liol activa le propulseur secondaire, s'arrêtant à une accélération d'un tiers de g. Le *Lady Mac* dévia aussitôt de la trajectoire qu'il lui avait fixée. Il s'empressa de communiquer une correction à l'ordinateur, déviant l'angle de poussée. Surcompensant.

— Bordel de merde !

Le filet de protection le serra plus étroitement.

— Le hangar du spatiojet est vide, dit Sarha d'une voix glaciale. Ça signifie que notre distribution massique est déséquilibrée. Peut-être faudrait-il mettre en ligne les programmes de calibrage niveau sept ?

— Pardon.

Il fouilla frénétiquement les menus affectés au vol et trouva le bon programme. Le *Lady Mac* regagna en vibrant son vecteur originel.

— Joshua va me jeter dans le vide, décida Sarha.

Lodi avait mis quelque temps à s'habituer à la présence d'Omain dans la suite. Un possédé, pour l'amour de Marie ! Mais Omain se révéla être tranquille, poli (un peu triste, même) et discret. Lodi réussit peu à peu à se détendre, mais c'était sûrement le plus étrange épisode de sa vie. Jamais il ne connaîtrait quelque chose de plus bizarre.

Au début, il sursautait chaque fois qu'Omain ouvrait la bouche. À présent, il était de nouveau plus ou moins cool. Ses blocs-processeurs étaient étalés sur la table, ce qui lui permettait d'envoyer des programmes nager dans les courants du réseau pour y pêcher des informations intéressantes. Comme c'était pour ça qu'il était le plus doué, Voi l'avait laissé dans la suite pendant qu'elle se rendait chez Opia avec Mzu et Eriba. Pour le moment, il s'activait à surveiller les conséquences de la fermeture des frontières décrétée par le gouvernement. Voi voulait être sûre qu'ils pourraient retourner en orbite. Jusqu'ici, tel semblait être le cas. Et en plus, ils avaient eu un coup de chance, le premier depuis leur arrivée sur Nyvan. Un astronef du nom de

Lady Macbeth venait d'accoster à la station *Spirit of Freedom*, et il était exactement du type souhaité par Mzu.

— Ils la recherchent, dit soudain Omain.

— Hein ?

Lodi effaça les graphes affichés sur l'écran, clignant des yeux pour s'éclaircir la vue.

— Les hommes de Capone sont en orbite, déclara Omain. Ils savent que Mzu est ici. Ils la cherchent.

— Vous voulez dire que vous savez ce qui se passe en orbite ? Sainte Marie ! Moi, je n'y arrive pas à cause des interférences engendrées par les plates-formes DS.

— Ce n'est pas tout à fait ça. Je reçois une rumeur, déformée après être passée par beaucoup d'âmes. Je n'ai qu'une vague notion des faits eux-mêmes.

Lodi était fasciné. Quand il se mettait à parler, Omain se révélait être détenteur de faits plutôt intéressants. Il avait vécu sur Garissa et était tout disposé à partager ses impressions de sa planète natale. (Lodi n'avait jamais trouvé le courage de demander à Mzu à quoi ressemblait leur ancien monde.) À en juger par la description mélancolique qu'il en faisait, ce devait avoir été un lieu fort agréable. Lodi était persuadé que les Garissans avaient perdu bien plus que leur planète ; leur culture tout entière avait changé, devenant plus coincée et plus occidentalisée.

L'un des blocs-processeurs transmit un signal d'alarme aux naneuroniques de Lodi.

— Oh, zut !

— Qu'y a-t-il ?

Ils devaient élever la voix pour se parler. Omain s'était assis dans un coin du living, le plus loin possible de Lodi, afin que les blocs puissent rester opérationnels.

— Quelqu'un vient d'accéder au processeur central de l'hôtel. Il a chargé un programme de recherche ciblé sur nous trois, et il y a même dedans une référence visuelle de Mzu.

— Ça ne peut pas être les possédés, dit Omain. Les naneuroniques ne fonctionnent pas avec nous.

— C'est peut-être les vaisseaux de l'Organisation. Non. Jamais ils ne pourraient accéder au réseau de Tonala depuis leur orbite, pas avec le brouillage des plates-formes. Un instant, je vais voir ce que je peux dénicher.

Il se sentait presque joyeux lorsqu'il commença à récupérer les programmes de traçage stockés dans ses cartels mémoires. Les surfeurs de cette ville avaient probablement dix fois plus d'expérience que lui, pauvre plouc habitué aux circuits d'Ayacucho, mais ses programmes étaient quand même capables de remonter les commutateurs en quête de l'identité des espions.

La réponse jaillit dans son esprit au moment même où le processeur central de l'hôtel se crashait.

— Ouaouh, sacré programme gardien ! Mais je les ai quand même repérés. Vous connaissez une boîte du coin qui s'appelle Kilmartin & Elgant ?

— Non. Mais ça ne fait pas longtemps que je suis ici, dans cette incarnation.

— Exact. (Sourire nerveux de Lodi.) Je vais voir ce que... tiens, c'est bizarre.

Omain venait de se lever. Il fixait la porte de la suite d'un air soucieux.

— Que se passe-t-il ?

— Le processeur de la suite ne répond plus.

Le carillon de la porte retentit.

— Est-ce que..., commença Lodi.

Quelque chose de massif se jeta contre la porte. Les panneaux de celle-ci s'enflèrent. Des craquements se firent entendre dans les montants.

— Fuyez ! s'écria Omain.

Il se dressa devant la porte, les bras tendus, les paumes en avant. Son visage grimaçait sous l'effort. L'air s'agita frénétiquement devant lui, formant une petite tornade.

Nouvel assaut sur la porte, et Omain recula en chancelant. Lodi se précipita vers la chambre. Il eut le temps de voir un gros serpent long de trois mètres ramper sur la fenêtre au-dehors. Son énorme tête se dressa, ses yeux se rivèrent aux siens. Ses mâchoires s'ouvrirent, révélant des crocs aussi épais que des doigts. Puis il se projeta vers l'avant et fracassa la vitre.

Shemilt étudia la table des opérations depuis sa position élevée dans le poste de commandement. L'une des filles se pencha pour rapprocher un jeton rouge de l'astéroïde déserté.

— À portée de tir, annonça-t-elle.

Shemilt acquiesça en s'efforçant de dissimuler sa consternation. Les trois vaisseaux étaient désormais à la portée du réseau DS de la Nouvelle-Géorgie. Et Quinn n'était pas revenu pour modifier ses ordres. Des ordres très précis.

Si seulement il ne me terrifiait pas à ce point, songea Shemilt. Il avait la nausée chaque fois qu'il repensait à la nacelle tau-zéro où était séquestré le capitaine Gurtan Mauer. Quinn l'avait ouverte à deux reprises à l'occasion d'une messe noire.

Si nous nous regroupions tous... Mais la mort n'était plus une fin, évidemment. Il ne servirait à rien d'envoyer le messie noir dans l'au-delà.

Son poste de commandement était équipé d'un simple téléphone rouge. Il le décrocha.

— Feu !

Deux des trois spationefs dépêchés vers l'astéroïde déserté pour voir ce qu'y trafiquaient les équipes de Jesup furent frappés par des lasers à rayons X. Ceux-ci ravagèrent les modules de vie et les coques des fusiopropulseurs. Les deux équipages périrent sur le coup. Les systèmes électroniques s'évaporèrent. Les propulseurs explosèrent. Deux épaves tournoyèrent dans l'espace, leur coque émettant une lueur orange vif que baignait la vapeur échappée des réservoirs.

Le troisième vaisseau fut ciblé par deux guêpes de combat.

Les officiers des deux autres réseaux DS nationaux les virent fuser de la plate-forme néo-géorgienne, fonçant vers le spationef impuissant. Ils demandèrent et reçurent les codes de mise à feu. À ce moment-là, les guêpes avaient commencé à lâcher leurs drones secondaires. Des leurres infrarouges explosèrent comme des micro-novæ dans le sillage des missiles ; des impulsions électroniques brouillèrent les capteurs de toutes les plates-formes DS dans un rayon de cinq mille kilomètres. Cette tactique se révéla payante ; les guêpes de combat qu'on avait lancées pour protéger le vaisseau survivant se retrouvèrent plongées dans la confusion pendant plusieurs secondes. Un laps de temps critique dans le cadre d'un combat spatial.

Une volée de pulseurs à un coup arriva assez près du spationef pour se décharger sur lui, l'annihilant aussitôt. Ce qui n'empêcha pas les missiles cinétiques de fondre sur lui à trente-cinq g d'accélération. Et les charges secondaires à tête nucléaire détonèrent quand elles arrivèrent à portée de leur cible.

Les capteurs du *Lady Mac* enregistrèrent le plus gros de cette escarmouche, en dépit des surcharges occasionnées par le brouillage électronique engendré par les charges secondaires, qui ne faisait qu'accroître les problèmes causés par les plates-formes DS.

— Cet endroit commence à devenir vraiment malsain, marmonna Sarha.

L'image transmise par les capteurs externes tremblotait comme si quelque chose secouait l'astronef. Des cercles artificiels de bleu, de vert et de jaune s'écrasaient sur le firmament comme des graffitis informes. Des éclats blanc-bleu firent leur apparition parmi eux.

— Ils sont passés au nucléaire, dit Beaulieu. Je n'ai jamais vu un tel massacre.

— Mais qu'est-ce qui se passe là-bas ? demanda Sarha.

— Rien de bon, répondit Liol. Si un possédé s'est rendu sur l'un de ces astéroïdes abandonnés, c'est qu'il était vraiment déterminé à le faire ; il n'y reste plus de biosphères et ils dépendent uniquement de la technologie.

— Comment réagissent les astronefs de l'Organisation ? s'enquit Sarha.

Les frégates avaient abordé le *Spirit of Freedom* vingt minutes après le départ du *Lady Mac*. Un quart d'heure plus tard, toute communication avait cessé avec la station. Ils orbitaient à présent à huit cents kilomètres de celle-ci, de sorte que leurs capteurs bénéficiaient d'une résolution correcte.

— J'avais anticipé ta question, dit Liol. Deux d'entre eux ont... attends, ils ont appareillé tous les trois. Ils se mettent en orbite basse. Merde, si seulement on pouvait voir les faucons.

— J'enregistre de l'activité chez les capteurs défensifs de la station, dit Beaulieu. Ils nous soumettent à un balayage.

— Liol, éloigne-nous de cinq cents kilomètres supplémentaires.

— Pas de problème.

Sarha consulta l'affichage orbital.

— On sera au-dessus de Tonala dans trente minutes. Je vais recommander à Joshua d'évacuer.

— Il y a pas mal de mouvements de vaisseaux plus bas, dit Beaulieu. Deux autres stations en orbite basse viennent d'en lancer ; et je ne parle pas de celles qui nous sont invisibles.

— Bordel, grommela Sarha. D'accord, on passe en statut défensif.

Les grappes de capteurs standard du *Lady Mac* se rétractèrent dans leurs niches, bientôt remplacées par des capteurs de combat plus petits en forme de bulbe, dont les lentilles d'or-chrome reflétèrent les derniers feux des explosions en orbite haute. Les rampes de lancement des guêpes de combat s'ouvrirent.

Dans l'espace environnant, les forces spatiales nationales et les plates-formes DS de Nyvan passaient en état d'alerte rouge.

Depuis son arrivée sur Jesup, Dwyer avait passé le plus clair de son temps à modifier les systèmes de la passerelle du clipper *Mont Delta*. Vu sa pauvre maîtrise de la technique, il se contentait de superviser les techniciens non possédés qui se chargeaient du plus gros des installations.

La passerelle était un espace étroit et encombré, de sorte que deux personnes seulement pouvaient y travailler en même temps. Dwyer était devenu expert en l'art d'éviter les circuits en vol et les panneaux détachés de leurs consoles. Mais il était satisfait du résultat, qui était nettement moins grossier que celui obtenu à bord du *Tantu*. Comme le spatioport contenait des pièces de rechange à profusion, les consoles semblaient à peine sorties des chaînes de production. Leurs processeurs, tous de qualité militaire, resteraient opérationnels lorsqu'ils seraient soumis à l'effet énergétique des possédés. Et l'ordinateur de bord, considérablement boosté, pouvait désormais fonctionner à pleine capacité sur simple commande vocale.

En outre, on avait renoncé aux fioritures médiévales en faveur d'une décoration standard. Le module de vie du clipper devait passer l'inspection lors de leur arrivée en orbite terrienne, Quinn avait insisté sur ce point. Dwyer était persuadé d'avoir réalisé cet objectif.

Il flottait au-dessus du minuscule coin-cuisine du pont intermédiaire, occupé à surveiller la technicienne qui remplaçait les antiques tuyaux hydratants par des modèles dernier cri. Un aspirateur sanitaire portable était placé au-dessus de son épaule, ingérant avec un bourdonnement gourmand les quelques globules résiduels éjectés des tubes qu'elle venait de dévisser.

Le bourdonnement se fit strident. Un courant d'air glacial effleura le visage de Dwyer.

— Comment ça se passe ? demanda Quinn.

Dwyer et la technicienne poussèrent un cri de surprise. Le sas du clipper se trouvait sur le pont inférieur et l'écoutille de sol était fermée.

Dwyer se retourna, s'agrippant à une prise-crampon pour reprendre le contrôle de son inertie. Quinn se glissait à travers l'écoutille donnant sur la passerelle. Son capuchon rabattu semblait collé à ses épaules, comme s'il disposait de son propre champ gravitationnel. Pour la première fois depuis plusieurs jours, son teint paraissait presque normal. Il lança à Dwyer un sourire enjoué.

— Frère de Dieu, Quinn. Comment as-tu fait ça ?

Dwyer se retourna pour vérifier à nouveau que l'écoutille de sol était fermée.

— Question de style, répliqua Quinn. Certains en ont...

Il adressa une œillade à la technicienne, puis lui décocha une boule de feu blanc en pleine tempe.

— Bordel ! hoqueta Dwyer.

Le cadavre heurta le coin cuisine. Les outils s'envolèrent de ses mains comme autant de papillons de fer.

— On la jettera dans le vide avant de partir, dit Quinn.

— On s'en va ?

— Oui. Tout de suite. Et personne ne doit être au courant.

— Mais... et l'équipe d'ingénieurs du centre de contrôle de la baie ? Ils doivent diriger la rétraction des câbles ombilicaux.

— Il n'y a plus d'ingénieurs. On transmettra les instructions de lancement à l'ordinateur par l'intermédiaire du réseau de la baie.

— Comme tu voudras, Quinn.

— Allez, tu verras, tu vas aimer la Terre. Autant que moi.

Quinn effectua une roulade, puis repassa par l'écoutille.

Dwyer mit un moment avant de se ressaisir, serrant les poings pour qu'on ne voie pas ses doigts trembler, puis suivit Quinn sur la passerelle.

Toute à sa colère et à son inquiétude, Alkad ne prêta guère attention au trajet de retour. Elle n'avait pas mobilisé ainsi les ressources de son esprit depuis l'époque où elle avait élaboré la théorie de l'Alchimiste. L'éventail de ses choix ne cessait de se réduire, comme si des portes de prison se refermaient tout autour d'elle.

La réunion avec les deux vice-présidents d'Opia avait été des plus typiques. Aussi cordiale que stérile. En principe, l'entreprise était disposée à lui fournir un astronef et son équipage, ainsi que, éventuellement, des systèmes de défense spécialisés qui seraient utilisés dans les Dorados.

Son seul atout dans l'histoire, c'était la possibilité que cette commande ne soit que la première effectuée par le Conseil des Dorados ; si tout se passait bien, d'autres suivraient. Peut-être beaucoup d'autres.

L'appât du gain régnait désormais en maître. Elle l'avait souvent constaté en fréquentant les industriels qui équipaient les forces spatiales de Garissa.

Ces deux-là étaient prêts à suivre ses exigences, si inhabituelles soient-elles. Elle en était convaincue. Puis, alors que la réunion approchait de sa fin, le gouvernement de Tonala avait proclamé l'état d'urgence. Les plates-formes DS néo-géorgiennes avaient ouvert le feu sur trois vaisseaux, dont l'un appartenait à Tonala. Un tel acte, avait déclaré le ministère de la Défense, prouvait sans l'ombre d'un doute que les possédés avaient capturé Jesup, que le gouvernement de Nouvelle-Géorgie mentait et qu'il était peut-être lui-même possédé.

Pour la énième fois, Nyvan était ravagée par une guerre intestine.

Les cadres d'Opia avaient chargé dans leurs naneuroniques un programme conçu pour leur faire prendre un air consterné. Désolé, mais notre contrat doit être suspendu. Temporairement. En attendant que Tonala puisse rasseoir sa puissance.

La voiture s'immobilisa sous le prétentieux portique de l'hôtel Mercedes. Ngong fut le premier à en descendre, et il scruta la rue en quête d'une menace. Comme Gelai et lui étaient là pour les protéger, Alkad avait décidé de se dispenser des gardes du corps engagés par Voi ; ils avaient cependant conservé le véhicule fourni par l'agence, dont la carrosserie et les circuits étaient également blindés.

Il n'y avait guère de circulation dans les rues. Les ouvriers chargés de pelleter la neige avaient disparu, laissant les mécanoïdes déglingués se débrouiller tout seuls. Ngong hocha la tête et leur fit signe de sortir. Alkad s'exécuta et franchit la porte tournante donnant sur le hall, suivie de près par Gelai. Durant le trajet, ses nouveaux alliés l'avaient avertie de l'arrivée des astronefs de l'Organisation. Alkad ne comprenait pas comment Capone avait eu vent de son existence. Mais l'inquiétude affichée par Gelai en disait long.

Ils se massèrent tous les cinq dans l'ascenseur qui menait au penthouse. Seuls les clignotements agaçants du panneau lumineux trahissaient la vraie nature de Gelai et de Ngong.

Alkad n'y prêta pas attention. Cet état d'urgence représentait un grave danger. Tonala ne tarderait pas à exercer des représailles sur le réseau DS de la Nouvelle-Géorgie. Les astronefs en orbite autour de Nyvan seraient réquisitionnés, si leurs capitaines ne décidaient pas tout simplement de filer au mépris de la quarantaine. Elle allait se retrouver prise au piège, privée de moyen de transport, serrée de près par l'Organisation de Capone. Si elle n'agissait pas vite, elle allait appartenir aux possédés, d'une façon ou d'une autre, et l'Alchimiste avec elle.

L'idée des ravages que celui-ci pourrait causer à la Confédération, si on l'utilisait sur une cible autre qu'Omuta, lui taraudait l'esprit. Et s'il était déployé contre Jupiter ? Les habitats édénistes périraient, la Terre serait privée de l'He_3 indispensable à sa survie. Et s'il était carrément déployé contre Sol ? S'il était réglé sur sa fonction nova ?

Jamais elle n'avait envisagé une telle possibilité. J'ai toujours contrôlé la situation. Sainte Marie, pardonnez-moi mon arrogance.

Elle jeta un regard sur Voi, qui semblait s'irriter de la lenteur de la cabine. Jamais la jeune fille n'envisagerait de réexaminer leurs priorités. Le concept d'échec lui était un anathème.

Exactement comme moi à son âge.

Je dois quitter cette planète, comprit-elle soudain. Je dois me trouver de nouvelles options. Ça ne peut pas finir comme ça.

Le panneau d'information de la cabine indiquait que trois étages les séparaient encore du penthouse lorsque Gelai et Ngong échangèrent un regard interrogatif.

— Que se passe-t-il ? s'enquit Voi.

— Nous ne percevons ni Omain ni Lodi, répondit Gelai.

Alkad tenta aussitôt d'envoyer une télétransmission à Lodi. Aucune réponse. Elle ordonna à l'ascenseur de s'arrêter.

— Est-ce qu'il y a quelqu'un là-haut ?

— Non, répondit Gelai.

— Vous en êtes sûr ?

— Oui.

De toutes les facettes de la possession, c'était cette capacité de perception qui fascinait le plus Alkad. Elle commençait à peine à réfléchir aux mécanismes de la possession. Ce concept signifiait qu'il fallait complètement repenser la cosmologie quantique. Jusqu'ici, ses avancées théoriques étaient des plus rudimentaires.

— Je lui ai pourtant dit de ne pas bouger, s'emporta Voi.

— Si ses naneuroniques ne répondent pas, alors c'est plus grave qu'une simple escapade, lui dit Alkad.

Voi grimaça, toujours sceptique.

Alkad ordonna à la cabine de repartir.

Gelai et Ngong se tenaient devant les portes lorsqu'elles s'ouvrirent sur le palier du penthouse. Des étincelles d'électricité statique dansèrent sur leurs vêtements comme ils rassemblaient leurs forces.

— Sainte Marie ! s'exclama Eriba.

La porte d'entrée du penthouse était démolie.

Gelai fit signe aux autres de ne pas bouger et entra prudemment dans le living. Alkad l'entendit retenir son souffle.

Le corps qu'Omain avait possédé gisait sur un sofa, strié de plaies profondes. La neige s'engouffrait par la fenêtre cassée.

Ngong s'empressa de fouiller les autres pièces.

— Pas d'autre corps. Il n'est pas ici, leur dit-il.

— Ô sainte Marie, que faisons-nous maintenant ? s'écria Alkad. Qui a pu faire ça, Gelai, vous avez une idée ?

— Aucune. Sauf qu'il s'agissait de possédés, de toute évidence.

— Ils sont au courant de notre existence, dit Voi. Et maintenant que Lodi est possédé, ils en savent beaucoup trop sur nous. Nous devons partir immédiatement.

— Oui, admit Alkad à contrecœur. Sans doute. Nous ferions mieux d'aller directement au spatioport, pour tenter d'embarquer sur un astronef.

— Ils vont tout de suite le savoir, non ? s'enquit Eriba.

— Nous n'avons pas le choix. Plus rien ne peut nous aider sur cette planète.

L'un des blocs-processeurs abandonnés sur la table émit un *bip*. Son projecteur AV s'anima.

Alkad se tourna vers lui. Et découvrit, par l'entremise d'une paire d'yeux, un homme en costume traditionnel de Cosaque.

— Est-ce que vous m'entendez, docteur Mzu ? demanda-t-il.

— Oui. Qui êtes-vous ?

— Je m'appelle Baranovich, ce qui n'a aucune importance. L'important, c'est que j'ai accepté de travailler pour l'Organisation de M. Capone.

— Oh, merde, gémit Eriba.

Baranovich sourit et brandit un petit miroir circulaire. Alkad y vit reflété le visage terrifié de Lodi.

— Bien, fit Baranovich. Comme vous le constatez, nous n'avons fait aucun mal à votre camarade. C'est lui qui vous télétransmet ceci. S'il était possédé, il en serait incapable. N'est-ce pas ? Dis quelque chose, Lodi.

— Voi ? Docteur Mzu ? Je suis désolé. Je n'ai rien pu... Écoutez, ils ne sont que sept. Omain a tenté...

Quelque chose siffla derrière lui. L'image devint floue. Il venait de ciller.

— Un garçon courageux. (Baranovich gratifia Lodi d'une tape sur l'épaule.) L'Organisation a toujours une place pour des personnes d'une telle intégrité. Il me déplairait que quelqu'un d'autre utilise ce corps.

— Vous serez peut-être obligé d'en arriver là, répliqua Alkad. Jamais je n'échangerai mon appareil contre la vie d'un homme, même si celui-ci est l'un de mes proches. Si je suis là où je suis, c'est grâce à des sacrifices autrement plus considérables. En cédant, je trahirais ceux qui se sont ainsi sacrifiés, et je ne le ferai jamais. Je suis navrée, Lodi, sincèrement navrée.

— Mon cher docteur, reprit Baranovich. Je ne vous proposais nullement d'échanger Lodi contre l'Alchimiste. Sa seule utilité est de me servir d'instrument de communication, ainsi que de démonstration.

— Je n'ai pas à passer d'accord avec vous.

— Bien au contraire, docteur. Vous ne quitterez cette planète que si l'Organisation vous emmène. Je pense que vous en avez désormais conscience. Après tout, vous ne comptiez quand même pas vous précipiter au spatioport, non ?

— Je n'ai pas l'intention de discuter de mes projets de départ avec vous.

— Bravo, docteur. Résistante jusqu'au bout. Vous avez tout mon respect. Mais vous devez comprendre que les circonstances qui sont les vôtres ont radicalement changé depuis que vous avez entamé votre quête vengeresse. Désormais, il n'est plus question que vous vous vengiez d'Omuta. À quoi cela servirait-il ? Dans quelques mois à peine, Omuta telle qu'elle est aujourd'hui aura cessé d'exister. Quoi que vous fassiez, cela n'empêchera pas l'avènement de la possession. N'est-ce pas, docteur ?

— Exact.

— En conséquence, c'est votre propre sort qui doit vous préoccuper au premier chef, votre sort et votre avenir. L'Organisation peut vous garantir un avenir des plus agréables. Chez nous, comme vous le savez, vivent des millions de personnes aux talents précieux qui ont été épargnées par la possession et ont conservé leur travail. Vous pouvez être l'une d'elles, docteur. J'ai toute autorité pour vous offrir une place parmi nous.

— En échange de l'Alchimiste.

Baranovich haussa les épaules avec magnanimité.

— Tel est le marché que je vous propose. Dès aujourd'hui, nous vous ferons quitter cette planète – ainsi qu'à vos amis, si vous le souhaitez –, avant que le conflit orbital ne dégénère. Personne d'autre n'en a la possibilité. Soit vous restez ici et vous vous faites posséder, ce qui vous condamne à une humiliante éternité de servitude physique et mentale, soit vous nous accompagnez et vous avez droit à une fin de vie aussi fructueuse que possible.

— Aussi destructive que possible, vous voulez dire.

— Je ne pense pas que l'Alchimiste devra être utilisé très souvent, pas si les rumeurs à son sujet sont fondées. Hein ?

— Seules quelques démonstrations seraient nécessaires, acquiesça Alkad d'une voix traînante.

— Alkad ! protesta Voi.

Baranovich eut un sourire radieux.

— Excellent, docteur, je vois que vous admettez la vérité. Votre avenir *est* avec nous.

— Je dois vous informer de quelque chose, reprit Alkad. Le code d'activation est stocké dans mes naneuroniques. Si vous me tuez et me forcez à intégrer un autre corps pour me rendre coopérative, je ne pourrai plus y accéder. Si je suis possédée, mon possesseur ne le pourra pas non plus. Et il n'existe aucune copie de ce code, Baranovich.

— Vous êtes une femme prudente.

— Si je décide de vous accompagner, alors mes amis pourront gagner la planète de leur choix.

— Non ! s'écria Voi.

Alkad se tourna vers Gelai.

— Faites-la taire.

Voi se débattit, impuissante, comme la possédée l'emprisonnait dans un double nelson. Un bâillon fait d'air solidifié se plaqua sur sa bouche.

— Telles sont mes exigences, dit Alkad à Baranovich. J'ai consacré la quasi-totalité de ma vie à un seul but. Si vous ne respectez pas vos engagements, je n'hésiterai pas à vous défier avec la seule arme dont je dispose. C'est-à-dire la détermination qui n'a jamais cessé de m'habiter. C'est vous qui m'avez poussée dans mes derniers retranchements, alors n'allez pas croire que je flancherai.

— Je vous en prie, docteur, une telle véhémence est inutile. Nous serons ravis de conduire vos jeunes amis en lieu sûr.

— Très bien. Marché conclu.

— Parfait. Nos spatiojets viendront vous prendre, ainsi que vos amis, à la fonderie d'ironbergs qui se trouve dans les faubourgs de la ville. Nous vous attendrons avec Lodi au silo numéro quatre. Soyez-y dans quatre-vingt-dix minutes.

9.

L'amiral Motela Kolhammer et Syrinx arrivèrent devant le bureau du grand amiral au moment où le prévôt général en sortait. La tête rentrée dans les épaules, un rictus aux lèvres, il faillit entrer en collision avec eux. En guise d'excuses, Kolhammer eut droit à un simple grognement, puis le prévôt général s'en fut d'un pas vif, suivi par trois assistants d'aussi méchante humeur que lui. L'amiral leur adressa un regard intrigué avant d'entrer.

Le capitaine de vaisseau Maynard Khanna et l'amiral Lalwani étaient assis face au grand amiral. Deux autres chaises bleu acier se formaient à partir des flaques d'argent sur le sol.

— Que se passe-t-il ? demanda Kolhammer.

— Un petit problème juridique avec l'un de nos invités, répondit sèchement Lalwani. Simple question de procédure.

— Enfoirés d'avocats, grommela Samual Aleksandrovich.

Il invita Kolhammer et le capitaine de faucon à s'asseoir.

— Est-ce que ça a un rapport avec les informations données par Thakrar ? s'enquit Kolhammer.

— Non, heureusement. (Samual adressa un sourire de bienvenue à Syrinx.) Mes remerciements à *Œnone* pour ce vol si rapide.

— Je suis ravie de me rendre utile, amiral, dit Syrinx. Nous n'avons mis que dix-huit heures pour venir de Ngeuni.

— Excellent.

— Mais est-ce que ça suffira ? demanda Kolhammer.

— Nous le pensons, intervint Lalwani. Selon nos agents surveillant la Nouvelle-Californie, Capone commence à peine à réarmer et à réapprovisionner sa flotte.

— De quand datent ces informations ? interrogea Kolhammer.

— Le Consensus de Yosemite nous dépêche un faucon tous les jours, donc le délai est au maximum de trente heures. D'après le Consensus, la flotte ne sera pas prête à appareiller avant au moins une semaine.

— Destination Toi-Hoi, apparemment, murmura Kolhammer. Désolé de jouer aux hérétiques, mais ce capitaine Thakrar est-il vraiment fiable ?

Syrinx répondit par un geste d'impuissance. Si seulement je pouvais leur faire ressentir l'intensité d'Erick, sa dévotion à la cause.

— Je n'ai aucun doute sur l'authenticité des données fournies par le capitaine Thakrar, amiral. Si l'on excepte la faiblesse dont il a malheureusement fait preuve à la fin de sa mission, il a en tout point fait honneur au SRC. Capone a bien l'intention d'envahir Toi-Hoi.

— Je considère ces informations comme essentiellement exactes, affirma Lalwani. Nous allons bel et bien être en mesure d'intercepter la flotte de l'Organisation.

— Ce qui éliminera complètement le problème Capone, renchérit Maynard Khanna. Une fois que son compte sera réglé, nous n'aurons plus qu'à nous occuper de la quarantaine.

— Et de cette ridicule libération de Mortonridge que le royaume nous a obligés à approuver, râla Kolhammer.

— Du point de vue psychologique, l'élimination de la flotte de Capone sera considérablement plus importante, déclara Lalwani. Les citoyens de la Confédération voient en Capone une menace autrement plus dangereuse...

— Ouais, grâce à ces enfoirés des médias, marmonna Kolhammer.

— ... donc, quand ils verront que sa flotte ne risque pas d'apparaître dans leur ciel, et que ce succès est dû aux Forces spatiales, nous aurons une plus grande latitude pour imposer notre politique auprès de l'Assemblée générale.

— Quelle politique ? demanda Samual Aleksandrovich d'une voix sardonique. Oui, oui, Lalwani. Je sais. Mais ça ne me plaît pas de maintenir le statu quo tout en priant pour que Gilmore et ses collègues règlent le problème à notre place ; ça ressemble trop à de l'inaction.

— Plus nous les contrerons, plus nous pourrons nous attendre à ce qu'ils coopèrent avec nous pour parvenir à une solution, répliqua-t-elle.

— Vous êtes optimiste, commenta Kolhammer.

Samual télétransmit une requête à son processeur, et le gros cylindre AV accroché au plafond se mit à étinceler.

— Voici notre situation stratégique actuelle, déclara-t-il tandis que les chaises pivotaient pour que leurs occupants puissent mieux voir la projection.

Ils avaient devant eux les étoiles de la Confédération, vues depuis le sud galactique, les soleils des mondes habités étant entourés d'icônes tactiques évoquant des lunes en technicolor. Au centre, les forces de la Terre étaient représentées par des symboles en si grand nombre que la planète mère ressemblait à une géante gazeuse entourée de son anneau.

— Vous allez avoir votre chance, Motela, murmura le grand amiral. Cette escadre de la Première Flotte que vous avez assemblée pour vous occuper de Laton est la seule force que nous pouvons opposer à Capone. Nous n'avons pas le temps d'en réunir une autre.

Kolhammer étudia la projection.

— Quelle est la taille de la flotte de Capone telle que l'estime le Consensus de Yosemite ?

— Environ sept cents vaisseaux, répondit Lalwani. Sur le strict plan numérique, c'est un peu moins que la dernière fois. Arnstadt mobilise pas mal de ses bâtiments de taille intermédiaire. Cependant, il s'est emparé d'un nombre inquiétant d'astronefs des forces spatiales d'Arnstadt. Le Consensus juge que la flotte comprendra au moins trois cent vingt vaisseaux de guerre en première ligne. Le reste consiste en cargos équipés pour le combat et en astronefs civils armés de guêpes de combat.

— Et n'oublions pas l'antimatière, ajouta Kolhammer. Mon escadre dispose d'un maximum de deux cents vaisseaux. Nous avons suivi les mêmes études, Lalwani, et nous savons qu'il faut un avantage de deux contre un pour garantir une victoire. Et en théorie seulement.

— Les équipages de l'Organisation ne sont ni très motivés ni très efficaces, répliqua-t-elle. Et leurs vaisseaux ne fonctionnent pas à cent pour cent de leur capacité, vu la présence à bord de possédés qui bousillent les systèmes.

— Ce qui n'aura strictement aucune importance une fois qu'ils auront lancé leurs guêpes de combat à quarante g. Elles marcheront sans problème.

— Je vais placer sous votre commandement la moitié des vaisseaux de la Première Flotte affectés à Avon, dit le grand amiral. Cela portera votre effectif à quatre cent trente astronefs, dont quatre-vingts faucons. En outre, Lalwani a suggéré que nous demandions l'assistance de tous les Consensus édénistes dans un rayon de soixante-dix années-lumière autour de Toi-Hoi.

— Même s'ils ne nous envoient que dix pour cent de leurs faucons, cela vous en fera environ trois cent cinquante, précisa-t-elle.

— Sept cent quatre-vingts vaisseaux de guerre en première ligne, commenta Kolhammer. Une armada de cette taille peut être difficile à manœuvrer.

Lalwani se détourna de la projection pour lui adresser un regard plein de reproche. Elle vit qu'il souriait de toutes ses dents.

— Mais je pense que je m'en sortirai.

— Notre équipe tactique souhaite utiliser Tranquillité comme point de rendez-vous, intervint Khanna. Ce n'est qu'à dix-huit années-lumière de Toi-Hoi ; ce qui signifie que vous pouvez y être en cinq heures une fois que vous saurez que la flotte de l'Organisation est en route.

— Il faut cinq heures à un astronef, oui, mais j'en aurai presque huit cents. Je ne plaisantais pas en évoquant les difficultés de manœuvre. Pourquoi l'équipe tactique ne souhaite-t-elle pas que nous sautions directement dans le système de Toi-Hoi ?

— Capone doit l'avoir placé sous surveillance. S'il y voit débarquer votre armada, il annulera sa campagne et se choisira une autre cible. Ce qui nous ramènerait au point de départ. Tranquillité est proche, et ce n'est pas une base militaire. Une fois que nos observateurs auront confirmé que la flotte de l'Organisation est sur le départ, un faucon partira pour Tranquillité afin de vous alerter. Vous serez arrivés à Toi-Hoi avant les vaisseaux de Capone. Il vous suffira de les détruire au moment de leur émergence.

— Une tactique parfaite, commenta Kolhammer, presque pour lui-même. Dans combien de temps les vaisseaux de la Première Flotte pourront-ils rejoindre l'escadre ?

— J'ai déjà envoyé des ordres dans ce sens, dit le grand amiral. La majorité d'entre eux sera à Trafalgar dans moins de quinze heures. Les autres partiront directement pour Tranquillité.

Kolhammer étudia à nouveau la projection, puis télétransmit une série de requêtes au processeur. L'échelle se modifia tandis que le point de vue se déplaçait pour se centrer sur Toi-Hoi.

— Le facteur critique, c'est la sécurisation de Tranquillité. Nous devons empêcher tout vaisseau de quitter l'habitat et nous assurer avant notre arrivée qu'il n'est pas placé sous surveillance.

— Des suggestions ? demanda Samual.

— L'armada n'arrivera à Tranquillité que dans quatre jours et demi. Mais l'escadre de Meredith Saldana se trouve toujours à Cadiz, exact ?

— Oui, amiral, répondit Khanna. Les astronefs ont gagné une base d'approvisionnement de la Septième Flotte. Le gouvernement de Cadiz a demandé qu'ils restent sur place pour assister les forces spatiales locales.

— Donc, un faucon pourrait atteindre Cadiz en...

Il adressa à Syrinx un regard interrogateur.

— Depuis Trafalgar ? En sept ou huit heures.

— Et Meredith ne mettrait que vingt heures de plus à gagner Tranquillité. Ce qui lui laisserait presque trois jours pour fouiller l'espace local en quête d'espions et empêcher tout vaisseau de prendre la tangente.

— Préparez des ordres dans ce sens, dit le grand amiral à Khanna. Capitaine Syrinx, mes compliments à *Œnone*, je vous serais reconnaissant si vous pouviez porter ces ordres à Cadiz.

Ça, c'est du vol spatial, dit *Œnone*, tout excitée.

Syrinx dissimula le plaisir que lui inspirait l'enthousiasme du faucon.

— Entendu, amiral.

Samual Aleksandrovich ferma la projection AV. Il éprouvait la même inquiétude que le jour où il avait dit adieu à sa famille et à sa planète pour s'engager dans l'armée. Et ce pour la même raison : parce qu'il venait d'assumer ses responsabilités. On est toujours seul quand on prend une grande décision ; et celle-ci était la plus importante de sa carrière. Avant lui, personne n'avait confié une mission de combat à une armada de près de huit cents vaisseaux. C'était là un chiffre terrifiant, une puissance de feu capable de détruire plusieurs mondes. Et, à en juger par son expression, Motela commençait à prendre conscience de ce fait. Ils échangèrent un sourire nerveux.

Samual se leva et tendit la main.

— Nous avons besoin d'une victoire. Un besoin urgent.

— Je sais, dit Kolhammer. Comptez sur nous.

Personne dans le spatioport de Koblat ne remarqua la procession d'enfants qui empruntait le boyau-sas conduisant à la baie

WJR-99, là où était amarré le *Leonora Cephei*. Ni les officiers de port, ni les autres équipages (qui auraient désapprouvé l'affréteur du capitaine Knox), ni encore moins les flics de la compagnie. Pour la première fois dans sa vie, Jed n'avait qu'à se féliciter de la politique de cette dernière.

Les systèmes de surveillance intérieure du spatioport étaient désactivés, les registres du MAC inopérants, les douaniers en autorisation d'absence. Aucun fichier mémoire ne permettrait de reconstituer la liste des arrivées et des départs depuis le début de la quarantaine ; le fisc n'aurait jamais connaissance des bonus empochés par tous les astros.

Jed n'avait cependant pris aucun risque. Sa petite troupe s'était réunie dans la crèche, et Beth et lui en avaient examiné chaque membre, leur ordonnant d'ôter leur mouchoir rouge avant de les envoyer au spatioport à intervalles irréguliers.

Beth et lui avaient sélectionné dix-huit Nocturnes sur la discrétion desquels ils pouvaient compter ; ce chiffre excédait déjà la capacité légale des modules de vie du *Leonora Cephei*. Il en restait quatre, y compris Beth et lui, lorsque Gari arriva enfin. Son retard était prévu au programme ; s'ils avaient tous les deux déserté l'appartement pendant toute la journée, leur mère se serait demandé ce qu'ils mijotaient. Ce qui n'était pas prévu, c'était la présence de Navar aux côtés de Gari.

— J'y vais, moi aussi, dit-elle en voyant le visage de Jed s'assombrir. Tu ne pourras pas m'en empêcher.

Au fil des mois, il avait appris à détester ses aboiements d'enfant gâtée, sans parler de leur redoutable efficacité.

— Gari ! s'exclama-t-il. Pourquoi as-tu fait ça ?

Sa petite sœur plissa les lèvres comme pour retenir ses larmes.

— Elle m'a vue faire mes bagages. Elle m'a menacée de tout raconter à Digger.

— Et je le ferai, je le jure, déclara Navar. Je ne vais pas moisir ici alors que je peux aller vivre à Valisk. Je viens avec vous.

— Okay. (Jed passa un bras autour des épaules tremblantes de Gari.) Ne t'inquiète pas. Tu as fait ce qu'il fallait.

— Mon cul, oui ! s'exclama Beth. Il n'y a plus de place à bord pour personne.

Gari se mit à pleurer. Navar croisa les bras et prit un air buté.

— Merci, dit Jed par-dessus la tête de sa sœur.

— Ne me laisse pas ici avec Digger, brailla Gari. Je t'en supplie, Jed.

— Personne ne va t'abandonner, promit Jed.

— Qu'est-ce qu'on fait, alors ? demanda Beth.

— Je ne sais pas. Knox va devoir accepter un passager de plus, je suppose.

Il considéra la tortionnaire de Gari. Évidemment, il fallait encore qu'elle lui pourrisse la vie, au moment où il croyait échapper pour toujours à cet enfoiré de Digger. Il aurait dû l'assommer et l'enfermer jusqu'à leur départ. Mais dans le monde promis par Kiera, on devait pardonner à ses ennemis. Même à une emmerdeuse du calibre de Navar. C'était un idéal qu'il brûlait du désir d'atteindre. Se rendrait-il indigne de Kiera en abandonnant cette chipie ?

Percevant son indécision, Beth s'exclama :

— Décidément, tu ne sers à rien, nom de Dieu !

Elle fondit sur Navar en brandissant son brouilleur neural. Le sourire satisfait de Navar s'effaça lorsqu'elle se retrouva face à quelqu'un qui, grande première dans sa vie, était indifférent à ses caprices comme à ses menaces.

— Si tu prononces un seul mot, que ce soit pour te plaindre ou pour dire des méchancetés, je te grille le derrière avec ce truc avant de te jeter dans le vide. Pigé ?

Pour souligner son propos, elle lui colla le brouilleur sur le bout du nez.

— Oui, fit la fillette.

Elle avait l'air aussi malheureuse, aussi terrorisée que Gari. Jamais Jed ne l'avait vue déboussolée comme ça.

— Bien, fit Beth. (Le brouilleur disparut dans sa poche. Elle lança à Jed un regard intrigué.) Je ne vois pas pourquoi tu te laisses impressionner par cette morveuse.

Jed se rendit compte qu'il devait être aussi écarlate que Gari. Il serait aussi difficile qu'inutile de donner des explications.

Il attrapa son sac sous la table. Les possessions qu'il jugeait essentielles étaient d'une décevante légèreté.

Le capitaine Knox les attendait dans le salon à l'extrémité du boyau-sas ; c'était un homme de petite taille, qui avait hérité de ses ancêtres polynésiens un visage plat et de l'ingénierie génétique une peau pâle et des cheveux blond cendré. La colère lui rougissait violemment les joues.

— Nous étions convenus de quinze passagers, dit-il comme Beth et Jed franchissaient l'écoutille. Vous allez devoir en renvoyer au moins trois.

Jed tenta d'ancrer ses pieds à une pelote-crampon. Il n'aimait pas la chute libre, qui lui tourneboulait l'estomac, lui gonflait le visage et lui bouchait les sinus. Et il n'était guère doué pour manœuvrer en s'accrochant à une prise-crampon et en moulinant des bras. L'inertie s'opposait à chacun de ses mouvements, lui enflammant les tendons. Lorsqu'il réussit enfin à caler ses pieds, la pelote se révéla peu adhésive. Comme tout l'équipement du spationef, elle était usée et bonne pour le rebut.

— Personne ne redescendra, dit-il.

Gari s'accrochait à son flanc, et la masse de son corps avait tendance à l'éloigner de la pelote. Il se cramponna à la prise.

— Alors le départ est annulé, répliqua Knox.

Jed vit Gerald Skibbow au fond du salon ; comme d'habitude, il semblait être débranché, plongé dans la contemplation de la coque. Jed se demandait si ce type ne se droguait pas.

— Gerald, lança-t-il en agitant le bras. Gerald !

Knox marmonna quelques paroles indistinctes pendant que Gerald revenait à lui en tressaillant.

— Combien de passagers avez-vous le droit de transporter ? s'enquit Beth.

Knox fit mine de ne pas avoir entendu.

— Que se passe-t-il ? demanda Gerald.

Il clignait des yeux comme si l'éclairage était aveuglant.

— Trop de monde, lui répondit Knox. Il va falloir en laisser ici.

— Je dois partir, dit posément Gerald.

— Personne n'a dit le contraire, Gerald, intervint Beth. C'est votre argent.

— Mais c'est mon vaisseau, dit Knox. Et il n'est pas question que j'emporte autant de monde.

— Bien, fit Beth. Nous allons demander au bureau du MAC combien de personnes vous pouvez transporter.

— Ne soyez pas ridicule.

— Si vous refusez de nous embarquer, alors rendez-nous notre argent et nous trouverons un autre vaisseau.

Knox lança un regard désespéré à Gerald, mais celui-ci semblait aussi déconcerté que lui.

— Trois personnes, vous avez dit ? demanda Beth.

Voyant que la situation se retournait en sa faveur, Knox se fendit d'un sourire.

— Oui, rien que trois. Je serai ravi de les embarquer plus tard.

Il mentait et Beth le savait. Tout ce qui lui importait, c'était sa peau si précieuse. Un spationef aussi déglingué ne pouvait pas risquer d'embarquer dix-neuf passagers plus ses membres d'équipage. C'était la première fois que Knox daignait s'intéresser au vol proprement dit. Jusqu'ici, il ne s'était soucié que de leur fric. Ou plutôt de celui de Gerald, qui l'avait payé rubis sur l'ongle. Il n'avait pas le droit de les traiter comme ça.

Mais Gerald était totalement détaché de la réalité, à nouveau perdu dans sa dépression semi-comateuse. Quant à Jed... ces temps-ci, Jed ne se souciait que d'une seule chose. Beth n'avait pas encore décidé si elle devait s'en agacer ou non.

— Alors, mettez trois d'entre nous dans le canot de sauvetage, dit-elle.

— Hein ?

— Vous avez bien un canot de sauvetage ?

— Évidemment.

C'était là que lui et sa précieuse famille iraient se planquer si les choses tournaient mal, elle le savait.

— Nous y logerons les trois plus jeunes, reprit-elle. De toute façon, ce seraient les premiers à y être transférés en cas de pépin, n'est-ce pas ?

Knox lui décocha un regard noir. Mais, en fin de compte, ce fut l'appât du gain qui l'emporta. Skibbow lui avait versé le double de ce qu'il aurait demandé à un affréteur ordinaire, même compte tenu des tarifs prohibitifs qui étaient désormais la norme à Koblat.

— Très bien, dit-il à contrecœur.

Il télétransmit à l'ordinateur de bord l'ordre de fermer l'écoutille du sas. Le contrôle spatial de Koblat l'avait déjà prié de quitter la baie. D'après son plan de vol, il aurait dû partir cinq minutes plus tôt, et un autre vaisseau attendait d'accoster.

— Donne-lui les coordonnées, dit Beth à Jed.

Elle prit Gerald par le bras et le conduisit gentiment à sa couchette.

Jed tendit un cartel à Knox, se demandant comment il se faisait que c'était Beth qui commandait.

Le *Leonora Cephei* s'éleva vivement au-dessus de la baie d'accostage ; le spationef consistait en un module de vie en forme de tambour séparé de ses fusiopropulseurs par un axe de trente mètres. Quatre échangeurs thermiques se déployèrent au niveau de sa baie arrière, évoquant l'aileron cruciforme d'un avion. Ses propulseurs ioniques s'activèrent autour de sa base et de son nez. Comme il ne transportait aucune cargaison, la manœuvre se révéla plus facile et plus rapide qu'à l'habitude. Il effectua une rotation de quatre-vingt-dix degrés, puis son propulseur secondaire s'activa, le conduisant au-delà de la bordure du spatioport.

Avant que le *Leonora Cephei* ait parcouru cinq kilomètres, le *Vengeance de Villeneuve* se posa sur le berceau de la baie WJR-99. Le capitaine Duchamp contacta par télétransmission la compagnie de maintenance du spatioport, demandant qu'on lui fasse le plein de deutérium et d'He_3. Ses réservoirs n'étaient qu'à vingt pour cent de leur capacité, affirma-t-il, et il avait un long voyage à faire.

Au-dessus de Chainbridge, les nuages formaient un nœud dense et stationnaire de carmin foncé au sein des courants rubis qui tourbillonnaient dans tout le reste du ciel. Debout derrière Moyo qui conduisait le minibus vers la ville, Stephanie sentit les esprits tout aussi sombres rassemblés autour des bâtiments. Ils étaient bien plus nombreux qu'elle ne l'aurait cru ; Chainbridge était après tout un gros bourg plutôt qu'une ville.

Moyo partageait son inquiétude. Il leva le pied.

— Que faisons-nous maintenant ?

— Nous n'avons guère le choix. Le point de passage est ici et pas ailleurs. Et les véhicules ont besoin d'être rechargés.

— Donc, on fonce ?

— On fonce. Ça m'étonnerait qu'ils tentent de faire du mal aux enfants.

Les rues de Chainbridge étaient encombrées de véhicules en stationnement, jeeps militaires, voitures de patrouille ou blindés légers. Les possédés attendaient parmi eux la suite des événements. En les découvrant, Moyo pensa aux guérilleros des temps anciens, avec leurs tenues de camouflage, leurs chaussures de marche et leurs fusils en bandoulière.

— Oh oh, fit-il.

Ils venaient d'arriver sur la grand-place, un joli espace pavé bordé d'arbres aborigènes. Deux chars d'assaut leur barraient la route. C'étaient des engins effroyablement archaïques, carrossés de fer et crachant une épaisse fumée de gasoil. Mais cette solidité primitive ne faisait que les rendre encore plus menaçants.

Le Croisé karmique avait déjà fait halte, ses couleurs psychédéliques formant un contraste incongru avec l'armure métallique des tanks. Moyo se rangea derrière lui.

— Reste ici, lui dit Stephanie en lui serrant l'épaule. Les enfants ont besoin de quelqu'un. Ça doit être terrifiant pour eux.

— C'est terrifiant pour moi, grogna-t-il.

Stephanie descendit sur les pavés. Des lunettes noires se

déployèrent à partir de son nez, évoquant l'image d'un papillon ouvrant les ailes.

Cochrane parlementait déjà avec deux soldats en poste auprès des chars. Stephanie se rapprocha et leur adressa un sourire amical.

— J'aimerais parler à Annette Ekelund. Pouvez-vous lui dire que nous sommes ici ?

L'un des soldats jeta un coup d'œil au Croisé karmique et aux enfants qui se pressaient derrière son pare-brise. Il fit un signe de tête et disparut derrière les chars.

Annette Ekelund sortit de l'hôtel de ville deux minutes plus tard. Elle portait un uniforme gris des plus élégants, dont la tunique de cuir était bordée de soie écarlate.

— Ouaouh ! fit Cochrane en la voyant. Madame Hitler en personne.

Stephanie le fit taire d'un grondement.

— Nous étions au courant de votre arrivée, déclara Annette Ekelund d'une voix lasse.

— Alors pourquoi avez-vous barré la route ? rétorqua Stephanie.

— Parce que je le peux, évidemment. Vous ne comprenez donc rien à rien ?

— D'accord, vous avez fait la démonstration de votre autorité. Je peux l'accepter. Aucun de nous n'a l'intention de la contester. Pouvons-nous passer à présent, s'il vous plaît ?

Annette Ekelund secoua la tête, partagée entre la surprise et l'amusement.

— Je voulais simplement vous voir par moi-même. Quel but pensez-vous poursuivre en transportant ces enfants ? Vous croyez les sauver ?

— Franchement, oui. Si c'est trop simple pour vous, je m'en excuse, mais je ne me préoccupe que de leur sort.

— Si ce que vous dites était vrai, vous les auriez laissés tranquilles. Cela aurait été plus généreux sur le long terme.

— Ce sont des enfants. En ce moment, ils sont seuls et ils sont terrifiés. À côté de ça, les questions abstraites ne pèsent pas très lourd. Et c'est vous qui leur faites peur.

— Pas intentionnellement.

— Dans ce cas, pourquoi tout ce déploiement martial ? Pour nous contrôler ?

— Vous n'êtes pas douée pour la gratitude, n'est-ce pas ? J'ai tout risqué pour ramener des âmes perdues en ce monde, y compris la vôtre.

— Et vous pensez que cela vous donne le droit d'être notre impératrice. Vous n'avez rien risqué du tout, vous n'avez fait que suivre vos instincts, tout comme le reste d'entre nous. Il se trouve que vous étiez la première, c'est tout.

— La première à comprendre ce qu'il fallait faire. La première à organiser. La première à se battre. La première à vaincre. La première à revendiquer un territoire pour nous tous. (Elle désigna un peloton qui avait pris position sur la terrasse d'un café, de l'autre côté de la place.) C'est pour ça qu'ils me suivent. Parce que j'ai raison, parce que je sais ce qu'il faut faire.

— Ce qu'il faut à ces gens, c'est un but. Mortonridge est en train de s'effondrer. Il ne reste plus de nourriture, plus d'électricité, et personne ne sait ce qu'il faut faire. L'autorité ne se conçoit pas sans responsabilité. Sauf si on est la reine des brigands, bien entendu. Un véritable chef doit appliquer son talent pour le commandement là où il est le plus utile. Vous aviez pourtant bien commencé, vous avez maintenu le fonctionnement du réseau de communication, vous avez établi un conseil dans la plupart des villes. Vous auriez dû poursuivre dans ce sens.

Annette Ekelund se fendit d'un sourire.

— Qu'étiez-vous avant, exactement ? On m'a parlé d'une simple ménagère.

— Peu importe, répliqua Stephanie, impatiente d'en finir. Allez-vous nous laisser passer ?

— Si je refusais, vous trouveriez un autre chemin. Évidemment que vous pouvez passer. Vous pouvez même emmener les quelques enfants qui traînent encore en ville. Vous voyez ? Je ne suis pas tout à fait un monstre.

— Nos bus ont besoin d'être rechargés.

— Naturellement. (Poussant un soupir, Ekelund fit signe à l'un des gardes de s'approcher.) Dane va vous conduire à une borne en état de marche. Mais ne nous demandez pas de nourriture, nous n'en avons pas assez pour nous-mêmes. J'ai déjà suffisamment de mal comme ça à approvisionner mes troupes.

Stephanie se tourna vers les chars ; en se concentrant, elle distingua les formes spectrales des tracteurs mécanoïdes qu'ils dissimulaient.

— Qu'est-ce que vous faites ici, vous et votre armée ?

— Je pensais que ce serait évident. J'ai assumé cette responsabilité à laquelle vous attachez tant de prix. Je protège Mortonridge, je vous protège. Nous ne sommes qu'à trente kilomètres de la ligne de démarcation qu'ils ont tracée en haut de la crête ; et, de l'autre côté, la princesse Saldana se prépare.

Ils n'ont pas l'intention de nous laisser tranquilles, Stephanie Ash. Ils nous détestent autant qu'ils nous redoutent. Un mélange explosif. Alors, pendant que vous vous baladez en faisant de bonnes actions, souvenez-vous de ceux qui retiennent les barbares. (Elle se retourna vers les chars, marqua une pause.) Vous savez, vous serez tôt ou tard obligée de choisir votre camp. Vous avez dit que vous étiez prête à vous battre pour ne pas retourner dans l'au-delà ; eh bien, si vous le faites, ce sera à mes côtés.

— Une authentique dame de fer, marmonna Cochrane.

— En effet, acquiesça Stephanie.

Dane accompagna Cochrane à bord du Croisé karmique et les guida vers un groupe d'entrepôts desservant les quais. Leurs toits étaient recouverts de panneaux solaires. Une fois que les bus furent branchés aux bornes, Stephanie rassembla son groupe et lui répéta les propos d'Ekelund.

— Si certains d'entre vous veulent attendre ici pendant que les bus se rendent à la ligne de démarcation, je le comprendrai parfaitement, déclara-t-elle. Les militaires du royaume risquent de s'énerver en voyant quatre véhicules de transport en commun se diriger vers eux.

— Ils ne nous tireront pas dessus, affirma McPhee. Pas tant que nous n'aurons pas franchi la frontière. Leur curiosité sera éveillée, c'est tout.

— Tu crois ? demanda Tina, qui porta à ses lèvres un mouchoir en dentelle.

— Je suis déjà allé là-bas, annonça Dane. En mission de reconnaissance. Je les ai observés et ils m'ont observé. Ils ne vous chercheront pas des ennuis. Leur curiosité sera éveillée, comme vous dites.

— Nous sommes presque arrivés au but, reprit Stephanie, dont le sourire forcé trahissait l'inquiétude. Plus que quelques heures à peine.

Elle se tourna vers les bus, s'efforçant d'afficher un visage gai comme elle faisait un signe de la main aux enfants. Ceux-ci étaient aussi maussades que le ciel nuageux au-dessus de leurs têtes.

— McPhee, Franklin, donnez-moi un coup de main, s'il vous plaît, dit-elle. Ils ont besoin de se dégourdir les jambes et d'aller aux toilettes.

— D'accord.

Stephanie laissa Moyo la serrer dans ses bras. Il lui posa un baiser sur le front.

— Ne renonce pas maintenant.

Elle eut un sourire timide.

— Sûrement pas. Tu peux aller jeter un coup d'œil dans les entrepôts, voir s'il y a des toilettes en état de marche ? Sinon, on devra se débrouiller avec la rivière et nos mouchoirs.

— J'y vais.

Les grandes portes coulissantes de l'entrepôt le plus proche étaient ouvertes. On y avait stocké des tuyaux, qui s'empilaient du sol au plafond. L'éclairage était désactivé, mais la lumière du jour teintée de rose lui suffisait amplement. Il se mit à la recherche d'un bureau.

Des mécanoïdes de chargement étaient alignés dans les allées, porteurs de tuyaux dont la livraison avait jadis été urgente. Il ne serait guère difficile de les remettre en marche, songea-t-il. Mais dans quel but ? Une société de possédés avait-elle besoin d'usines et de fermes ? Une infrastructure était certes nécessaire, mais dans quelles proportions, de quelle nature ? Quelque chose de simple, d'efficace et surtout de durable. Il se félicita de ne pas avoir à prendre ce genre de décision.

L'homme était dissimulé aux sens de Moyo par une pyramide de tuyaux. Du moins s'en persuada-t-il par la suite. Quoi qu'il en soit, il ne le remarqua qu'après avoir franchi un tournant, se retrouvant à cinq mètres de lui. Et ce n'était pas un possédé. Moyo savait reconnaître ses semblables, l'éclat intérieur de leurs cellules excitées par la décharge énergétique. Les courants bioélectriques de cet homme étaient quasiment noirs, ses pensées vives et sereines. Son aspect était des plus ordinaires : pantalon vert pâle, chemise à carreaux, veste sans manches frappée du logo DataAxe sur sa poche de poitrine.

Moyo fut parcouru d'une panique glacée. Un non-possédé rôdant dans le coin était forcément un espion, et il était par conséquent armé et capable d'éliminer un possédé avec le maximum de discrétion.

Le feu blanc jaillit de sa paume par pur réflexe.

Le rayon étincelant s'écrasa sur le visage de l'homme, le contournant pour frapper les tuyaux derrière lui. Moyo poussa un grognement incrédule. L'homme resta immobile, comme si c'était un banal jet d'eau qui lui arrosait le corps.

Le feu blanc s'étiola, battant en retraite dans la main de Moyo. Il gémit, s'attendant au pire. Je vais être renvoyé dans l'au-delà. Ils ont trouvé un moyen de neutraliser notre pouvoir énergétique. Nous sommes perdus. Il ne nous reste plus que l'au-delà. Pour l'éternité.

Il ferma les yeux. Pensa, avec un amour sincère : Stephanie.

Rien ne se produisit. Il rouvrit les yeux. L'homme le regardait d'un air légèrement embarrassé. Derrière lui, le métal fondu coulait le long du tas de tuyaux.

— Qui êtes-vous ? demanda Moyo d'une voix rauque.

— Je m'appelle Hugh Rosler. Je vivais à Exnall.

— Vous nous avez suivis jusqu'ici ?

— Non. Mais j'ai vu votre bus quitter Exnall. Si je suis ici en ce moment, c'est pure coïncidence.

— Ah ! fit Moyo avec prudence. Donc, vous n'êtes pas un espion ?

Apparemment, Rosler jugea cette question fort amusante.

— Pas pour le compte du royaume de Kulu, non.

— Comment se fait-il que vous soyez invulnérable au feu blanc ?

— J'ai une résistance innée. On a jugé que nous devrions être protégés quand viendrait ce moment. Et l'effet de rupture dans le réel s'est révélé extraordinairement utile au fil des ans. Je me suis souvent retrouvé dans des situations délicates ; sans jamais le souhaiter, d'ailleurs. Je suis censé rester discret.

— Vous êtes bien un agent secret. Pour qui travaillez-vous ?

— Le terme d'agent implique une activité. Je ne suis qu'un observateur, je n'appartiens à aucune faction.

— Faction ?

— Le royaume. La Confédération. Les Adamistes. Les Édénistes. Les possédés. Autant de factions.

— Mouais. Est-ce que vous allez m'abattre, ou m'éliminer d'une quelconque façon ?

— Grands dieux, non ! Je vous l'ai dit, mon rôle est uniquement d'observer.

La sincérité de cette réponse, quoique indéniable, ne rassurait pas Moyo pour autant.

— Pour le compte de quelle faction ?

— Ah, voilà qui doit rester secret, j'en ai peur. Théoriquement, je ne devrais même pas vous raconter tout ça. Mais les circonstances ont changé depuis que ma mission a débuté. Ces détails ont perdu de leur importance à présent. Je m'efforce de vous mettre à l'aise, c'est tout.

— Ça ne marche pas.

— Vous n'avez vraiment rien à craindre de moi.

— Vous n'êtes pas humain, n'est-ce pas ?

— Je le suis à quatre-vingt-dix-neuf pour cent. Cela devrait suffire, non ?

Moyo aurait préféré que Hugh Rosler proteste énergiquement.

— De quelle nature est le un pour cent restant ?

— Encore un secret, désolé.

— Vous êtes un xéno, c'est ça ? D'une espèce inconnue ? Il y a toujours eu des rumeurs d'un contact prétechnologique, des hommes qu'on enlevait pour les élever sur une autre planète.

Hugh Rosler se mit à glousser.

— Ah ! ce bon vieux crash de Roswell. J'avais presque oublié cette histoire, vous savez ; les journaux en ont pourtant parlé pendant des décennies. Mais je ne pense pas qu'il y ait eu un crash. Du moins, je n'ai détecté aucun ovni quand j'étais sur Terre, et j'y suis resté un bon moment.

— Vous avez été... ? Mais...

— Je ferais mieux d'y aller. Vos amis commencent à se demander où vous êtes passé. Il y a des toilettes dans l'entrepôt voisin, les enfants peuvent les utiliser. La chasse d'eau fonctionne à la gravité, donc elle marche encore.

— Attendez ! Pourquoi nous observez-vous ?

— Pour voir ce qui va se passer, évidemment.

— Ce qui va se passer ? Vous voulez dire : quand le royaume attaquera ?

— Non, ce n'est pas vraiment important. Je veux voir comment votre espèce va s'en tirer maintenant que l'au-delà vous a été révélé. Cette perspective commence à m'exciter sérieusement, je dois dire. Après tout, ça fait longtemps que j'attends ce moment. C'est le but que l'on m'a affecté.

Moyo le fixa sans rien dire, sentant sa peur céder la place à un mélange de stupeur et d'indignation.

— Longtemps ? Combien de temps ? réussit-il à murmurer.

— Dix-huit siècles.

Rosler leva le bras en guise d'adieu et disparut dans les ombres au fond de l'entrepôt. Elles semblèrent l'engloutir.

— Qu'est-ce qui t'est arrivé ? s'enquit Stephanie lorsque Moyo s'avança d'un pas hésitant à la lumière crépusculaire des nuages grondants.

— Ne ris pas, mais je crois bien que je viens de rencontrer le frère cadet de Mathusalem.

Louise entendit s'ouvrir l'écoutille du salon et devina sans peine qui venait la rejoindre. Il avait fini son tour de garde un quart d'heure plus tôt. Le temps de lui faire comprendre qu'il n'était pas vraiment impatient de la voir.

L'ennui avec le *Jamrana*, songea-t-elle, c'était sa configuration. Ses cabines étaient aussi confortables que celles du

Royaume lointain, mais, là où celui-ci disposait de quatre modules de vie en pyramide, le spationef n'en avait qu'un, un cylindre placé au-dessus de ses soutes. Les ponts étaient entassés les uns au-dessus des autres comme dans un mille-feuille. Pour retrouver quelqu'un, il suffisait de partir du pont inférieur et de grimper l'escalier central. Impossible d'échapper à quiconque.

— Salut, Louise.

Elle afficha un sourire poli.

— Salut, Pieri.

Pieri Bushay venait de fêter son vingtième anniversaire et était le deuxième d'une famille de trois frères. Comme la plupart des spationefs, le *Jamrana* était une petite entreprise familiale ; son équipage était composé de sept Bushay. Louise était troublée par l'étrangeté de cette famille nombreuse, par le caractère informel de ses relations internes ; il y avait là bien plus de monde que dans les familles de sa connaissance. Le frère aîné de Pieri effectuait son service militaire dans les forces spatiales du Gouvcentral, si bien que le vaisseau était occupé par son père, ses mères, son frère cadet et deux de ses cousins.

Pas étonnant qu'il soit tellement attiré par une jeune passagère. Il était du genre timide et hésitant, ce qui le rendait plutôt attendrissant ; rien à voir avec la morgue affichée par William Elphinstone.

— Comment vous sentez-vous ?

Il débutait toujours ainsi.

— Bien. (Louise tapota le petit package médical fixé derrière son oreille.) Les merveilles technologiques de la Confédération.

— Nous allons effectuer la manœuvre de retournement dans vingt heures. Ensuite, on foncera vers la Terre le cul... euh... je veux dire, le derrière devant.

Il fallait plus de temps pour franchir les soixante-dix millions de kilomètres séparant deux planètes qu'il n'en fallait pour traverser l'espace interstellaire, ce que Louise ne pouvait s'empêcher de trouver irritant. Au moins la fusiopropulsion serait-elle activée pendant le tiers du trajet. Les packages médicaux seraient alors moins sollicités pour lutter contre son mal de l'espace.

— Bien, fit-elle.

— Vous ne voulez toujours pas que j'envoie une télétransmission au Halo O'Neill pour savoir s'il y a un astronef en partance pour Tranquillité ?

— Non. (Elle se rendit compte qu'elle avait répondu trop sèchement.) Merci, Pieri, mais si nous trouvons un vaisseau, alors tant mieux, sinon, je ne peux rien y faire. C'est le destin, voyez-vous.

— Oh ! Je comprends. (Sourire hésitant.) Louise, si vous devez rester dans le Halo jusqu'à ce que vous ayez trouvé un astronef, j'aimerais bien vous le faire visiter. Je connais des centaines de cailloux. Je sais ce qu'il faut voir à tout prix et ce qui ne vaut pas la peine d'être vu. Ce serait amusant.

— Des centaines ?

— Enfin, une bonne cinquantaine. Dont les plus importants, comme Nova Kong, par exemple.

— Désolée, Pieri, mais ça ne signifie pas grand-chose pour moi. Je n'ai jamais entendu parler de Nova Kong.

— Vraiment ? Même sur Norfolk ?

— Non. Je ne connais que High York, et ce uniquement parce que c'est notre destination.

— Mais Nova Kong est célèbre ; c'est l'un des premiers astéroïdes à avoir été placés en orbite terrienne et rendus habitables. Ce sont les physiciens de Nova Kong qui ont inventé la propulsion TTZ. Et Richard Saldana était jadis le président de l'astéroïde ; il l'a utilisé comme quartier général pour planifier la colonisation de Kulu.

— C'est fabuleux. Je n'arrive pas à imaginer une époque où le royaume n'existait pas encore, il semble tellement... substantiel. En fait, l'histoire de la Terre avant le vol interstellaire est comme une fable à mes yeux. Vous avez déjà visité High York ?

— Bien sûr, c'est le port d'attache du *Jamrana.*

— C'est donc votre foyer ?

— C'est là qu'on s'amarre, mais mon vrai foyer, c'est le vaisseau. Je ne l'échangerais contre rien au monde.

— Comme Joshua. Vous êtes tous pareils, vous les astros. Vous avez tous la bougeotte.

— Sans doute.

Il se renfrogna en entendant Louise prononcer le nom de Joshua ; son fiancé et son ange gardien, qu'elle réussissait à mentionner dans chacune de leurs conversations.

— Est-ce que High York est très organisé ?

Il parut déconcerté par cette question.

— Oui. Évidemment. Forcément. Un astéroïde ne ressemble pas à une planète, Louise. Si l'environnement n'est pas contrôlé correctement, on a une catastrophe sur les bras. Un astéroïde ne peut pas se permettre d'être mal organisé.

— Je le sais bien. Je voulais parler de son gouvernement.

Applique-t-il une politique de maintien de l'ordre ? Phobos semblait plutôt laxiste à cet égard.

— La faute à ces braves communistes ; ils font confiance à tout le monde, papa dit qu'ils accordent aux gens le bénéfice du doute.

Voilà qui renforçait son inquiétude. Lorsqu'ils avaient embarqué à bord du *Jamrana*, deux heures avant son départ, Endron avait tendu leurs passeports à l'unique officier de l'immigration qui était de service à ce moment-là. Il la connaissait bien, et tous deux avaient bavardé gaiement. Elle riait de bon cœur en glissant les cartels dans son bloc-processeur, examinant à peine les images qu'il affichait. Trois étrangers en transit pourvus de papiers en règle, et des amis d'Endron en plus... Elle autorisa même ce dernier à les accompagner à bord.

C'est à ce moment-là qu'il avait entraîné Louise à l'écart.

— Vous ne réussirez pas, vous le savez, n'est-ce pas ? demanda-t-il.

— Nous sommes bien arrivés jusqu'ici, répondit-elle en tremblant.

Mais elle avait des doutes. Ils avaient croisé tellement de monde dans ce labyrinthe qu'était le spatioport, suivis par le mécanoïde de transport qui dissimulait le corps inconscient de Faurax. Ils n'avaient cependant rencontré aucune difficulté pour planquer le faussaire dans une nacelle tau-zéro du *Royaume lointain*.

— Jusqu'ici, vous avez eu beaucoup de veine et vous n'avez rencontré aucun obstacle digne de ce nom. Les choses vont changer dès que le *Jamrana* sera entré dans l'espace contrôlé par le Gouvcentral. Vous ne savez pas ce qui vous attend, Louise. Jamais vous ne pourrez vous introduire sur High York. Écoutez, si vous avez pu poser le pied sur Phobos, c'est uniquement parce qu'on vous a fait entrer en douce et que personne n'a pris la peine d'inspecter le *Royaume lointain*. Et si vous pouvez en sortir, c'est parce que personne ne se soucie des vaisseaux sur le départ. Et maintenant, vous foncez vers la Terre, la planète la plus peuplée de la Confédération, avec la plus importante puissance militaire jamais assemblée – une puissance qui, en ce moment, est d'humeur aussi paranoïaque que ses gouvernants. Ce ne sont pas trois faux passeports qui pourront vous aider. Vous allez être soumis à tous les tests possibles et imaginables, Louise, et, croyez-moi, Fletcher ne sortira pas du spatioport de High York. (Il en était presque à la supplier.) Venez avec moi, informez notre gouvernement de la situation. On ne lui fera aucun mal, je me porterai garant de lui. Ensuite, on vous trouvera un astronef en partance pour Tranquillité, en respectant la loi cette fois-ci.

— Non. Vous ne comprenez pas, on le renverra dans l'au-delà. Je l'ai vu aux infos : si on met un possédé en tau-zéro, ça l'oblige à évacuer le corps qu'il utilise. Je ne peux pas trahir Fletcher, on l'obligerait à retourner là-bas. Il a souffert durant sept siècles. Est-ce que ça ne suffit pas ?

— Et la personne dont il possède le corps ?

— Je ne sais pas ! s'écria-t-elle. Je n'ai rien voulu de tout cela. Ma planète tout entière a été possédée.

— Très bien. Je vous demande pardon. Mais je devais dire ce que j'avais sur le cœur. Ce que vous faites, Louise, c'est pire que de jouer avec le feu.

— Oui. (Elle s'accrocha à son épaule d'une main pour se ressaisir et l'embrassa sur la joue.) Merci. Je suis sûre que vous auriez pu nous livrer aux autorités si vous aviez vraiment souhaité le faire.

Il s'empourpra, ce qui ne fit que confirmer l'impression de Louise.

— Euh... oui. Peut-être m'avez-vous appris que les choses ne sont jamais tranchées. Et puis, ce Fletcher, il est si...

— Décent.

Louise gratifia Pieri d'un regard qui disait : *Tout ce que tu racontes m'intéresse au plus haut point.*

— Alors, que se passera-t-il quand nous arriverons à High York ? Je veux tout savoir.

Pieri accéda à tous les fichiers mémoires de ces naneuroniques où le spatioport de High York était mentionné. Avec un peu de pot, et en insistant sur les détails, il arriverait à tenir pendant une bonne heure.

Le Conseil de la Magistrature, la Cour suprême de la Confédération, était composé de vingt-cinq juges nommés par l'Assemblée générale et chargés de sanctionner les crimes les plus graves. La majorité des affaires qui leur étaient confiées concernait des astros capturés par les Forces spatiales et coupables de piraterie ou de possession d'antimatière. Plus rares étaient les crimes de guerre, résultats inévitables des révoltes indépendantistes sur les astéroïdes. Ce tribunal ne prononçait que deux sentences à l'encontre des accusés jugés coupables : la mort ou la déportation sur une colonie pénale.

Réuni en séance plénière, le Conseil de la Magistrature avait également le pouvoir de juger un gouvernement souverain. La dernière fois que cela s'était produit, le Conseil avait convaincu Omuta de génocide et ordonné l'exécution de son gouvernement et de son état-major.

Enfin, le Conseil avait le pouvoir de déclarer une personne, un gouvernement ou un peuple tout entier Ennemi de l'Humanité. Cette condamnation avait été prononcée à l'encontre de Laton, des officines responsables de la production clandestine d'antimatière et de divers terroristes et seigneurs de la guerre défaits. Une telle proclamation était équivalente à une sentence de mort, que tout représentant officiel de la Confédération était tenu d'exécuter sans souci des frontières nationales et avec le plein appui des gouvernements locaux.

Le prévôt général se préparait à requérir cette peine pour les possédés. Cela fait, le SRC serait libre d'expérimenter à sa guise sur Jacqueline Couteur, ainsi que sur les autres prisonniers du piège à démons. Mais il fallait au préalable déterminer son statut juridique : était-elle une prisonnière incarcérée dans le cadre de l'état d'urgence ou bien une simple victime ? Dans les deux cas, elle avait le droit d'être assistée par un avocat.

Il avait été décidé que l'audience préliminaire se tiendrait dans le tribunal sécurisé numéro trois de Trafalgar. On n'y trouvait aucun des aménagements d'un prétoire classique, rien que des bancs et des boxes pour l'accusation et la défense, un siège pour le juge et une galerie pour les observateurs. Il n'était prévu d'y accueillir ni le public ni les médias.

Maynard Khanna arriva cinq minutes avant le début de l'audience et s'assit au premier rang de la petite galerie. Habitué comme il l'était à l'ordre de la vie militaire, il se méfiait comme de la peste des hommes de loi. Les avocats avaient réussi à abolir l'opposition entre le bien et le mal au profit d'une échelle graduée de culpabilité, en retirant au passage des revenus plusieurs fois supérieurs à la solde d'un capitaine de vaisseau.

Les accusés avaient le droit d'être défendus, Maynard était prêt à le concéder, mais il ne comprenait pas comment leurs avocats pouvaient ne pas se sentir coupables de les tirer d'affaire.

Le lieutenant Murphy Hewlett s'assit derrière lui, tiraillant avec agacement sur la veste de son uniforme d'apparat. Il se pencha en avant et murmura :

— Je n'arrive toujours pas à y croire.

— Moi non plus, grommela Maynard. Mais, d'après le prévôt général, il ne s'agit que d'une formalité. Aucun tribunal de la galaxie n'oserait laisser Jacqueline Couteur sortir libre de ce prétoire.

— Bon sang, Maynard, on n'aurait jamais dû la laisser sortir du piège à démons. Vous le savez parfaitement.

— Cette salle est sécurisée ; et nous devons nous assurer que son avocat n'interjettera pas appel pour vice de procédure.

— Enfoirés d'avocats !

— Oui. Que faites-vous ici, au fait ?

— Le prévôt général m'a demandé de témoigner. Je suis censé dire au juge que nous étions en état de guerre sur Lalonde, de sorte que la capture de Couteur était légitime dans le cadre des décrets de l'Assemblée générale. Au cas où son avocat soulèverait des questions de procédure.

— C'est la première fois que je me suis trouvé en désaccord avec le grand amiral, vous savez. Je lui ai dit qu'on devrait la laisser dans le piège à démons, et au diable ces conneries procédurières. À cause de ce carnaval, Gilmore va perdre plusieurs journées de travail.

Murphy émit un sifflement écœuré et se carra dans son siège. Pour la huitième fois ce matin-là, sa main se posa sur l'étui passé à sa ceinture. Il contenait un pistolet automatique 9 mm chargé de balles dum-dum. Il en dégrafa le rabat, laissant ses doigts effleurer la crosse. La veille au soir, il avait passé deux heures au stand de tir des officiers, s'entraînant à tirer sans l'aide des programmes de ses naneuroniques. Au cas où.

Un peloton de huit marines commandé par un sergent, tous armés d'une mitraillette, fit entrer les quatre prisonniers dans le prétoire. Jacqueline Couteur ouvrait la marche, vêtue d'un impeccable tailleur gris. N'eussent été ses menottes en carbotanium, elle aurait été l'image même de la respectabilité catégorie classe moyenne. On avait passé à son poignet droit un petit bracelet-capteur qui surveillait l'activité énergétique de son corps. Elle parcourut la salle du regard, s'attardant sur les marines qui en gardaient chaque porte. Puis elle aperçut Murphy Hewlett, un rictus aux lèvres, et le gratifia de son plus beau sourire.

— Salope, marmonna-t-il.

Les marines firent asseoir Jacqueline dans le box des accusés et attachèrent ses menottes à une chaîne. Les trois autres possédés – Randall, Lennart et Nena – prirent place à côté d'elle. Une fois que leurs menottes furent attachées, les marines prirent position derrière eux. Le sergent s'assura du bon fonctionnement des bracelets-capteurs par l'intermédiaire de son bloc-processeur, puis adressa un bref hochement de tête au greffier.

Entrèrent alors les quatre avocats de la défense. Jacqueline afficha un sourire poli. C'était la troisième fois qu'elle voyait Udo DiMarco. Celui-ci n'était pas précisément ravi d'avoir été commis d'office à sa défense, il le lui avait avoué franchement, mais il l'avait assurée qu'il ferait de son mieux.

— Bonjour, Jacqueline, dit-il en s'efforçant de ne pas regarder le peloton de marines.

— Bonjour, Udo. Vous avez réussi à vous procurer les enregistrements ?

— J'ai déposé une demande dans ce sens auprès de la cour. Cela risque de prendre du temps ; les Forces spatiales prétendent que les recherches effectuées par leur Service de renseignement sont classées top secret et ne relèvent pas du décret de 2503 relatif à la liberté d'information. Ce que je vais contester, bien entendu, mais, comme je vous l'ai dit, cela va prendre du temps.

— Ils m'ont torturée, Udo. Il faut que le juge voie ces enregistrements. Si la vérité éclate, il va me libérer sur-le-champ.

— Jacqueline, cela n'est qu'une audience préliminaire dont le but est de démontrer que toutes les procédures d'arrestation ont été respectées et de déterminer votre statut sur le plan juridique.

— Je n'ai pas été arrêtée, j'ai été kidnappée.

Udo DiMarco soupira et se lança.

— L'équipe du prévôt général va arguer que c'est vous, en tant que possesseur, qui avez commis un kidnapping et que vous êtes par conséquent coupable d'un délit. Ce qui leur permettra de justifier votre incarcération. Ils vont également arguer que votre pouvoir énergétique constitue une nouvelle technologie de guerre des plus dangereuses, ce qui validera les recherches menées par le Service de renseignement. Ne vous attendez pas à être libérée ce matin, s'il vous plaît.

— Enfin, je suis sûre que vous ferez de votre mieux.

Elle lui adressa un sourire encourageant.

Udo DiMarco s'assouplit les épaules, mal à l'aise, et regagna le box de la défense. Sa seule consolation, c'était l'absence des médias ; personne ne saurait qu'il avait défendu une possédée. Il accéda à son bloc-processeur pour étudier les fichiers qu'il avait rassemblés. Ironie de l'histoire, il avait de solides arguments en faveur de la libération de Couteur, mais il avait pris sa décision cinq minutes après avoir été commis d'office à sa défense : il se contenterait de plaider pour la forme. Jacqueline l'ignorait, mais il avait de la famille en Nouvelle-Californie.

Le greffier se leva et annonça :

— Son Honneur le juge Roxanne Taynor. Je déclare ouverte la séance du Conseil de la Magistrature.

Le juge Taynor entra par la porte située derrière son siège. Tout le monde se leva, y compris les quatre possédés. Les marines qui les surveillaient durent alors lever légèrement les mitraillettes qu'ils pointaient sur eux. L'espace d'un instant, leur concentration baissa d'un iota. Les naneuroniques de toutes les personnes présentes se crashèrent. Les panneaux lumineux devinrent incandescents. Quatre boules de feu blanc explosèrent parmi les mitraillettes, les transformant en averse de fragments de métal fondu.

Poussant un juron inarticulé, Murphy dégaina son pistolet et en débloqua le cran de sûreté. Comme tous les occupants de la salle, il fut pris de court, figé dans une position malaisée. Une lumière à l'éclat meurtrier l'obligea à fermer les yeux ; ses implants rétiniens traînaient à filtrer les photons excédentaires. Le bruit des mitraillettes explosant étouffa les cris de surprise. Il fit pivoter son arme pour la braquer sur Couteur. Les marines, dont les mains et les avant-bras avaient brûlé avec leurs armes, poussaient des hurlements déchirants. Les lumières s'éteignirent.

De l'incandescence absolue à l'obscurité totale, c'en était trop pour ses yeux. Il ne voyait strictement rien. Une mitraillette cracha une décharge, zébrant les ténèbres d'un éclat orangé.

Les possédés passaient à l'action. Et ils bougeaient vite. À la lueur stroboscopique des détonations, leurs mouvements apparaissaient saccadés. Ils avaient traversé la cloison de leur box, en fracassant le matériau composite. Des morceaux de celui-ci volaient dans les airs.

Deux éclairs de feu blanc frappèrent deux marines. Les avocats se précipitaient vers la porte la plus proche. Roxanne Taynor s'était déjà réfugiée dans son bureau. Un marine en gardait la porte, lâchant des rafales de mitraillette tous azimuts en tentant d'atteindre les possédés.

— Fermez les portes ! beugla Murphy. Scellez le prétoire !

Une autre mitraillette était entrée en action, et la lueur du feu blanc diminuait d'intensité. Les gens hurlaient en cherchant à s'abriter. Les balles ricochaient sur les murs et sillonnaient les ténèbres.

Murphy aperçut Couteur à la lueur fugitive d'une nouvelle

décharge. Il pointa son arme sur elle et tira cinq fois, anticipant sur ses mouvements. Les balles dum-dum explosèrent au moment de l'impact. Murphy se laissa choir sur ses genoux et roula de côté. Une flèche de feu blanc passa à l'endroit précis où il s'était tenu.

— Merde !

Il l'avait ratée.

Il entendit une sirène retentir au-dehors. Les modules-capteurs fixés aux murs commençaient à cramer, projetant de longues langues de flammes turquoise qui se dissolvaient en fontaines d'étincelles. Trois boules de feu blanc filèrent au-dessus de la galerie. On entendit des corps tomber sur le sol avec un bruit sourd.

Il risqua un coup d'œil au-dessus des sièges et vit Nena et Randall progressant en zigzags vers la porte située derrière lui. Un bref regard vers la porte la plus proche du box des accusés : trois marines en formation de combat, un avocat qu'ils poussaient vers le couloir. Mais la porte derrière lui était restée ouverte : le cadavre d'un marine bloquait la fermeture automatique.

Murphy n'avait pas le choix. Ils ne devaient pas sortir du prétoire, c'était impératif. Il sauta par-dessus les sièges alors qu'une étrange rosace de feu blanc se déployait depuis le siège du juge. Elle frappa le plafond et rebondit, se transformant en une couronne de flammes serpentines qui s'enroulaient les unes autour des autres. Les trois marines gardant la porte tirèrent lorsqu'elle fondit sur eux, la criblant de bulles violettes d'où jaillirent des essaims d'étincelles. Murphy se mit à tirer sur Randall alors que celui-ci fonçait vers la porte, pressant frénétiquement la détente. Les balles dum-dum ravagèrent le torse du possédé. Murphy ajusta son tir. Le cou de Randall explosa dans un geyser de sang et d'esquilles. Poussant un hurlement de panique, Nena recula en agitant les bras.

La couronne de feu blanc enveloppa l'un des marines tel un lasso incendiaire. Elle se contracta dans un bruit horrible, lui tranchant le bassin. Son doigt resta pressé sur la détente lorsque son torse s'en détacha, arrosant toute la salle. Il tenta de dire quelque chose, mais le choc avait eu raison de son système nerveux. On n'entendit qu'un grognement étouffé lorsque sa tête heurta le sol. Ses yeux vitreux fixèrent ses jambes qui, au bout de quelques spasmes, s'effondrèrent lentement au-dessus de lui.

Les deux autres marines restèrent paralysés par la terreur. Puis l'un d'eux vomit.

— *Fermez la porte !* hoqueta Murphy. Pour l'amour de Dieu, sortez et fermez cette porte !

Ses yeux étaient brûlants et poisseux, couverts d'un fluide rouge. Son pied heurta quelque chose et il faillit tomber en fonçant vers la porte derrière lui. Il atterrit sur le marine mort et roula vers l'avant. À l'autre bout du couloir, plusieurs silhouettes s'agitaient confusément. Un bracelet de feu blanc se referma autour de sa cheville.

— Est-ce que ça fait mal ? Nous pouvons t'aider.

— Allez vous faire foutre !

Prenant appui sur son coude, il braqua son pistolet dans l'ouverture et tira à l'aveuglette. Sa main tremblait sous l'effet de la douleur qui lui dévorait la cheville. Une colonne de fumée puante s'éleva devant lui.

Puis des mains l'agrippèrent par les épaules, le tirèrent sur le sol. Des cris tout autour de lui. Le bruit caractéristique d'un Bradfield tout près de ses oreilles, un bruit de tonnerre dans ce couloir étroit. Un marine en armure de combat se dressait au-dessus de lui, arrosant le tribunal avec son arme de gros calibre. Un autre, vêtu de la même tenue, dégageait le cadavre qui bloquait la porte.

Les naneuroniques de Murphy se remirent peu à peu en route. Ses programmes médicaux érigèrent des blocs axoniques. La porte se referma, se verrouilla dans un bruit métallique. Un extincteur projeta une épaisse mousse blanche sur le pantalon en feu de Murphy. Il se laissa choir sur le sol, trop choqué pour prononcer un mot. Lorsqu'il se redressa, ce fut pour découvrir trois personnes qu'il avait vues dans le prétoire, le visage livide et l'œil égaré, affalées contre le mur. Les marines soignaient deux d'entre elles. Ce fut à ce moment-là que Murphy s'aperçut que le sol était maculé de sang. Les douilles de ses balles roulèrent autour de lui.

On l'éloigna encore de la porte, ce qui permit aux marines d'installer deux Bradfield montés sur trépied et braqués sur la silicone renforcée de couleur gris acier.

— Tenez-vous tranquille, lui dit une femme en uniforme de médecin militaire.

Elle entreprit de découper son pantalon ; près d'elle, un infirmier avait déjà sorti un package médical.

— Est-ce que l'un d'eux a réussi à sortir ? demanda Murphy d'une voix éteinte.

Plusieurs personnes couraient dans le couloir sans lui prêter attention.

— Je ne sais pas, répondit le médecin.

— Débrouillez-vous pour le savoir, nom de Dieu !

Elle lui adressa un regard calculateur.

— S'il vous plaît ?

Elle appela l'un des marines.

— Toutes les portes sont fermées, dit-il à Murphy. On a pu faire sortir quelques personnes, mais tous les possédés sont coincés là-dedans. Toutes les sorties sont scellées. Le capitaine attend qu'une équipe du SRC lui indique la marche à suivre.

— Quelques personnes ? répéta Murphy. Quelques personnes ont pu sortir ?

— Ouais. Certains avocats, le juge, les assesseurs et cinq marines. Vous vous êtes bien battus, mon lieutenant, vous et les autres. Ça aurait pu être bien pire.

— Et les autres ?

Le marine tourna son casque aveugle vers la porte.

— Navré, mon lieutenant.

Les mitraillettes se turent, et on n'entendit plus que des cris et des gémissements dans le prétoire enténébré. Maynard Khanna constata que ses geignements ténus se mêlaient à ce chœur de détresse. Il ne pouvait pas y faire grand-chose, car le plus infime des mouvements lui emplissait le crâne d'une spirale de nausée. Un fouet de feu blanc l'avait frappé quelques secondes après le début des hostilités, s'enveloppant autour de sa jambe tel un serpent de flammes et le terrassant sur-le-champ. Il s'était alors cogné la tempe sur un siège, ce qui l'avait étourdi. Puis le bruit et la fureur avaient fait rage tout autour de lui, l'épargnant sans qu'il comprenne bien pourquoi.

À présent, le feu blanc avait disparu, le laissant seul avec ses terribles séquelles. La chair avait fondu sur sa jambe. Mais ses os étaient demeurés intacts et d'un blanc immaculé. Il voyait son pied squelettique tressaillir près de son pied valide, évoquant une image issue d'un dictionnaire médical.

Les débris du box des accusés brûlaient d'un éclat anormal, projetant sur les murs des ombres frénétiques. Maynard tourna la tête, poussant un cri comme les étoiles rouges laissaient la place à des ténèbres de sinistre augure. Lorsqu'il chassa les larmes qui perlaient à ses yeux, il vit que la lourde porte du fond de la salle était fermée.

Ils n'étaient pas sortis !

Il reprit son souffle, se demandant un instant ce qu'il faisait dans le noir, pourquoi la douleur l'empêchait ainsi de penser.

Les cris s'étaient tus, ainsi que tout autre bruit, on n'entendait plus que le grésillement des flammes. Un bruit de pas parmi les débris. Trois sombres silhouettes au-dessus de lui ; humanoïdes, peut-être, mais tout semblant d'humanité les avait désertées depuis des générations.

Les murmures montèrent depuis l'abîme sans fond, le réconfortant avec toute la sincérité d'une maîtresse infidèle. Puis la véritable souffrance commença pour lui.

Le Dr Gilmore étudia les images que lui transmettait en direct le capitaine Rhodri Peyton. Celui-ci était à la tête d'un peloton de marines déployé dans l'un des couloirs menant au tribunal sécurisé numéro trois. Mitraillettes et Bradfield couvraient les ingénieurs qui appliquaient prudemment des capteurs sur la porte.

Lorsque le Dr Gilmore tenta d'accéder à leurs blocs-processeurs, il ne reçut aucune réponse. Ils étaient trop proches des possédés retranchés dans le prétoire.

— Est-ce qu'ils ont tenté une sortie ? s'enquit-il.

— Non, monsieur, télétransmit Rhodri Peyton. (Ses yeux se posèrent sur les traces de brûlures près des portes.) Ces dégâts ont été causés par le lieutenant Hewlett alors qu'il les affrontait. Il ne s'est plus rien passé depuis. Nous les avons bel et bien piégés.

Gilmore accéda à l'ordinateur central de Trafalgar et demanda un plan du tribunal. Il n'y avait aucun tunnel d'entretien à proximité, et les conduits d'aération étaient trop étroits pour qu'on puisse les emprunter. Ce tribunal était sécurisé, après tout. Malheureusement, ceux qui l'avaient sécurisé n'avaient pas pris en compte la menace des possédés. Il savait qu'ils finiraient par en sortir, ce n'était qu'une question de temps. Ensuite, ce serait l'enfer.

— Avez-vous confirmé le nombre de personnes présentes dans la salle ?

— Il nous en manque douze, monsieur. Mais nous savons qu'au moins quatre d'entre elles ont péri et que les autres sont blessées. Et Hewlett affirme avoir éliminé l'un des possédés, Randall.

— Je vois. Par conséquent, nous avons au moins onze possédés à affronter. Cela représente un potentiel énergétique extrêmement dangereux.

— Toute la zone est scellée, monsieur, et j'ai un peloton devant chaque porte.

— Je n'en doute pas, capitaine. Un instant. (Il contacta le grand amiral et lui fit un résumé de la situation.) Je vous déconseille d'envoyer les marines. Vu la taille du prétoire et le nombre de possédés, j'estime leur taux de pertes à cinquante pour cent.

— D'accord avec vous, répondit le grand amiral. Les marines ne donneront pas l'assaut. Mais vous êtes sûr qu'ils sont tous possédés à présent ?

— À mon avis, cette conclusion est inévitable, amiral. De toute évidence, toute cette comédie judiciaire n'était qu'une ruse de Couteur. Un tel nombre de possédés représente une menace conséquente. Je pense qu'ils vont tout simplement se creuser un tunnel ; sans doute seront-ils capables de dissoudre la roche qui les entoure. Ils doivent être neutralisés le plus vite possible. Nous pourrons toujours nous procurer de nouveaux sujets pour nos recherches.

— Docteur Gilmore, je vous rappelle que mon chef de cabinet se trouve dans cette salle, ainsi que plusieurs civils. Nous devons tenter de les libérer. Vous avez disposé de plusieurs semaines pour étudier cette capacité énergétique, vous devriez être en mesure de nous faire des suggestions.

— Il existe peut-être une solution, amiral. J'ai accédé au rapport de Thakrar ; il a utilisé la décompression contre les possédés quand ils ont tenté de s'emparer du *Vengeance de Villeneuve*.

— C'était dans le but de les tuer.

— Oui. Mais cela prouve qu'ils ont une faiblesse. J'allais vous recommander d'évacuer l'atmosphère dans le tribunal. Ainsi, nous ne serons pas obligés d'ouvrir les portes et d'utiliser nos armes. Mais nous pourrions peut-être commencer par les gazer. Ils peuvent obliger la matière à adopter de nouvelles formes, mais je ne pense pas qu'ils soient capables d'altérer une structure moléculaire. Nous n'avons même pas besoin de recourir aux armes chimiques, il suffit tout simplement d'augmenter la proportion d'azote jusqu'à ce qu'ils s'évanouissent. Une fois qu'ils seront neutralisés, nous n'aurons plus qu'à les placer en tau-zéro.

— Comment saurions-nous qu'une attaque aux gaz est efficace ? Ils ont détruit les capteurs, nous ne voyons plus le prétoire.

— Il reste plusieurs systèmes électroniques à l'intérieur ; si les possédés succombent aux gaz, ces systèmes reviendront en ligne. Mais, quoi que nous fassions, amiral, nous serons contraints d'ouvrir les portes pour confirmer leur condition.

— Très bien, nous allons essayer les gaz. Nous devons bien ça à Maynard et aux autres.

— Nous n'avons pas beaucoup de temps pour sortir d'ici, déclara Jacqueline Couteur.

Perez, qui s'était emparé du corps de Maynard Khanna quelques minutes plus tôt, luttait pour conserver sa lucidité en dépit du torrent de souffrance qui déferlait sur la totalité de son nouveau corps. Il réussit à se concentrer sur les zones les plus endommagées, et vit le sang cesser de couler et les chairs reprendre des couleurs plus saines.

— *Mama*, qu'est-ce que vous avez fait à ce type ?

— Je lui ai appris à ne pas être aussi têtu, répondit Jacqueline d'une voix dénuée de toute émotion.

Il grimaça et se redressa, prenant appui sur ses coudes. En dépit de ses vœux les plus ardents, il avait toujours l'impression que des vers de feu lui rongeaient la jambe. Il arrivait à *l'imaginer* saine et parfaite, et même à voir l'image se former autour de la réalité, mais il ne pouvait pas aller plus loin.

— Bon, et maintenant ? demanda-t-il.

Il regarda autour de lui. Cet environnement n'était guère propice à son grand retour. Plusieurs cadavres gisaient parmi les décombres du tribunal, des flammèches orange dévoraient divers fragments de matériau composite et des flots de haine lui parvenaient du couloir, pareils à des rayons X émotionnels.

— On ne peut pas faire grand-chose, admit Jacqueline. Mais nous devons nous dénicher un avantage quelconque. Nous sommes au cœur de la résistance que nous oppose la Confédération. Nous pouvons sûrement faire quelque chose pour aider Capone et les autres. J'espérais que nous pourrions localiser leurs armes nucléaires. La destruction de cette base serait une lourde perte pour la Confédération.

— N'y pensons plus, ces marines sont trop forts, grommela Lennart. (Debout devant le siège du juge, il considérait le sol en se grattant le menton d'un air songeur.) Il y a une pièce ou un couloir vingt mètres au-dessous de nous. (Autour de ses pieds, les carreaux s'écartèrent en cercles concentriques, révélant la roche nue en dessous.) Si on rassemble nos forces, on ne mettra pas longtemps à casser ça.

— Peut-être, concéda Jacqueline. Mais ils le sauront. Gilmore a dû nous entourer de toutes sortes de capteurs.

— Alors, qu'est-ce qu'on fait ? demanda l'un de ceux qu'ils avaient ramenés de l'au-delà. Pour l'amour de Dieu, on ne va pas rester là à attendre que les marines enfoncent la porte. Je viens à peine de revenir. Je ne vais pas renoncer à ce corps au bout de dix minutes. Je ne le supporterais pas.

— Pour l'amour de Dieu ? répéta Jacqueline avec amertume.

— C'est peut-être quand même ce qui va arriver, dit Perez. Peut-être que nous allons tous retourner dans l'au-delà.

— Pourquoi donc ? demanda Jacqueline.

— Ce Khanna est au courant d'une embuscade que la Confédération va tendre à Capone. Il est sûr qu'ils vont détruire la flotte de l'Organisation. Si Capone n'est plus là pour nous ouvrir de nouveaux systèmes stellaires, nous sommes coincés. Khanna est persuadé que la quarantaine empêchera la possession de se répandre sur d'autres planètes.

— Alors, nous devons informer Capone, déclara Jacqueline. Nous tous, nous devons claironner cette nouvelle dans l'au-delà.

— Bien, fit Nena. Fais-le si ça te chante. Et nous dans tout ça ? Comment allons-nous sortir d'ici ?

— Pour le moment, c'est un problème secondaire.

— Pas pour moi, bordel.

Comme elle lui lançait un rictus, Jacqueline vit des gouttes de sueur perler sur le front de Nena. Et celle-ci semblait vaciller sur ses jambes. Parmi les autres, certains semblaient épuisés, et ils avaient les yeux vitreux. Jacqueline prit conscience que son corps semblait s'être alourdi. Elle renifla l'atmosphère d'un air soupçonneux, y percevant la légère odeur d'ozone caractéristique de la climatisation.

— Qu'est-ce que les Forces spatiales ont l'intention de faire pour contrer Capone ? demanda-t-elle.

— Elles savent qu'il compte attaquer Toi-Hoi. Elles vont planquer une flotte au large de Tranquillité et l'intercepter quand il se sera mis en route.

— Nous devons nous souvenir de ça, dit Jacqueline avec fermeté, les fixant tour à tour d'un regard impérieux. Capone doit être informé. Vous devez le contacter.

Elle ignora tout le reste pour se concentrer sur un unique souhait : l'air devait être pur et frais, comme celui qu'on respire dans les montagnes. Elle sentit un soupçon de pin.

L'un des possédés s'assit lourdement. Les autres haletaient.

— Que se passe-t-il ? demanda l'un d'eux.

— Les radiations, je suppose, répondit Jacqueline. Sans doute qu'ils nous bombardent de rayons gamma pour ne pas avoir à nous affronter directement.

— On va exploser une porte, dit Lennart. Les charger. Certains d'entre nous s'en sortiront peut-être.

— Bonne idée, dit Jacqueline.

Il se tourna vers la porte située derrière le siège du juge et pointa sur elle un index tremblant. Un pauvre filet de feu blanc en sortit. Il réussit à maculer la porte de suie, mais ce fut tout.

— Aidez-moi. Agissons ensemble !

Jacqueline ferma les yeux, imaginant que tout l'air pur contenu dans le prétoire se rassemblait autour d'elle, et d'elle seule. Une douce brise caressa son tailleur.

— Je ne veux pas retourner dans l'au-delà ! gémit Perez.

— Il le faut, dit Jacqueline. (Elle respirait beaucoup mieux.) Capone te trouvera un nouveau corps. Il t'accueillera avec joie. Je t'envie, tu sais.

Deux autres possédés s'effondrèrent. Lennart tomba à genoux, porta ses mains à sa gorge.

— Les Forces spatiales doivent ignorer ce que nous avons appris, déclara Jacqueline d'une voix éraillée.

Perez leva les yeux vers elle, trop faible pour la supplier. Puis il comprit au ton qu'elle avait adopté que cela n'aurait servi à rien.

La charge directionnelle d'explosif électronique découpa la porte du prétoire à la vitesse de l'éclair. À peine si les marines, en position dans le couloir à quinze mètres de là, en sentirent le souffle.

— Go ! hurla le capitaine Peyton au moment précis de l'explosion.

Le bloc de communication de son armure était réglé sur audio, au cas où les possédés seraient encore actifs.

Dix grenades sensorielles furent lâchées dans la salle lorsque la porte tomba comme une pièce de monnaie coupée en deux. Un déchaînement de son et de lumière emplit le couloir. Les marines foncèrent au sein de ce déluge.

C'était un assaut synchronisé. Les trois portes du prétoire cédèrent au même instant. Il y eut trois lancers de grenades sensorielles. Il y avait trois pelotons de marines.

Le Dr Gilmore, toujours en liaison avec les naneuroniques de Peyton, recevait en direct les images transmises par les capteurs de son casque. Il lui fallut quelques instants pour déchiffrer la scène qu'il découvrit. Les fusées éclairantes qui tombaient doucement, les rayons de visée émis par les armures qui découpaient l'espace au-dessus des boxes en ruine. Des cadavres partout.

Certains étaient tombés lors du premier combat. Mais dix autres avaient été exécutés. Il n'y avait pas d'autre explication. Chacun d'eux avait eu le cerveau grillé par une décharge de feu blanc.

Peyton se frayait un chemin au sein du groupe de vingt marines qui s'était amassé au milieu du prétoire. Jacqueline Couteur se trouvait au centre de ce groupe, enveloppée d'une petite tornade grise qui s'était formée autour d'elle. On aurait dit un cocon fait de brins d'air solidifié. La tornade produisait un gémissement suraigu en oscillant doucement de droite à gauche.

Jacqueline Couteur avait les mains en l'air. Elle considéra les armes braquées sur elle avec un calme qui confinait au sublime.

— D'accord, dit-elle. Vous avez gagné. Et je crois que j'ai à nouveau besoin de mon avocat.

10.

Près de trois mille possédés s'étaient assemblés devant le hall du gratte-ciel. La plupart d'entre eux semblaient contrariés d'avoir été convoqués, mais pas un n'avait résisté aux adjoints de Bonney qui les avaient fait venir. Ce qu'ils voulaient, c'était vivre en paix. Sur une planète, ils se seraient contentés de s'éclipser dans la nature ; dans un habitat, c'était hors de question.

Une partie du toit aux courbes élégantes était affaissée, souvenir d'un des premiers épisodes de la conquête de l'habitat. Bonney escalada la pile de gravats. Elle tenait dans sa main un bloc-processeur dont l'écran était tourné vers son visage.

— C'est ta dernière chance, Rubra, déclara-t-elle. Dis-moi où se planque ton morveux ou je vais me fâcher. (L'écran du bloc demeura vierge.) Tu as entendu ce qu'a dit Patricia. Je le sais, tu n'as pas pu t'empêcher de nous espionner. Ça fait un bon moment que tu me manipules. Tu me dis toujours où il est, et il n'y est plus quand je rapplique. Tu l'aides autant que tu m'aides, pas vrai ? Sans doute que tu essaies de lui faire peur pour qu'il coopère avec toi. C'est ça, hein ? Eh bien, c'en est fini de ce petit jeu, Rubra, car la venue de Patricia a changé les règles ; on joue dans la cour des grands maintenant. Je n'ai plus besoin d'être prudente, je n'ai plus besoin de respecter ta chère et délicate structure. C'était marrant de traquer l'un après l'autre tous les petits fumiers que tu avais planqués un peu partout. Je me suis bien amusée. Mais toi, tu n'as pas cessé de tricher. Le plus drôle, c'est que Dariat nous avait avertis dès le début. (Elle arriva au niveau du toit et se plaça au-dessus de la foule.) Alors, tu vas parler ?

Sur l'écran apparurent ces mots :

TOUTES CES PETITES NOCTURNES QUI ARRIVENT ICI, TU JOUIS VRAIMENT DE CE QUE TU LEUR FAIS, PAS VRAI, GOUINE ?

Bonney laissa choir le bloc-processeur comme s'il s'agissait d'une feuille de papier hygiénique souillé.

— Fin de partie, Rubra. Tu as perdu ; je vais te casser en deux à coups de bombes atomiques.

Dariat, je crois que tu ferais mieux d'écouter ça.

Qu'est-ce qu'il y a encore ?

C'est Bonney, comme d'habitude. Mais les choses commencent à tourner à l'aigre. Kiera n'aurait jamais dû lui laisser la bride sur le cou.

Dariat se brancha sur les routines d'observation à temps pour voir Bonney lever les mains et demander le silence. La foule tourna vers elle des yeux impatients.

— Nous sommes aussi puissants que des génies, dit-elle. Chacun de nous a le pouvoir de réaliser le moindre de ses souhaits. Et nous vivons comme des chiens dans ces bidonvilles, complètement soumis, à grappiller des bribes de nourriture et à aller où on nous dit d'aller. Tout ça à cause de Rubra. Nous avons des astronefs, bon sang. Nous pouvons gagner un autre système stellaire en un battement de cœur. Mais si nous voulons aller d'ici à la calotte, il faut y aller à pied. Et pourquoi ? Parce que cet empaffé de Rubra ne nous permet pas d'utiliser le métro. Et, jusqu'à maintenant, nous l'avons laissé faire. Eh bien, c'est fini.

Une vraie passionaria, commenta Dariat, mal à l'aise.

Une psychopathe, oui. Ils ne vont pas lui désobéir, ils ne l'oseraient pas. Elle va les rassembler et les lâcher sur toi. Je ne peux pas te protéger d'un habitat de possédés. Pour une fois, mon garçon, je ne te mens pas.

Ouais. Je le vois bien.

Dariat regagna l'intérieur de la grotte. Le feu presque éteint se réduisait à une pyramide de braises enveloppée d'une poudre de cendre grise. Il le contempla, sentant la chaleur dormante contenue dans ses fragments rougeoyants.

Je dois prendre une décision. Je ne peux pas battre Rubra. Et Kiera détruira Rubra à son retour. Pendant trente ans, j'aurais accueilli cette nouvelle avec joie. Trente ans, bordel. Toute ma vie.

Mais il est prêt à sacrifier son intégrité mentale, à joindre ses pensées aux miennes. Il a cru durant deux siècles qu'il pourrait vivre seul, et il est prêt à renoncer à cette croyance.

Tatiana frémit sur la couverture et se redressa, faisant tinter ses bracelets. Fatigue et confusion s'effacèrent de son visage.

— Quel rêve étrange ! (Elle lui lança un regard rusé.) Mais les temps sont étranges, n'est-ce pas ?

— Qu'as-tu rêvé ?

— J'étais dans un univers partagé entre la lumière et la ténèbre. Et je tombais loin de la lumière. Puis Anastasia m'a attrapée et nous avons pris notre essor ensemble.

— Ça ressemble au salut.

— Que se passe-t-il ?

— La situation a changé. Ce qui veut dire que je dois prendre une décision. Et je n'en ai aucune envie, Tatiana. J'ai passé trente ans à éviter les décisions. Trente ans à me dire que j'attendais mon heure. Trente ans à rester un gosse.

Tatiana se leva et s'approcha de lui. Comme il refusait de la regarder dans les yeux, elle lui passa un bras autour des épaules.

— Que dois-tu décider ?

— Dois-je aider Rubra ? Dois-je le rejoindre dans la strate neurale et le transformer en habitat possédé ?

— C'est ce qu'il veut ?

— Je ne le pense pas. Mais il est comme moi, il n'a guère le choix. La partie est finie, et nous n'avons plus droit qu'à un peu de répit.

Elle le caressa d'un air absent.

— Quoi que tu décides, ne te soucie pas de moi. Il y a trop de choses en jeu, des choses importantes. Les individus ne comptent guère dans ces cas-là ; et je me suis bien jouée de Bonney. On l'a sacrément énervée, hein ? Ça fait plaisir.

— Les individus comptent, au contraire. Surtout toi. Bizarre, j'ai l'impression que la roue a tourné. Anastasia me disait toujours que toute vie est précieuse. À présent, je dois décider de ton sort. Et je ne peux pas te laisser souffrir, car tu souffriras sûrement si Rubra et moi affrontons ensemble les possédés. Je suis responsable de sa mort, je ne veux pas être responsable de la tienne. Comment pourrais-je lui faire face si je devais porter un tel fardeau ? Je dois lui être fidèle. Tu le sais. (Il redressa la tête, éleva la voix.) Tu crois que tu as gagné ?

Je ne savais même pas que nous étions ennemis avant l'épidémie de possession, dit tristement Rubra. **Tu connais les espoirs que j'avais jadis placés en toi, même si nous ne les avons jamais partagés. Je voulais que rien ne vienne gâcher les rêves que j'entretenais pour toi, tu le sais. Tu étais mon héritier, mon prince élu. Le destin t'a empêché de recevoir**

ton héritage. C'est ce qu'était Anastasia, pour toi et pour moi. Le destin. Un acte de Thoale, si tu préfères.

Tu penses que tout cela était voulu par le destin ?

Je ne sais pas. Tout ce dont je suis sûr, c'est que notre union représente notre dernière chance de sauver ce qui peut encore l'être. La question que tu dois te poser est la suivante : les vivants ont-ils le droit de vivre ou bien les morts règnent-ils sur l'univers ?

Ça te ressemble bien de poser une question comme celle-ci.

Je suis ce que je suis.

Plus pour très longtemps.

Tu vas le faire ?

Oui.

Viens en moi, alors, je t'accepterai dans la strate neurale.

Pas tout de suite. Je veux d'abord faire sortir Tatiana.

Pourquoi ?

Peut-être que nous serons omnipotents quand je me trouverai dans la strate neurale, mais Bonney et les harpies auront toujours la ressource d'infliger de graves dommages à la coque de l'habitat. Ça m'étonnerait que nous puissions les réparer instantanément, mais dès que je me serai réfugié dans la strate neurale, les possédés le sauront. Il va y avoir bataille, et je ne veux pas que Tatiana soit blessée.

Très bien, je vais demander au Consensus de Kohistan d'envoyer un faucon pour l'évacuer.

Tu as un plan ?

Possible. Je ne promets rien. Vous feriez mieux de vous rendre au spatioport contrarotatif avant que Bonney se mette en chasse.

Bonney ne se contentait pas d'organiser une partie de chasse. Elle avait appris à ses dépens que Dariat pouvait fuir par le métro alors qu'elle était obligée de le traquer à bord d'un pick-up. Si elle voulait le capturer, elle devait d'abord réduire sa mobilité.

La petite armée qu'elle avait rassemblée fut divisée en brigades, chacune étant chargée d'appliquer des instructions bien précises. Les plus importantes furent placées sous les ordres de ses adjoints, qui avaient pour mission de les tenir en main.

Tous les véhicules en état de marche de l'habitat s'égaillèrent à partir du gratte-ciel, empruntant les pistes tracées dans les hautes herbes. La majorité se rendit directement dans les camps établis près des autres gratte-ciel pour enrôler leurs occupants dans les forces de Bonney. Un effet domino se propagea rapidement le long de la section centrale de Valisk.

Kiera tenait à préserver le métro afin qu'il puisse être remis en marche une fois qu'ils auraient déplacé Valisk hors de cet univers. Bonney n'avait pas de tels scrupules. Un peu à contrecœur, les possédés entrèrent dans les gratte-ciel et descendirent dans les stations du premier étage. Là, ils combinèrent leurs pouvoirs énergétiques pour démolir systématiquement les tunnels. Ils arrachèrent aux murs et au plafond de gros morceaux de polype, qui tombèrent sur le rail de guidage magnétique. Ils tranchèrent et court-circuitèrent les câbles d'alimentation. Ils incendièrent les voitures, bloquant les tunnels et y envoyant une épaisse masse de fumée noire. Ils vaporisèrent les blocs-processeurs de gestion, exposant leur interface avec les fibres nerveuses de Valisk. Puis ils envoyèrent vague après vague de décharges électrostatiques dans ces moignons, espérant plonger la strate neurale dans d'atroces souffrances.

Encouragés par le succès de leur entreprise de vandalisme, et par l'apparente impuissance de Rubra, les possédés commencèrent à envahir les gratte-ciel. Les décharges énergétiques qui les précédaient annihilaient les systèmes électriques et mécaniques, démolissaient les meubles et le décor. Ils fouillèrent chaque chambre, chaque couloir, chaque cage d'escalier en quête de non-possédés. Ils descendirent étage par étage, retrouvant l'ivresse vertigineuse de leurs premières offensives. Leur unité accroissait leur force. Nombre d'entre eux se métamorphosèrent en monstres fantastiques et en héros de légende. Ils n'allaient pas se contenter de débusquer l'ennemi, le traître, ils allaient le débusquer avec des raffinements de cruauté.

Les harpies quittèrent leurs corniches pour venir tourner autour des gratte-ciel tubulaires ; tels des oiseaux surgis de l'enfer, elles scrutaient les fenêtres ovales avec leurs sens tout-puissants pour assister leurs camarades.

Ensemble, ils allaient le débusquer. Ce n'était plus qu'une question de temps.

Dariat s'assit en face de Tatiana lorsque la rame quitta la station de la calotte sud.

— On va te mettre dans l'une des nacelles de sauvetage du spatioport, lui dit-il. Ça va secouer un peu au début, elles se lancent à douze g d'accélération. Mais ça ne durera que huit secondes. Tu tiendras le coup. Une escadre de faucons venue de Kohistan te récupérera dès que tu seras suffisamment loin.

— Et les possédés ? demanda-t-elle. Ils ne vont pas essayer de m'arrêter, en me tirant dessus par exemple ?

— Ils ne comprendront rien à ce qui se passe. Rubra va lancer simultanément les deux cents nacelles. Les faucons auront émergé et récupéré la tienne avant que les harpies aient découvert ta présence.

Tatiana se fendit d'un sourire à la fois amusé et dubitatif.

— Si tu le dis. Je suis fière de toi, Dariat. Tu as répondu présent quand ça comptait, tu m'as montré ton vrai moi. Et c'est celui d'un homme bon. Anastasia serait fière de toi, elle aussi.

— Euh... merci.

— Savoure ta victoire, laisse-la te réchauffer le cœur. Dame Chi-ri va te sourire ce soir. Profite bien de ce sourire.

— Nous n'avons pas encore gagné.

— Mais si. Tu ne vois pas ? Après toutes ces années de lutte, tu as enfin triomphé d'Anstid. Ce n'est pas lui qui t'a dicté ce que tu fais maintenant. Tes actes ne sont motivés ni par la haine ni par la soif de vengeance.

Dariat eut un large sourire.

— La haine, non. Mais je suis ravi de jouer un bon tour à cette sorcière de Bonney.

Tatiana s'esclaffa.

— Moi aussi !

La rame freina brutalement, obligeant Dariat à s'accrocher à son siège. Tatiana poussa un hoquet comme elle s'agrippait à un poteau, et l'éclairage diminua d'intensité.

— Que se passe-t-il ? s'enquit-elle.

La rame s'arrêta en tressautant. Les lumières s'éteignirent, se rallumant lorsque l'électromatrice de secours se mit en ligne.

Rubra ?

Ces petits salopards démolissent la station vers laquelle vous vous dirigiez. Ils ont coupé l'alimentation du rail magnétique, je n'ai même plus de circuits de secours.

Dariat accéda aux routines d'observation de la strate neurale pour évaluer les dégâts. La station du gratte-ciel était totalement dévastée. Des décharges d'énergie invisible arrachaient aux parois du tunnel des masses fumantes de polype ; le rail de guidage se tortillait comme un serpent, émettant des hurlements stridents tandis que ses mouvements convulsifs débloquaient les attaches qui le fixaient au sol ; des câbles électriques tranchés crachaient des étincelles depuis le plafond. Au sein du vacarme, on entendait des rires et des quolibets.

Il jeta un bref coup d'œil aux autres stations et constata l'étendue du désastre.

Bordel de merde.

En effet, commenta Rubra. **Elle se paie une overdose de rage, mais elle ne perd pas le nord pour autant.**

Un schéma du réseau du métro s'afficha dans l'esprit de Dariat.

Regarde, il y a encore des itinéraires de rechange vers l'axe central.

Oui, pour l'instant. Mais vous devez remonter de deux stations avant que je puisse vous orienter vers un autre tunnel. Je ne peux plus alimenter le rail de celui-ci, ils ont saboté les relais. La rame va devoir compter sur ses seules réserves d'énergie. Vous auriez plus vite fait de marcher, ou quasiment. Et quand vous serez arrivés à destination, les possédés auront démoli tout un tas d'autres stations. Bonney a bien préparé son coup ; vu la façon dont elle isole les sections de tunnels, le réseau aura cessé d'être opérationnel dans quarante minutes.

Alors, comment on fait pour rejoindre le spatioport ?

Continuez à aller de l'avant. Traversez la station à pied. Je peux amener une autre rame dans le tunnel de l'autre côté ; elle vous conduira directement à la calotte.

Traverser la station à pied ? Tu plaisantes.

Ils ne laissent que deux possédés pour monter la garde dans chaque station démolie. Ça ne te posera pas de problème.

D'accord.

Les lumières se mirent en veilleuse comme la rame redémarrait.

— Alors ? demanda Tatiana.

Dariat lui expliqua la situation.

Les gratte-ciel formaient des nœuds dans le réseau de circulation de l'habitat ; chacun d'eux était desservi par sept stations, ce qui permettait aux rames de gagner n'importe quelle partie de l'intérieur. Ces stations étaient identiques : des salles au plafond en double voûte, avec un quai central de vingt mètres de long. Les murs de polype bleu pâle étaient parcourus de bandes de cellules électrophorescentes au-dessus des rails. Il y avait un escalier à chaque extrémité du quai, conduisant au hall du gratte-ciel ou à une issue de secours débouchant sur le parc.

Les possédés achevèrent de saccager la station vers laquelle se dirigeait Dariat et empruntèrent le premier escalier pour aller fouiller le gratte-ciel. Comme l'avait prédit Rubra, ils laissèrent deux d'entre eux pour monter la garde à l'entrée des tunnels. Des bancs de fumée flottaient dans l'air. Les flammes léchaient encore les tas de polype déchiqueté qui bloquaient chaque tunnel. Plusieurs hologrammes clignotaient dans les hauteurs ; un projecteur déjà bien endommagé et affecté par la proximité des possédés transformait la plupart des images publicitaires en taches de couleur dénuées de sens.

Comme l'incendie s'éteignait lentement de lui-même, les deux possédés furent quelque peu surpris lorsque, sept minutes après le départ de leurs camarades, le système d'arrosage de la station se mit soudain en marche.

À trois cents mètres de l'entrée du tunnel, Dariat aidait Tatiana à franchir l'écoutille de secours de la rame. Ils n'étaient éclairés que par une chiche lueur bleutée provenant des bandes électrophorescentes des murs. Le tunnel s'incurvait doucement devant eux, de sorte que le polype empêchait les deux gardes de percevoir leur présence.

Tatiana descendit d'un bond sur la voie et se redressa.

— Prête ? lui demanda Dariat.

Il avait accédé aux cellules sensitives de l'habitat pour étudier la masse de polype qu'il leur faudrait escalader pour entrer dans la station. Un mètre à grimper, une ouverture au sommet – l'obstacle n'était pas insurmontable.

— Oui, répondit-elle.

On y va, lança Dariat.

Les deux possédés avaient renoncé à se protéger des torrents d'eau qui se déversaient du système d'arrosage. Ils battaient en retraite vers l'escalier pour s'y abriter. Leurs vêtements s'étaient transformés en anoraks ruisselants. La moindre surface était maintenant inondée : murs, quai, sol, polype.

Rubra prit le contrôle des coupe-circuits qui contrôlaient les câbles d'alimentation du métro et injecta treize mille volts dans le rail d'induction. Ce chiffre, correspondant à la limite de ce que pouvaient supporter les conducteurs organiques de l'habitat, représentait le triple de la tension nécessaire au fonctionnement des rames. Le rail de guidage se convulsa comme il l'avait fait quand les possédés l'avaient saboté. Les couplages magnétiques émirent une lueur incandescente lorsqu'il se brisa en deux. On aurait dit qu'un fusiopropulseur venait d'être activé dans la station. Les gouttes d'eau qui tombaient à verse du plafond virèrent au violet fluorescent et se vaporisèrent. Toutes les surfaces métalliques lancèrent des gerbes d'étincelles.

Et, au sein de ce chaos aveuglant, deux corps s'enflammèrent, émettant un éclat encore plus violent que la lumière ambiante.

Rubra ne se contenta pas de frapper une station, cela aurait attiré l'attention de Bonney, qui était aussi aiguë que le capteur de visée d'une guêpe de combat. Il lança plusieurs douzaines d'attaques, dans le métro et ailleurs. La majorité était de nature électrique, mais les possédés eurent aussi à affronter des charges d'animaux domestiques et de mécanoïdes revenus à la vie, dont les thermolames et les outils au laser furent pris de folie sous l'effet des interférences énergétiques qui brouillaient leurs processeurs.

Des nouvelles de ce tumulte affluèrent dans le hall du gratte-ciel où Bonney avait établi son QG de campagne. Ses adjoints hurlaient dans les puissants talkies-walkies grâce auxquels ils restaient en contact les uns avec les autres.

Dès que la lueur incandescente pénétra dans le tunnel, Dariat courut dans sa direction. Il avait empoigné la main de Tatiana pour la tirer derrière lui. Un hurlement déchirant résonnait tout autour d'eux.

— Qu'est-ce que Rubra est en train de leur faire ? cria-t-elle.

— Ce qu'il fallait leur faire.

L'éclat s'estompa, et le hurlement avec lui. Dariat distingua la pile de polype, quatre-vingts mètres devant lui. Elle était surmontée d'un croissant de lumière provenant de la station.

Leurs pieds foulèrent les eaux ruisselantes qui pénétraient dans le tunnel. Tatiana grimaça comme ils arrivaient au pied de l'obstacle et releva sa jupe.

Bonney écoutait les appels frénétiques qui lui parvenaient, dénombrant les incidents et les pertes qu'ils avaient causées. Ils s'en étaient relativement bien tirés. Ce qui n'était pas normal.

— Silence ! beugla-t-elle. Combien de stations attaquées ?

— Trente-deux, répondit l'un de ses adjoints.

— Soit un total de cinquante attaques. Mais nous n'avons perdu que soixante-dix ou quatre-vingts hommes dans les stations. Rubra s'est contenté d'éliminer nos sentinelles. S'il avait voulu nous infliger de lourdes pertes, il aurait agi pendant qu'on démolissait les stations.

— C'est une diversion, alors ? Dariat doit être ailleurs.

— Non, répliqua-t-elle. Pas exactement. Nous savons qu'il utilise le métro pour se déplacer. Je parie que ce petit con est dans une rame. C'est forcément ça. Sauf que nous l'avons déjà bloqué. Rubra se débarrasse des sentinelles pour que Dariat puisse passer. C'est pour ça qu'il a attaqué tous azimuts, pour qu'on croie à un assaut général. (Elle pivota sur elle-même pour faire face à une colonne de polype nu et se fendit d'un sourire triomphant.) C'est ça, hein ? C'est ça ton plan. Mais où va-t-il ? Les gratte-ciel occupent un point central. (Elle secoua la tête, irritée.) Okay, les gars, on se ressaisit. Je veux un homme dans chacune des stations que Rubra a attaquées. Et tout de suite. Qu'ils veillent à ne pas marcher dans l'eau et qu'ils fassent gaffe aux domestiques. Exécution !

L'image de Bonney en train de donner des ordres affecta l'esprit de Dariat à la façon d'une gueule de bois carabinée. Il venait d'arriver en haut du tas de polype et se glissait sous le plafond. La station était envahie d'une épaisse brume de vapeur, qui réduisait la visibilité à moins de cinq mètres. La condensation était partout, ce qui allait rendre leur descente particulièrement dangereuse.

Elle est maligne, la salope, dit Rubra. **Je ne m'étais pas attendu à ça.**

Tu peux les retarder ?

Non, pas dans cette station. Je n'ai plus aucun domestique dans les parages, et les câbles sont tous grillés. Il va falloir que tu coures.

L'image d'un adjoint dans le hall au-dessus de lui, un talkie-walkie collé à l'oreille.

— Je suis au-dessus, je suis au-dessus, criait-il dans le micro.

— Dépêche-toi, Tatiana ! s'écria Dariat.

Elle rampait pour s'insinuer sous le plafond.

— Que se passe-t-il ?

— Ils arrivent.

Elle dégagea ses jambes d'un mouvement du bassin. Ensemble, ils dévalèrent le tas de polype, déclenchant une petite avalanche de gravier.

— Par ici.

Dariat désigna le banc de brume. Grâce à ses perceptions, il distingua les contours gris des murs de la station à travers les volutes de vapeur froide et localisa l'entrée du tunnel. Les cellules sensitives de Valisk lui montrèrent la rame qui les attendait cent cinquante mètres plus loin. Ainsi que le possédé qui arrivait en haut de l'escalier.

— Attends ici, dit-il à Tatiana, et il bondit sur le quai.

Son apparence s'altéra complètement, sa tenue toute simple laissant la place à un uniforme pourpre des plus élégants, orné de galons dorés. C'était le personnage qui l'avait le plus marqué durant son enfance, le colonel Chaucer, héros d'une série AV, qui avait quitté les Forces spatiales de la Confédération pour devenir un justicier solitaire.

Rubra riait doucement dans sa tête.

Le possédé était à mi-hauteur de l'escalier lorsqu'il se mit à ralentir. Il porta son talkie-walkie à ses lèvres.

— Il y a quelqu'un ici.

Dariat arriva au pied des marches.

— Ce n'est que moi, lança-t-il d'une voix joviale.

— Et qui diable es-tu ?

— Toi d'abord. C'est moi qui suis en poste ici.

L'esprit du possédé s'emplit de confusion tandis que Dariat se dirigeait vers lui d'un pas assuré. Ce comportement n'était pas celui d'un fugitif.

Dariat ouvrit la bouche et cracha une boule de feu blanc sur la tête du possédé. Deux âmes hurlèrent de terreur en plongeant dans l'au-delà. Le corps dévala les marches.

— Que se passe-t-il ? (En tombant au pied de son propriétaire, le talkie-walkie redevint un bloc de communication standard.) Que se passe-t-il ? Au rapport. Au rapport.

Il y en a quatre autres qui suivent celui-ci, avertit Rubra. **Bonney leur a ordonné de gagner cette station dès qu'il y a signalé une présence.**

Merde ! On n'arrivera jamais à la rame. Ils n'auront aucune peine à rattraper Tatiana.

Appelle-la. Je vais vous cacher dans le gratte-ciel.

Hein ?

Fais vite !

— Tatiana ! Par ici !

Il perçut l'ouverture de tous les ascenseurs du hall. Les quatre possédés arrivaient en bas des escaliers du premier étage. Tatiana se mit à courir le long du quai. Elle jeta au cadavre un bref regard horrifié.

— Viens.

Dariat lui empoigna la main sans ménagements. Elle lui adressa un regard plein de reproche, mais se sentit aiguillonnée par l'angoisse dans sa voix. Ils grimpèrent l'escalier quatre à quatre.

La lumière du jour inondait le hall circulaire. Celui-ci n'était que très peu endommagé : seules quelques traces de brûlure sur les colonnes de polype et quelques vitres brisées témoignaient de la présence des possédés dans le gratte-ciel.

Dariat entendit des bruits de pas précipités provenant d'un escalier à l'autre bout du hall, dissimulé à ses yeux par les ascenseurs centraux. Ses perceptions commençaient à capter les possédés émergeant derrière la masse de polype. Ce qui signifiait qu'ils n'allaient pas tarder à les repérer.

Il souleva Tatiana dans ses bras, ignorant son cri de protestation, et fonça vers les cabines. Ses jambes adoptèrent un rythme puissant, propulsées par des muscles démesurés. Elle ne pesait presque rien.

Vu sa vitesse phénoménale, il n'avait aucune possibilité de ralentir une fois passé la porte de l'ascenseur ; il lui aurait fallu dix mètres pour s'arrêter. Ils heurtèrent violemment la cloison du fond. Tatiana poussa un hurlement, blessée aux épaules, aux côtes et à la jambe, et coincée par la masse de Dariat. Puis le visage de celui-ci s'enfonça dans le métal argenté, sans que sa capacité énergétique puisse le protéger de la douleur. Du sang jaillit de son nez, souillant la cloison. Comme il s'effondrait, il perçut vaguement la porte de la cabine en train de se fermer. À l'extérieur, la lumière devenait de plus en plus intense.

Dariat s'agita faiblement, se prenant la tête entre les mains comme si le bout de ses doigts avait le pouvoir de faire disparaître ses hématomes. Peu à peu, la douleur dans son crâne s'atténua, ce qui lui permit de se concentrer sur celle qui tourmentait le reste de son corps.

— Bordel...

Il s'adossa à une cloison et reprit lentement son souffle. Tatiana gisait sur le sol devant lui, les mains plaquées sur les côtes, le front constellé de sueur froide.

— Quelque chose de cassé ? lui demanda-t-il.

— Je ne pense pas. Mais j'ai mal.

Il se mit à quatre pattes et rampa vers elle.

— Où ça ? Montre-moi.

Elle s'exécuta, et il lui imposa les mains. Il perçut mentalement le dessin lumineux de ses chairs meurtries, de ses os blessés, des fissures qui s'enfonçaient en elle. Il ordonna à son corps de revenir à son état initial.

Tatiana poussa un soupir de soulagement.

— Je ne sais pas ce que tu m'as fait, mais c'est plus efficace que des nanos médicales.

L'ascenseur stoppa au cinquantième étage.

Et maintenant ? s'enquit Dariat.

Rubra lui montra ce qui allait se passer.

Tu es vraiment un infâme salaud.

Merci du compliment, mon garçon.

À la tête d'une petite armée de possédés, Stanyon traquait Dariat dans le gratte-ciel. Au début, il avait eu trente-cinq hommes sous ses ordres, mais ce nombre avait rapidement crû à mesure que Bonney lui envoyait des renforts depuis les gratte-ciel voisins. Elle venait de lui annoncer qu'elle serait bientôt sur les lieux. Stanyon se défonçait pour trouver Dariat avant son arrivée. Il s'échauffait rien qu'à l'idée des louanges (entre autres choses) que Kiera réserverait au champion ayant éliminé sa *bête noire*[1] de l'habitat.

Huit groupes de possédés participaient aux recherches sur autant d'étages. Ils progressaient vers le bas, démolissant tous les équipements mécaniques et électroniques sur leur passage.

Il quitta l'escalier pour gagner le palier du trente-huitième étage. Pour une raison indéterminée, Rubra ne leur opposait plus de résistance. Les membranes des portes s'ouvraient sans problème, l'éclairage restait opérationnel, il n'y avait pas un domestique en vue. Il regarda autour de lui, ravi du spectacle qui s'offrait à ses yeux. Le local d'entretien de l'étage avait été forcé et toutes les machines qu'il contenait réduites en pièces, ce qui avait permis entre autres de neutraliser le système anti-incendie. Les portes des appartements, des bars et des commerces avaient été enfoncées, les meubles et les équipements soumis à un véritable autodafé. Le polype se fissurait par endroits sous l'effet de la chaleur, le marbre grenu se noircissait. Des plumets de vapeur sale montaient de tous les coins.

— Crève, gronda Stanyon. Crève à petit feu. Crève en souffrant.

Il se dirigeait vers la porte de la cage d'escalier lorsque son talkie-walkie se mit à grésiller.

— On le tient ! Il est ici.

Stanyon arracha l'instrument à sa ceinture.

— Où ça ? Qui est à l'appareil ? À quel étage êtes-vous ?

— Ici Grande-Épine le Pied-vert ; je suis au quarante-neuvième étage. Il est juste en dessous de nous. On le sent tous.

— Tout le monde a bien reçu ? hurla Stanyon avec enthousiasme. Cinquantième étage. Grouillez-vous le cul !

Il se mit à courir vers l'escalier.

— Ils arrivent, lança Dariat.

Tatiana le gratifia d'un sourire inquiet mais courageux et

1. En français dans le texte *(N.d.T.)*.

acheva de nouer la dernière corde autour du coussin. Ils se trouvaient dans un appartement résidentiel désaffecté depuis un bon moment ; son salon était dominé par des meubles en polype, tables en fer à cheval et fauteuils gigantesques. Ceux-ci avaient été transformés en confortables nids de coussins. La mousse formant leur rembourrage était un plastique ultraléger constitué à quatre-vingt-quinze pour cent de bulles d'azote.

Idéal pour servir de bouée, avait juré Rubra.

Dariat essaya son harnais une dernière fois. Les cordes qu'il avait confectionnées à partir du tissu criard maintenaient un coussin contre son torse et un autre contre son dos. Jamais il ne s'était senti aussi ridicule.

Ses doutes devaient être visibles sur son visage.

Si ça marche, pas la peine de l'améliorer, déclara Rubra.

Remarque inattendue de la part de quelqu'un qui a consacré sa vie à se mêler de ce qui ne le regardait pas.

Jeu, set et match, sans contestation possible. Alors, tu achèves de te préparer ?

Dariat accéda aux routines d'observation du gratte-ciel pour voir ce que faisaient les possédés. Il y en avait douze à l'étage supérieur. Un troll à l'épiderme de roche menait la bande, suivi par deux cyber-ninjas en veste noire, un humanoïde en exosquelette couleur ambre, qui semblait capable de déchirer le métal avec ses pinces, un prince elfe vêtu à la Robin des Bois et armé d'un arc, qui portait un talkie-walkie, trois ou quatre Néandertaliens exagérément velus et plusieurs soldats vêtus d'uniformes provenant de tous les âges de l'Histoire.

— Les cinglés sont encore sur le sentier de la guerre, marmonna Dariat. Tu es prête ? demanda-t-il à Tatiana.

Elle ajusta son coussin de devant et le cala d'un ultime nœud.

— Oui.

La porte-membrane de la salle de bains s'ouvrit en silence, leur révélant une véritable suite couleur émeraude : baignoire circulaire, de style vaguement égyptien, lavabo, bidet et cabinets assortis. Le tout en parfait état. C'était la plomberie qui s'était dégradée. L'eau gouttait du pommeau de douche en cuivre au-dessus de la baignoire ; au fil des ans, elle avait dessiné une large tache orange sur la porcelaine. Des algues visqueuses couleur bleu-vert poussaient sur la bonde. Le lavabo débordait de savonnettes, si vieilles et si desséchées qu'elles commençaient à s'émietter, projetant une fine neige poudreuse sur le sol.

Dariat se planta sur le seuil et Tatiana se colla à lui, impatiente d'examiner les lieux.

— Qu'est-ce qui est censé se passer ? s'enquit-elle.

— Regarde.

Un grondement de basse montait des W.-C. Des lézardes apparurent à sa base, se firent de plus en plus profondes. Puis le siège sursauta, tourna sur lui-même et s'effondra. Autour de lui, le sol s'élevait sur un rayon de deux mètres, un peu à la façon d'une éruption volcanique. Le polype se brisa dans un craquement sinistre. Puis un jet d'eau jaillit du conduit d'évacuation fracturé.

— Seigneur Tarrug, que faites-vous donc ? demanda Tatiana.

— Cela n'est pas le fait de Tarrug mais celui de Rubra, lui dit Dariat. Aucune magie noire là-dessous.

Grâce à son affinité avec les routines secondaires locales, il sentit le sphincter du cabinet se crisper comme il se contorsionnait dans des directions imprévues, brisant la mince coque du sol en polype. Puis il s'immobilisa, dilaté au maximum. Le cône qu'il avait formé tressaillit un instant, puis se figea. Dariat se précipita vers lui. En son centre, un cratère donnait sur des ténèbres impénétrables. Le tissu musculaire dont étaient constitués ses flancs était une chair rouge sombre, dure au toucher mais désormais lacérée. Un fluide jaune pâle suintait des plaies, disparaissant dans les profondeurs invisibles.

— Notre issue de secours, dit Dariat avec une fierté qui faisait écho à celle de Rubra.

— Des W.-C. ? demanda-t-elle, incrédule.

— Naturellement. Ne fais pas la fine bouche.

Il s'assit sur le rebord du sphincter et fit basculer ses jambes au-dessus du cratère. Trois mètres de glissade l'amenèrent dans la canalisation. Lorsque ses pieds en touchèrent le fond, il s'agenouilla et tendit la main. Sa peau se mit à luire d'un éclat rosé. Celui-ci lui révéla le conduit s'éloignant devant lui, un boyau d'un peu plus d'un mètre de diamètre légèrement descendant.

— Envoie les coussins, ordonna-t-il.

Tatiana s'exécuta, jetant au fond du cratère un coup d'œil dubitatif. Dariat introduisit les deux harnais dans le conduit et commença à ramper en les poussant devant lui.

— Suis-moi quand je serai passé, d'accord ?

Il ne lui laissa pas le temps de répondre. Sa progression se révéla difficile, les harnais n'étant pas faciles à pousser. Les parois du conduit étaient luisantes d'eaux usées et de matière fécale. Dariat entendit Tatiana maugréer derrière lui en découvrant la présence de ces résidus.

Tous les quatre mètres, le conduit était cerclé d'une excroissance, des muscles péristaltiques facilitant la circulation de l'eau. Rubra les avait dilatés au maximum, mais ils formaient néanmoins des obstacles difficiles à négocier. Dariat venait de franchir le troisième lorsque Rubra le contacta.

Ils viennent d'arriver au cinquantième étage. Est-ce que tu les perçois ?

Non. Donc, en théorie, ils ne peuvent plus me localiser.

Ils savent en gros où tu te trouves, et ils foncent vers l'appartement.

Dariat était trop occupé à avancer pour examiner les images.

Et les autres ?

En train de descendre. Les escaliers en sont pleins. Un troupeau de phénomènes de foire en folie.

Il passa une nouvelle barrière musculaire. L'éclat émanant de sa main lui montra que le conduit s'achevait deux mètres plus loin. Un épais anneau de membrane musculaire entourait son extrémité. Derrière, un grand espace vide. Il entendit un petit bruit de pluie dans les ténèbres.

— On a réussi ! s'écria-t-il.

En guise de réponse, il n'eut droit qu'à une bordée de jurons.

Dariat fit basculer par-dessus bord les coussins et leurs cordes emmêlées, et les entendit tomber dans l'eau. Puis il plongea.

Le tube d'ingestion principal dans lequel se jetait le conduit s'étendait sur toute la hauteur du gratte-ciel. Il collectait les déchets, les matières organiques et les eaux usées à chaque étage et les transportait vers les vastes organes de purification situés à la base du gratte-ciel. Ceux-ci filtraient les composants organiques, qui étaient ensuite acheminés vers les organes nutritifs principaux, situés sous la calotte sud, via un réseau de conduits spécialisés. Poisons et toxines étaient tout simplement largués dans l'espace. L'eau fraîche était dirigée vers les réservoirs de l'habitat et les rivières du parc.

En temps normal, le tube d'ingestion principal était une cascade maintenue en permanence. Rubra avait fermé les vannes d'alimentation et inversé le sens du courant à partir des organes de purification, de sorte que l'eau était montée dans le tube jusqu'au niveau du cinquantième étage.

Les eaux glacées se refermèrent sur Dariat, et il sentit ses pieds s'éloigner du conduit. Deux ou trois coups de reins, et il émergea en crachant quelques gouttes d'eau. Heureusement que cette eau était pure – plus ou moins.

Il leva un bras en l'air, et une vive flamme bleue jaillit de ses doigts. Il découvrit grâce à elle les dimensions du tube : vingt mètres de diamètre, des parois de polype bleu dont la texture évoquait celle du granite. Les arrivées des conduits formaient des bouches noires un peu partout, et leurs membranes musculaires béaient comme des gueules de poissons. Les coussins flottaient à quelques mètres de lui.

Tatiana avait passé la tête et les épaules à l'extrémité du conduit et tendait le cou pour mieux voir ce qui l'attendait. La petite flamme qui montait de la main de Dariat ne permettait de distinguer le tube que sur une hauteur de quinze mètres au-dessus du niveau de l'eau. Une pluie battante tombait de son sommet enténébré, agitant la surface des eaux.

— Allez, dépêche-toi, lança Dariat.

Il nagea jusqu'à elle et l'aida à sortir du conduit. Elle hoqueta en plongeant dans l'eau glacée et battit des bras l'espace d'un instant.

Dariat récupéra les deux harnais et enfila le sien. Il dut aider Tatiana, ses doigts paralysés par le froid étant incapables de nouer les cordes. Lorsqu'il eut fini, les bouches des conduits commencèrent à se fermer tout autour d'eux.

— Où allons-nous maintenant ? demanda Tatiana d'un air inquiet.

— En haut. (Il eut un large sourire.) Rubra va pomper de l'eau fraîche à la base du tube. Il lui faudra une vingtaine de minutes pour parvenir au sommet, mais attends-toi à une interruption de service.

— Ah oui ?

— Oh, que oui !

En arrivant au cinquantième étage, Stanyon découvrit une scène de panique. Le palier était envahi de possédés tout excités. Aucun ne semblait savoir ce qui se passait.

— Quelqu'un l'a vu ? hurla-t-il.

Personne ne l'avait vu.

— Cherchez partout, il est forcément quelque part. Que les équipes qui fouillaient les trente-huitième et trente-neuvième étages aillent fouiller le cinquante et unième.

— Que se passe-t-il ? demanda la voix de Bonney, brouillée par l'interférence qui affectait les talkies-walkies.

Stanyon déploya l'antenne et colla sa bouche au micro.

— Il nous a encore filé entre les doigts. Mais il n'est pas loin, on en est sûrs. On l'aura capturé d'une minute à l'autre.

— Veille à respecter la procédure. Rappelle-toi que nous n'affrontons pas seulement Dariat.

— Tu n'es pas la seule à siéger au Conseil. Je sais ce que je fais.

— Je ne suis plus qu'à une minute du hall. Je vous rejoins dès que possible.

Il considéra le talkie-walkie d'un air écœuré et le désactiva.

— Génial.

Puis on l'appela depuis l'autre bout du hall.

— Stanyon, on a trouvé quelque chose.

C'étaient le troll, le prince et les deux cyber-ninjas qui avaient forcé la porte de l'appartement. Ils se tenaient devant la porte de la salle de bains lorsque Stanyon les rejoignit. Il les écarta brutalement de son chemin.

Les flancs du sphincter éruptif s'étaient effondrés, et il en coulait de grandes quantités de fluide jaune, qui commençait à maculer les débris du polype. De l'eau provenant du conduit fracturé débordait jusque sur le sol.

Stanyon s'avança et jeta un coup d'œil prudent dans le cratère. Il n'y avait rien à voir, rien à capter. Il désigna le plus petit des cyber-ninjas.

— Toi, va voir où ça mène.

L'autre le regarda sans rien dire. Les écrans rouges de son viseur clignotèrent lentement, tel un battement de cils insolent exprimant ses pensées.

— Vas-y, gronda Stanyon.

Après un nouvel instant de rébellion, le cyber-ninja dématérialisa sa veste et s'introduisit dans le conduit d'évacuation.

Dariat avait craint la présence de courants. Il n'avait pas besoin de s'inquiéter sur ce point. Ils montaient relativement vite dans le tube, et seul un léger tourbillon de bulles se manifestait de temps à autre. Il pleuvait toujours à verse, mais leur progression se déroulait dans un étrange silence.

Une flamme froide brûlait toujours au bout de ses doigts, en grande partie pour le bénéfice de Tatiana. Il n'y avait rien à voir au-dessus d'eux hormis une noirceur absolue. Ils passaient régulièrement à la hauteur d'un cercle fait de bouches de conduits, dont la succession était le seul moyen de mesurer leur ascension.

Dariat faisait circuler des vagues de chaleur dans son corps pour éviter d'être paralysé par l'eau glaciale. Mais il se faisait du souci pour Tatiana. Si elle avait cessé de parler, ses claquements de dents étaient nettement audibles. Et il se retrouvait seul avec ses pensées. Sans oublier l'omniprésent murmure des damnés.

Rubra, as-tu entendu parler d'une dénommée Alkad Mzu ? demanda-t-il.

Non. Pourquoi ?

Capone cherche désespérément à la localiser. Je pense que c'est un expert en armements.

Comment diable sais-tu ce que veut Capone ?

Je l'entends. Les âmes de l'au-delà sont à sa recherche. Elles se mettent en quatre afin de la trouver pour le compte de l'Organisation.

L'affinité lui donna soudain la sensation qu'un gigantesque espace s'ouvrait autour de lui. Puis une présence d'une détermination absolue émergea dans le lointain. Dariat fut à la fois terrifié et stupéfié par son assurance, par son contentement serein qui était l'exact contraire de l'hubris ; cette présence se connaissait trop bien, s'acceptait trop bien pour souffrir d'une quelconque arrogance. Il émanait d'elle une noblesse qu'il n'avait jamais connue, en tout cas pas durant la vie qu'il avait vécue. Pourtant, il n'avait aucune peine à la reconnaître pour ce qu'elle était.

Bonjour, Dariat, dit la présence.

Le Consensus de Kohistan. Je suis flatté.

Il est fort intriguant pour nous de communiquer avec vous. Nous avons rarement l'occasion de nous entretenir avec un non-Édéniste, et, en outre, vous êtes un possesseur.

Dépêchez-vous d'en profiter, je ne vais pas rester ici très longtemps.

L'action que Rubra et vous avez entreprise est des plus honorables, et nous applaudissons votre courage. Ça n'a pas dû être facile ni pour lui ni pour vous.

C'était un choix réaliste.

Sa réponse fut accompagnée d'une bouffée mentale d'ironie émanant de Rubra.

Nous aimerions vous poser une question, reprit le Consensus. **Plusieurs questions, en fait.**

Sur la nature de la possession, je suppose. Je vous écoute.

Votre point de vue actuel est unique et extrêmement précieux à nos yeux.

Vous allez devoir patienter une minute, intervint Rubra. **Ils ont trouvé les W.-C.**

Le cyber-ninja avait péniblement gagné le conduit et y progressait en rampant. Son esprit exprimait le dégoût le plus total.

Son viseur émettait une lueur d'un violet pâle qui éclairait le polype devant lui.

— Ils sont passés par ici, hurla-t-il en se retournant. Il y a encore leurs traces dans la merde.

— Oui ! (Stanyon tapa du poing contre la porte.) Descends et va l'aider, dit-il au second cyber-ninja.

Celui-ci obtempéra, s'asseyant sur le rebord du cratère et basculant ses jambes à l'intérieur.

— Quelqu'un sait où mènent ces conduits ? demanda Stanyon.

— Personnellement, je ne les ai jamais visités, répondit le prince d'un air dédaigneux. Mais je pense qu'ils finissent par se vider au rez-de-chaussée. On pourrait aller fouiller là-bas. À moins, bien entendu, que le fugitif ne soit ressorti par un autre cabinet et soit parti d'ici à pied.

Stanyon lança un regard agacé au petit volcan affaissé. L'idée que Dariat ait pu s'échapper en empruntant les conduits de l'habitat, puis se perdre dans la foule des possédés, lui était insupportable. Mais il n'aurait eu aucune peine à le faire, vu que les possédés avaient tous revêtu leurs plus beaux atours illusoires. Pourquoi on n'arrive jamais à *s'organiser* correctement ?

Il activa son talkie-walkie à contrecœur.

— Bonney, réponds, s'il te plaît.

Rubra débloqua le sphincter dans toutes les toilettes des quarante-neuvième, cinquantième et cinquante et unième étages. Une action qui passa complètement inaperçue. Il y avait plus de cent quatre-vingts possédés sur ces trois niveaux, et il en arrivait toujours davantage. Certains fouillaient consciencieusement les lieux ; la plupart se contentaient d'attendre qu'il se passe quelque chose. Comme ils ne fonctionnaient suivant aucun plan précis, aucun d'eux ne soupçonna quoi que ce soit lorsque toutes les portes des appartements s'ouvrirent. Au même moment, le système anti-incendie prit le contrôle des ascenseurs et en ferma toutes les portes.

Dariat attira Tatiana contre son torse et la serra fermement entre ses bras.

— Tiens bon, lui dit-il.

Les bouches des conduits du vingt et unième étage venaient de disparaître sous la surface des eaux.

Bonney arriva au douzième étage bien avant les cinq adjoints qui l'accompagnaient. Elle les entendait marteler les marches derrière elle. Ce bruit luttait dans son esprit avec celui des battements de son cœur. Jusqu'ici, elle n'avait pas été gagnée par l'épuisement, mais elle savait qu'elle ne tiendrait pas indéfiniment. Il lui faudrait une bonne vingtaine de minutes pour parvenir au cinquantième étage.

— Bonney, réponds, s'il te plaît, dit son talkie-walkie.

Elle contempla l'escalier depuis le treizième étage et porta l'instrument à ses lèvres.

— Je t'écoute, Stanyon.

— Il a disparu dans les conduits. J'ai envoyé deux gars à ses trousses ; mais je ne sais pas où mènent ces putains de conduits. Il est possible qu'il nous ait tout simplement contournés. Ça serait peut-être une bonne idée de poster des gardes dans le hall.

— Nom de Dieu ! (Bonney fit halte, sentant la colère laisser la place en elle à la mystification.) Quels conduits ?

— Les conduits d'évacuation. Il y en a des kilomètres sous le sol. Nous avons trouvé un cabinet de toilette démoli. C'est par là qu'il est passé.

— Tu veux dire qu'il a filé dans les égouts ?

— Ouais.

Bonney regarda fixement le mur. Elle sentit les routines parcourir la strate neurale derrière le polype. À sa façon, Rubra lui rendait son regard. Il était ravi.

Elle ignorait tout du réseau des égouts, excepté que, avec le recul, il représentait une issue de secours évidente. Et Rubra jouissait d'un contrôle absolu sur tout le système environnemental de l'habitat. On avait aperçu Dariat l'espace de quelques secondes, et tout le monde s'était lancé à ses trousses. Puis il avait disparu. Si les égouts étaient pour lui un refuge sûr, jamais on n'aurait dû le localiser.

— Fuyez ! hurla-t-elle dans le talkie-walkie. Foutez le camp d'ici ! Ne perds pas de temps, Stanyon, fais vite !

Rubra ouvrit les conduits qui desservaient les quarante-neuvième, cinquantième et cinquante et unième étages. La pression exercée par une colonne d'eau haute de trente étages était une authentique force irrésistible.

Sous les yeux de Stanyon, le cyber-ninja jaillit du cône de muscle ruiné et s'écrasa sur le plafond. Le jet d'air qui l'avait catapulté laissa la place à une masse d'eau qui frappa de plein fouet son corps écartelé. Le bruit qu'elle produisait équivalait à celui d'une grenade sensorielle sonique. La peau de Stanyon se couvrit d'ampoules écarlates comme ses capillaires se rompaient. Avant qu'il ait eu le temps de pousser un cri, la salle de bains fut envahie par une pluie à haute vélocité qui le frappa avec la brutalité d'une rafale de balles en caoutchouc. Il s'écrasa dans la baignoire, où un geyser aussi fin qu'un rayon laser jaillissait de la bonde. Une tronçonneuse aurait eu le même effet sur ses chairs.

Dans les trois étages condamnés, la même éruption aquatique se produisit dans toutes les salles de bains, toutes les cuisines et toutes les toilettes publiques. Les lumières s'étaient éteintes, et l'eau déferla dans une nuit tourmentée, par vagues glacées et écumantes qui se précipitaient dans les pièces et les couloirs comme une guillotine horizontale.

Tatiana poussa un cri de terreur comme le niveau de l'eau baissait brutalement. Dariat et elle se mirent à tournoyer à proximité de la paroi du tube d'ingestion ; lentement au début, puis de plus en plus vite. Des vaguelettes apparurent, s'entrechoquant pour produire de nouveaux tourbillons. On entendit un horrible gargouillis, et le niveau descendit encore plus vite.

Consterné, Dariat vit la surface des eaux s'incliner. Une cheminée semblait se former au centre du tube. Ils entamèrent un mouvement en spirale. Le gargouillis devint plus prononcé.

Rubra !

Ne t'inquiète pas. Plus que trente secondes, c'est tout.

Bonney fut submergée par le torrent de souffrance qui déferla sur elle ; l'envol des âmes qui quittaient les possédés piégés pour regagner l'au-delà, leurs sanglots d'amertume et de terreur mêlées la frappaient plus violemment que n'importe quel impact physique. Elles étaient trop proches, trop fortes, pour qu'elle leur échappe ; une émotion à l'état brut amplifiée jusqu'à l'insoutenable.

Elle tomba à genoux, les muscles noués. Des larmes coulèrent de ses yeux. Sa propre âme était en danger d'être emportée par ce flot, par cette migration inexorable. Elle serra les poings et tapa sur les marches. La douleur qu'elle ressentit était infime comparée à l'impératif qui lui commandait de rejoindre les damnés. Alors elle frappa plus fort, plus fort encore.

Finalement, le carnage s'acheva, les trois étages étant complètement envahis par les eaux. De fins éventails liquides jaillirent autour des portes des ascenseurs, bloquées par le système anti-incendie, emplissant les puits d'une fine bruine, mais les portes elles-mêmes tinrent le coup. Ainsi que celles donnant sur l'escalier au cinquante-deuxième étage, prévenant un déluge dans les niveaux inférieurs du gratte-ciel. Les corps pulvérisés plaqués aux plafonds coulaient lentement tandis que des poches d'air s'échappaient de leurs plaies, traînant derrière elles des rubans de sang.

Le tube d'ingestion du gratte-ciel avait d'étranges effets sur le gargouillis produit par l'eau écumante, le transformant en une mélodie viscérale qui faisait vibrer les os de Tatiana. Elle fut soulagée de l'entendre enfin s'estomper. Dariat gémissait doucement dans ses bras, comme frappé d'atroces souffrances. La flamme qui brûlait au bout de ses doigts s'était éteinte, les laissant dans des ténèbres absolues. Bien qu'elle ne voie plus les parois du tube, elle savait que les mouvements de l'eau se ralentissaient, que sa surface s'apaisait. Le froid lui donnait une migraine qui lui martelait les tempes.

Dariat se mit à tousser.

— Bordel de merde.

— Ça va ? lui demanda-t-elle.

— Je survivrai.

— Que s'est-il passé ?

— On ne nous traque plus, se contenta-t-il de répondre.

— Et ensuite ?

— Rubra va se remettre à pomper. Nous devrions atteindre le sommet du tube dans un quart d'heure. (Il leva la main et ressuscita sa flamme.) Tu penses tenir jusque-là ?

— Oui.

Bonney sortit lentement du gratte-ciel, frissonnant en dépit de la douce brise qui faisait frémir sa veste kaki. Une douzaine de possédés traînaient à proximité. Rassemblés par petits groupes, ils discutaient à voix basse d'un air inquiet. Lorsqu'elle fit son apparition, ils se turent aussitôt et la regardèrent fixement, l'esprit plein de ressentiment et le visage dur, impitoyable. C'était le début de la révolution.

Elle leur rendit leur regard avec un air de défi. Mais elle savait que plus jamais ils n'obéiraient à ses ordres. L'autorité du Conseil de Kiera venait de se noyer dans ce gratte-ciel. Si elle persistait à vouloir affronter Rubra et Dariat, elle devait le faire toute seule. *Mano a mano*, le plus beau style de chasse. Elle porta une main à son visage, léchant les plaies sanguinolentes qui marquaient chacune de ses phalanges. En voyant son sourire, les possédés reculèrent d'un pas.

Plusieurs pick-up étaient garés devant le hall. Elle choisit le plus proche et démarra en trombe. Ses roues tracèrent de profonds sillons dans l'herbe lorsqu'elle tourna le volant. Puis elle s'éloigna du gratte-ciel pour foncer vers la calotte nord.

Son talkie-walkie émit un *bip*.

— Eh bien ? fit Rubra. Reconnais-le, la chasse a été rude,

mais tu as perdu la partie. Va dans un bon bar et offre-toi un verre. C'est moi qui régale.

— Je n'ai pas encore perdu, répliqua-t-elle. Il est toujours dans la nature. Je peux encore gagner.

— Tu as tout perdu. Tes prétendus soldats sont en train d'évacuer les gratte-ciel. Ton Conseil est fini. Maintenant que les possédés ne reconnaissent plus l'autorité de Kiera, il ne reste plus rien de son petit empire.

— Exact, il n'en reste plus rien. Excepté ton rejeton et moi-même. Et je vais l'attraper avant qu'il ait pu s'enfuir. J'ai fini par comprendre ce qui se passe. Tu l'aides à gagner le spatioport. Je ne sais pas pourquoi, mais je peux encore te mettre des bâtons dans les roues, comme tu en as mis dans les miennes. Ce n'est que justice. Et c'est le pied.

Complètement psychopathe, commenta Dariat.

Mais néanmoins dangereuse, rétorqua Rubra. **Elle l'a toujours été.**

Et elle l'est encore, semble-t-il. Surtout si elle arrive à destination avant moi. Ce qui paraît possible.

L'eau arrivait au niveau du deuxième étage. Dariat distinguait à présent le sommet du tube, sous la forme d'un disque de lumière rosée.

Quatre-vingt-dix secondes plus tard, il arrivait au niveau de la citerne. Il avait émergé au centre d'une grande grotte hémisphérique, dont les parois étaient creusées de six bouches de tuyaux. Des filets d'eau coulaient encore vers la bordure du tube d'ingestion.

Il nagea vers le bord de la citerne, traînant Tatiana derrière lui. Elle était quasi inconsciente ; le froid lui avait pénétré le corps. En dépit de la force que lui conférait sa capacité énergétique, il eut des difficultés à la hisser hors de l'eau. Cela fait, il s'étala auprès d'elle, ordonnant à leurs corps de se sécher et de se réchauffer. Un nuage de vapeur monta de leurs vêtements.

Tatiana agita la tête, gémissant comme si elle était en proie à un cauchemar. Elle se redressa dans un spasme, faisant tinter les bracelets qu'elle n'avait pas perdus. La vapeur fusait toujours de sa jupe et de ses cheveux. Elle la contempla en cillant d'étonnement.

— J'ai chaud ! s'exclama-t-elle. J'ai bien cru ne plus jamais avoir chaud de ma vie.

— C'est le moins que je puisse faire.

— C'est fini maintenant ?

Il eut une grimace navrée en entendant cette question enfantine.

— Pas tout à fait. Nous devons encore aller au spatioport ; en empruntant ces canalisations, nous finirons par rejoindre le réseau du métro, inutile de remonter à la surface. Mais Bonney a survécu. Elle va tenter de nous arrêter.

Tatiana laissa reposer son menton sur ses mains.

— Thoale n'a pas fini de nous soumettre à ses épreuves. Il doit avoir ses raisons.

— J'en doute. (Dariat se leva péniblement et se défit de son harnais.) Désolé, mais il ne faut pas traîner.

Elle acquiesça d'un air misérable.

— J'arrive.

Les équipes de recherche montées par Bonney et ses adjoints désertaient les gratte-ciel de Valisk. Leurs membres étaient encore sous le choc, comme on le voyait à leur démarche hésitante et à leurs yeux égarés. À mesure qu'ils sortaient des halls, ils faisaient tout leur possible pour se consoler mutuellement.

Une seule pensée les mobilisait, à la façon de ce qui se produisait au sein d'un Consensus édéniste : ça n'aurait pas dû se passer comme ça. Ils avaient trouvé le salut en regagnant la réalité. Ils étaient les élus, les veinards, les bénis. La vie éternelle et les sensations qui l'accompagnaient étaient à leur portée. Et voilà que Rubra leur faisait la démonstration de leur propre fragilité.

S'il en était capable, c'était parce qu'ils demeuraient dans un univers où sa puissance était l'égale de la leur. Ça n'aurait pas dû se passer comme ça. Des planètes entières avaient disparu du ciel, échappant à la vindicte de la Confédération, alors qu'ils étaient restés là pour piéger de nouveaux corps. C'était l'idée de Kiera – une bonne idée, une idée audacieuse. Passer l'éternité dans un habitat aurait été difficile, et elle avait trouvé un moyen de contourner la difficulté.

C'était pour ça qu'ils avaient accepté sa domination et celle de son Conseil, parce qu'elle avait eu raison. Du moins au début. Maintenant, toutefois, ils avaient accru leur nombre, Kiera était partie négocier leur participation à une guerre dangereuse et Bonney leur avait attiré l'hostilité de Rubra pour assouvir une vengeance personnelle.

Eh bien, c'était fini. Il n'était plus question de courir des risques. Plus question de se lancer dans des entreprises hasardeuses. Plus question de s'abandonner à la sauvagerie de la chasse. L'heure était venu de renoncer à tout cela.

Le pick-up fonçait sur la piste en terre battue que d'innombrables roues avaient tracée sur la plaine semi-aride entourant la calotte nord de Valisk. Bonney roulait à plein régime, sa capacité énergétique augmentant la puissance du moteur. Le véhicule faisait des petits bonds chaque fois qu'il heurtait un caillou ou une ornière.

Bonney ne prêtait même pas attention à ces embardées, qui auraient été fatales à un passager non possédé. Son esprit était totalement concentré sur la calotte, dont la base se trouvait cinq kilomètres devant elle. Elle imaginait son pick-up massif battant sur le fil la rame profilée qui glissait sur son rail magnétique au-dessous d'elle. La rame qu'il emprunterait forcément.

Elle distinguait la ligne sombre dessinée par la route en lacet qui menait au petit plateau, deux mille mètres au-dessus de la plaine. Si elle arrivait à l'entrée du passage avant que Dariat ne sorte des égouts pour prendre le métro, elle pourrait sans doute parvenir avant lui dans la chambre axiale.

Un sentiment de satisfaction se diffusa dans son esprit. Une infiltration insidieuse qui l'obligeait à réagir, à y aller de sa propre satisfaction rêveuse pour mieux s'intégrer au groupe.

— Salauds !

Elle tapa du poing sur le volant, et la colère l'isola de l'étreinte aimante qui menaçait de l'envelopper. Ils avaient entamé le processus, l'accumulation de puissance, le partage par lequel ils joignaient leurs volontés. Ils avaient *capitulé* devant leur propre peur. Valisk allait bientôt voguer hors de cet univers, les mettant à l'abri de toute menace concevable, les condamnant à une vie d'éternel ennui.

Ils partiraient sans elle. Une harpie l'emmènerait là où régnaient la guerre et la vie. Une fois qu'elle aurait réglé son compte à Dariat. Elle avait tout son temps. Du moins l'espérait-elle.

Le pick-up gagna en vitesse. Son entêtement détournait une fraction de l'effet de rupture dans le réel qui se coagulait autour de l'habitat. L'invraisemblable devenait réalité.

Bonney éclata de rire comme le véhicule fonçait sur la piste, soulevant sur son passage un épais nuage de poussière ocre. Pendant que, tout autour d'elle, mauvaises herbes, cactus et plaques de lichen se couvraient d'une multitude de fleurs. Comme par miracle, le lugubre désert se transformait lentement en jardin multicolore à mesure que les nouveaux maîtres de Valisk se préparaient à concrétiser leur version du paradis.

Le Consensus de Kohistan avait mille questions à poser sur la nature de la possession et de l'au-delà. Tranquillement assis dans la voiture qui le conduisait vers la chambre axiale, Dariat tenta de lui apporter toutes les réponses qu'il souhaitait. Il lui permit même d'entendre les horribles cris des âmes perdues qui infestaient la moindre de ses pensées. Cela afin qu'il prenne conscience de la terrible compulsion qui habitait chaque possesseur.

Je me sens bizarre, annonça Rubra. **Comme si j'étais ivre ou pris de vertige. Je crois qu'ils commencent à pénétrer mes routines mentales.**

Non, dit Dariat.

Lui-même percevait l'effet de rupture dans le réel qui s'introduisait dans le polype de la coque. Dans le lointain, un chœur mental entonnait un joyeux hymne d'ascension.

Ils se préparent à quitter l'univers, expliqua-t-il. **Nous n'avons plus beaucoup de temps.**

Nous sommes en mesure de vous le confirmer, déclara le Consensus. **Rubra, nos faucons en mission d'observation signalent l'apparition sur votre coque de larges taches rouges. Les harpies ont l'air très agitées. Elles quittent leurs corniches.**

Empêche-les de faire ça, mon garçon, dit Rubra. **Viens en moi, je t'en supplie, transfère-toi tout de suite. Nous pouvons gagner, nous pouvons les empêcher d'emporter Valisk dans leur havre de perdition. Nous pouvons encore les baiser.**

Pas tant que Tatiana est ici. Je ne vais pas la condamner à ça. Nous avons encore le temps.

Bonney est presque arrivée sur le plateau.

Et nous sommes presque à la base de la calotte. Cette rame peut gagner directement la chambre axiale. Bonney a trois kilomètres de marches à grimper. On arrivera avant elle.

Les pneus du pick-up se mirent à fumer lorsque Bonney freina brutalement devant l'entrée obscure du passage. Quand elle quitta le volant d'un bond, les crocs de sa mâchoire supérieure débordaient de sa gueule, lui conférant un sourire de fauve. Ses yeux cernés de rouge se plissèrent jusqu'à devenir des fentes léthargiques lorsqu'elle considéra la gigantesque falaise de polype gris qui se dressait devant elle, comme si elle était intriguée par son aspect. Le moindre de ses mouvements semblait effectué au ralenti. Ses narines émettaient un souffle lourd.

Ignorant le passage, elle adopta une immobilité parfaite, ramenant ses bras devant elle et joignant les mains devant son ventre. Sa tête s'abaissa, s'inclina, ses yeux se fermèrent.

Qu'est-ce qu'elle fabrique ? demanda Dariat. **Elle a pourtant foncé comme une dingue pour arriver ici.**

On dirait qu'elle prie.

Franchement, ça m'étonnerait.

La rame arriva à la base de la calotte et entreprit de gravir la voie menant au spatioport. On entendit soudain un sourd gémissement dans la voiture. Dariat sentit celle-ci ralentir, puis reprendre de la vitesse.

Bon sang, je subis des pertes de puissance un peu partout dans l'habitat. Pour ne parler que des sections que je peux encore percevoir. Je m'étiole, mon garçon, il y a des endroits où mon esprit est inopérant. Aide-moi !

L'effet de rupture dans le réel s'accentue. Cinq minutes. Essaie de tenir encore cinq minutes.

La tenue kaki de Bonney s'assombrissait à mesure que sa texture se faisait moins rêche. Elle semblait se recroqueviller sur elle-même, ses jambes se courbaient et devenaient filiformes. Des oreilles pointues émergeaient de sa chevelure de plus en plus courte. Ses vêtements laissaient la place à une fourrure noire.

Soudain, elle leva sa tête de fouine, et sa gueule circulaire bordée de crocs émit un cri assourdissant. Ses yeux étaient d'un rouge diabolique. Elle écarta ce qui avait été ses bras pour déployer ses nouvelles ailes sur toute leur largeur. Leurs membranes à l'aspect de vieux cuir étaient fines au point d'être translucides, et on voyait courir sous leur surface ambrée un fin réseau serré de veines noires.

Oh, merde ! s'exclama Rubra. **C'est tout simplement impossible. Elle peut prendre l'apparence qu'elle veut, mais elle est trop lourde pour voler.**

Ça n'a plus aucune importance, répliqua Dariat. **L'effet de rupture dans le réel est assez puissant pour la sustenter ; nous sommes désormais dans l'univers des fables. Si elle veut voler, elle volera.**

Bonney prit son élan sur le plateau, puis ses ailes se mirent à battre et elle décolla. Leur cadence régulière lui permit bientôt de prendre de l'altitude, et l'écho de son cri triomphal résonna sur le polype. Sa trajectoire s'incurva et elle monta en spirale dans les airs, imprimant à ses ailes une cadence plus puissante.

Elle va me rattraper ! lança Dariat, consterné. **Elle va atteindre la chambre axiale avant moi. Jamais Tatiana ne pourra s'enfuir.**

— Anastasia ! s'écria-t-il. Mon amour, ça ne peut pas finir comme ça. Pas cette fois-ci. Je ne dois pas te trahir.

Tatiana le fixa d'un regard terrifié et déconcerté.

Fais quelque chose, supplia-t-il.

Quoi donc ?

Rubra semblait lointain, indifférent.

Souvenez-vous de vos classiques, dit le Consensus de Kohistan. **Avant ce jour, Icare et Dédale étaient les seuls humains à avoir volé de leurs propres ailes. Seul l'un d'eux a survécu. Rappelez-vous ce qui est arrivé à Icare.**

Bonney était déjà trois cents mètres au-dessus du plateau, portée par un vif courant thermique, lorsqu'elle remarqua le changement. La lumière s'altérait, ce qui était tout bonnement impossible dans un habitat. Elle bascula sur l'une de ses ailes pour changer de position, poussant un cri d'enthousiasme pur en sentant le vent lui fouetter le visage. Le paysage cylindrique se déploya devant elle, parsemé de traînées de nuages rougeoyants. Pour la première fois, la mer circulaire avait cessé d'émettre son éclat iridescent. La bande d'eau semblait assombrie sur la totalité de sa surface ; à peine si elle distinguait les détails de la calotte sud. Et pourtant, tout autour d'elle, la lumière augmentait d'intensité. C'était impossible. Les deux calottes étaient toujours maintenues dans la pénombre. Cet effet était uniquement dû à la nature du phototube, un fin réseau cylindrique de conducteurs organiques dont la forme reproduisait celle de l'habitat. À chacune de ses extrémités, il se réduisait à un faisceau quasi solide de câbles qui maintenait en position le segment principal. Le plasma qui le parcourait n'émettait plus qu'une vague lueur violette à huit cents mètres de chaque base.

Elle vit que les ions s'écartaient de l'extrémité sud à mesure que Rubra augmentait la puissance des câbles à cet endroit. Le champ magnétique croissant chassait le plasma le long du tube. Côté nord, il concentra l'alimentation sur une section précise du réseau de conducteurs. Le plasma jaillit hors du vide ainsi créé, se mit à flamboyer comme il se libérait de l'emprise des lignes de flux.

Aux yeux de Bonney, tout se passa comme si une petite

bombe à fusion venait de détoner au-dessus d'elle, faisant pleuvoir son champignon en expansion.

— Tout ça pour moi ? s'écria-t-elle, incrédule.

L'air emprisonné dans l'étreinte de la calotte fut déchiré par le plasma en furie, la faisant plonger en torche, et ses ailes brisées l'enveloppèrent tel un linceul de velours. Puis le front d'ondes d'atomes fracassés la balaya comme l'haleine d'un dieu solaire pris de folie. Rien à voir avec la rage et la puissance d'une véritable explosion à la fusion ; lorsque le plasma l'atteignit, ce n'était guère plus qu'une brume ténue et électriquement chargée qui perdait rapidement de sa cohésion. Mais cette brume se déplaçait cinq fois plus vite qu'une tornade et sa température atteignait plusieurs dizaines de milliers de degrés. Son corps se désintégra en échardes de lumière cuivrée, qui traînèrent un sillage de fumée noire jusqu'à ce qu'elles s'écrasent sur le désert resplendissant.

Une sirène se mit à hurler dès que Dariat brisa le sceau de l'écoutille ; la moitié des panneaux lumineux du corridor virèrent au rouge et se mirent à clignoter. Sans leur prêter attention, il traversa en flottant le minuscule sas métallique.

La nacelle de sauvetage n'était qu'une sphère de quatre mètres de diamètre, dont l'unique pont contenait douze couchettes anti-g bien rembourrées disposées en pétales. Dariat émergea d'une écoutille placée en leur centre. Il n'y avait qu'une seule console de commande, qui consistait en une série d'interrupteurs. Il les actionna, vérifiant que les instruments étaient tous au vert.

Tatiana se faufila prudemment dans l'écoutille, le visage figé dans une expression dangereusement proche de la nausée. Ses tresses flottaient autour de sa tête, et les perles qui les ornaient cliquetaient doucement lorsqu'elles se heurtaient.

— Allonge-toi sur une couchette, lui ordonna Dariat. Nous serons bientôt en ligne.

Elle s'exécuta avec un luxe de précautions. Le filet de protection jaillit de son compartiment pour l'envelopper.

Dariat prit place sur la couchette opposée à la sienne, de sorte que leurs pieds se touchaient presque.

Est-ce que les autres nacelles sont activées ?

Oui. Pour la plupart. Dariat, j'ai cessé d'exister de l'autre côté des gratte-ciel ; je ne vois plus rien, je ne sens plus rien, je ne peux même plus penser là-bas.

Encore une minute, c'est tout.

Il activa la séquence de lancement. L'écoutille du sas se referma.

— Je vais bientôt te quitter, Tatiana. Horgan va reprendre le contrôle de son corps. Veille sur lui, il n'a que quinze ans. Et il va beaucoup souffrir.

— Entendu.

— Je... je sais que Rubra ne nous a réunis que pour m'influencer. Mais je suis ravi de t'avoir rencontrée.

— Moi aussi. Cela a permis de chasser plein de démons. Tu m'as montré que j'avais tort.

— Comment cela ?

— Je croyais qu'elle avait commis une erreur avec toi. Je me trompais. La guérison a été très longue, c'est tout. Elle sera fière de toi quand tu la retrouveras enfin.

Les deux tiers de la coque de Valisk luisaient à présent d'un éclat pourpre fluorescent ; une aveuglante lueur rouge émanait des fenêtres des gratte-ciel. À l'intérieur, les possédés étaient mentalement unis et percevaient la totalité de l'habitat. La circulation de ses fluides et de ses gaz dans son réseau de tubes, de conduits et de canalisations leur était aussi familière que celle de leur sang dans leurs veines et leurs artères. Les routines mentales de Rubra leur étaient également apparentes, traversant la strate neurale telles des volées d'éclairs. Sous leurs auspices, ses pensées s'engourdissaient, battaient en retraite le long du cylindre à mesure qu'ils mobilisaient leur volonté commune pour bannir de leur existence la malédiction qu'il faisait peser sur eux.

Ils avaient repéré tous les non-possédés que Rubra avait dissimulés à l'intérieur de l'habitat. Vingt-huit d'entre eux avaient échappé aux griffes de Bonney, abrités dans des coins et des recoins de la structure de la coque, terrorisés par l'éclat rubis qui imprégnait le polype. Désormais, ils n'inspiraient plus qu'indifférence aux possédés. Cette bataille-là était terminée. Ils percevaient même Dariat et Tatiana allongés sur les couchettes anti-g de la nacelle de sauvetage, dont l'ordinateur avait entamé son compte à rebours. S'ils souhaitaient partir, personne n'allait les retenir.

De profonds changements se propageaient à l'extérieur de l'habitat. Des interstices nanoscopiques s'ouvraient, dégénérant en l'espace de quelques millisecondes. Les fluctuations incessantes engendraient des ondes de distorsion semblables à celles que produisaient les faucons. Mais elles n'étaient pas assez ordonnées pour se focaliser. Le chaos avait visité l'espace-temps local, affaiblissant son tissu autour de la coque.

Les harpies en furie s'agitaient au-dessus de la calotte nord. Leurs silhouettes invraisemblables tournoyaient dans tous les sens à des vélocités dangereuses, emportées telles des feuilles par la tempête sous l'effet de la distorsion qui rendait leurs trajectoires plus instables encore.

Nos corps ! lancèrent-elles à ceux des possédés douillettement installés dans leur abri qui étaient équipés du lien d'affinité. **Kiera nous a promis des corps en tau-zéro. Si vous partez, nous ne les aurons jamais. Vous nous condamnez à passer l'éternité dans ces machines.**

Désolé, leur répondit-on d'un ton penaud.

Des capteurs de combat se déployèrent, et la soif de vengeance satura la bande d'affinité. On entra des codes d'activation dans les guêpes de combat.

Si vous nous refusez une éternité humaine, alors vous nous rejoindrez dans l'abîme.

Rubra ne disposait plus que des seules routines mentales de la calotte nord. Toutes les autres étaient effacées, ses sens étaient amputés. Quelques images énigmatiques lui parvenaient encore des processeurs bioteks en interface avec l'architecture électronique du spatioport contrarotatif. Des tableaux sépia montrant des corridors vides, des capsules de transit stationnaires et des sections désertes. Ils étaient accompagnés des flots de données provenant du réseau de communication du spatioport.

Cela avait quasiment cessé de l'intéresser. Dariat avait trop retardé son transfert, songea-t-il ; le garçon était trop obnubilé par son fardeau d'obsession et de culpabilité. La fin est proche, la nuit va bientôt m'emporter après tous ces siècles. Quel dommage ! Quelle honte ! Au moins se souviendront-ils de mon nom et le maudiront-ils durant leur éternité végétative.

Il lança toutes les nacelles de sauvetage du spatioport.

Maintenant, soupira Dariat.

Douze g l'écrasèrent sur la couchette. Son champ de vision se réduisit à un écran pourpre. Et, après trente années d'attente, la strate neurale cessa de lui résister.

Deux entités – deux ego – entrèrent en collision. Souvenirs et personnalités fusionnèrent à un niveau fondamental. Hostilité, antipathie, colère, regret, honte – un déluge d'émotions des deux côtés, un déluge auquel il était impossible d'échapper. La strate neurale se mit à vibrer à chaque nouvel instant collectif d'indignation, tandis que des secrets longtemps enfouis étaient exposés à un examen impitoyable. Mais cette indignation s'apaisa à mesure que les deux courants de pensées entreprirent de se joindre et de s'intégrer l'un à l'autre pour former un tout fonctionnel.

La première moitié apporta sa taille, l'immensité de la strate neurale, vivante mais en sommeil sous l'effet de la rupture dans le réel ; la seconde apporta sa capacité énergétique, dont le potentiel illimité avait été restreint par la nature humaine de son possesseur. Durant les cinq premières secondes du transfert, l'essence de Dariat opéra au sein d'une section n'occupant que quelques mètres cubes. Cela lui suffit pour empêcher les possédés de continuer à paralyser la strate neurale. Au fur et à mesure que l'intégration progressait et que les routines mentales s'amalgamaient et se multipliaient, cette essence entra en expansion. De nouvelles sections de la strate s'éveillèrent pour l'accueillir.

Horrifiés, les possédés virent leurs rêves tomber littéralement en pièces tout autour d'eux.

Très bien, enfoirés, déclara la nouvelle personnalité de Valisk. **LA FÊTE EST FINIE.**

Dès que les nacelles furent lancées, une centaine de faucons envoyés par le Consensus de Kohistan émergèrent dans l'espace. Leur apparition, à dix kilomètres du spatioport contrarotatif de Valisk, ne fit qu'accroître la panique régnant parmi les harpies. L'espace qui séparait les deux essaims antagonistes d'astronefs bioteks fut déchiré par les lasers et les impulsions radar.

Ne frappez aucune cible, ordonnèrent les faucons. **L'habitat doit rester intact, les nacelles de sauvetage aussi.**

Deux harpies lâchèrent aussitôt une salve de guêpes de combat. Leurs fusées à carburant solide les avaient à peine propulsées hors de leurs rampes que les faucons les arrosaient aux lasers à rayons X. Démonstration parfaite du handicap qui frappait les harpies dans tout combat spatial rapproché. L'effet énergétique obérait gravement leurs systèmes électroniques.

Des interstices de trou-de-ver s'ouvrirent, et les harpies y plongèrent, abandonnant la lutte et leur havre en se contentant de lancer à l'ennemi une bordée de menaces et de jurons.

Plus de deux cents nacelles s'éloignaient du spatioport de Valisk. Leurs fusées à carburant solide émettaient un éclat topaze, projetant sur les entretoises grises une aube sans pareille. Lorsque cette lumière commença à s'estomper, ainsi que les plumets de fumée qu'elle engendrait, un groupe de cinq faucons convergea sur une nacelle bien précise.

Tatiana savait que Dariat était parti ; son corps, s'il n'avait pas diminué de taille, avait perdu de sa présence. On aurait dit que la terrible poussée de l'accélération l'avait anémié, le réduisant à un adolescent. Horgan se mit à brailler. Elle désactiva son filet de protection et flotta jusqu'à lui, oubliant sa nausée pour aller assister un être qui souffrait bien plus qu'elle.

— Tout va bien, murmura-t-elle en le prenant dans ses bras. C'est fini maintenant. Il est parti pour de bon.

Elle fut surprise par le regret qui se lisait dans sa propre voix.

Les faucons abordèrent la nacelle de sauvetage, récupérèrent ses occupants puis s'éloignèrent de l'habitat à sept g d'accélération. Valisk était le théâtre d'une guerre de lumière. La fluorescence rouge était assaillie par un vigoureux éclat pourpre qui envahissait la coque à partir de la calotte nord. Cet éclat gagnait en intensité à mesure qu'il accroissait son territoire.

Dix minutes après le lancement des nacelles de sauvetage, la dernière touche de rouge avait disparu. À ce moment-là, les faucons étaient à sept cents kilomètres de l'habitat et filaient à deux g d'accélération. Personne ne pouvait déterminer avec précision une distance de sécurité. Puis leurs champs de distorsion détectèrent une diminution de la masse de Valisk. La dernière image reçue par leurs grappes de capteurs montrait une microétoile à l'éclat glacé, d'un blanc teinté de pourpre. Au cœur de la rupture photonique, l'espace lui-même s'effondra sous l'effet d'un stress catastrophique engendré par une structure énergétique des plus étranges.

Lorsque l'éclat s'estompa et que l'espace recouvra son équilibre, il n'y avait plus aucun signe de l'habitat. En dépit de tous leurs efforts, les faucons ne trouvèrent aucun résidu énergétique, aucune particule plus grosse qu'un grain de poussière. Valisk ne s'était ni vaporisé ni fracassé, il avait tout simplement quitté cet univers.

11.

L'ambassade de Kulu, située à la lisière du quartier ministériel de Harrisburg, était un bâtiment de cinq étages dans la plus pure tradition administrative, murs de granite et fenêtres ouvragées. Son toit était décoré de petites flèches et de sculptures rétro-modernistes, conçues pour donner un embryon d'intérêt à sa façade austère. Sans résultat : le granite omniprésent à Harrisburg réduisait l'immeuble le plus élégant au niveau d'une forteresse néogothique. La beauté du quartier, peuplé de parcs, d'avenues et d'arbres centenaires, n'y faisait rien. Un cube reste un cube, même si on le pare d'une couche de produits cosmétiques.

Autour de l'ambassade étaient sis des cabinets d'avocats huppés, des sièges d'importantes compagnies et des immeubles d'appartements cossus. Dans le bâtiment d'en face, qui abritait prétendument les bureaux d'une compagnie de fret aérien, la sécurité civile de Tonala surveillait vingt-quatre heures sur vingt-quatre les activités de l'ambassade. Quarante minutes plus tôt, les officiers de garde étaient passés en état d'alerte ambre trois (action imminente d'agents étrangers), au moment où cinq véhicules aux vitres teintées appartenant au pool diplomatique étaient entrés dans le parking souterrain de l'ambassade. Aucun d'eux ne savait si cette mesure était justifiée ; à en croire leurs collègues en poste au spatioport, ces voitures étaient pleines d'Édénistes.

L'arrivée de Samuel et de son équipe avait également attiré l'attention du personnel de l'ambassade. Des visages curieux et vaguement inquiets les observaient depuis chaque bureau lorsque Adrian Redway guida Monica Foulkes et ses nouveaux alliés dans le bâtiment. Ils empruntèrent un ascenseur qui les conduisit au huitième sous-sol, un niveau qui n'apparaissait pas sur les plans archivés dans l'ordinateur du service d'urbanisme de la ville.

Adrian Redway fit halte devant la porte du centre d'opération de l'ASE et gratifia Samuel d'un regard hésitant. Derrière l'Édéniste de haute taille, six autres attendaient patiemment dans le couloir.

— Écoutez, dit-il d'une voix lourde de sous-entendus. Je ne veux pas être impoli avec vous. Mais nous coordonnons toutes nos opérations dans Tonala depuis cette pièce. Vous n'avez pas besoin d'y entrer tous les sept, n'est-ce pas ?

Il arqua les sourcils, plein d'espoir.

— Bien sûr que non, dit gracieusement Samuel.

Monica poussa un soupir écœuré. Elle connaissait suffisamment bien Samuel pour déduire ses pensées sans avoir besoin du lien d'affinité : quelle idée bizarre. Si un Édéniste entrait dans cette pièce, alors, en théorie, ils y entraient tous. Elle lui signala son embarras d'un geste de la main. Il lui répondit par un clin d'œil.

Le centre d'opération ressemblait au bureau d'une entreprise de taille moyenne. Climatisé mais dépourvu de courants d'air, il était équipé de meubles standard, de blocs-processeurs (plus sophistiqués que la moyenne), d'écrans muraux, de colonnes AV fixées au plafond et d'espaces de travail délimités par des cloisons en verre teinté. Onze agents de l'ASE, assis dans des fauteuils de cuir, s'activaient à observer et à analyser la situation militaire et politique de la planète. L'information devenait une denrée de plus en plus rare à mesure que le réseau de communication de Tonala subissait des avaries ; la seule certitude que l'on pouvait retirer de cette vue d'ensemble, c'était que la situation en orbite était sur le point de tourner à l'affrontement général.

Suivant l'exemple de Tonala, les autres nations avaient décrété l'état d'urgence. Puis, au cours des vingt dernières minutes, l'état-major de Tonala avait confirmé que le *Spirit of Freedom* était tombé aux mains d'un ennemi non identifié. En guise de réponse, il avait envoyé cinq astronefs pour intercepter l'*Urschel*, le *Raimo* et le *Pinzola*, et pour se renseigner sur la situation. Selon les autres gouvernements, le déploiement de ces vaisseaux constituait une provocation délibérée.

Adrian conduisit Monica et Samuel dans une salle de conférences située à l'autre bout du centre d'opération.

— Mon analyste nous donne deux heures avant le déclenchement des hostilités, déclara-t-il d'un air lugubre en s'asseyant en bout de table.

— Je regrette de le dire, mais notre mission est prioritaire sur ces considérations, rétorqua Monica. Nous devons récupérer Mzu. Elle ne doit être ni tuée ni capturée. Ce serait une catastrophe pour la Confédération.

— Ouais, j'ai accédé au rapport, concéda Adrian. L'Alchimiste en lui-même est déjà terrifiant, mais s'il venait à tomber aux mains des possédés...

— Il y a un fait que vous ignorez peut-être, intervint Samuel. Les frégates *Urschel*, *Raimo* et *Pinzola* sont toutes des vaisseaux de l'Organisation. Capone sait sans doute que Mzu est ici ; ses émissaires ne feront preuve ni de retenue ni de subtilité. Leurs actes risquent de déclencher la guerre.

— Bon sang, ils ont envoyé des spatiojets à la surface dès leur arrivée. Personne ne sait où ils ont atterri, la couverture capteur de la planète est inopérante.

— Et celle de la défense antiaérienne locale ? demanda Monica.

— Elle est plus ou moins intacte. Kulu a fourni le matériel il y a onze ans de cela ; il n'est pas du dernier cri, mais il fonctionne toujours. L'ambassade a un accès clandestin au QG des forces de défense de Tonala.

— Donc, si les spatiojets de l'Organisation s'approchent de Harrisburg, vous serez en mesure de nous prévenir.

— Sans problème.

— Bien, ça devrait nous donner deux ou trois minutes de répit. Question suivante : avez-vous localisé Mzu ?

Adrian feignit de paraître offensé.

— Bien sûr que oui, dit-il avec un large sourire. Nous sommes l'ASE, rappelez-vous.

— Exact. La vérité est toujours pire que la rumeur. Où est-elle ?

Adrian télétransmit une requête à l'officier chargé de surveiller Mzu.

— Elle a réservé une chambre à l'hôtel Mercedes dès son arrivée, ou plutôt Voi l'a fait à sa place. Ils ne se sont guère préoccupés de couvrir leurs traces ; Voi a utilisé un crédisque enregistré au nom d'un alias mais portant néanmoins son identification bioélectrique. Du travail d'amateur, non ?

— Ce ne sont même pas des amateurs, ce ne sont que des gamins, dit Samuel. S'ils nous ont échappé sur leur territoire, c'est parce que nous étions pressés par le temps. Ici, ils sont complètement sans défense face à un service professionnel.

— Voi a contacté une agence de sécurité locale, poursuivit Adrian. Mais elle n'a pas donné suite à sa demande. Les gardes du corps qu'elle avait recrutés ont été décommandés. Au lieu de quoi, le groupe semble s'être acoquiné avec des autochtones. Nous ne sommes pas certains de leur identité. Ce qui est sûr, c'est qu'il n'y a pas de partisans garissans sur Nyvan.

— Combien d'autochtones ? s'enquit Monica.

— Trois ou quatre. Difficile d'avoir une certitude, puisque nous ignorons leur identité.

— Les autres services se sont-ils manifestés ?

— Trois sondes ont été envoyées dans le système informatique de l'hôtel. Nous n'avons pas pu déterminer leur origine. Ceux qui les ont lancées disposent de programmes de blocage de premier ordre.

— Mzu se trouve-t-elle au Mercedes ? demanda Monica.

— Pas en ce moment ; mais elle y retourne après s'être entretenue avec les responsables de la société Opia. Son groupe se fait passer pour une délégation des forces de défense des Dorados, ce qui lui donne un bon alibi pour acheter des armes. J'attends d'une minute à l'autre un rapport sur cette réunion, émanant de l'agent que nous avons infiltré dans la boîte.

— Bien, fit Monica. Nous l'intercepterons à l'hôtel.

— Entendu. (Adrian lui jeta un regard en coin.) La police locale risque de ne pas apprécier.

— Regrettable, mais sans importance. Pouvez-vous charger une clairance prioritaire dans le réseau de défense antiaérienne de la ville ?

— Évidemment, c'est nous qui avons fourni le matériel et nous disposons des codes d'accès.

— Parfait, préparez-vous à ouvrir la voie aux aéros édénistes. Nous évacuerons la planète à leur bord dès que nous aurons capturé Mzu.

— Le royaume risque de se faire expulser de ce système stellaire si vous montez un coup fourré comme celui-ci, dit Adrian. Les États de Nyvan détestent les étrangers à leur planète encore plus qu'ils se détestent entre eux.

— Mzu cherchait un endroit suffisamment vénal et corrompu pour lui vendre des armes sans lui poser de questions. Si cette planète s'était pourvue d'une civilisation décente, jamais elle n'y aurait mis les pieds. Nyvan ne doit s'en prendre qu'à elle-même. Son peuple a disposé de cinq siècles pour faire des progrès, bon sang.

Samuel eut un grognement réprobateur.

Adrian détourna les yeux de ceux de Monica.

— Euh... je reçois un rapport du chef de ma deuxième équipe de surveillance. Il file le dénommé Calvert, comme vous me l'avez demandé.

— Oui ?

Monica redoutait cet instant, mais il était malheureusement inévitable.

— Dès qu'il a atterri, le capitaine a contacté Richard Keaton, un expert en sécurité informatique. Keaton semble avoir fait du bon travail. En fait, il est sans doute à l'origine de l'une des sondes envoyées à l'hôtel Mercedes. Ils se trouvent en ce moment dans une voiture se dirigeant vers l'hôtel en question. Ils y seront avant vous.

— Merde ! Cet enfoiré de Calvert.

— Voulez-vous que nous l'éliminions ?

— Non, dit Samuel. (Il fit taire Monica d'un regard sévère.) Toute action engagée dans l'hôtel ne ferait qu'y attirer la police avant que nous puissions nous y rendre. Notre opération est déjà assez délicate comme ça.

— D'accord, grommela-t-elle.

— Mon équipe pourrait intercepter Mzu, proposa Adrian.

Monica était tentée par cette idée – n'importe quoi pour *résoudre* cette crise.

— Combien d'agents lui avez-vous affectés ?

— Sept, à bord de trois véhicules.

— Mzu est accompagnée d'au moins quatre personnes, précisa Samuel.

— Exact, reconnut Monica à contrecœur. Ça fait un peu trop, et nous ignorons leur puissance de feu, en particulier celle de ces autochtones. Notre succès doit être garanti au maximum. Dites à votre équipe de poursuivre sa surveillance, Adrian, nous allons la rejoindre le plus vite possible.

— Pensez-vous qu'elle résistera ? demanda Adrian.

— J'espère que non, répondit Samuel. Après tout, elle n'est pas stupide ; elle sait forcément que la situation de Nyvan se dégrade un peu plus chaque minute. Cela va sans doute nous rendre la tâche plus facile. Nous devrions commencer par lui proposer de l'emmener hors du système. Une fois qu'elle aura compris qu'elle est obligée de nous accompagner, de gré ou de force, la logique voudra qu'elle capitule.

— La tâche plus facile ? (Monica lui lança un regard apitoyé.) Dans le cadre de cette mission ?

— Sainte Marie, *pourquoi* ? s'exclama Voi dès qu'ils se retrouvèrent tous les cinq dans l'ascenseur du penthouse. Vous n'allez pas nous trahir maintenant. Pensez à tout ce que vous avez enduré... à tout ce que nous avons fait pour vous. Vous ne pouvez pas nous vendre à Capone !

Elle interrompit sa tirade lorsque Alkad la fixa de ses yeux glacials.

— Ne contestez plus jamais mes décisions.

Même Gelai et Ngong furent impressionnés par le ton de sa voix, mais ils percevaient également les pensées qui la tourmentaient.

— Comme l'a parfaitement expliqué Baranovich, l'option Omuta m'est désormais interdite, reprit Alkad. C'est un salaud et une ordure, d'accord, mais il se trouve qu'il a raison. Vous n'imaginez pas à quel point ça me contrarie, car ça signifie que la pire des craintes que j'ai entretenues durant trente ans est devenue réalité. Notre vengeance n'a plus de sens.

— Ridicule, répliqua Voi. Vous avez le temps de frapper les Omutans avant que les possédés n'en fassent autant.

— Veuillez ne pas faire étalage de votre ignorance, c'est insultant.

— Mon ignorance... ? Espèce de salope ! Sainte Marie, vous allez offrir l'Alchimiste à Capone. Le lui offrir ! Vous croyez que je vais fermer ma gueule ?

Alkad redressa les épaules ; au prix d'un effort visible, elle adopta un ton posé pour s'adresser à l'adolescente en furie.

— Vous êtes une enfant stupide et immature, souffrant d'une fixation infantile. Vous n'avez jamais réfléchi à ce qui se passerait si votre vœu était exaucé, aux souffrances que cela entraînerait. Je n'ai fait que penser à ça durant trente ans. C'est moi qui ai créé l'Alchimiste, que Marie ait pitié de moi. Je comprends pleinement sa nature. La responsabilité de cette machine m'incombe à moi seule. Jamais je n'ai rejeté cette responsabilité, et jamais je ne la rejetterai. Agir ainsi signifierait renoncer à ce qu'il me reste d'humanité. Et si les possédés s'en emparaient, les conséquences seraient de la plus extrême gravité. Par conséquent, je vais accepter la proposition de Baranovich et quitter avec lui cette planète condamnée. Je conduirai les forces de Capone à l'Alchimiste. Et ensuite, j'activerai celui-ci. Il sera alors impossible à quiconque de l'étudier et de le reproduire.

— Mais... (Voi se tourna vers ses compagnons, cherchant un soutien du regard.) Si vous l'activez, alors...

— Je mourrai. Oui. Et avec moi le seul homme que j'aie jamais aimé. Cela fait trente ans que nous sommes séparés, et je n'ai pas cessé de l'aimer. Ce lien purement humain n'a aucune importance. Je suis prête à sacrifier cet homme. Comprenez-vous à présent l'étendue de ma responsabilité et de ma résolution ? Peut-être reviendrai-je sous la forme d'une possédée, peut-être resterai-je dans l'au-delà. Quel que soit mon destin, il sera identique à celui de tous mes semblables. Cela me terrifie, mais je l'accepte. Je ne suis pas arrogante au point de me croire capable d'échapper à notre ultime destination à tous.

« Gelai et Ngong m'ont montré que nous conservons notre personnalité fondamentale. C'est une bonne chose, car, si je reviens dans un corps d'emprunt, ma résolution restera intacte. Je ne construirai pas un autre Alchimiste. Puisque sa raison d'être a disparu, lui aussi doit disparaître.

Voi plia légèrement les genoux et rapprocha ses yeux du visage de Mzu, comme pour mieux scruter l'esprit de la physicienne.

— Vous allez vraiment le faire, n'est-ce pas ? Vous allez vous tuer.

— Je pense que le terme approprié est « kamikaze ». Mais ne vous inquiétez pas, je ne vous obligerai pas à me suivre. Je ne considère pas ce combat comme le vôtre, je ne l'ai jamais fait. Vous n'êtes pas vraiment des Garissans ; vous n'avez aucune raison de vous mettre du sang sur les mains. Maintenant, tenez-vous tranquille et priez sainte Marie pour que nous puissions sauver quelque chose de ce merdier, récupérer Lodi et vous faire quitter la planète à tous les trois. Cependant, soyez assurée d'une chose : je n'hésiterai pas à vous sacrifier pour parvenir à mon but. (Elle se tourna vers Gelai.) Si vous avez des objections à formuler, faites-le tout de suite.

— Non, docteur. (Gelai esquissa un sourire.) Aucune objection. En fait, je suis soulagée d'apprendre que personne n'utilisera l'Alchimiste contre une planète, ni vous ni Capone. Mais, croyez-moi, vous ne devez pas vous tuer ; une fois que vous aurez connu l'au-delà, la tentation de plonger dans un nouveau corps offert par Capone sera pour vous irrésistible.

— Je sais, dit Alkad. Mais le choix n'a jamais joué un très grand rôle dans ma vie.

La proclamation de l'état d'urgence dans Tonala avait considérablement réduit la circulation dans la capitale. En temps normal, les rues auraient été embouteillées et les piétons continuellement aspergés de neige par les pneus des véhicules. Au lieu de quoi les flocons commençaient à former une couche sur la chaussée. Les mécanoïdes d'entretien de Harrisburg étaient sur le point de perdre la bataille contre les intempéries.

Considérant les effets d'une chaussée enneigée sur les systèmes de freinage, le ministère des Transports instaura un abaissement de la vitesse limite pour éviter les accidents. Une instruction en ce sens fut télétransmise aux processeurs de contrôle de tous les véhicules individuels.

— Vous voulez que je neutralise cette instruction pour notre voiture ? demanda Dick Keaton.

Joshua jeta un regard en coin à l'expert en sécurité informatique pendant qu'il réfléchissait à la question. Il répondit à regret par la négative, se disant qu'il était stupide de commettre un excès de vitesse quand on est un étranger suspect dans une nation au bord de la guerre, qui plus est filé par deux voitures de police.

L'absence quasi totale de circulation n'aidait pas les deux voitures en question, qui maintenaient une distance de cinquante mètres avec l'objet de leur filature. Joshua et ses compagnons n'étaient guère affectés par leur présence. Les deux sergents étaient aussi vigilants que des mécanoïdes, tandis que Melvyn contemplait le manteau gris qui recouvrait la ville et que Dahybi, par contraste, restait prostré sur son siège, les mains jointes comme en prière, totalement indifférent à ce qui l'entourait. Dick Keaton était tout excité par leur aventure, et son attitude presque infantile ne manquait pas d'agacer Joshua. En ce moment, il tentait de hiérarchiser les priorités de la mission tout en se demandant ce qu'il allait dire à Mzu. Il pourrait l'inviter fermement à regagner Tranquillité, lui faire remarquer qu'elle était dans la merde et qu'il possédait un astronef prêt à partir. Ce n'était pas qu'il manquait d'éloquence, mais le discours qu'il devait tenir était d'une importance vitale. Comment convaincre une scientifique à moitié psychotique, détentrice d'un engin de mort à l'échelle cosmique, de le suivre gentiment sans faire d'histoires ?

Son bloc de communication accepta la transmission sécurisée émanant d'Ashly et la relaya à ses naneuroniques.

— Il y a du nouveau, rapporta le pilote. Les aéros édénistes viennent d'activer leurs champs ioniques.

— Est-ce qu'ils sont sur le point de décoller ?

— Apparemment non. Ils sont toujours sur le tarmac, mais ils ont entamé les manœuvres préliminaires. Leurs agents doivent se rapprocher de Mzu.

— Zut. Des nouvelles de l'orbite ?

— Négatif. Le *Lady Macbeth* ne passera au-dessus de l'horizon que dans quatre-vingts minutes, mais les capteurs du spatiojet n'ont encore détecté aucun combat en orbite basse.

— Bien. Reste en contact, nous approchons de l'hôtel. Je risque d'avoir besoin de toi assez vite.

— Je ferai de mon mieux. Mais si ces aéros ne veulent pas que je décolle, ça risque d'être coton.

— Le *Lady Mac* est ton dernier recours. Il peut t'en débarrasser si nécessaire. N'hésite pas à le contacter.

— Compris.

Dahybi se pencha pour mieux voir l'hôtel Mercedes tandis que la voiture parcourait les deux cents derniers mètres l'en séparant.

— Ce parc ferait un terrain d'atterrissage idéal pour Ashly, remarqua Melvyn.

— Bien noté, dit Joshua.

Il plissa les yeux pour détailler le large portique de l'hôtel alors que la voiture s'engageait dans l'allée incurvée qui y conduisait. Il y avait déjà un véhicule garé devant lui.

Joshua ordonna au bloc-processeur de faire halte puis de se diriger vers l'un des emplacements de parking aménagés devant l'entrée. Les pneus écrasèrent la neige blanche.

Les deux voitures de police stoppèrent sur la chaussée.

— Que se passe-t-il ? demanda Dick Keaton à voix basse.

Joshua désigna la voiture sous le portique. Plusieurs personnes y prenaient place.

— C'est Mzu, dit l'un des sergents.

Après une si longue traque, après tant de souffrances, Joshua eut une bouffée d'émerveillement en découvrant enfin sa proie. Mzu n'avait guère changé depuis leur unique rencontre, dont ses naneuroniques avaient conservé un fichier visuel. Elle avait le même visage, les mêmes cheveux, elle était emmitouflée dans le même manteau bleu marine, mais elle avait renoncé à son masque de vieille prof aimable. Cette femme était investie d'une redoutable assurance.

S'il avait jamais douté de l'existence de l'Alchimiste et des liens de Mzu avec celui-ci, cela ne lui était plus permis.

— Que veux-tu faire ? s'enquit Dahybi. On peut arrêter sa voiture. Tenter le coup tout de suite.

Joshua leva une main pour demander le silence. Il venait de remarquer les deux derniers passagers de la voiture de Mzu. Ce ne fut pas une prémonition qu'ils lui inspirèrent, mais un accès de trouille bleue.

— Ô mon Dieu !

Le bloc de contre-mesures électroniques de Melvyn lui télétransmit un signal d'alarme. Il accéda à son écran.

— Qu'est-ce que ça veut dire ?

— Je ne veux pas vous affoler, déclara Dick Keaton, mais les gars dans l'autre voiture vous regardent d'un air méchant.

— Hein ? fit Joshua en se retournant.

— Et ils pointent sur nous un capteur multibandes, ajouta Melvyn.

Joshua rendit leur regard hostile aux deux agents de l'ASE en poste dans la voiture auprès de la leur.

— Génial, nom de Dieu !

— Elle s'en va, dit l'un des sergents.

— Seigneur, maugréa Joshua. Melvyn, est-ce que tu bloques ce capteur ?

— Absolument, répondit l'intéressé en souriant de toutes ses dents aux deux agents secrets.

— Très bien, on la suit. En espérant qu'elle se rend dans un endroit où nous pourrons avoir une conversation civilisée.

Les cinq voitures de l'ambassade transportant Monica, Samuel et une troupe d'agents secrets, Édénistes et ASE mêlés, foncèrent vers l'hôtel sans se soucier de la limitation de vitesse. Les policiers se contentèrent de les suivre et de les observer ; ils étaient impatients de voir à quoi allait mener toute cette agitation.

Un kilomètre les séparait encore de l'hôtel Mercedes lorsque Adrian avertit Monica que Mzu avait repris la route.

— Cette fois-ci, elle n'est accompagnée que de quatre personnes. Notre équipe d'observation a envoyé un mouchard à leur étage. Il semble qu'il y ait eu une bagarre dans le penthouse. Vous voulez un accès ?

— S'il vous plaît.

Le petit oiseau synthétique volant au-dessus du parc lui transmit les images demandées. Ses ailes en tissu artificiel battaient en permanence pour le maintenir en position au sein de la tempête de neige, ce qui dégradait la transmission. Un capteur optique scannait les grandes fenêtres du penthouse. L'une d'entre elles était fracassée en son centre.

— Je vois plein de verre sur le tapis, télétransmit Monica. Ils ne sont pas sortis par cette fenêtre, quelque chose y est entré.

— Mais quoi ? demanda Adrian. Le penthouse est au vingt-cinquième étage.

Monica poursuivit son examen. On avait enfoncé les portes du séjour. Celle qui était tombée sur le sol était sillonnée de traces de brûlure.

Puis elle se focalisa sur un sofa. Sur l'un de ses accoudoirs reposait un pied flasque.

— Pas étonnant que Mzu ait été pressée de repartir, dit-elle à haute voix. Les possédés l'ont localisée.

— Sa voiture ne se dirige pas vers le spatioport, dit Samuel. Et si les autochtones qui l'accompagnent étaient des possédés ?

— C'est possible, acquiesça Monica d'une voix hésitante. Mais, d'après l'équipe d'observation, c'était elle qui semblait mener le groupe. Elle n'avait pas l'air d'agir sous la contrainte.

— Calvert a commencé à la suivre, transmit Adrian.

— Très bien. Voyons où ils sont tous impatients de se rendre.

Elle ordonna au processeur de la voiture de rattraper les véhicules de l'équipe d'observation.

— Quelqu'un d'autre vient de se joindre à nous, dit Ngong, partagé entre l'amusement et la surprise. Ça fait plus de douze voitures en tout.

— Et ce pauvre Baranovich qui voulait que je vienne seule, commenta Alkad. Est-ce qu'il se trouve dans le lot ?

— Je ne sais pas. Ce qui est sûr, c'est qu'il y a des possédés parmi nos suiveurs.

— Ça ne vous inquiète pas ? demanda Voi.

Alkad s'enfonça un peu plus dans son siège pour y être à l'aise.

— Pas vraiment. Ça me rappelle le bon vieux temps.

— Et s'ils nous arrêtaient ?

— Gelai, quelles sont les intentions des policiers ?

— Ils sont curieux, docteur. Je dirais même : très curieux.

— Parfait ! Tant qu'ils ne cherchent pas à nous stopper, tout va bien. Je connais les agents secrets : ils voudront d'abord savoir où nous allons avant de passer à l'action.

— Mais Baranovich...

— C'est son problème, pas le nôtre. S'il ne souhaite pas qu'on me suive, alors c'est à lui de s'arranger pour qu'on ne me suive pas.

La voiture d'Alkad parcourait les rues désertées de Harrisburg en respectant scrupuleusement la vitesse limite. Malgré cela, elle laissa bientôt derrière elle le centre-ville urbanisé pour s'aventurer dans les banlieues industrielles. Au bout de trente minutes, plus aucun immeuble d'habitation n'était visible aux alentours. La route légèrement surélevée qu'elle suivait traversait une plaine alluviale qui s'étendait jusqu'à la mer, distante de quatre-vingts kilomètres, une vaste jachère dont les tracteurs et les insectes transgéniques avaient chassé toute végétation indésirable. Les arbres y étaient étiques et voûtés par le vent du large, sentinelles pitoyables montant la garde le long des canaux de drainage creusés pour exploiter le riche terreau.

Rien ne bougeait en dehors de la chaussée, ni animaux ni véhicules. Ils s'avançaient dans un désert de neige. Le vent projetait de gros flocons sur le pare-brise, dont le verre à basse friction avait peine à rester dégagé. Ce qui ne les empêchait pas de voir les quinze voitures qui les suivaient à présent, formant un convoi qui ne cherchait plus à passer inaperçu.

Installé dans l'un des fauteuils du centre d'opération de l'ASE, Adrian Redway demanda à son processeur de bureau un programme de filtrage afin d'accéder aux données parvenant à la station. Il faillit néanmoins être submergé par le flot qui se déversa sur lui. Ses naneuroniques établirent une liste de priorités. Leurs routines secondaires prirent le relais de son esprit, pourtant naturellement doué pour le collationnement, le laissant libre d'absorber les détails les plus importants.

Il se concentra sur Mzu, en particulier via l'équipe d'observation, puis définit un programme périphérique de surveillance conçu pour lui signaler n'importe quel nouveau facteur susceptible d'affecter sa situation. Vu le rythme précipité qu'adoptaient les événements sur Nyvan, il était peu probable qu'il puisse prévenir Monica à temps, mais vingt-huit années d'expérience au sein de l'ASE lui avaient appris que quelques secondes à peine suffisaient parfois à influer sur le cours d'une opération.

— Elle se rend sûrement à la fonderie d'ironbergs, télétransmit-il à Monica au bout de vingt minutes de filature sans histoire.

— C'est aussi ce que nous pensons, répondit-elle. Est-ce que les aires d'atterrissage de cette fonderie sont équipées de balises ? Si elle attend un spatiojet pour la récupérer, il aura besoin d'effectuer une approche contrôlée dans cette tempête.

— Sauf s'il a des capteurs de qualité militaire. Mais, oui, la fonderie dispose de balises. Toutefois, je ne garantis pas leur efficacité. Ça m'étonnerait qu'elles aient été révisées depuis leur installation.

— Bien, pouvez-vous effectuer un balayage de données sur la fonderie ? Et, si vous pouvez y accéder, une analyse capteur nous serait fort utile. J'aimerais savoir si quelqu'un l'attend là-bas.

— J'ai l'impression que vous n'avez pas une idée précise de ce que vous me demandez, cette fonderie est gigantesque. Je vais quand même mettre deux de mes analystes sur le coup. Mais ne vous attendez pas à des miracles.

— Merci. (Elle jeta à Samuel un regard lugubre.) Qu'est-ce qui ne va pas ?

L'Édéniste avait capté leur échange grâce à son processeur biotek.

— Je repense à son évasion de Tranquillité. Nous étions tous en train de la filer comme nous le faisons en ce moment, et rappelez-vous comment ça a fini. Peut-être devrions-nous prendre l'initiative. Si cette fonderie est bien sa destination, peut-être qu'elle a déjà tout prévu pour nous échapper une fois là-bas.

— En effet. Mais si nous voulons l'arrêter tout de suite, le seul moyen est de lui tirer dessus. Ce qui ne manquerait pas d'entraîner l'intervention des policiers.

Samuel accéda à l'ordinateur du centre d'opération de l'ASE et examina le statut de déploiement des forces de police.

— Leur équipe de renfort est très loin d'ici ; et les aéros peuvent nous rejoindre en quelques minutes. Si nous devons heurter la susceptibilité du gouvernement de Tonala pour récupérer l'Alchimiste, alors je dis que le jeu en vaut la chandelle. Mzu nous a rendu un signalé service en venant dans un endroit aussi reculé.

— Ouais. Eh bien, si vous êtes prêt à appeler vos aéros pour nous évacuer, je suis disposée à faire intervenir nos forces. Notre puissance de feu est suffisante pour éliminer la police si...

Elle s'interrompit comme elle recevait une nouvelle transmission d'Adrian.

— Le réseau de défense antiaérien de la ville vient de localiser les spatiojets de l'Organisation, lui dit-il. Ils se dirigent droit sur vous, Monica : ils sont trois et survolent la mer à une vitesse de Mach 5. Vous aviez raison : elle compte se faire récupérer dans cette fonderie.

— Mon Dieu, elle s'est vendue à Capone. La salope !

— On le dirait bien.

— Pouvez-vous inciter la défense antiaérienne à frapper les spatiojets ?

— Oui, s'ils se rapprochent un peu, mais, pour le moment, ils sont hors de portée.

— Et une fois qu'ils seront arrivés à la fonderie ? demanda Samuel.

— Ils seront toujours hors de portée. La défense antiaérienne ne dispose pas de missiles mais uniquement de rayons. Tonala compte sur ses plates-formes DS pour éliminer toute menace hors de ses frontières.

— Les aéros, dit Monica à Samuel. Est-ce qu'ils peuvent les intercepter ?

— Oui.

Allez-y, ordonna-t-il aux pilotes.

Monica demanda au processeur de gestion de son armure d'effectuer un diagnostic préparatoire, puis coiffa son casque et le scella. Les autres agents entreprirent de vérifier leurs armes.

— Les aéros décollent tous, Joshua, télétransmit Ashly.

— Ça ne m'étonne pas vraiment, répliqua Joshua. Nous ne sommes plus qu'à dix kilomètres de la fonderie d'ironbergs. Mzu a dû arranger une sorte de rendez-vous là-bas. Dick a procédé à quelques examens ; selon lui, certains des systèmes électroniques de la fonderie sont affectés par des avaries. Peut-être y a-t-il des possédés dans le coin.

— Dois-je lancer la procédure d'évacuation ?

Joshua parcourut l'habitacle du regard. Melvyn et Dahybi demeuraient impassibles, tandis que Dick Keaton semblait tout simplement curieux.

— Pour l'instant, nous ne courons aucun danger, dit l'un des sergents.

— Non. Mais, quoi qu'il arrive, ça va arriver vite ; et notre position est loin d'être la plus forte.

— Nous ne pouvons pas renoncer maintenant. Nous sommes tout près du but.

— Comme si je ne le savais pas, marmonna-t-il. Très bien, nous continuons de la suivre. Si nous parvenons à nous approcher d'elle assez près pour lui faire notre proposition, tant mieux. Mais si les agents secrets commencent à se montrer agressifs, alors on se retire. Compris, Ione ?

— Compris.

— Je suis peut-être en mesure de vous aider, intervint Dick Keaton.

— Ah bon ?

— Les voitures de ce convoi sont toutes des modèles locaux. Je dispose d'un programme susceptible d'affecter leurs processeurs de contrôle. Cela pourrait nous aider à nous rapprocher de notre cible.

— Si nous tentons ce genre de coup contre les agents secrets, ils risquent d'utiliser contre nous leurs propres armes électroniques, contra Melvyn. S'ils ne se contentent pas de faire donner leurs carabines ITP. Tout le monde a conscience de l'enjeu.

— Ils ne sauront pas que l'attaque vient de nous, objecta Dick Keaton.

— Pas si sûr, dit Melvyn. Ils sont très forts, Joshua. Sans vouloir vous offenser, Dick, les services secrets emploient des bureaux entiers d'informaticiens pour leur rédiger des logiciels illégaux.

Joshua aurait été ravi de saboter les autres voitures, mais il fallait tenir compte de l'endroit isolé où se trouvait le convoi. Les agents secrets n'avaient plus besoin de travailler dans la discrétion. S'il bouleversait le statu quo, ils réagiraient sans doute comme le prévoyait Melvyn. Ce qu'il voulait vraiment, c'était que le *Lady Mac* apparaisse au-dessus de l'horizon pour pouvoir les appuyer, même si ses capteurs risquaient d'être inefficaces dans cette tempête, et il n'arriverait pas avant quarante minutes.

— Dick, voyez ce que vous pouvez faire pour protéger les processeurs de notre voiture contre les logiciels de l'ASE. J'appliquerai votre suggestion s'il s'avère que Mzu est sur le point de nous échapper.

— Entendu.

— Ashly, peux-tu décoller sans attirer l'attention ?

— Je le pense. Il y a forcément quelqu'un qui m'observe, mais je ne perçois aucun capteur en activité.

— Bien, décolle et vole en gardant un profil bas à dix kilomètres de la fonderie. On t'appellera en cas de besoin.

Les quatre aéros édénistes prirent de la vitesse en virant au-dessus de la banlieue de Harrisburg, atteignant Mach 2 deux kilomètres après avoir survolé la côte. Leurs nez profilés se pointèrent vers la fonderie d'ironbergs. Les flocons de neige qui traversaient leur champ magnétique cohérent passèrent à un bleu étincelant autour de leur fuselage avant, puis se vaporisèrent sous forme d'un sillage pourpre fluorescent. Un observateur au sol aurait pu croire que quatre comètes solaires filaient à travers l'atmosphère.

Malheureusement, la technologie ionique élaborée sur Kulu rendait ces appareils perceptibles aux capteurs. Les trois spatiojets de l'Organisation fonçant au-dessus de l'océan les repérèrent dès qu'ils eurent quitté le spatioport. Ils activèrent leurs armes électroniques, tentant de les aveugler avec un barrage multifréquences. Puis ils lancèrent sur eux des missiles air-air propulsés à Mach 10.

Les aéros édénistes les virent arriver au sein du brouillage électronique. Ils s'égaillèrent aussitôt, adoptant les trajectoires complexes nécessitées par les manœuvres d'évitement. Quantité de leurres jaillirent de leurs niches. Les masers se verrouillèrent sur leurs cibles et envoyèrent des impulsions continues sur les drones.

Sur la surface de la planète, on entendit soudain des explosions invisibles. Certains des missiles succombèrent aux masers, d'autres suivirent leur programme et détonèrent comme prévu. Des nuages de grenaille cinétique dressèrent des obstacles mortels sur les trajectoires supposées des aéros. Mais trop peu de missiles avaient survécu pour créer une zone de danger digne de ce nom.

Les aéros passèrent en force.

La bataille aurait dû s'achever là, se régler aux rayons énergétiques sans que les deux forces en présence aient recours au combat rapproché. Mais la tempête de neige en décida autrement ; les flocons absorbaient les masers et l'énergie à induction thermique, réduisant le champ d'action de chaque appareil à moins de cinq cents mètres. Aéros et spatiojets durent lutter au corps à corps, à coups de loopings, de piqués et de manœuvres acrobatiques. Les agresseurs s'efforçaient de cibler soigneusement leurs rayons ; les cibles ne cessaient de bouger pour disperser l'afflux énergétique. Ce fut un combat aérien digne de l'époque héroïque. Les pilotes, aveuglés par la neige et les nuages, comptaient sur leurs capteurs harcelés par des barrages de contre-mesures électroniques. Aéros et spatiojets étant des appareils multifonctions, leurs acrobaties n'étaient pas réellement novatrices. Leurs programmes étaient les vrais maîtres du jeu, le rôle de chaque pilote se bornant à cibler l'adversaire. L'agilité supérieure des aéros finit peu à peu par payer. Les spatiojets étaient inhibés par les lois de l'aérodynamique et de la sustentation, de sorte que leurs tactiques étaient restreintes au registre classique. Tandis que les aéros pouvaient prendre toutes les directions souhaitées, à condition que leurs générateurs de fusion aient assez de puissance.

L'Organisation était condamnée à l'échec.

L'un après l'autre, les spatiojets mutilés tombèrent du ciel. Deux d'entre eux se crashèrent sur le sol gelé non loin de la fonderie, le troisième s'abîma dans la mer.

Les aéros se remirent en formation et commencèrent à tourner autour de la gigantesque fonderie, dans l'attente du moment où ils cueilleraient leur trésor.

L'*Urschel* et le *Pinzola* franchirent l'horizon. Avertis par les hurlements des âmes renvoyées dans l'au-delà, ils savaient ce qui les attendait. Leurs lasers à rayons X frappèrent quatre fois, indifférents aux lourds nuages et aux flocons tourbillonnants.

Le berceau d'accostage s'éleva au-dessus de la baie du spatioport, exposant le fuselage du *Mont Delta* à une lumière éblouissante. Conformément à la procédure de départ, l'astronef aurait dû déployer ses échangeurs thermiques avant de se désengager. Quinn ordonna à Dwyer de faire passer les circuits en mode interne. Les câbles ombilicaux se détachèrent de leurs couplages sur la coque inférieure, puis les attaches se rétractèrent.

— Emmène-nous cinquante kilomètres au-dessus de l'axe de rotation de Jesup, dit Quinn. Puis maintiens notre position.

Dwyer activa le micro relié à ses écouteurs et marmonna des instructions à l'ordinateur de bord. Les propulseurs ioniques du clipper l'amenèrent au-dessus de la baie, puis ses fusées secondaires prirent le relais. Le *Mont Delta* s'éloigna à une accélération d'un quinzième de g, décrivant une courbe impeccable au-dessus de la surface du spatioport contrarotatif.

Quinn activa les holoécrans entourant sa couchette anti-g pour qu'ils affichent les images provenant des capteurs externes. Rien ne bougeait autour du gigantesque astéroïde. Cela faisait plusieurs jours que les stations industrielles qui l'entouraient avaient été fermées, et elles commençaient à s'écarter de leur orbite. Une flotte de navettes, de VSM, de spationefs et de tankers étaient amarrés au spatioport contrarotatif de Jesup, emplissant la quasi-totalité de ses baies.

Dès que l'astronef s'éloigna de l'apex du spatioport, Quinn régla les capteurs optiques pour qu'ils se braquent sur les autres astéroïdes. Dwyer observa en silence les écrans sur lesquels apparaissaient les trois mondicules désertés. Cette fois-ci, il y avait des mouvements visibles autour d'eux, de minuscules étoiles s'approchant à grande vitesse des rochers noirs.

— Apparemment, on arrive juste à temps, commenta Quinn. Les nations sont contrariées d'avoir perdu des vaisseaux.

Il lança dans son micro des instructions à l'ordinateur de bord.

Quatre communicateurs laser sécurisés, de qualité militaire, se déployèrent sur le fuselage de l'astronef. Le premier se braqua sur Jesup, les trois autres se verrouillant sur les astéroïdes abandonnés. Chacun d'eux émit un rayon ultraviolet vers sa cible, un message codé demandant une réponse. Quelques instants plus tard, quatre rayons semblables atteignaient le *Mont Delta*. Invulnérables à toute interférence, à toute interception, ils reliaient Quinn à l'équipement installé par ses acolytes.

Des diagrammes s'affichèrent sur les écrans de la passerelle, correspondant aux informations transportées par les rayons. Quinn entra une série de codes et constata avec satisfaction que l'équipement reconnaissait son autorité.

— Quatre-vingt-dix-sept bombes en ligne, dit-il. Et on dirait bien qu'ils sont en train d'en installer cinq autres en ce moment même. Les imbéciles.

— Est-ce que ça suffira ? demanda Dwyer d'un air inquiet.

Sa loyauté ne le protégerait sûrement pas si le plan ne se déroulait pas comme prévu. Si seulement il savait en quoi consistait ce fameux plan.

Quinn se fendit d'un sourire malicieux.

— On va le vérifier tout de suite.

— Aucun survivant, dit Samuel. Aucun.

Son visage digne exprimait un profond chagrin, encore accentué par la lumière grise qui éclairait le paysage enneigé.

Pour Monica, cette perte était encore accrue par la distance qui la séparait des victimes. Elle n'avait aperçu que des éclairs diffus dans le ciel bouché au-dessus du convoi, comme si l'orage se déchaînait au sein de la tempête de neige. Ils n'avaient ni vu ni entendu les aéros meurtris s'écraser à l'est de la fonderie.

Nous avons récupéré les pilotes, dit *Hoya* à Samuel et aux autres Édénistes.

Heureusement, le dispositif de protection des aéros avait tenu le temps que le transfert de personnalité soit achevé.

Merci, c'est une excellente nouvelle, dit Samuel.

— Mais pas leurs âmes, murmura-t-il.

Monica l'entendit et croisa son regard. Leurs esprits étaient unis par le chagrin partagé, un lien moins fort que l'affinité mais néanmoins bien réel.

— Détails pratiques, commenta-t-il d'un air lugubre.

— Oui.

La voiture fit une soudaine embardée comme ses freins se bloquaient puis se débloquaient. Tous ses occupants basculèrent vers l'avant.

— Brouillage électronique ! s'écria l'expert en électronique de l'ASE qui les accompagnait. Nos processeurs sont affectés.

— C'est un coup des possédés ? demanda Monica.

— Non. Ça vient du réseau.

Nouveau coup de freins. Cette fois-ci, les roues restèrent bloquées plusieurs secondes, et la voiture se mit à chasser sur la chaussée boueuse avant d'être redressée par un programme de secours.

— Passage en mode manuel, ordonna Monica.

Elle vit les autres véhicules du convoi zigzaguer sur la route à deux voies. L'une des voitures de police heurta la rambarde de sécurité, sortit de la route et se retrouva dans le fossé, aspergeant de neige tout ce qui l'entourait. Le véhicule qui suivait celui de Monica lui rentra dedans, froissant sa carrosserie. Le choc leur fit faire un tête-à-queue. L'armure de Monica se raidit lorsqu'elle se retrouva secouée dans tous les sens.

— Ça n'a pas touché Mzu, fit remarquer Samuel. Elle s'éloigne de nous.

— Immobilisez les voitures de police, dit Monica à l'expert en électronique. Et aussi celle de cet enfoiré de Calvert.

En proférant cet ordre, elle éprouva une joie indigne d'un professionnel, mais ce sentiment était parfaitement légitime. En éliminant Calvert et les flics de l'équation, elle augmentait ses chances de capturer Mzu.

Leur chauffeur réussit enfin à maîtriser les arcanes du contrôle manuel, et la voiture se remit à foncer, slalomant entre les autres véhicules.

— Adrian ? télétransmit Monica.

— Je suis là. Personne ne peut localiser l'origine de cet assaut électronique.

— Aucune importance, nous l'avons circonvenu.

— Calvert est devant nous, lança le chauffeur. Il colle au cul de Mzu, il n'a pas été affecté.

— Merde !

Monica ordonna aux capteurs de son casque de passer en mode infrarouge et aperçut la voiture de Calvert sous la forme d'une tache rose cent vingt mètres plus loin. Derrière elle, deux des voitures de l'ambassade s'éloignaient déjà des véhicules de police immobilisés, tandis qu'une troisième essayait de les contourner en passant sur le bas-côté de la route.

— Adrian, il va falloir nous évacuer. Et vite.

— Ça ne va pas être si facile.

— Qu'est-ce que vous racontez, bon sang ? Et les appareils des marines royaux affectés à l'ambassade ? Ils devraient se tenir prêts, nom de Dieu !

— Ils travaillent tous les deux en liaison avec les forces de défense locales. J'aurais éveillé les soupçons en les rappelant.

— Eh bien, rappelez-les tout de suite !

— C'est fait. L'un d'entre eux devrait vous rejoindre dans vingt minutes.

Monica tapa du poing sur son siège, le gant de son armure déchirant le tissu. La voiture fonçait à travers la neige, étonnamment stable pour un véhicule en contrôle manuel. Quatre paires de phares étaient visibles derrière eux. Monica s'assura qu'il s'agissait de ceux des voitures de l'ambassade, ce dont elle n'était pas peu fière.

Elle reposa sa mitraillette pour attraper une carabine maser, puis déboucla sa ceinture de sécurité.

— Et maintenant ? demanda Samuel tandis qu'elle se penchait en avant pour mieux voir à travers le pare-brise.

— Joshua Calvert, ton heure est venue.

— Oh, oh, fit l'expert en électronique.

Il leva les yeux par pur réflexe.

Ashly approcha la fonderie d'ironbergs par l'ouest, y arrivant cinq minutes après les aéros édénistes. Grâce aux capteurs passifs placés à l'avant du spatiojet, il reconstitua l'essentiel du combat aérien. Ainsi que la frappe aux lasers à rayons X. Il retint son souffle tandis que les capteurs lui signalaient un balayage de son appareil au radar à micro-ondes. Les astronefs de l'Organisation se trouvaient sept cents kilomètres au-dessus de sa tête.

Le moment est mal choisi pour mourir. D'autant plus que je sais ce qui m'attend ensuite. Kelly avait raison : au diable la destinée, mieux vaut passer le reste de l'éternité en tau-zéro. Si je m'en sors, c'est sans doute ce que je ferai.

Il ne se passa rien.

Ashly poussa un soupir de soulagement et s'aperçut que ses mains étaient moites.

— Grâces soient rendues à l'inventeur du profilage basse-visibilité, dit-il à voix haute.

Le système de furtivité dernier cri du spatiojet le rendait probablement invisible à tout capteur, planétaire ou orbital. Peut-être aurait-il été trahi par sa signature infrarouge, mais la tempête de neige diminuait ce risque.

Il demanda à l'ordinateur de bord de lui ouvrir un canal sécurisé vers le réseau de Tonala, espérant que le signal ne serait pas détecté par des forces hostiles et puissamment armées.

— Joshua ? télétransmit-il.

— Seigneur, Ashly, on croyait que tu avais été descendu.

— Pas avec cet appareil.

— Où es-tu ?

— À trente kilomètres de la fonderie. Je vais me poster à proximité. Que se passe-t-il en bas ?

— Un crétin a lancé un brouillage électronique sur les bagnoles. On s'en est tirés sans dommages ; Dick a amélioré nos programmes. Mais les flics sont hors course pour le moment. On est toujours aux trousses de Mzu. Je pense qu'on est suivis par deux voitures de l'ambassade, peut-être davantage.

— Est-ce que Mzu se dirige toujours vers la fonderie ?

— On dirait bien.

— Nous sommes le seul taxi à sa disposition, sauf si la cavalerie décide de débarquer. Il n'y a aucun appareil à portée de mes capteurs.

— Sauf s'ils sont en mode furtif.

— Il faut toujours que tu imagines le pire, pas vrai ?

— Je suis prudent, c'est tout.

— Eh bien, s'ils sont en mode furtif...

Ashly s'interrompit, l'ordinateur de bord lui ayant signalé un nouveau balayage radar. Cette fois-ci, le rayon était configuré pour fouiller la surface.

— Joshua, ils vous ont repérés ! Descendez de voiture, vite !

Dans la voiture de l'ambassade, tous les blocs de contre-mesures électroniques lançaient des signaux d'alarme.

Nous sommes attaqués par les frégates de l'Organisation, dit Samuel à *Hoya* et à Niveu.

Il ne pouvait guère dissimuler la panique qui montait en lui. Naguère, il se serait consolé à l'idée que sa mémoire aurait été préservée au sein du *Hoya*. À présent, il se demandait si ça suffisait.

Vous devez les arrêter, reprit-il. **S'ils abattent Mzu, tout est foutu.**

Derrière la voiture, un éclair pourpre déchira le ciel balayé de neige.

Après avoir roulé plusieurs dizaines de kilomètres dans la toundra sans le moindre pépin, les policiers de Tonala avaient été surpris par la soudaine attaque électronique. Leurs voitures avaient été les plus gravement touchées, se retrouvant immobilisées sur la chaussée tandis que les suspects qu'ils filaient les contournaient comme si elles n'étaient que de banals cônes de circulation. Il leur fallut du temps pour se ressaisir ; ils avaient dû désactiver les processeurs pour passer en mode manuel, abandonner les véhicules qui avaient quitté la route pour s'entasser dans ceux qui étaient encore opérationnels, se débarrasser de la mousse antichoc qui maculait leur tenue. Une fois parés, ils avaient appuyé sur le champignon pour rattraper leurs proies.

Leurs voitures roulaient en formation serrée, fournissant aux astronefs de l'Organisation la cible la plus importante. Oscar Kearn, qui ignorait dans quelle voiture se trouvait Mzu, décida de commencer par s'attaquer à elles, puis d'éliminer les autres une par une jusqu'à ce que l'âme de Mzu ait été emportée dans l'au-delà. Ce qui assurerait leur victoire. D'une façon ou d'une autre, il importait de la ramener. À présent que les spatiojets étaient détruits, elle devait mourir. Heureusement, Oscar Kearn était un ancien militaire et il avait prévu un plan de rechange. Jusqu'ici, Mzu s'était révélée extraordinairement rusée, à moins qu'elle n'ait une veine de pendu. Il était résolu à ne pas rater son coup.

Le rendez-vous à la fonderie d'ironbergs avait été planifié dans les détails avec Baranovich, le lieu et le moment étant des plus critiques. Quoique Oscar Kearn se soit gardé de donner trop de détails à son nouvel allié cosaque. Mais il était sûr que, si l'Organisation perdait la partie sur la planète, Mzu ne survivrait pas à sa victoire.

Primo, les frégates seraient au-dessus de sa tête, prêtes à frapper. Et si, pour une raison ou une autre, elle réussissait à leur échapper...

Pendant que les vaisseaux de l'Organisation étaient amarrés au *Spirit of Freedom*, ils avaient pris le contrôle des remorqueurs chargés de livrer les ironbergs dans l'atmosphère. L'un d'eux avait subi une légère correction de trajectoire.

Au-dessus de l'océan de Nyvan, à l'ouest de Tonala, un ironberg entrait déjà dans l'ionosphère. Cette fois-ci, il serait inutile d'envoyer une flotte pour le récupérer, inutile de l'accrocher à un bateau pour le tracter pendant une semaine jusqu'à la fonderie.

Il s'y rendrait directement.

Le premier laser à rayons X frappa la voiture de police qui avait échoué dans le fossé. En se vaporisant, elle projeta dans l'air du métal fondu, de la terre brûlée et un nuage de vapeur surchauffée. Dans un rayon de deux cents mètres, la neige se souleva de terre avant que la chaleur la liquéfie. La seconde voiture abandonnée sur la chaussée fut renversée par l'onde de choc, qui fracassa ses vitres et envoya ses roues vers le ciel.

Alkad grimaça en entendant la première explosion. Jetant un coup d'œil derrière elle, elle vit une fleur orange vif s'épanouir puis se flétrir au loin sur la chaussée.

— Qu'est-ce que c'était que ça ? demanda Voi.

— Ce n'était pas nous, dit Gelai. Ce n'était pas des possédés, même regroupés. Nous n'avons pas une telle puissance.

Une deuxième explosion secoua la voiture.

— C'est moi, dit Alkad. C'est moi qu'ils veulent.

Une troisième explosion illumina le ciel. Cette fois-ci, l'onde de choc frappa leur véhicule de plein fouet, le déportant sur la chaussée avant que le processeur de contrôle ait le temps de compenser.

— Ils se rapprochent ! s'écria Eriba. Sainte Marie, aidez-nous !

— Elle ne peut pas faire grand-chose pour nous, dit Alkad. C'est aux agents secrets de jouer maintenant.

Les quatre faucons se trouvaient en orbite équatoriale standard, cinq cents kilomètres au-dessus de Nyvan, lorsque *Hoya* reçut l'appel au secours de Samuel. Leur position leur permettait de suivre les frégates de l'Organisation, qui avaient adopté une orbite à forte inclinaison. À ce moment-là, seuls l'*Urschel* et le *Pinzola* étaient au-dessus de l'horizon de la fonderie. Le *Raimo* les suivait à deux mille kilomètres de distance.

Quoique séparé par quatre mille kilomètres de l'*Urschel* et du *Pinzola*, *Hoya* détecta avec ses capteurs l'explosion qui se produisit sous la couche nuageuse lorsque les frégates de l'Organisation frappèrent une quatrième voiture. Le faucon fonça à sept g d'accélération, suivi par ses trois cousins. Tous passèrent en état d'alerte maximum. Quinze guêpes de combat jaillirent de la coque de *Hoya*, chacune pointée dans une direction différente, laissant le faucon au centre d'un nuage de plasma en expansion. Cinq secondes plus tard, les drones virèrent pour s'aligner sur les frégates de l'Organisation.

L'*Urschel* et le *Pinzola* n'eurent d'autre choix que de se défendre. Leur temps de réaction était loin d'être optimal, mais chaque frégate tira sur l'ennemi vingt-cinq guêpes de combat propulsées à l'antimatière, qui filèrent bientôt à quarante g d'accélération. Les frégates interrompirent leur frappe au sol, préparant leurs lasers à rayons X pour riposter à l'inévitable essaim de charges secondaires.

Le *Raimo* lança à son tour des guêpes de combat pour soutenir ses camarades, ouvrant un nouvel angle d'attaque contre les faucons. Deux de ceux-ci répondirent par des salves défensives.

En moins de vingt secondes, plus de cent guêpes de combat sillonnaient l'espace. L'éclat de leurs propulseurs baigna les nuages en dessous, nettement supérieur à un clair de lune normal.

En dépit du barrage électronique émis en continu par les plates-formes DS, aucun des capteurs en orbite n'aurait pu manquer un tel spectacle. Les programmes d'analyse stratégique contrôlant chaque réseau national déclenchèrent une réaction qu'ils estimaient appropriée.

Officiellement, la fonderie d'ironbergs de Tonala s'étendait sur plus de dix-huit kilomètres le long de la côte et sur huit à dix kilomètres à l'intérieur des terres, en fonction de la configuration du terrain. Du moins ces dimensions correspondaient-elles au site que le gouvernement avait affecté au projet en 2407, faisant preuve d'un optimisme à la hauteur de celui qui prévalait lors de l'arrivée en orbite de Floreso, trois ans auparavant. Exception faite de la biosphère de l'astéroïde, la fonderie devint le plus ambitieux des projets industriels de Tonala.

Ses débuts furent des plus prometteurs. On commença par aménager une zone portuaire destinée à accueillir les remorqueurs qui récupéraient les ironbergs dans l'océan. Une fois les travaux entamés, les ingénieurs entreprirent de creuser un canal d'eau de mer parallèle à la côte. Large de cent vingt mètres et profond de trente, il était conçu pour acheminer les ironbergs vers les silos de désassemblage constituant les œuvres vives de la fonderie. Le canal principal était pourvu de vingt branches, des chenaux longs d'un kilomètre dont chacun aboutissait à un silo.

Après l'achèvement des sept premiers silos de désassemblage, un audit effectué par le Trésor de Tonala révéla que le pôle sidérurgique déjà en place était démesuré par rapport aux besoins réels de la nation. La construction des silos suivants fut suspendue dans l'attente d'une expansion économique justifiant son financement. C'était en 2458. Depuis, les treize chenaux inutilisés avaient été envahis de plantes et de vase, jusqu'à devenir des marais salés parfaitement rectangulaires. En 2580, le département Biologie de l'université de Harrisburg avait milité avec succès pour qu'ils soient classés parmi les parcs naturels de la nation.

Les sept silos construits étaient de massives structures cubiques, de deux cents mètres d'arête, aux formes des plus primitives. On avait commencé par bâtir une immense charpente squelettique à l'extrémité de chaque chenal, que l'on avait ensuite complétée à l'aide de panneaux en matériau composite. Au-dessus du chenal, une porte en pétale permettait l'entrée de l'ironberg. À l'intérieur, de puissantes thermolames fixées à des bras articulés effectuaient une dissection préprogrammée, découpant l'ironberg en tranches de mille tonnes comme s'il n'était qu'un gigantesque fruit métallique.

Un second réseau de chenaux plus petits reliait les silos de désassemblage aux bâtiments de la fonderie proprement dite, ce qui permettait d'acheminer directement aux fourneaux les segments d'acier spongieux. Le paysage désolé qui s'étendait entre les silos, les bâtiments et les chenaux était recouvert par un dédale de routes, la piste en terre battue avoisinant avec la large chaussée conçue pour le transport de lourdes charges, désaffectée après la période d'optimisme initial. Aucune de ces routes n'était équipée de câbles de guidage modernes ; les ouvriers, qui connaissaient les lieux comme leur poche, conduisaient leurs véhicules en mode manuel. Quant aux visiteurs, ils finissaient inévitablement par se perdre. Ce qui n'était pas grave, car les titanesques silos étaient visibles à des dizaines de kilomètres à la ronde, se dressant au-dessus de la plaine alluviale désespérément plate tels des cubes abandonnés par quelque dieu local lors de la création de Nyvan. Les silos de désassemblage fournissaient des repères parfaits. Dans des conditions normales.

La route avait plus de quatre-vingts ans ; les hivers avaient fait glisser la terre sous l'asphalte et gelé celui-ci, le brisant à force de le manipuler. Il y avait des nids-de-poule tous les mètres, dissimulés par des congères artistement sculptées. La voiture d'Alkad roulait quasiment au pas et sa suspension souffrait le martyre.

Ils avaient pénétré dans la fonderie à une allure dangereuse. Les frappes venues de l'espace avaient apparemment cessé après qu'un cinquième véhicule eut été anéanti. Alkad ordonna au processeur de la voiture de tourner au premier croisement. À en croire la carte qu'elle avait chargée dans la cellule mémorielle de ses naneuroniques, les silos de désassemblage se trouvaient dans le quart nord du site.

Mais la carte n'est pas le territoire, comme elle le découvrait à ses dépens.

— Je ne vois rien, bordel, s'exclama Voi. Je ne sais même pas si on est encore sur la route.

Eriba se rapprocha du pare-brise jusqu'à le toucher du bout du nez.

— Les silos seront forcément visibles. Ils sont immenses.

— D'après le processeur de guidage, nous nous dirigeons vers le nord, dit Alkad. Continuez d'ouvrir l'œil.

Elle jeta un regard par la lunette arrière et aperçut la voiture qui les suivait en cahotant, tranchant la neige du faisceau de ses phares.

— Est-ce que vous percevez Baranovich ? demanda-t-elle à Gelai.

— Oui, vaguement. (Elle indiqua une zone située à l'avant de la voiture, légèrement sur la gauche.) Il est ici, et il n'est pas tout seul.

— Combien de possédés avec lui ?

— Une vingtaine, peut-être plus. Difficile de le dire à cette distance, et ils n'arrêtent pas de bouger.

Voi siffla de colère.

— C'est beaucoup trop, dit-elle.

— Est-ce que Lodi est avec eux ?

— Possible.

Un engin massif gisait au bord de la route, relique métallique de l'âge de l'expansion. Une fois qu'ils l'eurent dépassé, une lumière écarlate inonda la voiture. Les vitres tremblèrent sous l'effet d'un léger grondement.

— Un fourneau, commenta Ngong.

— Ce qui signifie que les silos sont par là, dit Voi avec assurance.

La chaussée devint plus praticable et la voiture accéléra. Ses pneus pataugèrent dans de la neige fondue par la chaleur du fourneau. Ils distinguaient à présent la silhouette du bâtiment, un long rectangle noir dont les portes ouvertes, pareilles à celles d'un hangar, permettaient de voir huit ruisseaux de métal fondu qui se déversaient du fourneau dans d'étroites rigoles disparaissant vers l'intérieur. D'épaisses colonnes de vapeur jaillissaient des grilles creusées dans le toit. Les flocons de neige se liquéfiaient à leur proximité.

Alkad poussa un cri d'effroi et ordonna au processeur de la voiture de freiner. Ils pilèrent en tressautant à deux mètres du chenal. Un segment d'ironberg flottait paisiblement juste devant eux, banane d'argent terni à la peau piquetée de millions de petits cratères noirs.

Le ciel au-dessus d'eux vira à l'argent étincelant, projetant sur les rétines d'Alkad une image solarisée du chenal et du minerai céleste.

— Sainte Marie, souffla-t-elle.

La stupéfiante lueur s'estompa.

— Mon bloc-processeur vient de se crasher, annonça Eriba. (Il se tordait le cou en quête de la source de la lumière.) Qu'est-ce que c'était que ça ?

— Ils recommencent à tirer sur les bagnoles, dit Voi.

Alkad tenta d'entrer en liaison avec le processeur de la voiture, constatant sans surprise qu'il ne réagissait pas. Cela confirmait la nature de cette explosion : pulsation électromagnétique.

— S'il n'y avait que ça, dit-elle, s'émerveillant de leur incompétence.

Ils n'avaient toujours pas conscience de l'énormité de l'enjeu, des extrémités auxquelles les autres étaient prêts à recourir. Elle glissa une main sous le tableau de bord et débloqua la commande manuelle du volant. Celui-ci se déploya devant un Eriba des plus surpris.

— Conduisez, ordonna-t-elle. On va bientôt tomber sur un pont ou quelque chose comme ça. En avant.

— Oh, nom de Dieu ! marmonna Sarha. C'est reparti.

Les capteurs de combat du *Lady Mac* relayaient à ses naneuroniques une image bien trop nette de l'espace au-dessus de Nyvan. Dix secondes plus tôt, tout était calme et dégagé. Les plates-formes DS poursuivaient sans anicroches leur stupide guéguerre électronique. Des astronefs se dirigeaient vers les trois astéroïdes abandonnés, deux escadrons de frégates appartenant à différentes nations approchaient de Jesup ; pendant ce temps, un escadron venu de Tonala tentait d'intercepter les vaisseaux de l'Organisation. Cette partie d'échecs en orbite aurait pu se prolonger pendant des heures, ce qui aurait laissé à Joshua et aux autres tout le temps de revenir à bord du *Lady Mac*, qui aurait ensuite pu foutre le camp de cette planète de dingues.

Puis les frégates de l'Organisation avaient ouvert le feu. Les faucons avaient quitté leur orbite d'attente. Et l'espace s'était peuplé de guêpes de combat.

— Vélocité confirmée, aboya Beaulieu. Accélération quarante g minimum. Propulsion à l'antimatière.

— Seigneur, fit Liol. Qu'est-ce qu'on fait maintenant ?

— Rien, répliqua sèchement Sarha. (Pour l'instant, le conflit se déroulait loin d'eux et à une altitude légèrement supérieure à la leur.) Préparez-vous aux pulsations EM. (Elle télétransmit un ordre approprié à l'ordinateur de bord.) Merde. Si seulement Joshua était ici, il pourrait nous faire sortir d'ici les mains dans les poches.

Liol lui lança un regard vexé.

Quatre essaims de guêpes de combat rédigeaient des arabesques de lumière au-dessus de la masse obscure des continents et des océans. Elles commencèrent à lâcher leurs charges secondaires, et la situation devint trop complexe pour être suivie par un esprit humain. Les symboles se multiplièrent sur le diagramme affiché par les naneuroniques de Sarha comme elle demandait une interprétation simplifiée au programme d'analyse tactique.

La face nocturne de Nyvan fut illuminée comme en plein jour par des centaines d'explosions antagonistes. D'abord les bombes à fusion, puis une détonation d'antimatière.

Devant le *Lady Mac*, l'espace s'embrasa. Aucun capteur n'aurait pu pénétrer ce stupéfiant dégagement d'énergie.

Du point de vue tactique, cette action n'était pas la plus judicieuse. L'explosion détruisit toutes les charges secondaires, amies et ennemies, dans un rayon de cent kilomètres, la pulsation EM en désactivant encore davantage.

— Des dégâts ? demanda Sarha.

— Quelques capteurs endommagés, répondit Beaulieu. Capteurs de réserve bientôt en ligne. Pas de pénétration énergétique dans le fuselage.

— Liol !

— Hein ? Oh, oui ! Systèmes de vol intacts, générateurs en ligne. Position stable.

— Les plates-formes DS ouvrent le feu, avertit Beaulieu. Elles sont vraiment déchaînées. Danger de saturation !

— Je peux nous faire filer d'ici, proposa Liol. Deux minutes pour atteindre une altitude de saut.

— Non, dit Sarha. Si nous bougeons, ils nous prendront pour cible. Pour l'instant, on reste inertes. Ni propulsion ni émission. Si un projectile se verrouille sur nous, on l'élimine aux masers et on envoie des contre-mesures à celui qui l'a lancé. Ensuite, tu modifies notre inclinaison de trois degrés sans changer notre altitude. Pigé ?

— Pigé, répéta-t-il d'une voix fébrile.

— Détends-toi, Liol, tout le monde nous a oubliés. Contentons-nous de rester intacts pour pouvoir récupérer Joshua, c'est notre mission, un point c'est tout. Je veux que tu te calmes pour pouvoir réagir froidement le moment venu. Et le moment viendra. Utilise un programme stim si nécessaire.

— Non. Ça ira.

Une nouvelle explosion d'antimatière oblitéra une vaste section de l'univers. Des charges secondaires fracassées jaillirent de son épicentre.

— Verrouillage engagé sur nous, rapporta Beaulieu. Trois charges secondaires. Une cinétique, deux nucléaires. Enfin, je crois ; probabilité de soixante pour cent d'après le catalogue. Accélération de vingt g à peine, des modèles gériatriques.

— Bon, fit Sarha, fière de son propre calme. Ça va chauffer.

Le déluge de lumière provoqué par la deuxième explosion d'antimatière révéla les silos de désassemblage à toutes les voitures fonçant dans la fonderie. Une enfilade de carrés aveugles filant vers l'horizon.

— En avant ! ordonna Alkad.

Eriba appuya sur le champignon. La neige tombait moins fort, la visibilité était meilleure, et il reprit de l'assurance. Les fourneaux luisaient dans le lointain, telles des couronnes de feu émises par des dragons au sein d'une nuée de flocons gris. La route défoncée qu'ils suivirent étaient longée par des champs de carbobéton emplis de structures désaffectées et délavées par le soleil, souvenirs des projets avortés par les réalités financières. Des conduits suffisamment larges pour engloutir la voiture jaillissaient du sol rocheux ainsi que des vers métalliques, fermés par des grilles rouillées laissant passer d'étranges et lourdes vapeurs. Des pseudo-loups solitaires rôdaient parmi ces carcasses technologiques, se réfugiant dans l'ombre chaque fois que le faisceau d'un phare faisait mine de se poser sur eux.

Voyant qu'il distançait les autres véhicules, Eriba fonça vers un pont suspendu au-dessus du prochain chenal. La voiture décolla en passant en son centre. Alkad fut projetée vers l'avant comme elle retombait sur ses roues.

— Voilà le silo numéro six, dit Voi en jetant un coup d'œil par côté. Plus qu'un chenal à traverser.

— On va réussir ! lui répondit Eriba.

Il était complètement absorbé par la course, et l'adrénaline exaltait sa vision du monde.

— Très bien, dit Alkad.

N'importe quel autre commentaire aurait été jugé vexant.

Au-dessus de la fonderie, les nuages s'éclaircissaient lentement, dévoilant des bribes du ciel crépusculaire. Il était embrasé de plasma, transformé par les explosions et les moteurs des fusées en une vaste couverture iridescente agitée par des ressacs saccadés.

Joshua se tordit le cou pour mieux le voir. La voiture ne cessait de tressauter, lui interdisant une vision globale. Depuis que les pulsations EM de la première bombe à antimatière avaient bousillé les systèmes électroniques du véhicule, Dahybi conduisait en mode manuel. Sans fluidité excessive.

Une nouvelle explosion d'antimatière rendit les nuages transparents. Les implants rétiniens de Joshua protégèrent ses yeux de tout dommage durable, mais il dut néanmoins battre des cils pour lutter contre la persistance rétinienne.

— Seigneur, j'espère que tout va bien là-haut.

— Sarha sait ce qu'elle a à faire, répliqua Melvyn. Et puis, ils ne seront au-dessus de l'horizon que dans vingt minutes, et cette explosion était presque au-dessus de nos têtes.

— C'est cela, oui.

— Accrochez-vous, prévint Dahybi.

La voiture passa sur un pont suspendu, décollant l'espace d'un instant. Elle retomba lourdement, dérapant jusqu'à ce que le pare-chocs arrière heurte la rambarde de sécurité. Un sinistre gémissement leur apprit qu'ils avaient encore perdu une partie de la carrosserie, puis Dahybi réussit à redresser.

— Elle nous distance, fit calmement remarquer Melvyn.

— C'est tout ce que tu as trouvé à dire pour m'aider ? beugla Dahybi.

Joshua n'avait jamais vu son ergospécialiste, d'ordinaire si pondéré, dans une telle colère. Il entendit un bruit derrière eux lorsque la première voiture de l'ambassade franchit le pont.

— Continue de la suivre, dit-il. Tu te débrouilles très bien.

— Mais où diable va-t-elle ? demanda Melvyn.

— Plus précisément, pourquoi ne s'inquiète-t-elle pas d'être suivie par cette procession ? rétorqua Joshua. Elle doit avoir une sacrée confiance dans la personne qui l'attend.

— La personne ou la chose. (Melvyn eut un hoquet.) Tu ne penses pas qu'elle a planqué l'Alchimiste dans le coin, quand même ? Regarde cette zone, on pourrait y égarer un escadron d'astronefs.

— N'allons pas imaginer pire que la réalité, répliqua Joshua. Ce qui m'inquiète surtout, ce sont les deux possédés qui l'accompagnent.

— Je devrais pouvoir me charger d'eux, dit un sergent en touchant l'arme passée à sa ceinture.

Joshua réussit à afficher un sourire en coin. Il avait de plus en plus de mal à associer ces monstres belliqueux avec son Ione si douce et si sexy.

— Qu'est-ce que c'est, l'Alchimiste ? s'enquit Dick Keaton.

Lorsque Joshua se tourna vers leur passager, il fut surpris par le flot de curiosité qui émanait de lui. Cela ressemblait à l'affinité édéniste telle qu'il l'imaginait. Une émotion *dominante.*

— Vous n'avez pas besoin de le savoir, désolé.

Dick Keaton sembla avoir des difficultés à retrouver l'insouciance qui lui était coutumière.

Pour une raison inconnue, ce détail tracassa Joshua. Le premier aperçu de ce qui était dissimulé sous le masque. Quelque chose d'anormal et de profondément enfoui.

— Ils changent de direction, avertit Dahybi.

La voiture de Mzu avait quitté l'étroite route tracée entre les ponts pour s'engager sur une voie plus large menant au silo de désassemblage numéro quatre. Dahybi donna un violent coup de volant, manquant partir dans le décor lorsqu'il négocia le tournant.

Le toit et les murs du silo numéro quatre, qui au cours des deux siècles écoulés avaient souffert des attaques de l'eau de mer, d'un entretien insuffisant, du guano, des algues et même d'un mémorable crash d'avion, étaient dans un triste état. Malgré cela, la taille du bâtiment demeurait impressionnante, voire carrément intimidante. Joshua avait déjà vu des immeubles plus grands, mais jamais dans un lieu désolé comme celui-ci.

— Joshua, regarde la dernière voiture, dit l'un des sergents.

Cinq autres véhicules les suivaient dans le convoi. Quatre d'entre eux appartenaient à l'ambassade de Kulu, des engins d'un noir poli, aux vitres teintées et aux phares puissants. Le cinquième était à l'origine un modèle banal de couleur vert foncé ; il s'était transformé en une monstruosité primitive, à la carrosserie rouge vif couverte d'autocollants criards. Sa calandre était décorée de six phares ronds fixés à des attaches métalliques. Ce bolide d'un âge révolu gagnait sur la dernière des voitures de l'ambassade, la largeur de ses pneus lui conférant une excellente adhérence.

— Seigneur, ils nous ont pris en tenaille.

— Le moment est peut-être bien choisi pour effectuer une retraite stratégique, dit Melvyn.

Joshua regarda devant eux. Ils entraient déjà dans l'ombre du silo numéro quatre. La voiture de Mzu, parvenue au pied du mur colossal, venait de faire halte.

Il était tenté par la suggestion de Melvyn. Mais il ignorait le sort du *Lady Mac*, et ça le rendait malade d'inquiétude.

— De nouveaux ennuis, annonça Dick Keaton. (Il agitait son bloc-processeur autour de lui, comme s'il tentait de localiser quelque chose.) Un type de distorsion électronique qui se focalise sur nous. Je ne sais pas ce que c'est, mais c'est plus puissant que les pulsations EM.

Joshua ordonna à ses naneuroniques de lancer un programme de diagnostic. Il ne parvint jamais à son terme. Son intuition lui hurlait : « Les possédés ! »

— Descendez tous de voiture. Et abritez-vous.

Dahybi se mit debout sur les freins. Les portières s'ouvraient avant qu'ils soient à l'arrêt. Quinze mètres devant eux, la voiture de Mzu, immobile et vide.

Joshua se précipita au-dehors, se jetant à terre après avoir couru deux pas. L'un des sergents se plaqua au sol près de lui.

Un puissant jet de feu blanc jaillit du silo. Il s'écrasa sur la voiture, projetant dans son habitacle des tentacules affamés. Le verre explosa et les sièges s'enflammèrent aussitôt, brûlant avec une étrange ardeur.

Ione savait exactement ce qu'elle devait faire, et sa conscience animait deux corps. Dès que la première vague de chaleur se fut dissipée, elle se redressa et se campa sur ses jambes. Quatre mains brandirent quatre armes différentes. Comme il y avait un sergent de chaque côté de la voiture, elle n'eut aucune peine à trianguler la source de l'attaque énergétique : une rangée de fenêtres crasseuses à une hauteur de trente mètres sur le mur du silo. Deux d'entre elles venaient de s'ouvrir.

Elle tira. Sa priorité était d'éliminer les possédés, de les empêcher de poursuivre leur assaut. Deux de ses armes étaient des pistolets-mitrailleurs capables de tirer cent projectiles par seconde. Elle lâcha plusieurs rafales d'une demi-seconde en balayant l'espace devant elle. Les fenêtres, leurs montants et la section de mur qui les entourait se désintégrèrent, réduits par ses balles à une avalanche de débris coupants. Puis elle passa aux fusils de lourd calibre, dont les balles explosives agrandirent encore le trou qu'elle avait ouvert. Ensuite, elle visa les parties du mur derrière lesquelles devait se trouver la passerelle où s'étaient postés les possédés.

— Go ! hurla-t-elle avec ses deux gorges. Allez à l'intérieur, vous pourrez vous abriter.

Joshua se releva d'un bond et se mit à sprinter, Melvyn sur les talons. Le vacarme des détonations lui faisait vibrer les os et l'empêchait d'entendre quoi que ce soit, bruit de course ou cris d'alarme. Il courait, courait.

Un courant de feu blanc laboura l'air au-dessus de lui. Il était difficile à distinguer dans l'éclat aveuglant de la bataille orbitale. La fonderie était inondée d'une lumière deux fois plus intense que celle du soleil de midi, encore accentuée par la réverbération de la neige.

Ione vit le feu fondre droit sur l'une de ses moitiés et braqua fusil et pistolet-mitrailleur sur sa source. Elle pressa les deux doigts sur la détente, déclenchant un torrent de balles au sillage indigo. Le feu blanc la frappa, et elle annula les circuits tactiles du sergent touché, bannissant toute douleur. Le chargeur de son pistolet-mitrailleur était vide, mais elle continua d'actionner le fusil, maintenant sa visée bien que le feu lui ait brûlé les yeux en même temps que la peau.

Puis sa conscience n'occupa plus qu'un seul organisme biotek ; elle vit s'effondrer la silhouette en flammes de l'autre. Et des ombres s'agitaient dans le trou qu'elle avait découpé dans le mur. Elle engagea un nouveau chargeur dans le pistolet-mitrailleur et leva ses deux armes.

Joshua venait de passer près de la voiture de Mzu lorsque les balles explosives filèrent à quelques centimètres de sa tête. Il tiqua et leva les bras par réflexe protecteur. Une petite porte se désintégra dans le silo devant lui. Poussé par sa foi en Ione, il poursuivit sa course. Elle lui avait ouvert la voie. Il y avait sûrement un sanctuaire quelconque là-dedans.

Alkad Mzu ne considérait pas exactement l'intérieur du silo de désassemblage quatre comme un sanctuaire, mais elle fut néanmoins soulagée de le gagner. Les voitures étaient toujours à sa poursuite, et leur vitesse et les risques que prenaient leurs occupants témoignaient de leur détermination. À l'intérieur du silo, au moins pourrait-elle choisir ses adversaires.

Comme Ngong fermait la petite porte, elle aperçut les véhicules de police survivants franchir le pont suspendu tous gyrophares dehors. La neige, inondée de lumière par le combat spatial, devenait sans cesse plus brillante. Ngong claqua la porte et la verrouilla.

Alkad attendit que ses implants rétiniens s'adaptent à la pénombre. Cette attente fut anormalement longue ; et ses naneuroniques étaient totalement indisponibles. Baranovich était tout près.

Ils s'avancèrent dans une forêt de colonnes métalliques. La charpente du silo s'étendait sur une certaine distance à partir du mur qu'elle soutenait, inextricable fouillis de poutres et d'entretoises se fondant dans des arrangements asymétriques. Si on levait les yeux, on ne parvenait pas à distinguer le toit, rien qu'un labyrinthe de métal noir formant une barrière impénétrable. La moindre poutrelle, le moindre conduit était luisant de condensation, le staccato des gouttes d'eau était omniprésent. Comme la climatisation du silo était désactivée, il y régnait une averse permanente.

Alkad prit la tête du groupe pour dépasser les colonnes nues. Il n'y avait pas d'ironberg dans le gigantesque bassin au centre du silo, et l'eau clapotait doucement contre ses rebords. Grues, bras articulés armés d'énormes thermolames, plates-formes d'inspection mobiles, tout était figé, silencieux, le long des murs de la baie centrale surélevée. Il n'y avait pas d'échos en ce lieu, ils étaient absorbés par la couche de métal à l'intérieur des murs. Des bribes de lumière s'insinuaient parmi les poutres de la charpente, produisant un croisillon de rayons blancs qui semblaient toujours s'évanouir avant d'atteindre le sol. De grands oiseaux de mer voletaient dans l'air, changeant sans cesse de perchoir comme en quête d'un point d'observation idéal.

— Par ici, docteur Mzu, lança une voix.

Elle se retourna et leva la tête, une main en visière pour se protéger de la bruine. Baranovich se tenait sur une passerelle, quarante mètres au-dessus du sol, nonchalamment accoudé à la rambarde. Son costume de Cosaque multicolore brillait d'une lueur splendide dans l'obscurité. Plusieurs silhouettes l'entouraient dans l'ombre.

— Très bien, fit-elle. Je suis là. Comment comptez-vous me faire quitter cette planète ? D'après ce que je vois, il y a quelques problèmes en orbite pour le moment.

— Ne faites pas la maligne avec moi, docteur. L'Organisation ne risque pas d'être anéantie par une petite guerre entre plates-formes DS.

— Lodi est là-haut, murmura Gelai. Les autres possédés s'inquiètent de l'arrivée de toutes ces voitures.

— En effet, c'est peu probable, lança Alkad. Donc, notre accord est toujours valable. Relâchez Lodi et je viens avec vous.

— Notre accord, docteur, stipulait que vous deviez venir seule. Mais je suis un homme raisonnable. Je veillerai à ce que vous rejoigniez l'Organisation. Oh, et voilà Lodi.

L'adolescent fut jeté par-dessus la rambarde au moment où Ione commençait à démolir les fenêtres et le mur. Ses hurlements se perdirent dans le vacarme des balles explosives. Il moulina des bras dans une tentative pathétique pour se raccrocher à quelque chose, éclairé par les flashes stroboscopiques des détonations. On entendit un horrible bruit mou lorsqu'il s'écrasa sur le carbobéton.

— Vous voyez, docteur ? Je l'ai relâché.

Alkad fixa le corps du jeune homme, cherchant désespérément à nier ce spectacle. Choquée, elle se rendit compte que c'était la première fois de sa vie qu'elle assistait à un meurtre. À un assassinat.

— Sainte Marie, ce n'était qu'un enfant !

Voi geignit derrière elle.

Baranovich riait de bon cœur. Les possédés qui l'entouraient joignirent les mains. Un plumet de feu blanc fondit sur Alkad.

Gelai et Ngong s'emparèrent de ses bras. Lorsque le feu la frappa, elle crut à une douche d'eau bien chaude. Elle chancela sous le choc, poussant un cri de surprise plutôt que de douleur. L'attaque s'interrompit, la laissant parcourue de démangeaisons.

— Écartez-vous, ordonna Baranovich, furieux. Elle nous appartient.

Gelai se fendit d'un sourire maléfique et agita une main comme pour saluer. Sous les pieds de Baranovich, la passerelle céda dans un craquement. Poussant un cri de détresse, il saisit la rambarde.

— Fuyez ! lança Gelai.

Alkad hésita un instant, cherchant un quelconque signe de vie sur le corps de Lodi. Il y avait beaucoup trop de sang. Leur groupe regagna la sécurité toute relative des colonnes de métal.

— Je ne peux pas mourir maintenant, insista-t-elle farouchement. Je dois d'abord retrouver l'Alchimiste. Il le faut, c'est le seul moyen.

Une silhouette apparut devant elle.

— Docteur Mzu, je présume, dit Joshua. Vous vous souvenez de moi ?

Elle le regarda bouche bée, trop surprise pour parler. Trois autres hommes se tenaient derrière lui ; deux d'entre eux, l'air un peu inquiet, braquaient une mitraillette sur Gelai et sur Ngong.

— Qui c'est, ce *type* ? demanda Voi, complètement perdue.

Alkad eut un petit rire proche de l'hystérie.

— Le capitaine Calvert, de Tranquillité.

Joshua claqua des talons et s'inclina pour la saluer.

— Dans le mille, doc. Je suis flatté. Le *Lady Mac* est en orbite, prêt à vous ramener à la maison. Le seigneur de Ruine est furieuse contre vous après votre numéro d'escamotage, mais elle est disposée à vous pardonner à condition que votre petit secret reste secret pour l'éternité.

— Vous travaillez pour Ione Saldana ?

— Ouais. Elle sera bientôt ici en chair et en os, plus ou moins, pour vous confirmer sa proposition. Mais, pour le moment, ma priorité est de vous faire sortir d'ici, vous et vos amis. (Il décocha un regard mauvais à Gelai et à Ngong.) Certains de vos amis. Je ne sais pas ce qui vous lie à ces deux-là, mais il n'est pas question que...

L'extrémité glacée et parfaitement identifiable d'un pistolet s'enfonça dans sa nuque.

— Merci, capitaine Calvert, ronronna triomphalement Monica. Mais le moment est venu de passer le relais aux vrais professionnels.

À bord de l'*Urschel*, l'atmosphère empestait les gaz et l'humidité. Les filtres encore opérationnels de la climatisation émettaient un bourdonnement alarmant, les moteurs des ventilateurs étant proches de la surchauffe. D'innombrables panneaux lumineux avaient sauté, les actuateurs des écoutilles avaient cessé d'être fiables, et des emballages de rations flottaient un peu partout.

Cherri Barnes détestait cette négligence, ce désordre. À bord d'un astronef, l'efficience est plus qu'une habitude, c'est une nécessité indispensable à la survie. Un astro sait que sa vie dépend de son équipement.

Mais deux des possédés (deux de ses semblables, tentait-elle de se persuader) étaient originaires du tournant du XXe siècle. Des crétins bouffis d'arrogance qui refusaient de comprendre les règles de base de la vie à bord d'un vaisseau spatial. Quant à leur prétendu capitaine, Oscar Kearn, il ne semblait pas s'en soucier, lui non plus. Il se contentait de supposer que les non-possédés de son équipage prendraient sur eux de ramasser la merde. Ils n'en faisaient rien.

Cherri avait renoncé à donner des conseils comme à formuler des exigences. En fait, elle était fort surprise qu'ils aient survécu si longtemps à la bataille orbitale – même si les guêpes de combat propulsées à l'antimatière faisaient pencher la balance en leur faveur. Et, pour une fois, les non-possédés accomplissaient leurs tâches avec efficacité, ce qui était bien compréhensible. Les possédés n'avaient pas grand-chose à faire excepté attendre. Oscar Kearn tuait le temps en étudiant les holoécrans et en marmonnant des remarques à son subordonné non possédé. À vrai dire, il ne faisait pas grand-chose, hormis ordonner que de nouvelles guêpes de combat soient lancées sur les faucons. L'idée d'en garder quelques-unes en réserve lui paraissait étrangère.

Lorsque les explosions et les décharges énergétiques entamèrent un alarmant crescendo à l'extérieur de la coque, Cherri s'éclipsa en douce de la passerelle. Dans des conditions de combat ordinaires, les passages reliant les quatre modules de vie de la frégate auraient dû être scellés. Elle n'eut aucune écoutille à forcer lorsqu'elle se dirigea vers la cabine de maintenance et d'ingénierie du module B. Dès qu'elle y eut pénétré, elle referma l'écoutille et verrouilla le contrôle manuel.

Elle se plaça au-dessus de l'une des trois consoles-processeurs et l'activa. L'impossibilité dans laquelle elle se trouvait de contacter l'ordinateur de bord lui posa quelques problèmes ; elle n'était pas habituée aux programmes à commande vocale. Toutefois, elle réussit à établir un circuit de commandement auxiliaire qui mettait hors jeu les officiers en poste à la passerelle. Les systèmes et les graphiques qui l'intéressaient se retrouvèrent peu à peu en ligne.

Les guêpes de combat et leurs charges secondaires sillonnaient toujours l'espace au-dessus de Nyvan, quoique en quantité moins importante que précédemment. Et l'interférence due au brouillage électronique avait cessé ; il n'y avait plus une plateforme DS intacte pour maintenir le tir de barrage.

L'une des dix antennes paraboliques placées sur la coque de l'*Urschel* se pointa sur le *Lady Macbeth*. Cherri se rapprocha du micro de la console.

— Est-ce que quelqu'un me reçoit ? Sarha, Warlow, vous m'entendez ? Si oui, utilisez un signal maser de cinq millimètres d'ouverture pour le retour. Ne vous verrouillez pas, je répète : ne vous verrouillez pas sur l'antenne principale de l'*Urschel*.

— Signal reçu, répondit une voix synthétique. Qui diable êtes-vous ?

— C'est toi, Warlow ?

— Non, Warlow n'est plus avec nous. Ici Sarha Mitcham, commandant le vaisseau par intérim. Qui parle ?

— Je suis navrée, Sarha, je ne savais pas pour Warlow. Ici Cherri Barnes.

— Mon Dieu, Cherri, qu'est-ce que tu fous à bord d'une frégate de l'Organisation ?

Cherri fixa la console, s'efforçant de dompter ses émotions.

— Je... ma place est ici, Sarha. Enfin, je crois. Je ne sais plus. Tu ne sais pas comment c'est dans l'au-delà.

— Oh, merde, tu es une possédée.

— Oui. Mais je n'avais pas vraiment le choix.

— Ouais. Je sais. Qu'est-il arrivé à *Udat*, Cherri ? Que vous est-il arrivé ?

— C'est Mzu. Elle nous a tués. Nous compliquions ses projets. Et Meyer... elle avait une revanche à prendre sur lui. Faites attention à elle, Cherri, faites très attention.

— Seigneur, Cherri, c'est sérieux ?

— Oh, oui, très sérieux.

— Bien reçu. Et... merci.

— Je n'ai pas fini. Joshua est sur Nyvan, lancé aux trousses de Mzu, nous savons au moins cela.

— C'est vrai, il est en bas. S'il te plaît, Cherri, ne me demande pas pourquoi. Je ne suis pas autorisée à en discuter.

— Ce n'est pas grave. Je comprends. Et ça n'a aucune importance : nous sommes au courant pour l'Alchimiste, et vous le savez. Mais tu dois dire à Joshua de renoncer, de laisser tomber Mzu. Tout de suite. Nous ne pouvons plus la faire sortir de cette planète maintenant que nos spatiojets sont perdus. Ça veut dire que l'Organisation n'a plus qu'une seule carte à jouer. Si elle meurt, elle sera obligée de nous rejoindre.

— C'est pour ça que l'*Urschel* et le *Pinzola* ont lancé des frappes au sol ?

— Oui. Mais ce n'est pas tout...

L'écho de la voix hésitante de la femme résonnait sur la passerelle du *Lady Macbeth*. Liol avait l'impression que ses nerfs étaient parcourus d'une électricité polaire. Il se tourna vers Sarha, qui semblait aussi stupéfaite que lui.

— Elle dit vrai ? demanda-t-il.

Il priait pour que la réponse soit négative. Les événements

semblaient les pousser inexorablement à l'action. En dépit de ses airs de matamore, il n'était pas sûr de vouloir piloter le *Lady Mac* dans des conditions aussi dangereuses que l'étaient actuellement les leurs – même si la partie la plus téméraire de son esprit était résolue à n'en rien laisser paraître. De toute évidence, l'égotisme était le revers de son intuition, le talon d'Achille de la famille Calvert.

— Je l'ai bien connue, répondit Sarha avec une réticence visible. Beaulieu, peux-tu confirmer la trajectoire de cet ironberg ?

— Je vais devoir utiliser les capteurs en mode actif pour la déterminer.

— Fais-le.

— Nous sommes à trente minutes de l'horizon de Joshua, fit remarquer Liol.

Un choix de trajectoires orbitales de rechange défila dans son esprit lorsqu'il demanda à l'ordinateur de bord de lui transmettre une série de vecteurs envisageables.

— Je ne peux rien y faire, rétorqua Sarha. On peut toujours tenter de le contacter via le réseau de communication de Tonala.

— Mon cul. Après toute cette activité EM, il n'y a plus aucun bloc-processeur en état de marche sur cette planète, et tu le sais parfaitement. Je peux nous faire descendre ; en frôlant l'atmosphère, nous serons sur son horizon dans huit minutes.

— Non ! Si nous changeons d'orbite, on va nous prendre pour cible.

— Il ne reste plus *rien* pour nous prendre pour cible. Accède aux capteurs, bon sang. Ils ont lancé toutes leurs guêpes de combat.

— Donc, elles ont déployé toutes leurs charges secondaires.

— C'est mon frère !

— C'est mon capitaine, et je dis que nous ne pouvons pas courir ce risque.

— Le *Lady Mac* peut se jouer d'une banale charge secondaire. Prends le contrôle de l'artillerie, je suis capable d'effectuer cette manœuvre de pilotage.

— Confirmation de la trajectoire de l'ironberg, déclara Beaulieu. Barnes disait la vérité. Ce truc se dirige droit sur eux.

— Altitude ? s'enquit Sarha. Pouvons-nous lui lancer une bombe ?

— Quatre-vingt-dix kilomètres. Trop bas dans l'ionosphère, hors de portée des guêpes de combat. Elles sont inopérantes à cette pression.

— Merde ! maugréa Sarha.

— Efforce-toi d'être positive, lui lança Liol. Nous devons gagner l'horizon de Joshua.

— Verrouillage sur nous, annonça calmement Beaulieu. Deux missiles nucléaires à tête chercheuse. Ils ont capté notre émission radar.

Sarha lança le programme de visée du canon maser sans même réfléchir à ce qu'elle faisait. Son esprit était paralysé par l'angoisse et l'indécision. Des triangles violet vif encadrèrent les charges secondaires qui approchaient.

— Est-ce que Josh abandonnerait l'un d'entre nous ? demanda Liol.

— Espèce de salaud !

Les masers crachèrent, déclenchés par son coup de colère. Les deux charges secondaires se fracassèrent, leur système de propulsion anéanti.

— On peut les battre, déclara Beaulieu.

Sarha se sentit morigénée par la voix synthétique imperturbable de la cosmonik.

— D'accord. Je m'occupe de l'artillerie. Beaulieu, fais passer les capteurs en mode actif, toute la batterie ; je veux être avertie à l'avance de toute manœuvre hostile. Liol, fais-nous descendre.

Ils martelaient impitoyablement l'écoutille de la cabine de maintenance et d'ingénierie. Celle-ci virait au rouge sur les bords, sa peinture se couvrait de cloques.

Cherri jeta un regard désabusé au disque de métal.

— D'accord, d'accord, marmonna-t-elle. Je vais vous faciliter la tâche. Et puis, que savez-vous de la fraternité, tous autant que vous êtes ?

Dès que les verrous de l'écoutille eurent fondu, un Oscar Kearn furibond se faufila dans l'ouverture fumante. Tout espoir de vengeance disparut en lui lorsqu'il découvrit au pied des consoles une silhouette recroquevillée sur elle-même et secouée de sanglots. L'âme de Cherri Barnes avait déjà quitté sa chair, se réfugiant dans le seul endroit où il n'irait jamais la poursuivre.

Monica avait enfin l'impression de reprendre le contrôle de la mission. Il y avait douze agents pour l'appuyer dans le silo de désassemblage et un avion arrivait pour les évacuer. Leurs blocs-processeurs comme leurs naneuroniques avaient cessé de fonctionner. Tous avaient ôté leurs casques afin de voir ce qui les entourait ; les capteurs étaient également inopérants. Sa vulnérabilité n'était pas sans l'inquiéter, mais elle y survivrait. Je tiens Mzu !

Elle accentua la pression de son pistolet sur la nuque de Calvert, qui s'écarta sans résister. L'un des Édénistes s'empara de son arme. Il ne protesta pas lorsqu'on lui ordonna de se placer auprès de ses trois complices, tous les mains en l'air et tenus en respect par deux agents.

— Docteur, veuillez vous abstenir de toucher ce sac à dos, ordonna Monica. Et ne tentez pas de télétransmettre un code d'activation.

Alkad haussa les épaules et leva les mains.

— De toute façon, je ne peux rien transmettre du tout, lança-t-elle. Il y a trop de possédés dans les parages.

D'un geste, Monica ordonna à l'un des agents de récupérer le sac à dos.

— Vous étiez à Tranquillité, remarqua Alkad. Et aussi dans les Dorados, sauf erreur de ma part. Quelle agence ?

— L'ASE.

— Ah ! Et pourtant, certains de vos amis sont visiblement des Édénistes. Bizarre.

— Nous considérons votre départ de cette planète comme d'une importance capitale, docteur, dit Samuel. Cependant, vous avez mon assurance qu'il ne vous sera fait aucun mal.

— Naturellement, répliqua Alkad d'une voix posée. Si je meurs, nous savons tous dans quel camp je me retrouverai.

— Exactement.

Gelai leva les yeux.

— Ils arrivent, docteur.

Monica plissa le front.

— Qui ça ?

— Les possédés de l'Organisation, lui répondit Alkad. Ils sont quelque part là-haut, dans les poutres.

Les agents secrets réagirent en professionnels, fouillant du regard les hauteurs en quête d'un mouvement. Monica s'approcha vivement d'Alkad et lui empoigna le bras.

— Très bien, docteur, nous allons nous occuper d'eux. Maintenant, en route.

— Merde, fit Samuel. La police est arrivée.

Monica jeta un coup d'œil à la brèche ouverte dans le mur. Deux Édénistes étaient restés à l'extérieur pour couvrir leur retraite.

— Ils ne nous poseront pas de problème.

Samuel eut une grimace résignée. Les agents formèrent un

cordon protecteur autour de Monica et de Mzu, puis commencèrent à reculer vers le mur.

Monica s'aperçut que Joshua et les autres se précipitaient derrière eux.

— Non, pas vous, lança-t-elle.

— Je ne reste pas ici, protesta Joshua, indigné.

— On ne peut pas..., commença Samuel.

Une herse chut de l'enchevêtrement de poutres du plafond. Elle frappa deux des agents secrets, les faisant tomber à terre. Les générateurs de valence de leurs armures, neutralisés par les pulsations EM, ne permirent pas au tissu de se raidir pour les protéger comme il aurait dû le faire. Les longues pointes de fer les transpercèrent, clouant leurs corps au carbobéton mouillé.

Quatre de leurs camarades ouvrirent le feu avec leurs mitraillettes, les pointant vers les hauteurs. Les balles ricochèrent dans tous les sens, arrachant des étincelles au métal.

En combattante bien entraînée, Monica se prépara à une seconde offensive. Celle-ci vint de la gauche, sous la forme d'un pendule fonçant droit sur Mzu. Si ses naneuroniques avaient été en ligne, si ses programmes de réaction au danger avaient fonctionné, elle s'en serait peut-être sortie indemne. Grâce à ses muscles renforcés, elle eut le temps de pousser Mzu hors de la trajectoire de la lame. Elles tombèrent à terre ensemble. L'armure empêcha son pied d'être tranché, mais sa cheville et son tibia furent brisés par l'impact. Le choc atténua la douleur initiale. Elle se redressa en gémissant et enserra ses os ruinés. La bile montait dans sa gorge et elle avait peine à respirer.

Une masse extraordinairement lourde lui emboutit l'épaule, la projetant sur le sol. Joshua atterrit tout près d'elle, roulant souplement sur lui-même pour absorber le choc. Monica eut une bouffée de haine qui acheva de chasser sa douleur. Puis la lame fendit l'air là où elle s'était trouvée une seconde plus tôt, ne produisant qu'un murmure ténu pour signaler son passage. Un pendule, pensa-t-elle confusément, ça finit toujours par revenir.

L'un des agents de l'ambassade se précipita vers elle. Il tenait un package médical dans ses mains et jurait abondamment.

— Il est affecté, lui aussi, aucune réaction.

Joshua jeta un coup d'œil au bandage nanonique de sa main. Depuis qu'il était entré dans ce silo, il était tourmenté par des démangeaisons.

— Comme si je ne le savais pas, grommela-t-il.

Gelai se joignit à eux et s'accroupit, le visage soucieux. Elle posa une main sur la cheville de Monica.

Si l'intensité de la douleur initiale l'avait terrifiée, cela était franchement horrifiant. Elle sentait les esquilles se mouvoir en elle sous sa peau, voyait même le tissu de son pantalon frémir autour de la main de Gelai – sa main *lumineuse*. Et pourtant, ça ne faisait pas mal.

— Je crois que ça y est, dit la jeune femme d'une voix timide. Essayez de vous lever.

— Ô mon Dieu ! vous êtes une...

— Vous ne le saviez pas, professionnels que vous êtes ? lança malicieusement Joshua.

Samuel se dirigea vers eux en évitant le pendule et s'accroupit à son tour, aux aguets, le canon de sa mitraillette pointé vers les hauteurs.

— J'ai cru que vous étiez touchée, dit-il comme Monica s'appuyait avec prudence sur son pied gauche.

— C'est exact. Elle m'a guérie.

Il examina rapidement Gelai.

— Oh !

— On ferait mieux d'y aller, dit Monica.

— Si nous bougeons, ils vont encore attaquer.

— Ils attaqueront si nous ne bougeons pas.

— Si seulement je pouvais les voir, gémit-il en clignant des yeux pour en chasser l'eau. Nous n'avons aucune cible. Il ne sert à rien de tirer à l'aveuglette, il y a trop de métal.

— Ils sont là-haut, dit Gelai. Trois d'entre eux sont au-dessus de l'axe du pendule. Ce sont eux qui lui donnent sa substance.

Samuel agita la tête dans tous les sens.

— Où ça ?

— Juste au-dessus de lui.

— Merde.

S'il avait pu faire passer ses implants rétiniens en mode infrarouge, il aurait distingué autre chose que des ténèbres absolues. Il ouvrit néanmoins le feu, arrosant la zone dont parlait sans doute Gelai. Son chargeur fut vidé en moins d'une seconde. Il l'éjecta et le remplaça – prenant soin au passage de compter ceux qu'il lui restait. Lorsqu'il leva de nouveau les yeux, le pendule avait disparu. À sa place, un épais câble noir se balançait doucement.

— Ça y est ? Je les ai eus ?

— Vous en avez blessé deux, lui dit Gelai. Ils battent en retraite.

— Blessé ? Bien.

— Venez, pressa Monica. On peut rejoindre les voitures.

(Elle éleva la voix.) Tirez un peu partout à la verticale. Je veux que ces salauds décampent en vitesse. Allez, *go*.

Huit mitraillettes arrosèrent les hauteurs enténébrées tandis que tous fonçaient vers la brèche.

Bien à l'abri dans l'enchevêtrement des poutres et des câbles métalliques, Baranovich se tourna vers une fenêtre crasseuse pour jeter un coup d'œil aux trois véhicules de police garés à l'extérieur. Chacun d'eux avait laissé de longues traînées dans la neige, signe certain qu'ils avaient freiné sec. Une quatrième voiture survivante poursuivait le bolide du XXIe siècle le long du mur du silo, toutes sirènes et tous gyrophares dehors. Des flics vêtus de noir s'avançaient vers les voitures de l'ambassade.

— Mettons un peu d'animation dans tout ça, dit-il en élevant la voix pour couvrir le bruit des détonations et des ricochets.

Il joignit les mains avec les trois possédés qui l'entouraient. Ensemble, ils lancèrent une énorme boule de feu blanc vers l'une des voitures de police.

La réaction fut aussi immédiate que disproportionnée. Les policiers de Tonala, qui avaient vu leurs processeurs dysfonctionner puis carrément se crasher, qui avaient essuyé le feu de lasers à rayons X venus de l'espace, qui avaient perdu leurs suspects et se trouvaient obligés de vérifier la présence d'agents de l'ASE dans les voitures de l'ambassade, étaient un tantinet tendus. Toutes les armes en leur possession se braquèrent sur le silo de désassemblage numéro quatre.

Monica était à vingt mètres de la porte défoncée lorsque les antiques panneaux de matériau composite subirent le feu de balles évidées, d'impulsions ITP, de rayons masers et de petites salves EE. Un soleil aveuglant naquit dans la pénombre devant elle. Elle se jeta vivement à terre tandis que l'air était zébré par des fragments incandescents. Des particules fumantes tombèrent en pluie tout autour d'elle, s'éteignant en grésillant dès qu'elles touchaient le béton mouillé. Plusieurs atterrirent sur sa tête, lui brûlant les cheveux et lui entamant le cuir chevelu.

— ICI LA POLICE. JETEZ VOS ARMES. SORTEZ UN PAR UN APRÈS AVOIR DÉSACTIVÉ VOS BLOCS ET VOS IMPLANTS. DERNIER AVERTISSEMENT.

— Bordel de merde, grogna Monica.

Elle leva la tête. Toute une portion du mur avait disparu ; l'éclat maléfique de la bataille orbitale s'insinuait jusque dans le silo. Il permettait de distinguer une multitude de poutres brisées dont les extrémités à vif ruisselaient de gouttes rougeoyantes. La charpente émit un pénible gémissement ; les soudures affaiblies cédaient sous le fardeau de leur nouvelle charge, entamant une réaction en chaîne. Elle vit le métal ployer sur plusieurs niveaux, puis céder en tressautant.

— Foncez ! hurla-t-elle. Tout va nous tomber dessus.

Un éclair de feu blanc jaillit des hauteurs obscures, frappant un agent qui tomba à genoux. Ses cris furent étouffés par les crépitements de son armure et de ses chairs qui s'embrasaient.

Quatre mitraillettes ouvrirent le feu en réponse.

— Non, dit Monica.

C'était exactement ce qu'ils cherchaient. Une manœuvre en nœud coulant quasi parfaite, admit-elle, furieuse, tout en se protégeant la tête des bras. Et on est tombés dedans comme des bleus.

Les flics entendirent les détonations et ouvrirent à nouveau le feu.

Baranovich ne s'était pas attendu à voir les représentants de la loi déployer une telle puissance de feu – ces armes modernes étaient décidément redoutables. La charpente affaiblie avait frémi autour de lui à deux reprises, l'obligeant à se concentrer sur les poutres pour en renforcer la solidité avec sa capacité énergétique. Ce qui était dangereux. Le métal agissait comme conducteur des explosions électroniques et, bien qu'il soit à une certaine distance de leur zone d'impact, un possédé était vulnérable à ce type de voltage, et il aurait suffi d'une décharge pour le terrasser.

Lorsque les flics se remirent à tirer, il sauta sur la passerelle la plus proche et s'éloigna en courant. Les bottes de cuir étincelant de son costume si impressionnant se métamorphosèrent en chaussures de course américaines à la semelle épaisse de trois centimètres ; il espérait qu'un caoutchouc imaginé ferait un isolant aussi efficace qu'un caoutchouc réel. Il sentit les autres membres de son groupe qui s'empressaient de le suivre, secoués par la férocité de cet assaut.

Levant les yeux, Joshua vit les derniers tentacules d'électrons s'enrouler autour des colonnes métalliques. L'ensemble de la charpente du bâtiment émettait des grincements de mauvais augure. Il allait s'effondrer d'un instant à l'autre. Son instinct de survie prit le dessus : au diable Mzu, je vais crever si je reste ici. Il se releva en hâte et donna une tape à Melvyn, qui s'était plaqué au sol, la tête sous les bras.

— Remuez-vous, tous les deux, vite !

Il se mit à courir, sortant de sous la zone la plus atteinte et obliquant pour s'éloigner de la gigantesque brèche ouverte dans le mur par la police. À en juger par les bruits de pas précipités derrière lui, pas mal de monde le suivait. Il se retourna vivement. Outre Melvyn, Dahybi et Keaton, Mzu, ses sinistres alliés et les agents secrets lui avaient emboîté le pas. Tous traversaient le silo en courant comme s'il leur avait montré le chemin du salut.

— Seigneur Jésus !

Ce n'était pas ce qu'il avait prévu ! La seule présence des astros dans cet espace dégagé aurait été tentante pour les possédés, mais si Mzu les suivait aussi...

Contrairement au groupe de Baranovich qui avait organisé le rendez-vous, aux agents secrets qui avaient disposé d'un accès illimité aux fichiers mémoire de l'ambassade et aux policiers de Tonala qui connaissaient bien leur juridiction, Joshua n'avait qu'une piètre idée de la configuration des silos de désassemblage. Leur course effrénée à travers la fonderie ne lui avait pas permis de conclure qu'un chenal traversait chacun de ceux-ci. Il ignorait donc que la seule façon de franchir celui-ci était d'emprunter un pont auquel on accédait par une porte située à un niveau supérieur.

Ce qu'il savait, c'était qu'il y avait devant lui un gouffre de ténèbres qui devenait dangereusement proche. À ce moment-là, il entendit un clapotis et comprit de quoi il s'agissait. Il faillit plonger la tête la première, s'arrêtant de justesse à un mètre du bord en moulinant des bras pour ne pas perdre l'équilibre. Il se retourna et vit que tous les autres se précipitaient vers lui, persuadés qu'il savait ce qu'il faisait et n'ayant pas eu le temps de lui poser des questions. Derrière eux, les possédés de Baranovich s'avançaient sur la passerelle, leurs costumes criards luisant dans la pénombre humide.

Alkad fonçait tête baissée, ordonnant à sa jambe blessée de ne pas la trahir. Gelai et Ngong l'encadraient pour la soutenir. Autour d'eux s'était formée une bulle d'air ondoyant d'étincelles argentées.

Le rire de Baranovich déferla sur le vaste espace clos de la baie centrale. Il leva l'index, et Joshua regarda, impuissant, l'éclair de feu blanc franchir à toute vitesse l'espace qui les séparait.

Dick Keaton était à la tête du groupe de fuyards et courait de toutes ses forces. L'expert en sécurité informatique n'était qu'à quatre mètres d'un Joshua consterné lorsque l'éclair lancé par Baranovich le frappa entre les omoplates. Il s'épanouit en un spectaculaire nuage de petits tourbillons qui s'évanouirent sous l'ondée. Laissant Dick Keaton complètement indemne.

— Il est passé près, celui-là, dit-il d'un ton jovial.

Il prit Joshua dans ses bras, et sa vitesse acquise les emporta tous les deux dans le bassin central au moment précis où la charpente mutilée cédait enfin. Les poutres fracassées jaillirent dans toutes les directions, heurtant le sol dans un bruit d'enfer. Une large fissure s'ouvrit dans le mur, pareille à un éclair inversé. Elle avait atteint une hauteur de cent soixante-dix mètres lorsqu'elle arrêta enfin sa course. La charpente retomba dans un silence malaisé.

Les eaux noires du bassin à ironbergs étaient glaciales. Joshua poussa un cri lorsqu'elles se refermèrent sur lui et vit des bulles d'air monter tout autour de son visage. Le choc était si intense qu'il sentit son cœur manquer un battement, ce qui le terrifia. De l'eau salée se précipita dans sa bouche ouverte. Et – *merci*, mon Dieu – ses naneuroniques revinrent en ligne.

Des impulsions nerveuses prioritaires contractèrent les muscles de sa gorge, empêchant l'eau de pénétrer dans ses poumons. Un programme d'analyse relié à son oreille interne lui indiqua son orientation précise. Ses mouvements s'ordonnèrent, se mobilisant pour le faire remonter.

Il revint à la surface et s'empressa d'avaler une goulée d'air. Au-dessus de lui, des hommes et des femmes vêtus d'armures flexibles volaient dans les airs ; autant de lemmings humains plongeant bruyamment dans le bassin. Il aperçut Mzu, aisément reconnaissable grâce à son élégant tailleur.

Keaton secoua la tête comme un chien qui s'ébroue et gonfla ses joues.

— Bon Dieu, il fait froid ici.

— Qui êtes-vous, bon sang ? demanda Joshua. Ils vous ont frappé de plein fouet, et vous n'avez même pas une cloque.

— Bonne question, monsieur, mais malheureusement mauvais pronom. Comme je l'ai dit un jour à Oscar Wilde. Il en est resté sans voix ; la légende a exagéré son sens de la repartie.

Joshua ne put que tousser en réponse. Le froid était paralysant. Ses naneuroniques livraient une bataille acharnée pour le préserver des crampes. Une bataille perdue d'avance.

Le feu blanc frappa la bordure du bassin cinq mètres au-dessus de lui. Des gouttes de magma coulèrent le long de la paroi.

— Pourquoi nous avez-vous conduits ici, nom de Dieu ? hurla Monica.

— Je ne vous ai conduits nulle part, bordel !

Elle l'agrippa par sa combi.

— Comment on sort d'ici ?

— Je n'en sais rien, bon Dieu !

Elle le lâcha, tremblant de tous ses membres. Un nouvel éclair de feu blanc se déchaîna au-dessus d'eux. La bordure du bassin était illuminée comme par une aurore vue du ciel.

— Ils ne peuvent pas nous atteindre ici, dit Samuel, le visage marqué par la souffrance.

— Et alors, qu'est-ce que ça peut foutre ? répliqua Monica. Ils n'ont qu'à avancer jusqu'à nous, et nous y passerons tous.

— Pas besoin d'attendre aussi longtemps. L'hypothermie nous aura avant eux.

Monica jeta un regard noir à Joshua.

— Quelqu'un voit-il des marches pour sortir de ce bassin ?

— Dick, appela Joshua. Est-ce que vos naneuroniques fonctionnent ?

— Oui.

— Accédez à l'ordinateur de gestion de ce silo. Trouvez-nous une issue. Vite !

Je sais que c'est une idée démente, dit Samuel à *Hoya*. **Mais y a-t-il quelque chose que vous puissiez faire ?**

Rien. Je suis navré. Vous êtes trop loin, nous ne pouvons pas vous appuyer.

Nous battons en retraite, ajouta Niveu, partagé entre la colère et le regret. **C'est cette antimatière diabolique. Nous avons lancé toutes nos guêpes de combat pour nous défendre, et ils continuent de tirer. Les nations de Nyvan sont devenues folles, toutes leurs plates-formes DS ont ouvert le feu. *Ferrea* a été endommagé par des rayons gamma et *Sinensis* a dû effectuer un saut pour éviter un impact direct. Il ne reste plus que nous deux à présent. Nous ne tiendrons plus très longtemps. Souhaitez-vous vous transférer ? Nous pouvons retarder notre départ de quelques secondes.**

Non. Partez, avertissez le Consensus.

Mais votre situation...

Aucune importance. Fuyez !

— La moitié des processeurs du silo sont inopérants, déclara Dick Keaton. Les autres sont en mode d'attente. Le silo a été désactivé.

— Quoi ?

Joshua dut crier pour faire fonctionner sa bouche. Il avait de plus en plus de difficulté à se maintenir à flot.

— Désactivé ! C'est pour ça qu'il n'y a pas d'ironberg ici. Le chenal a des fuites. Ils l'ont drainé pour le réparer.

— Drainé ? Envoyez-moi le fichier.

Keaton s'exécuta, et Joshua enregistra le fichier en question dans une cellule mémorielle. Ses programmes d'analyse passèrent en mode primaire et décortiquèrent l'information. Ce qu'il lui fallait, c'était un moyen de vider ce bassin, ou à tout le moins une échelle pour en sortir. Ce ne fut pas tout à fait ce qu'il trouva lorsque les diagrammes s'affichèrent dans son esprit.

— Ione ! hurla-t-il. Ione.

Sa voix était pathétiquement faible. S'aidant de ses coudes, il se retourna pour faire face à Samuel.

— Appelez-la.

— Qui ça ? demanda l'Édéniste, totalement pris de court.

— Ione Saldana, le seigneur de Ruine. Appelez-la avec le lien d'affinité.

— Mais...

— Faites ce que je vous dis, ou nous allons tous crever ici.

Sur la passerelle du *Lady Macbeth*, la pesanteur passa de huit g à trois, devenant déplaisante plutôt que tyrannique.

Il pilote exactement comme Joshua, songea Sarha. Elle avait délaissé l'artillerie pendant quelques secondes, le temps d'examiner leur vecteur de vol, pour constater que l'astronef collait de près à la trajectoire définie par le programme de navigation. Pas mal pour un novice idéaliste.

— L'*Urschel* accélère, annonça Beaulieu. Sept g, il prend de l'altitude. Sans doute va-t-il sauter.

— Bien, fit Sarha d'une voix ferme. Ça veut dire qu'il ne nous enverra plus ses putains de guêpes propulsées à l'antimatière.

Tous trois avaient lancé des vivats lorsque le *Pinzola* avait été frappé par une bombe à fusion. L'explosion, qui avait détruit toutes les chambres de confinement d'antimatière de la frégate, avait bousillé la moitié des capteurs du *Lady Mac*, et le *Pinzola* se trouvait à onze mille kilomètres de là, presque au-dessous de l'horizon.

La bataille orbitale avait fait rage lors des onze dernières minutes. Plusieurs vaisseaux avaient été touchés, mais plus d'une quinzaine avaient atteint l'altitude de saut et avaient pu s'éclipser. Il ne restait plus aucune plate-forme DS en orbite basse, mais quantité de guêpes de combat rôdaient encore. Heureusement, elles étaient encore loin du *Lady Mac*. C'était le principal souci de Sarha. Comme l'avait dit Beaulieu, l'astronef pouvait résister sans peine aux armes gériatriques de Nyvan.

Des débris cinétiques avaient infligé à sa coque deux nouvelles cicatrices, les pulsations trois petits impacts radioactifs. Mais le pire était maintenant passé.

— Distorsion gravitonique, dit Beaulieu. Encore un faucon qui s'en va.

— Il se montre raisonnable, commenta Sarha. Liol, combien de temps avant qu'on soit à l'horizon de Joshua ?

— Quatre-vingt-dix secondes – pile.

Elle télétransmit un ordre au système de communication du vaisseau. L'antenne principale sortit de sa niche et pivota sur son axe pour se pointer sur l'horizon devant eux.

Ione se coula autour de la colonne métallique pour jeter un nouveau coup d'œil vers la baie du silo. Sur la passerelle, les possédés lançaient un barrage continu de feu blanc sur la bordure du bassin. Par conséquent, Joshua et les autres devaient être encore en vie.

Le moment semblait idéal pour entrer dans la bataille. Elle s'était tenue en retrait depuis qu'elle avait traversé le silo en précédant les agents secrets. Le conflit était si indécis que son issue pouvait dépendre du camp ayant les réserves tactiques les plus importantes. Elle ne savait pas exactement d'où provenait cette analyse, d'un fichier tactique injecté dans le sergent par Tranquillité et son moi « originel » ou de sa propre logique. Aucun moyen de savoir de quelle inventivité elle disposait dans cet organisme d'emprunt. Quoi qu'il en soit, les faits lui avaient donné raison.

Elle avait assisté au déroulement des événements à l'abri de la charpente du bâtiment, prête à intervenir à tout moment. Puis la police avait débarqué pour tout gâcher. Et Joshua était allé se ruer dans le bassin.

Impossible de comprendre pourquoi. Ce bassin contenait de l'eau de mer, sans doute proche du point de congélation. Et il y était désormais coincé.

Si elle parvenait à trouver un bon angle de tir sur la passerelle où se trouvaient les possédés, elle serait peut-être capable de les précipiter tous dans le vide. Mais elle n'était pas sûre de l'efficacité de son fusil de gros calibre face à une telle concentration de pouvoir énergétique.

Ione. Ione Saldana ?

Grâce au lien d'affinité, elle sut quel effet ça faisait de flotter dans les eaux glaciales du bassin.

Agent Samuel, répondit-elle.

J'ai un message pour vous.

Il ouvrit un peu plus son esprit. Elle découvrit un groupe de têtes flottant dans l'eau. Joshua était devant elle, les cheveux plaqués sur le front. Il semblait avoir de la peine à articuler.

— Ione... démolis... la... porte... du... sas... du... chenal... fais... vite... on... ne... tiendra... pas... longtemps...

Elle filait déjà vers l'autre bout du silo. Il y avait une ouverture rectangulaire dans la paroi au-dessus du chenal. Elle encadrait la porte qui s'élevait sur ses rails pour laisser passer les segments d'ironberg. Cette porte s'achevait un mètre au-dessus du niveau de l'eau. En dessous, elle distinguait les portes du sas qui retenait l'eau dans le silo pendant les réparations du chenal. Elles étaient en métal massif, terni par les ans, et festonnées d'algues couleur saphir.

Elle s'accroupit au bord du canal et ouvrit le feu. Il serait inutile de frapper les portes proprement dites, elles n'étaient pas faites d'un alliage moderne de molécules entrelacées mais leur épaisseur les rendait impénétrables. Ses balles explosives martelèrent donc les vieilles parois en carbobéton du chenal, démolissant charnières et montants.

Les portes frémirent et l'eau jaillit au sein du béton fendillé. Leurs charnières supérieures étaient presque démolies et, lentement, elles pivotèrent vers le bas, ce qui les écarta davantage l'une de l'autre. Une ouverture en forme de V apparut entre elles, par laquelle l'eau se déversa à l'horizontale. Ione tira et tira encore, se concentrant à présent sur une seule paroi, la réduisant en pièces. L'une des charnières céda.

Attention, l'avertit Samuel. **Ils ont cessé de nous attaquer. Ça veut dire que...**

Ione vit des ombres se mouvoir derrière elle et sut ce que ça signifiait. Puis ces ombres s'estompèrent et la lumière gagna en intensité. Elle visa la porte récalcitrante, la martelant à coups de balles explosives, dont l'impact ajoutait sa force à celle des eaux.

Le feu blanc l'engloutit.

Les portes s'arrachèrent à leurs gonds, et l'eau déferla dans le chenal vide au-dehors.

— Laissez-vous porter, télétransmit Joshua en sentant le courant commencer à lui caresser les jambes. Restez en surface.

Un rugissement de cataracte résonna sur la baie du silo, et il fut emporté le long de la paroi du bassin. Les autres tournoyaient autour de lui. Des courants invisibles les ballottèrent jusqu'à l'extrémité du bassin, où un goulet débouchait sur le chenal. Ils prirent de la vitesse à mesure qu'ils s'en approchaient. Puis ils sortirent du bassin. L'eau envahissait le chenal.

— Joshua, réponds, s'il te plaît. Ici Sarha, réponds, s'il te plaît.

Ses naneuroniques lui apprirent que le signal était rerouté vers son bloc de communication par le spatiojet. Apparemment, tout le monde avait survécu à la bataille orbitale.

— Je suis là, Sarha, télétransmit-il.

L'eau du chenal bouillonnait en passant sous la porte, diminuant brutalement de niveau ; et il fonçait vers cette porte à une vitesse inquiétante. Il avait de plus en plus de mal à ne pas couler, même lorsque le niveau était bas. Il tenta de nager pour s'éloigner des parois, là où les eaux étaient le plus agitées.

— Joshua, tu es en situation d'extrême urgence.

Deux vagues rebondirent sur la paroi pour converger au-dessus de lui alors qu'il passait sous la porte du silo.

— Sans déconner ! lança-t-il.

Les vagues se refermèrent sur sa tête. Ses naneuroniques déclenchèrent une sécrétion massive d'adrénaline, ce qui lui permit de remonter à la surface malgré l'épuisement qui avait gagné ses membres. Une lumière difforme et une écume dure comme le roc s'écrasèrent autour de lui lorsqu'il se retrouva à l'air libre.

— Je parle sérieusement, Joshua. Les hommes de l'Organisation ont trafiqué un ironberg en transit. Ils ont altéré sa trajectoire de freinage pour qu'il atterrisse sur la fonderie. S'ils ne peuvent pas récupérer Mzu, ils sont résolus à la tuer pour qu'elle rejoigne quand même leur camp. L'ironberg doit s'écraser après l'heure prévue pour l'arrivée de leurs spatiojets, de façon à leur garantir la victoire même en cas de pépin.

Le chenal s'ouvrait devant Joshua, caniveau rectiligne courant jusqu'au bâtiment de la fonderie distant de trois kilomètres. Un torrent se ruait sur sa longueur, une vague d'écume blanche qui l'emportait irrésistiblement. Et il n'était pas tout seul. Voi s'approcha de lui à le toucher, mais le courant était si fort qu'il l'emporta aussitôt.

— Bon Dieu, Sarha, leurs spatiojets auraient dû atterrir depuis longtemps.

— Je sais. Nous avons localisé l'ironberg, il doit achever sa course dans sept minutes.

— Quoi ? Envoie-lui une bombe nucléaire, Sarha.

La vague atteignit le premier échafaudage, une structure de lourdes passerelles, de monte-charge et de plates-formes mécaniques. Elle en balaya l'assise, faisant vaciller les éléments les plus élevés de son armature. Les plus solides tinrent bon durant quelques secondes tandis que l'écume bouillonnait à leur pied, puis, au bout de deux ou trois révolutions, commencèrent à céder à leur tour, peuplant les eaux de poteaux de métal.

— On ne peut pas, Joshua. Cette saleté est déjà entrée dans l'atmosphère. Elle est hors de portée des guêpes de combat.

La vague atteignit le deuxième échafaudage. Il était plus grand que le premier, car on y avait installé de gros mécanoïdes de chantier et des bétonneuses. Leur poids aida l'édifice à résister au tumulte des eaux ; plusieurs éléments se dégagèrent de son armature, mais il réussit à rester relativement intact après le choc initial.

— Pas de panique, Joshua, télétransmit Ashly. J'arrive. Je serai là dans cinquante secondes. On aura décollé longtemps avant l'arrivée de cet ironberg. J'aperçois déjà les silos.

— Non, Ashly, reste en retrait, il y a des possédés ici, plein de possédés. Ils s'attaqueront au spatiojet s'ils te voient.

— Cible-les pour moi, j'ai les masers.

— Impossible.

Il vit l'échafaudage devant lui et comprit que cela serait sa seule chance. Son programme de surveillance physiologique lui lançait des signaux d'alarme depuis quelque temps : le froid était en train de le tuer. Ses muscles étaient déjà affaiblis, réagissaient déjà moins vite. Il devait sortir de l'eau pendant qu'il lui restait encore des forces.

— Écoutez, vous tous, transmit-il, accrochez-vous à cet échafaudage ou rentrez dedans si vous ne pouvez pas faire autrement. Mais veillez à ne pas aller plus loin. Nous devons sortir d'ici.

Les premiers poteaux rouillés approchaient à pleine vitesse. Il tendit la main. Aucun des doigts pris dans la gangue du package médical ne répondit, même lorsque ses naneuroniques le leur ordonnèrent.

— Mzu ? transmit-il. Gagnez l'échafaudage.

— Bien reçu.

Ça ne changeait rien à sa situation, mais le fait de la savoir encore en vie entretenait la flamme vacillante de son espoir. La mission n'était pas un désastre total, il avait encore un but. Il fut surpris de constater à quel point c'était important pour lui.

Dahybi avait déjà saisi un poteau, s'y accrochait en luttant contre le courant. Puis Joshua arriva au niveau de l'échafaudage, tenta de refermer son bras autour d'un poteau tout en évitant de se fracasser le crâne dessus. Le métal lui percuta le torse, mais il ne sentit rien.

— Ça va ? télétransmit Dahybi.

— En pleine forme.

Voi passa à toute vitesse près de lui, réussissant de justesse à se coincer le bras sur un poteau.

Joshua s'insinua dans l'armature tremblante. Il y avait une échelle à deux mètres de là, et il échoua dessus. Le courant était moins fort, mais le niveau montait vite.

Mzu heurta l'échafaudage à l'autre bout.

— Sainte Marie, mes côtes, transmit-elle.

Samuel atterrit près d'elle et l'enveloppa d'un bras protecteur.

Joshua monta l'échelle, ravi de constater qu'elle n'était pas trop raide. Dahybi le suivit. Deux autres agents secrets s'agrippèrent à l'échafaudage, puis ce fut au tour de Monica. Gelai et Ngong traversèrent la largeur du canal sans problème, le froid n'ayant aucun effet sur eux. Ils atteignirent l'échafaudage et entreprirent d'aider les survivants engourdis à sortir de l'eau.

— Melvyn ? télétransmit Joshua. Melvyn, où es-tu ?

Il avait été parmi les premiers à se retrouver dans le chenal après qu'Ione eut fait exploser la porte.

— Melvyn ?

Impossible de trouver la fréquence des naneuroniques du spécialiste ès fusion.

— Que se passe-t-il ? demanda Ashly. Mes capteurs ne parviennent pas à vous détecter.

— Reste en retrait, c'est un ordre, répliqua Joshua. Melvyn ?

Le cadavre d'un agent de l'ASE passa près de lui.

— Melvyn ?

— Je suis navré, capitaine Calvert, télétransmit Dick Keaton. Il a coulé.

— Où êtes-vous ?

— À l'autre bout de l'échafaudage.

Joshua regarda par-dessus son épaule et vit une silhouette flasque suspendue dans l'armature à trente mètres de là. Elle était seule.

Seigneur, non. Encore un ami condamné à l'au-delà. Suppliant de regagner cette réalité si tentante qu'il ne pouvait qu'observer.

— Il n'y a plus que nous à présent, transmit Monica.

Outre Samuel et elle-même, six agents secrets avaient survécu, Édénistes et ASE confondus. Le cadavre d'Eriba fut emporté par un tourbillon d'écume brunâtre. Sur les vingt-trois personnes, sans compter les sergents, qui avaient pénétré dans le silo de désassemblage numéro quatre, il n'en restait plus que quinze.

— Et maintenant ? demanda Dahybi.

— Grimpe, lui dit Joshua. Nous devons monter en haut de cet échafaudage. Notre spatiojet est en route.

— Ainsi que ce putain d'ironberg.

— Gelai, où sont les possédés ? s'enquit Joshua d'une voix rauque.

— Ils arrivent. Baranovich est déjà sorti du silo. Il ne laissera pas le spatiojet se poser.

— Je n'ai plus d'arme, dit Monica. Il ne nous reste en tout et pour tout que deux mitraillettes. Nous ne pourrons pas les retenir.

Elle tremblait de tous ses membres tandis qu'elle rampait le long d'une étroite chaîne reliée à une bétonneuse.

Joshua gravit trois nouveaux barreaux sur l'échelle, puis se sentit terrassé par l'épuisement.

— Capitaine Calvert, télétransmit Mzu. Quoi qu'il arrive, je ne livrerai l'Alchimiste à personne. Je tenais à ce que vous le sachiez. Et je vous remercie de vos efforts.

Recroquevillée entre deux poteaux, elle avait rendu les armes. Ngong la tenait dans ses bras et se concentrait. La vapeur se mit à monter de ses vêtements. Joshua parcourut du regard ses autres compagnons, qui paraissaient tous défaits et tourmentés par le froid. Pour sauver la situation, il devait recourir à une mesure extrême.

— Sarha, j'ai besoin de ta puissance de feu, transmit-il.

— Les retours de nos capteurs sont viciés, répondit-elle. Je n'arrive pas à obtenir une définition correcte de la fonderie. C'est le même effet qu'on a constaté sur Lalonde.

— Seigneur. D'accord, verrouille-toi sur moi.

— Joshua !

— Ne discute pas. Active le laser de ciblage et cale-toi sur mon bloc de communication. Vas-y. Ashly, tiens-toi prêt. Et vous tous, remuez-vous, nous devons être parés.

Il gravit deux barreaux supplémentaires.

Le laser du *Lady Macbeth* transperça ce qui restait des nuages lourds de neige. Un mince faisceau de lumière émeraude parcouru d'étincelles, les ultimes traces des flocons qui s'évaporaient sur son passage. Il était aligné sur une route distante de trois cents mètres.

— Est-ce que je te tiens ? s'enquit Sarha.

— Non, va au nord-est sur deux cent cinquante mètres.

Le rayon se déplaça si vite qu'il fit apparaître dans le ciel un pan de lumière verte.

— Quatre-vingts mètres à l'est, indiqua Joshua. Vingt-cinq mètres au nord.

Ses implants rétiniens durent régler leurs filtres au maximum lorsque l'échafaudage fut inondé par une éblouissante lueur verte.

— Coordonnées acquises – verrouillage. Rayon cent cinquante mètres. Basculement sur frappe au sol. Spirale sur un kilomètre. Vas-y, Sarha.

Le rayon s'écarta et sa couleur parcourut le spectre solaire jusqu'à se fixer sur le rouge rubis. Puis son intensité s'accrut ; les flocons de neige qui croisaient sa route explosaient plutôt que de simplement s'évaporer. Une épaisse fumée marron et des débris fumants jaillirent du carbobéton qui se désintégrait à son point d'impact. Il changea de direction, creusant dans le sol un sillon de cinquante centimètres de profondeur, dessinant un cercle de flammes d'un diamètre de trois cents mètres avec l'échafaudage en son centre. Puis le rayon accéléra sa révolution, formant un cylindre creux de lumière rouge vif qui entra dans une expansion inexorable. Le sol s'embrasa, vaporisant la couche de neige et faisant naître une masse nuageuse qui précédait le rayon de son étreinte brûlante.

Le rayon érafla le coin du silo de désassemblage numéro quatre. Des braises rouge cerise jaillirent des panneaux sur toute la hauteur du mur. Une écharde de métal et de matériau composite se détacha lentement du bâtiment. Puis le laser frappa à nouveau celui-ci. Il y découpa une tranche plus épaisse, qui s'empressa de suivre la première. Toutes deux étaient entourées d'une cascade de braises. Le rayon continua sa course en spirale.

Le silo numéro quatre ne connut pas une belle mort, le laser le découpant en morceaux comme un banal gâteau. Les éléments de sa charpente s'effondrèrent les uns sur les autres, ployant sous l'effet de l'intense chaleur et tombant en accordéon. Lorsqu'elle se retrouva amputée d'un cinquième de sa masse, elle fut incapable de soutenir son propre poids. Le toit et les murs tressaillirent, se tordirent et implosèrent. Les ultimes convulsions du bâtiment étaient illuminées par le laser, qui continuait de découper les ruines en rubans de débris. Des geysers de vapeur montèrent vers le ciel quand des poutres surchauffées tombèrent dans le bassin, voilant les ruines bouillonnantes sous un linceul d'un blanc virginal.

Rien n'aurait pu survivre à cette frappe. Les policiers se précipitèrent vers leurs voitures dès son déclenchement, mais la spirale en expansion eut vite fait de les rattraper. Baranovich et ses sbires se réfugièrent dans le silo de désassemblage, supposant qu'ils seraient à l'abri dans un bâtiment aussi massif. Lorsqu'ils comprirent leur erreur, certains se jetèrent dans le chenal, se retrouvant ébouillantés pour leur peine. Deux infortunés ouvriers, qui se dirigeaient vers le silo désactivé pour voir d'où venaient ces explosions de lumière, furent réduits en cendres.

Puis le rayon laser disparut.

En sécurité dans l'œil du cyclone dévastateur qu'il avait initié, Joshua donna le feu vert à Ashly. Le spatiojet émergea comme une flèche du ciel tourmenté pour se poser à côté du chenal. Joshua et les autres attendirent au sommet de l'échafaudage, les épaules voûtées pour se protéger du vent brûlant créé par le passage du laser.

— Compagnie d'évacuation Hanson, transmit le pilote comme l'échelle se déployait à partir de l'écoutille du sas. Spécialisée dans les sauvetages échevelés. Grouillez-vous le cul, nous n'avons que deux minutes.

Alkad Mzu fut la première à monter, suivie par Voi.

— Je ne vous emmènerai pas tels que vous êtes, dit Joshua à Gelai et à Ngong. Vous savez que je ne le peux pas.

Monica et Samuel se tenaient derrière les deux possédés, leurs mitraillettes prêtes à tirer.

— Nous le savons, dit Gelai. Mais savez-vous qu'un jour vous vous retrouverez dans notre position ?

— Je vous en prie, fit Joshua. Nous n'avons pas de temps à perdre. Aucun de nous ne va nuire à Mzu, pas après tout ce que nous avons enduré pour la récupérer. Même pas moi. Ils vont vous descendre, et je ne ferai rien pour les en empêcher.

Gelai acquiesça d'un air morose. Sa peau noire vira à un blanc cireux tandis que son âme renonçait à sa proie, et une masse de cheveux roux cascada sur ses épaules. La jeune fille tomba à genoux, la bouche ouverte sur un hurlement muet.

Joshua lui passa un bras sous l'aisselle pour la hisser à bord du spatiojet. De son côté, Samuel assista le vieil homme qui avait été possédé par Ngong.

— Donnez-moi un coup de main, Dick, grogna Joshua en arrivant au pied de l'échelle.

— Désolé, capitaine, répondit Dick Keaton. Mais le moment

est venu pour nous de nous séparer. Je dois dire que l'expérience a été inoubliable. Je n'aurais manqué ça pour rien au monde.

— Il y a un ironberg qui nous tombe dessus, bon Dieu !

— Ne vous inquiétez pas. Je ne crains absolument rien. Et je ne peux pas vous accompagner maintenant que ma couverture est flambée, n'est-ce pas ?

— Qu'êtes-vous, bordel ?

— Vous vous rapprochez, capitaine. (Il eut un large sourire.) Vous brûlez, si j'ose dire. Adieu et bonne chance.

Joshua gratifia l'homme – si c'était bien un homme – d'un regard noir et hissa la jeune fille à moitié inconsciente sur l'échelle.

Keaton s'écarta lorsque le spatiojet décolla, et le flux du compresseur ébouriffa ses cheveux constellés de glace. Il salua d'un geste solennel l'appareil qui s'élevait au-dessus des ruines fumantes et filait en accélérant.

À l'ouest, très haut dans le ciel, un point rouge luisait d'une lueur maléfique, un peu plus gros à chaque instant.

La cabine du spatiojet s'inclina soudain, projetant Joshua sur un siège. L'accélération monta à deux g, augmenta encore.

— Quelle est notre situation, Ashly ?

— Excellente. Nous avons vingt secondes de battement. Ce n'est même pas une course contre la montre. Je t'ai parlé de l'époque où j'effectuais des vols clandestins pour la Milice de Marseille ?

— Oui. Augmente la température de la cabine, s'il te plaît, on se les gèle ici.

Il accéda aux capteurs du spatiojet. Ils étaient déjà à deux kilomètres d'altitude, loin au-dessus de la mer d'un gris terne. L'ironberg était à leur niveau et descendait à vive allure.

Joshua, qui avait grandi dans un habitat biotek et commandait un astronef supraluminique, considéra cet objet avec un mélange d'émerveillement et de consternation. Une telle masse n'avait pas sa place dans les airs. Elle tombait à une vélocité à peine subsonique, tournant élégamment sur elle-même pour conserver sa trajectoire. Un épais sillage en tresse jaillissait de son extrémité arrondie, dessinant une ligne droite sur une longueur de deux cents mètres avant de s'effilocher, victime des ondes de choc horizontales créées par sa propre turbulence. Sous l'effet de la friction, sa base cannelée luisait en son centre d'un sinistre éclat topaze, qui virait au rose corail sur les bords.

Pour les ouvriers condamnés de la fonderie, le plus étrange dans ce spectacle était son silence total. Il leur semblait irréel de voir le poing de Dieu fondre sur eux et de n'entendre que les miaulements paresseux des oiseaux de mer.

L'énergie produite par ces soixante-quinze mille tonnes d'acier frappant le sol à une vitesse de trois cents mètres par seconde était littéralement cataclysmique. L'onde de choc rasa les silos de désassemblage encore debout, projetant dans les airs plusieurs centaines de milliers de panneaux en matériau composite. Ceux-ci s'embrasèrent aussitôt sous l'effet de la chaleur, couronnant le maelström d'un halo de flammes en furie. Puis vint l'onde de choc terrestre, un mini-séisme qui secoua le sol sur plusieurs kilomètres, arrachant les gigantesques fourneaux aux squelettes des bâtiments et les propulsant vers les marécages avoisinant la fonderie. La mer elle-même battit en retraite devant cette catastrophe, désertant le rivage en une série de puissantes vagues qui luttèrent plusieurs minutes avec la marée montante. Puis, finalement, les secousses s'estompèrent et l'eau revint en force pour oblitérer les derniers signes témoignant de l'existence de la fonderie.

— Oh, mec, quel orgasme ! s'exclama Quinn.

Les holoécrans de la passerelle affichèrent un éclat aveuglant comme la première des explosions d'antimatière entrait en éclosion au-dessus de Nyvan. Ce genre de destruction l'excitait au plus haut point ; plusieurs centaines de guêpes de combat étaient visibles au-dessus des continents plongés dans la nuit.

— Le Frère de Dieu nous vient en aide, Dwyer. Il nous donne le signal du départ. Regarde-moi ces enfoirés. Il ne va plus rester une seule bombe sur la planète pour empêcher la venue de la Nuit.

— Quinn, les autres nations lancent des guêpes de combat sur Jesup. On est vulnérables ici, on devrait sauter.

— Quand doivent-elles arriver ici ?

— Dans trois ou quatre minutes.

— Nous avons tout notre temps, dit Quinn d'une voix mielleuse. (Il vérifia sur les affichages du système de communication que les lasers de l'astronef étaient toujours en liaison avec Jesup et avec les trois astéroïdes abandonnés.) Dans une telle occasion, je devrais prononcer un discours, mais je n'ai pas l'habitude de faire dans la dignité, bordel de merde.

Il tapa le code de mise à feu et, sous ses yeux, les affichages virèrent à un rouge aussi splendide que dangereux. Son index rejoignit en hâte le bouton de commandement et le pressa avec impatience.

Quatre-vingt-dix-sept bombes à fusion explosèrent ; la majorité d'entre elles avait une puissance de cent mégatonnes.

Les capteurs placés sur le fuselage du *Mont Delta* virent Jesup tressaillir. Quinn avait ordonné à ses fidèles disciples de placer les bombes sous la caverne de la biosphère, là où la roche était le plus mince. D'énormes débris rocheux tombèrent de la surface fripée de l'astéroïde, laissant le passage à des jets de plasma à l'état brut. Une application ultraprécise d'une force conçue pour ouvrir l'astéroïde comme une noix. La biosphère fut aussitôt détruite, des volcans nucléaires jaillissant du sol pour y exterminer toute forme de vie. Les ondes de choc se répandirent dans la roche, y ouvrant d'immenses fractures et fracassant de vastes sections déjà affaiblies par plusieurs siècles d'exploitation minière.

La force centrifuge prit le relais des bombes pour continuer cette œuvre de destruction, appliquant d'intolérables moments de rotation aux sections survivantes de la roche. Des morceaux de régolite grands comme des collines s'effritèrent, projetés dans l'espace. Des tornades d'air brûlant et radioactif les suivirent, formant un mince cyclone autour de l'astéroïde en perdition.

Quinn tapa du poing sur sa console.

— Baisés ! hurla-t-il d'une voix triomphale. Ils sont totalement baisés. J'ai réussi. Désormais, ils seront conscients de la réalité de Sa puissance. La Nuit va tomber, Dwyer, aussi sûr que la merde remonte toujours à la surface.

Les capteurs alignés sur les trois astéroïdes abandonnés montraient des scènes de destruction identiques.

— Mais... Pourquoi ? Pourquoi, Quinn ?

Quinn eut un rire jovial.

— Sur Terre, on a appris tout ce qu'il faut savoir sur le climat, sur ces apocalypses qui risquent de nous tomber dessus si on n'agit pas comme des mécanoïdes bien sages et bien obéissants du Gouvcentral. Ne violez pas les lois sur l'environnement, ou vous vous noierez bientôt dans votre propre merde. Des conneries de ce genre. Tout le monde connaît ces boniments dans les arches, des gnomes des tours jusqu'aux gosses des bas-fonds. Je savais tout sur les hivers nucléaires et la fin des dinosaures avant même d'avoir appris à marcher. (Il tapota du doigt la surface de l'holoécran.) Et nous y voilà. Cela est le cauchemar de la Terre. Ces rochers vont pulvériser Nyvan. Peu importe qu'ils tombent sur les terres ou dans les océans ; ils vont projeter des gigatonnes de merde dans l'atmosphère. Je ne veux pas dire qu'il y aura un peu de smog dans le ciel, non, le ciel tout entier sera fait de smog. De la suie bien noire et bien grasse, du niveau de la mer jusqu'à la stratosphère, si épaisse qu'elle te refilera le cancer si tu la respires pendant cinq minutes. Plus jamais ils ne verront la lumière du soleil. Et quand les possédés s'empareront de cette foutue planète, ils ne pourront rien y faire. Ils ont le pouvoir de faire disparaître Nyvan de cet univers, mais ils n'ont pas celui de purifier son air. Lui seul peut le faire. C'est le Frère de Dieu qui leur apportera la lumière. (Quinn étreignit farouchement Dwyer.) Ils Le supplieront pour qu'Il vienne les libérer. Ils n'auront pas le choix. Désormais, Il est leur unique chance de salut. Et c'est moi qui ai fait ça. Moi ! Je Lui ai apporté tout un monde pour grossir Ses légions. Maintenant que je sais comment ça marche, je vais infliger le même sort à toutes les planètes de la Confédération. Toutes jusqu'à la dernière, telle est ma croisade. Et je vais commencer par la Terre.

Les lasers de communication se rétractèrent sous le fuselage, ainsi que les grappes de capteurs ; et le *Mont Delta* s'évanouit dans un horizon des événements. Derrière lui, la bataille orbitale se poursuivait, ses protagonistes étant inconscients du véritable holocauste se déroulant au-dessous d'eux. Les quatre gigantesques nuages de débris rocheux continuaient leur expansion à un rythme uniforme, sous les yeux horrifiés des habitants des astéroïdes survivants. Soixante-dix pour cent de leur masse rateraient la planète. Mais il restait plusieurs milliers de fragments qui allaient tomber en pluie dans l'atmosphère pendant les deux jours à venir. Chacun d'eux aurait un potentiel de destruction encore plus élevé que celui de l'ironberg. Et vu que les systèmes électroniques de la planète étaient en miettes, ses astronefs fracassés, ses plates-formes DS vaporisées et ses stations d'astroingénierie en ruine, la population de Nyvan ne pouvait absolument rien faire pour prévenir le désastre. Excepté prier.

Exactement comme Quinn l'avait prédit.

12.

Le *Leonora Cephei* avait réglé son radar sur mode longue portée et cherchait un signe de la présence d'un autre vaisseau. Au bout de cinq heures passées sur sa trajectoire orbitale, il n'avait toujours rien trouvé.

— Vous croyez que je vais m'amuser encore longtemps à votre petit jeu ? demanda le capitaine Knox d'une voix cinglante. (Il désigna l'holoécran qui affichait le retour radar.) J'ai connu des équipes de cricket rosbifs plus vivantes que ce truc-là.

Jed examina la console ; les symboles qui y figuraient lui étaient impénétrables et, pour ce qu'il en savait, l'ordinateur de bord aurait tout aussi bien pu afficher le diagramme du système de recyclage des déchets du *Leonora Cephei*. Il eut honte de sa propre ignorance en matière technologique. Il ne mettait les pieds dans ce compartiment que lorsqu'il était convoqué par Knox ; et le capitaine ne le convoquait que lorsqu'il avait trouvé une nouvelle raison de râler. Désormais, Jed veillait à se faire accompagner de Beth et de Skibbow ; l'expérience lui évoquait un peu moins les humiliations qu'il subissait naguère de la part de Digger.

— Si les coordonnées sont les bonnes, alors ils finiront par venir, insista-t-il.

C'était pourtant l'heure convenue pour le rendez-vous. Alors où était l'astronef ? Il se garda de se tourner vers Beth. Elle ne semblait guère disposée à manifester de la sympathie pour lui.

— Encore une heure, dit Knox. Je vous accorde ce délai, et ensuite nous partirons pour Tanami. Il y a une cargaison qui m'attend là-bas. Une vraie cargaison.

— On attendra foutrement plus d'une heure, mon pote, lança Beth.

— Vous en aurez pour votre argent, mais pas plus.

— Dans ce cas, vu le fric que vous nous avez soutiré, on va rester ici pendant six mois.

— Une heure.

Le visage de Knox virait de nouveau à l'écarlate ; il n'avait pas l'habitude que l'on conteste ses ordres sur sa propre passerelle.

— Conneries. On attendra le temps qu'il faudra. Pas vrai, Jed ?

— Euh... oui. On devrait patienter encore un peu.

Le mépris qu'affichait Beth lui donnait envie de se faire tout petit.

Knox feignit de paraître raisonnable.

— Le temps d'épuiser nos réserves d'oxygène, ou vous préférez qu'on rentre au port un peu avant ?

— Votre atmosphère est régénérée en permanence, rétorqua Beth. Arrêtez de nous faire chier. Nous attendrons que notre astronef arrive. Point final.

— Espèce de morveux, vous êtes complètement cinglés. Jamais je ne laisserai mes enfants devenir des Nocturnes. Plutôt les voir crever. À votre avis, que va-t-il vous arriver si jamais vous réussissez à rejoindre Valisk ? Cette Kiera vous a lavé le cerveau.

— Non, c'est faux ! s'emporta Jed.

Knox fut surpris par sa véhémence.

— D'accord, mon gars. Je comprends. Moi aussi, je n'écoutais que mes couilles quand j'avais votre âge.

Il lança une œillade à Beth, qui lui répliqua par un regard mauvais.

— Nous attendrons le temps qu'il faudra, dit posément Gerald. Nous allons à Valisk. Tous. C'est pour cela que je vous ai payé, capitaine.

Il lui était pénible de rester silencieux quand les gens prononçaient le nom de Marie, en particulier quand ils en parlaient comme d'une sorte de petite amie universelle. Depuis leur départ, il avait réussi à tenir sa langue. La vie était plus facile pour lui à bord du petit spationef ; la routine quotidienne toute simple, qui le dispensait de la moindre initiative, ne manquait pas de le réconforter. De sorte qu'il supportait assez bien la façon qu'ils avaient d'évoquer Marie, d'idolâtrer le démon qui la contrôlait. Ils ne savaient pas ce qu'ils disaient. Il avait fini par le comprendre. Loren serait fière de la maîtrise dont il faisait preuve.

— D'accord, on va attendre, concéda Knox. C'est vous l'affréteur, après tout.

Il se sentait mal à l'aise chaque fois que Skibbow prenait la parole. Ce type avait des *crises*, on n'était jamais sûr de ses réactions. Jusqu'ici, il s'était abstenu de toute colère, de toute violence. Jusqu'ici.

Un quart d'heure plus tard, le capitaine Knox oublia tous ses soucis lorsque le radar détecta un petit objet distant de trois kilomètres qui n'était pas là une milliseconde plus tôt. Apparut d'abord l'étrange flou caractéristique d'un terminus de trou-de-ver, puis l'objet entra rapidement en expansion. Knox accéda aux capteurs du *Leonora Cephei* pour assister à l'émergence de l'astronef biotek.

— Ô Dieu tout-puissant, gémit-il. Espèce de salopards. Nous allons tous y passer. Tous !

Mindor émergea du trou-de-ver et déploya ses ailes. Sa tête pivota sur son cou afin que l'un de ses yeux puisse se braquer sur le *Leonora Cephei*.

Jed se tourna vers l'une des colonnes AV de la passerelle et vit la gigantesque harpie battre lentement des ailes, franchissant la distance qui les séparait avec une vitesse trompeuse. L'inquiétude qui l'habitait fit place à une sorte de révérence. Il poussa un cri de joie et serra Beth dans ses bras. Elle lui adressa un sourire indulgent.

— C'est quelque chose, hein ?

— Oui.

— On a réussi, bon sang, on a réussi.

Malade de terreur, le capitaine Knox ignora le babil de ces jeunes cinglés et ordonna à son antenne principale de se pointer sur Pinjarra afin d'appeler au secours la capitale de l'amas troyen. Ce qui ne lui servirait sans doute à rien.

Rocio Condra était prêt à intervenir. Après plusieurs douzaines de rendez-vous clandestins, il savait comment les capitaines de spationef réagissaient à son apparence. Sur les huit lasers de défense à courte portée fixés à sa coque, seuls trois étaient encore opérationnels, et cela uniquement parce qu'ils dépendaient de circuits contrôlés par des processeurs bioteks. Les autres avaient succombé aux errements de sa capacité énergétique, qu'il ne parvenait jamais à contenir tout à fait. Il visa l'antenne qui commençait à pivoter et envoya à son module de transmission central une pulsation d'une demi-seconde.

— Ne cherchez pas à contacter quiconque, émit-il.

— Compris, transmit en réponse un Knox salement secoué.

— Bien. Transportez-vous des Nocturnes en transit ?

— Oui.

— Préparez-vous à la manœuvre d'accostage. Dites-leur de se tenir prêts.

Le monstrueux oiseau replia ses ailes pour se rapprocher du minuscule spationef. Les contours de sa silhouette ondoyèrent comme il pivotait sur son axe ; ses plumes firent place à un polype d'un vert terne, et sa coque reprit l'aspect d'un cône compressé. Elle avait néanmoins subi quelques changements : ses anneaux pourpres étaient à présent de longs ovales, formant un dessin rappelant celui de ses plumes. Quant à ses trois ailerons, celui du centre avait rétréci tandis que les deux ailerons latéraux s'étaient allongés et aplatis.

Une fois la manœuvre achevée, le module de vie de *Mindor* était parallèle au *Leonora Cephei.* Rocio Condra déploya le boyau-sas. Il percevait à présent les esprits qui occupaient le module de vie du spationef. Comme d'habitude, l'angoisse des membres d'équipage contrastait avec l'exubérance ridicule des Nocturnes. Cette fois-ci, cependant, il y avait du nouveau : un esprit des plus étranges, engourdi mais content, dont les pensées étaient affectées selon des rythmes erratiques.

Poussé par une vague curiosité, il accéda aux capteurs optiques internes pour voir les Nocturnes monter à son bord. L'intérieur du module de vie avait fini par ressembler à celui d'un steam-boat du XIXe siècle, tout de bois de rose poli et d'appliques en cuivre. Selon Choi-Ho et Maxim Payne, les deux possédés qui lui servaient d'équipe de maintenance, on y respirait un parfum d'eau salée fort réaliste. Rocio était ravi par ce réalisme, bien plus détaillé et bien plus solide que ce dont était capable le commun des possédés. Cela s'expliquait par la nature de la structure neuronale des harpies, qui contenait plusieurs centaines de ganglions secondaires arrangés en réseau à la façon d'un processeur. Ils étaient censés agir comme des régulateurs semi-autonomes pour ses modules technologiques. Une fois qu'il avait visualisé l'image souhaitée et qu'il l'avait chargée dans l'un de ces ganglions, elle était maintenue sans qu'il ait besoin d'y penser, avec une puissance énergétique hors de portée d'un humain ordinaire.

Les semaines écoulées avaient été une révélation pour Rocio Condra. Après une période initiale d'amertume et de ressentiment, il avait découvert que la vie de harpie était aussi riche que n'importe quelle autre, même si le sexe lui manquait. Et il en avait discuté avec certains de ses congénères ; en théorie, ils étaient capables de se faire pousser des organes génitaux (du moins ceux qui n'insistaient pas pour s'imaginer en astronefs techno). S'ils y parvenaient, ils n'auraient plus aucune raison pour vouloir redevenir humains. Ce qui, bien entendu, assurerait leur indépendance vis-à-vis de Kiera. Aux yeux d'une entité éternelle, la possibilité de varier ses expériences en essayant une nouvelle forme de vie tous les quelques millénaires était peut-être la panacée à l'ennui éternel.

Cette révélation s'était accompagnée d'un vif ressentiment envers Kiera et la façon dont elle les exploitait – la perspective de rejoindre l'armée de Capone étant un tournant des plus inquiétants. Même si on lui offrait un nouveau corps humain, Rocio n'était plus sûr de vouloir vivre à l'intérieur de l'habitat. À présent qu'il possédait cette magnifique créature, il avait cessé de redouter l'espace comme les autres âmes revenantes. L'espace et son immensité étaient dignes d'être aimés pour la liberté qu'ils lui apportaient.

La gravité reprit lentement ses droits comme Gerald s'avançait dans le boyau-sas en traînant son sac à dos. Le compartiment dans lequel il atterrit était presque identique à celui qu'il venait de quitter. Mais il était plus grand, son équipement était plus discret, et Choi-Ho et Maxim Payne l'accueillirent avec des sourires et des paroles de réconfort, alors que Knox et son fils aîné avaient surveillé son départ avec un rictus aux lèvres et une carabine ITP à la main.

— Il y a plusieurs cabines disponibles, précisa Choi-Ho. Pas assez pour tout le monde, toutefois, de sorte que vous devrez sans doute vous les partager.

Gerald afficha un sourire qui se voulait affable mais qui ressemblait davantage à une grimace craintive.

— Choisissez celle qui vous plaît, ajouta la femme avec gentillesse.

— Quand arriverons-nous à destination ? s'enquit Gerald.

— Nous avons un rendez-vous dans huit heures dans le système de Kabwe, après quoi nous retournerons à Valisk. Nous devrions y arriver dans vingt heures.

— Vingt heures ? C'est tout ?

— Oui.

— Vingt heures, répéta-t-il avec déférence. Vous en êtes sûre ?

— Oui, tout à fait.

Derrière lui, les gens commençaient à se masser dans le boyau-sas ; bizarrement, ils hésitaient à forcer le passage.

— Une cabine, suggéra à nouveau Choi-Ho.

— Allez, venez, Gerald, dit Beth d'un air enjoué.

Elle le prit par le bras et le poussa doucement. Obéissant, il s'engagea avec elle dans le corridor. Il ne s'arrêta qu'une fois, et ce fut pour se retourner et lancer un « Merci » appuyé à une Choi-Ho intriguée.

Beth alla jusqu'à l'extrémité du corridor en forme de U. Elle estimait qu'il valait mieux attribuer à Gerald une cabine éloignée de celles des autres Nocturnes.

— Qu'est-ce que vous dites de cet endroit ? demanda-t-elle.

Ils foulaient du pied un tapis rouge sombre et passaient devant des hublots par lesquels se déversaient des rayons dorés (mais derrière lesquels on ne voyait strictement rien). Toutes les portes étaient en bois couleur de miel. Vêtue comme à son habitude d'un sweat-shirt, de deux vestes et d'un jean trop grand de plusieurs tailles, elle se sentait déplacée en ce lieu.

Elle entrouvrit une porte et découvrit une cabine inoccupée. Des lits superposés fixés au mur et une porte coulissante donnant sur la salle de bains. La plomberie rappelait celle du *Leonora Cephei*, excepté que tous les tuyaux étaient en cuivre et tous les robinets en céramique blanche.

— Ça devrait vous convenir, dit-elle avec assurance.

Elle se retourna en entendant un petit geignement. Planté sur le seuil, Gerald se mordillait les phalanges.

— Qu'y a-t-il ?

— Vingt heures.

— Je sais. Mais c'est une bonne chose, n'est-ce pas ?

— Je n'en suis pas sûr. Je veux aller là-bas, je veux la revoir. Mais ce n'est plus elle, ce n'est plus ma Marie.

Il tremblait de tous ses membres. Beth lui passa un bras autour des épaules et l'aida à s'asseoir sur le lit du bas.

— Calmez-vous, Gerald. Quand nous serons arrivés à Valisk, tout cela ne sera plus qu'un mauvais rêve ; je vous l'assure.

— Ce n'est pas fini, ça ne fait que commencer. Et je ne sais pas quoi faire, je ne sais pas comment la sauver. Je ne pourrai pas la mettre en tau-zéro sans aide. Ils sont si forts, si maléfiques.

— Qui ça, Gerald ? De qui parlez-vous ? Qui est Marie ?

— C'est mon bébé.

Il pleurait à chaudes larmes, la tête au creux de l'épaule de Beth. Instinctivement, elle lui tapota la nuque.

— Je ne sais pas quoi faire, hoqueta-t-il. Elle n'est plus là pour m'aider.

— Qui ça, Marie ?

— Non. Loren. Elle est la seule à pouvoir m'aider. La seule à pouvoir nous aider.

— Tout ira bien, Gerald, vous verrez.

Sa réaction fut totalement inattendue. Il partit d'un grand rire hystérique, presque un cri. Beth faillit l'abandonner et s'enfuir de la cabine. Il avait flippé, complètement flippé. Si elle resta près de lui, ce fut uniquement parce qu'elle ignorait comment il réagirait en la voyant fuir. Et s'il pétait les plombs pour de bon ?

— S'il vous plaît, Gerald, supplia-t-elle. Vous me faites peur.

Il l'agrippa par les épaules, la serrant si fort qu'elle grimaça.

— Parfait ! s'exclama-t-il, rouge de colère. Vous avez raison d'avoir peur, espèce de gamine stupide. Vous ne comprenez donc pas où nous allons ?

— Nous allons à Valisk, chuchota Beth.

— Oui, à Valisk. Ça ne me fait pas peur, ça me terrifie. Ils vont nous torturer, ils vont vous faire tellement souffrir que vous supplierez une âme de vous posséder pour avoir un peu de répit. Je le sais. Ils agissent toujours ainsi. C'est ce qu'ils m'ont fait, et puis le Dr Dobbs m'a forcé à revivre mes souffrances, encore et encore, rien que pour savoir quel effet ça faisait. (Soudain vidé de toute colère, il s'effondra entre ses bras.) Je me tuerai. Oui. C'est peut-être la solution. Comme ça, je pourrai aider Marie. J'en suis sûr. Tout plutôt que d'être à nouveau possédé.

Beth fit de son mieux pour le bercer, pour l'apaiser, comme s'il était un enfant de cinq ans réveillé en sursaut par un cauchemar. Ses propos l'inquiétaient de plus en plus. Kiera affirmait vouloir construire pour eux une société idéale, mais ils n'avaient que sa parole, après tout. Seul son enregistrement attestait de sa bonne foi.

— Gerald ? demanda-t-elle au bout d'un temps. Qui est cette Marie que vous voulez aider ?

— Ma fille.

— Oh ! Je vois. Eh bien, comment savez-vous qu'elle se trouve à Valisk ?

— C'est elle que Kiera possède.

Rocio Condra esquissa une parodie de sourire avec son bec. Le capteur placé dans la cabine de Skibbow n'était pas parfait, et l'affinité qui le liait avec son processeur biotek souffrait d'avaries plutôt irritantes. Mais ce qu'il avait entendu lui suffisait.

Il ne savait pas encore comment exploiter cette information, mais elle représentait à ses yeux le premier défaut dans la cuirasse de Kiera. C'était un début.

Stephanie aperçut enfin la lisière du nuage rouge. Le lourd plafond nuageux n'avait cessé de se rapprocher du sol à mesure que le convoi avançait sur la M6 sans rencontrer de résistance. Son ventre était agité de courants roses et dorés dont les mouvements évoquaient ceux des vagues se brisant sur les récifs. C'étaient en fait les conducteurs d'un courant d'agitation à l'état pur. La volonté des possédés était contrariée, le bouclier qu'ils avaient dressé pour se protéger du ciel était stoppé par le coupe-feu tracé par le royaume.

La falaise de lumière blanche sur laquelle butait cette lisière paraissait presque solide. Il fallut un certain temps à ses yeux pour s'y adapter, pour distinguer les ombres grenues tapies au bout de la route.

— Je pense que ce serait une bonne idée de ralentir, lui souffla Moyo à l'oreille.

Elle appuya sur le frein, réduisant leur vitesse à celle d'un escargot. Les trois bus qui la suivaient l'imitèrent prudemment. Elle fit halte à deux cents mètres du rideau mouvant de lumière solaire. Ici, le ventre du nuage n'était qu'à quatre ou cinq cents mètres du sol, et il martelait la barrière invisible en permanence.

On avait érigé deux barricades orange vif en travers de la chaussée. La première, située sous la lisière du nuage, était baignée tantôt de rouge, tantôt de blanc ; la seconde, trois cents mètres plus au nord, était gardée par un peloton de marines royaux. Derrière eux, plusieurs douzaines de véhicules militaires étaient alignés sur la bande d'arrêt d'urgence, transports de troupe blindés, tanks, véhicules de communication, camions, cantine mobile et caravanes converties en QG de campagne.

Stephanie ouvrit les portes du bus et descendit. Le tonnerre était un grondement agressif, conçu pour faire peur aux intrus.

— Qu'est-ce qu'ils ont fait à l'herbe ? lui lança Moyo.

Là où le soleil éclairait le sol, l'herbe était morte, calcinée et desséchée. Elle tombait déjà en poussière. À perte de vue, cette zone morte s'étendait parallèlement à la lisière du nuage rouge, dessinant une bande rectiligne qui mordait sur toutes choses.

Stephanie considéra ce sillon de destruction, le long duquel arbres et buissons étaient réduits à des souches carbonisées.

— Une sorte de no man's land, je suppose, dit-elle.

— Une mesure un peu extrême, non ?

Elle éclata de rire et désigna du doigt le nuage étincelant.

— Bon, d'accord, fit Moyo. Que veux-tu faire à présent ?

— Je n'en suis pas sûre.

Elle s'en voulut aussitôt de son indécision. Ceci était l'aboutissement d'un énorme investissement émotionnel. Néanmoins, personne n'avait pensé aux aspects pratiques de cet instant. Si seulement nous étions encore en route, je me sentais tellement comblée durant ces moments-là. Qu'allons-nous devenir ensuite ?

Cochrane, McPhee et Rana se joignirent à eux.

— Voilà des types suprêmement inamicaux, déclara Cochrane, hurlant pour se faire entendre à cause du tonnerre.

Les marines en poste à la barricade étaient immobiles, et d'autres accouraient depuis le camp pour leur venir en renfort.

— Je ferais mieux d'aller leur parler, dit Stephanie.

— Pas toute seule, quand même ? protesta Moyo.

— J'aurai l'air nettement moins menaçante que toute une délégation.

Un mouchoir blanc jaillit de la main de Stephanie ; elle le brandit bien haut et se dirigea vers la première barricade.

Le lieutenant Anver la regarda approcher et ordonna à son peloton de se déployer, en envoyant la moitié flanquer la chaussée au cas où des possédés auraient tenté de passer en douce, indifférents aux satellites qui n'auraient pas manqué de les repérer. Les capteurs de son casque zoomèrent sur le visage de la femme. Elle plissa les yeux pour se protéger de la lumière du jour en émergeant de l'ombre mouchetée du nuage rouge. Une paire de lunettes noire se matérialisa sur son visage.

— Ce sont bien des possédés, mon colonel, télétransmit-il à son supérieur.

— Nous l'avions compris, lieutenant, répondit le colonel Palmer. Je vous avise que le Conseil de sécurité accède à présent à vos télétransmissions.

— À vos ordres, mon colonel.

— Aucune autre activité le long de la ligne de démarcation, transmit l'amiral Farquar. Nous ne pensons pas qu'il s'agisse d'une diversion.

— Allez voir ce qu'elle veut, lieutenant, ordonna Palmer. Et soyez très prudent.

— À vos ordres, mon colonel.

Deux de ses hommes écartèrent une section de la barricade, et il s'avança. Le trajet qu'il effectua, quoique long de cent mètres à peine, lui sembla durer une éternité. Il la passa en se demandant ce qu'il allait dire à cette femme, mais, lorsqu'ils firent halte à quelques pas l'un de l'autre, il se contenta de lui demander :

— Que voulez-vous ?

Elle abaissa son mouchoir blanc et lui adressa un sourire prudent.

— Nous avons amené quelques enfants. Ils sont dans les bus, là-bas. Je... euh... je voulais vous prévenir afin que vous ne... enfin, vous voyez. (Son sourire se fit carrément embarrassé.) Nous ne savions pas comment vous alliez réagir.

— Des enfants ?

— Oui. Environ soixante-dix. J'ignore leur nombre exact, je n'ai même pas pensé à les compter.

— Parle-t-elle d'enfants non possédés ? transmit l'amiral Farquar.

— Ces enfants sont-ils possédés ?

— Bien sûr que non ! répliqua Stephanie, indignée. Pour qui nous prenez-vous ?

— Lieutenant Anver, ici la princesse Kirsten.

Anver se raidit.

— Oui, madame.

— Demandez-lui quel marché elle souhaite passer avec nous.

— Que voulez-vous en échange de ces enfants ?

Stephanie pinça les lèvres en signe de colère.

— Je ne veux strictement rien en échange. Ce ne sont que des enfants. Ce que je demande, c'est l'assurance que vous n'allez pas les abattre une fois que nous vous les aurons confiés.

— Ô mon Dieu, télétransmit la princesse Kirsten. Veuillez lui faire part de mes excuses, lieutenant. Et dites-lui que nous lui sommes reconnaissants, ainsi qu'à ses compagnons, de nous avoir amené ces enfants.

Anver s'éclaircit la gorge ; il ne s'était pas tout à fait attendu à ça lorsqu'il s'était éloigné de la barricade.

— Je vous demande pardon, madame. La princesse vous prie de l'excuser d'avoir supposé le pire. Nous vous sommes reconnaissants de ce que vous avez fait.

— Je comprends. Ce n'est pas facile pour moi non plus. Bon, comment voulez-vous que nous procédions ?

Douze marines royaux la raccompagnèrent jusqu'aux bus ; des volontaires qui avaient renoncé à leurs armes et à leurs armures. Les portes des bus s'ouvrirent et les enfants en sortirent. Il y eut beaucoup de larmes et beaucoup d'effusions. La plupart d'entre eux exigèrent un dernier baiser, une dernière étreinte des adultes qui les avaient sauvés (Cochrane se révéla extrêmement populaire), à la grande stupéfaction des marines.

Stephanie sentait les larmes perler à ses paupières lorsque le dernier groupe s'engagea sur la chaussée, entourant un marine costaud qui avait fait monter un enfant sur ses épaules. Moyo lui passa un bras autour des épaules pour la soutenir.

Le lieutenant Anver se planta devant elle et lui adressa un salut impeccable (que Cochrane s'empressa de parodier de manière obscène). Il avait l'air profondément troublé.

— Je tiens à vous remercier tous une nouvelle fois, déclara-t-il. Et c'est moi seul qui parle, je ne peux rien télétransmettre sous ce nuage.

— Oh, prenez soin de ces petits chéris, s'exclama Tina en reniflant. La pauvre Analeese a un rhume carabiné, nous n'avons rien pu faire pour la soigner. Et Ryder ne supporte pas les noix ; je crois qu'il leur est allergique, et...

Elle se tut comme Rana lui étreignait le bras.

— Nous prendrons soin d'eux, assura le lieutenant Anver d'un air grave. Et vous, prenez soin de vous. (Il jeta un regard appuyé en direction de la ligne de démarcation, où un petit convoi de véhicules se mettait en route pour évacuer les enfants.) Peut-être vaudrait-il mieux que vous alliez le faire ailleurs.

Un dernier salut de la tête à Stephanie, et il regagnait sa position.

— Qu'est-ce qu'il a voulu dire par là ? demanda Tina, indignée.

— Ouaouh. (Cochrane exhala un long soupir.) On a *réussi*, mec, on a montré aux forces des mauvaises vibrations qu'elles ne devaient pas nous embêter.

Moyo embrassa Stephanie.

— Je suis fier de toi.

— Berk, fit Cochrane. Vous n'arrêtez donc jamais ?

Une Stephanie souriante se pencha vers lui pour l'embrasser sur le front, se retrouvant avec des cheveux sur les lèvres.

— Merci à toi aussi.

— Quelqu'un veut-il m'expliquer ce qu'il a voulu dire ? insista Tina. S'il vous plaît.

— Rien de bon, c'est sûr, rétorqua McPhee.

— Alors, qu'est-ce qu'on fait maintenant ? lança Rana. Est-ce qu'on rassemble un nouveau groupe d'enfants ? Est-ce qu'on se sépare ? Ou bien est-ce qu'on s'installe dans une ferme comme on en a parlé ? Alors ?

— Oh, nous allons rester ensemble, dit Tina. Après tout ce

que nous avons accompli, je ne supporterais pas de perdre le moindre d'entre vous, vous êtes désormais ma famille.

— Une famille. C'est cosmique, ma sœur. Dis-moi, quelle est ta position à propos de l'inceste ?

— J'ignore encore ce que nous allons décider, dit Stephanie. Mais je pense que nous devrions suivre le conseil du lieutenant et aller prendre notre décision ailleurs.

Le spatiojet jaillit de la stratosphère de Nyvan sur deux panaches de plasma en feu, décrivant une parabole pour joindre ses coordonnées d'injection orbitale à mille kilomètres de là. Les charges secondaires piquetaient encore l'espace d'explosions et d'éclats-leurres, tandis que les drones de contre-mesures électroniques lançaient des pulsations de plusieurs gigawatts sur toutes les émissions qu'ils détectaient. Maintenant qu'il avait activé ses fusées à réaction, le spatiojet n'était plus invisible aux reliques de la bataille entre guêpes de combat.

Le *Lady Macbeth* croisait cent kilomètres au-dessus de lui, capteurs et canon maser déployés pour frapper le premier missile qui se verrouillerait sur lui. L'astronef devait ajuster son vecteur de vol en permanence pour que le spatiojet reste dans son rayon de protection. Joshua vit ses propulseurs s'embraser comme il réduisait sa vitesse, l'augmentait, modifiait son altitude. Ses masers tirèrent à cinq reprises pour détruire des charges secondaires menaçantes.

Lorsque le spatiojet fut arrivé en orbite et entama la manœuvre d'accostage, le ciel s'était considérablement calmé au-dessus de Nyvan. Les capteurs du *Lady Mac* ne percevaient plus que trois frégates des forces de défense locales. Aucune d'elles ne semblait s'intéresser à lui, pas plus qu'elles ne se souciaient les unes des autres. Beaulieu procéda à un balayage capteur tous azimuts, sachant que les orbites basses allaient inévitablement subir une averse chaotique de débris dus aux explosions. Elle obtint quelques mesures fort étranges, qui la poussèrent à redéfinir les paramètres de son examen. Les capteurs du *Lady Mac* se détournèrent de la masse planétaire.

Joshua se coula à travers l'écoutille de la passerelle. Ses vêtements avaient séché dans la cabine du spatiojet, mais ils étaient encore maculés de crasse. La combi de Dahybi était dans le même état.

Sarha lui lança un regard plein d'inquiétude.

— Melvyn ? s'enquit-elle à voix basse.

— Il n'a pas eu de chance. Désolé.

— Merde.

— Vous vous êtes bien débrouillés, tous les deux, reprit Joshua. Il fallait être sacrément doué pour le pilotage pour rester au-dessus du spatiojet.

— Merci, Josh.

Joshua fixa Liol, qui se tenait sur une pelote-crampon près de la couchette du capitaine, puis se retourna vers Sarha, qui ne semblait nullement disposée à se repentir.

— Ô Seigneur, tu lui as donné les codes d'accès.

— Oui. Une décision de commandement que j'assume. C'était une situation de guerre, Joshua.

Il décida que, vu la crise globale qu'ils traversaient, ce n'était pas la peine d'insister sur ce détail.

— C'est pour ça que je t'ai confié le commandement, déclara-t-il. J'avais confiance en toi, Sarha.

Elle plissa le front d'un air soupçonneux. Il *semblait* sincère.

— Donc, tu as capturé Mzu. J'espère que ça en valait la peine.

— Pour la Confédération dans son ensemble, je suppose que oui. Pour les individus que nous sommes... il faudra poser la question à tout le monde. D'un autre côté, ça fait un certain temps que des individus meurent à cause d'elle.

— Capitaine, accède à nos capteurs, s'il te plaît, demanda Beaulieu.

— Entendu.

Il fit une roulade dans les airs, atterrissant sur sa couchette. Les images provenant des capteurs externes envahirent son esprit. Une anomalie. C'était sûrement une anomalie.

— Dieu tout-puissant !

Son esprit, travaillant en collaboration avec le programme d'astrogation de l'ordinateur de bord, élaborait un vecteur de vol avant qu'il ait admis la réalité de cette marée rocheuse déferlant sur la planète.

— Préparez-vous à subir une forte accélération dans trente secondes – top chrono. Il faut filer d'ici.

Un rapide examen des capteurs internes lui montra ses nouveaux passagers se ruant vers leurs couchettes ; ces images se superposèrent avec des courbes pourpres et jaunes qui vibraient frénétiquement à mesure qu'il affinait sa trajectoire.

— Qui a fait ça ? demanda-t-il.

— Aucune idée, répondit Sarha. C'est arrivé pendant la bataille, on ne s'en est rendu compte qu'ensuite. Mais ce n'est sûrement pas l'œuvre des guêpes de combat.

— Je surveille la propulsion, dit Joshua. Sarha, occupe-toi des systèmes, s'il te plaît. Liol, tu te charges de l'artillerie.

— À tes ordres, capitaine, répliqua Liol.

Sa voix était d'une neutralité parfaite. Joshua décida de s'en contenter. Il activa les fusiopropulseurs du *Lady Mac*, les poussant jusqu'à trois g d'accélération.

— Où allons-nous ? s'enquit Liol.

— Voilà une question foutrement pertinente, dit Joshua. Pour le moment, on va ailleurs. Ensuite, ça dépendra de ce qu'Ione et les agents secrets auront décidé, je suppose.

Quelqu'un le sait sûrement. L'un d'entre vous.

Nous savons qu'il existe. Nous savons qu'il est caché.

Deux corps vous attendent. Un homme et une femme. Jeunes et splendides. Pouvez-vous les entendre ? Les savourer ? Vous supplier de les pénétrer ? Oui. Toutes les richesses, tous les plaisirs de la réalité peuvent à nouveau vous appartenir. À condition que vous puissiez payer le prix, une minuscule information. Rien de plus.

Elle n'était pas toute seule quand elle l'a caché. Quelqu'un l'a aidée. Sans doute plusieurs personnes. Étiez-vous l'une d'elles ?

Ah, oui ! Toi. Tu es sincère. Tu sais.

Viens. Viens vers nous, franchis la brèche. Nous allons te récompenser avec...

Poussant un hurlement d'extase et de souffrance, il s'insinua dans le système nerveux tourmenté de sa proie. Il dut affronter la douleur, la honte, l'humiliation ; les tragiques suppliques de l'âme de ce corps. Il surmonta l'épreuve, réparant les chairs brisées, étouffant et refoulant les protestations, jusqu'à se retrouver face à sa propre honte. Un adversaire bien plus redoutable.

— Bienvenue dans l'Organisation, dit Oscar Kearn. Alors, tu faisais partie de la mission de Mzu ?

— Oui. J'étais avec elle.

— Bien. C'est une femme astucieuse, cette Mzu. J'ai peur qu'elle nous ait à nouveau échappé, à cause de cette traîtresse de Barnes. Quoi qu'il en soit, seul un être plein de ressources peut esquiver un ironberg qui lui tombe sur la tête. Jusque-là, je n'avais pas idée de ce que j'affrontais. Même si nous l'avions capturée, sans doute ne nous aurait-elle jamais aidés. Elle est comme ça, dure et déterminée. Mais à présent, la chance a tourné. Tu peux me le dire, n'est-ce pas ? Tu sais où se trouve l'Alchimiste.

— Oui, dit Ikela. Je sais où il se trouve.

Alkad Mzu entra en flottant dans la passerelle, accompagnée de Monica et de Samuel. Elle gratifia Joshua d'un petit rictus nerveux, puis tiqua en découvrant Liol.

— J'ignorais que vous étiez deux.

Large sourire de Liol.

— Avant que nous discutions du sort qui vous est réservé, docteur, dit l'un des sergents, j'aimerais que vous nous confirmiez que l'Alchimiste existe bien ou a bien existé.

Alkad s'ancra à une pelote-crampon près de la couchette du capitaine.

— Oui, il existe. Et c'est moi qui l'ai créé. Aujourd'hui, je le regrette amèrement, mais le passé est le passé. Mon seul souci, c'est qu'il ne tombe entre les mains de personne, ni les vôtres ni encore moins celles des possédés.

— Voilà qui est fort noble de la part de quelqu'un qui s'apprêtait à le déployer pour tuer toute une planète, commenta Sarha.

— Aucun Omutan n'aurait péri, dit Alkad d'une voix lasse. J'avais l'intention d'éteindre leur étoile, pas de la transformer en nova. Je ne suis pas une barbare ; ce sont les Omutans qui ont tué tout un monde.

— Éteindre une étoile ? répéta Samuel d'un air intrigué.

— Ne me demandez pas de détails, je vous prie.

— Je propose que le Dr Mzu soit ramenée à Tranquillité, déclara le sergent. Nous pouvons monter un dispositif d'observation de façon qu'elle ne transmette l'information à personne. Je ne pense pas que vous le feriez, docteur, mais les agences de renseignement sont des entités hautement soupçonneuses.

Monica consulta Samuel.

— Cela me convient, dit-elle. Tranquillité est un territoire neutre. Cet accord n'est guère différent de celui que nous avions à l'origine.

— En effet, acquiesça Samuel. Mais vous comprenez bien, docteur, que nous ne pouvons pas vous laisser mourir. Du moins tant que la crise de la possession n'aura pas été résolue.

— Je n'y vois aucune objection, dit Alkad.

— Ce que je veux dire, docteur, c'est que lorsque vous aurez atteint un âge avancé, vous devrez être placée en tau-zéro pour que votre âme ne puisse pas gagner l'au-delà.

— Je ne livrerai à personne la technologie de l'Alchimiste, quelles que soient les circonstances.

— Je suis sûr que telle est votre intention en ce moment. Mais quels seront vos sentiments une fois que vous aurez été piégée dans l'au-delà durant un siècle ? Durant un millénaire ? Et, pour être franc, ce n'est pas à vous de faire ce choix. C'est à nous. Vous avez perdu tout droit à l'autodétermination le jour où vous avez créé l'Alchimiste. Celui qui se donne une puissance suffisante pour se faire craindre de toute une galaxie renonce à ce droit en faveur de ceux qui risquent d'être affectés par ses actes.

— Je suis d'accord, dit le sergent. Vous serez placée en tau-zéro avant de mourir.

— Pourquoi pas tout de suite ? railla Alkad.

— Ne me tentez pas, rétorqua Monica. Je connais le mépris que les crétins intellos de votre espèce réservent aux serviteurs de l'État. Eh bien, écoutez-moi, docteur : nous existons pour protéger l'immense majorité des citoyens, pour leur permettre de vivre une existence décente dans les meilleures conditions possibles. Nous les protégeons contre des *ordures* comme vous, des petits malins qui ne réfléchissent jamais aux conséquences de leurs actes.

— Vous n'avez rien fait pour protéger ma planète ! s'emporta Alkad. Et n'allez pas me faire un sermon sur la responsabilité individuelle. Je suis prête à mourir pour que l'Alchimiste ne soit utilisé par personne, en particulier par votre royaume impérialiste. Je sais quelles sont mes responsabilités.

— Maintenant, oui. *Maintenant*, vous avez conscience de la gravité de votre erreur, vu le nombre de gens qui ont péri pour protéger votre précieux petit cul.

— Bon, ça suffit, dit Joshua en élevant la voix. Nous nous sommes tous mis d'accord sur la destination du doc, fin de la discussion. Je ne veux pas de querelles philosophiques sur ma passerelle. Nous sommes tous fatigués, nous sommes tous énervés. Laissons tomber tout ça. Moi, je prépare une trajectoire pour nous conduire à Tranquillité, vous, vous allez vous calmer dans vos cabines. Nous serons chez nous dans moins de deux jours.

— Compris, dit Monica sans desserrer les dents. Et... merci de nous avoir sortis de là. C'était...

— Professionnel ?

Elle faillit lui lancer une repartie cinglante, mais ce sourire...

— Professionnel, lâcha-t-elle.

Alkad s'éclaircit la gorge.

— Je suis navrée, dit-elle d'un air penaud. Mais il y a un problème. Nous ne pouvons pas partir directement pour Tranquillité.

Joshua se massa les tempes et demanda :

— Pourquoi ?

S'il avait posé cette question, c'était en partie pour éviter que Monica ne saute à la gorge de Mzu.

— À cause de l'Alchimiste.

— Que voulez-vous dire ? interrogea Samuel.

— Nous devons le récupérer.

— Très bien, fit Joshua d'une voix qui n'avait rien de raisonnable. Pourquoi ?

— Parce qu'il n'est pas en sécurité là où il est.

— Ça fait trente ans que personne n'y a touché. Emportez le secret de sa localisation avec vous dans une nacelle tau-zéro, bon Dieu. Si les agences de renseignement n'ont pas réussi à le trouver, elles n'y réussiront jamais.

— Elles n'auront pas besoin de le rechercher, pas plus que les possédés, en particulier si notre situation actuelle se prolonge pendant plus de quelques années.

— Continuez, autant qu'on entende le reste.

— Notre mission dirigée contre Omuta était constituée de trois astronefs, reprit Alkad. Le *Frelon*, le *Chengho* et le *Gombari*. L'Alchimiste devait être déployé à bord du *Frelon*, et c'est là que je me trouvais ; les deux autres étaient nos frégates d'escorte. Nous avons été interceptés par des gerfauts avant de pouvoir déployer l'Alchimiste. Ils ont détruit le *Gombari* et gravement touché le *Chengho* et nous-mêmes. Nous avons été laissés pour morts dans l'espace interstellaire. Aucun des deux astronefs ne pouvait effectuer un saut, et nous étions à sept années-lumière du système habité le plus proche.

« Après cette attaque, nous avons passé deux jours à réparer nos systèmes internes, puis nous nous sommes abordés. C'est Ikela et le capitaine Prager qui ont fini par trouver une solution. Comme le *Chengho* était plus petit que le *Frelon*, il n'avait pas besoin d'autant de nœuds ergostructurants pour effectuer un saut TTZ. L'équipage a donc récupéré des nœuds intacts sur le *Frelon* pour les installer sur le *Chengho*. Nous n'avions pas les outils appropriés pour une tâche de ce genre ; en outre, comme les nœuds n'avaient pas les mêmes niveaux d'énergie ni les mêmes facteurs de performance, il a fallu les reprogrammer de fond en comble. Cela nous a pris trois semaines et demie, mais nous y sommes parvenus. Nous nous sommes confectionné un vaisseau capable d'effectuer un saut TTZ – il ne pouvait pas aller très loin, et pas dans des conditions idéales, mais il était opérationnel. C'est à ce moment-là que les difficultés ont commencé. Le *Chengho* était trop petit pour emporter les deux équipages, même sur une courte distance. Il n'était équipé que d'un seul module de vie, qui ne pouvait accueillir que huit d'entre nous au maximum. Nous savions que nous ne pouvions pas courir le risque de regagner Garissa, les nœuds n'auraient jamais tenu aussi longtemps, et nous supposions qu'Omuta aurait déjà déclenché l'assaut. Après tout, c'est pour ça qu'on nous avait envoyés en mission, pour les en empêcher. Donc, nous nous sommes rendus à Crotone, le système habité le plus proche. L'idée était d'affréter un astronef et de rejoindre Garissa à son bord. Bien entendu, dès notre arrivée à Crotone, nous avons été informés du génocide.

« Ikela et Prager avaient même envisagé la pire des options. Au cas où. Nous avions un peu d'antimatière à bord du *Chengho* ; si nous la vendions en même temps que notre frégate, cela nous rapporterait des millions. En supposant que le gouvernement de Garissa ait été éliminé, nous disposerions ainsi de la somme nécessaire pour travailler en toute indépendance pendant plusieurs décennies.

— Le Conseil séparatiste de Stromboli, dit soudain Samuel.

— Exact, acquiesça Alkad. C'est à lui que nous l'avons vendue.

— Ah ! nous n'avons jamais pu savoir où il s'était procuré son antimatière. Il a fait exploser avec elle deux des stations portuaires en orbite basse de Crotone.

— Oui, après notre départ, reconnut Alkad.

— Donc, Ikela a pris l'argent et a créé T'Opingtu.

— Encore exact ; quand nous avons appris que l'Assemblée générale de la Confédération avait accordé les Dorados aux survivants du génocide, la somme a été partagée entre les sept officiers de nos forces spatiales. Ils devaient investir leur part dans diverses compagnies, les profits obtenus étant ensuite utilisés pour financer les partisans. Nous avions besoin de fervents nationalistes pour former l'équipage de l'astronef qu'ils étaient censés préparer à mon intention. Ensuite, ils devaient acheter ou affréter un vaisseau de guerre pour achever la mission de l'Alchimiste. Comme vous le savez, Ikela n'a pas accompli la dernière phase de ce plan. Je ne sais rien à propos des six autres.

— Pourquoi attendre trente ans ? demanda Joshua. Pourquoi

n'avez-vous pas loué un vaisseau de guerre aussitôt après avoir touché le produit de votre vente afin de rejoindre le *Frelon* au plus vite ?

— Parce que nous n'étions pas sûrs de savoir exactement où il se trouvait. Nous ne nous sommes pas contentés de réparer le *Chengho*, voyez-vous. Il restait trente personnes à bord du *Frelon*, sans parler de l'Alchimiste. Supposez que le *Chengho* ait échoué, ou que nous ayons été capturés et interrogés par le SRC ou un autre service secret. Il était même possible que les gerfauts reviennent faire un tour. Nous devions intégrer tous ces facteurs, et les hommes et les femmes qui restaient sur place devaient avoir une chance de survie.

— Ils ont été placés en tau-zéro, déduisit Joshua. En quoi cela vous empêche-t-il de connaître leurs coordonnées exactes ?

— Bien sûr qu'ils ont été placés en tau-zéro, mais ce n'est pas tout. Nous avons également réparé leurs propulseurs à réaction. Ils se sont dirigés vers un système inhabité qui n'était distant que de deux années-lumière et demie.

— Seigneur, un voyage infraluminique dans l'espace interstellaire ? Vous plaisantez. C'est impossible, ça leur aurait pris...

— Vingt-huit ans selon nos estimations.

— Ah !

La révélation qui frappa Joshua lui fit le même effet qu'une gorgée de Larmes de Norfolk détonant dans son estomac. Il éprouva soudain une vive admiration pour ces astros perdus depuis trente ans. Ils avaient poursuivi leur mission sans se soucier des probabilités qui se liguaient contre eux.

— Ils ont utilisé la propulsion à l'antimatière, dit-il.

— Oui. Nous avons transféré tous les grammes d'antimatière de nos guêpes de combat dans les chambres de confinement du *Frelon*. La quantité obtenue lui permettait d'accélérer jusqu'à acquérir une vitesse égale à neuf pour cent de celle de la lumière. Alors, dites-moi, capitaine, est-il facile de localiser un astronef s'éloignant de ses dernières coordonnées connues à zéro huit ou zéro neuf c ? Et en supposant que vous le retrouviez, comment faites-vous pour l'arraisonner ?

— C'est impossible. D'accord, vous deviez attendre que le *Frelon* ait décéléré et soit arrivé dans ce système inhabité. Comment se fait-il que vous n'ayez pas tenté de le rejoindre il y a deux ans ?

— Nous n'étions pas sûrs de l'efficacité du système de propulsion sur le long terme. Deux ans, c'était une marge d'erreur raisonnable ; en outre, les sanctions devaient être levées au bout de trente ans. Il y avait toujours un risque que nous soyons détectés par l'escadre des Forces spatiales de la Confédération chargée de faire respecter le blocus ; après tout, c'était son boulot de repérer les astronefs émergeant clandestinement autour d'Omuta. Donc, après avoir vendu le *Chengho*, nous avons décidé d'attendre trente ans.

— Vous voulez dire que le *Frelon* tourne autour de cette étoile et attend que vous le contactiez ? demanda Liol.

— Oui. À condition que tout ait fonctionné comme prévu. Les membres d'équipage sont censés attendre cinq ans de plus ; le temps ne compte pas en tau-zéro, mais les systèmes de bord ne peuvent pas durer indéfiniment. S'ils n'ont pas été contactés à ce moment-là, par l'équipage du *Chengho*, par le gouvernement de Garissa ou par moi-même, ils ont pour instructions de détruire l'Alchimiste et de lancer un appel à l'aide. Les systèmes inhabités situés à l'intérieur des frontières de la Confédération sont régulièrement inspectés par les Forces spatiales au cas où il s'y trouverait des stations de production d'antimatière. Ils auraient été secourus tôt ou tard.

Joshua se tourna vers le sergent, regrettant que celui-ci ne soit pas conçu pour afficher ses émotions ; il aurait bien aimé savoir ce que Ione pensait de cette histoire.

— Ça se tient, conclut-il. Que veux-tu faire ?

— Nous devons voir si le *Frelon* a achevé son voyage, répondit le sergent.

— Et si tel est le cas ? s'enquit Samuel.

— Alors, l'Alchimiste doit être détruit. Ensuite, les membres d'équipage survivants seront conduits à Tranquillité.

— Une question, doc, intervint Joshua. Si quelqu'un voit l'Alchimiste, est-ce que ça lui donne un indice sur sa nature ?

— Non. Il est inutile de vous inquiéter sur ce point, capitaine. Cependant, il y a parmi l'équipage un homme capable de vous dire comment en fabriquer un autre. Il s'appelle Peter Adul et il devra rester à Tranquillité avec moi. Ensuite, vous serez de nouveau en sécurité.

— Bien, quelles sont les coordonnées de cette étoile ?

Alkad resta silencieuse un long moment avant de s'exclamer :

— Sainte Marie, ça ne devait pas se passer comme ça.

— Les choses ne se passent jamais comme prévu, doc. Je l'ai appris il y a bien longtemps.

— Ah ! Vous êtes trop jeune.

— Tout dépend de ce que l'on fait de ses années, non ?

Alkad Mzu transmit les coordonnées à Joshua.

Ouverture d'un terminus de trou-de-ver, annonça Tranquillité.

Les mollets baignant dans l'eau chaude de la crique, Ione frictionnait le flanc de Haile avec une grosse éponge jaune. Elle se redressa pour l'essorer. Son attention se concentra sur un point de l'espace situé à cent vingt mille kilomètres de l'habitat, où la densité gravifique du vide augmentait en flèche. Trois plates-formes DS tournant autour de la zone d'émergence verrouillèrent leurs lasers à rayons X sur le terminus en expansion. Cinq gerfauts de patrouille foncèrent vers lui à quatre g d'accélération.

Un grand faucon sortit de la déchirure bidimensionnelle.

***Œnone*, vaisseau des Forces spatiales de la Confédération matricule SLV-66150, demande autorisation d'approche et d'accostage. Voici le code officiel authentifiant notre vol.**

Autorisation accordée, répondit Tranquillité après vérification.

Les plates-formes DS se remirent en état d'alerte. Trois des gerfauts reprirent leur patrouille, les deux autres virant pour escorter *Œnone* qui accélérait en direction de l'habitat.

— Je vais devoir vous quitter, annonça Ione.

Le visage contrarié de Jay Hilton apparut au-dessus du dos luisant de Haile.

— Qu'est-ce que c'est cette fois-ci ? demanda-t-elle d'une voix capricieuse.

— Une affaire d'État.

Ione se dirigea vers le rivage. Ramassant un peu d'eau au creux de sa main, elle tenta de chasser le sable du haut de son bikini.

— Vous dites toujours la même chose.

Ione adressa un sourire navré à la fillette déçue.

— Parce que c'est toujours la même chose ces jours-ci.

Désolée, ajouta-t-elle.

Haile métamorphosa en main humaine l'extrémité d'un de ses bras pour lui lancer un salut.

Au revoir, Ione Saldana. J'ai beaucoup de chagrin que vous partiez, mes jambes à leur bout grattent comme la peste.

Haile !

Formulation erreur de communication ? Grande honte.

Pas exactement une erreur.

Joie. Expression apprise de Joshua Calvert. Fort appréciée.

Ione serra les dents. Satané Calvert ! Sa colère laissa la place à un sentiment plus déconcertant... peut-être du ressentiment. Il est à des centaines d'années-lumière d'ici, mais sa présence se fait toujours sentir.

Pas étonnant. Ne l'utilise pas quand Jay est là, s'il te plaît.

Compréhension. J'ai beaucoup d'expressions humaines apprises de Joshua Calvert.

Ça ne me surprend pas.

Je souhaite communication correcte. Je demande votre assistance pour examiner ma collection de mots. Vous pouvez la normaliser.

Entendu.

Grande joie !

Ione fit un pas, puis éclata de rire. Il lui faudrait des heures pour examiner tout ce que Joshua avait pu dire à la jeune Kiint. Des heures qu'elle devrait passer sur la plage, un endroit qu'elle avait négligé ces derniers temps. Haile apprenait la ruse.

Jay s'appuya contre son amie tandis qu'Ione enfilait ses sandales et s'engageait sur le sentier menant à la station de métro. Le visage de la jeune femme arborait une expression distraite, signe qu'elle était plongée dans une conversation avec la personnalité de l'habitat. Jay n'avait pas envie d'y penser. Il était certainement question des possédés. Les adultes ne parlaient que de ça en ce moment, et jamais de façon rassurante.

Haile passa un bras autour du torse de Jay, la caressant doucement de son extrémité.

Goût de tristesse.

— Je pense que ces horribles possédés ne disparaîtront jamais.

Mais si. Humains intelligents. Vous trouverez solution.

— Je l'espère. Je veux revoir ma maman.

Et si nous construisions des châteaux de sable ?

— Oui !

Jay poussa un cri d'enthousiasme et regagna la plage en courant. Ensemble, elles avaient découvert que les bras tractamorphiques de Haile faisaient d'elle le meilleur bâtisseur de châteaux de sable de l'univers. Sous la supervision de Jay, elles avaient édifié d'impressionnantes tours le long du rivage.

Haile sortit de l'eau dans une petite explosion d'écume.

Mieux. De nouveau bonheur chez toi.

— Chez toi aussi. Ione a promis de revenir pour regarder les mots.

C'est le plus grand bonheur quand nous jouons toutes les trois. Elle le sait.

Jay gloussa.

— Elle a rougi quand tu lui as dit ça. Heureusement que tu n'as pas dit « putain ».

Œnone, songea Ione. **Pourquoi ce nom m'est-il familier ?**

Atlantis.

Ah, oui !

Plus certaine interception dans le système de Puerto de Santa Maria. Les Forces spatiales de la Confédération nous ont envoyé un rapport complémentaire il y a un an.

Oh, bon sang, *oui* !

Le capitaine Syrinx souhaite te parler.

Ione s'assit dans la voiture du métro et commença à se sécher les cheveux.

Entendu.

La bande d'affinité s'élargit, permettant à Syrinx de transmettre son identité.

Capitaine, salua Ione.

Mes excuses pour cette précipitation, mais je dois vous informer qu'une escadre des Forces spatiales de la Confédération va arriver dans neuf minutes et trente secondes.

Je vois. Est-ce que Tranquillité est en danger ?

Non.

Que se passe-t-il, alors ?

Je transporte à mon bord l'amiral Meredith Saldana, commandant de cette escadre. Il vous prie de lui accorder un entretien afin qu'il puisse vous expliquer notre situation stratégique actuelle.

Entretien accordé. Bienvenue à Tranquillité.

Le capitaine disparut de la bande d'affinité.

Tu éveilles sa curiosité, déclara Tranquillité. **Sur ce point-là, ses émotions étaient fort éloquentes.**

J'éveille la curiosité de tout le monde.

Ione emprunta les sens externes de l'habitat pour observer l'espace local. Ils se trouvaient dans l'ombre de Mirchusko, et Choisya et Falsia flottaient juste au-dessus de l'horizon incurvé de la géante gazeuse. Il n'y avait guère de circulation en ce moment, exception faite de la flottille des gerfauts en patrouille. L'*Œnone* était le premier astronef à arriver dans le système depuis soixante-seize heures. Quelques VSM et quelques navettes continuaient de relier le spatioport contrarotatif au chapelet de stations industrielles en orbite autour de Tranquillité, mais leur nombre était nettement inférieur aux normes habituelles. L'éclat solitaire d'un fusiopropulseur s'élevait au-dessus de la boucle gris terne de l'Anneau Ruine, celui d'un tanker apportant à l'habitat une cargaison d'He_3 récoltée par la drague à nuages.

Programme l'arrivée de cette escadre dans les plates-formes DS, dit-elle. **Et avertis les gerfauts, nous ne voulons pas d'incidents.**

Naturellement.

Meredith Saldana. Ça fait deux visites familiales en moins d'un mois.

Je ne pense pas qu'il s'agisse d'une visite familiale.

Tu as probablement raison.

Ce soupçon fut malheureusement confirmé lorsque Syrinx et l'amiral furent introduits dans la chambre des audiences du palais De Beauvoir. Pendant qu'Ione écoutait Meredith Saldana expliquer la tactique qu'il se proposait d'adopter pour attaquer la flotte de Capone dans le système de Toi-Hoi, elle se sentit envahie par un flot de sentiments ambigus.

Je ne tiens pas à ce que nous participions à une campagne sur le front, confia-t-elle à Tranquillité.

Au risque d'être pédante, je dirais que nous sommes déjà engagés dans une campagne, même si ce n'est pas sur le front. Et l'éradication de la flotte de l'Organisation est une occasion à saisir sur le plan stratégique.

Donc, nous n'avons pas le choix ?

En effet.

Je persiste à croire que nous sommes trop importants pour courir un tel risque.

Mais nous ne craignons rien. Le lieu le plus sûr de la Confédération, rappelle-toi.

Espérons-le. Je n'aimerais pas mettre cette théorie à l'épreuve des faits, pas en ce moment.

Je ne vois pas ce qui nous y obligerait. Pas cette action, en tout cas. En fin de compte, nous ne serons qu'une base d'approvisionnement et un lieu de rendez-vous.

— Très bien, dit-elle à l'amiral. Je vous donne l'autorisation d'utiliser Tranquillité comme base de votre mission. Je veillerai à ce que vous receviez tout l'He_3 qui vous sera nécessaire.

— Merci, madame, dit Meredith.

— Ce qui me tracasse, c'est cette interdiction de vol que vous souhaitez imposer à tous les astronefs avant l'assaut, même si j'en comprends la logique. En ce moment, plus d'une vingtaine de gerfauts sont en train de déployer des satellites-capteurs sur l'orbite qu'occupait la planète des Laymils. C'est une tâche cruciale pour nos recherches. Je n'aimerais pas la voir compromise.

— Ils ne cesseront leurs opérations que pendant trois ou quatre jours au maximum, dit Syrinx. Notre programme est extrêmement serré. Une suspension aussi brève ne risque guère d'affecter vos recherches, n'est-ce pas ?

— Je vais les rappeler. Mais si vous êtes encore ici dans une semaine, je devrai revoir cette décision. Comme je l'ai dit, cela fait partie des efforts que nous déployons dans le but de trouver à la crise une solution globale. Ce qui n'est pas à prendre à la légère.

— Loin de nous cette idée, madame, croyez-moi, dit Meredith.

Elle le fixa, se demandant ce qui se passait derrière ces yeux bleus. Mais son regard demeurait impénétrable.

— Si je puis me permettre, je trouve fort ironique que, après toutes ces années, Tranquillité soit devenu si important aux yeux de la Confédération et du royaume, déclara-t-elle.

— Ironique ou agréable ? rétorqua l'amiral. Le hasard vous donne enfin la chance de justifier les actes de votre grand-père.

Sa voix était dénuée de toute trace d'humour, ce qui surprit Ione. Elle aurait cru qu'il lui manifesterait plus de sympathie que le prince Noton.

— Vous pensez que grand-père Michael était dans l'erreur ?

— Je pense qu'il a eu tort de poursuivre une entreprise si peu orthodoxe.

— Aux yeux de la famille, peut-être. Mais je vous assure que ce n'est pas le hasard qui nous a réunis. Cette situation prouvera qu'il a eu raison de mettre ses théories en pratique.

— Je vous souhaite tout le succès possible.

— Merci. Et, qui sait, peut-être réussirai-je un jour à gagner votre approbation.

Pour la première fois, il afficha un sourire bourru.

— Vous n'aimez pas avoir tort, n'est-ce pas, cousine Ione ?

— Je suis une Saldana.

— Cela au moins est évident.

— Et vous aussi. Je pense que peu d'amiraux de la Confédération s'en seraient aussi bien tirés que vous à Lalonde.

— Je ne m'en suis pas si bien tiré. J'ai assuré la survie de mon escadre ; à tout le moins de la majorité de ses éléments.

— Le premier devoir d'un officier de la Confédération est d'obéir aux ordres. Ensuite vient le salut de son équipage. C'est du moins ce que je crois. Comme vos ordres n'avaient pas prévu la nature de votre adversaire, je dirais que vous vous en êtes bien sorti.

— Lalonde était... difficile, lâcha-t-il.

— Oui. Grâce à Joshua Calvert, je sais tout ce qu'il y a à savoir sur Lalonde.

Syrinx, qui semblait de plus en plus gênée à mesure que les deux Saldana progressaient dans leur joute verbale, jeta un vif regard à Ione, arquant les sourcils en signe d'intérêt.

— Ah, oui, fit Meredith. Lagrange Calvert. Comment pourrait-on l'oublier ?

— Il est ici ? demanda Syrinx. Tranquillité est son port d'attache.

— Il est absent pour le moment, j'en ai peur, répondit Ione. Mais je l'attends d'un jour à l'autre.

— Bien.

Ione n'arrivait pas à déchiffrer l'attitude de l'Édéniste.

À ton avis, pourquoi s'intéresse-t-elle autant à Joshua ?

Je n'en ai aucune idée. Peut-être veut-elle lui boxer le nez suite à l'affaire de Puerto de Santa Maria.

J'en doute. C'est une Édéniste, ce n'est pas dans leurs habitudes. Tu ne crois quand même pas que Joshua et elle... ?

J'en doute. C'est une Édéniste, ce n'est pas dans leurs goûts.

Athéna ne souhaitait pas qu'il vienne à la maison. Cela troublerait trop les enfants, expliqua-t-elle. Mais tous deux savaient que c'était elle que cette idée mettait mal à l'aise ; le garder à distance était une façon pour elle d'ériger une barrière psychologique.

Elle porta donc son choix sur l'un des salons de réception de la calotte de l'habitat. Il n'y avait personne d'autre dans cet endroit spacieux lorsqu'elle y arriva, mais elle ne courait aucun risque de se tromper. Assise sur un sofa en face de la baie vitrée, la silhouette massive regardait les techniciens s'affairer autour des faucons juchés sur leurs plates-formes. Ces astronefs constituaient un escadron ayant pour mission d'assister le royaume de Kulu dans la libération de Mortonridge, et l'un d'eux allait bientôt le transporter sur Ombey.

Cela me manquait, dit-il sans se retourner. **Je pouvais observer les faucons grâce aux cellules sensitives, bien sûr, mais cela me manquait quand même. La perception de l'habitat ne transmet pas cette sensation d'urgence. Et mes**

émotions, même si elles n'étaient pas vraiment oblitérées, étaient moins colorées, moins intenses. Tu sais, j'ai bel et bien l'impression que je commence à m'exciter.

Elle se dirigea vers le sofa, l'esprit agité comme par de violentes secousses. La silhouette se leva, révélant sa taille, de plusieurs centimètres supérieure à la sienne. À l'instar des sergents de Tranquillité, il avait un exosquelette qui tirait sur le rouge, mais quarante pour cent de son corps étaient recouverts de packages nanoniques d'un vert criard. Il tendit ses deux mains et les retourna pour les examiner avec attention, ses yeux à peine visibles sous leurs arcades protectrices.

Je ne dois pas être beau à voir. Ils ont cloné tous les organes séparément puis les ont cousus ensemble. D'ordinaire, il faut quinze mois pour qu'un sergent atteigne sa taille optimale ; cela aurait été beaucoup trop long. On a donc monté une armée à la Frankenstein, dont les soldats ont été expédiés sur la chaîne de montage. Les nanos médicales devraient avoir achevé leur tâche avant notre arrivée sur Ombey.

Les épaules d'Athéna se voûtèrent, exprimant sa consternation.

Oh, Sinon, mais qu'as-tu ***fait*** **?**

Ce que je devais faire. Les sergents doivent être contrôlés par une conscience. Et comme il y avait tout un tas de personnalités individuelles disponibles...

Oui, mais pas toi !

Il fallait bien des volontaires.

Je ne voulais pas que tu en fasses partie.

Je ne suis qu'une copie, ma chérie, et une copie abrégée de surcroît. Ma véritable personnalité réside toujours dans la strate neurale, où elle est en sommeil pour le moment. Quand je reviendrai, ou si ce sergent est détruit, je regagnerai la multiplicité.

C'est monstrueux. Tu as eu ta vie. Ce fut une vie merveilleuse, riche et excitante, et pleine d'amour. Le transfert au sein de la multiplicité nous récompense de notre fidélité à notre culture, et nous devenons pour toujours un grand-père ou une grand-mère, pourvu de la plus grande famille de la création. Nous continuons d'aimer, nous devenons un élément de quelque chose qui nous est précieux à tous. (Elle leva les yeux vers ce qui était à présent le visage de Sinon et sentit trembler le sien.) **Nous ne revenons pas. Nous ne pou-**

vons pas revenir. C'est monstrueux, Sinon. C'est indigne d'un Édéniste.

Si nous n'aidons pas le royaume à libérer Mortonridge, peut-être n'y aura-t-il plus d'Édénistes.

Non ! Je refuse d'accepter cela. Je l'ai toujours refusé. Je crois Laton, même si je suis la seule. Je refuse de craindre l'au-delà comme un Adamiste imparfait.

Ce n'est pas l'au-delà qui doit nous inquiéter, ce sont ceux qui en sont revenus.

Je faisais partie de ceux qui se sont opposés à cette grotesque campagne de libération.

Je sais.

En acceptant d'y participer, nous nous ravalons au rang de bêtes. D'animaux sauvages ; c'est répugnant. L'homme est supérieur à la bête.

Rarement.

Tel était le but même de l'Édénisme : nous faire dépasser cet état primitif. À nous tous.

Le sergent tendit un bras vers elle, puis s'empressa de le retirer. La honte s'insinua sur la bande d'affinité.

Je suis navré. Je n'aurais pas dû te demander de venir. Je vois à quel point tu souffres de tout cela. Je voulais seulement te voir une dernière fois avec mes propres yeux.

Ce ne sont pas tes propres yeux ; et tu n'es même pas Sinon, pas vraiment. Je pense que c'est ce qui me révolte le plus dans toute cette histoire. L'au-delà ne s'est pas contenté de faire vaciller les religions adamistes, voilà qu'il entame à présent le concept même de transfert. À quoi ça sert ? Tu es ton âme, si tu es quelque chose. Les Kiints ont raison : les simulacres de personnalités ne sont rien d'autre qu'une bibliothèque mémorielle sophistiquée.

Les Kiints se trompent en ce qui nous concerne. La personnalité de l'habitat a une âme. Nos mémoires individuelles sont les graines de sa conscience. Plus nous sommes nombreux dans la multiplicité, plus son existence et son héritage s'enrichissent. L'existence de l'au-delà n'a pas ruiné notre culture. L'édénisme peut s'adapter, il peut apprendre et croître. Notre triomphe sera de sortir intacts de cette épreuve. Et c'est pour cela que je me bats, pour nous donner cette chance. Je sais que la libération de Mortonridge est une tromperie, nous le savons tous. Mais cela ne l'empêche pas d'avoir sa valeur.

Tu vas tuer des gens. Même si tu es prudent, même si tes intentions sont bonnes, ils mourront.

Oui. Ce n'est pas moi qui ai déclenché ce conflit, et ce n'est pas moi qui y mettrai un terme. Mais je dois y jouer mon rôle. Ne rien faire serait pécher par omission. Ce que nous allons accomplir à Mortonridge vous donnera peut-être un peu de répit.

À qui ?

À toi, au Consensus, aux chercheurs adamistes, aux prêtres même. Vous devez tous poursuivre vos efforts. Les Kiints ont trouvé le moyen d'affronter l'au-delà et de survivre. Donc, ce moyen existe.

Je ferai ce que je peux, c'est-à-dire pas grand-chose étant donné mon âge.

Ne te sous-estime pas.

Merci. Tu n'as pas tellement été abrégé, tu sais.

Certaines parties de moi-même sont des parties intégrantes. Cela considéré, j'ai un dernier service à te demander.

Je t'écoute.

J'aimerais que tu expliques ma décision à Syrinx. Je connais ma petite Si-lynx, elle va virer à la supernova quand elle apprendra que je me suis porté volontaire.

Je lui parlerai. Je ne sais pas si je pourrai le lui expliquer, mais...

Le sergent s'inclina autant que le lui permettaient ses packages médicaux.

Merci, Athéna.

Je ne peux pas te donner ma bénédiction. Mais prends soin de toi, je t'en supplie.

Il n'y aurait pas de grande fête cette fois-ci. Il régnait à Monterey une atmosphère plus sérieuse, moins triomphaliste. Mais Al décida néanmoins d'assister aux manœuvres de la flotte depuis la salle de bal du Hilton, et au diable la colère et le ressentiment que ce spectacle éveillait en lui. Planté devant la baie vitrée, il contemplait les astronefs rassemblés autour de l'astéroïde. Ils étaient plus de cent cinquante, les plus éloignés à peine aussi gros que des étoiles particulièrement brillantes. Leurs propulseurs ioniques crachaient des petits plumets de néon bleu pour se maintenir en position. VSM et navettes nageaient parmi eux pour leur livrer soldats et guêpes de combat.

Les mines furtives placées par les faucons de Yosemite avaient disparu, et l'espace était nettement moins agité autour de la Nouvelle-Californie. Et les astronefs bioteks qui espionnaient l'Organisation avaient de plus en plus de difficulté à rôder au-dessus des pôles de la planète.

Comme pour concrétiser ce changement stratégique, une harpie passa à vive allure près de la tour du Hilton, décrivant une trajectoire complexe pour éviter les vaisseaux adamistes stationnaires. C'était un gigantesque oiseau, aux yeux rouges et au bec vicieux, avec une envergure de cent quatre-vingts mètres.

Al se colla contre le verre pour le regarder voler autour de l'astéroïde.

— Vas-y, ma beauté ! hurla-t-il. Attaque ! Go !

Un petit nuage rose surgit de nulle part, signalant la destruction au maser d'un nouveau globe-espion. La harpie fit un looping pour saluer sa victoire, tendant ses rémiges pour capter les vents solaires.

— Ouaouh ! (Al s'écarta de la baie vitrée, un sourire magnanime aux lèvres.) C'est quelque chose, hein ?

— Ravie d'avoir pu honorer ma part du contrat, dit Kiera d'un ton posé.

— Après ça, vous aurez tous les corps frais qu'il vous faut pour Valisk, madame. Al Capone sait comment récompenser ses amis. Et vous êtes mon amie à présent, croyez-moi.

Un sourire serein éclaira brièvement le splendide visage juvénile de Kiera.

— Merci, Al.

Les lieutenants de l'Organisation qui se tenaient au fond de la salle de bal conservèrent une expression stoïque, mais leurs esprits palpitaient de jalousie. Al adorait ça : introduire un nouveau favori dans la cour et voir les vieux de la vieille se défoncer pour rester à la hauteur. Il jeta un regard en coin à Kiera ; elle portait un chemisier pourpre du genre vaporeux et un pantalon du genre moulant, et ses cheveux étaient apprêtés avec soin. Son visage était des plus séduisants, mais elle en contrôlait fermement les traits. Son esprit, toutefois, bouillonnait d'une soif de pouvoir qu'Al connaissait bien. Elle avait plus de classe que le commun des possédés, mais elle ne différait guère de lui.

— Comment ça se passe, Luigi ? beugla Al.

— Pas mal du tout, Al. Les équipages des harpies affirment qu'ils auront éliminé toutes les mines et tous les globes-espions dans trente-deux heures. On n'arrête pas de faire reculer ces saletés de faucons, ce qui veut dire qu'ils ne peuvent plus nous envoyer leur merde. Ils ne savent plus ce qu'on fait et ils ne peuvent plus nous frapper comme avant. Ça fait une sacrée différence. La flotte se forme dans d'excellentes conditions. C'est très bon pour le moral des troupes.

— Ravi de l'entendre.

Euphémisme. Pendant un temps, la catastrophe avait semblé imminente, avec les faucons qui lançaient leurs armes invisibles et les lieutenants en poste sur la planète qui abusaient de leur pouvoir pour se tailler un territoire. Bizarre, la façon dont tous les problèmes s'imbriquaient. Maintenant que les harpies étaient là, la situation dans l'espace s'améliorait d'heure en heure. Les équipages ne vivaient plus dans la terreur permanente des mines furtives, ce qui augmentait grandement leur efficacité et leur assurance. À la surface de la planète, les gens avaient senti cette évolution et décidé de regagner l'équipe. Le nombre de revendications descendait en flèche ; et les types que Leroy avait recrutés pour bosser sur les calculateurs électriques du Trésor disaient que la fraude se tassait – elle ne baissait pas, mais, merde, il ne fallait pas s'attendre à des miracles.

— Comment vous faites-vous obéir des harpies ? demanda Al.

— Je peux leur garantir des corps humains quand leur tâche sera achevée, répondit Kiera. Des corps qu'ils pourront intégrer directement sans avoir à passer par l'au-delà. Des corps très spéciaux, comme vous n'en avez pas.

— Hé ! (Al écarta les bras et souffla une bouffée de fumée.) Je ne cherchais pas à vous piquer votre racket, ma belle. Pas question. Vous avez une opération qui marche bien. Je la respecte.

— Bien.

— Nous devons négocier un nouvel escadron. Je veux dire, entre nous, je suis dans la merde à Arnstadt – pardonnez mon langage. Ces saletés de faucons abattent deux de mes astronefs chaque jour. Il faut faire quelque chose.

Kiera se fendit d'une moue qui ne l'engageait à rien.

— Et cette flotte ? Vous n'aurez pas besoin d'un escadron pour la protéger dans le système de Toi-Hoi ?

Al n'avait pas besoin de consulter Luigi sur ce point, il sentait l'appétit qui habitait le commandant de la flotte.

— Maintenant que vous le dites, ce serait peut-être une bonne idée.

— Je vais regarder ça, dit Kiera. Un nouveau groupe de harpies devrait regagner Valisk aujourd'hui. Si je leur envoie un messager tout de suite, elles pourront être ici en moins de vingt-quatre heures.

— Ça me paraît formidable, ma belle.

Kiera attrapa son talkie-walkie et déploya sa longue antenne de chrome.

— Magahi, veux-tu revenir sur la corniche de Monterey, s'il te plaît.

— Roger, répondit une voix grésillante. Donne-moi vingt minutes.

Al s'aperçut que Kiera semblait extraordinairement satisfaite. Elle était persuadée d'avoir remporté une bataille.

— Vous ne pouvez pas dire à Magahi de retourner directement à l'habitat ? s'enquit-il d'un ton détaché.

Kiera se fendit d'un sourire des plus gracieux. Le sourire prometteur par lequel elle avait conclu son fameux enregistrement.

— Je ne crois pas. Je courrais un gros risque en lui donnant l'ordre par radio ; après tout, il y a encore quelques globes-espions dans les parages. Je ne veux pas que les Édénistes apprennent que Magahi va escorter un convoi de frégates.

— Quel convoi de frégates ?

— Celui qui va transporter à Valisk la première livraison de guêpes de combat à l'antimatière. C'était votre part du marché, Al, n'est-ce pas ?

La salope ! Le cigare d'Al s'était éteint. D'après Emmet, leur stock d'antimatière était presque épuisé, et la flotte en avait besoin jusqu'au dernier gramme pour garantir la victoire à Toi-Hoi. Il se tourna vers Leroy, puis vers Luigi. Ni l'un ni l'autre ne pouvaient le dégager de cette impasse.

— Bien sûr, Kiera. On va mettre ça sur pied.

— Merci, Al.

Une salope et une dure à cuire. Al ne savait pas s'il devait la respecter ou non. Il n'avait pas besoin de nouvelles complications en ce moment. Mais il était ravi qu'elle ait choisi de se ranger dans son camp.

Il jeta un nouveau regard en coin à son corps. Qui sait ? On pourrait devenir des alliés très proches. Sauf que Jez me tuerait pour de bon...

Les gigantesques portes de la salle de bal s'ouvrirent sur Patricia Mangano, qui était accompagnée d'un type qu'Al n'avait jamais vu jusqu'ici. Un possédé qui trottinait sur ses talons tout en veillant à rester à une distance respectueuse. À en juger par ses pensées agitées, il venait tout juste de pénétrer dans son nouveau corps.

Il aperçut Al et tenta de reprendre un peu d'aplomb. Puis ses yeux se dardèrent sur la baie vitrée. Toute autodiscipline le déserta.

— Bordel de merde, murmura-t-il. C'était donc vrai. Vous allez envahir Toi-Hoi.

— Qui est ce connard ? demanda Al à Patricia.

— Il s'appelle Perez, répondit-elle posément. Et il faut que tu l'écoutes.

Si quelqu'un d'autre lui avait parlé sur ce ton, il l'aurait réduit en poussière. Mais il avait une confiance absolue en Patricia.

— Tu rigoles ?

— Réfléchis à ce qu'il vient de dire, Al.

Al s'exécuta.

— Comment étais-tu au courant pour Toi-Hoi ? interrogea-t-il.

— C'est Khanna ! Je l'ai appris de Khanna. Elle m'a dit de vous le dire. Elle a dit que l'un de nous devait aller vous voir. Puis elle m'a tué. Elle nous a tous tués. Non, pas tués, exécutés, voilà ce qu'elle a fait. Bang, bang, bang avec le feu blanc. En plein dans la cervelle. L'ordure ! Je n'étais de retour que depuis cinq minutes. Cinq minutes, bordel !

— Qui t'a dit tout ça, mon vieux ? Qui est cette femme à qui tu en veux ?

— Jacqueline Couteur. Ça s'est passé à Trafalgar. Les Forces spatiales de la Confédération l'avaient enfermée dans le piège à démons. J'espère qu'elle y pourrira. La salope !

Patricia se fendit d'un sourire suffisant, et Al s'inclina à contrecœur. Il passa un bras autour des épaules tremblantes de Perez et lui offrit un havane.

— Okay, Perez. Tu as ma parole, la parole d'Al Capone, la monnaie la plus solide de toute la galaxie, que personne ici ne va te renvoyer dans l'au-delà. Maintenant, tu veux bien me raconter ton histoire en commençant par le commencement ?

13.

La Terre.

Une planète dont l'écologie était ruinée de façon irrémédiable ; le prix à payer pour devenir la plus grande puissance industrielle et économique de la Confédération. Surpeuplée, antique, décadente, formidable. C'était sans conteste le cœur impérial du domaine humain.

C'était aussi sa patrie.

Quinn Dexter admira les images qui s'affichaient sur les holoécrans de la passerelle. Cette fois-ci, il pouvait les savourer en prenant tout son temps. Le PC de la Défense stratégique du Gouvcentral avait accepté leur code d'authentification émis par Nyvan. Aux yeux des autorités, le *Mont Delta* était un astronef inoffensif dépêché par un gouvernement provincial pour acheter des composants destinés à la défense.

— Le contrôle spatial nous a donné un vecteur, dit Dwyer. Nous avons l'autorisation d'accoster à la station de la tour Supra-Brésil.

— Bien. Tu y arriveras ?

— Je le pense. Ce sera dur, on va devoir contourner le Halo et adopter une trajectoire serrée, mais je dois pouvoir me débrouiller.

Quinn lui fit signe de poursuivre d'un hochement de tête. Dwyer n'avait cessé de l'emmerder durant tout le voyage, se plaignant de la difficulté des tâches qu'il devait accomplir, et que l'ordinateur de bord exécutait sans le moindre problème. De toute évidence, il ne reculait devant rien pour avoir l'air indispensable. D'un autre côté, Quinn était conscient de l'effet qu'il avait sur ses semblables, ça faisait partie du jeu.

Dwyer s'affaira à communiquer avec l'ordinateur de bord. Une multitude d'icônes apparut sur les écrans de la console. Huit minutes plus tard, la frégate se mettait en branle, accélérant à un huitième de g pour faire le tour du Halo O'Neill.

— Est-ce qu'on commence par descendre sur la planète ? s'enquit Dwyer, qui devenait de plus en plus agité, par contraste avec la sérénité de Quinn. Je me demandais si tu ne voulais pas t'emparer d'un astéroïde.

— M'emparer ? répéta Quinn d'une voix distraite.

— Ouais. Leur apporter la bonne parole du Frère de Dieu. Comme on l'a fait sur Jesup et sur les trois autres.

— Non, je ne pense pas. La Terre n'est pas aussi arriérée que Nyvan, il sera moins simple d'y faire venir la Nuit. Elle doit être corrompue de l'intérieur. Les sectes m'aideront à y parvenir. Une fois que je leur aurai montré ce que je suis devenu, elles m'accueilleront avec joie en leur sein. Et, bien entendu, mon amie Banneth est là-bas. Le Frère de Dieu comprendra.

— Entendu, Quinn, c'est bon. Comme tu voudras.

La console de communication émit un *bip* pour attirer son attention, et il se concentra dessus. Sur son écran défila un texte qui ne fit qu'accroître son inquiétude.

— Bon sang, Quinn, tu as vu ça ?

— Le Frère de Dieu m'a comblé de nombreux dons, mais la voyance n'en fait pas partie.

— Ce sont les procédures de clairance que nous devons exécuter après l'accostage. La sécurité du Gouvcentral veut vérifier qu'il n'y a pas de possédés à bord.

— Rien à foutre.

— Quinn !

— J'espère sincèrement que tu ne remets pas mon autorité en question, Dwyer.

— Putain, non, Quinn. Tu es le chef, tu le sais bien.

Dwyer semblait au bord de l'hystérie.

— Ravi de l'entendre.

La tour orbitale brésilienne jaillissait depuis le cœur même du continent sud-américain sur une hauteur de cinquante-cinq mille kilomètres. Quand elle se trouvait dans l'ombre de la Terre, ce qui était le cas lorsque le *Mont Delta* se prépara à l'accoster, elle était invisible aux capteurs visuels. Mais dans d'autres longueurs d'onde électromagnétiques, dans le spectre magnétique en particulier, elle était *étincelante*. Un mince fil doré d'une longueur impossible, parcouru de minuscules particules écarlates filant à grande vitesse.

Il y avait deux astéroïdes attachés à cette tour. Supra-Brésil, qui lui servait d'ancre, était en orbite géostationnaire à trente-six mille kilomètres d'altitude, et c'était là qu'on avait extrait le carbone et la silicone nécessaires à la construction de la tour. Le second astéroïde était placé au sommet de celle-ci, et sa masse assurait la stabilité du point d'ancrage tout en compensant les oscillations harmoniques causées par le mouvement des capsules de transit.

Comme Supra-Brésil était la seule section de la tour à être effectivement en orbite, c'était le seul endroit où les vaisseaux pouvaient accoster. Contrairement à une colonie-astéroïde ordinaire, ce morceau de roche ne tournait pas sur lui-même et ne contenait aucune biosphère. La tour, d'un diamètre de trois cents mètres, le traversait en son centre ; son pourtour parfaitement circulaire était d'un noir de jais. Autour de sa partie inférieure, qui descendait jusqu'à la Terre, étaient positionnés vingt-cinq rails magnétiques, sur lesquels les capsules de transit transportaient chaque jour plusieurs dizaines de milliers de passagers et jusqu'à cent mille tonnes de marchandise. Sur le segment supérieur, qui s'étendait jusqu'au second astéroïde, on ne trouvait qu'un seul rail, emprunté à peine une fois par mois par les mécanoïdes de maintenance chargés d'inspecter les autres sections.

La surface de l'astéroïde était recouverte de baies d'accostage et des équipements standard d'un spatioport. Après trois cent quatre-vingt-six ans d'exploitation continue et d'expansion régulière, on n'y trouvait même pas un mètre carré de roche inoccupée.

En dépit de la quarantaine décrétée par la Confédération, plus de six mille vaisseaux utilisaient chaque jour les services de l'astéroïde, la majorité en provenance du Halo O'Neill. Ils approchaient le port en se positionnant devant lui, formant un long ruban descendant des orbites hautes. Leurs balises et leurs propulseurs secondaires dessinaient une cataracte de lumière lorsqu'ils empruntaient le réseau complexe des couloirs spatiaux un kilomètre au-dessus de la surface et rejoignaient les baies qui leur avaient été affectées. Les vaisseaux en partance formaient une structure en hélice également intriquée comme ils s'élevaient vers une orbite haute.

Le *Mont Delta* s'inséra dans son couloir spatial, glissant autour du périmètre de la tour pour se poser dans une vallée bordée de pyramides d'échangeurs thermiques, de réservoirs et de panneaux, trois fois plus grandes que leurs modèles égyptiens. Lorsque le berceau l'eut fait descendre au fond de la baie, un chapelet de lumières apparut sur le pourtour de celle-ci, illuminant chaque centimètre carré de la coque. Des silhouettes en armure spatiale noire étaient suspendues aux parois de la baie, prêtes à intercepter quiconque tenterait de quitter clandestinement le vaisseau.

— Et maintenant ? demanda Quinn.

— Nous devons accorder au service de sécurité un accès total à notre ordinateur de bord. Ils vont faire tourner un diagnostic complet pour s'assurer que l'astronef ne souffre d'aucune avarie inexplicable. En même temps, ils nous observeront avec les capteurs internes. Une fois qu'ils auront terminé leurs vérifications, nous pourrons sortir dans la baie. Nous devrons subir toute une série de tests, y compris un examen approfondi de nos naneuroniques. Nous n'avons *pas* de naneuroniques, Quinn, et les astros s'en font toujours installer. Toujours !

— Je vais m'occuper de ça, je te l'ai dit, répliqua la voix caverneuse de Quinn à l'abri de son capuchon. Autre chose ?

Dwyer jeta un regard consterné à ses écrans.

— Une fois que nous aurons été examinés, ils nous placeront dans une zone sécurisée pendant qu'une équipe armée fouillera le vaisseau. Cela fait, nous aurons le droit de sortir.

— Je suis impressionné.

La console de communication affichait une demande du service de sécurité, qui souhaitait accéder à l'ordinateur de bord.

— Qu'est-ce qu'on va faire ? glapit Dwyer. On ne peut ni s'enfuir ni leur obéir. On est coincés ici. Ils vont nous attaquer. Ils ont des armes contre lesquelles on ne peut rien. Ou alors, ils vont arracher la coque du module et nous faire subir une décompression. Ou nous électrocuter avec...

— Tu es coincé.

La voix de Quinn n'était qu'un murmure, mais elle stoppa la tirade de Dwyer.

— Tu ne peux pas faire ça ! J'ai fait tout ce que tu me demandais, Quinn. Tout ! Je te suis loyal. Je t'ai toujours été loyal, bordel !

Quinn tendit un bras, et un index blafard émergea de sa manche noire.

Dwyer leva ses deux mains. Le feu blanc jaillit de ses paumes pour frapper cette incarnation de la Mort en robe noire. Les consoles de la passerelle se mirent à clignoter tandis que des vrilles de feu blanc rebondissaient sur Quinn, zébrant l'air pour se décharger ensuite dans les sièges et l'équipement.

— C'est fini ? demanda Quinn.

Dwyer sanglotait.

— Tu es un faible. Ça me plaît. Ça veut dire que tu me serviras bien. Je te retrouverai pour t'employer à nouveau.

Dwyer évacua son corps d'emprunt juste avant que la première vague de souffrance ne déferle sur son échine.

Les membres de l'équipe de sécurité affectée au *Mont Delta* comprirent que quelque chose clochait dès que l'astronef eut accosté. Ses télétransmissions étaient fréquemment interrompues pendant plusieurs secondes d'affilée. Lorsque l'officier responsable de la baie tenta de contacter le capitaine, il ne reçut aucune réponse. L'alerte de niveau un fut déclenchée.

La baie et ses environs immédiats furent scellés et isolés du reste de Supra-Brésil. Un peloton de soldats et un groupe de techniciens furent envoyés dans la baie pour renforcer l'équipe déjà en place. Une liaison fut ouverte avec un panel de conseillers composé d'officiers supérieurs du Directoire de la sécurité intérieure du Gouvcentral et des forces de la Défense stratégique.

Quatre minutes après l'arrivée du clipper, ses télétransmissions étaient revenues à la normale, mais son capitaine comme son équipage restaient toujours muets. Le panel de conseillers autorisa l'équipe d'intervention à passer à la deuxième phase.

Un câble ombilical de transport de données fut branché sur la coque de l'astronef. Les ordinateurs de décryptage les plus puissants dont disposait le DSIG furent mis en ligne et entreprirent de craquer les codes d'accès de l'ordinateur de bord ; cela leur prit moins de trente secondes. La nature des processeurs et des programmes de la passerelle devint évidente : ils avaient été altérés pour être utilisés par des possédés. Les capteurs relayèrent presque simultanément des images provenant de l'intérieur du module de vie. Celui-ci était désert. Cependant, on y releva une anomalie dont l'origine n'était pas immédiatement apparente. Une épaisse substance rouge recouvrait la moindre surface de la passerelle. Puis un globe oculaire passa dans le champ d'un capteur, et ce mystère fut résolu... en faveur d'un paradoxe encore plus grand. Le sang ne s'était pas encore coagulé. Quelqu'un ou quelque chose avait massacré l'astro à peine quelques minutes plus tôt. Le DSIG ne pouvait pas se permettre d'ignorer une telle menace : si les possédés avaient élaboré une nouvelle stratégie d'invasion, elle devait faire l'objet d'une enquête.

Un boyau-sas se déploya depuis la paroi de la baie. Après

s'être armés de grenades chimiques à fragmentation et de pistolets mitrailleurs, cinq combattants du DSIG s'avancèrent vers le module de vie. Chacun d'eux croisa un petit courant d'air glacial lors de sa progression, à peine perceptible à travers leur armure.

Une fois à l'intérieur, ils ouvrirent toutes les armoires et tous les placards en quête des autres membres d'équipage. Ils n'en trouvèrent aucun. L'ordinateur de bord leur confirma que personne n'était là pour consommer l'atmosphère.

On envoya une équipe d'ingénieurs portuaires démonter le module de vie. Il lui fallut six heures pour en extraire tous les éléments, y compris le revêtement des ponts. Le panel de conseillers se retrouva avec une sphère évidée de sept mètres de diamètre, d'où dépassaient des câbles et des cordons tranchés. Un examen méticuleux des archives de l'ordinateur de bord, de la consommation d'énergie, des interfaces de commandement, de la dépense en carburant et de l'utilisation de l'équipement permit de conclure que deux personnes s'étaient trouvées à bord du *Mont Delta* lors de son arrivée. Mais une analyse ADN du sang et des chairs maculant la passerelle prouva qu'ils provenaient d'un seul individu.

On désactiva le *Mont Delta* et on vida ses réservoirs cryogéniques. Puis, lentement et méthodiquement, on entreprit de disséquer l'astronef, de son armature à ses générateurs de fusion et jusqu'à ses nœuds ergostructurants. Aucun élément d'un volume supérieur à un mètre cube ne demeura intact.

Les médias, bien entendu, eurent tôt fait d'apprendre l'existence de « l'astronef fantôme » venu de Nyvan, et les journalistes affluèrent autour de la baie, exigeant des informations et les monnayant parfois auprès des fonctionnaires de la sécurité disposés à se laisser corrompre. Ils obtinrent bientôt le plus légalement du monde un accès à l'un des capteurs de la baie, grâce à deux juges dont les mobiles étaient tout sauf idéalistes. Dans les arches de la Terre, plusieurs dizaines de millions de personnes bénéficièrent d'un accès direct à l'enquête en cours, observant les mécanoïdes en train de réduire l'astronef en pièces détachées et attendant avec impatience la capture d'un possédé.

Quinn ne vit aucune raison de rester dans le lugubre domaine des fantômes une fois qu'il eut franchi sans se faire remarquer tous les contrôle de sécurité ; il se rematérialisa et s'assit dans un luxueux fauteuil à contours actifs du salon Classe royale. Il se trouvait près d'une baie vitrée, ce qui lui permit de regarder l'aube se lever sur l'Amérique du Sud pendant qu'il descendait vers la surface de la planète à une vitesse de trois mille kilomètres à l'heure. Avec son visage tendu et aquilin, son costume de soie bleue aussi strict que coûteux, il était l'image parfaite de l'homme d'affaires aristocratique.

Il passa le dernier quart du trajet à siroter les Larmes de Norfolk offertes par la compagnie, qu'une hôtesse lui servait à volonté, jetant de temps à autre un coup d'œil au projecteur AV placé au-dessus du bar. Les médias terriens se mettaient en quatre pour le tenir au courant des recherches effectuées sur les restes disséqués du *Mont Delta*. Si les autres passagers se demandaient pourquoi il lui arrivait parfois de glousser ou de renifler de mépris, l'obsession terrienne pour le respect de la vie privée leur interdisait de lui demander des détails.

Jed passa le plus clair du voyage dans le salon du *Mindor*, assis à même le parquet en pin, à contempler le firmament. Jamais de toute sa vie il ne s'était senti aussi comblé. Les étoiles étaient splendides vues ainsi et, de temps à autre, la harpie sautait dans un trou-de-ver. C'était excitant, même s'il n'y avait pas grand-chose à voir, rien qu'un genre de brume gris foncé aux volutes un peu floues. À l'impression d'invulnérabilité que lui apportait la harpie qui l'abritait s'ajoutait l'anticipation de son arrivée à Valisk, qui n'avait jamais été aussi forte.

J'ai réussi. Pour la première fois de ma vie, je me suis fixé un but précis et je l'ai atteint. Face à des obstacles plutôt méchants, en plus. Moi et les autres enfants de nulle part, on va aller sur Valisk. Et voir Kiera.

Il avait apporté l'enregistrement édité par ses soins, mais il n'en avait plus besoin. Chaque fois qu'il fermait les yeux, il revoyait son sourire, ses lourds cheveux noirs tombant sur ses épaules, ses joues parfaitement rondes. Elle le féliciterait personnellement à leur arrivée. Forcément, puisque c'était lui le chef. Donc, sans doute discuteraient-ils ensemble, car elle voudrait savoir s'ils avaient rencontré des difficultés pour la rejoindre, s'ils avaient dû se battre. Elle serait compatissante, car telle était sa nature. Et peut-être que...

Gari et Navar firent irruption dans le salon en riant de concert. Elles avaient dû faire une trêve en embarquant sur la harpie. Un bon présage, quoique insignifiant, songea Jed ; les choses allaient de mieux en mieux.

— Qu'est-ce que tu fais ? demanda Gari.

Il lui sourit et désigna la baie vitrée bordée de cuivre.

— Je regarde. Et vous deux, qu'est-ce que vous faites ?

— On venait te voir. On vient de parler à Choi-Ho. Elle dit que c'est le dernier saut avant d'arriver à Valisk. Plus qu'une heure, Jed !

Son visage rayonnait de joie.

— Ouais, plus qu'une heure.

Il jeta un nouveau coup d'œil à la brume grise. D'un instant à l'autre, ils allaient regagner l'espace normal. Puis il se rendit compte que Beth n'était pas là pour assister à leur triomphe.

— Je reviens dans une minute, dit-il aux deux fillettes.

Il y avait foule à bord du *Mindor*. Vingt-cinq Nocturnes supplémentaires avaient embarqué dans le système de Kabwe. Tout le monde avait dû partager sa cabine. Il se dirigea vers l'extrémité du corridor principal, où l'éclairage était moins intense.

— Beth ? (Il toqua pour la forme à la porte de sa cabine, puis en tourna le loquet.) Viens, ma vieille, on est presque arrivés. Tu vas rater le...

Les deux vestes et les bottes à lacets de Beth gisaient sur le sol, comme si elle les y avait jetées. Beth elle-même était allongée sur le lit en train de s'étirer, écartant les cheveux de son visage pour poser sur lui des yeux bouffis de sommeil. Gerald Skibbow était couché près d'elle et dormait comme un loir.

Jed se retrouva paralysé par l'indignation et la colère.

— Qu'est-ce qu'il y a ? grommela Beth.

Jed n'en croyait pas ses yeux ; elle ne semblait nullement se sentir coupable. Skibbow était assez vieux pour être son grand-père, bordel ! Il lui jeta un regard noir, puis sortit en claquant la porte.

Beth fixa celle-ci tandis que ses idées s'éclaircissaient peu à peu.

— Oh, bon Dieu, c'est pas vrai ! gémit-elle.

Jed n'était pas stupide à ce point. N'est-ce pas ? Elle extirpa ses jambes de sous la couverture, prenant soin de ne pas réveiller Gerald. Il lui avait fallu des heures avant de réussir à l'endormir. Elle l'avait serré dans ses bras, elle l'avait rassuré.

En dépit de ses efforts, elle fit bouger la couverture. Son tissu semblait collé à celui de son jean, et son sweat-shirt s'était entortillé autour de son torse, ce qui entravait ses mouvements.

Gerald Skibbow se réveilla en poussant un cri et jeta autour de lui des regards paniqués.

— Où sommes-nous ?

— Je n'en sais rien, Gerald, dit-elle en s'efforçant au calme.

Je vais me renseigner, et puis je vous apporterai un petit déjeuner. D'accord, mon pote ?

— Oui. Euh... je crois.

— Allez prendre une douche. Je m'occuperai du reste.

Beth laça ses bottes, puis ramassa l'une de ses vestes. Avant de sortir de la cabine, elle en tapota la poche intérieure pour s'assurer que le brouilleur neural était toujours là.

Rocio Condra sentit les faucons qui l'attendaient avant même d'avoir commencé à émerger du terminus de trou-de-ver. Ils étaient sept en train de tourner autour du point où il s'était attendu à trouver Valisk.

Le terminus se referma derrière lui et il déploya ses ailes, sentant les courants d'ions solaires en effleurer les plumes. Il se contenta de glisser le long de son orbite pendant qu'il cherchait à comprendre. Sa confusion était presque totale. Il crut tout d'abord qu'il n'avait pas émergé au-dessus de la bonne géante gazeuse, hypothèse pourtant des plus improbables. Mais non, c'était bien Opuntia, ses lunes étaient très reconnaissables. Il percevait même la masse des stations industrielles en ruine, aux coordonnées qui étaient les leurs. Il ne manquait que l'habitat lui-même.

Qu'est-il arrivé à Valisk ? demanda-t-il à ses ennemis jurés. **Est-ce que vous l'avez détruit ?**

Bien sûr que non, répondit l'un des faucons. **Il n'y a pas de débris. Tu dois sûrement le percevoir.**

Oui. Mais je ne comprends pas.

Rubra et Dariat ont enfin résolu leur différend pour fusionner ensemble. La totalité de la strate neurale a été possédée, ce qui a créé un gigantesque effet de rupture dans le réel. Valisk a quitté cet univers en emportant tous ses occupants avec lui.

Non !

Je dis la vérité.

Mon corps était là-dedans.

Alors même qu'il protestait, il comprit que cela lui était indifférent. Les événements lui imposaient une décision qu'il s'était préparé à prendre. Il laissa l'énergie couler à travers ses cellules ergostructurantes, exerçant une pression sur un point donné de l'espace.

Attends, appela le faucon. **Tu n'as nulle part où aller. Nous pouvons t'aider, nous voulons t'aider.**

Moi, rejoindre votre culture ? Je ne le pense pas.

Il te faut des fluides nutritifs pour te sustenter. Même les possédés doivent manger, tu le sais bien. Et seul un habitat peut te fournir les fluides appropriés.

Une colonie-astéroïde aussi.

Mais combien de temps les produira-t-elle une fois qu'elle aura été conquise ? Tu sais que les possédés ne se soucient pas de telles questions.

Sauf un.

Capone ? Il t'enverra sur le front pour gagner ta nourriture. Combien de temps tiendras-tu ? Deux batailles ? Trois ? Tu seras en sécurité avec nous.

Je peux accomplir d'autres tâches.

Dans quel but ? Maintenant que Valisk a disparu, tu n'as plus de corps humain qui t'attend. Ils ne peuvent que te proposer des menaces et non des récompenses.

Comment sais-tu ce qu'on nous a promis ?

Grâce à Dariat ; il nous a tout dit. Rejoins-nous. Ton assistance serait inestimable.

Pour quoi faire ?

Pour trouver une solution globale à cette crise.

J'en ai trouvé une pour moi.

L'énergie envahit les cellules, déclenchant l'ouverture d'un interstice. La non-longueur du trou-de-ver se creusa pour accueillir sa masse.

Notre offre tient toujours, proclama le faucon. **Réfléchis. Reviens nous voir quand tu voudras.**

Rocio Condra referma l'interstice derrière sa queue. Son esprit localisa instantanément les coordonnées de la Nouvelle-Californie dans la mémoire infaillible du *Mindor*. Il allait examiner les propositions de Capone avant de prendre une décision. Et les autres harpies seraient là-bas ; quel que soit leur choix ultime, elles le feraient ensemble.

Après qu'il eut expliqué la situation à Choi-Ho et à Maxim Payne, ils décidèrent de concert de ne pas révéler aux Nocturnes que leur rêve illusoire s'était brisé.

Jay défit l'emballage isolant en feuille dorée de sa glace au chocolat et aux amandes ; c'était sa cinquième de la matinée. Ravie, elle s'allongea sur sa serviette de bain et entreprit de lécher les éclats d'amande avec gourmandise. La plage était un endroit vraiment adorable, et la présence de sa nouvelle amie le rendait parfait.

— Tu es sûre que tu n'en veux pas une ? demanda-t-elle.

Le sable chaud était jonché de sucreries ; ce matin, elle avait fait le plein de son sac avant de quitter l'aile pédiatrique.

Non, beaucoup de mercis, dit Haile. **Le froid me fait éternuer. Le chocolat a goût de sucre brut avec plein d'acide.**

Gloussement de Jay.

— Que tu es bête ! Tout le monde aime le chocolat.

Pas moi.

Elle mordit dans la glace à pleines dents et laissa fondre le morceau sur sa langue.

— Qu'est-ce que tu aimes ?

Le citron est acceptable. Mais je tète encore mon parent.

— Oh, c'est vrai. Je n'arrête pas d'oublier que tu es toute jeune. Tu mangeras des trucs solides quand tu seras plus grande ?

Oui. Dans de nombreux mois.

Jay sourit en percevant l'impatience portée par la voix mentale. Elle aussi était souvent irritée par les règles édictées par sa mère, toutes ces restrictions conçues pour la priver de plaisir.

— Est-ce que tes parents aiment bien manger le soir comme ça se fait chez nous ? Est-ce qu'il y a des restaurants kiints ?

Pas ici dans le tout-autour. Je ne sais pas ce qu'il y a sur notre planète.

— J'adorerais visiter votre planète. Ça doit être super, comme les arches mais propre et brillant, avec des gigantesques tours qui touchent le ciel. Vous êtes si avancés.

Certains de nos mondes sont ainsi, dit Haile avec une hésitation prudente. **Je crois. Je n'ai pas encore commencé l'apprentissage espèce-histoire-cosmologie.**

— Ce n'est pas grave. (Jay acheva sa glace.) Hmm, c'est bon, fit-elle, la bouche pleine. Je n'ai pas mangé une seule glace sur Lalonde. Imagine un peu !

Tu devrais ingérer des substances alimentaires équilibrées. Ione Saldana dit que l'abus de sucre est mauvais pour la santé. Exactitude ?

— Elle se trompe complètement. (Jay se leva et jeta le bâtonnet dans son sac.) Oh, Haile, c'est merveilleux !

Elle se leva vivement et courut vers le bébé kiint. Les bras tractamorphiques de Haile se retiraient du château de sable, évoquant un nid de serpents réveillés en sursaut. Elle avait édifié une tour centrale de deux mètres cinquante de haut, entourée de cinq pinacles assortis, reliés les uns aux autres par des ponts arqués aux formes féeriques. Il y avait aussi des tourelles jaillissant de leurs flancs suivant des angles incongrus, des anneaux de fenêtres faites de coquillages et un mur d'enceinte entouré de profondes douves.

— C'est le plus beau que tu aies fait.

Jay caressa la crête faciale qui surplombait les évents de la Kiint. Haile eut un frisson de gratitude et tourna ses yeux violets vers la fillette.

J'aime, beaucoup.

— On devrait construire quelque chose de ton histoire, proposa généreusement Jay.

Je n'ai pas de complexité à contribuer, rien que nos dômes, répondit tristement la Kiint. **Notre passé ne m'est pas accessible. Je dois grandir beaucoup avant d'être prête à l'accepter.**

Jay passa ses bras autour du cou de Haile, se pressant contre son flanc blanc et souple.

— Ce n'est pas grave. Il y a plein de choses que maman et le père Horst n'ont pas voulu me dire.

Grand regret. Faible patience.

— Dommage. Mais le château a l'air formidable maintenant qu'il est fini. Si seulement on pouvait fixer des drapeaux dessus. Je verrai ce que je peux dénicher demain.

Demain, le sable sera sec. Le haut du château s'effritera, et nous devrons recommencer.

Jay considéra la série de tas de sable informes qui longeait à présent le rivage. Chacun d'eux était associé à un souvenir de joie et de bonheur à nul autre pareil.

— Mais enfin, Haile, c'est le but du jeu. C'est encore mieux quand il y a une marée, on peut voir si on a bâti un château vraiment solide.

Beaucoup d'activités humaines sont essentiellement futiles. Je pense ne jamais vraiment vous connaître.

— Nous sommes des gens tout simples. Nous apprenons toujours de nos erreurs, c'est ce que dit maman. Parce qu'elles nous font très mal.

Grande étrangeté.

— J'ai une idée ; demain, on essaiera de construire une tour tyrathca. C'est joli et c'est autre chose. Je sais à quoi elles ressemblent, Kelly m'en a montré. (Elle se planta devant le château, les poings sur les hanches, et le regarda avec affection.) Dommage qu'on ne puisse pas construire leur autel pour le Dieu endormi, il ne tiendrait jamais debout avec du sable.

Question : autel du Dieu endormi ? Autel ?

— C'était une sorte de temple où on ne pouvait pas entrer. Tous les Tyrathcas de Lalonde étaient assis autour de lui et l'adoraient en chantant des hymnes. Il avait une forme comme ça, vraiment compliquée. (Elle agita les mains devant la Kiint, traçant des formes grossières.) Tu vois ?

Manque de perception. Adoration comme vos rituels en faveur de Jésus le Christ ?

— Euh... je crois. Sauf que leur Dieu n'est pas notre Dieu. Le leur dort quelque part, très loin dans l'espace ; le nôtre est partout. C'est ce que dit le père Horst.

Question : il y a deux Dieux ?

— Je ne sais pas, dit Jay, regrettant amèrement d'avoir abordé le sujet. Les humains ont plusieurs Dieux, de toute façon. La religion, c'est un truc bizarre, en particulier quand on commence à y réfléchir. Au début, on est censé y croire dur comme fer. Puis, quand on vieillit, ça devient de la théologie.

Question : théologie ?

— La religion pour les grands. Écoute, vous n'avez pas de Dieu ?

Je questionnerai mes parents.

— Bien ; ils t'expliqueront tout ça beaucoup mieux que moi. Allez, on va se débarrasser de tout ce sable, comme ça tu pourras me porter et on va courir sur la plage.

Grande joie.

L'aéro à propulsion ionique de la Flotte royale filait au-dessus de la côte occidentale de Mortonridge, son nez luisant pointé droit sur le soleil levant. Dix kilomètres plus au sud, le nuage rouge formait une masse solide qui barrait l'horizon. Ralph Hiltch le jugea plus épais que dans son souvenir. Aucune des montagnes formant la chaîne centrale de la péninsule n'en émergeait ; il les avait toutes englouties.

Sa surface était aussi calme que celle d'un lac caressé par l'aurore. Ce n'était qu'en s'approchant de sa bordure, le long de la ligne de démarcation, qu'on apercevait les premiers signes d'agitation, la frontière proprement dite étant la proie d'une véritable tempête, le nuage se dissociant en courants tourmentés. Ralph avait la sinistre impression que le nuage luttait pour se défaire de ses chaînes. Peut-être captait-il les émotions des possédés qui l'avaient créé ? Dans la situation qui était la leur, on n'était jamais sûr de l'authenticité de ses propres sentiments.

Il crut voir un nœud de brume tournoyer le long de la bordure, tache vermillon au sein de la masse écarlate, suivant son aéro à la trace. Mais lorsqu'il orienta les capteurs pour se braquer sur lui, il ne distingua que des motifs aléatoires. Une illusion d'optique banale quoique impressionnante.

Le pilote augmenta son champ ionique, réduisant la vitesse et l'altitude de l'aéro. La ligne grise de la M6 était visible droit devant, tranchant dans le vif le paysage vierge. Le colonel Palmer avait établi son avant-poste à deux kilomètres de la ligne de démarcation. Plusieurs douzaines de véhicules militaires étaient rangés sur la bande d'arrêt d'urgence, et on en voyait deux ou trois filer sur le carbobéton en direction de la bande rectiligne de végétation calcinée.

Un possédé arrivant à la lisière du nuage rouge ne verrait qu'une garnison standard, mise en place avec l'efficacité coutumière du royaume. Le nouveau camp en formation vingt-cinq kilomètres plus au nord lui demeurerait invisible ; il s'agissait d'une cité en silicone programmable qui poussait suivant des lignes strictes sur les interminables vallonnements de la péninsule. L'état-major, toujours aussi littéral, l'avait baptisée Fort En-Avant. Plus de cinq cents bâtiments en silicone programmable avaient déjà été activés, baraquements à un étage, entrepôts, cantines, magasins et dépendances diverses ; pour l'instant, cependant, ils n'étaient occupés que par les trois cents ingénieurs du corps des marines chargés d'assembler le camp. Leurs mécanoïdes avaient creusé le sol autour de chaque bâtiment pour y enfouir conduits et canalisations, câbles d'alimentation et de transfert de données. On déroulait sur la terre fraîchement remuée des bidons de composite à micro-mailles pour tracer des routes qui ne se transformeraient pas en bourbiers. À huit kilomètres de là, cinq gigantesques pompes filtrantes avaient été installées sur la berge d'une rivière pour alimenter en eau cette ville-champignon.

Les mécanoïdes s'affairaient déjà à creuser les fondations d'autres bâtiments, ce qui permettait d'estimer la taille du Fort En-Avant quand il serait achevé. De longues files de camions sillonnaient la M6 pour livrer le matériel en provenance du spatioport le plus proche, situé à cinquante kilomètres de là. Leurs allées et venues prendraient fin dès que le spatioport du Fort En-Avant deviendrait opérationnel. Les ingénieurs aplanissaient de longs rubans de terre pour y placer trois pistes préfabriquées. Les hangars et la tour de contrôle avaient été activés deux jours plus tôt, afin que les techniciens puissent y installer leurs systèmes et les intégrer.

Lorsque le cuirassé de Ralph avait émergé au-dessus d'Ombey, il avait aperçu neuf astronefs-cargos de la classe

Aquilæ en formation d'attente autour d'une station portuaire en orbite basse, ainsi que leur escorte composée de quinze frégates. Il ne restait que vingt-cinq Aquilæ en service actif ; ces astronefs, capables de transporter une cargaison de dix-sept mille tonnes, étaient les plus gros jamais construits, fort coûteux à mettre en œuvre et à entretenir. La Flotte royale avait décidé de les remplacer peu à peu par des modèles plus petits inspirés des appareils civils.

Ils étaient porteurs de spatiojets à ailes en delta modèle CK 500-090 Thunderbird, le seul type d'appareil susceptible de transporter leurs nacelles de quatre cents tonnes. Encore une flotte condamnée à disparaître ; ces spatiojets avaient constitué la première marchandise livrée par les Aquilæ. La plupart des Thunderbird avaient passé les quinze dernières années à prendre la poussière dans les hangars de la Flotte royale à Kulu. À présent, on les réactivait aussi vite que les équipes de maintenance pouvaient en remplacer les composants en stock de plus en plus limité.

Le déploiement des faucons était encore plus impressionnant que celui des vaisseaux de la Flotte royale. Jusqu'ici, il en était arrivé près de quatre-vingts, et chaque heure qui s'écoulait en voyait émerger de nouveaux, les soutes pleines de nacelles (heureusement, celles-ci pouvaient être acheminées par des aéros civils). On n'avait jamais vu autant d'astronefs bioteks en orbite autour d'une planète du royaume.

En les voyant tourner autour des stations portuaires, Ralph avait ressenti le même émerveillement malaisé que lors de son séjour à Azara. C'était lui qui avait déclenché tout cela, créant une dynamique qui avait englouti des systèmes stellaires entiers. Impossible d'arrêter le mouvement. Il ne pouvait que le conduire à sa conclusion.

L'aéro à propulsion ionique atterrit près de l'avant-poste du colonel Palmer. Celle-ci l'attendait en personne au pied de l'échelle de coupée, accompagnée d'un petit comité de réception où il reconnut Dean Folan et Will Danza, qui lui adressaient un large sourire.

Le colonel Palmer lui serra la main, puis inspecta son uniforme flambant neuf.

— Bienvenue, Ralph, ou devrais-je dire : mon général ?

Lui-même ne s'était pas encore habitué à cet uniforme, une splendide tunique bleu nuit à l'épaulette ornée de trois étoiles rubis.

— Je n'en sais trop rien. J'ai été bombardé général et officier commandant de la campagne de libération de Mortonridge. Sous les ordres directs du roi, bien entendu. La chose a été officialisée il y a trois jours à la cour du palais Apollon. Ma fonction précise est celle d'officier responsable de la coordination stratégique.

— C'est-à-dire grand patron de la libération ?

— Ouais, fit-il, légèrement surpris. Du moins sur le terrain.

— Je ne vous envie pas cette promotion. (Elle indiqua la direction du nord.) Vous aviez promis de revenir avec des renforts, et vous ne plaisantiez pas.

— Rassurez-vous, ça va bientôt empirer. Nous attendons un million de sergents bioteks et Dieu sait combien de soldats humains pour les soutenir. Certains mercenaires se sont même portés volontaires.

— Vous les avez enrôlés ?

— Aucune idée. Je suis prêt à utiliser tout ce que je trouverai.

— Bien, alors quels sont vos ordres, mon général ?

Il s'esclaffa.

— Continuez de bien bosser, c'est tout. Est-ce que les possédés ont tenté une sortie ?

Le visage sévère, elle se retourna pour faire face à la muraille écarlate.

— Non. Ils restent de l'autre côté de la ligne de démarcation. On les aperçoit souvent. Nous pensons qu'ils gardent l'œil sur nous. Mais seules mes patrouilles leur sont visibles. (Elle désigna le nord du pouce.) Ils ne savent rien de ce qui se prépare là-bas.

— Bien. Évidemment, le secret ne durera pas éternellement ; mais plus tard ils le découvriront, mieux ça vaudra.

— Des gamins sont arrivés la semaine dernière. C'est ce qui s'est passé de plus intéressant depuis votre départ.

— Des gamins ?

— Une dénommée Stephanie Ash a transporté soixante-treize enfants non possédés jusqu'à la ligne de démarcation. Ça a foutu une sacrée trouille au peloton de garde, je peux vous le dire. Apparemment, elle les avait recueillis dans toute la péninsule. Nous les avons évacués vers un campement provisoire. Je pense que les experts de votre amie Jannike Dermot les interrogent sur les conditions qui règnent là-bas.

— Voilà un rapport auquel j'aimerais accéder.

Il se tourna vers le nuage rouge. Le nœud d'ombre qu'il avait cru apercevoir était revenu. Cette fois-ci, il se manifestait sous la forme d'une ellipse flottant au-dessus de la M6. Pas besoin d'avoir beaucoup d'imagination pour se croire espionné.

— Je pense que je vais regarder ça de plus près avant de prendre mon commandement au Fort En-Avant, annonça-t-il.

Will et Dean l'accompagnèrent à bord de la jeep qui le conduisit à la barricade. Il était ravi de les revoir. Ils avaient été attachés à la brigade de Palmer comme chargés de liaison avec l'ASE et consultants auprès des diverses équipes techniques que Roche Skark avait dépêchées près de la ligne de démarcation. Tous deux étaient impatients d'avoir des détails sur son audience avec le roi. Ils prirent un air contrarié lorsqu'il refusa de leur transmettre les fichiers visuels montrant le prince Edward jouant dans le palais Apollon, mais ceux-ci étaient confidentiels. Ainsi se forge la mystique du royaume, songea Ralph, amusé à l'idée que lui-même y contribuait.

Les marines en poste à la barricade se fendirent d'un salut impeccable. Toujours flanqué du colonel, Ralph s'efforça de se montrer le plus cordial possible. Alors qu'il était intimidé par le nuage rouge, les soldats lui semblaient indifférents. Flottant à trois cents mètres d'altitude, il ressemblait à une compression de courants violents, un mille-feuille écarlate semblant s'étendre jusqu'aux confins de l'espace. Les réverbérations sonores de son grouillement interne étaient diaboliquement accordées aux harmoniques des os humains. Des millions de tonnes d'eau contaminée, suspendues dans l'air comme par magie, prêtes à se transformer en une cataracte d'apocalypse. Il se demanda avec quelle facilité les possédés pouvaient la libérer. Et s'il avait sous-estimé leur puissance ? Ce n'était pas tant l'échelle de ce nuage qui l'inquiétait que son *intention*.

— Mon général, s'écria soudain un marine. Présence hostile visible à trois cents mètres.

Dean et Will se placèrent vivement devant Ralph, leurs fusils Gauss pointés vers l'autre côté de la ligne de démarcation.

— Je pense que vous avez suffisamment inspecté le front pour aujourd'hui, déclara le colonel Palmer. Regagnez donc l'arrière, Ralph, s'il vous plaît.

— Un instant.

Ralph regarda entre les deux hommes de la division G66 et découvrit une silhouette s'avançant sur la M6. Une femme vêtue d'un bel uniforme en cuir, dont le visage bariolé de rouge par l'aura du nuage évoquait celui d'une guerrière. Il savait exactement de qui il s'agissait ; il aurait même été déçu de ne pas la voir.

— Elle ne représente aucune menace. Du moins pas encore.

Il se glissa entre Will et Dean pour se planter face à elle, en plein milieu de la chaussée.

Annette Ekelund fit halte de l'autre côté de la barricade. Elle attrapa un téléphone mobile dans sa poche, en déploya l'antenne et composa un numéro.

Le bloc de communication de Ralph lui annonça l'ouverture d'un canal. Il le fit basculer sur audio.

— Bonjour, Ralph. Je savais que vous reviendriez, vous êtes du genre à insister. Et je vois que vous avez amené des amis avec vous.

— En effet.

— Pourquoi ne venez-vous pas vous joindre à la fête avec eux ?

— Le moment n'est pas encore venu.

— Je dois vous avouer que je suis plutôt déçue ; ce n'est pas ce dont nous étions convenus à Exnall, n'est-ce pas ? Et dire que j'ai traité avec une princesse Saldana. Mon Dieu, on ne peut plus se fier à personne de nos jours.

— Une promesse arrachée sous la contrainte n'a aucune valeur légale. Je suis sûr que vous avez suffisamment d'avocats dans votre camp pour vous le confirmer.

— Je pensais vous l'avoir déjà expliqué, Ralph. Nous ne pouvons pas perdre, pas contre les vivants.

— Je ne vous crois pas. Nous devons vous vaincre, quel qu'en soit le coût. Si nous vous permettons de gagner, ce sera la fin de l'espèce humaine. Nous méritons de durer, je le crois sincèrement.

— Toujours aussi braqué sur vos idéaux, à ce que je vois. Pas étonnant que vous ayez choisi une profession qui vous permette de servir loyalement. C'est dans votre caractère. Félicitations, Ralph, vous vous êtes trouvé, tout le monde n'a pas cette chance. Dans un autre univers, un univers moins tordu que celui-ci, je vous envierais.

— Merci.

— Ça me rappelle une déclaration perverse de mon époque, Ralph ; mais elle est toujours d'actualité aujourd'hui, car elle a été prononcée par un militaire dogmatique lors d'une guerre inutile. *Nous avons dû détruire le village afin de le sauver.* À votre avis, quelles vont être les conséquences de votre croisade sur Mortonridge et son peuple ?

— Je ferai ce que je dois faire.

— Mais nous serons encore là, Ralph, nous serons toujours là. Les plus grands esprits de la galaxie se sont attaqués à ce problème. Prêtres et scientifiques en quête de réponses positives et de philosophies insipides. Ils ont déjà consacré des millions... que dis-je, des milliards d'heures de travail au dilemme représenté par les pauvres âmes revenantes que nous sommes. Sans trouver aucune réponse. Aucune ! Tout ce que vous avez pu faire, c'est monter cette pathétique campagne, cette démonstration de violence, dans l'espoir de capturer quelques-uns d'entre nous pour les fourrer en tau-zéro.

— Il n'y a pas encore de solution globale. Mais il y en aura une.

— C'est impossible. Nous sommes infiniment plus nombreux que vous. Simple question d'arithmétique, Ralph.

— Laton affirme que c'est possible.

Elle gloussa.

— Et vous le croyez ?

— Les Édénistes pensent qu'il disait la vérité.

— Ah, oui, les plus intéressants de vos nouveaux amis. Ils pourraient très bien survivre à cette crise qui verrait la chute des Adamistes, vous en avez conscience. Il est dans leur intérêt que cette diversion soit efficace. De nouvelles planètes adamistes vont tomber pendant que vous concentrerez vos efforts ici.

— Et les Kiints ?

Elle marqua une pause.

— Que voulez-vous dire ?

— Ils ont survécu à leur rencontre avec l'au-delà. Ils disent qu'il y a une solution.

— Laquelle ?

Il raffermit son étreinte sur son bloc de communication.

— Elle ne s'applique pas à nous. Chaque espèce doit trouver son propre chemin. Le nôtre existe, quelque part. On le trouvera. J'ai une grande foi en l'ingéniosité humaine.

— Pas moi, Ralph. J'ai foi en notre nature malade, qui nous pousse à la haine et à l'envie, à l'avarice et à l'égoïsme, au mensonge. Ce que vous oubliez, c'est que j'ai été exposée pendant six siècles aux émotions crues qui nous gouvernent. J'ai été condamnée à les subir, Ralph. Je sais exactement ce que nous sommes au fond de nous, et ce n'est pas beau à voir, pas beau du tout.

— Allez raconter ça à Stephanie Ash. Vous ne parlez pas au nom de tous les possédés, ni même au nom de leur majorité.

Elle changea d'attitude, cessant de s'accouder à la barricade pour se redresser d'un air plein de défi.

— Vous allez perdre, Ralph, d'une façon ou d'une autre. Vous, personnellement. On ne peut pas lutter contre l'entropie.

— Je regrette que votre foi soit si mal employée. Pensez à ce que vous pourriez accomplir si vous décidiez de nous aider.

— Ne vous approchez pas de nous, Ralph. C'est tout ce que j'étais venue vous dire. Un message tout simple : restez à l'écart.

— Vous savez que c'est impossible.

Annette Ekelund opina sèchement. Elle replia l'antenne de son mobile et referma celui-ci.

Ralph la regarda s'éloigner sur la M6 avec un chagrin qui le surprit lui-même. Des ombres apparurent autour d'elle, entourant sa silhouette avant de l'engloutir en leur sein.

— Grands dieux, murmura le colonel Palmer.

— Voici notre adversaire, commenta Ralph.

— Vous êtes sûr qu'un million de sergents seront suffisants ?

Ralph n'eut pas le temps de répondre. La cacophonie du tonnerre se transforma soudain en rugissement continu.

Sous leurs yeux ébahis, le nuage rouge se mit à descendre. On aurait dit que la puissance des possédés venait enfin de s'étioler, laissant s'effondrer la colossale masse d'eau. Des torrents de vapeur bariolée se déversaient de la masse nuageuse, se précipitant vers le sol plus vite que n'aurait pu l'expliquer la seule pesanteur.

Ralph s'éloigna en courant de la barricade, suivi par tous les autres, ses tissus musculaires brusquement énergisés par ses naneuroniques. Une terreur animale exhortait sa conscience à vider son pistolet ITP sur la violente cascade.

Ses naneuroniques reçurent une pléthore de télétransmissions en provenance du PC de Guyana. Les satellites d'observation en orbite basse étaient braqués sur eux. Les patrouilles et les capteurs qui surveillaient la ligne de démarcation étaient unanimes : le front nuageux se déplaçait.

— Plates-formes DS en état d'alerte maximum, transmit l'amiral Farquar. Voulez-vous que nous déclenchions une frappe ? Nous pouvons découper cette saloperie en tranches.

— Ça s'arrête ! hurla Will.

Ralph risqua un coup d'œil par-dessus son épaule.

— Attendez, répondit-il à l'amiral.

Cent cinquante mètres derrière lui, le ventre du nuage s'était posé sur le sol, dont la surface était labourée par des vagues rebondissant dans toutes les directions. Mais le nuage n'avançait pas. Même le tonnerre semblait étouffé.

— Ce n'est pas une attaque, je répète : ce n'est pas une

attaque, télétransmit Ralph. On dirait que... bon sang, on dirait qu'ils viennent de nous claquer la porte au nez. Pouvez-vous confirmer la situation sur toute la longueur de la ligne de démarcation ?

Il balaya la scène d'un horizon à l'autre, aussi loin que ses rétines renforcées en étaient capables, constatant que le nuage s'était collé au sol calciné. Une gigantesque barrière s'incurvant doucement vers le ciel jusqu'à une altitude d'environ trois mille mètres. Dans un certain sens, la situation s'était aggravée ; l'absence de toute ouverture avait quelque chose de définitif.

— Confirmation, transmit l'amiral Farquar. Le nuage s'est effondré sur toute la longueur de la ligne de démarcation. Ses bordures maritimes s'abaissent elles aussi.

— Génial, maugréa le colonel Palmer. Et maintenant ?

— C'est une barrière psychologique, rien de plus, répliqua posément Ralph. Après tout, ce n'est que de l'eau. Cela ne change rien.

Le colonel Palmer inclina lentement la tête en arrière, examinant le précipice fluorescent sur toute sa hauteur. Elle frissonna.

— Tu parles d'une psychologie.

Ione.

Un gémissement chaotique s'échappa de ses lèvres. Affalée sur son lit, elle glissait doucement dans le sommeil. Dans son état de demi-conscience, l'oreiller qu'elle serrait contre elle aurait pu être le corps de Joshua.

Qu'est-ce qu'il y a encore, pour l'amour du Ciel ? Je n'ai même plus le droit d'avoir des fantasmes ?

Je suis navrée de te déranger, mais il vient de se produire quelque chose d'intéressant à propos des Kiints.

Elle se redressa lentement, encore un peu contrariée en dépit de la tendresse dont Tranquillité s'efforçait de faire preuve. La journée avait été longue, la gestion de l'escadre de Meredith s'étant ajoutée à ses obligations ordinaires. Et la solitude commençait à lui peser.

Ça va, fit-elle en se grattant la tête. **La grossesse me met dans un état de nymphomanie latente. Il va falloir que tu supportes ça pendant encore huit mois. Ensuite, tu auras droit à la dépression postnatale.**

Tu ne manques pas d'amants. Va voir l'un d'eux. Je voudrais que tu te sentes mieux. Je n'aime pas te voir aussi troublée.

C'est une solution qui me glace. Si ce n'était qu'une question de plaisir physique, je préférerais avaler un antidote.

À en juger par mes observations, le sexe chez les humains est souvent glacé. C'est une activité reposant surtout sur des ressorts égoïstes.

À quatre-vingt-dix pour cent, d'accord. Mais nous le supportons dans l'espoir de trouver les dix pour cent qui restent.

Et tu penses que Joshua représente ces dix pour cent ?

Joshua est quelque part entre les deux. Si j'ai envie de lui en ce moment, c'est parce que mes hormones sont en folie.

En règle générale, la production d'hormones n'atteint son sommet que lors des derniers mois de grossesse.

J'ai toujours été du genre précoce.

Elle lança un ordre mental à la baie vitrée opacifiée, éclairant la pièce d'une lumière sous-marine. Elle attrapa sa robe de chambre d'un geste léthargique.

Bien, fin du quart d'heure de lamentations. Voyons ce que mijotent nos mystérieux Kiints. Et gare à toi si ce n'est pas important.

Lieria a pris le métro pour se rendre au gratte-ciel Saint-Clément.

Et alors ?

C'est la première fois qu'un Kiint accomplit un tel acte. Je dois considérer cela comme significatif, en particulier dans le contexte actuel.

Kelly Tirrel n'aimait pas qu'on la dérange quand elle faisait tourner ses programmes de Temps présent réel. Une activité à laquelle elle s'adonnait de plus en plus souvent ces jours-ci.

Parmi les programmes illégaux qu'elle s'était procurés figuraient des bloqueurs sélectifs de souvenirs, dérivés des programmes thérapeutiques d'effaçage mémoriel, qui s'insinuaient dans les profondeurs de ses tissus cérébraux pour cautériser son subconscient. Il aurait été raisonnable de les utiliser sous surveillance et de s'attaquer à un nombre moins important de souvenirs pendant une durée nettement moins longue. D'autres programmes amplifiaient ses réactions émotionnelles aux stimuli perçus, accentuant la lenteur et la banalité du monde réel.

L'année précédente, alors qu'elle tournait un documentaire sur ces produits, un dealer lui avait montré comment créer une interface entre ces programmes et les senso-environnements du commerce pour produire le TPR. Ce stim hybride avait la réputation d'entraîner une assuétude absolue. Impossible de se passer du comble de la dénégation. Devenez une autre personnalité, vivant dans une autre réalité, débarrassez-vous de votre passé et de ses inhibitions, laissez le présent régner en maître. Vivez pendant des heures d'affilée dans un aujourd'hui idéal.

Dans les domaines où demeurait Kelly, la possession et l'au-delà étaient des concepts qui n'existaient pas, qui ne pouvaient pas exister. Quand elle en émergeait, pour manger, pisser ou dormir, c'était la réalité qui lui semblait irréelle ; impitoyable en comparaison de l'existence hédoniste qu'elle connaissait de l'autre côté de sa drogue électronique.

Cette fois-ci, lorsqu'elle sortit du TPR, elle ne reconnut même pas le signal que recevaient ses naneuroniques. Les souvenirs de ce type étaient profondément enfouis dans son esprit et ne remontaient à sa conscience qu'avec la plus grande difficulté (mettant chaque fois un peu plus longtemps pour le faire). Un moment s'écoula avant qu'elle comprenne où elle se trouvait, c'est-à-dire dans son appartement plutôt qu'en enfer. Les lumières étaient éteintes, la fenêtre opacifiée, son drap mouillé et empestant l'urine, le sol jonché de bols jetables.

Kelly avait désespérément envie de replonger dans son refuge électronique. Elle perdait le contact avec sa personnalité d'avant et s'en fichait complètement. La seule chose qu'elle surveillait, c'était la progression de sa déchéance ; sa peur veillait au grain.

Je ne me laisserai *pas* mourir.

Même si les programmes illégaux lui grillaient les neurones, elle ne se permettrait pas d'aller trop loin, du moins sur le plan physique. Avant cela, elle opterait pour le tau-zéro. La merveilleuse simplicité de l'éternel oubli.

Et, jusque-là, son cerveau vivrait une existence enchantée, pleine de plaisir et d'excitation, dont il ignorerait la nature artificielle. Il faut bien profiter de la vie, pas vrai ? Maintenant qu'elle connaissait la vérité sur la mort, que lui importait la façon dont elle en profitait ?

Son cerveau identifia enfin le signal comme provenant du processeur réseau de l'appartement. Quelqu'un était devant sa porte et demandait à entrer. Sa stupeur teintée de colère laissa la place à une confusion totale. Collins ne l'avait pas rappelée depuis une semaine (voire plus longtemps), depuis qu'elle avait engueulé l'évêque de Tranquillité lors d'une interview, lui reprochant la cruauté de son Dieu qui imposait l'au-delà à des âmes innocentes.

Le signal se répéta. Kelly se redressa et vomit aussitôt au pied du lit. Sous l'effet de la nausée, son esprit fut envahi par un kaléidoscope de pensées et de souvenirs diamétralement opposés au TPR : Lalonde dans toute sa gloire infernale. Elle toussa et tressaillit de tous ses membres, sentant brûler la cicatrice qui lui barrait le flanc. Sur la table de chevet se trouvait un verre à moitié rempli d'un liquide qu'elle espérait être de l'eau. Elle l'attrapa d'une main tremblante, en renversant une partie avant de pouvoir l'avaler. Elle réussit à ne pas en vomir la totalité.

Suffocante, elle se leva à grand-peine et s'enveloppa les épaules d'une couverture. Le programme médical de ses naneuroniques l'avertit qu'elle souffrait d'hypoglycémie et de déshydratation. Elle l'annula. Le signal se répéta une troisième fois.

— Allez vous faire foutre, marmonna-t-elle.

La lumière semblait lui transpercer les globes oculaires pour lui incendier la cervelle. Avalant une grande goulée d'air, elle chercha à déterminer pourquoi ses naneuroniques avaient cessé de faire tourner le programme TPR. Une simple demande envoyée au processeur réseau de son appartement n'aurait pas dû avoir cet effet-là. Peut-être que les filaments raccordés à ses liaisons synaptiques souffraient de son état de délabrement physique.

— Qui est là ? télétransmit-elle en traversant le living d'un pas hésitant.

— Lieria.

Ce nom ne lui disait rien et elle n'avait pas envie de consulter ses cellules mémorielles. Elle s'effondra sur un siège relaxant, ramena la couverture sur ses jambes et ordonna au processeur d'ouvrir la porte.

Une Kiint adulte se tenait sur le seuil. Kelly battit des paupières pour se protéger de la lumière qui se déversait autour de son corps blanc comme neige, hoqueta puis se mit à rire. Elle avait réussi, elle s'était démoli le cerveau à coups de TPR.

Lieria se baissa légèrement et entra dans le living, prenant garde à ne renverser aucun meuble. Elle dut se contorsionner pour passer la porte, mais réussit à franchir l'obstacle. Derrière elle se pressait un groupe de résidents dévorés par la curiosité.

La porte se referma. Kelly ne lui en avait pas donné l'ordre. Elle avait cessé de rire et ses tremblements menaçaient de la reprendre. Cela n'était pas une illusion. Elle avait une envie pressante de se réfugier à nouveau dans le TPR.

Lieria occupait presque un cinquième du volume de la pièce ; ses bras tractamorphiques étaient rétractés, sa tête triangulaire oscillait doucement de droite à gauche et ses yeux examinaient les lieux. Cela faisait des semaines qu'aucun chimpanzé domestique n'était venu faire le ménage ; la poussière s'accumulait ; la porte de la cuisine était entrouverte, et on apercevait le plan de travail débordant de sachets vides ; un tas de sous-vêtements sales s'empilait dans un coin ; le bureau était jonché de microcartels et de blocs-processeurs. La Kiint posa à nouveau son regard sur Kelly, qui se recroquevilla sur son siège.

— Com... comment êtes-vous arrivée ici ? demanda stupidement la journaliste.

— J'ai pris l'ascenseur de service, télétransmit Lieria. Il était fort étroit.

Kelly sursauta.

— Je ne savais pas que vous pouviez faire ça.

— Prendre l'ascenseur ?

— Télétransmettre.

— Nous disposons d'une certaine maîtrise de la technologie.

— Oh, oui ! C'est juste que... laissez tomber.

Son entraînement de reporter reprit le dessus. Un Kiint rendant une visite privée à un humain, c'était de l'inédit.

— Est-ce que cet entretien est confidentiel ?

Les évents de Lieria émirent un sifflement.

— À vous d'en décider, Kelly Tirrel. Souhaitez-vous que votre public sache ce que vous êtes devenue ?

Kelly ordonna à son visage de se figer, pour lutter contre les larmes ou pour ne pas afficher sa honte – impossible de le savoir.

— Non, répondit-elle.

— Je comprends. La découverte de l'au-delà peut être traumatisante.

— Comment en avez-vous triomphé ? Dites-le-moi, je vous en supplie. Ayez pitié de moi. Je ne veux pas me retrouver piégée là-bas. Je ne le supporterais pas !

— Je suis navrée. Je ne peux pas en discuter avec vous.

Kelly s'était remise à tousser. Elle s'essuya les yeux du dos de la main.

— Qu'est-ce que vous voulez ?

— Je souhaite acquérir des informations. Vos sensovidéos de Lalonde.

— Mes... pourquoi ?

— Ils nous intéressent.

— Entendu. Je suis prête à les céder. En échange d'une méthode pour éviter l'au-delà.

— Une telle chose ne s'achète pas, Kelly Tirrel, la réponse est en vous.

— Arrêtez d'être aussi obtuse, bon sang ! hurla-t-elle, sentant la consternation céder la place à la colère.

— Mon espèce souhaite sincèrement que vous parveniez un jour à comprendre. Si j'ai souhaité m'adresser à vous pour acheter ces données, c'était dans l'espoir de vous procurer une certaine tranquillité d'esprit. Si je vais voir la corporation Collins, l'argent se perdra dans ses registres comptables. Nous ne vous voulons aucun mal, voyez-vous. Ce n'est pas dans notre nature.

Kelly fixa la créature xéno, déprimée par sa propre stupidité. Très bien, ma fille, se dit-elle, essayons de débrouiller cette histoire de façon rationnelle. Elle fit passer son programme de surveillance médicale en mode primaire et mit en ligne les programmes inhibiteurs et stimulants appropriés pour se remettre sur pied. Ce n'était pas une panacée, mais au moins se sentit-elle un peu plus d'aplomb.

— Pourquoi voulez-vous acheter ces sensovidéos ?

— Nous n'avons que très peu de données sur les humains possédés par les âmes revenantes. Cela nous intéresse. Votre séjour sur Lalonde est un excellent compte rendu.

Kelly sentit s'éveiller son intérêt ; la journaliste qu'elle était flairait un scoop.

— Conneries. Ce n'est pas ce que je vous demandais. Si vous souhaitiez des informations sur les humains possédés et rien de plus, vous auriez enregistré mes reportages lors de leur diffusion par Collins. Dieu sait qu'ils les ont passés et repassés.

— Ils ne sont pas complets. Collins les a montés afin de n'en présenter que les points saillants. Nous comprenons les raisons commerciales qui ont poussé votre employeur à agir ainsi, mais cela ne nous sert à rien. Je désire un accès à l'intégralité des enregistrements.

— Bien, fit-elle d'un ton posé.

Elle feignit de considérer sérieusement la proposition qu'on venait de lui faire. Son programme d'analyse était passé en mode primaire, élaborant une série de questions conçues pour rétrécir son champ d'investigation.

— Je peux vous fournir un accès total à mes rencontres avec les possédés, ainsi qu'à mes observations sur Shaun Wallace. Sans aucun problème.

— Nous avons besoin de l'intégralité des enregistrements, depuis votre arrivée dans le système de Lalonde jusqu'à votre départ. Tous les détails nous intéressent.

— Tous les détails ? Je veux dire, il s'agit d'un sensovidéo humain, mon cartel n'a pas cessé d'enregistrer un seul instant. Procédure standard de la compagnie. Malheureusement, il fonctionnait aussi quand j'allais au petit coin, si vous voyez ce que je veux dire.

— Les fonctions excrétoires humaines ne nous causent aucune gêne.

— Voulez-vous que je supprime les enregistrements effectués à bord du *Lady Macbeth* ?

— Vos observations et celles de l'équipage sur la rupture dans le réel perçue en orbite font partie intégrante de l'enregistrement.

— Combien envisagiez-vous de me proposer pour ces sensovidéos ?

— Veuillez m'indiquer votre prix, Kelly Tirrel.

— Un million de fusiodollars.

— C'est cher.

— Cela représente beaucoup d'heures d'enregistrement. Mais je peux toujours abréger l'ensemble.

— Je ne vous donnerai cette somme que pour un enregistrement intégral.

Kelly serra les dents en signe d'agacement ; ça n'allait pas marcher, la Kiint était bien trop intelligente pour tomber dans ce genre de piège rhétorique. N'insiste pas, se dit-elle, contente-toi de ce que tu as et débrouille-toi plus tard pour éclaircir cette énigme.

— Ça me paraît équitable. D'accord.

Le bras tractamorphique de Lieria se déploya, un crédisque de la Banque jovienne entre ses pinces.

Kelly lui jeta un coup d'œil intéressé, puis se leva, un peu raide. Son propre crédisque se trouvait quelque part sur son bureau. Elle franchit les trois pas qui l'en séparaient, puis s'empressa de s'asseoir sur la chaise grise placée devant.

— Je vous suggère de manger quelque chose et de prendre beaucoup de repos avant de retourner à votre senso-environnement, télétransmit Lieria.

— Bonne idée. C'est ce que j'allais faire.

Elle se figea alors qu'elle fouillait parmi les cartels et les boîtes vides. Comment diable la Kiint savait-elle ce qu'elle était en train de faire ? *Nous disposons d'une certaine maîtrise de la technologie.* Elle serra sa couverture d'une main alors que l'autre pêchait le disque sous un bloc-enregistreur.

— Le voilà, fit-elle avec une jovialité forcée.

Lieria lui transféra la somme convenue. La douce chair de

ses pinces engloutit le crédisque de la Banque jovienne, puis s'ouvrit sur un petit bloc-processeur bleu foncé. On aurait dit un tour de passe-passe, mais Kelly n'était pas en état de se l'expliquer.

— Veuillez insérer vos microcartels dans ce bloc, télétransmit Lieria. Je copierai les enregistrements.

Kelly s'exécuta.

— Je vous remercie, Kelly Tirrel. Vous avez apporté des informations précieuses au stock de connaissance de notre espèce.

— Profitez-en au maximum, grommela-t-elle. Vu la façon dont vous nous traitez, nous ne serons bientôt plus là pour vous apporter quoi que ce soit.

La porte du living s'ouvrit, faisant sursauter les résidents massés dans le couloir. Lieria recula avec une agilité surprenante. Lorsque la porte se referma sur elle, Kelly se retrouva avec la déconcertante impression d'avoir rêvé. Elle ramassa son crédisque et le regarda avec des yeux émerveillés. Un million de fusiodollars.

La clé d'une immersion permanente en tau-zéro. Son avocat négociait avec Collins pour que le montant de son épargne retraite soit transféré sur un compte rémunérateur édéniste, à l'image de la procédure suivie par Ahsly Hanson. Sauf qu'elle ne sortirait pas de sa nacelle tous les deux ou trois siècles pour faire du tourisme. Les comptables de Collins se faisaient tirer l'oreille.

Un problème parmi tous ceux qui l'avaient poussée à se réfugier dans le TPR. À présent, elle n'avait plus qu'à se rendre dans un habitat édéniste. Seule leur culture avait une chance de la protéger pour l'éternité.

Quoique... son vieil esprit têtu se posait mille questions. Que diable voulaient vraiment les Kiints ?

— Réfléchis, s'ordonna-t-elle farouchement. Allez, bon sang. Réfléchis !

Il s'était passé quelque chose sur Lalonde. Quelque chose de suffisamment important pour qu'un Kiint se déplace jusque chez moi et m'offre un million de fusiodollars pour mes enregistrements. Quelque chose que nous n'avons jugé ni important ni intéressant, puisque Collins ne l'a pas diffusé. Mais si ça n'a pas été diffusé, comment les Kiint en ont-ils appris l'existence ?

Logiquement, quelqu'un avait dû leur en parler – aujourd'hui ou très récemment. Quelqu'un qui avait accédé à la totalité des enregistrements, ou du moins à une partie que Collins n'avait pas diffusée.

Kelly eut un sourire ravi, ce dont elle n'était guère coutumière ces derniers temps. Quelqu'un qui était souvent en contact avec les Kiints.

Examine toutes les conversations ayant impliqué un Kiint au cours de la semaine dernière, ordonna Ione. **Et toute conversation ayant eu trait à Lalonde, si triviale soit-elle. Et si tu ne trouves rien, commence à explorer tes souvenirs plus anciens.**

Je suis déjà occupée à passer en revue les scènes concernées. Je risque d'avoir des problèmes pour remonter au-delà de quatre jours. La capacité de ma mémoire à court terme n'est que de cent heures ; passé ce délai, les détails sont dispersés afin que je puisse conserver les points saillants. Sans cette procédure, même ma mémoire serait incapable de traiter ce qui se passe en moi.

Je le sais ! Mais si Lieria s'est déplacée en plein milieu de la nuit, ce que nous cherchons est forcément récent. Et s'il s'agissait d'une conversation entre Kiints ? L'accord de non-ingérence signé par grand-père ne s'applique sûrement pas dans ce cas.

J'en conviens. Toutefois, je ne suis jamais parvenue à intercepter les conversations des Kiints sur la bande d'affinité. Je ne peux distinguer au mieux que ce que je qualifierais de murmures.

Zut ! Si tu n'y arrives pas, nous devrons réveiller tous les membres du projet de recherche sur les Laymils et les interroger individuellement.

C'est inutile. J'ai trouvé.

— Génial !

Montre-moi, ordonna Ione.

Le souvenir s'épanouit autour d'elle. Une lumière éclatante se déversait sur la plage tandis des vaguelettes lapaient doucement le rivage. Un gigantesque château de sable se dressait devant elle.

Nom de Dieu !

Jay fut réveillée par une main lui secouant doucement l'épaule.

— Maman ! s'écria-t-elle, terrifiée.

Où qu'elle soit, elle était dans le noir, entourée d'ombres encore plus noires.

— Désolée, ma chérie, murmura Kelly Tirrel. Ce n'est pas ta maman, ce n'est que moi.

L'horreur déserta le visage de la fillette, qui se redressa sur sa couche, passant les bras autour de ses jambes.

— Kelly ?

— Ouais. Et je suis vraiment navrée, je ne voulais pas te faire peur comme ça.

Jay renifla, sa curiosité éveillée.

— Qu'est-ce qui pue comme ça ? Et quelle heure est-il ?

— Il est très tard. L'infirmière Andrews va me tuer si je reste plus de deux ou trois minutes. Si elle m'a laissée entrer, c'est uniquement parce qu'elle sait qu'on a passé beaucoup de temps ensemble à bord du *Lady Mac*.

— Ça fait longtemps que vous n'êtes pas venue me voir.

— Je sais. (Kelly faillit succomber à la honte en entendant le ton accusateur de la petite fille.) Je n'étais pas vraiment en forme ces derniers temps. Je ne voulais pas que tu me voies dans cet état.

— Vous allez mieux maintenant ?

— Oui. Je suis en train de me remettre.

— Bien. Vous m'aviez promis de me montrer le studio où vous travaillez.

— Et je tiendrai ma promesse. Écoute, Jay, j'ai des questions très importantes à te poser. C'est à propos de Haile.

— Des questions ? répéta la fillette d'un air soupçonneux.

— Je dois savoir si tu as parlé de Lalonde avec elle, en particulier ces derniers jours. C'est d'une importance vitale, Jay, je te le jure. Sinon, je ne t'aurais pas dérangée.

— Je sais. (Elle plissa les lèvres, se concentrant de toutes ses forces.) On a parlé de religion ce matin. Haile ne comprend pas très bien de quoi il s'agit, et je ne suis pas très douée pour le lui expliquer.

— De religion ? À quel propos exactement ?

— À propos de tous les dieux qui existent. Je lui ai parlé du temple des Tyrathcas, le temple du Dieu endormi que vous m'avez montré, et elle voulait savoir si c'était le même dieu que Jésus.

— Bien sûr, siffla Kelly. Ce n'était pas la possession humaine, c'étaient les passages sur les Tyrathcas, on ne les a jamais diffusés. (Elle se pencha sur Jay pour l'embrasser.) Merci, ma chérie. Tu viens juste d'accomplir un miracle.

— C'est *tout* ?

— Ouais. C'est tout.

— Oh !

— Recouche-toi et dors bien. Je viendrai te voir demain.

Elle borda la fillette et lui donna un nouveau baiser. Jay renifla une nouvelle fois, mais ne fit aucun commentaire.

— Alors ? murmura Kelly en s'éloignant du lit. Vous m'avez observée, vous savez que c'est sérieux. Je veux parler au seigneur de Ruine.

Le processeur réseau de l'aile pédiatrique ouvrit un canal vers les naneuroniques de Kelly.

— Ione Saldana va vous recevoir tout de suite, télétransmit Tranquillité. Veuillez vous munir des enregistrements en question.

Bien qu'il estimât être en excellents termes avec le seigneur de Ruine, Parker Higgens était encore glacé jusqu'à la moelle lorsqu'elle lui adressait un de ses regards poliment exigeants.

— Mais je ne sais rien sur les Tyrathcas, madame, se plaignit-il.

Le fait qu'on l'avait tiré du lit pour le convier à une réunion de crise hautement irrégulière semait la panique dans ses processus mentaux. Et quand il avait accédé aux enregistrements de Coastuc-RT et découvert l'étrange structure argentée édifiée par les bâtisseurs tyrathcas au centre de leur village, cela n'avait guère contribué à lui rendre sa sérénité.

Lorsqu'il chercha du regard le soutien de Kempster Getchell, ce fut pour constater que l'astronome avait les yeux fermés et examinait l'enregistrement une deuxième fois.

— Vous êtes les seuls xénospécialistes dont je dispose, Parker.

— Spécialistes en Laymils uniquement.

— Ne commencez pas à ergoter. J'ai besoin de conseils, et vite. Quelle est l'importance de cette découverte ?

— Eh bien... je pense que nous ignorions avant cela l'existence d'une religion chez les Tyrathcas, s'aventura-t-il à dire.

— C'est exact, intervint Kelly. J'ai fait tourner un programme de recherche dans l'encyclopédie de l'antenne Collins. Elle est aussi complète qu'une bibliothèque universitaire. Il n'y figure aucune référence à ce Dieu endormi.

— Et il semble que les Kiints ignoraient également son existence, dit Parker. Ils sont venus vous réveiller pour vous acheter cet enregistrement ?

— En effet.

Parker était quelque peu surpris par l'aspect négligé de la journaliste. Elle était rencognée sur le sofa du bureau privé d'Ione, un épais cardigan passé sur ses épaules comme si on était en plein hiver. Un grand plateau couvert de sandwiches au saumon était posé en équilibre sur l'accoudoir, et elle avait passé les cinq dernières minutes à s'en enfourner dans la bouche.

— Eh bien, madame, je dois dire que c'est réconfortant d'apprendre qu'ils ne savent pas tout, déclara-t-il.

Un chimpanzé domestique lui tendit en silence une tasse de café.

— Mais est-ce vraiment important ? questionna Ione. Étaient-ils tout simplement surpris de découvrir le mythe du Dieu endormi, à tel point que Lieria s'est précipitée chez Kelly en pleine nuit pour obtenir une confirmation ? Ou bien cela a-t-il un rapport avec notre situation actuelle ?

— Ce n'est pas un mythe, dit Kelly en avalant un nouveau sandwich. Quand j'ai dit ça à Waboto-YAU, les soldats ont bien failli m'abattre. Les Tyrathcas ont une croyance absolue en leur Dieu endormi. Dingue d'espèce.

Parker remua machinalement son café.

— Je n'ai jamais vu les Kiints être excités par quoi que ce soit. D'un autre côté, je ne les ai jamais vus se presser non plus, ce qu'ils ont fait cette nuit. Je pense que nous devrions examiner ce Dieu endormi dans son contexte. Vous savez sans doute, madame, que les Tyrathcas ignorent le concept de fiction. Ils sont tout bonnement incapables de mentir, et ils ont beaucoup de problèmes à comprendre les contrevérités humaines. Ce qu'il y a de plus proche du mensonge chez eux, c'est la rétention d'information.

— Vous voulez dire que ce Dieu endormi existe vraiment ? demanda Kelly.

— Il y a forcément un fond de vérité dans cette histoire, répliqua Parker. Les Tyrathcas sont une espèce clanique hautement formaliste. Leurs familles individuelles exercent pendant plusieurs générations des professions et des responsabilités données. De toute évidence, la famille de Sireth-AFL était responsable du savoir afférent au Dieu endormi. Je serais prêt à avancer l'hypothèse que Sireth-AFL descend de la famille qui était chargée des systèmes électroniques lorsqu'ils étaient à bord de leur arche stellaire.

— Dans ce cas, pourquoi ne pas tout simplement réaliser un enregistrement électronique de ce souvenir ? s'enquit Kelly.

— Il est probable que cet enregistrement existe quelque part. Mais Coastuc-RT est une colonie fort primitive, et les Tyrathcas n'utilisent qu'une technologie appropriée à leurs besoins. Il y a sans doute dans ce village des individus qui savent construire des ordinateurs et des générateurs de fusion, mais comme ils n'en ont pas encore besoin, ils ne font pas appel à ces connaissances. Ils se contentent des roues à aubes et du calcul mental.

— Bizarre, commenta Kelly.

— Non, corrigea Parker. Tout bonnement logique. Le produit d'un esprit intelligent sans être particulièrement imaginatif.

— Cependant, ils priaient, dit Ione. Ils croient en un Dieu. Cela demande de l'imagination, sinon de la foi.

— Je ne le pense pas, dit Kempster Getchell. (Visiblement, il jubilait.) Nous entrons dans le domaine de la sémantique, et n'oubliez pas que nous dépendons d'un traducteur électronique, trop littéral et par conséquent peu fiable. Considérez le moment où ce Dieu est apparu dans leur histoire. Les dieux humains datent de notre ère préscientifique. Cela fait des millénaires que nous n'avons pas eu de nouvelle religion. La société moderne est bien trop sceptique pour accepter des prophètes ayant une ligne directe avec Dieu. De nos jours, nous avons réponse à tout, et tout ce qui n'est pas enregistré sur un cartel est un mensonge.

« Et voilà nos Tyrathcas, qui sont non seulement incapables de mentir, mais qui en outre rencontrent un Dieu alors qu'ils se trouvent à bord d'un astronef. Ils disposent des mêmes outils d'analyse intellectuelle que nous, et ils persistent à parler d'un Dieu. Un Dieu qu'ils ont *trouvé*. C'est ça qui m'excite, c'est ça le plus important dans l'histoire. Ce Dieu n'est ni ancien ni originaire de leur planète. L'une de leurs arches stellaires a rencontré une entité si puissante, si terrifiante, qu'une espèce possédant la technologie du voyage interstellaire la qualifie de Dieu.

— Cela signifie aussi qu'ils n'en ont pas l'exclusivité, fit remarquer Parker.

— Oui. En outre, cette entité, quelle que soit sa nature, était bénigne, voire bien disposée à l'égard de leur arche stellaire. Sinon, ils ne l'auraient pas considérée comme *leur* Dieu endormi.

— Une entité assez puissante pour défendre les Tyrathcas contre les possédés, rappela Ione. C'est ce qu'ils prétendaient.

— En effet. De les défendre à plusieurs centaines d'années-lumière de distance.

— Qu'est-ce qui pourrait être assez puissant pour cela ? demanda Kelly.

— Kempster ? lança Ione au vieil astronome qui s'abîmait dans la contemplation du plafond.

— Je n'en ai absolument aucune idée. Encore que le terme « endormi » témoigne d'un statut inerte, qui peut être altéré.

— Par la prière ? interrogea Parker d'un air sceptique.

— Ils pensaient qu'il serait en mesure de les entendre, dit Kempster. Qu'il était plus fort que toutes les choses vivantes, comme l'a dit ce reproducteur. Intéressant. Et cette forme de miroir spiralé était censée ressembler à celle du Dieu endormi. Je pense peut-être à un événement ou à un objet céleste correspondant à ce que l'on peut trouver dans l'espace interstellaire. Malheureusement, aucun objet astronomique naturel ne ressemble à cela.

— Essayez de deviner, suggéra Ione d'une voix glaciale.

— Quelque chose de puissant que l'on trouve dans l'espace. (Le front de l'astronome se barra de concentration.) Hum. L'ennui, c'est que nous n'avons aucune idée de son échelle. Une sorte de petite nébuleuse autour d'une étoile neutronique ; ou l'émission d'un trou blanc – cela pourrait expliquer cette forme. Mais aucun de ces objets n'est exactement inerte.

— Et ils ne nous seraient d'aucune utilité contre les possédés, remarqua Parker.

— Mais l'existence de ce Dieu a suffi à faire réagir les Kiints, dit Ione. Des êtres capables de fabriquer des lunes, au pluriel.

— Pensez-vous que cette entité pourrait nous aider ? demanda Kelly à l'astronome.

— Bonne question, répondit Kempster. Une espèce hautement littérale pense qu'elle peut les aider contre les possédés. Donc, elle pourrait agir de même pour nous. Bien que la rencontre proprement dite se soit sans doute produite il y a plusieurs millénaires. Qui sait si son compte rendu n'a pas été déformé par le passage du temps, même chez les Tyrathcas ? Et s'il s'agissait d'un événement plutôt que d'un objet, il a sans doute atteint son terme aujourd'hui. Après tout, les astronomes de la Confédération ont dressé un catalogue relativement complet de notre galaxie ; ils n'auraient pas manqué de signaler quoi que ce soit de bizarre dans un rayon de dix mille années-lumière. C'est pour cela que je penche pour l'hypothèse de l'objet inerte. Je dois dire que vous nous avez apporté là une énigme des plus délicieuses, ma jeune dame ; j'adorerais savoir ce qu'ils ont vraiment trouvé.

Kelly balaya cette remarque d'un geste de la main et se pencha en avant.

— Vous voyez ? dit-elle à Ione. C'est une information critique, comme je vous l'avais dit. Je vous ai fourni un indice décisif. Pas vrai ?

— Oui, dit Ione d'une voix pleine d'aspérités.

— Est-ce que j'ai mon autorisation de vol ?

— Hein ? Quel vol ? demanda Parker Higgens.

— Kelly souhaite visiter Jupiter, répondit Ione. Pour ce faire, elle a besoin de mon autorisation officielle.

— Est-ce que je l'ai, oui ou non ? s'emporta la journaliste.

Ione plissa le nez de dégoût.

— Oui. Maintenant, veuillez garder le silence à moins que vous n'ayez une remarque pertinente à faire.

Kelly se laissa choir sur le sofa, un sourire farouche aux lèvres.

Parker l'examina un instant, n'appréciant guère ce qu'il découvrait, mais s'abstint de tout commentaire.

— Les éléments solides dont nous disposons jusqu'ici me paraissent fort minces, mais ils semblent indiquer à mes yeux que le Dieu endormi n'est pas un objet naturel. Peut-être s'agit-il d'une machine de von Neumann opérationnelle, à laquelle une culture disposant d'une technologie inférieure conférerait sans aucun doute des attributs divins. Ou alors, j'ai le regret de le dire, une espèce d'arme antique.

— Un artefact manufacturé capable d'attaquer les possédés dans l'espace interstellaire, commenta Kempster. Voilà une idée parfaitement déplaisante. Quoique l'adjectif « endormi » soit plus approprié dans un tel cas.

— Comme vous le dites, remarqua Ione, nous n'avons pas encore assez d'informations pour faire autre chose que jouer aux devinettes. Cet état de fait doit être corrigé. Notre vrai problème, c'est que les Tyrathcas ont rompu tout contact avec nous. Et je pense que nous n'avons pas d'autre choix que de leur poser la question.

— Je vous conseillerais sûrement de travailler dans ce sens, madame. La seule possibilité que le Dieu endormi puisse exister et soit en outre capable de vaincre les possédés, d'une façon ou d'une autre, nécessite d'être explorée. Si nous pouvions...

Parker se tut en voyant Ione agripper les accoudoirs de son fauteuil, avec dans ses yeux bleus une émotion qu'il n'aurait jamais imaginé y voir un jour : l'horreur absolue.

Meredith Saldana entra en flottant sur la passerelle de l'*Arikara* ; toutes les couchettes anti-g de la section Contrôle et Communications étaient occupées par ses officiers qui s'affairaient à scanner et à sécuriser l'espace autour de Mirchusko.

Il se glissa sur sa propre couchette et accéda à l'ordinateur tactique. Le vaisseau-amiral se trouvait à mille kilomètres du spatioport contrarotatif de Tranquillité, déployant la totalité de ses grappes de capteurs et de ses systèmes de communication. Quelques bâtiments se déplaçaient autour du spatioport de l'habitat et de ses stations industrielles, deux gerfauts contournaient l'axe pour se poser sur la corniche extérieure et trois tankers d'He_3 s'élevaient au-dessus des anneaux naturels de la géante gazeuse pour rejoindre l'habitat. Les seuls autres vaisseaux en vol appartenaient à l'escadre. Les frégates gagnaient leurs positions, se préparant à former autour de Tranquillité une sphère protectrice de huit mille kilomètres de diamètre qui viendrait renforcer son dispositif DS déjà considérable. Les neuf faucons affectés à l'escadre étaient en ce moment déployés autour de la géante gazeuse pour sonder ses anneaux en quête d'un vaisseau ou d'un système d'observation clandestins. Une hypothèse fort improbable, mais Meredith était conscient de l'enjeu de la campagne de Toi-Hoi. Quand il était en mission, sa devise était : Je suis paranoïaque, mais le suis-je suffisamment ?

— Lieutenant Grese, notre situation actuelle, je vous prie ? demanda-t-il.

— En ligne à cent pour cent, amiral, répondit l'officier du SRC. Tout le trafic spatial est interrompu. Les gerfauts que vous voyez en train d'accoster sont les derniers de ceux qui déployaient des satellites-capteurs pour détecter une signature énergétique de la planète des Laymils. Tous ont obéi à l'ordre de rappel. Nous avons autorisé les navettes et les remorqueurs à circuler entre l'habitat et les stations industrielles à condition d'être informés à l'avance de leurs plans de vol. Tranquillité nous a fourni un accès direct à son réseau DS, qui est extrêmement performant dans un rayon d'un million de kilomètres. Notre seul problème, c'est qu'il ne semble pas équipé de détecteurs de distorsion gravitonique.

Meredith fronça les sourcils.

— C'est ridicule, comment parvient-il à détecter les astronefs en émergence ?

— Je n'en suis pas sûr, amiral. Nous avons posé la question, mais on nous a répondu que chaque satellite-capteur nous transmettait la totalité de ses données. La seule explication qui me vienne à l'esprit, c'est que le seigneur de Ruine ne souhaite pas que nous ayons une idée trop précise des capacités de détection de l'habitat.

Ce que Meredith avait peine à croire. À sa grande surprise, il avait été fort impressionné par sa jeune cousine ; d'autant plus qu'il entretenait beaucoup de préjugés à son encontre avant de faire sa connaissance. Il avait été contraint de réviser la plupart d'entre eux en la découvrant pleine de dignité inflexible et d'astuce politique. Il était sûr d'une chose : si elle avait voulu imposer des limites à leur coopération, elle l'aurait fait sans duplicité aucune.

— Nos propres capteurs peuvent-ils compenser cette lacune ? demanda-t-il.

— Oui, amiral. Pour le moment, les faucons sont prêts à nous aviser immédiatement de toute émergence. Mais nous avons lancé toute une batterie de satellites détecteurs de distorsion gravitonique. Une fois en position, ils nous assureront une couverture totale sur un rayon de deux cent cinquante mille kilomètres ; ils seront opérationnels dans vingt minutes, ce qui libérera les faucons pour leur mission suivante.

— Bien, dans ce cas, inutile de soulever le problème.

— Entendu, amiral.

— Lieutenant Rhoecus, statut des faucons, s'il vous plaît.

— Oui, amiral, répondit l'Édéniste. Aucun vaisseau n'a été décelé à l'intérieur des anneaux de Mirchusko. Toutefois, nous ne pouvons donner aucune garantie sur l'absence de satellites-espions furtifs. Jusqu'ici, nous avons déployé deux cent cinquante satellites ELINT, ce qui nous donne une probabilité de détection élevée au cas où un système clandestin serait en train d'observer l'habitat. *Myoho* et *Œnone* lancent de nouveaux ELINT en orbite autour de chacune des lunes de Mirchusko au cas où quelque chose y serait dissimulé.

— Excellent. Et la couverture du reste du système ?

— Nous avons déjà élaboré un plan de saut pour chaque faucon, qui leur permettra de mener des recherches préliminaires dans quinze heures d'ici. Ces recherches ne seront pas exhaustives, mais, s'il y a un astronef à moins de deux UA de Mirchusko, ils devraient pouvoir le repérer. Le vide spatial pose moins de problèmes que les alentours d'une géante gazeuse.

— Plusieurs capitaines de gerfaut nous ont proposé leur assistance, amiral, déclara le capitaine de frégate Kroeber. J'ai décliné cette proposition pour le moment, mais je leur ai dit que l'amiral Kolhammer aurait peut-être besoin d'eux pour la phase suivante des opérations.

Meredith faillit se tourner vers le commandant du vaisseau-amiral, mais se retint à temps.

— Je vois. Avez-vous déjà servi avec l'amiral Kolhammer, Mircea ?

— Non, amiral, je n'ai pas eu ce plaisir.

— Eh bien, pour votre information, je pense qu'il n'aura probablement pas envie d'avoir affaire à des gerfauts.

— Bien, amiral.

Meredith éleva la voix pour s'adresser à l'ensemble des officiers présents sur la passerelle.

— Bon travail, mesdames et messieurs. Apparemment, vous avez organisé cette sécurisation de fort efficace façon. Mes compliments. Commandant, veuillez conduire l'*Arikara* à nos coordonnées définitives à l'allure que vous souhaiterez.

— À vos ordres, amiral.

Une accélération d'un tiers de g s'exerça bientôt sur la passerelle. Meredith étudia l'affichage tactique, se familiarisant avec la formation de l'escadre. Il était satisfait des performances de ses bâtiments et de leurs équipages, en particulier après le traumatisme de Lalonde. Contrairement à certains officiers des Forces spatiales, Meredith ne considérait pas les gerfauts comme des traîtres en puissance, il s'estimait trop réaliste et trop sophistiqué pour cela. S'ils devaient être percés à jour, ce serait probablement par un intervenant extérieur tel qu'un satellite-espion furtif. Mais, même dans ce cas, l'ennemi aurait besoin d'un astronef pour collecter ses informations.

— Lieutenant Lowie, serait-il possible d'éliminer un système espion dans les anneaux en le bombardant de pulsations EM ?

— Une saturation totale serait nécessaire pour cela, amiral, répondit l'officier artilleur. Si l'Organisation a dissimulé un satellite là-bas, ses circuits seront certainement renforcés. L'explosion devrait se produire à vingt kilomètres de lui pour garantir son élimination. Nous n'avons pas de bombes à fusion en nombre suffisant.

— Je vois. Ce n'était qu'une idée en l'air. Rhoecus, j'aimerais que deux faucons restent en orbite autour de Mirchusko afin de repérer les astronefs émergeant hors de portée de nos capteurs. Quelles seront les conséquences sur notre surveillance globale ?

— Sa conclusion sera retardée d'environ six heures, amiral.

— Merde, ce serait un retard inacceptable.

Il consulta à nouveau l'affichage tactique, faisant tourner des programmes d'analyse pour déterminer la solution la plus efficace.

Un point rouge apparut soudain à dix mille kilomètres de distance, entouré par des symboles : un terminus de trou-de-ver dégorgeant un vaisseau. Très loin des zones d'émergence de Tranquillité. Un deuxième point rouge se manifesta moins d'une seconde plus tard. Puis un troisième. Et un quatrième. Et plein d'autres.

— Qu'est-ce que c'est que ça ?

— Ce ne sont pas des faucons, amiral, dit le lieutenant Rhoecus. Aucune émission sur le lien d'affinité. Ils ne répondent pas non plus à Tranquillité, ni à nos faucons.

— Commandant Kroeber, faites passer l'escadre en état d'alerte. Rhoecus, rappelez les faucons. Quelqu'un peut-il me donner une identification visuelle ?

— Tout de suite, amiral, télétransmit le lieutenant Grese. Deux des intrus sont à portée d'un satellite-capteur DS.

De nouveaux terminus de trou-de-ver s'ouvraient sans cesse. Les échangeurs thermiques et les capteurs à longue portée de l'*Arikara* se rétractèrent dans leurs niches. Le vaisseau de guerre augmenta son accélération comme il filait vers les coordonnées de sa position.

— Ça y est, amiral. Ô mon Dieu, ce sont bien des astronefs ennemis.

L'image relayée aux naneuroniques de Meredith lui montra un aigle gris anthracite de près de deux cents mètres d'envergure ; ses yeux luisaient d'un éclat jaune au-dessus d'un long bec d'argent-chrome. Obéissant à un réflexe, il se rencogna dans sa couchette. C'était là une créature à l'aspect authentiquement maléfique.

— Une harpie, amiral. Elle vient sans doute de Valisk.

— Merci, Grese. Veuillez confirmer l'identité des autres intrus.

D'après l'affichage tactique, vingt-sept astronefs bioteks avaient à présent émergé de leurs trous-de-ver. Quinze autres terminus étaient en train de s'ouvrir. Sept secondes à peine s'étaient écoulées depuis l'apparition du premier.

— Ce sont toutes des harpies, amiral ; huit oiseaux, quatre monstruosités astronautiques, le reste conforme aux caractéristiques des gerfauts.

— Tous les faucons ont regagné les abords de Tranquillité, amiral, dit Rhoecus. Ils sont venus renforcer notre formation.

Meredith vit leurs vecteurs pourpres sillonner l'affichage tactique, venant appuyer les autres vaisseaux de son escadre. Ça ne servirait à rien, songea-t-il, à rien du tout. Ils affrontaient désormais cinquante-huit harpies disposées plus ou moins en anneau autour de l'habitat. Ses programmes d'analyse tactique ne lui accordaient que de minces chances de succès en cas d'engagement défensif, même en prenant en compte les plates-formes DS de Tranquillité. Et ces chances diminuaient encore à mesure que de nouvelles harpies émergeaient dans l'espace.

— Commandant Kroeber, faites rentrer le plus vite possible les gerfauts de patrouille de Tranquillité.

— À vos ordres, amiral.

— Amiral ! s'écria Grese. Nous enregistrons de nouvelles distorsions gravitoniques. Des astronefs adamistes, cette fois-ci. Schéma d'émergence multiple.

L'affichage tactique montra à Meredith deux petites constellations de points rouges. La première à quinze mille kilomètres en avant de Tranquillité, la seconde à quinze mille kilomètres en arrière. Grands dieux, et moi qui croyais que Lalonde était un supplice.

— Lieutenant Rhoecus.

— Oui, amiral ?

— Dites à l'*Ilex* et au *Myoho* de se retirer. Ils ont ordre de regagner Avon sur-le-champ pour avertir Trafalgar de ce qui se passe ici. L'amiral Kolhammer ne doit en aucun cas conduire son escadre à Mirchusko.

— Mais, amiral...

— C'était un ordre, lieutenant.

— Oui, amiral.

— Grese, pouvez-vous identifier ces nouveaux intrus ?

— Je le pense, amiral. Il doit s'agir de la flotte de l'Organisation. Les capteurs visuels nous montrent des vaisseaux de guerre en première ligne ; des frégates, quelques croiseurs, plusieurs cuirassés et plein d'astronefs civils équipés pour le combat.

De vastes sections de l'affichage tactique se parèrent de jaune et de pourpre à mesure que les harpies lançaient des capsules de contre-mesures électroniques qui se mettaient à fonctionner dès qu'elles échappaient à l'effet énergétique des possédés. Les faucons continuaient de l'informer sur les astronefs en émergence. Tranquillité était maintenant encerclé par soixante-dix harpies ; cent trente vaisseaux adamistes étaient postés de chaque côté de l'habitat.

Un silence total régnait sur la passerelle de l'*Arikara*.

— Amiral, dit Rhoecus, *Ilex* et *Myoho* ont effectué leur saut.

Meredith hocha la tête.

— Bien. (Il ne voyait pas ce qu'il aurait pu dire d'autre.) Commandant Kroeber, veuillez contacter la flotte ennemie. Demandez-leur... Demandez-leur ce qu'ils veulent.

— À vos ordres, amiral.

L'ordinateur tactique lança un signal d'alarme.

— Lâcher de guêpes de combat ! s'écria Lowie. Ce sont les harpies qui ont tiré.

À une si courte distance, le barrage de contre-mesures électroniques ne pouvait rien faire pour dissimuler à l'escadre de Meredith l'explosion de carburant solide qui jaillit des astronefs bioteks. Chaque harpie avait lâché quinze guêpes de combat. Leurs étages de lancement s'égaillèrent tandis qu'elles passaient au stade de la fusiopropulsion et fonçaient sur l'habitat à vingt-cinq g d'accélération. Plus d'un millier de drones formant un immense nœud coulant de lumière qui se refermait inexorablement.

Les programmes tactiques passèrent en mode primaire dans les naneuroniques de Meredith. En théorie, ils avaient la capacité de résister avec succès à cet assaut, mais cela les laisserait pratiquement sans réserves de feu. Et il devait prendre une décision tout de suite.

C'était une situation désespérée, où l'instinct s'opposait au sens du devoir. Mais des citoyens de la Confédération étaient agressés ; et, pour un Saldana, le sens du devoir relevait de l'instinct.

— Salve défensive globale, ordonna Meredith. Feu !

Sur chacun des vaisseaux de l'escadre, les guêpes de combat jaillirent de leurs rampes de lancement. Les plates-formes DS de Tranquillité ouvrirent le feu au même instant. Pendant quelque temps, l'espace cessa d'être vide autour de la coque de l'habitat. Les courants de vapeur énergisée produits par les fusées de quatre mille guêpes aspergèrent Tranquillité, faisant naître une nébuleuse légèrement iridescente tourmentée par des tornades d'ions ambre et turquoise. Des pétales fracturés d'électricité entrèrent en éclosion à l'extrémité de chaque gratte-ciel, déchirant le chaos instable de ce vortex.

Les gerfauts s'élevaient des corniches de Tranquillité, cinquante astronefs fonçant vers la bataille à une forte accélération. Le programme tactique de Meredith révisa ses chances. Puis il vit plusieurs d'entre eux effectuer un saut. Au fond de son cœur, il ne pouvait pas leur en vouloir.

— Nous recevons un message, amiral, rapporta l'officier de communication. Un dénommé Luigi Balsamo, qui affirme être le commandant de la flotte de l'Organisation. Il dit : « Rendez-vous et rejoignez-nous, ou alors mourez et rejoignez-nous. »

— Quel connard mélodramatique, grommela Meredith. Veuillez transmettre ce message au seigneur de Ruine, la décision lui appartient autant qu'à nous. Après tout, c'est son peuple qui va en souffrir.

— Oh, merde ! *Amiral !* Nouveau lancer de guêpes de combat. Les vaisseaux adamistes cette fois-ci.

Obéissant à l'ordre de Luigi Balsamo, les cent quatre-vingts astronefs de l'Organisation lancèrent une salve de vingt-cinq guêpes de combat chacun. Propulsées à l'antimatière, elles foncèrent vers Tranquillité à quarante g d'accélération.

14.

L'astre n'était pas assez important pour mériter un nom. L'almanach des Forces spatiales de la Confédération se contentait de le répertorier sous la référence DRL0755-09-BG. C'était une banale étoile de type K, avec un éclat lugubre tirant sur l'orange foncé. Le premier astronef à avoir exploré son système, en 2396, lui avait à peine consacré quinze jours. Il n'avait trouvé que trois planètes intérieures solides, sans rien de remarquable, dont aucune n'était terracompatible. Des deux géantes gazeuses, la plus éloignée avait un diamètre équatorial de quarante-trois mille kilomètres et une couche supérieure vert pâle vierge de l'agitation atmosphérique habituelle. Aussi peu digne d'intérêt que les planètes intérieures. La seconde géante gazeuse éveilla quelque temps l'attention des explorateurs. Son diamètre équatorial s'élevait à cent cinquante-trois mille kilomètres, ce qui la rendait plus grosse que Jupiter, et il était coloré par une multitude de bandes de tempête. Dix-huit lunes tournaient autour d'elle, dont deux étaient pourvues d'une atmosphère d'azote et de méthane à haute pression. L'interaction complexe de leurs champs gravifiques interdisait la formation d'un anneau digne de ce nom, mais les plus grosses étaient toutes entourées d'un troupeau de débris rocheux.

L'équipage du vaisseau estima qu'une telle abondance de minerais aisément accessibles ne manquerait pas d'encourager l'installation d'habitats édénistes. Leur employeur réussit même à vendre à Jupiter les résultats préliminaires de l'exploration. Mais DRL0755-09-BG fut à nouveau victime de sa médiocrité. La géante gazeuse n'avait rien d'exceptionnel aux yeux des Édénistes, qui l'écartèrent à cause de l'absence de planète terracompatible dans le système. Au cours des deux cent quinze années suivantes, DRL0755-09-BG retomba dans l'oubli, seuls les patrouilleurs des Forces spatiales de la Confédération la visitant de temps à autre pour vérifier qu'il ne s'y cachait pas une station de production d'antimatière.

Tandis que les grappes de capteurs du *Lady Mac* lui transmettaient un balayage visuel de ce système minable, Joshua se demanda pourquoi les militaires se fatiguaient.

Il coupa la liaison et jeta un regard circulaire sur la passerelle. Alkad Mzu, étendue les yeux clos sur l'une des couchettes anti-g disponibles, absorbait le panorama extérieur. Monica et Samuel n'étaient pas loin, comme à leur habitude. Joshua ne souhaitait pas vraiment leur présence sur la passerelle, mais les agents secrets tenaient à avoir l'œil sur Mzu en permanence.

— Très bien, doc, et maintenant ?

Conformément aux indications de Mzu, le *Lady Mac* avait émergé cinq cent mille kilomètres au-dessus du pôle Sud de la géante gazeuse intérieure, près des frontières troubles de son énorme magnétosphère. Cela leur donnait une excellente vue de son système de lunes.

Alkad s'étira sans ouvrir les yeux.

— Veuillez configurer l'antenne du vaisseau afin qu'elle lance le signal le plus fort possible sur une bande orbitale équatoriale de cent vingt-cinq mille kilomètres de rayon. Je vous donnerai le code à transmettre quand vous serez prêt.

— C'était l'orbite de garage du *Frelon* ?

— Oui.

— D'accord. Sarha, prépare l'antenne parabolique, s'il te plaît. Tu as sans doute intérêt à prendre une marge d'erreur de vingt mille kilomètres. On ne sait pas dans quel état était l'astronef à son arrivée. Si on ne reçoit pas de réponse, augmente la zone de balayage jusqu'à la lune la plus éloignée.

— À tes ordres, capitaine.

— Combien restait-il de personnes à bord de votre antiquité, doc ? s'enquit Joshua.

Alkad se détacha à regret des images qui affluaient dans ses naneuroniques. Ainsi, c'était là l'étoile représentée par ce ridicule code alphanumérique qui lui avait servi de talisman pendant trente ans. Jamais elle n'avait cessé de croire qu'il l'attendait ici ; un million de fois elle avait répété leurs retrouvailles, mots doux et regards aimants. Mais à présent qu'elle était sur les lieux, qu'elle voyait de ses yeux cet astre couleur ambre pâle, le doute la mordait comme du givre. Le destin et la faiblesse humaine avaient réduit en pièces tous les autres aspects de leur plan. Le sort de celui-ci serait-il différent ? Un voyage infraluminique de deux années-lumière et demie. Comment l'avait qualifié le jeune capitaine ? Impossible.

— Neuf, murmura-t-elle. Ils devraient être neuf. Est-ce que ça pose un problème ?

— Non. Le *Lady Mac* pourra les accueillir.

— Bien.

— Avez-vous pensé à ce que vous allez leur dire ?

— Pardon ?

— Bon Dieu, doc, leur planète natale a été rayée des cartes stellaires, vous ne pouvez pas utiliser l'Alchimiste pour la venger, les morts sont en train de conquérir l'univers et vos amis vont devoir passer le restant de leurs jours enfermés dans Tranquillité. Vous avez eu trente ans pour vous habituer au génocide et quinze jours pour encaisser les possédés. Pour eux, on est toujours en l'an de grâce 2581 et ils sont toujours en mission de combat. Vous croyez qu'ils vont accepter les nouvelles avec sérénité ?

— Ô sainte Marie !

Encore un problème, et avant même de savoir s'ils avaient survécu.

— L'antenne est prête, dit Sarha.

— Merci, fit Joshua. Très bien, doc, vous pouvez transmettre votre code à l'ordinateur de bord. Ensuite, commencez à réfléchir à une formule d'accueil. Et réfléchissez bien, parce que je n'ai pas l'intention d'aborder un astronef armé d'antimatière qui ne serait pas ravi de me voir.

Le *Lady Mac* émit un mince faisceau de micro-ondes porteur du signal de Mzu. Sarha surveilla sa progression comme il parcourait la bande orbitale appropriée. Il n'y eut aucune réponse immédiate – ce qui ne la surprit guère. Elle effectua deux nouveaux balayages, puis orienta l'antenne pour couvrir une nouvelle bande orbitale.

Il fallut cinq heures pour établir un contact. La tension qui avait régné sur la passerelle pendant la première demi-heure s'était depuis longtemps dissipée. Ashly, Monica et Voi préparaient des sachets de nourriture à la cuisine lorsqu'une petite étoile verte apparut sur l'affichage que l'ordinateur de bord transmettait aux naneuroniques de Sarha. Des programmes d'analyse et de discrimination se mirent en ligne, filtrant les parasites provenant de la géante gazeuse pour se concentrer sur le signal. Deux récepteurs auxiliaires émergèrent de la coque du

Lady Macbeth, déployant des antennes multibandes à spectre large pour compléter l'antenne principale.

— Il y a bien quelqu'un dans les parages, dit Sarha. Signal faible mais régulier. Code de transpondeur aux normes du MAC, mais pas de numéro matricule. L'astronef parcourt une orbite elliptique de quatre-vingt-onze mille kilomètres de périgée et cent soixante-dix mille d'apogée à quatre degrés d'inclinaison. En ce moment, il se trouve à quatre-vingt-quinze mille kilomètres de l'atmosphère.

Soudain, elle entendit un hoquet étrangement étouffé et délaissa l'affichage pour se tourner vers la passerelle.

Toujours allongée sur sa couchette, Alkad Mzu semblait tétanisée. Ses naneuroniques s'affairaient à censurer son langage corporel à coups de commandes neurales. Mais Sarha distingua au-dessus de ses yeux rougis une pellicule liquide qui allait en s'épaississant. Lorsqu'elle battit des cils, des gouttelettes s'envolèrent autour d'elle.

Joshua siffla.

— Impressionnant, doc. Vos vieux camarades ont des couilles, je l'admets.

— Ils sont vivants ! s'écria Alkad. Ô sainte Marie, ils sont vivants.

— Disons que le *Frelon* est arrivé à bon port, la tempéra sèchement Joshua. Attendons d'avoir des faits pour formuler d'autres conclusions. Tout ce qu'on a pour l'instant, c'est une balise. Que doit-il se passer ensuite, le capitaine sort de tau-zéro ?

— Oui.

— Bien. Sarha, continue de surveiller le *Frelon*. Beaulieu, Liol, on repasse en conditions de vol, s'il vous plaît. Dahybi, charge les nœuds ergostructurants, je veux être prêt à sauter si les choses tournent mal.

Il entreprit de calculer un vecteur qui les conduirait à proximité du *Frelon*.

Les trois fusiopropulseurs du *Lady Mac* s'activèrent, l'amenant à une accélération de trois g. Il décrivit une parabole aplatie au-dessus de la géante gazeuse, se dirigeant vers sa pénombre.

— Changement de signal, annonça Sarha. Il est plus fort à présent, mais c'est toujours une émission multidirectionnelle, ils ne se sont pas pointés sur nous. On reçoit un message AV.

— Très bien, doc, lança Joshua. À vous de jouer. Soyez convaincante.

Ils se trouvaient à quatre cent cinquante mille kilomètres du

Frelon, ce qui entraînait un délai de réponse malaisé. Plaquée à sa couchette, Alkad ne pouvait bouger que ses yeux, qui se braquaient sur un holoécran placé au-dessus d'elle. Lentement, l'image couleur magenta s'éclaircit, lui montrant la passerelle du *Frelon*. Elle semblait avoir été pillée par une équipe de récupérateurs : on avait forcé les consoles, pour récupérer une partie des circuits des piles électroniques, on avait démonté les panneaux muraux, exposant une machinerie à moitié démantelée. Comme pour ajouter à ce désordre, toutes les surfaces étaient festonnées de givre. Au fil des ans, sachets d'emballage, attaches, petits outils, vêtements et autres détritus s'étaient amassés dans les coins, évoquant à présent des chrysalides artificielles figées en pleine métamorphose. Des ombres aux étranges formes anguleuses découpaient l'espace du compartiment, complétant cette impression d'anarchie gothique. On n'y trouvait qu'une seule source lumineuse, une petite torche de secours portée par un individu en combinaison IRIS.

— Ici le capitaine Kyle Prager. D'après l'ordinateur de bord, nous avons capté votre signal codé d'activation. J'espère que c'est vous, Alkad. Est-ce que vous me recevez ? Il me reste très peu de capteurs en état de marche. En fait, quasiment plus rien ne marche dans cette épave.

— Je vous reçois, Kyle, répondit Alkad. Et c'est bien moi. Je suis revenue, comme je vous l'avais promis.

— Sainte Marie, c'est vraiment vous ? Je ne reçois qu'une image médiocre, vous avez... changé.

— J'ai vieilli, Kyle. J'ai beaucoup vieilli.

— De trente ans à peine, sauf si la relativité est plus bizarre qu'on le pensait.

— Kyle, s'il vous plaît, est-ce que Peter est là ? Est-ce qu'il s'en est tiré ?

— Il est là et il va bien.

— Marie toute-puissante. Vous en êtes sûr ?

— Oui. Je viens de contrôler sa nacelle tau-zéro. Nous sommes six à avoir survécu.

— Seulement six ? Que s'est-il passé ?

— Nous avons perdu Tane Ogilie il y a deux ou trois ans, quand il est sorti pour travailler sur le propulseur. Il fallait le réparer avant de pouvoir décélérer pour procéder à l'injection orbitale ; les systèmes avaient pas mal souffert durant ces vingt-huit ans. L'ennui, c'est que l'unité à antimatière était fortement radioactive. Même son armure ne l'a pas empêché de recevoir une dose létale.

— Ô sainte Marie, je suis navré. Et les deux autres ?

— Comme je vous l'ai dit, les systèmes se sont dégradés. Le tau-zéro vous maintient dans une stase parfaite, mais ses composants finissent par s'user. Ces deux malheureux se sont réveillés au cours du voyage, nous ne l'avons constaté qu'en émergeant à notre tour pour entamer la décélération. Ils s'étaient suicidés.

— Je vois, dit-elle d'une voix tremblante.

— Que s'est-il passé, Alkad ? Vous n'êtes pas en uniforme garissan, à ce que je vois.

— Les Omutans sont passés à l'acte, Kyle. Comme nous le redoutions. Ces enfoirés nous ont attaqués.

— C'était grave ?

— Irréparable. Six superbombes.

Joshua se débrancha du circuit de communication pour se consacrer à des tâches de routine. Il y avait en ce monde certaines choses qu'il ne tenait pas à voir : les réactions d'un homme apprenant que sa planète natale avait péri, par exemple.

Les capteurs du *Lady Mac* recueillaient de nouvelles informations sur le *Frelon*, ce qui permettait à l'ordinateur de bord d'affiner la localisation initiale effectuée par Sarha. Les violentes émissions magnétiques et électromagnétiques de la géante gazeuse ne leur facilitaient pas la tâche. Même à l'altitude qui était la leur, l'espace était un épais potage ionique, parcouru de courants énergétiques qui affectaient les performances des capteurs.

Joshua modifia leur vecteur de vol à mesure que ces informations lui parvenaient. Le *Lady Mac* survolait à présent la face nocturne, et l'essaim de particules qui entourait son fuselage émettait une légère lueur rose caractéristique d'une magnétosphère. Les circuits n'étaient pas à la fête.

Beaulieu et Liol télétransmettaient sans cesse des instructions conçues pour réguler le flot et maintenir les systèmes en fonctionnement. Lorsqu'il examina les performances de Liol, Joshua les trouva irréprochables. Il ferait un excellent membre d'équipage. Peut-être pourrais-je lui proposer de remplacer Melvyn, sauf que son ego ne lui permettrait jamais d'accepter. Il y a sûrement un moyen de régler notre différend.

Il revint sur le circuit de communication. Après avoir encaissé le choc, Kyle Prager avait mal réagi en apprenant que Mzu avait passé un accord avec Ione et les services secrets.

— Je ne peux le confier à personne d'autre, vous le savez

bien, dit le capitaine. Vous n'auriez jamais dû les conduire ici, quel que soit le marché que vous avez passé avec eux.

— Vous auriez préféré que je vous laisse pourrir ? répliqua Alkad. Je ne pouvais pas faire ça. Pas en sachant que Peter était avec vous.

— Pourquoi ? Tout était prévu. Nous aurions détruit l'Alchimiste et lancé un appel à l'aide aux Forces spatiales de la Confédération. Vous le savez parfaitement. Quant à cette ridicule histoire de revenants...

— Sainte Marie. Nous pouvons à peine capter votre signal et je savais où vous trouver. Dans quel état auriez-vous été cinq ans plus tard ? Et puis, peut-être n'y aura-t-il plus de Confédération dans cinq ans, voire dans cinq mois.

— Tout plutôt que de courir le risque que d'autres apprennent à construire un Alchimiste.

— Ce n'est pas moi qui le leur enseignerai.

— Bien sûr que non, mais la tentation va être forte à présent que son existence est connue.

— Elle est connue depuis trente ans, et la technologie nécessaire est toujours protégée. Cette mission de sauvetage a pour seul but de veiller à ce qu'elle le reste.

— Vous m'en demandez trop, Alkad. Je suis désolé, mais la réponse est non. Si vous essayez de nous arraisonner, je débrancherai les chambres de confinement. Il nous reste suffisamment d'antimatière.

— Non ! hurla Alkad. Peter est à bord.

— Alors, restez à l'écart.

— Capitaine Prager, ici le capitaine Calvert. J'aimerais vous soumettre une solution toute simple.

— Je vous écoute, répondit Prager.

— Larguez l'Alchimiste sur la géante gazeuse. Ensuite, on viendra vous récupérer. Je peux vous assurer que je ne m'approcherai pas du *Frelon* en sachant qu'une telle menace pèse sur moi.

— J'aimerais pouvoir accepter votre proposition, capitaine, mais il nous faudra un certain temps pour préparer le porteur de l'Alchimiste. Puis pour l'alimenter en antimatière. Et même si ça marche, il est toujours possible que vous l'interceptiez.

— Vous vous trimbalez une sacrée dose de paranoïa, capitaine.

— Elle m'a permis de survivre pendant trente ans.

— Bon, écoutez-moi. Si nous étions des possédés, ou si nous voulions tout simplement acquérir la technologie de l'Alchimiste, nous n'aurions pas eu besoin de venir ici. Nous tenons déjà le doc. Vous êtes un militaire, vous savez qu'il y a toujours un moyen d'arracher des informations à un donneur récalcitrant. Et nous n'aurions sûrement pas inventé une histoire aussi dingue que celle des possédés pour brouiller les cartes. Mais nous ne sommes pas des possédés, nous ne vous sommes pas hostiles, et nous avons dit la vérité. Alors je vais vous proposer une autre solution. Si vous doutez encore de notre volonté de mettre un terme à la menace de l'Alchimiste, adoptez donc la méthode kamikaze.

— Non ! s'écria Alkad.

— Silence, doc. Mais avant cela, capitaine, mettez ce Peter Adul dans un vidoscaphe, jetez-le dans l'espace et laissez-nous le récupérer. S'il sait comment construire un Alchimiste, il ne doit pas mourir. Les possédés mettraient aussitôt la main sur lui. Votre devoir vous commande également d'éviter toute fuite. Une fois que nous l'aurons à notre bord, je vous exploserai moi-même si c'est nécessaire.

— Vous le feriez, n'est-ce pas ? demanda Prager.

— Seigneur, oui. Après ce que j'ai dû endurer pour capturer le doc, ce sera un vrai plaisir d'en finir avec cette histoire.

— C'est peut-être un effet de la mauvaise réception, mais vous me paraissez très jeune, capitaine Calvert.

— Probablement, comparé à la majorité des capitaines d'astronef. Mais n'oubliez pas que je représente votre seule option. Soit vous mourez, soit vous montez à mon bord.

— Kyle, supplia Alkad. Pour l'amour de Marie !

— Très bien, capitaine Calvert, vous pouvez arraisonner le *Frelon* et embarquer mon équipage. Ensuite, l'astronef sera sabordé avec l'Alchimiste à son bord.

Joshua entendit quelqu'un pousser un soupir sur la passerelle.

— Merci, capitaine.

— Quel ingrat, cet enfoiré ! s'exclama Liol. N'oublie pas de lui présenter une facture de sauvetage salée, Joshua.

— Eh bien, voilà qui règle la question, glousssa Ashly. Tu es bel et bien un Calvert, Liol.

Le *Frelon* était dans un triste état. Cela devint de plus en plus évident lors de l'ultime phase d'approche du *Lady Mac*, tandis qu'il se préparait à l'aborder à partir d'une orbite légèrement plus basse. Les deux vaisseaux se trouvaient à présent au cœur de la pénombre, mais le gigantesque croissant orange et blanc dont ils s'éloignaient les nimbait encore d'une splendide aura coronale. Cela permit aux capteurs optiques du *Lady Mac* de fournir une image détaillée à dix kilomètres de distance.

La quasi-totalité des plaques avait disparu du quart inférieur du fuselage de l'astronef, ne laissant qu'une simple structure de pétales argentés autour de ses tubes de propulsion. L'armature antistress hexagonale était nettement visible, enveloppant des éléments de machinerie noirs et chrome terni. Certaines unités étaient de toute évidence des pièces rapportées, et elles saillaient au centre de l'hexagone, où on les avait insérées à la hâte pour remplacer ou renforcer les composants d'origine. Entre la section centrale et l'avant, le fuselage était relativement intact. Cependant, il ne restait qu'une petite quantité de mousse protectrice, qui se réduisait à une série de taches noirâtres. La silicone monovalente noire était labourée de longues cicatrices argentées, traces de multiples impacts de particules. Plusieurs centaines de petits cratères marquaient les points du fuselage où les générateurs de valence avaient souffert de surcharge. La vapeur et les débris avaient été absorbés par le module ou le réservoir placés à ces endroits. Aucune des fragiles grappes de capteurs n'avait survécu. Seuls deux échangeurs thermiques étaient déployés, et ils étaient salement cabossés ; à l'un d'eux manquait une grosse tranche, comme s'il avait été mordu.

— J'enregistre une forte émission magnétique, dit Beaulieu alors qu'ils parcouraient le dernier kilomètre. Mais l'activité thermique et électrique du bâtiment est minimale. Exception faite d'un générateur de fusion auxiliaire et de trois chambres de confinement, le *Frelon* est pour ainsi dire inerte.

— Les tuyères sont également inactives, ajouta Liol. Ils sont soumis à une légère rotation. Une révolution toutes les huit minutes dix-neuf secondes.

Joshua examina le retour radar et calcula un vecteur qui l'amènerait face au sas du vieux vaisseau blessé.

— Je peux vous aborder et vous stabiliser, télétransmit-il au capitaine Prager.

— Ça ne servirait pas à grand-chose, répondit celui-ci. Notre sas est criblé d'impacts de particules ; et ça m'étonnerait que ses attaches soient fonctionnelles. Si vous vous immobilisez, nous gagnerons votre bord en vidoscaphe.

— Entendu.

— Capitaine, lança Beaulieu. Je capte deux fusiopropulseurs sur un vecteur d'approche.

— Seigneur !

Il accéda aux capteurs. La moitié de l'image était occupée

par un océan spectral couleur abricot illuminé par les gigantesques aurores boréales flottant sereinement au-dessus de lui. Le ciel nocturne qui le surmontait abritait un splendide firmament où les seuls éléments mobiles étaient les petites lunes parcourant leurs orbites immuables. Des icônes rouges encadraient deux étoiles parmi les plus brillantes, juste en dehors du plan de l'écliptique. Lorsque Joshua passa en mode infrarouge, elles devinrent étincelantes. Des vecteurs pourpres se fixèrent à elles, projetant des trajectoires menant droit sur lui.

— Distance d'environ deux cent mille kilomètres. (La voix synthétique de Beaulieu semblait exprimer une indifférence absolue.) Je pense pouvoir confirmer la signature de leurs propulseurs ; ce sont apparemment nos vieux amis, l'*Urschel* et le *Raimo*. Leurs sillages de plasma présentent des instabilités similaires. S'il ne s'agit pas d'eux, ce sont quand même des possédés.

— Surprise, grommela Ashly d'une voix morose.

Alkad jeta autour d'elle des regards frénétiques, cherchant à capter l'attention d'un astro. Ils étaient tous tournés vers Joshua qui était allongé sur sa couche, les yeux clos, plongé dans une concentration qui lui barrait le front de plusieurs plis.

— Qu'est-ce que vous attendez ? demanda-t-elle. Faites embarquer les survivants et filons d'ici. Ces astronefs sont trop loin pour nous menacer.

Sarha agita la main en signe d'agacement.

— Oui, pour le moment, dit-elle à voix basse. Mais ça ne va pas durer. Et nous sommes trop près de la géante gazeuse pour effectuer un saut. Nous devons nous en éloigner de cent trente mille kilomètres supplémentaires. En d'autres termes, nous devons aller là où ils se trouvent. Donc, nous ne pouvons pas foncer ; on se retrouverait à leur portée.

— Alors... que faire ?

Sarha désigna Joshua de l'index.

— Il va nous le dire. S'il existe un vecteur susceptible de nous tirer d'affaire, Joshua le trouvera.

Alkad fut surprise par le respect qu'exprimait l'astro d'ordinaire si colérique. Puis elle constata que tous les membres de l'équipage attendaient la décision de leur capitaine comme si celui-ci avait été un gourou. Cela la mit très mal à l'aise.

Joshua ouvrit les yeux.

— Nous avons un problème, annonça-t-il d'un air grave. Leur altitude leur donne un avantage tactique trop important. Je ne trouve pas de vecteur. (Petit rictus de regret.) Et, cette fois-ci, il n'y a même pas de point de Lagrange pour nous aider. De toute façon, je ne risquerais pas un coup pareil, cette géante gazeuse est trop grosse et nous sommes trop près d'elle.

— Manœuvre de fronde, suggéra Liol. On plonge sur la géante gazeuse et on saute une fois de l'autre côté.

— C'est-à-dire à trois cent mille kilomètres d'ici. Les performances du *Lady Mac* sont sans doute supérieures à celles des vaisseaux de l'Organisation, mais rappelle-toi qu'ils ont des guêpes de combat propulsées à l'antimatière. Quarante-cinq g d'accélération ; jamais on ne s'en sortirait.

— Seigneur.

— Beaulieu, établis une liaison com avec eux, reprit Joshua. S'ils répondent, demande-leur ce qu'ils veulent. Je suis sûr que nous le savons déjà, mais nous aurons au moins une confirmation.

— Oui, capitaine.

— Doc, comment on s'y prend pour les frapper avec l'Alchimiste ?

— Vous ne pouvez pas faire ça.

— Bon Dieu, doc, ce n'est pas le moment de sortir vos grands principes. Vous ne comprenez pas ? Nous n'avons aucune autre issue. Aucune. Cette arme est le seul avantage qu'il nous reste. Si nous ne les tuons pas, ils vous auront, Peter et vous.

— Ce n'est pas une question de principe, capitaine. Il est physiquement impossible de déployer l'Alchimiste contre des astronefs.

— Seigneur.

Il n'arrivait pas à y croire. Mais le doc avait l'air sincèrement terrifié. Son intuition le convainquit qu'elle disait vrai. Le programme de navigation continuait de sortir des vecteurs. En bonne machine qu'il était, il persistait à leur chercher une issue de secours en dépit des probabilités. Les vecteurs se succédaient en une incessante litanie subliminale, tels des éclairs pourpres se déchaînant à l'intérieur de son crâne. Manœuvres désespérées, frondes lunaires, points de Lagrange. Prie, bon sang, prie ! Ça ne faisait aucune différence. Les frégates de l'Organisation l'avaient bel et bien coincé. Son seul espoir était l'Alchimiste, cette machine de l'Apocalypse, une superbombe pour tuer deux insectes.

Je suis arrivé si près de son vaisseau porteur que je le vois de mes propres yeux. Je ne peux pas perdre maintenant, l'enjeu est trop élevé.

— Très bien, doc, je veux savoir ce que fait votre Alchimiste et comment il le fait. (Il claqua des doigts en direction de Monica et de Samuel.) Vous deux, je resterai pour toujours à Tranquillité si nous survivons, mais je dois savoir.

— Bon Dieu, Calvert, je resterai avec vous s'il le faut, rétorqua Monica. Mais sortez-nous d'ici.

— Joshua, dit Sarha. Tu ne peux pas faire ça.

— Donne-moi une solution de rechange. Liol votera pour elle. Comme ça, il sera capitaine.

— Je ne suis qu'un membre d'équipage, Josh. Cet astronef est le tien.

— C'est maintenant qu'il le dit. Transmettez-moi le dossier, doc. Vite, s'il vous plaît.

Son esprit traita les informations à mesure de l'arrivée des fichiers. Théorie, application, construction, déploiement, paramètres de fonctionnement. Le tout impeccablement trié et indexé. L'art et la manière d'assassiner une étoile ; d'assassiner une galaxie, en fait, à condition d'avoir la puissance requise ; ou encore... Joshua revint aussitôt aux critères de fonctionnement. Injecta ses propres chiffres dans les équations simples et glaçantes de Mzu.

— Seigneur, doc, ce n'était pas une rumeur. Vous êtes vraiment une femme dangereuse, hein ?

— Vous avez trouvé ? lui demanda Monica.

Elle aurait voulu lui hurler sa question au visage, l'arracher à son horripilante complaisance.

Joshua lui lança une œillade.

— Absolument. Écoutez, si on a laissé des plumes dans cette fonderie d'ironbergs, c'est parce que ce n'était pas mon territoire. Ici, dans l'espace, nous allons gagner.

— Est-ce qu'il parle sérieusement ? demanda Monica à la cantonade.

— Oh, oui, fit Sarha. Si quelqu'un ose s'en prendre au *Lady Mac*, il se brisera sur son ego.

High York posait à Louise un difficile problème d'interprétation. La colonne AV du salon du *Jamrana* en projeta l'image dans son nerf optique durant toute la phase d'approche. Il n'y avait pas de couleur et l'espace était si noir qu'elle ne distinguait même pas les étoiles. L'astéroïde, fort différent du cylindre ciselé de Phobos, n'était qu'une masse aux contours irréguliers que les capteurs du spationef semblaient incapables de rendre avec netteté. Des artefacts métalliques jaillissaient de sa surface vérolée suivant tous les angles possibles, la faisant douter de l'échelle de l'ensemble. Si celle-ci était telle qu'elle l'estimait, alors les artefacts en question étaient encore plus grands que le plus grand navire ayant jamais vogué sur les mers de Norfolk.

Fletcher était dans le salon avec elle. À en juger par ses rares commentaires, ces images lui étaient encore moins compréhensibles.

Genevieve, bien entendu, était cloîtrée dans sa cabine avec son bloc-processeur. Elle avait trouvé une âme sœur en la personne d'un des plus jeunes cousins de Pieri ; ils s'enfermaient pendant des heures pour vibrer aux exploits des Gilets verts de Trafalgar ou résoudre des puzzles topologiques en cinq dimensions. Louise désapprouvait la nouvelle lubie de sa petite sœur, mais, d'un autre côté, celle-ci la dispensait de s'occuper d'elle durant le voyage.

Le spatioport discoïdal de High York traversa l'image, éclipsant l'astéroïde proprement dit. Un geignement suraigu fit vibrer les cloisons du salon, et le *Jamrana* dériva vers l'avant. Et toujours aucune vue de la Terre. Louise était amèrement déçue. Pieri s'empresserait de pointer un capteur sur la planète si elle le lui demandait, elle en était sûre ; mais, pour le moment, toute la famille Bushay se consacrait à la procédure d'accostage.

Louise demanda à son bloc-processeur un état de la manœuvre d'approche et étudia l'affichage de l'écran pendant qu'il accédait à l'ordinateur de bord.

— Plus que quatre minutes, dit-elle.

À condition qu'elle ait lu correctement les chiffres et le graphique.

Elle avait passé une bonne partie du trajet à explorer les programmes éducatifs du bloc, jusqu'à maîtriser raisonnablement ses modes d'affichage et d'opération. Elle n'avait donc besoin de personne pour gérer ses packages médicaux et surveiller l'état de santé du bébé. Cela lui remontait un peu le moral. Dans la Confédération, l'existence était souvent centrée sur l'usage quotidien de l'électronique.

— Pourquoi êtes-vous si nerveuse, milady ? demanda Fletcher. Notre voyage approche de son terme. Avec l'aide de Notre-Seigneur, nous avons encore une fois triomphé des circonstances les plus hostiles. Nous sommes revenus sur cette bonne Terre, le berceau de l'humanité. Bien que je redoute le sort qui est le mien, je ne peux m'empêcher de me réjouir de ces retrouvailles.

— Je ne suis pas nerveuse, protesta-t-elle sans conviction.

— Allons, milady.

— D'accord. Ce n'est pas parce qu'on arrive à destination ;

je suis vraiment ravie que nous y ayons réussi. C'est peut-être stupide de ma part, mais je suis rassurée à l'idée de me retrouver sur la Terre. C'est une vieille et puissante planète, et s'il y a un lieu où l'on est partout en sécurité, c'est bien celui-ci. Et là est précisément le problème. Endron m'a dit quelque chose à son propos qui ne cesse de me tracasser.

— Vous savez que je vous aiderai si je le puis.

— Non. Là, vous ne pourrez rien faire pour moi. Justement. Endron m'a dit que nous ne sortirions jamais du spatioport de High York ; que nous y serions soumis aux inspections et aux examens les plus stricts. Cela ne ressemblera pas à notre arrivée sur Phobos. Et tout ce que m'a dit Pieri n'a fait que confirmer cette impression. Je suis navrée, Fletcher, mais je ne pense pas que nous allons nous en sortir cette fois-ci.

— Et pourtant, il le faut, murmura-t-il. Ce démon de Dexter ne doit pas triompher. S'il s'avère que c'est nécessaire, je me soumettrai aux souverains de la Terre pour pouvoir les mettre en garde.

— Oh, non, Fletcher, vous ne pouvez pas faire ça. Je ne veux pas qu'on vous fasse du mal.

— Et cependant, vous doutez de moi, lady Louise. Je vois votre cœur déchiré par la souffrance. Cela me cause une grande peine.

— Je ne doute pas de vous, Fletcher. C'est juste que... Si nous ne pouvons pas passer, Quinn Dexter ne le pourra pas non plus. Cela voudrait dire que vous avez fait tout ce voyage pour rien. Je n'aime pas cette hypothèse.

— Dexter est bien plus fort que moi, milady. J'ai gardé un amer souvenir de notre affrontement. Il est aussi plus rusé et plus impitoyable. S'il y a un défaut dans la cuirasse des vaillants chefs de port de la Terre, il le trouvera.

— Juste Ciel, j'espère bien que non. L'idée que Quinn Dexter puisse sévir impunément sur Terre est trop horrible.

— En effet, milady.

Il lui étreignit la main pour souligner sa détermination. Cela ne lui arrivait que rarement, et il évitait le plus souvent tout contact physique. Comme s'il redoutait de contaminer les autres.

— C'est pour cela que vous devez me faire le serment de poursuivre ma tâche si jamais je venais à faillir. Le monde doit être avisé des intentions diaboliques de Quinn Dexter. Et, si possible, vous devez aussi trouver cette Banneth qu'il évoque avec tant d'animosité. Avertissez-la de sa présence, soulignez le danger qui la menace.

— Je m'y efforcerai, Fletcher. Je vous le promets.

Fletcher était prêt à sacrifier sa raison et sa nouvelle vie pour sauver autrui. En comparaison, son propre désir de retrouver Joshua paraissait bien futile.

— Soyez prudent lorsque nous débarquerons, conseilla-t-elle.

— J'ai foi en Notre-Seigneur, milady. Et s'ils me capturent...

— Non !

— Ah, qui joue au matamore à présent ? Si je me souviens bien, c'est vous qui m'avez averti des pièges qui m'attendent.

— Je sais.

— Pardonnez-moi, milady. J'ai peur une nouvelle fois d'avoir manqué de tact.

— Ne vous inquiétez pas pour moi, Fletcher. Ce n'est pas moi que l'on mettra en tau-zéro.

— Oui, milady, cette perspective est de celles que je trouve terrifiantes, je le confesse. Je sais au fond de mon cœur que je ne supporterai pas très longtemps d'être confiné dans de telles ténèbres.

— Je vous en ferai sortir, promit-elle. S'ils vous mettent en tau-zéro, je débrancherai la machine ou quelque chose comme ça. J'engagerai des avocats. (Elle tapota la poche de poitrine de sa combi, y sentant les contours du crédisque de la Banque jovienne.) J'ai de l'argent.

— Espérons que cela sera suffisant, milady.

Elle lui adressa un sourire qu'elle espérait radieux, mettant un terme à leur conversation. Advienne que pourra.

Le *Jamrana* fut secoué par une violente vibration, qui fit trembler divers objets dans le salon. On entendit un bruit métallique dans le puits de l'échelle centrale lorsque les attaches d'amarrage du spatioport se mirent en place.

— C'est drôle, dit Louise.

Sur l'écran de son bloc-processeur, l'affichage subissait un changement radical.

— Quelque chose de grave, milady ?

— Je ne pense pas. Mais c'est bizarre. Si je lis correctement, le capitaine a donné au spatioport un accès total à l'ordinateur de bord. Ils font tourner des programmes de diagnostic perfectionnés pour contrôler tout ce qui se trouve dans le spationef.

— Est-ce dangereux ?

— Je n'en suis pas sûre.

Louise se raidit et jeta autour d'elle des regards empruntés. Elle s'éclaircit la gorge.

— Ils accèdent aussi aux caméras internes. On nous observe.

— Ah !

— Venez, Fletcher. Nous devons nous préparer à débarquer.

— Oui, madame.

Il avait sans broncher repris son rôle de fidèle serviteur. Louise espéra que les caméras ne repéreraient pas le sourire furtif qui lui échappa lorsqu'elle s'éloigna du pont.

La cabine de Genevieve grouillait de cubes lumineux hauts de quatre pouces, chacun d'une couleur différente. Des petites créatures y étaient emprisonnées comme dans des cages de verre teinté. La projection se figea comme Louise activait la porte, et la bande sonore à base de rock symphonique s'estompa.

— Gen ! Tu étais censée faire tes bagages. Nous sommes arrivés, tu sais.

Sa petite sœur la fixa à travers la matrice transparente, les yeux rouges et le teint brouillé.

— Je viens juste de désarmer huit guerriers trogolois du contre-programme, tu sais. Jamais je n'étais arrivée à ce niveau.

— Bravo. Maintenant, fais tes bagages. Tu continueras ta partie plus tard.

Le visage de la fillette se figea dans une grimace rebelle.

— Ce n'est pas juste ! On s'en va tout le temps à peine arrivés quelque part !

— C'est parce que nous sommes en voyage, petite sotte. Dans quinze jours, nous serons arrivées à Tranquillité, et tu pourras te faire pousser des racines aux pieds et des feuilles aux oreilles si ça te chante.

— Pourquoi on ne reste pas à bord de ce vaisseau ? Les possédés ne nous attraperont jamais si on continue de voyager.

— Parce qu'on ne peut pas voyager éternellement.

— Je ne vois...

— *Gen*, fais ce qu'on te dit. Éteins cet appareil et fais tes bagages. Tout de suite !

— Tu n'es pas mère.

Louise lui lança un regard méchant. Le masque de Genevieve s'effrita, et elle éclata en sanglots.

— Oh, Gen !

Louise traversa l'étroit espace et prit la fillette dans ses bras. Elle ordonna au bloc-processeur de se désactiver, et les cubes étincelants s'évanouirent dans des nuées d'étincelles.

— Je veux rentrer à la maison, bredouilla Genevieve. Je veux aller à Cricklade, pas à Tranquillité.

— Je suis navrée, la consola Louise. Je ne me suis pas beaucoup occupée de toi pendant ce voyage, hein ?

— Tu avais d'autres soucis en tête.

— Quand as-tu dormi pour la dernière fois ?

— La nuit dernière.

— Hum.

Louise plaça son index sous le menton de sa sœur pour lui relever la tête et examina les cernes sous ses yeux.

— Je ne dors pas bien en zéro-g, avoua Genevieve. Je n'arrête pas de penser que je vais tomber et j'ai un bouchon dans la gorge. C'est horrible.

— À High York, nous allons descendre dans un hôtel au dernier niveau de la biosphère. Comme ça, nous dormirons toutes les deux dans un vrai lit. Qu'est-ce que tu en dis ?

— Ça ira mieux, je suppose.

— Voilà. Imagine un peu si Mrs Charlsworth pouvait nous voir. Deux filles de propriétaires fonciers voyageant sans chaperon, sur le point de visiter la Terre et ses arches si décadentes.

Genevieve s'efforça de sourire.

— Elle en serait maboul !

— Sans aucun doute.

— Louise, comment je vais faire pour ramener ce bloc chez nous ? Je n'ai pas envie de l'abandonner.

Louise examina attentivement l'unité si inoffensive d'apparence.

— Nous avons échappé aux possédés et traversé la moitié de la galaxie. Tu ne penses quand même pas que nous aurons du mal à introduire ce gadget à Cricklade, non ?

— Non. (Genevieve s'anima.) Tout le monde sera jaloux de nous quand on reviendra. Il me tarde de voir la tête que fera Jane Walker quand je lui dirai qu'on est allées sur Terre. Elle qui se vante toujours de ses vacances exotiques sur l'île de Melton.

Louise embrassa sa sœur sur le front et l'étreignit.

— Fais tes bagages. Je te retrouve au sas dans cinq minutes.

Restait un moment difficile à passer. Toute la famille Bushay s'était rassemblée près du sas, en haut du module de vie, pour leur dire au revoir. Pieri, visiblement navré, s'efforçait de dissimuler ses sentiments à ses parents et au reste de sa nombreuse famille. Il réussit à déposer un baiser platonique sur la joue de Louise, l'étreignant un peu plus longtemps qu'il n'était nécessaire.

— Je pourrai quand même vous servir de guide ? marmonna-t-il.

— Je l'espère. (Elle lui rendit son sourire.) Cela dépend du temps que je passerai ici, n'est-ce pas ?

Il hocha la tête en rougissant.

Louise s'engagea dans le sas, passant son sac de voyage par-dessus son épaule. Un homme flottait juste derrière l'écoutille à l'autre bout, vêtu d'une tunique vert pâle à la manche frappée de lettres blanches. Il lui adressa un sourire poli.

— Vous êtes sans doute les Kavanagh ?

— Oui, fit Louise.

— Excellent. Brent Roi, Services des douanes de High York. Il y a quelques formalités à remplir, j'en ai peur. Nous n'avons plus de visiteurs étrangers au système depuis le début de la quarantaine. Ce qui signifie que mes assistants passent le plus clair de leur temps à se tourner les pouces. Il y a un mois, on ne vous aurait même pas remarquées dans la foule. (Il se fendit d'un large sourire au bénéfice de Genevieve.) Quel gros sac vous avez là. Vous ne seriez pas une contrebandière, par hasard ?

— Non !

Il lui fit un clin d'œil.

— Bien. Par ici, je vous prie.

Il descendit le corridor en passant d'une prise-crampon à l'autre.

Louise le suivit, Genevieve sur les talons. Elle entendit un bourdonnement derrière elle. L'écoutille menant au *Jamrana* se refermait.

Plus moyen de revenir en arrière désormais. Comme si j'avais jamais eu le choix.

Au moins le douanier semblait-il amical. Peut-être s'était-elle fait trop de souci.

Le compartiment où la conduisit Brent Roi n'était qu'une section plus large du corridor, un cylindre de dix mètres de long et de huit de large. Il était vierge de tout équipement, exception faite de cinq enfilades de prises-crampons rayonnant depuis son entrée.

Dès qu'il eut passé l'ouverture, Brent Roi plia les jambes et se propulsa d'un coup de reins. Lorsque Louise le suivit, il avait déjà rejoint les hommes alignés contre la paroi. Elle regarda autour d'elle, le cœur battant d'appréhension. Douze silhouettes l'entouraient, accrochées aux prises-crampons, le visage dissimulé par un casque à visière d'argent. Chacune tenait une sorte de fusil. Leurs canons se braquèrent sur Fletcher dès qu'il eut franchi le seuil.

— C'est ça, la douane ? demanda-t-elle d'une voix blanche.

La petite main de Genevieve se referma autour de sa cheville.

— Louise !

Elle grimpa le long du corps de sa sœur comme du lierre mouvant. Les deux filles s'accrochèrent l'une à l'autre, terrorisées.

— Ces jeunes dames ne sont pas possédées, déclara calmement Fletcher. Je vous prie de ne pas les mettre en danger. Je ne vous résisterai pas.

— Tu n'as pas intérêt, espèce d'enflure, gronda Brent Roi.

Ashly enclencha les tuyères du VSM. Trop fort, trop longtemps. Il jura. Il avait inversé la dérive plutôt que de la stopper. La tension nerveuse menaçait de le submerger. Des erreurs comme celle-ci pouvaient leur coûter plus que la vie. Il télétransmit une nouvelle série d'instructions à l'ordinateur de l'appareil, et les tuyères s'activèrent à nouveau, plus doucement cette fois-ci.

Le VSM s'immobilisa trois mètres au-dessus de la rampe de lancement. Cette partie du fuselage du *Frelon* était aussi abîmée, aussi scarifiée que le reste. Mais elle était intacte.

— Aucune pénétration de particules, transmit-il. La rampe n'a pas l'air endommagée.

— Bien, ouvre-la, répondit Joshua.

Ashly s'affairait déjà à déployer trois des waldos du VSM. Il enfonça une pince dans la prise de fixation ayant jadis supporté une grappe de capteurs et en écarta les segments pour ancrer le VSM. Au bout du deuxième waldo apparut une thermolame à l'éclat jaune safran. Ashly l'utilisa pour découper le fuselage au bord de l'écoutille, puis commença à scier.

Le *Frelon* et le VSM se mirent soudain à trembler. L'ordinateur lui transmit une série de mises en garde : son point d'ancrage avait légèrement bougé.

— Joshua, encore un coup comme ça et tu me catapultes dans l'espace.

— Désolé. C'est fini, on a réussi à l'arrimer.

Ashly accéda à la petite batterie de capteurs du VSM. Le *Lady Mac* s'était amarré à l'arrière du *Frelon*, ses attaches de poupe étaient fixées aux verrous correspondants du vaisseau de guerre. Un fin piston d'argent jaillit de son anneau de couplages ombilicaux, tâtonnant à la recherche d'une prise sur la coque du *Frelon*.

Des silhouettes en vidoscaphe, propulsées par des modules de manœuvre, flottaient en direction d'un disque de lumière –

le sas grand ouvert du *Lady Macbeth*. Une rampe de lancement venait de s'ouvrir sur le flanc de celui-ci. Il en émergeait le bout d'une guêpe de combat, un cylindre noir cannelé hérissé d'antennes et de capteurs. Beaulieu s'activait sur lui, son corps luisant parcouru de reflets rose saumon qui ondoyaient à chacun de ses mouvements. Elle avait ancré ses pieds dans la grille contenant le réservoir et les générateurs du drone. L'une des trappes à charges secondaires était déjà ouverte ; la cosmonik s'affairait à en extraire une grappe de nacelles de contre-mesures électroniques.

Le waldo du VSM acheva de scier le pourtour de l'écoutille du *Frelon*. Ashly saisit celle-ci avec le waldo de manipulation et la dégagea. Il en jaillit un nuage de poussière et de flocons de matériau composite qui s'estompa très vite. Les feux du VSM s'orientèrent, lui révélant l'intérieur d'un cylindre aux parois blanches où se nichait un missile conique et profilé dont la surface argentée était plus étincelante qu'un miroir.

— Est-ce que c'est le bon ? demanda-t-il en transmettant une image rétinienne.

— Oui, c'est le porteur de l'Alchimiste, répondit Mzu.

— Aucun de ses processeurs ne répond. Température : cent vingt kelvins.

— Ça n'a pas affecté l'Alchimiste.

Ashly ne fit aucun commentaire, espérant que l'assurance de la physicienne était aussi justifiée que celle de Joshua. Il tendit l'un des waldos manipulateurs vers le tube de lancement et le referma autour de la pointe du véhicule porteur. Les clés triangulaires trouvèrent les attaches et les tournèrent. Il rétracta le waldo avec prudence, tirant le nez conique vers lui. Il était relié à la base par des joints de circuit thermique qui lui résistèrent ; trente ans d'exposition au vide glacial les avaient pétrifiés. Ashly augmenta la tension sur le waldo, et ils se brisèrent avec une vibration que l'absorbeur d'inertie parvint à peine à compenser.

— Ça y est ? demanda-t-il lorsque le nez du cône fut dégagé.

— Ça y est, confirma Mzu.

L'Alchimiste consistait en un globe d'un mètre cinquante de diamètre, dont la surface unie était d'un gris parfaitement neutre. Il était maintenu en place par cinq pattes d'araignée en carbotanium qui l'enserraient fermement grâce aux coussinets ajustables placés sur toute leur longueur.

— Vous devriez pouvoir détacher l'ensemble du mécanisme de maintien, précisa Mzu. Tranchez les câbles d'alimentation et de transfert de données si nécessaire ; ils ne nous servent plus à rien.

— D'accord.

Il avança le waldo à proximité de l'Alchimiste et examina le mécanisme de maintien grâce à ses petits capteurs.

— Ça devrait aller vite, ce sont des rivets standard. Je peux les découper.

— Ne traîne pas, s'il te plaît, Ashly, télétransmit Joshua. Les astronefs de l'Organisation ne sont plus qu'à vingt-quatre minutes.

— Pigé. Il me faudra trois minutes pour livrer ce truc à Beaulieu. (Il déplaça le premier de ses outils de manipulation.) Docteur ?

— Oui.

— Pourquoi s'embêter à utiliser un véhicule porteur spécialisé si on peut déployer l'Alchimiste dans une guêpe de combat ordinaire ?

— Ce véhicule porteur est conçu pour lancer l'Alchimiste dans une étoile. C'est une cible plutôt large, je vous l'accorde, mais un astronef ne peut pas l'approcher de trop près. Le porteur doit être protégé de la chaleur et des radiations de l'étoile, et assez rapide pour ne pas être intercepté par une guêpe de combat en cas de détection. Il est capable d'une accélération de soixante-trois g.

Ashly aurait bien aimé procéder à une vérification. Mais vu leur situation actuelle, l'ignorance et la foi leur facilitaient grandement la vie.

Monica suivit Alkad dans le compartiment de préparation aux SEV mais eut la délicatesse de garder ses distances. Elle était accompagnée de deux agents secrets prêts à inspecter les astros du *Frelon* pour vérifier qu'ils n'introduisaient rien de menaçant à bord du *Lady Macbeth*.

Alkad ne prêtait pas vraiment attention à leur présence, car sa vie était depuis si longtemps placée sous observation que cette nouvelle intrusion était dénuée de sens. Même en cet instant des plus précieux.

Elle s'ancra à une pelote-crampon devant l'écoutille du sas, attendant la suite des événements en feignant la patience. En examinant ses propres sentiments, elle y trouva l'anticipation teintée d'angoisse qui était de mise, mais qui se révéla un tantinet moins intense qu'elle ne l'aurait cru. Trente ans. Peut-on vraiment rester amoureux aussi longtemps ? Ou bien ai-je tout simplement entretenu l'idéal de l'amour ? Une petite illusion d'humanité dans une personnalité qui, de façon méthodique et délibérée, s'est débarrassée de toute autre forme de faiblesse émotionnelle.

Le souvenir du bon vieux temps était bien là. Ainsi que celui des idéaux partagés. Sans parler des moments d'affection, d'adoration et d'intimité. Mais l'amour ne nécessitait-il pas la présence de l'être aimé pour se maintenir et se renouveler en permanence ? Et si Peter était devenu un simple concept utile à la cause, une raison supplémentaire pour moi de conserver ma détermination ?

Ces doutes la poussaient à fuir ce moment. Quoi qu'il en soit, j'ai plus de soixante ans et il n'en a que trente-cinq. Une main se leva vers son visage pour remettre un peu d'ordre dans ses cheveux. Idiote. Si elle s'était vraiment souciée de son apparence, elle serait passée à l'action depuis belle lurette. Packages cosmétiques, implants hormonaux, thérapie génique. Sauf que Peter l'aurait détestée pour avoir eu recours à de tels mensonges.

Alkad ordonna à sa main rebelle de s'abaisser. Les voyants du processeur de contrôle du sas passèrent du rouge au vert, et l'écoutille circulaire s'ouvrit.

Peter Adul fut le premier à entrer, les autres lui ayant fait cette politesse. La couche de silicone de sa combinaison IRIS s'était retirée de sa tête, si bien qu'elle vit tout de suite les traits qu'elle se rappelait si bien. Il la fixa du regard, un sourire apeuré aux lèvres.

— Des cheveux blancs, dit-il doucement. J'avais imaginé plein de choses, mais pas ça.

— Ce n'est pas si grave. J'ai imaginé bien pire pour toi.

— Mais il ne m'est rien arrivé. Et nous sommes là. Et tu es venue à notre secours. Au bout de trente ans, tu es vraiment venue.

— Évidemment, dit-elle, indignée.

Peter eut un sourire malicieux. Elle éclata de rire et se précipita dans ses bras.

Joshua accéda aux capteurs externes du VSM pour observer Ashly et Beaulieu, qui s'efforçaient d'intégrer l'Alchimiste à la guêpe de combat. À l'aide d'un waldo, Ashly insérait délicatement l'appareil dans la chambre à charges secondaires que la cosmonik avait dégagée. L'Alchimiste y rentrerait sans problème, mais on ne pouvait pas en dire autant de ses pattes de maintien. Beaulieu avait déjà découpé deux ou trois attaches de carbotanium qui ripaient contre les parois de la chambre. Décidément, l'opération dans son ensemble relevait du bricolage. Mais l'Alchimiste n'avait pas besoin d'un berceau sophistiqué pour fonctionner.

Les schémas des systèmes du *Lady Mac* étaient superposés à l'image des capteurs, ce qui lui permettait d'avoir un aperçu plus que sommaire de la situation à bord de l'astronef. Liol et Sarha préparaient celui-ci à un vol à forte accélération, désactivant tous les équipements secondaires redondants, vidant de leurs fluides les conduits les plus vulnérables pour les transférer dans les réservoirs, portant les tokamaks à leur capacité maximale afin que les générateurs de valence moléculaire puissent compter sur leur pleine puissance. Dahybi faisait tourner des programmes de diagnostic sur tous les appareils tau-zéro du bord.

Normalement, la tension nerveuse aurait dû lui transformer le cerveau en nid de psychoses. Mais il était trop occupé pour s'inquiéter, la plus vieille excuse du monde. Sans parler de son arrogance innée. Ça *peut* marcher. Après tout, son idée était à peine plus dingue que celle du point de Lagrange.

Malheureusement, je ne pourrai jamais me vanter de ce coup-là chez Harvey.

Ce qui lui occasionnait encore plus de souci que la manœuvre proprement dite. Je ne peux pas passer le restant de mes jours à Tranquillité. Je n'aurais jamais dû faire cette promesse aux agents secrets.

Il vit Ashly extraire le waldo de la guêpe de combat, l'Alchimiste ayant été mis en place. Beaulieu amena un tuyau au-dessus de la chambre à charges secondaires. Il en jaillit un jet effrangé de mousse granuleuse couleur topaze qui engloutit l'engin. Il s'agissait d'un dérivé d'époxy à solidification rapide, utilisé en astro-ingénierie pour les réparations rapides et temporaires. La cosmonik manipulait son tuyau avec assurance, veillant à ce que la mousse forme une gangue autour de l'Alchimiste, qui se retrouverait ainsi cimenté à la guêpe de combat.

— Ashly, amène le VSM devant le sas principal et transporte-toi à bord en vidoscaphe, télétransmit Joshua.

— Et le VSM ?

— Je le laisse ici. Il n'a jamais été conçu pour supporter les accélérations que nous allons subir. Ça le rend donc dangereux, en particulier si l'on pense à tout le comburant volatil contenu dans ses réservoirs.

— C'est toi le capitaine. Et le spatiojet ?

— Je sais. Regagne le bord ; il ne nous reste plus que seize minutes avant l'arrivée des vaisseaux de l'Organisation.

— Bien reçu, capitaine.

— Liol.

— Oui, capitaine ?

— Largue le spatiojet, s'il te plaît. Beaulieu, comment ça se passe ?

— Très bien, capitaine. L'Alchimiste est sécurisé. La résine est en train de se solidifier, ce sera fini dans cinquante secondes.

— Excellent travail. Regagne le bord.

Joshua demanda à l'ordinateur de bord de lui ouvrir un canal sécurisé vers la guêpe de combat. Le drone se mit en ligne, et il entama sa séquence de lancement. Une fois que ses processeurs internes furent opérationnels, il chargea le vecteur de vol qu'il avait formaté.

— Doc, l'heure est venue de voir si vous êtes vraiment à la hauteur.

— Compris, capitaine.

Elle accéda au processeur gérant la chambre de la guêpe de combat où se trouvait l'Alchimiste et télétransmit à celui-ci un long code d'activation. Une confirmation lui parvint en retour. Dans l'esprit de Joshua apparut un affichage qui intégra bientôt de nouvelles icônes : des séries de sinistres informations en feuilles parallèles d'une longueur démesurée. Bientôt complétée par des grilles intriquées de pourpre et de jaune qui étincelaient comme du plasma stellaire. Changement de perspective, et les feuilles devinrent des sphères concentriques, s'illuminant à partir de leur centre géométrique. L'information et l'énergie se structurant selon un motif bien précis.

— Ça marche, télétransmit Alkad.

— Jésus-Christ.

Le joyau neurovirtuel étincelait au centre de son cerveau, d'une complexité défiant toute compréhension humaine. Le fait qu'un objet aussi élaboré, aussi splendide, soit porteur d'un tel potentiel de destruction relevait d'une ironie proprement scandaleuse.

— Très bien, doc, réglez-le sur neutronium. Je le lance dans vingt secondes – top chrono.

Le spatiojet du *Lady Mac* s'était élevé au-dessus de son hangar tandis que grappes de capteurs et échangeurs thermiques se rétractaient dans sa coque. Ashly lui jeta un dernier regard comme il pénétrait dans le sas. L'anneau d'accostage fixé autour de son nez conique venait de se désengager, le laissant dériver librement, lorsque la silhouette étincelante de Beaulieu occulta l'écoutille derrière le pilote, et c'en fut fini de l'appareil.

Dommage, songea-t-il, c'était une machine splendide.

Dès que l'écoutille se fut refermée, la chambre cylindrique s'emplit d'air à une vitesse précipitée. L'ordinateur de bord leur indiqua leur statut. Joshua activait déjà les tuyères pour les aligner sur leur nouveau vecteur de vol. Les rampes de lancement des guêpes de combat s'ouvraient en ce moment même.

Ashly et Beaulieu se précipitèrent vers la passerelle. Les ponts qu'ils traversèrent étaient déserts. Ils aperçurent dans certaines cabines des nacelles tau-zéro activées.

La guêpe de combat porteuse de l'Alchimiste acheva sa séquence d'ignition et fila dans l'espace. Des cris d'encouragement provenant de la passerelle résonnèrent dans les corridors vides de l'astronef. Puis dix nouvelles guêpes se lancèrent à la poursuite de la première. La salve fondait sur la géante gazeuse à vingt-cinq g d'accélération.

Ashly franchit l'écoutille de la passerelle sur les talons de Beaulieu.

— À vos postes, s'il vous plaît, dit Joshua.

Il activa les trois tubes à fusion du *Lady Mac*, laissant à Ashly une fraction de seconde pour se jeter sur sa couchette anti-g avant de ployer sous la gravité. Son filet de protection se referma sur lui.

— Signal en provenance des vaisseaux de l'Organisation, annonça Sarha. Ils savent qui nous sommes, Joshua, ils te demandent nommément.

Joshua accéda au circuit de communication. L'image fournie par ses naneuroniques était brouillée et secouée. Elle lui montrait la passerelle d'une frégate, dont les occupants étaient allongés sur leurs couchettes. L'un d'eux était vêtu d'un costume croisé à larges revers, couleur chocolat avec de fines rayures gris argenté, et un feutre noir était posé sur la console près de lui. Joshua s'interrogea durant quelques secondes : la frégate décélérait à sept g, ce chapeau aurait dû être aplati comme une crêpe.

— Capitaine Calvert ?

— Lui-même.

— Je m'appelle Oscar Kearn, et Al m'a désigné comme chef de cette mission.

— Joshua, transmit Liol. Les frégates ont changé de direction. Elles se lancent à nos trousses.

— Bien reçu.

Il augmenta l'accélération du *Lady Mac*, la faisant passer à sept g.

Ashly poussa un grognement avant d'activer le champ tau-zéro de sa couchette. Une coque noire se referma autour de lui, mettant un terme à sa douleur. Alkad Mzu et Peter Adul l'imitèrent.

— Enchanté de faire votre connaissance, Oscar.

Joshua dut télétransmettre sa réplique, la gravité l'empêchant de remuer ses mâchoires.

— Mes hommes, ils me disent que vous venez de lancer quelque chose vers la grosse planète. J'espère que vous n'avez pas fait une boulette, mon vieux, je l'espère sincèrement. Est-ce que vous avez lancé ce que je pense ?

— Absolument. L'Alchimiste n'est plus là pour personne.

— Espèce de connard ! Vous avez éliminé un tiers de vos choix. Maintenant, écoutez-moi bien, fiston : si vous coupez les moteurs de votre vaisseau et me livrez Mzu, il ne sera fait de mal à personne. C'est votre deuxième choix.

— Sans déconner ? Laissez-moi deviner le troisième.

— Ne faites pas le malin, fiston. Rappelez-vous, quand on se sera débarrassés de vous et de votre astronef minable, seule la Mzu aura droit à un nouveau corps. Pour vous, ce sera l'au-delà pendant toute l'éternité. Et croyez-en quelqu'un qui est passé par là, rien ne vaut qu'on se sacrifie pour ça. Rien. Donc, vous me la livrez sans barguigner et je ne dirai pas au boss que vous avez balancé votre Alchimiste.

— Allez vous faire foutre, monsieur Kearn.

— Rappelez donc cet Alchimiste, fiston. Je sais que vous contrôlez la guêpe de combat par radio. Rappelez-le où je dis à mes hommes d'ouvrir le feu.

— Si vous détruisez le *Lady Mac*, vous pouvez dire adieu à ce fameux Alchimiste, vous le savez ? Réfléchissez-y, je vous laisse assez de temps.

Joshua coupa la liaison.

— Combien de temps on va supporter cette putain d'accélération ? télétransmit Monica.

— Ces sept g ? répliqua Joshua. C'est fini.

Il poussa jusqu'à dix g.

Monica ne put même pas gémir ; sa gorge s'effondrait sous son propre poids. C'était ridicule, ses poumons n'arrivaient pas à inhaler correctement, elle avait des implants musculaires en TA dans les membres, pas dans le torse. Si elle persistait à vouloir tenir, elle allait finir asphyxiée. Impossible de continuer à garder l'œil sur Mzu. Elle devait se fier à Calvert et à son équipage.

— Bonne chance, transmit-elle. Rendez-vous de l'autre côté.

L'ordinateur de bord apprit à Joshua qu'elle avait activé le champ tau-zéro de sa couchette. Outre lui-même, il ne restait plus que trois personnes à ne pas s'être réfugiées dans la stase : Beaulieu, Dahybi et, bien entendu, Liol.

— Au rapport, s'il vous plaît, leur transmit-il.

Les systèmes et la structure du *Lady Mac* tenaient le coup. Mais Joshua savait son astronef capable de supporter une telle accélération – la véritable épreuve viendrait plus tard.

Soixante-dix mille kilomètres derrière eux, les deux frégates de l'Organisation étaient passées à huit g d'accélération, la limite de ce que pouvaient supporter leurs propulseurs affectés par la présence des possédés. Leurs équipages s'empressaient de fournir rapports et analyses à Oscar Kearn, cherchant à déterminer à quel moment le *Lady Macbeth* serait hors de portée d'interception de leurs guêpes de combat.

Devant les trois astronefs, la salve de onze guêpes de combat fondait sur la géante gazeuse. Il était impossible à n'importe quel capteur de déterminer laquelle était porteuse de l'Alchimiste, ce qui prévenait virtuellement toute interception.

Le statu quo prévalut durant un quart d'heure, puis Oscar Kearn reconnut à contrecœur que Calvert et Mzu ne comptaient ni se rendre ni lui livrer l'appareil. Il ordonna à l'*Urschel* et au *Raimo* de lancer leurs guêpes de combat sur le *Lady Macbeth*.

— Inutile, gronda Joshua lorsque les capteurs du *Lady Mac* lui montrèrent un pic soudain dans la signature infrarouge des frégates. Tu ne peux pas créer une rupture dans ce morceau de réel, mon vieux.

L'Alchimiste n'était plus qu'à quatre-vingt-dix secondes des couches supérieures de l'atmosphère de la géante gazeuse. Ses programmes de gestion se mirent à orchestrer les fluctuations énergétiques complexes qui parcouraient ses nœuds, initiant la séquence sélectionnée par Mzu. Ceci fait, l'activation prit moins de deux picosecondes. Sur le plan visuel, cet événement n'eut rien de spectaculaire ; la surface de l'Alchimiste vira au noir absolu. Les transformations physiques causant cette altération étaient un peu plus complexes.

— Ce que j'ai fait, avait télétransmis Mzu lorsque Joshua s'était enquis du fonctionnement de l'engin, c'est trouver un moyen de combiner un champ tau-zéro et la technique de compression énergétique utilisée par un nœud ergostructurant. Dans ce cas précis, l'effet est figé lorsque la densité énergétique approche de l'infini. Au lieu que le nœud soit expulsé hors de l'univers, il se forme autour de lui une courbure spatio-temporelle massive et permanente.

— Une courbure spatio-temporelle ?

— De la gravité.

Quand elle atteint le maximum de sa puissance, la gravité peut faire ployer la lumière elle-même, attirant les photons individuels avec la même ténacité que jadis la pomme de Newton. Dans la nature, la seule masse suffisamment dense pour produire une telle gravité se forme au cœur d'une implosion stellaire. Une singularité dont la gravité empêche la matière comme l'énergie de s'échapper.

Réglé à la puissance maximale, l'Alchimiste pouvait devenir une telle entité cosmologique ; sa surface serait dissimulée par un horizon des événements où toute chose tomberait, d'où aucune ne reviendrait. Une fois à l'intérieur de cet horizon des événements, l'énergie électromagnétique comme les atomes seraient attirés par la surface du cœur et comprimés jusqu'à atteindre une densité phénoménale. Il s'agit là d'un effet cumulatif et exponentiel. Plus le trou noir avale de la masse, plus il devient lourd et puissant, accroissant sa surface et augmentant en conséquence son taux d'absorption.

Si l'Alchimiste était lancé sur une étoile, tous les grammes de matière de celle-ci finiraient par tomber sous l'invincible barrière érigée par la gravité. Telle était la solution humaine imaginée par Alkad Mzu. Le soleil d'Omuta n'aurait jamais explosé, n'aurait jamais fait déferler sur la planète une vague de chaleur et de radiations. Au lieu de cela, il se serait effondré sur lui-même pour devenir une petite sphère noire, privant éternellement l'univers de tous les ergs produits par son cœur en fusion. Omuta se serait retrouvée en orbite autour d'une carcasse non irradiante, et sa chaleur se serait lentement dissipée dans une nuit désormais permanente. Son atmosphère elle-même se serait condensée et transformée en neige.

Mais il existait un second réglage, nettement plus agressif. Paradoxalement, il produisait un champ gravifique plus faible.

L'Alchimiste vira au noir comme le tau-zéro l'engloutissait. Cependant, la gravité qu'il produisit n'était pas assez forte pour produire une singularité au sein d'un horizon des événements.

Il était toutefois capable de triompher des forces internes qui dictent la structure d'un atome. La guêpe de combat se transforma aussitôt en plasma pour l'engloutir. Tous les électrons et tous les protons présents dans son enveloppe furent broyés, produisant une émission massive de rayons gamma. Cette émission s'estompa bien vite, laissant l'Alchimiste drapé dans un linceul de neutrons superfluides d'une épaisseur uniforme d'un angström.

Lorsqu'il heurta les couches supérieures de l'atmosphère, une lueur incandescente inonda les nuages sur une superficie de plusieurs centaines de kilomètres carrés. Quelques secondes plus tard, les couches inférieures viraient au rose fluorescent tandis que des ombres se mettaient à nager parmi les cyclones déchiquetés, pareilles à des poissons grands comme des montagnes. Puis la lumière s'évanouit.

L'Alchimiste avait atteint les couches semi-solides de l'intérieur de la géante gazeuse et les défonçait presque sans rencontrer de résistance. De la matière soumise à une pression titanesque s'écrasait contre l'engin, qui l'avalait avec avidité. Chaque atome était emprisonné dans une gangue de neutrons qui se massaient autour de son noyau. L'Alchimiste fut bientôt vêtu d'un manteau de neutronium à l'état pur, dont la densité était grandement supérieure à celle d'un noyau atomique.

À mesure que les particules étaient comprimées par l'extraordinaire champ gravifique de l'appareil, elles libéraient de colossales quantités d'énergie, une réaction bien plus puissante que la simple fusion. Le matériau semi-solide qui entourait l'Alchimiste fut porté à une température qui détruisit toute liaison atomique. Une vaste cavité d'instabilité nucléaire entra en expansion autour de lui à mesure qu'il s'enfonçait dans la géante gazeuse. Les courants de convection ordinaires étaient incapables d'évacuer la chaleur au rythme où elle était produite, si bien que cet abcès énergétique ne pouvait que gonfler. Quelque chose devait céder.

Les capteurs du *Lady Mac* détectèrent les premiers gonflements alors que l'astronef était encore à sept minutes de son périgée. Une tumeur nuageuse pareille à un dôme parfaitement lisse, d'un diamètre de trois mille kilomètres, qui enflait au sein des nuages et brillait comme du magma gazeux. Contrairement aux taches ordinaires qui infestaient les géantes gazeuses, elle n'était pas agitée de spirales, son seul but étant de faire monter dans l'atmosphère des masses planétaires d'hydrogène surchauffé à l'extrême. Les cyclones et les ouragans qui avaient tourmenté la haute atmosphère pendant des siècles furent balayés par ce monstre thermique en quête de libération. Son apex s'étala sur plus de mille kilomètres au-dessus de la tropopause, projetant une pernicieuse lueur cuivrée sur un bon tiers de la face nocturne.

En son centre, l'éclat était devenu carrément aveuglant. Une flèche de lumière blanche solide transperça le sommet du dôme, jaillissant dans l'espace.

— Seigneur Dieu, télétransmit Liol. Qu'est-ce que c'était ? La détonation ?

— Absolument pas, lui répondit Joshua. Ce n'est que le début. À partir de maintenant, ça va devenir vraiment méchant.

Le *Lady Mac* était déjà bien éloigné de la fontaine de plasma et filait au-dessus de la géante gazeuse en direction du cercle terminateur. Ses circuits thermiques lancèrent néanmoins une alarme de niveau trois lorsque les radiations émises par le plasma déferlèrent sur sa coque. Les échangeurs cryogéniques de secours lâchèrent des centaines de litres de fluide enflammé pour réduire la température. Frappés par les pulsations EM du courant de plasma, les processeurs se crashaient à un rythme inquiétant ; même l'équipement électronique de qualité militaire était défaillant. Par-dessus le marché, des courants électriques se mirent à parcourir l'armature antistress du fuselage lorsque les lignes de flux planétaires commencèrent à frémir.

Dahybi s'était réfugié dans le tau-zéro, et Joshua et Liol se retrouvèrent seuls à télétransmettre des instructions à l'ordinateur de bord, à mettre en ligne les programmes de secours, à isoler les fuites, à stabiliser les sursauts d'énergie. Ils travaillaient ensemble à la perfection et réussirent à garder les systèmes en ligne ; chacun savait intuitivement ce qui était nécessaire à l'autre.

— Il arrive quelque chose de bizarre à la magnétosphère de la planète, rapporta Beaulieu. Les capteurs enregistrent des oscillations extraordinaire dans les lignes de flux.

— Aucune importance, répliqua Joshua. Concentre-toi sur la stabilité de nos systèmes primaires. Plus que quatre minutes et on sera de l'autre côté de la planète.

À bord de l'*Urschel*, Ikela vit la tempête de lumière éclater sur l'un des écrans de la passerelle.

— Sainte Marie, ça marche, murmura-t-il. Ça marche, bordel.

Une fierté perverse se mêlait en lui à une consternation fataliste. *Si seulement...* D'un autre côté, les regrets stériles étaient l'apanage des damnés.

Il ignora les ordres hystériques (et totalement inapplicables) lancés par Oscar Kearn, qui exigeait que l'astronef fasse demi-tour et foute le camp de cette planète de merde. Cet homme du XXe siècle ne comprenait strictement rien à la mécanique orbitale. Cela faisait à présent vingt-deux minutes qu'ils accéléraient sur leur trajectoire, et ils étaient condamnés à effectuer une manœuvre en fronde. Leur seul espoir était de maintenir le cap et de prier pour qu'ils aient atteint leur périgée avant qu'une nouvelle explosion ne ravage l'atmosphère. C'était exactement ce que tentait le *Lady Macbeth*. Excellente tactique, reconnut Ikela à contrecœur.

Il ne pensait pas que l'*Urschel* allait s'en sortir. Même s'il ignorait le fonctionnement exact de l'Alchimiste, il se doutait qu'il ne se limiterait pas à une banale explosion.

Empli d'un curieux sentiment de fatalité qui neutralisait regrets et chagrin, il s'installa confortablement dans sa couchette anti-g et observa les écrans. Le geyser de plasma s'estompait, le dôme nuageux s'aplatissait pour se dissiper en un millier de tempêtes à haute vélocité. Mais sous le bouillonnement de la haute atmosphère se répandait une nouvelle tache de lumière, incomparablement plus vaste que la première.

Il sourit de contentement en réalisant qu'il allait avoir une vue imprenable sur une apocalypse qui s'annonçait éblouissante.

L'Alchimiste ralentissait à mesure qu'il s'éloignait des couches semi-solides pour plonger vers le véritable cœur de la planète. La densité de la matière environnante était à présent assez intense pour affecter sa course. Il engloutissait donc ladite matière en quantité de plus en plus impressionnante, ce qui accélérait par conséquent le taux de conversion en neutronium. L'abcès énergétique ainsi engendré s'étirait derrière lui à la façon de la queue d'une comète. Plusieurs sections se détachèrent, des tubes longs de plusieurs dizaines de milliers de kilomètres se transformant en bulles allongées qui montaient au sein des couches bouleversées de la structure interne de la planète. Chacune était plus grande que la précédente.

La deuxième explosion jaillit de la haute atmosphère ; son échelle démesurée la faisait paraître bizarrement lente. D'immenses fontaines d'ions cascadèrent de son pourtour comme son centre entrait en éclosion, évoluant pour devenir des arches écarlates qui retombèrent gracieusement vers les nuages bouillonnants. Le puits central cracha une couronne de feu plus grosse qu'une lune, à la surface luisante d'un fin réseau d'énergie magnétique condensant le plasma pour former des arabesques purpurines. Des gaz fantômes fleurirent tout autour, pétales d'or translucides s'épanouissant pour palpiter en harmonie avec les lignes de flux planétaires.

Au sein de cette apothéose de lumière apparurent deux minuscules étincelles, produites par l'antimatière qui explosait à bord des frégates de l'Organisation.

Le *Lady Mac* franchit triomphalement le cercle terminateur et entra dans la lumière du jour, surfant à cent cinquante kilomètres par seconde au-dessus des ouragans de phosphorescence qui sillonnaient la troposphère. Une aurore d'un arrogant jaune safran se leva derrière lui, occultant la lumière naturelle de l'étoile.

— C'est l'heure de partir, transmit Joshua. Vous êtes prêts ?

— Les commandes sont à toi, Josh.

Joshua télétransmit l'ordre approprié à l'ordinateur de bord. Le tau-zéro engloutit les trois dernières couchettes de la passerelle. Le propulseur à antimatière du *Lady Mac* s'enclencha.

L'astronef s'éloigna de la géante gazeuse à quarante-deux g d'accélération.

L'Alchimiste reposait enfin au centre de la géante gazeuse. Là régnait une pression comme on n'en avait jamais conçu hors des modèles mathématiques les plus spéculatifs. Le cœur de la géante gazeuse était à peine moins dense que le neutronium. Mais cette infime différence permettait à l'afflux de matière de se poursuivre. La réaction de conversion continua de plus belle. De l'alchimie pure.

L'énergie jaillissait de l'Alchimiste, incapable de s'échapper. L'abcès avait à présent une forme sphérique, celle que la nature préfère entre toutes. Une sphère au centre d'une sphère ; de la matière soumise à de dangereuses tourmentes, confinée par la pression d'une symétrie parfaite exercée par une masse d'hydrogène s'empilant sur une hauteur de soixante-quinze mille kilomètres. Cette fois-ci, il n'y avait pas de soupape de sûreté comme dans les couches semi-solides, faibles et asymétriques. Cette fois-ci, la croissance était inévitable.

Pendant six cents secondes, le *Lady Macbeth* s'éloigna en accélérant de la géante gazeuse mortellement blessée. Derrière lui, les abcès énergétiques de l'Alchimiste jaillissaient en série des nuages de la face nocturne, volcans éphémères de gaz flatulents plus gros que des mondes. La planète acquit peu à peu une photosphère tourbillonnante ; une orbe couleur bordeaux enchâssée dans un étincelant halo bleu azur. Ses lunes d'ébène voguaient, indomptables, dans un océan d'éclairs.

Les tubes propulseurs de l'astronef se désactivèrent. Le champ tau-zéro de Joshua en fit autant, et il se retrouva brusquement en chute libre. Données et images capteurs envahirent son esprit. Les convulsions de la planète étaient aussi fascinantes que létales. Aucune importance, ils étaient à plus de cent quatre-vingt mille kilomètres de ses tempêtes en voie de désintégration. Assez loin pour sauter.

Profondément enfoui sous les nuages enténébrés, l'abcès énergétique central avait enflé de façon intolérable. La pression qu'il exerçait sur la masse planétaire au sein de laquelle il était confiné était proche du point d'équilibre. De titanesques fissures s'ouvrirent en lui.

Un horizon des événements engloutit le fuselage du *Lady Macbeth.*

À la seconde près, ultime hommage à la précision des équations élaborées par Mzu trois décennies plus tôt, la géante gazeuse se transforma en nova.

La singularité apparut cinq cent quatre-vingt mille kilomètres au-dessus des blizzards de cirrus de Mirchusko, dont le soufre et l'ammoniac se paraient de nuances de jade. Son horizon des événements s'évanouit, révélant la silicone terne du fuselage du *Lady Macbeth.* Ses antennes omnidirectionnelles émettaient déjà son code d'identification du MAC. Vu la réception qu'on leur avait réservée à leur retour de Lalonde, Joshua était résolu à ne pas courir de risques.

Les grappes de capteurs se déployèrent, leurs éléments passifs scannant les alentours, et les radars se mirent à pulser. L'ordinateur de bord télétransmit une alerte de proximité niveau trois.

— Chargez les nœuds ergostructurants, ordonna automatiquement Joshua.

Erreur fatale, il ne s'était pas attendu à débarquer dans une zone dangereuse. Ça risquait de leur coûter cher.

L'éclairage de la passerelle diminua d'intensité comme Dahybi lançait une séquence d'alimentation de secours.

— Huit secondes, dit-il.

Un capteur externe transmit une image à Joshua. Il crut tout d'abord qu'ils étaient la cible de nacelles de contre-mesures électroniques. L'espace grouillait de petits points blancs. Mais les capteurs électroniques étaient les seuls à ne pas réagir, l'environnement électromagnétique était étrangement silencieux. L'ordinateur signala que sa fonction de détection radar approchait le point de saturation vu la multiplicité des cibles. Chacun de ces points blancs était flanqué d'icônes pourpres indiquant sa position et sa trajectoire. Ils émettaient une lueur rouge et approchaient à grande vitesse.

Ce n'était pas de l'interférence. Le *Lady Mac* avait émergé près d'une tempête de particules comme Joshua n'en avait jamais vu. Ces points n'étaient faits ni de glace ni de roche.

— Seigneur, qu'est-ce que c'est que ça ?

Il télétransmit une série d'instructions à l'ordinateur de bord. Les capteurs standard se rétractèrent, pour être remplacés par les capteurs de combat, plus petits et plus robustes. Des programmes d'analyse et de discrimination passèrent en mode primaire.

Ces débris étaient en majorité métalliques, des détritus fondus à peine plus gros que des flocons de neige. Ils étaient tous radioactifs.

— Il y a eu une sacrée bataille ici, dit Sarha. Ce sont des résidus de guêpes de combat. Et il y en a plein. Cet essaim doit avoir quarante mille kilomètres de diamètre. Il est en train de se dissiper à partir de son centre.

— Aucune réponse à notre signal d'identification, annonça Beaulieu. Les balises de Tranquillité ne sont pas en ligne, je ne localise aucune transmission électromagnétique artificielle. Même pas une balise d'astronef.

Le centre de l'essaim occupait des coordonnées que Joshua n'avait pas besoin de vérifier dans ses cellules mémorielles. Le vecteur orbital de Tranquillité. Les capteurs du *Lady Mac* ne montraient qu'une vaste zone vide.

— L'habitat a disparu, dit-il, sonné. Ils l'ont fait sauter. Ô Seigneur, non. Ione. Mon fils. Mon fils !

— Non, Joshua, dit Sarha avec fermeté. L'habitat n'a pas été détruit. La masse de cet essaim n'est pas assez importante pour incorporer la sienne.

— Alors où est-il ? Où diable est-il passé ?

— Je ne sais pas. Il n'y en a aucune trace, aucune.

À paraître prochainement :

LE DIEU NU

1. Résistance

CHRONOLOGIE

2020 : fondation de la base Clavius. Début de l'exploitation minière du sous-sol lunaire.

2037 : modifications génétiques à grande échelle de l'espèce humaine ; amélioration du système immunitaire, éradication de l'appendice, augmentation de l'efficience des organes.

2041 : construction des premières stations de fusion au deutérium ; inefficaces et onéreuses.

2044 : réunification chrétienne.

2047 : première capture d'astéroïde. Début de la formation du Halo O'Neill autour de la Terre.

2049 : les animaux bioteks quasi conscients sont employés comme serviteurs.

2055 : mission Jupiter.

2057 : fondation d'une colonie sur l'astéroïde Cérès.

2058 : Wing-Tsit Chong développe les neurones d'affinité symbiotiques, qui permettent de contrôler les animaux et les structures bioteks.

2064 : un consortium industriel multinational, la JSKP (*Jovian Sky Power Corporation*), entreprend d'extraire de l'He_3 de l'atmosphère de Jupiter en utilisant des usines aérostatiques.

2064 : unification séculière islamique.

2067 : les stations de fusion commencent à utiliser de l'He_3 comme carburant.

2069 : le gène d'affinité est intégré à l'ADN humain.

2075 : la JSKP entreprend la germination d'Éden, un habitat biotek en orbite autour de Jupiter ayant le statut de protectorat de l'ONU.

2077 : l'astéroïde de la Nouvelle-Kong lance un projet de recherche sur la propulsion supraluminique.

2085 : ouverture d'Éden à l'occupation humaine.

2086 : germination de l'habitat Pallas, en orbite autour de Jupiter.

2090 : décès de Wing-Tsit Chong, qui transfère sa mémoire dans la strate neurale d'Éden. Naissance de la culture édéniste. Éden et Pallas déclarent leur indépendance. Achat massif des actions de la JSKP. La papesse Éléonore prononce l'excommunication de tous les chrétiens porteurs du gène d'affinité. Exode des humains porteurs de ce gène sur Éden. Arrêt de facto de l'industrie biotek sur Terre.

2091 : référendum lunaire en vue de la terraformation de Mars.

2094 : les Édénistes lancent un programme de conception in vitro accompagné de modifications génétiques des embryons, triplant leur population en l'espace d'une décennie.

2103 : les gouvernements terriens s'unissent pour former le Gouvcentral.

2103 : fondation de la base Thoth sur Mars.

2107 : la juridiction du Gouvcentral est étendue au Halo O'Neill.

2115 : première translation instantanée de la Terre à Mars, effectuée par un astronef de la Nouvelle-Kong.

2118 : mission vers Proxima du Centaure.

2123 : découverte d'une planète terracompatible en orbite autour de Ross 154.

2125 : arrivée des premiers colons pluriethniques sur Felicity, la planète de Ross 154.

2125-2130 : découverte de quatre nouvelles planètes terracompatibles. Fondation de colonies pluriethniques.

2131 : germination de Persée, habitat édéniste en orbite autour de la géante gazeuse de Ross 154, et début de l'extraction de l'He_3.

2131-2205 : découverte de cent trente planètes terracompatibles. Lancement dans le Halo O'Neill d'un programme de construction massive d'astronefs. Le Gouvcentral décide l'émigration forcée à grande échelle du surplus de la population terrienne, qui atteint en 2160 le rythme de deux millions de personnes par semaine : la Grande Dispersion. Guerres civiles larvées sur certaines des premières planètes pluriethniques. Les États formant le Gouvcentral financent la colonisation de planètes monoethniques. Les Édénistes étendent l'extraction de l'He_3 à tous les systèmes stellaires habités pourvus d'une géante gazeuse.

2139 : l'astéroïde Braun s'écrase sur Mars.

2180 : construction sur Terre de la première tour orbitale.

2205 : le Gouvcentral construit en orbite terrestre une station de production d'antimatière afin de briser le monopole édéniste en matière de production d'énergie.

2208 : les premiers astronefs propulsés à l'antimatière sont opérationnels.

2210 : Richard Saldana transfère toutes les installations industrielles de la Nouvelle-Kong du Halo O'Neill à un astéroïde en orbite autour de Kulu. Il proclame l'indépendance du système stellaire de Kulu, fonde une colonie exclusivement chrétienne et commence à extraire de l'He_3 de la géante gazeuse du système.

2218 : gestation du premier faucon, astronef biotek conçu par les Édénistes.

2225 : fondation de cent familles faucons. Germination en orbite autour de Saturne des habitats Romulus et Remus, qui servent de bases aux faucons.

2232 : dans le groupe des astéroïdes troyens de Jupiter, un conflit éclate entre des astronefs de l'Alliance de la Ceinture et une raffinerie d'hydrocarbones appartenant à une compagnie du Halo O'Neill. L'antimatière est employée comme arme ; vingt-sept mille morts.

2238 : traité de Deimos ; la production et l'utilisation d'antimatière dans le système solaire deviennent illégales ; les signataires en sont le Gouvcentral, la Nation lunaire, l'Alliance des astéroïdes et les Édénistes. Démantèlement et abandon des stations de production d'antimatière.

2240 : Gerald Saldana est couronné roi de Kulu. Fondation de la dynastie Saldana.

2267-2270 : huit escarmouches distinctes à l'antimatière dans les colonies. Treize millions de morts.

2271 : sommet d'Avon, réunissant tous les leaders planétaires. Le traité d'Avon interdit la production et l'utilisation de l'antimatière dans tout l'espace habité. Formation de la Confédération humaine, dont le but est de faire respecter le traité. Mise en place des Forces spatiales de la Confédération.

2300 : extension de la Confédération aux Édénistes.

2301 : premier Contact. Découverte des Jiciros, qui ont atteint le stade de la civilisation prétechnologique. Leur système stellaire est mis en quarantaine par la Confédération afin d'éviter toute contamination culturelle.

2310 : premier impact d'un astéroïde de glace sur Mars.

2330 : gestation des premiers gerfauts sur Valisk, habitat indépendant.

2350 : guerre entre Novska et Hilversum. Bombardement de Novska à l'antimatière. Les Forces spatiales empêchent les frappes de représailles sur Hilversum.

2356 : découverte de la planète kiint.

2357 : les Kiints rejoignent la Confédération avec le statut d'« observateurs ».

2360 : découverte d'Atlantis par un faucon en mission d'exploration.

2371 : colonisation d'Atlantis par les Édénistes.

2395 : découverte d'une colonie tyrathca.

2402 : les Tyrathcas rejoignent la Confédération.

2420 : découverte de l'anneau Ruine par un vaisseau d'exploration kulu.

2428 : germination de l'habitat Tranquillité, en orbite près de l'anneau Ruine, par le prince héritier Michael Saldana.

2432 : Maurice Saldana, le fils du prince Michael, est équipé du gène d'affinité. Crise de l'abdication sur Kulu. Couronnement de Lukas Saldana. Exil du prince Michael.

2550 : Mars est déclarée habitable par le Bureau de la terraformation.

2580 : découverte autour de Tunja des Dorados, qui sont revendiqués à la fois par Garissa et Omuta.

2581 : des astronefs mercenaires à la solde d'Omuta lâchent douze superbombes à l'antimatière sur Garissa, la rendant totalement inhabitable. La Confédération impose l'embargo sur Omuta, lui interdisant toute forme de commerce et de communication interplanétaires pendant une durée de trente ans. Le blocus est maintenu par les Forces spatiales.

2582 : fondation d'une colonie sur Lalonde.

AILLEURS ET DEMAIN

Prix Européen de Science-Fiction 1987
décerné par
la Société Européenne de Science-Fiction

1969

Fritz Leiber	*le Vagabond.* Hugo 1965

1970

Robert A. Heinlein	*En terre étrangère.* Hugo 1962
Philip José Farmer	*Ose*
Jack Vance	*un Monde d'azur*
John Brunner	*le Long Labeur du temps*
Frank Herbert	*Dune.* Hugo 1966, Nebula 1965
Philip K. Dick	*Ubik* (Classiques)
Stefan Wul	*Œuvres* (Classiques)
Gérard Klein	*les Seigneurs de la guerre*

1971

Hal Clement	*Question de poids*
B. R. Bruss	*Et la planète sauta...* (Classiques)
Ursula K. Le Guin	*la Main gauche de la nuit.* Hugo 1970, Nebula 1969
Samuel R. Delany	*Nova*
Jacques Sternberg	*Futurs sans avenir*
Bernard Wolfe	*Limbo* (Classiques)
Norman Spinrad	*Jack Barron et l'éternité*
Jacques Spitz	*l'Œil du purgatoire/l'Expérience du Dr Mops* (Classiques)

1972

Christian Léourier	*les Montagnes du Soleil*
Marc Wersinger	*la Chute dans le néant* (Classiques)
Frank Herbert	*le Messie de Dune*
Charles L. Harness	*l'Anneau de Ritornel*
John Brunner	*Tous à Zanzibar.* Apollo 1973, British Science Fiction Association 1970, Hugo 1969
Stanislas Lem	*l'Invincible*
Philip K. Dick	*Au bout du labyrinthe*

1973

Robert Sheckley	*la Dimension des miracles*
Gérard Klein	*la Loi du talion.* Grand Prix de la Science-Fiction française 1974 (nouvelle)
Anthologie	*Sur l'autre face du monde,* et autres romans scientifiques de *Sciences et voyages* (Classiques)
Michel Jeury	*le Temps incertain.* Grand Prix de la Science-Fiction française 1974
Herbert Franke	*Zone Zéro*
Frank Herbert	*l'Étoile et le fouet*
André Ruellan	*Tunnel*
Wilson Tucker	*l'Année du soleil calme,* John W. Campbell Memorial 1976
Donald A. Wollheim	*les Faiseurs d'univers* (Essais)

1974

Robert Silverberg	*les Monades urbaines* (Classiques)
R. A. Lafferty	*Autobiographie d'une machine ktistèque*
Philippe Curval	*l'Homme à rebours.* Grand Prix de la Science-Fiction française 1975
William Hjortsberg	*Matières grises*
Vladimir Colin	*les Dents de Chronos*
Michel Jeury	*les Singes du temps*
Gilles d'Argyre	*le Sceptre du hasard* (Classiques)
Philip K. Dick	*la Vérité avant-dernière*

1975

John Brunner	*le Troupeau aveugle*
Robert Silverberg	*l'Oreille interne*
Arthur C. Clarke	*Rendez-vous avec Rama.* British Science Fiction Association 1974, Hugo 1974, John W. Campbell Memorial 1974, Locus 1974, Nebula 1973
Kurt Steiner	*Ortog* (Classiques)
Anthologie	*Utopies 75*
Pierre-Jean Brouillaud	*Tellur*
Ursula K. Le Guin	*les Dépossédés.* Hugo 1975, Locus 1975, Nebula 1974
Gene Wolfe	*la Cinquième Tête de Cerbère*

1976

Pierre Christin	*les Prédateurs enjolivés*
Philip K. Dick	*l'Œil dans le ciel* (Classiques)
Philippe Curval	*Cette chère humanité.* Apollo 1977
Alfred Bester	*les Clowns de l'Éden*
Michel Jeury	*Soleil chaud poisson des profondeurs*
Daniel Drode	*Surface de la planète* (Classiques)

1977

John Brunner	*Sur l'onde de choc*
Joanna Russ	*l'Autre Moitié de l'homme*
Robert Silverberg	*l'Homme stochastique* (Classiques)
Michel Demuth	*les Années métalliques*
Franz Werfel	*l'Étoile de ceux qui ne sont pas nés* (Classiques)

Pierre Pelot	*Transit*
Thomas M. Disch	*Génocides* (Classiques)

1978

John Brunner	*À l'ouest du temps*
Thomas M. Disch	*Camp de concentration* (Classiques). Ditmar 1969
Lester del Rey	*Crise*
Frank Herbert	*les Enfants de Dune*
Yves & Ada Rémy	*la Maison du Cygne.* Grand Prix de la Science-Fiction française 1979
Robert Silverberg	*les Déportés du cambrien*

1979

Ursula K. Le Guin	*le Nom du monde est forêt.* Hugo 1973
Philip José Farmer	*le Fleuve de l'éternité* (Classiques). Hugo 1972
Michel Jeury	*le Territoire humain.* Rosny-Aîné 1980
Vonda N. McIntyre	*le Serpent du rêve.* Hugo 1979, Locus 1979, Nebula 1973 (novelette), Nebula 1978
Michael G. Coney	*les Brontosaures mécaniques.* British Science Fiction Association 1977
Christian Léourier	*la Planète inquiète*
Christian-Yves Lhostis	*Tous ces pas vers le jaune* (l'Écart)
Frank Herbert	*Dosadi*
Igor Bogdanoff & Grichka Bogdanoff	*l'Effet Science-fiction* (Essais)

1980

George R. Stewart	*la Terre demeure* (Classiques) International Fantasy 1951
Michel Jeury	*les Yeux géants.* Rosny-Aîné 1981
Robert Sheckley	*le Robot qui me ressemblait*
Philip José Farmer	*le Noir Dessein*
Norman Spinrad	*la Grande guerre des Bleus et des Roses*
Robert Silverberg	*le Château de lord Valentin.* Locus 1981

1981

Philip K. Dick	*Glissement de temps sur Mars* (Classiques)
Lorris Murail	*l'Hippocampe*
Frank Herbert	*Destination : vide*
John Crowley	*l'Animal découronné*
Norman Spinrad	*les Miroirs de l'esprit*
Robert Silverberg	*Shadrak dans la fournaise.* Cosmos 2000 1982
Frank Herbert & Bill Ransom	*l'Incident Jésus*

1982

Philip José Farmer	*le Labyrinthe magique*
David J. Skaï	*les Croque-morts*
Suzy McKee Charnas	*Un vampire ordinaire*
Frank Herbert	*l'Empereur-Dieu de Dune*
Damon Knight	*Passé la barrière du temps* (Classiques)
Rob Swigart	*le Livre des révélations*
Michel Jeury	*l'Orbe et la Roue.* Apollo 1983, Cosmos 2000 1983

1983

Robert Silverberg	*Chroniques de Majipoor*
A. A. Attanasio	*Radix.* Cosmos 2000 1984
Emmanuel Jouanne	*Nuage.* Galaxie 1988
Gene Wolfe	*l'Île du docteur Mort et autres histoires.* Locus 1974 (novella), Nebula 1973 (novella)
Arthur C. Clarke	*2001 : l'Odyssée de l'espace* (Classiques)
Philippe Curval	*En souvenir du futur*
Robert Sheckley	*Dramoclès*
Frank Herbert	*la Mort blanche*

1984

Robert L. Forward	*l'Œuf du Dragon.* Locus 1981
Philip K. Dick	*Mensonges & Cie*
Brian W. Aldiss	*le Printemps d'Helliconia.* British Science Fiction Association 1983, John W. Campbell Memorial 1983
Charles Sheffield	*la Toile entre les mondes*
Barrington J. Bayley	*le Rayon zen*
Frank Herbert & Bill Ransom	*l'Effet Lazare*
Jacques Sadoul	*Histoire de la Science-fiction moderne* (Essais)
Philip José Farmer	*les Dieux du fleuve*

1985

Robert Silverberg	*Valentin de Majipoor*
Philip K. Dick	*Coulez mes larmes, dit le policier* (Classiques). John W. Campbell Memorial 1975
John Brunner	*le Creuset du temps*
Charles Sheffield	*les Chroniques de McAndrew*
Frank Herbert	*les Hérétiques de Dune.* Cosmos 2000 1986
Michel Jeury	*le Jeu du monde.* Julia-Verlanger 1986
Michael G. Coney	*la Locomotive à vapeur céleste*

1986

Robert L. Forward	*le Vol de la libellule*
Brian W. Aldiss	*Helliconia, l'été*
Robert Silverberg	*Tom O'Bedlam*
Kevin O'Donnell Jr.	*Oracle.* Mannesmann-Tally 1987
Frank Herbert	*la Maison des mères*
Michael G. Coney	*les Dieux du grand loin*
Christopher Priest	*le Don.* Kurd, Labwitz 1988

1987

Keith Roberts	*Survol*
Michael G. Coney	*la Grande Course de chars à voiles*
Lucius Shepard	*les Yeux électriques*
Gregory Benford & David Brin	*Au cœur de la comète*
Brian & Frank Herbert	*l'Homme de deux mondes*
A. A. Attanasio	*l'Arc du rêve*
Robert Silverberg	*l'Étoile des Gitans*

1988

Brian W. Aldiss	*l'Hiver d'Helliconia.* British Science Fiction Association 1986
Gregory Benford	*En chair étrangère*
Pamela Sargent	*Vénus des rêves*
Lucius Shepard	*la Vie en temps de guerre.* Locus 1987 (novella), Nebula 1986 (novella)
Frank Herbert & Bill Ransom	*le Facteur ascension*
Mike McQuay	*Mémoire*
Arthur C. Clarke & Gentry Lee	*la Terre est un berceau*

1989

Gregory Benford	*la Grande Rivière du ciel*
Robert Silverberg	*À la fin de l'hiver*
Norman Spinrad	*Rock Machine*
Greg Bear	*Éon*
Greg Bear	*Éternité*
Ian McDonald	*Desolation Road.* Locus 1989
Pamela Sargent	*le Rivage des femmes*
Michael G. Coney	*le Gnome*

1990

Robert Silverberg	*Jusqu'aux portes de la vie*
Norman Spinrad	*l'Enfant de la fortune*
Gregory Benford	*Marées de lumière*
Robert Silverberg	*la Reine du printemps*
Michael G. Coney	*le Roi de l'île au sceptre*
Ian McDonald	*État de rêve*

1991

Ursula Le Guin	*Terremer* (Classiques)
Robert Silverberg	*la Face des eaux*
Ursula Le Guin	*Tehanu*
Pamela Sargent	*Vénus des ombres*
Robert Reed	*la Jungle hormone*
Dan Simmons	*Hypérion.* Hugo 1990, Locus 1990 Cosmos 2000 1992

1992

Iain M. Banks	*l'Usage des armes*
Robert Reed	*le Lait de la chimère*
Dan Simmons	*la Chute d'Hypérion.* Locus 1991
Iain M. Banks	*l'Homme des jeux.* Grand Prix de l'Imaginaire (traduction) 1994
John Campbell	*le Ciel est mort*

1993

Orson Scott Card	*Xénocide.* Cosmos 2000 1994
Robert Silverberg	*les Royaumes du mur*
Iain M. Banks	*une Forme de guerre*
Greg Bear	*la Reine des anges*

1994

Robert Reed	*la Voie terrestre.* Grand Prix de l'Imaginaire 1995
Charles Sheffield	*le Frère des dragons*
Harry Harrison & Marvin Minsky	*le Problème de Turing*
Vernor Vinge	*un Feu sur l'abîme.* Hugo 1993, Cosmos 2000 1995

1995

Robert Silverberg	*Ciel brûlant de minuit*
Greg Bear	*l'Envol de Mars.* Nebula 1995
Robert Silverberg	*les Montagnes de Majipoor*
Robert Reed	*le Voile de l'espace*

1996

Neal Stephenson	*le Samouraï virtuel.* Grand Prix de l'Imaginaire 1997, Ozone 1997
Greg Egan	*la Cité des permutants*
Dan Simmons	*Endymion.* Grand Prix de l'Imaginaire (traduction) 1997
Gregory Benford	*les Profondeurs furieuses*

1997

William Gibson & Bruce Sterling	*la Machine à Différences*
Greg Bear	*Héritage*
Greg Egan	*l'Énigme de l'univers*

1998

John Barnes	*la Mère des tempêtes*
Iain M. Banks	*Excession*
Robert Silverberg	*les Sorciers de Majipoor*
Dan Simmons	*l'Éveil d'Endymion.* Locus 1998
Stephen Baxter	*les Vaisseaux du temps*

1999

Greg Bear	*Oblique*
Peter F. Hamilton	*Rupture dans le réel, 1. Émergence*
Robert Reed	*Béantes Portes du ciel*

2000

Peter F. Hamilton	*Rupture dans le réel, 2. Expansion*
Brian Herbert & Kevin J. Anderson	*la Maison des Atréides (Avant Dune 1)*
Robert Silverberg	*Prestimion le Coronal*
Ursula Le Guin	*le Dit d'Aka* suivi de *le Nom du monde est forêt*
Peter F. Hamilton	*l'Alchimiste du Neutronium, 1. Consolidation*

2001

Brian Herbert & Kevin J. Anderson	*la Maison Harkonnen (Avant Dune 2)*
Vernor Vinge	*Au tréfonds du ciel.* Hugo 2000
Greg Bear	*l'Échelle de Darwin.* Nebula 2000

Composition réalisée par P.C.A.
44400 Rezé

Impression réalisée sur CAMERON par

BRODARD & TAUPIN
GROUPE CPI

La Flèche

pour le compte des Éditions Robert Laffont
24, avenue Marceau, 75381 Paris Cedex 08
en septembre 2001

Imprimé en France
Dépôt légal : septembre 2001
N° d'édition : 41950 – N° d'impression : 9164